Jasmin Rollmann
Die Chroniken von Maldea

PIPER

Zu diesem Buch

Das Königreich Maldea befindet sich im Krieg. Karaian, der grausame König des Südens, setzt alles daran, auch die Nordlande zu erobern und sich die uneingeschränkte Macht zu sichern. Elias wächst in der Abgeschiedenheit eines kleinen Dorfes auf, fernab der brodelnden Machtkämpfe. Doch als die Bedrohung durch den dunklen Herrscher wächst, erfährt Elias eine unglaubliche Wahrheit: Er ist der Feuerprinz, der letzte Drache, der laut einer Prophezeiung das Reich vom Dunkel befreien wird. Wird der junge Mann seine Kräfte entfesseln können? Wird er seinem Schicksal gerecht werden? Kann Elias es schaffen, Karaian zu besiegen und endlich wieder Frieden ins Land einkehren zu lassen?

Jasmin Rollmann wurde 1990 in Freiburg geboren und ist Studentin der Vergleichenden Kultur- und Religionswissenschaft. Schon früh entwickelte die Autorin eine große Leidenschaft für das geschriebene Wort und verfasste zunächst Kurzgeschichten für ihre jüngeren Geschwister, bis sie schließlich mit »Die Chroniken von Maldea« ihren ersten Roman schrieb. Sie genießt das Schreiben als willkommenen Ausgleich zum Studium und liebt es, dabei in ihre selbst erschaffenen Welten einzutauchen.

Jasmin Rollmann

Die Chroniken von Maldea

Roman

PIPER
München Berlin Zürich

Originalausgabe
April 2016

Umschlaggestaltung: www.buerosued.de
Umschlagabbildung: www.buerosued.de/Olga Trenkenschu
Karte: Jasmin Rollmann
Satz: psb, Berlin
Druck und Bindung: CPI books GmbH, Leck
Printed in Germany ISBN 978-3-492-28047-1

Für meine Familie

MALDEA
Thuele
Gwern
Van'Valor
Magron
Alvere
Tymin
Ma
Wüste Azadur

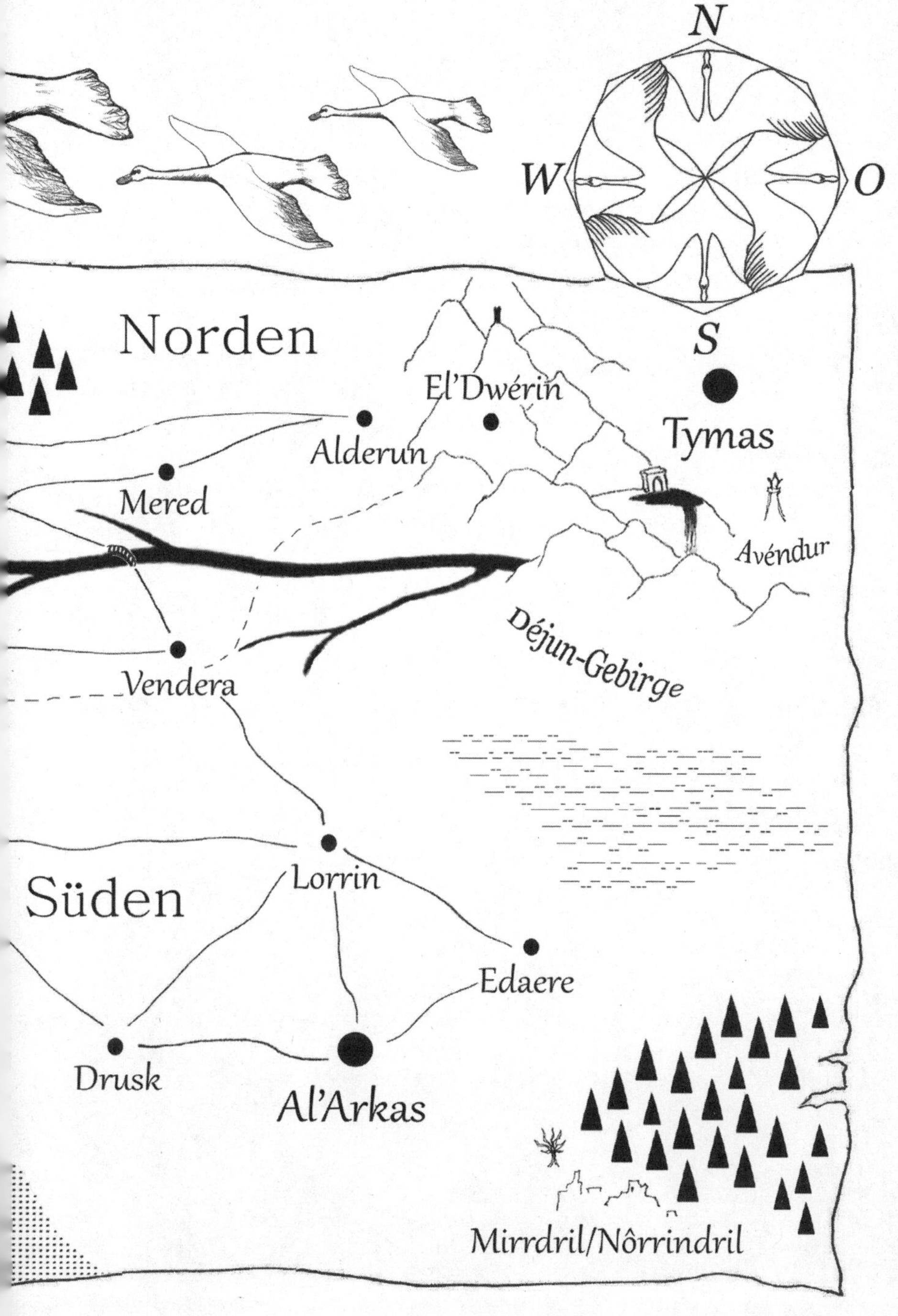
N
W
O
S
Norden
El'Dwérin
Tymas
Alderun
Mered
Avéndur
Déjun-Gebirge
Vendera
Lorrin
Süden
Edaere
Drusk
Al'Arkas
Mirrdril/Nôrrindril

Wenn das Feuer des Nordens neue Hoffnung schöpft
Und der Wille des Drachen erwacht,
Wird die Dunkelheit vertrieben werden
Und die Türme von Van'Valor werden in Flammen stehen.

Prophezeiung von Inébis,
Naramund aus Tymas

Prolog

Der Himmel verdunkelte sich und einzelne Regentropfen fielen auf das Heer Helwinns. Die Soldaten standen im Dreck und manche von ihnen schienen geneigt, sich hinter die schützenden Stadtmauern zurückzuziehen. Doch seine tapferen Nordländer würden sich dem Feind entgegenstellen. Sie waren das letzte Bollwerk des Nordens – das allerletzte Aufgebot.

Trotz des fortgeschrittenen Frühlings war es ungewöhnlich kalt. »Kein gutes Zeichen für eine bevorstehende Schlacht«, dachte Helwinn, aber er hütete sich, das laut auszusprechen. Der König spürte in seinen alten Knochen, dass dies seine letzte Schlacht werden würde. Die Rüstungen knirschten und verströmten den Geruch von Metall. Speere ragten aus den Reihen der Soldaten hervor und schienen mit ihren zum Himmel zeigenden Spitzen den Wettergott noch mehr zu erzürnen. Die Tropfen wurden dick und schwer und machten es durch den dichten Regenschleier fast unmöglich, das gegnerische Heer im Auge zu behalten. Es blitzte und ein Donnerschlag erschütterte die Erde. Unerbittlich trommelte der Regen mit zunehmender Kraft auf die Schilde, welche zum Schutz vor Pfeilschauern nach oben gerichtet waren. Die Fußsoldaten begannen, unruhig von einem Fuß auf den anderen zu treten und die Reiter hatten es immer schwerer, ihre verängstigten Pferde ruhig zu halten. Die ganze Armee wirkte wie ein aufgescheuchter Ameisenhaufen.

Helwinn blickte mit zusammengekniffenen Augen von seinem erhöhten Aussichtspunkt aus auf die Reihen der feindlichen Südländer und konnte den Soldaten ihre Angst nicht verübeln. Ihn selbst erfüllte jedoch eine merkwürdige innere Ruhe. Auch sein treues Reittier blieb ruhig und schien sich, wie er, mit dem baldigen Tod abgefunden zu haben. Wenn Karaian nur endlich angreifen würde … Dann hätte diese Warterei ein Ende. Als hätte der Heerführer auf der gegenüberliegenden Seite Helwinns Gedanken gelesen, bewegte sich der große Wall der Feinde nun näher auf Van'Valor zu. Vielleicht würde bald ganz Maldea in Karaians Hand liegen. Mit einem Kopfschütteln versuchte Helwinn, diesen pessimistischen Gedanken abzuschütteln, doch das war angesichts der Übermacht des Feindes nicht leicht. Schon verrückt, wie sich manche Wünsche erfüllen konnten. Denn Helwinn hatte schon als kleiner Junge von einem vereinten Maldea geträumt. Unter der Herrschaft Karaians würde sich dieser Traum jedoch in einen Albtraum verwandeln. Immerhin bezweifelte Helwinn, dies noch zu erleben. Es würde in die Geschichte Maldeas eingehen, dass der Norden unter seiner Regentschaft untergegangen war. Doch nicht kampflos! Wehmütig, jedoch entschlossen, sah der König ein letztes Mal zurück auf die stolzen Türme und Mauern seiner Stadt und gab dann den Befehl zum Angriff.

Die Schlacht hatte begonnen!

DAS ERWACHEN

1 Seltsame Träume

Elias lag, wie die meiste Zeit seines bisherigen Lebens, auf den weichen Fellen seines Bettes. Doch irgendetwas war anders. Eine innere Glut schien ihn von innen zu verzehren, und das war kein Fieber. Er hatte das Gefühl, beobachtet zu werden. Etwas näherte sich ihm. Große schwarze Schwingen breiteten sich über ihm aus, und glühende Augen starrten ihn an und bohrten sich in die seinen. Elias schrie. Urplötzlich verschwand das Bild wieder und der junge Mann öffnete die Augen. Es war alles normal. Beruhigend strahlte die Sommersonne durch das Fenster und beschien die alten Holzmöbel, die ihm so vertraut waren. Verschwitzt und mit zitternder Hand versuchte Elias, nach seiner verrutschten Decke zu angeln. Auf einmal ging die Tür auf und ein alter Mann betrat den Raum.

»Was ist passiert? Ich habe dich schreien gehört.« Bens braungebranntes Gesicht war in besorgte Falten gelegt.

Elias war gar nicht bewusst gewesen, dass er im Schlaf laut gerufen hatte. »Ach, es ist nichts. Ich habe nur geträumt.«

Doch innerlich schrie seine Seele bei der Erinnerung an den Traum immer noch auf. Das dunkle Wesen mit den großen Schwingen konnte nur ein Drache gewesen sein. Ein Drache!

In dem kleinen Dorf Alderun, das schon immer sein Zuhause gewesen war, sprachen nur ein paar alte Geschichtenerzähler von diesen Wesen. Er selbst hatte nie einen Drachen gesehen – niemand hatte das. Und doch … Der Drache hatte auf ihn so real gewirkt. Den heißen Atem hatte er fast spüren können. Konnte das ein ganz normaler Traum gewesen sein?

Ben schien Elias' inneren Aufruhr nicht zu bemerken, seufzte erleichtert und hob die Decke auf. »War wohl ein Albtraum, was? So nass geschwitzt, wie du bist, sollten wir dich heute mal unters Wasser stellen.«

Elias versuchte, zu grinsen und sein pochendes Herz wieder zu beruhigen. Er liebte das belebende Gefühl von frischem Wasser auf der Haut. Auch wenn es für ihn jedes Mal eine Tortur war, sich dafür durch die Gegend zu schleppen. Er war zwar erst achtzehn, aber Elias fühlte sich, als wäre er schon älter als Ben, der immerhin der Älteste des Dorfes war. Langsam fuhr sich Elias mit dem rechten Handrücken über die Stirn. Sie glühte.

Elias seufzte schwer. Das Wunschbild eines sich über seinen Kopf ergießenden Wassereimers verblasste. Bedauernd wandte er sich an Ben, der immer noch sorgsam damit beschäftigt war, die entflohene Decke an den Rändern des Bettes festzustopfen. »Ben? Ich glaube, ich habe wieder Fieber.«

»Dann muss die Dusche wohl ausfallen«, meinte Ben mit einem mitleidigen Blick. »Ich werde dir einen nassen Lappen holen, damit du dich etwas frisch machen kannst.«

»Danke.«

Seit Elias denken konnte, war er unentwegt krank gewesen. Viele der Alten waren in ihrem ganzen Leben noch nicht so oft von Krankheiten ans Bett gefesselt worden wie er. Elias träumte gern von den wenigen Tagen, in denen er sich fast gesund gefühlt hatte. Vor Jahren hatte er sogar einmal mit anderen Gleichaltrigen richtig Fangen gespielt, worauf er besonders stolz war. Doch diejenigen, die damals mit ihm herumgetobt hatten, waren ihm größtenteils Fremde geworden. Sein Selbstmitleid, das nicht von den schon gewohnten Schmerzen, sondern vielmehr von der erzwungenen Isolation und der einhergehenden Einsamkeit herrührte, wurde von einem anderen Gedanken abgelöst: Mia. Hoffentlich kam sie ihn heute besuchen, dann könnte er ihr von seinem seltsamen Traum erzählen. Elias sah ihr lächelndes Gesicht vor seinem geistigen Auge und spürte, wie sich in seiner Brust eine andere Wärme breit machte, die nichts mit der Hitze zu tun hatte, die ihm seine blonden Haare an die Kopfhaut klebte. Mia vermochte es, ihm jedes Mal so detailliert das Leben außerhalb seines Zimmers zu schildern, dass es sich für ihn beinahe anfühlte, als sei er selbst dabei gewesen. Mia war sein Tor zur Außenwelt. Natürlich erzählte ihm auch Ben manchmal ein paar Geschichten aus dem Dorf und von sonstigen Geschehnissen in Maldea, aber er war kein so großer Redner. Ben war früher der Dorfschreiner gewesen und zeigte in seiner rauen, jedoch herzlichen Art seine Gefühle lieber durch Taten als durch *Geschwätz*, wie er es gerne nannte. Langsam ungeduldig, starrte Elias an die Decke und wartete darauf, dass Ben ihm den nassen Lappen brachte, um sich den Schweiß aus dem Gesicht zu wischen. Vor Mia wollte er nicht noch kläglicher und erbarmungswürdiger aussehen als ohnehin schon. Seine Schwäche durch die Krankheiten war ihm ein wenig peinlich – besonders bei ihr, die so vor Energie und Leben strotzte.

Es war schon später Nachmittag, als Mia endlich in sein Zimmer eintrat. Wie immer spähte sie zunächst vorsichtig durch die Tür, um festzustellen, ob er schlief.

»Hallo, Elias.« Sie betrat den Raum und setzte sich mit einem strahlenden Lächeln neben sein Bett. Dabei nahm sie behutsam seine kalte Hand in die ihre – eine Geste, die bereits lange zu ihrem gemeinsamen Ritual gehörte, wenn sie ihn besuchte.

»Wie geht es dir? Ich habe eben von Ben gehört, dass du

wieder Fieber hast.« Sorge zeichnete sich in ihrem Gesicht ab.

Elias suchte nach beruhigenden Worten. »Ja, das stimmt. Aber abgesehen davon geht es mir eigentlich ganz gut.«

Mia lächelte.

Bevor sie dazu kam, ihm nun den Tag zu schildern, fing Elias an, aufgeregt von seinem Traum zu erzählen. Mia lauschte ihm schweigend. Als er geendet hatte, runzelte sie die Stirn.

»Schon merkwürdig«, gab sie zu. »Über Drachen wird zurzeit viel gemunkelt. Hängt vermutlich mit der Prophezeiung und dem Geschehen in Van'Valor zusammen.«

Elias horchte auf. »Glauben denn die Leute daran, dass sich die Prophezeiung erfüllt und die Menschen durch einen Drachen von Karaians Tyrannei befreit werden? Schließlich hat schon seit Ewigkeiten niemand mehr einen lebenden Drachen gesehen.« Elias führte sich die Prophezeiung vor Augen: *Wenn das Feuer des Nordens neue Hoffnung schöpft und der Wille des Drachen erwacht, wird die Dunkelheit vertrieben werden und die Türme von Van'Valor werden in Flammen stehen.* Dann schüttelte er zweifelnd den Kopf. »Wahrscheinlich ist doch alles nur ein Mythos.«

Die Prophezeiung … Jeder kannte sie. Uralt und vor langer Zeit von einem Elb namens Inébis aufgeschrieben, von dem die Geschichten behaupteten, er sei ein Naramund gewesen – was auf Elbisch so viel bedeutet wie *Zukunftssprecher*. Wie der Name schon sagt, konnte ein Naramund die Zukunft voraussehen, und seine Visionen wurden meist über Jahrhunderte hinweg überliefert. Da Inébis erst vor ein paar Jahrhunderten durch die Welt der Menschen gepilgert war und seine Weisheiten, die er während seines übernatürlich langen Lebens angesammelt hatte, an Gelehrte weitergereicht hatte, war er der einzige Naramund, dessen Existenz die Menschen nicht völlig abstreiten konnten. Viele maßen deshalb dieser Prophezeiung eine besondere Bedeutung bei. Die Vorkommnisse in Van'Valor mussten die alte Weissagung wieder ans Licht geholt haben. Die Hauptstadt des Nordens wurde seit einiger Zeit von Südländern belagert. Da sie mehrere Tagesritte von Alderun entfernt lag und Informationen manchmal nur langsam zu dem kleinen Dorf vordrangen, hoffte Elias, dass Mia vielleicht an diesem Tag Neuigkeiten aufgeschnappt hatte. Es war Markttag, sodass ein paar fahrende Händler in Alderun eingetroffen sein mussten. Von ihnen erfuhren die Dorfbewohner, was in den weiter entfernten Orten geschah. Nach seinem Traum interessierte sich Elias ganz besonders dafür, was es mit dem Gerede über die Prophezeiung auf sich hatte und inwieweit das aktuelle Geschehen im Norden die allgemeine Beunruhigung rechtfertigte.

»Ist unsere Hauptstadt noch unter dem Banner des Nordens? Wie steht es um Van'Valor?«

Mia schüttelte traurig den Kopf. »Vor einer Woche hat Karaian die Stadt eingenommen. König Helwinn ist tot und die Händler haben Gerüchte in Umlauf gesetzt, dass Karaian ein Elb ist.«

»Was?« Elias konnte nicht fassen, was er da hörte, richtete sich schockiert ein wenig im Bett auf und fuhr sich mit der Hand durch sein blondes Haar.

Die Elben waren seit langer Zeit aus der Welt der Menschen verschwunden und hatten sich hinter die Berge zurückgezogen. Dass jetzt so plötzlich wieder eines dieser Wesen auftauchte, konnte kein gutes Zeichen sein.

Wie um ihn nicht weiter beunruhigen zu wollen, wechselte Mia plötzlich das Thema. »Ich habe heute fünfmal hintereinander direkt ins Schwarze getroffen.«

Ihr zufriedener Gesichtsausdruck erwärmte Elias' Herz. Mia liebte ihren Bogen über alles und übte damit fast jeden Tag. Darum beneidete Elias sie, denn vermutlich würde er es nicht einmal schaffen, den Bogen auch nur zu spannen. Aber trotz des Gefühls von Bedauern: Elias freute sich, wenn Mia sich freute. Denn durch das starke Band zwischen ihnen, das ihre langjährige Freundschaft geknüpft hatte, hatte er fast das Gefühl, an Mias Leben teilzunehmen und somit gewissermaßen durch sie zu leben. Das war mehr, als er verdient hatte. Elias konnte ihr schließlich nichts Vergleichbares anbieten, was ihm manchmal Gewissensbisse verursachte. Die Zeit, in der Elias nun Mias Erzählungen lauschte, verging wie im Flug.

Irgendwann stand Mia zögernd auf und ließ seine Hand los. »Es tut mir leid, aber ich muss jetzt leider gehen. Die Händler werden sicher bald weiterziehen und ich wollte noch ein paar Besorgungen machen.« Mia seufzte. »Außerdem hat meine Mutter beschlossen, dass heute Waschtag ist. Sie braucht also auch noch Hilfe mit dem Haushalt.« Als sie auf dem Weg zur Tür war, hielt Mia noch einmal inne und drehte sich zu Elias um. »Morgen komme ich wieder. Versprochen.«

Elias hob schwach die Hand und deutete ein Winken an. Dann ging sie. Die Tür fiel mit einem leisen Knarren zu. Elias schloss die Augen, dachte an ihre wundervollen grünen Augen, ihr langes braunes Haar und schlief erschöpft ein.

Unter Mias raschen Schritten wirbelte trockene Erde auf. Sie hatte es eilig. Ihre Mutter Helen war nicht mehr die Jüngste und schuftete trotzdem den ganzen Tag. Wenn Mia zu spät kam und ihre Mutter die Wäsche schon abgehängt hatte, würde sich Mia die nächsten Tage Vorwürfe deswegen machen. Die Wäsche hing noch … Stolpernd ging Mia ins Haus, legte die paar Einkäufe, die sie auf dem Marktplatz besorgt hatte, ab und holte den Weidenkorb aus dem

Schrank. Auf dem Rückweg in den kleinen Garten stieß sie fast mit ihrer Mutter zusammen.

»Mia, da bist du ja endlich! Lass uns das mit der Wäsche schnell zusammen machen. Ich möchte noch mit dir reden.«

Mia nickte. Was ihre Mutter wohl besprechen wollte? Sonst redeten sie zwar auch viel, aber ihre Mutter hatte nie zuvor so ernst geklungen und ihre Ankündigung schien bedeutungsschwere Worte zu prophezeien. Sie holten gemeinsam die Wäsche von der Schnur und legten diese mit geübten Griffen zusammen. Schließlich war der Korb voll und die Wäscheleine leer. Jetzt war es so weit. Sie setzten sich in der Küche an den Tisch. Eine ungewöhnliche Anspannung lag in der Luft.

»Was willst du mir sagen?« Mia sah ihre Mutter fragend an.

»Du warst vorhin wieder bei Elias, nicht wahr?«

»Ja, wieso?« Mia fand den Tonfall ihrer Mutter beunruhigend.

»Ich mag seinen Ziehvater und gegen ihn habe ich auch nichts ...« Jetzt musste ja ein *Aber* kommen. »... aber ich finde, du solltest weniger Zeit mit ihm verbringen. Vielleicht steckt er dich irgendwann mit seinen Krankheiten an. Du bist eine gesunde Frau. Du solltest dir einen gesunden Mann suchen.«

Mia fühlte sich überrumpelt. »Mutter! Es hat doch keiner gesagt, dass wir heiraten! Elias ist mein Freund, und du wirst mir nicht den Umgang mit ihm verbieten!« Verblüfft bemerkte Mia, dass sie aufgesprungen war und ihre Finger sich in den Rand des Tisches gruben. Ihre Mutter schien genauso überrascht.

»Kindchen, ich habe dir nichts verboten. Natürlich darfst du ihn besuchen, doch du bist in einem Alter, in dem man sich langsam umsehen sollte, wer einen heiratet. Ich meine es nur gut mit dir.«

»Du weißt doch überhaupt nichts von ihm!« Zorn stand in Mias Gesicht. »Wenn du ihn nur einmal durch meine Augen sehen könntest. Er hat das größte Herz von allen, die ich kenne, und ist trotz seiner Leiden immer so zuversichtlich. Er hat ein solches Schicksal nicht verdient!«

Ihre Mutter seufzte. »Dein Vater ist schon so lange tot, und wenn ich einmal sterbe, bist du allein. Ich möchte dich doch nur gut versorgt wissen.«

Bilder ihres Vaters stiegen aus Mias Erinnerung auf. Sein verschmitztes Lächeln. Seine großen schwieligen Hände, die sie mühelos in die Luft hoben. Dann der Tag, an dem ihr Vater zum allerletzten Mal in den Wald zum Holzfällen aufgebrochen war. Das Gesicht ihrer Mutter, als sie vom schrecklichen Tod ihres Mannes gehört hatte. Wild rufende Männer, die mit Speeren, Äxten und Mistgabeln in den Wald stürmten, um den Bär zu töten, der ihren Vater zerfleischt hatte …

Traurig sackte Mia in sich zusammen und fing auf einmal an zu weinen. Sie wusste nicht, warum es so plötzlich aus ihr herausbrach, aber sie sagte: »Ich liebe Elias. Ich liebe ihn, Mutter. Und jeden Tag hoffe ich, dass er noch lebt. Ich habe Angst um ihn. Bitte nimm ihn mir nicht weg.«

Ihre Mutter, die ihr gegenüber saß, stand auf und setzte sich neben Mia. Tröstend legte sie ihre Arme um ihre Tochter und küsste sie zärtlich auf die Stirn.

»Na, na, na. Beruhig dich. Es wird ja alles gut.«

Mia bezweifelte das.

∾

Elias befand sich in einer riesigen Höhle. Große Stalaktiten hingen von der Decke herab und gaben dem Raum ein bizarres Aussehen. Es wirkte fast so, als befände man sich in einem Schlund voller Zähne. Aus dem Dunkel schälte sich eine Silhouette. Stolz saß ein Echsenkopf auf einem langen gebogenen Hals. Spitze weiße Zähne blitzten auf, und katzenhafte, bedrohliche Augen starrten ihn an. Aus den Nüstern entwich Rauch. Elias versuchte, die Augen von dem durchdringenden Blick, der ihm eine Gänsehaut einjagte, abzuwenden. Der riesige Körper wurde größtenteils von fledermausartigen Flügeln verdeckt, die eine Spannweite von über fünfzehn Metern haben mussten. Das ganze Wesen war von oben bis unten mit glänzenden schwarzen Schuppen besetzt, die im schwachen Licht der Höhle bläulich schimmerten. Es war der Drache aus seinem Traum. Diesmal unterdrückte Elias den Schrei. Er hatte irgendwie damit gerechnet, ihm noch einmal zu begegnen. Zögernd schritt Elias näher an den Drachen heran. Die Krallen der Pranken hatten die Größe einer Hand. Der Drache ruckte mit dem Kopf. Elias blieb vor lauter Schreck wie erstarrt stehen. Der Kopf befand sich nun auf seiner Höhe. Elias spürte den heißen Atem des Tieres. Konnte man es eigentlich Tier nennen? Aus den Augen des Drachen sprach eine Weisheit, wie Elias sie noch nie gesehen hatte, nicht bei Menschen und auch nicht bei Tieren. Nein, das war kein Tier. Es war etwas anderes. Elias fiel kein Begriff außer *Drache* dafür ein. Es gab nichts Vergleichbares, keine Rasse, in die man dieses Wesen hätte einordnen können.

Der Drache schien ihm direkt in die Seele zu sehen, was Elias irgendwie unangenehm fand. Also überwand er einen Teil seiner Furcht und versuchte, es dem Wesen mit gleicher Münze heimzuzahlen. Er starrte den Drachen gleichermaßen an. Plötzlich schien sich ein Verständnis zwischen den beiden so unterschiedlichen Lebewesen aufzubauen. Elias schnappte nach Luft. Er meinte tatsächlich, die Seele des Drachen zu spüren, und dass der Drache seine spürte stand außer Frage. Elias fühlte das Leid, das dieses Wesen erlebt hatte. Er fühlte den Schmerz, als alle Drachen von der

Welt verschwunden waren. Dann stutzte er. Was war das? Der Drache fühlte wie er. Er fühlte wie der Drache. Das konnte nicht sein! Oder doch …?

Elias durchlief es heiß und kalt. Der Drache lebte in ihm. Er war der Drache!

Abrupt riss der Faden ab, und Elias befand sich wieder in seinem Bett. Er hatte irgendetwas Absurdes geträumt. Was war es nur? Er konnte sich nicht erinnern. Schulterzuckend drehte er sich auf die andere Seite und versuchte, noch ein wenig zu schlafen.

Vielleicht kam der Traum ja wieder …

~

Mia seufzte, als sie in der Nacht am Fenster stand und in den endlosen Sternenhimmel blickte. Was diese Sterne wohl schon alles gesehen hatten? Sie wünschte sich, auch eines dieser funkelnden Lichter zu sein, dann hätte sie die Weisheit, die sie jetzt brauchte. Was konnte sie nur tun? Warum war ausgerechnet Elias die Zielscheibe für all diese Krankheiten? Er war ein von Grund auf guter Mensch und hätte so viel bewirken können. Mia rief sich sein Gesicht vor ihr geistiges Auge. Sein goldenes Haar, das aufrichtige strahlende Lächeln, die unergründlichen braunen Augen. Elias hatte schon immer etwas Mysteriöses an sich gehabt, etwas Faszinierendes, das sich Mia nicht erklären konnte. Aber ihre Mutter hatte nicht ganz Unrecht. Was erwartete sie für ein Leben, falls sie Elias tatsächlich heiraten sollte? Sie würde sich um ihn und um den ganzen Unterhalt selbst kümmern müssen. Außerdem, wer wusste schon, wie lange Elias noch leben würde? Doch sie liebte ihn. Dieses Gefühl konnte sie nicht einfach wegsperren, und das wollte sie auch nicht. Vielleicht empfand Elias ja das Gleiche für sie. Wenn das der Fall war … Ihr Herz hüpfte. Würde sie nicht alles in Kauf nehmen, nur um mit ihm zusammen zu sein? Ja, sie würde. Abermals wendete sie sich den Sternen zu. Der dunkelblaue Himmel war klar.

Doch halt, dort hinten beim Wald schien er heller zu sein. Entsetzen packte sie.

»Feuer!«

Im Wald war ein Feuer ausgebrochen! Mia befeuchtete kurz ihren Finger und hielt ihn in die Luft. Der Wind kam ungünstig. Das Feuer würde sich in Richtung Dorf verbreiten. Panisch weckte sie ihre Mutter. Auf dem Marktplatz stand eine Warnglocke, die in Notfällen betätigt wurde. Dort liefen Mia und ihre Mutter nun hin und weckten auf dem Weg noch andere Menschen, die ihre Rufe von der Straße aus hören konnten. Laut hallte die Glocke über die Häuser hinweg und bald standen die meisten Dorfbewohner auf dem runden Platz. Das Feuer hatte sich mittlerweile ausgebreitet, sodass man schon den Qualm sehen und den Brandgeruch riechen konnte. Jeder holte Eimer herbei, und schließlich hatte sich eine lange Schlange gebildet, die vom Brunnen bis hinein in den Wald reichte. Das Feuer kam näher. Eimer für Eimer wurde das Wasser transportiert.

»Mutter, das dauert zu lange! Das Feuer wird die Häuser erreichen!« Mia schrie die Worte, weil um sie herum so viel Hektik und Lärm herrschte.

Tatsächlich schien sich das Feuer von dem Wasser nicht beeindrucken zu lassen und brannte in hohen züngelnden Flammen weiter. Bald würde es das Dorf erreichen. Zeit verging und die Anspannung wuchs immer mehr.

»Da! Der Schuppen brennt!«, rief ein Mann plötzlich.

Mia erkannte, dass es Ben war. In rasendem Tempo griff das Feuer nun auf das Dorf über und fraß sich von Haus zu Haus. Rauch erfüllte die siedend heiße Luft. Mias Augen brannten, während sie einen Eimer nach dem anderen weiterreichte. Plötzlich hielt sie inne und trat aus der Löschschlange, die sich gebildet hatte, heraus. Elias! Wo war er? Mia rannte voller Sorge zu Ben. »Wo ist Elias?«

Ben riss die Augen auf. »Oh Gott! Er ist noch im Haus!«, schrie er und hastete los.

Mia folgte ihm. Wo hatte der alte Mann nur seinen Kopf? Wie hatte er Elias vergessen können? Das Feuer hatte bereits auf das Haus des alten Dorfschreiners übergegriffen. Fluchend riss Ben an der Tür. Sie klemmte. Mia erspähte ein offenes Fenster. »Ben! Ich klettere durchs Fenster. Vielleicht kann ich dir von drinnen öffnen.«

Ben nickte. Schnell schlüpfte Mia durch die schmale Öffnung und erkannte sofort das Problem. Ein Brett war von innen gegen die Tür gekippt, sodass das Schloss blockiert war. Mia trat es beiseite und öffnete Ben schwungvoll die Tür. Was nun folgte, wirkte auf Mia wie ein schrecklicher Traum. Die Treppe knarrte unter ihren raschen Schritten, dann waren sie in Elias' Zimmer angekommen. Es war schon völlig verraucht. Mit großen Schritten ging Ben ans Bett und hob Elias hoch. Er rührte sich nicht! Kraftlos fiel Elias' Kopf in den Nacken, als Ben ihn aus dem Haus trug. Mia lief besorgt an seiner Seite und starrte ständig auf das fahle, von blonden Haaren umrahmte Gesicht ihres Freundes. Als sie wieder am Marktplatz angekommen waren, der in diesem Moment der sicherste Ort im Dorf war, legte Ben Elias auf eine Decke, die ein älteres Ehepaar ihnen hilfsbereit hingelegt hatte. Mia beugte sich angsterfüllt über Elias und rüttelte an dessen bewegungslosem Körper.

»Elias! Elias! Wach auf!«

Doch er wachte nicht auf. Seine Augen blieben geschlossen und er sah aus wie tot. »Elias! Bitte … Elias!« Ben schob sie behutsam ein Stück zur Seite und kniete sich ebenfalls hin. Lauschend legte er ein Ohr auf die Brust seines Adoptivsohns und versuchte mit der Hand, Elias' Atem zu erspüren.

»Er lebt!«

Sofort brachte man nasse Tücher und legte sie Elias auf die Stirn. Mia versuchte, ihm auch ein wenig Wasser einzuflößen, aber er schluckte nicht. Das Geschehen um sie herum nahm Mia nur noch verschwommen wahr. Die Menschen waren immer noch damit beschäftigt, das Feuer zu löschen, aber der Erfolg ließ auf sich warten. Erst in der Morgendämmerung verrauchte der letzte Rest der tosenden Flammen, und zurück blieben ein halbzerstörtes Dorf und die müden rußbedeckten Bewohner. Bis auf Elias schien keiner mehr als einen Reizhusten abbekommen zu haben. Alle hatten überlebt. Mia küsste ihre Fingerspitzen und berührte mit ihnen sanft Elias' spröde Lippen. Er musste wieder aufwachen! Er musste einfach! Verzweifelte Tränen zogen auf ihren schmutzigen Wangen helle Linien durch den grauen Ruß.

Völlig übernächtigt rappelte sie sich auf. Sie wollte – nein, sie *musste* irgendetwas für Elias tun können! Entschlossen wischte Mia sich die Tränen aus dem Gesicht. Sie hatte eine Idee. Nachdem sie sich vergewissert hatte, dass Ben neben Elias Wache hielt, lief sie eilig die wenigen Schritte auf den kleinen Dorftempel zu, ohne auf die mitleidigen Gesichter zu achten, die ihr auf ihrem Weg hinterherstarrten. Da der Tempel auf der Mitte des Marktplatzes stand, war das Feuer an ihm vorbeigezogen, ohne Schaden zu hinterlassen. Mia öffnete die große zweiflügelige Eingangstür. Leise betrat sie den Tempel und neigte ehrfürchtig den Kopf. Im Zentrum des Bauwerks war ein Metallstab aufgestellt, auf dessen Spitze das Zeichen des Gottes Aeretorn ruhte: Ein Kreis, der ein Quadrat einfasste, welches wiederum ein Oval umschloss. In der Mitte des Ovals prangte ein leuchtend blauer Stein. Der Kreis stand hierbei für die Unendlichkeit, das Quadrat für die Weltordnung und Rechtschaffenheit und das Oval für das Leben. Der blaue Stein als der Lebensfunke und der Glaube an Aeretorn vereinte alle anderen Zeichen miteinander. Mia kannte einige Menschen, die dieses Symbol als Zeichen des Segens oder aber als bloßen Glücksbringer in Form eines Anhängers um den Hals trugen. Sie selbst hatte keinen. Die Anhänger waren meist aus kostbarem Silber gearbeitet. Das konnten sich ihre Mutter und sie nicht leisten.

Anstatt also, wie es sonst üblich war, den Anhänger zu küssen, ging sie zur Raummitte, streckte sich und berührte mit ihren Fingerspitzen den blauen Stein. Nach der heiligen Schrift, welche vor vielen Jahrhunderten im Namen Aeretorns niedergeschrieben worden war, und dem zuvor bereits über viele Generationen hinweg durch mündliche Überlieferung lebendig gehaltenen Glauben wurde verheißen, dass bei der Berührung des blauen Steins eine Verbindung zu dem Gott aufgebaut werden konnte. Gebete, die während dem unmittelbaren Kontakt mit dem blauen Stein gesprochen oder gesagt wurden, sollten auf diese Weise direkt zu Aeretorns Ohr vordringen. Mia stand lange in dieser ungemütlichen Position da und ihr einziger Gedanke war: »Rette Elias! Bitte, rette Elias!«. Das Morgenlicht drang nur mäßig durch das mittige Dachfenster und brach sich sanft in dem blau schimmernden Stein, der durch die Berührung mit Mias Hand mittlerweile eine angenehme Wärme ausstrahlte. Als Mia ihren Arm herunternahm, weil er wegen der gestreckten Haltung langsam zu kribbeln anfing, fühlte sie sich schon etwas besser. Sie hatte nun das Gefühl, alles, was in ihrer geringen Macht stand, getan zu haben, um Elias wieder aufzuwecken. Das einfallende Sonnenlicht war inzwischen langsam von milchig-weiß zu warmem Gelb geworden und beleuchtete nun auch die reich verzierten Wände des Tempels, die sowohl den ein oder anderen Dorfheiligen zeigten als auch Engel und Dämonen. Das Licht strahlte besonders auf die gutmütigen Gesichter der Engel, die Mia zu sagen schienen, dass ihr Gebet bereits erhört worden war. Mit ein wenig mehr Zuversicht verließ sie den kleinen Tempel, um sich erneut an Elias' Seite zu begeben und über ihn zu wachen, bis er wieder aufwachte. Sie hoffe sehr, dass ihr Gebet dabei helfen konnte. Denn was blieb ihr sonst anderes übrig, als hilflos neben Elias' Körper zu sitzen und abzuwarten.

2 Die Verschwörung

Über den Dächern von Van'Valor flogen Raben und suchten nach Aas. Davon gab es hier wahrlich genug. Nach der Schlacht mussten es abertausende von Leichen gewesen sein, die die Felder vor den Mauern und die Straßen der Stadt gepflastert hatten. Martin senkte betrübt den Kopf. So viele ehrenhafte Menschen waren gestorben, und nichts hatten sie erreicht. Van'Valor war nun das Herrschaftsgebiet von Karaian, dem Elbenkrieger.

»Verfluchtes Elbenpack!«, dachte Martin. Doch gleich darauf tat es ihm leid. Elben waren wunderschön, wohlwollend und vielleicht auch etwas eitel – Karaian mit den Elben zu vergleichen, von denen Martin gehört hatte, wäre eine Sünde. Karaian war zwar auch schön und prächtig und eitel vermutlich auch, aber dazu noch kaltblütig, brutal und ein Mörder, also keinesfalls mit einem normalen Elb vergleichbar. Martin hätte sich gefreut, wenn es noch einen Gegenpol zu Karaian, dem Schrecklichen, gegeben hätte, aber den gab es nicht, und sowieso hatte schon länger niemand mehr von den Elben gehört, geschweige denn einen gesehen.

»Was stehst du da rum, Junge?! Arbeite gefälligst weiter!« Martin schreckte auf.

Na toll, ein Soldat des Höchstdurchlauchtigsten. Grummelnd schulterte Martin den Sack mit Getreide neu und schritt weiter auf die Lagerhallen zu. Er hätte schwören können, dass sein Rücken bereits zum Buckel zu werden drohte, seitdem er hier einen Sack nach dem anderen durch die Stadt schleppte.

»Jeder muss seinen Beitrag für die Gemeinschaft erbringen«, imitierte er spöttisch den neuen König.

Der Satz war ja eigentlich gar nicht so schlecht, und Martin hätte gerne behauptet, ihn selbst erfunden zu haben, aber aus der Situation heraus betrachtet war die Aussage einen feuchten Dreck wert. Martin tauschte in seinen Gedanken die Worte *für die Gemeinschaft* gerne gegen *für den Tyrannen*. Aber im Moment war Martin machtlos. Er hatte keine Wahl. Wenn er nicht zu dem noch ausstehenden Rabenfutter zählen wollte, musste er hier mitspielen.

~

Mia saß stumm neben ihrem Bett. Nun war es zu einem Krankenlager für Elias geworden. Mia und ihre Mutter hatten gerade noch mal Glück gehabt. Die Flammen hatten ihr Haus verschont. Außer Mia und Elias war niemand im Raum. Ihre Mutter hatte sich mit Ben unten in die Küche gesetzt. Eine Woche war seit dem Brand vergangen und Elias war immer noch nicht aufgewacht. Seltsamerweise meinte Mia aber festzustellen, dass Elias eher kräftiger als schwächer wurde. Seine Fäuste waren so fest zusammengeballt, dass die Gelenke weiß hervortraten, und Mia glaubte manchmal, seine Muskeln unter der Haut arbeiten zu sehen. Als sie ihnen ihre Beobachtungen geschildert hatte, hatten Ben und ihre Mutter sie nur schief angesehen. Mia hatte sich irgendwie schon immer für Elias verantwortlich gefühlt. Spätestens, seit sie alt genug gewesen war, um zu begreifen, dass Elias keine richtigen Eltern hatte. Ben hatte Elias, der damals nur ein paar Monate alt gewesen sein konnte, eines Tages im Wald gefunden und den Jungen bei sich aufgenommen. In Gedanken versunken sah sie weiter auf das zarte Gesicht und die geschlossenen Augen ihres Freundes. Plötzlich und ganz unvermittelt öffnete dieser die Augen, sodass Mia fast vom Stuhl gefallen wäre. Diese Augen … Das waren nicht seine! Feuer schlug ihr aus dem Blick entgegen und sie fühlte sich in die Zeit des Brandes zurückversetzt.

»Elias!«

Doch als wäre nichts geschehen, schlossen sich die Augen wieder. Von Angst gepackt stand Mia auf und lief unschlüssig im Raum auf und ab. Was sollte sie tun? Das würden ihr Ben und ihre Mutter schon gar nicht glauben. Aber vielleicht hatte sie sich ja getäuscht. Vorsichtig ging sie wieder ans Bett heran und berührte behutsam Elias' Hand, welche sich unbemerkt geöffnet hatte. Die Hand war warm, sehr warm! Erschrocken riss Mia ihre Hand zurück. Fast hätte sie sich verbrannt. Aber, wie war das möglich? Selbst wenn Elias hohes Fieber gehabt hatte, war sein Körper niemals derart heiß gewesen. Jetzt musste sie doch Ben und ihre Mutter holen. Das ging zu weit. Keuchend und außer Atem betraten die drei wenig später das Zimmer. Elias hatte sich aufgerichtet. Etwas schlapp, doch ansonsten ganz normal, sah er seinen Besuchern entgegen. Ben und Mias Mutter warfen sich kurz überraschte Blicke zu.

»Elias! Ist alles in Ordnung mit dir? Eben …«

Doch Mias weitere Worte gingen unter. Ben spurtete in einem Tempo auf Elias zu, das man dem alten Mann eigentlich nicht zugetraut hätte, und schloss den Jungen fest in die Arme.

»Mein Sohn! Mein Sohn.«

Auch Mias Mutter strahlte und näherte sich den beiden. »Fühlst du dich gut?«

Elias brachte ein Lächeln zustande und schob seinen Ziehvater mit einer für ihn ungewöhnlich kraftvollen Bewegung von sich. Doch das war nicht die einzige Überraschung, die er für sie bereithalten sollte, denn im nächsten Moment schwang Elias die Beine über die Bettkante und stand allein auf seinen zwei Beinen.

Er stand! Mia hielt den Atem an. Sie hätte länger überlegen müssen, wann sie Elias das letzte Mal auf zwei Beinen hatte stehen sehen. Auch Ben und ihre Mutter starrten sprachlos auf dieses Wunder, das sich vor ihnen abspielte.

»Mir geht es fabelhaft.« Elias' Blick traf Mia. Er runzelte die Stirn. »Mia, was ist mit dir? Du siehst so blass aus.«

Mia stotterte. »Ich ... ich bin nur so überrascht.«

»Wie lange war ich weg?«

»Eine Woche.«

»Das ist lang. Erzähl mir, was passiert ist.«

~

Martin hievte gerade den neunundvierzigsten Sack auf seine Schultern, als er aus dem Augenwinkel eine bedrohliche Bewegung wahrnahm. Metall blitze auf. Ein Messer! Ohne viel nachzudenken, duckte er sich unter der auf ihn zielenden Waffe weg und schleuderte daraufhin den schweren Sack in einer schwungvollen Körperdrehung gegen seinen hinterhältigen Gegner. Volltreffer! Alles war in nur wenigen Sekunden geschehen und erst jetzt konnte Martin den Angreifer richtig in Augenschein nehmen. Blut troff aus dessen Mund und die überrascht aufgerissenen Augen starrten blicklos in den von Krähen beherrschten Himmel. Als Martin die Kleidung des Toten musterte, zuckte er unmerklich zusammen. Er hatte eine Wache Karaians erschlagen! Der Kerl hatte es wohl auf Martins magere Ersparnisse abgesehen, die er in einem kleinen Lederbeutel an der Hüfte trug. Viele der Südländer waren hoffnungslose Saufköpfe, die ihren Sold meist sofort aufbrauchten und deshalb immer wieder auf den Besitz von anderen zurückgriffen, welche diesen in den meisten Fällen nicht aus freien Stücken preisgaben. Das hatte dieser Trottel nun davon! Doch was jetzt? Hier bleiben konnte Martin nicht, das stand schon einmal fest. Sonst würde er damit rechnen müssen, im Kerker zu landen und eine Hand, wenn nicht gar beide, zu verlieren. Nur gut, dass der Soldat keinem mehr würde erzählen können, wer ihn mit einem Sack Getreide niedergestreckt hatte. Martin bückte sich nach dem Messer und sah sich hektisch nach einem Versteck um. Da! Er hatte eine schmale dunkle Gasse entdeckt. Schnurstracks rannte er darauf zu und ließ den Getreidesack und den Toten links liegen. Es war wirklich finster in der Gasse, und Martin kniff angestrengt seine Augen zusammen, um etwas sehen zu können. Er hätte fast laut aufgeschrien, als ihm jemand eine Hand auf die Schulter legte.

»Pst! Folge mir.«

Es war die Stimme eines Jungen. Martin schämte sich, sich vor dem Kleinen so erschreckt zu haben. Neugierig folgte er ihm tiefer in die Abgründe der Dunkelheit. An einer schief hängenden Tür, die man trotz mangelndem Licht wegen ihrer hellen Farbe gut erkennen konnte, blieb der Junge stehen und flüsterte: »Karaian Schweinefürst. Herrscher über alle Schweine.«

Das musste eine Art Erkennungsspruch gewesen sein, denn sofort öffnete jemand die Tür. Drinnen leuchtete schwach eine Kerze in der Hand eines rotgelockten jungen Mannes, der ungefähr in Martins Alter war.

»Samuel? Bist du das? Wo hast du nur so lange gesteckt?«

Als der Mann Martin bemerkte, hielt er abrupt inne und musterte ihn scharf.

»Wer in Aeretorns Namen ist das?«

»Ein Verbündeter.«

Martin verstand jetzt gar nichts mehr, ließ sich jedoch durch einen Wink des Rotschopfs weiter ins Ungewisse treiben. Der Gang war eng und schmal.

»Pass auf! Gleich kommt ein Deckenbalken. Ich möchte nicht zählen, wie oft ich mich daran schon gestoßen habe«, sagte der junge Mann beiläufig und warf Martin über die Schulter einen kurzen Blick zu.

Tatsächlich hätte Martin den Balken vermutlich übersehen, wenn er nicht gewarnt worden wäre. Nach vielen dunklen Gängen betraten sie schließlich einen größeren Raum, der nach der ganzen Finsternis einen etwas gemütlicheren Eindruck machte. Überall standen Kerzen und leuchteten den Raum aus. Alte Decken und Tücher bedeckten den Boden und es roch nach Kamille und anderen Kräutern. Vermutlich ein Versuch, den muffigen Geruch, der in dem fensterlosen Gezweig aus Gängen und Räumen herrschte, abzuschwächen. Auf dem Boden saßen noch weitere Gestalten. Zwei Jungen, ein Mädchen und ein Hund.

Der Junge und der Mann, die ihn hergeführt hatten, nahmen zwischen den anderen Platz, wobei Martin sofort auffiel, dass sich der Rotschopf bewusst vor den Ausgang gesetzt hatte. Vermutlich wollte er verhindern, dass jemand ohne Erlaubnis fortging. Nicht, dass das Martin hätte aufhalten können.

Der junge Mann ergriff nun das Wort und ließ ihn dabei nicht aus den Augen. »Wer bist du?« Sein Misstrauen schlug ihm entgegen wie ein Fausthieb.

Martin wog die Antwort sorgsam ab. »Kein Freund Karaians.« Damit begab er sich zwar auf gefährliches Terrain, aber so wie diese kleine Gruppe aussah, waren sie ebenfalls Gegner des dunklen Elben. Sonst hätten sie sich sicher nicht in diesem finsteren Loch verborgen.

Schon etwas entspannter sagte der Rothaarige: »Dann sei uns willkommen. Wir sind ein Teil der geheimen Verschwörung gegen Karaian. Wir können jede Hilfe gebrauchen.«

»Verschwörung?« Martin hob die Augenbrauen.

»Ja, wir arbeiten als Spione und leiten unsere Informationen an unsere Armee weiter.«

»Ihr habt eine Armee?« Martin fand diese Geschichte immer unglaubwürdiger.

»Wenn wir dir noch mehr erzählen sollen, musst du uns zuerst sagen, wer du bist.«

»Mein Name ist Martin. Ich bin die letzten Tage mit Getreidesäcken herumgelaufen. Vielleicht habt ihr mich schon dabei beobachtet. Ich laufe immer wieder dieselbe Route. Na ja, zumindest *bin* ich sie gelaufen. Vor der Übernahme Karaians habe ich auf einem der Bauernhöfe ausgeholfen. Wahrscheinlich haben die Südländer mich deshalb für diese Arbeit ausgesucht.«

Natürlich war er davor keine Aushilfe auf einem Bauernhof gewesen, aber diese Fremden ging seine Vergangenheit wirklich nichts an und es war ungefährlicher, sich als einfachen Arbeiter auszugeben, als seine Identität zu offenbaren. Seit Karaian die Stadt erobert hatte, war Martin mit seinem Vertrauen sehr geizig umgegangen – anders gesagt, er hatte es als puren Selbstmord betrachtet, hier noch irgendjemandem von seiner wahren Identität zu erzählen.

»Sag die Wahrheit«, meinte der Rotschopf und schien noch skeptischer als zuvor.

Vielleicht waren diese Menschen Martins einzige Chance, wirklich etwas gegen den Feind unternehmen zu können. Er sollte ihnen wohl doch alles erzählen, aber in ihm sträubte sich immer noch etwas dagegen, und er beschloss, nur einen Teil über sich zu verraten.

»Na gut, wenn ihr meint, es unbedingt wissen zu müssen, ich bin einer aus der Schwertkampfeliteeinheit des Königs.«

Der Rotschopf nickte wissend. »Hab ich mir schon gedacht. Du siehst nicht wie ein Gehilfe aus.«

Der Kerl hatte einen scharfen Blick. Martin hätte wissen müssen, dass ihn sein Körper und seine Bewegungen verraten würden. Hoffentlich würde ihm hier niemand einen Strick aus seinem Geheimnis drehen. Alle anderen seiner

Einheit, die das Gemetzel um die Hauptstadt des Nordens überlebt hatten, waren bereits in den ersten Wochen nach der ausweglosen Schlacht ertappt oder verraten worden. Sie waren fast alle tot. Nur ein paar hatten sich Karaian ergeben. Bei diesem Gedanken stieg bittere Galle in seinem Hals herauf. Er wollte gar nicht wissen, was diesen treuen Kriegern angetan worden war. Denn keiner hätte sich Karaian freiwillig angeschlossen. Er schob die finsteren Gedanken von sich und wandte seine Aufmerksamkeit wieder dem Gespräch zu. Es klang fast so, als würden diese Kinder über seinen Wert verhandeln.

»Er hat eine Wache umgenietet, bevor ich ihn hergebracht habe. Ganz ohne Waffe«, warf der Junge ein, und die Freude darüber, auch endlich etwas sagen zu dürfen, stand ihm deutlich ins Gesicht geschrieben.

»Und? Dürfte man jetzt erfahren, wer ihr seid und was ihr genau plant?« Martin nervte es langsam, vor diesen Fremden seine Geschichte auszuspucken und selbst noch völlig im Dunkeln zu tappen, mit wem er es hier zu tun hatte.

Der rote Wuschelkopf seufzte und lehnte sich an die Wand.

»Mein Name ist Isaac, das sind mein Bruder Samuel, mein Bruder Nathan, meine Schwester Ina und Josef. Wir sind Teil einer Rebellengruppe und versuchen, soviel wie möglich über Karaian und seine Denkweise herauszufinden. Leider hatten wir bis jetzt noch nicht sehr großen Erfolg damit, weil praktisch niemand etwas über ihn weiß.«

»Er ist ein Elb, da ist das doch kein Wunder. Die denken anders als wir und halten auch bestimmt keine Pläuschchen mit Menschen und schon gar nicht mit denen, die sich in dieser Gegend herumtreiben.« Martin war wohl von Amateuren umgeben, wenn diese Kinder wirklich glaubten, hier an nützliche Informationen gelangen zu können.

»Hältst du uns für dumm? Das hier ist nur unser Treffpunkt. Wenn wir spionieren, versuchen wir natürlich, so nah wie möglich an Karaian heranzukommen.«

Auch wenn Martin merkte, dass er Isaac beleidigt hatte, konnte er sich nicht zurückhalten.

»Noch nie was von Briefen gehört, Rotschopf?«

»Tu bloß nicht so, als wärst du was Besseres. Denkst du, da hätten wir noch nicht dran gedacht? Unglücklicherweise läuft der Kerl mit der geheimen Post nicht mit einem Plakat herum, auf dem steht: *Achtung, ich bin ein Briefträger in geheimer Mission. Wenn Spione in der Nähe sind: Ich bin das geeignete Ziel.*« Missmutig sah Isaac Martin an und dieser wusste, dass er ein wenig zu weit gegangen war.

»Tut mir leid.« Betreten sah er zu Boden.

Niemand sagte etwas, und schließlich setzte Martin sich hin, mitten in die Gruppe von Kindern, die einzige Waffe, die der letzte Widerstand von Van'Valor zu bieten hatte.

Der Wind peitschte den Regen gegen die bunten, hohen Scheiben des Thronsaals. Das stetige Prasseln mischte sich unter die Geräusche des Kampflärms, der nun schon Tage andauerte. Martin blickte vor Furcht zitternd zu der großen, geflügelten Holztür. Das letzte Hindernis für Karaian, um auf den Thron des Nordens zu gelangen. Neben Martin standen an die zwanzig tapfere Krieger der Eliteeinheit in Erwartung berstenden Holzes. Die Tür – so dick und stark ihr Holz auch war – würde nicht ewig standhalten. Leutnant Mendral, ihr Anführer, fluchte laut, als wieder ein gefährliches Knirschen von der Tür ausging. Martin umfasste mit schwitzigen Händen seinen Schwertgriff fester.

»Was sollen wir nur tun? Wir sind zu wenige, um diese Massen aufzuhalten. Die Südländer werden siegen!« Es war einer der Krieger, der mit furchtgeweiteten Augen gesprochen hatte. »Nein!

Sie werden niemals gewinnen! Wir müssen die Stellung halten! Für unseren König und für unsere Ehre!« Martin versuchte, das Zittern aus seiner Stimme zu verbannen. Der König war tot. Er wusste das. Doch wenn sie jetzt aufgaben, hätte sich das dennoch wie Verrat angefühlt. Martin erhob erneut die Stimme: »Verzagt nicht! Wenn wir sterben, dann mit Mut und dem Wissen, alles versucht zu haben, um unser Königreich zu retten.«

Leutnant Mendral warf ihm einen anerkennenden Blick zu und lächelte flüchtig. »Du bist wahrhaft Helwinns Sohn. Wenn nicht im Blut, dann doch im Geiste.«

Martin schluckte seine Trauer hinunter. »Danke.«

Plötzliche Sorge zeigte sich auf Mendrals Gesicht. »Du solltest nicht hier sein, Martin. Wenn du stirbst, wird es keinen würdigen Nachfolger Helwinns mehr geben. Folge mir!«

»Aber …«

»Kein Widerspruch!« Der Leutnant sah ihm ernst in die Augen. »Für mich bist du ein König. Und wenn es noch eine Zukunft für den Norden – für Maldea – gibt, dann musst du leben!«

Martin nickte widerstrebend und folgte dem Leutnant zum hinteren Teil des Thronsaals, nachdem er sich rasch von den anderen Kriegern verabschiedet hatte. Dort zeigte ihm der Leutnant eine hinter einem schweren Wandteppich verborgene Tür.

»Falls du die Stadt nicht mehr verlassen kannst, musst du dich tarnen. Sonst wird man dich früher oder später als Ziehsohn Helwinns erkennen.« Leutnant Mendral packte Martin am Arm. »Pass auf dich auf!«

Beklommen und traurig sah Martin dem Leutnant in die klugen Augen. »Ich kann euch doch nicht sterben lassen.«

»Das werden wir sowieso. Gib dir später keine Schuld daran, was hier geschehen wird. Du bist der Mutigste von uns allen. Daran zweifelt keiner meiner Männer. Es ist keine Schande, wenn du jetzt gehst. Du hast dem König gegenüber die Pflicht, am Leben zu bleiben.«

»Hat dir der König etwa befohlen, mich zu beschützen?« Martin konnte nicht fassen, was hier geschah. Er war doch nur ein einfacher Mann. Ein Krieger. Und kein Prinz, der sich bei ersten Zeichen von Lebensgefahr feige verkroch. Mendral zögerte.

»Hat dir Helwinn befohlen, mich zu schützen?«, wiederholte Martin die Frage. Er musste es wissen.

»Ja. Er hat gesagt, 'Beschütze meinen Sohn – meinen Erben. Er ist das größte Geschenk, das mir mein Leben gemacht hat. Ich darf ihn nicht mit mir in den Tod reißen.'« Mit diesen Worten griff der Leutnant in seine Weste und beförderte eine Schriftrolle mit dem Siegel Helwinns ans Licht. »Dies bezeugt deinen Thronanspruch. Wenn die Zeiten sicherer geworden sind, wirst du einen Beweis brauchen. Ich hätte mir einen günstigeren Moment gewünscht, dir das Testament deines Vaters zu überreichen, aber…«

Die mächtige Holztür des Thronsaals splitterte.

»Bitte, geh!« Der Leutnant sah ihn fast flehend an.

Martin versuchte, die aufkommenden Tränen zurückzuhalten und nahm mit unsicheren Händen das Pergament entgegen. Er sah Mendral nochmals an und legte all seinen Dank in diesen Blick. Dann trat er in den Geheimgang. Er hörte, wie der Leutnant den Wandteppich zurückfallen ließ. Ein ohrenbetäubendes Krachen ertönte. Die Holztür war zerstört. Seine Freunde blickten in diesem Moment ins Angesicht des Todes, der durch Karaians erbarmungslose Soldaten verkörpert wurde, die alles zerstörten, was sich dem dunklen Herrscher in den Weg zu stellen wagte.

Elias konnte selbst kaum glauben, wie extrem sich sein Zustand verbessert hatte. Noch dazu hatte es eigentlich keinen erkennbaren Grund für diese Veränderung gegeben, auch wenn er entschieden nichts dagegen einzuwenden hatte. Trotzdem war es seltsam …

Plötzlich war er ein ganz normaler, kerngesunder Mensch. Er konnte über Baumstämme balancieren, von einem Felsen in den See springen und Bogenschießen. Es hatte zwar einige Zeit gebraucht, bis er den Dreh raus hatte, aber jetzt war er, zumindest was kurze Distanzen anging, dank Mia ein ganz passabler Schütze. Er hatte vor, so viel wie möglich von dem aufzuholen, was er als Kind verpasst hatte. Fangen spielen war für sein Alter zwar schon ein wenig zu kindisch geworden, aber mit Mia konnte er dies dennoch so lange tun, bis die beiden im Gras lagen und zwischen Kichern und Lachen kaum noch zum Atmen kamen. Das Dorf sah trotz der Zeit, die seit dem Feuer vergangen war, verheerend aus, und Elias und Mia packten beim Wiederaufbau oft mit an. Die Leute des Dorfes fanden Elias' Veränderung wohl auch mehr als ungewöhnlich, denn die Blicke, die sie ihm zuwarfen, verrieten Verwunderung und bei einigen sogar Angst. Die meisten Bewohner wichen ihm aus, und manche machten hastig Handzeichen, um sich vor dem Bösen zu schützen, wenn sie doch einmal in seine Nähe kamen. Elias mochte dieses Verhalten nicht, und sein Unbehagen darüber wuchs von Tag zu Tag. Wie sich eines Abends zeigte, war dieses Gefühl keineswegs unbegründet. Die Leute tuschelten, wenn sie Elias sahen, und die Straßen leerten sich nach und nach. Eine unheilvolle Stille legte sich über das Dorf. Mias Mutter erzählte Elias später, dass sie beim Dorfklatsch auf dem Marktplatz herausgefunden hatte, dass eine geheime Versammlung aller Dorfbewohner stattfand. Nur Mia, Helen, Ben und natürlich Elias waren nicht eingeladen. Am Tag darauf standen morgens zwei kräftige junge Männer vor Mias Haus und verlangten mit vor der Brust gekreuzten Armen, Elias zu sehen. Dieser hörte sie, trat aus der Küche und schob Mia, die die Tür geöffnet hatte, zur Seite. Es waren Peter und Frederic, die Söhne des Dorfschmieds. Elias erinnerte sich, dass er einmal als Kind mit ihnen gespielt hatte.

Doch die damals freundlich lachenden Gesichter blickten ihn nun finster und befremdet an.

»Was gibt's?«, fragte er knapp und musterte die beiden Männer abschätzend.

Peters Feindseligkeit sprach nun nicht nur aus seinem Äußeren, sondern auch aus seiner Stimme. »Wir sollen dir eine Nachricht überbringen. Die Versammlung hat gestern beschlossen, dich der praktizierten Hexerei anzuklagen und deswegen aus unserem Dorf zu verbannen. Du hast bis heute Mittag Zeit zu verschwinden. Wenn du dann immer noch nicht weg bist, dann …«

Peter fuhr sich, anstelle von weiteren Worten, mit der flachen Hand über seine Kehle. Die Geste war unmissverständlich. Frederic grinste hämisch. Dennoch meinte Elias auch Furcht in den Augen der zwei Männer zu sehen. Sie hatten Angst vor ihm – Angst vor dem Unerklärlichen. Ohne ihn noch eines weiteren Blickes zu würdigen, wandten sie sich ab und gingen.

Mit offenem Mund starrte Elias den zwei Kerlen hinterher.

Mia trat an ihn heran und legte ihm eine Hand auf die Schulter. »Ich werde das nicht zulassen.«

Doch in ihren Herzen wussten sie beide, dass Elias keine Wahl hatte. Er musste fort.

3 Drachenaugen

Martin schwitzte. Diese unterirdischen Gänge waren derart schlecht belüftet, dass er manchmal das Gefühl hatte, keine Luft mehr zu bekommen. Er hatte sich der Spionagegruppe angeschlossen. »Schließlich muss ihnen ja irgendjemand helfen«, hatte er gedacht, und letztendlich kam ihm die Möglichkeit, doch nicht mehr so machtlos zu sein, ganz gelegen. Karaian hatte mittlerweile viele Bürger Van'Valors hängen lassen, und das war nicht nur im übertragenen Sinne zu verstehen. Die Leichen ließ er an öffentlichen Plätzen ausstellen, um seine Macht zu demonstrieren und den Menschen Angst zu machen. Martin war jedoch immun gegen solche Einschüchterungsversuche. Diese Ungerechtigkeit trieb ihn eher noch an, als dass sie ihn bremste.

Inzwischen hatte ihn sogar Isaac in der Gruppe akzeptiert und gestand ein, dass sie, seit Martin half, viel bessere Fortschritte machten. Der Widerstand, von dem die Kinder Martin erzählt hatten, war ein bunt gemischter Haufen von Bauern und Bürgern, die sich Waffen beschafft hatten und mit ihren wenigen Mitteln und Kenntnissen versuchten, etwas an ihrer verzweifelten Lage zu ändern. Martin hatte auch hier bereits die Führung übernommen. Keiner von ihnen hatte Äxte je zu etwas anderem gebraucht, als um Holz zu hacken, und keiner hatte eine Waffe je gegen einen wahren Gegner gerichtet. Allerdings waren die Pläne und Strategien, die sie entworfen hatten, nicht schlecht. Aber da es hier nicht nur um Theorie ging, war Martin gefragt, und viele wollten bei ihm Kampfunterricht nehmen. Das hatte man nun davon, wenn man anderen seine Geschichte offenbarte. Seufzend fuhr sich Martin durch die für ihn immer noch ungewohnten kurzen Haare. Er hatte sich seine ehemals lange Haarpracht zur Tarnung abgeschnitten. Seitdem hingen ihm seine Haare in kurzen Strähnen in sein Gesicht. Auch der Stoppelbart, der ihm inzwischen gewachsen war, befremdete ihn, wenn er sein Spiegelbild im Wasser sah. Immerhin hatte ihn noch niemand erkannt. Ihre Unternehmungen waren schon gefährlich genug. Auch ohne dass die anderen wussten, dass er laut König Helwinns Vermächtnis der Erbe der Krone war. Die Schriftrolle, verborgen in seiner Weste, lag wie ein schwerer Stein über seinem Herzen. Schnell versuchte er an etwas anderes zu denken.

Der Kampfunterricht … Das Problem damit war, dass man in diesem unterirdischen Netz von Gängen und kleinen Räumen nicht den geeigneten Platz hatte, um richtigen Unterricht zu geben. Deswegen hatte Martin erst einmal begonnen, sie in die Theorie einzuweisen, bei der sie lernten, die Waffen zu halten, zu schwingen und die richtigen Bewegungen dazu zu machen. Auch Isaac war dabei, der sich mit dem Schwert jedoch schon so gut auskannte, dass er Martin beim Unterrichten helfen konnte und nur ab und zu schwierigere Schlagabfolgen gezeigt bekommen wollte. Martin hatte zudem noch eine weitere Aufgabe erhalten: Spionage. Und das nicht ohne Grund. Im Gegensatz zu allen anderen Bewohnern in dieser Gegend hatte Martin schwarze Haare. Er glaubte, sein fremdartiges Aussehen von seinem Vater geerbt zu haben, den er nie kennen gelernt hatte und der aus dem Süden stammte. Die Südländer waren der Feind. Martin sah aus wie einer. Das war sehr von Vorteil, weil er sich so viel besser in die feindlichen Reihen einschleichen konnte und leichter an Informationen kam als beispielsweise Isaac mit seinem unübersehbaren roten Haarschopf. Isaac und Martin waren nach der ersten Skepsis gute Freunde geworden. Sie arbeiteten eng zusammen und hatten sich bereits gegenseitig aus brenzligen Situationen gerettet. Samuel beschwerte sich immer, wenn sie von einer Mission wiederkamen, dass er nicht mitgedurft hatte, aber Martin erklärte ihm stets geduldig, dass er noch zu klein sei und außerdem jemand auf seine Schwester Ina aufpassen musste.

∾

Elias hatte seine Sachen zusammengepackt. Es war nicht viel: Ein Messer, ein Bogen mit Köcher, Kleidungsstücke und Proviant. Weil von seinem ehemaligen Zuhause nur noch Ruinen und Asche übrig geblieben waren, hatte er alles geschenkt bekommen. Mia hatte ihm alte Kleidung von ihrem Vater gegeben – eine Ehre, die er dankend angenommen hatte. Die Leinenstoffe, aus denen der Großteil der Sachen bestand, waren fein gearbeitet und passten ihm wie angegossen. Mia hatte gestrahlt, als er in diesem Aufzug vor sie hingetreten war, und sie hatte gesagt: »Du siehst aus wie ein Prinz.« Elias hatte daraufhin nur verlegen zu Boden gestarrt. Ihre Zeit war begrenzt, und nun war der Moment des Abschieds gekommen. Traurig standen sich Elias und Mia gegenüber. Kein Wort verließ ihre Lippen. Stumm schlossen sie sich in die Arme und blieben lange so stehen. Erst als Ben angestapft kam, ließen sie voneinander ab. Nun war es an Ben, Elias ein letztes Mal in den Arm zu nehmen. Mias Mutter schüttelte ihm zum Abschied die Hand. Dann wandte Elias sich ab. Er ließ die Häuser hinter sich, und der große dunkle Wald verschluckte ihn.

∾

Mia sah ungläubig auf die Stelle, an der Elias zwischen den Bäumen verschwunden war. Konnte das sein? Hatte sie ihn wirklich gehen lassen? War er jetzt für immer weg? Tränen kullerten ihre Wangen hinab und tropften zur Erde. »Elias …«, flüsterte sie. Sollte sie nicht eigentlich in diesem Moment neben ihm hergehen? Hatte sie sich nicht gelobt, dass sie alles in Kauf nehmen würde, nur um bei ihm zu sein? Entschlossen trat sie in die Küche und stellte sich vor ihre Mutter hin, die mit Ben schweigend dagestanden hatte.

»Mutter, ich muss ihm folgen.« Mia hatte sich entschieden.

»Mia, was redest du da? Du kannst nicht fort.« Ihre Mutter sah sie verwundert und erschrocken an.

»Doch ich kann. Und ich werde!«

Sie rannte hoch in ihr Zimmer, riss ihr Laken vom Bett, stopfte ein paar Kleider von sich hinein und eilte wieder hinunter in die Küche. Dort rauschte sie an ihrer Mutter vorbei und steckte sich ungefragt noch einen halben Laib Brot dazu. Dann schnappte sie sich ein Messer, welches auf längeren Reisen ein unverzichtbarer Gegenstand war, und drehte sich nochmals zu ihrer Mutter um. »Mutter. Ich muss gehen.«

»Mia, bitte geh nicht! Du darfst nicht gehen!« Ihre Mutter weinte. Sie hatte wohl immer noch nicht begriffen, was Mia empfand.

»Mutter, ich liebe ihn. Wie kann ich ihn allein ziehen lassen, wenn dann doch mein Leben keinen Sinn mehr hat?«

»Aber ich bin deine Familie. Wenn du gehst, sind wir beide allein! Außerdem: Wer sagt denn, dass Elias dich auch so sehr liebt? Was wirst du tun, wenn es nicht so ist?«

Die Worte ihrer Mutter schnitten ihr ins Herz. Nun hatte es Helen doch noch geschafft, Mias Entschlossenheit ins Wanken zu bringen. Denn genau das war ihre Sorge.

»Aber …« Mia fehlten die Worte.

Unerwartet schaltete sich Ben ins Gespräch ein. »Elias liebt dich, Kind. Das hat er immer getan.«

Ungläubig starrten Mia und ihre Mutter den alten Mann an.

»Lass sie ziehen, Helen.« Ben sah Mias Mutter mit seinem gutmütigen, ruhigen Gesicht ernst an. »Die zwei brauchen einander. Sie lieben sich wirklich. Schließlich besucht uns Mia schon seit Jahren, und obwohl meine Augen alt und schwach sein mögen, ich bin nicht blind.«

Da nahm Mias Mutter sie liebevoll in den Arm. »Du musst ihn wirklich sehr lieben, nicht wahr? Dann will ich eurem Glück nicht im Weg stehen. Folge ihm, doch vergiss mich nicht. Und komm bitte irgendwann zurück.«

Ihre Mutter sagte diese Worte mit festem Klang, doch Mia wusste, dass sie, wenn sie fort war, einen regelrechten See an Tränen vergießen würde.

»Sei nicht traurig, Mutter. Ich versuche nur, mein Glück zu finden, und ich hoffe, du findest deines auch wieder.«

Mit diesen Worten und einer weiteren festen Umarmung verabschiedete sich Mia von ihrer Mutter, bevor diese sie mit tausenden Ratschlägen überhäufen konnte, die ihr wahrscheinlich schon auf den Lippen lagen. Mütter … Mia löste sich sanft aber entschlossen von Helen und nickte Ben dankend zu. Dann griff sie nach ihrem Bündel und verließ das Haus mit einem weinenden und einem lachenden Auge. Sie ließ alles, was sie kannte, hinter sich: ihre Familie, ihre Freunde, ihr Zuhause. Doch auf ihrem nun eingeschlagenen Weg lag eine Zukunft – eine Zukunft mit dem Mann, den sie liebte. Sie lief noch schneller. Mit ein wenig Glück, würde sie Elias noch einholen.

Der Waldweg wirkte wie ausgestorben. Nicht einmal die Vögel zwitscherten. Zögernd begann Elias leise ein paar Verse einer alten Melodie zu singen, um die Stille um ihn herum zu füllen. Er war allein. Nie hatte er sich so allein gefühlt, und je weiter er lief, desto deutlicher verspürte er den Drang umzukehren, aber er konnte nicht.

»Elias!«

Er fuhr herum. Mia rannte auf ihn zu.

»Was ...«

»Elias! Ich komme mit dir.« Überrascht starrte er Mia an. »Jetzt guck nicht so ... Freust du dich denn nicht?«

»Doch«, stammelte Elias, »natürlich freue ich mich, aber ich kann doch nicht zulassen, dass du meinetwegen dein ganzes Leben aufgibst.«

Mia machte ein ernstes Gesicht.

»Ich gebe mein Leben nicht auf. Ich habe durch dich gerade erst angefangen zu leben.« Zärtlich strich sie ihm eine blonde Strähne aus dem Gesicht und lächelte wieder. Sie hatte plötzlich keine Angst mehr, ihre Gefühle zu zeigen. »Wir sind zusammen. Das ist das Einzige, was zählt!«

Elias umarmte sie. »Danke.«

Mehr konnte er in diesem Moment nicht herausbringen.

Vor dem Dunkelwerden schlugen sie ihr Lager auf. Während Elias Holz und ein paar Steine zusammensuchte, damit sie das Feuer eingrenzen konnten, legte Mia die Decken aus und holte etwas von dem Brot hervor. Am Wegesrand hatten sie auch ein paar Beeren gefunden, die sie zu dem Brot essen wollten. Elias war gerade zurückgekommen und richtete die Feuerstelle her, als es plötzlich im Unterholz knackte. Er erhob sich langsam aus der Hocke und tastete nach seinem Messer, das er an der Hüfte trug. Es wurde wieder still, doch Elias spürte, dass etwas nicht in Ordnung war. Mia sah ihn ängstlich an.

»Bleib dicht bei mir«, murmelte Elias, und da sprangen auch schon mehrere Männer aus den Büschen. Südländer! Ihre Blicke waren gierig auf die Bündel gerichtet, die neben der Feuerstelle lagen. Vermutlich erhofften sie sich Münzen oder andere wertvolle Dinge, die einsame Reisende mit sich führen konnten. Einige von ihnen starrten auch unverhohlen auf Mia, und ihre Absichten wollte sich Elias lieber nicht so genau ausmalen. Er schob Mia hinter sich und baute sich schützend vor ihr auf. Das Messer zur Abwehr erhoben.

»Na, ihr zwei Turteltauben? Habt ihr vielleicht eine milde Gabe für den alten Ruben und seine Freunde?« Es war der Größte von ihnen, der gesprochen hatte.

Langsam trat er auf die beiden zu und zückte dabei drohend seinen Dolch. Elias wich keinen Zentimeter zurück.

»Bist wohl ein richtiger Held, wie?«, meinte der Anführer spöttisch.

Elias blickte sich nach einer Fluchtmöglichkeit um, aber sie waren eingekreist. Das kleine Messer würde ihm hier nicht viel nützen. Der Kreis zog sich immer mehr zu und Elias nahm Mias Hand. Sofort krampften sich ihre Finger um seine Hand zusammen. Sie hatte Angst.

»Wir haben nichts«, sagte er mit fester Stimme. »Lasst uns zufrieden!«

Die Männer lachten und kamen näher.

Doch in diesem Augenblick stürmten berittene Soldaten den Weg entlang und griffen die Gruppe von Südländern an. Es brach ein Kampfgetümmel aus. Scheinbar von überall erklang das Aufeinanderschlagen von Metall. Pferde, Menschen und Bäume wurden in dem ganzen Durcheinander zu einem schier undurchdringlichen Dickicht. Ein Südländer hielt bei der Flucht vor einem Reiter direkt auf Elias und Mia zu. Sie wichen instinktiv auseinander. Doch als Elias gerade wieder nach Mias Hand greifen wollte, wurde er von dem Pferd des Verfolgers gestreift und unsanft zu Boden geschleudert.

»Elias.«

Mias Stimme klang so voller Angst, dass es ihm wehtat. Wut loderte in Elias auf und plötzlich spürte er eine unbändige Kraft in sich erwachen. Mit neuem Mut richtete er sich auf, stürzte sich mit einem Schrei auf die Südländer und schlug dem, der ihm am nächsten war, seine Faust in den Magen. Verblüfft sah er dem Kerl zu, wie dieser durch die Luft flog und laut gegen einen Baum krachte. Elias starrte auf seine geballte Hand. Er hätte nicht gedacht, dass er so viel Kraft in die Bewegung gelegt hatte. Stöhnend rutschte der Südländer mit dem Rücken am Baumstamm entlang, sackte zu Boden und hielt mit schmerzhaft verzerrtem Gesicht den Arm vor den Oberkörper gepresst. Elias merkte, dass es still geworden war, und sah sich um. Der Kampf hatte ausgesetzt und alle starrten ihn an.

Was in Aeretorns Namen war hier los?

Mia traute ihren Augen kaum. Elias hatte diesen Mann fort geschleudert, als wäre er ein lästiges Insekt. Außerdem glühten Elias' Augen wie Feuer. So hatten sie auch ausgesehen, als er sich nach dem Brand das erste Mal geregt hatte. Jetzt konnte sie auch die katzenhaften Pupillen erkennen, die sie aus dem Gesicht ihres Freundes ansahen. Erschrocken wich sie vor ihm zurück.

Elias verstand die Welt nicht mehr, und doch war gleichzeitig alles viel klarer als jemals zuvor. Ungekannte Gefühle und ein Wissen, welches sich seinem Bewusstsein bisher entzogen hatte, schienen seinen Geist zu erfüllen. Ratlos blickte er in die Runde.

Die Südländer wichen zurück und sahen entsetzt auf dieses Wesen, das doch eigentlich ein Mensch war. Sie konnten sich, genauso wie Elias, nicht erklären, was hier geschah. Elias konnte die Angst der Südländer spüren. Kleine Gesten, die er zuvor niemals in dieser Intensität wahrgenommen hatte, verrieten ihre Gedanken und Gefühle. Bei dem einen war es das Zucken eines Augenlids, bei dem anderen das leichte Zittern der Beine. Winzige Anzeichen, die Elias sonst vermutlich entgangen wären, doch nun schienen seine Sinne um ein Vielfaches stärker. Nur die fremden Soldaten schienen im Gegensatz zu den Räubern keine Fluchtgedanken zu hegen. Elias erforschte noch einmal seine neu geschärften Sinne und sah seine Vermutung bestätigt: Er konnte an den fremden Reitern keine Furcht hören oder riechen. Ihre Herzen schlugen ruhig. Kein übermäßiger Schweiß strömte aus ihren Hautporen. Überfordert von der Intensität der vielen Details schüttelte Elias den Kopf, wie um seine Gedanken zu ordnen. Was nun geschah, erschreckte ihn jedoch noch mehr. Er sprach. Aber ganz ohne sein Zutun.

Er sprach, ohne die Worte zu denken, denn es waren nicht die seinen: »Ich bin Sjen'Avalas, der Feuerprinz. Meine Zeit ist gekommen. All ihr Diener der Dunkelheit nehmt euch in Acht!«

Die Südländer flüchteten. Die fremden Soldaten jedoch blieben stehen. Kraftlos klappte Elias in sich zusammen und Schwärze umfing ihn.

Als Elias wieder zu sich kam, befand er sich in einem Zelt. Irritiert setzte er sich auf und nahm seine nähere Umgebung in Augenschein. Man hatte ihn auf Decken gebettet und ihm einen warmen Tee neben sein Lager gestellt. Der Vorhang, der den Eingang verdeckte, wurde geöffnet und Licht strahlte herein. Mia ließ den Vorhang wieder hinter sich zufallen und ging, als sie bemerkte, dass Elias wach war, freudestrahlend auf ihn zu.

»Ich wusste, dass du aufwachst.«

Elias dröhnte der Schädel.

»Was ist eigentlich passiert? Und wo bin ich hier?«

Doch bevor Mia antworten konnte, betrat noch jemand das Zelt. Es handelte sich um einen athletischen jungen Mann mit feinen Gesichtszügen und einem eleganten Überwurf. Elias war sich nicht sicher, aber irgendetwas an dem Kerl war ihm fremd … irgendwie unmenschlich.

»Guten Tag, Elias. Mein Name ist Aivlis.« Als der Fremde Elias' Blick bemerkte, der auf das Schwert an seiner Hüfte gerichtet war, ergänzte er: »Und Mia wird dir bestätigen können, dass ich zu euren Freunden zähle.«

Elias warf Mia einen fragenden Blick zu. Sie nickte.

»Was bist du?« Elias konnte sich die Frage nicht verkneifen.

»Du hast es also gemerkt. Nun, ich bin nicht Mensch und auch nicht Elb. Wir sind das Volk von El'Dwérin, der Stadt der Meledaín.«

Erstaunt weiteten sich Elias' Augen. »Heißt das etwa, ihr seid halb Mensch und halb Elb?«

»Ja. *Meledaín* bedeutet übersetzt *Halbelb*.«

»Aber warum habe ich nie etwas über euer Volk gehört?«

Aivlis setzte sich auf den Boden. »Die Elben wissen von uns und haben uns auch nicht vergessen. Sie leben sehr lange. Die Menschen jedoch sterben schnell und vergessen leicht. Für sie existieren wir nicht.«

»Und wo lebt ihr?«

»Wir leben im Osten, tief im Inneren des Déjun-Gebirges.«

Elias dachte kurz über das Gehörte nach. »Viele meiden das Gebirge, weil sie glauben, dass es dort spukt. Seid ihr für diese Gerüchte verantwortlich?«

Aivlis schmunzelte. »Ja und nein. Wir haben ihnen nicht diese Ideen in den Kopf gesetzt, aber bei dem jährlichen Verlonfest schicken wir Lichter in den Himmel. Vermutlich wirken sie auf Uneingeweihte wie Geister.«

Eine Pause entstand.

Elias räusperte sich. »Also, kann mir jemand erklären, was mit mir los ist?« Er hatte sich gefürchtet, diese Frage zu stellen, weil er nicht wusste, ob ihm die Antwort gefallen würde. Aber er musste fragen.

Aivlis sah ihn durchdringend an. »Du bist der Feuerprinz, der letzte Drache unserer Zeit.«

Martin sträubte sich, den anderen die Neuigkeit zu erzählen. Karaian zog weiter. Das war gut für sie, aber der Grund dafür war, dass Karaian alle freien Völker des Nordens unterdrücken und ein absoluter Herrscher werden wollte. Martin wollte sich nicht ausmalen, was das bedeutete. Die Welt würde in Finsternis versinken. Das Wort Freiheit würde aufhören zu existieren. Sie hatten keine Chance, außer wenn an der Prophezeiung etwas dran war. Vielleicht sollten sie einfach den Drachen suchen gehen. Doch wo fand man einen Drachen? Und wie sollte man einen finden, wenn sie seit hunderten von Jahren ausgestorben waren? Geduckt schlich Martin weiter durch die Gänge. Ihr Treffpunkt war nicht mehr weit. Schon konnte er den Schein der Kerzen sehen. Wenig später stand er in einem Raum, von dem mehrere Wege ausgingen. In der Mitte stand Isaac und sah ihn gespannt an. »Und? Hast du was Neues gehört?«

»Karaian wird weiter ziehen.«

Isaac strahlte. »Gut für uns.«

»Nein, schlecht für uns.«

Isaacs Stirn furchte sich. »Warum?«

»Der Elbenabschaum wird auch die anderen Städte und Dörfer des Nordens überrennen und Tod und Verderben hinterlassen. Unseren Brüdern und Schwestern der anderen Nordvölker wird es genauso ergehen wie uns. Wenn nicht sogar noch schlimmer.«

Isaac wurde blass. »Aber was können wir denn tun?«

Martin sah Isaac entschlossen an. »Wir werden ausziehen und den Drachen suchen.«

4 Die Erkenntnis

Elias hatte die letzten Tage über das Erlebte nachgedacht und versucht, zwischen all den Meledaín einen klaren Gedanken zu fassen. Seine Kraft war verschwunden und seine Augen waren wieder normal. Er selbst hatte gar nicht bemerkt, dass sie sich kurzzeitig in Drachenaugen verwandelt hatten. Wenigstens wusste er aus seinem Traum, wie diese aussahen. Er hatte so ein Gefühl, dass das nicht der einzige Traum mit einem Drachen gewesen war, doch er konnte sich beim besten Willen nicht an einen anderen erinnern. Aivlis hatte lange mit ihm über die Bedeutung der Prophezeiung geredet und mit ihm über deren Hintergründe gesprochen: über Inébis, über den Rückzug der Elben aus der Welt der Menschen, über die Meledaín und schließlich darüber, wie die tatsächliche Erfüllung der Prophezeiung durch Karaians Machenschaften immer näherzurücken schien. Diese Unterhaltungen brachten ihn allerdings auch nicht wirklich weiter, zumal es ihm so schien, als würde er vieles, was Aivlis ihm erzählte, irgendwie schon wissen. Aber auf die entscheidende Frage hatte Elias keine Antwort. Denn all dieses Wissen verriet ihm rein gar nichts darüber, was er tun musste, um seine Bestimmung zu erfüllen. Dennoch hörte er sich Aivlis' Erzählungen gerne an – besonders diejenigen über dessen eigenes Volk.

Die Meledaín waren im Grunde ein friedfertiges Volk, trotzdem hatten sie nicht verlernt, mit Waffen umzugehen. Das Déjun-Gebirge barg viele Gefahren – wilde Tiere und uralte magische Wesen. Außerdem gehörte der Kampf mit Schwertern und anderen Waffen zu ihrer Tradition. Ohnehin war das Volk der Meledaín recht klein, und somit diente der Kampfunterricht auch dem Schutz ihrer Art.

Insgesamt ritten zehn Krieger mit Aivlis, und Elias hatte bereits ein paar von ihnen kennengelernt. Semir war Aivlis' Bruder. Die einzigen äußeren Unterschiede zwischen den beiden schienen darin zu bestehen, dass Aivlis dunkelbraunes Haar hatte und älter war und Semir hellbraunes Haar hatte und jünger war. Der erste Eindruck sagte Elias, dass Semir etwas ausgelassener wirkte. Semir ohne ein Lächeln zu sehen, war praktisch unmöglich. Dann gab es da noch Bric, den Bogenschützen, und Eril, den Pferdeflüsterer. Bric konnte mit dem Bogen noch besser umgehen als Mia, und der schweigsame Eril verstand die Pferde so gut, dass es Elias kaum gewundert hätte, wäre Eril in einem früheren Leben selbst ein Pferd gewesen. Doch die Person in der Gruppe, die Elias am interessantesten fand, war Yelna. Yelna war Aivlis' Frau. Ihr Aussehen war so unbeschreiblich, dass Elias sich nicht vorstellen konnte, dass die Elben das noch überbieten konnten. Yelnas langes dunkelbraunes Haar war zu einem eleganten Zopf geflochten. Ihre Haut sah aus wie aus Porzellan, und ihr Blick aus den warmen braunen Augen war wie das Aufgehen der Sonne. Verträumt sah er ihr bei ihren Schwertübungen zu und machte immer wieder ein erstauntes Gesicht, wenn sie eine Bewegung vollführte, die ihm eigentlich unmöglich erschien. Yelna legte eine Präzision und Geschwindigkeit an den Tag, bei der Elias eine Gänsehaut den Rücken hinablief. Zu seinem Leidwesen wechselte Yelna kaum ein Wort mit ihm. Nicht, dass sie unfreundlich gewesen wäre. Nein, sie zeigte sogar eine gewisse Unterwürfigkeit. Aber die knappen Sätze, die sie so ohne jedes Gefühl an ihn richtete, machten es Elias nicht gerade leicht sie besser kennenzulernen. Auch Mias Verhalten war beunruhigend. Sie versuchte es zwar zu verstecken, doch seitdem sie wusste, dass er ein Drache war, hatte sie Angst vor ihm. Er fand die Vorstellung, ein Drache zu sein, selbst sehr abwegig, doch er musste sich eingestehen, dass diese Erklärung für seine Wandlung die einzige und beste war, die es gab.

Elias spürte, dass sich etwas verändert hatte. Er fühlte sich stark. Es war etwas, das er noch nie empfunden hatte. Eine neue Kraft wuchs in ihm heran. Dennoch erschien sie ihm seltsam vertraut, und plötzlich begriff er, dass sie auf irgendeine Weise schon immer zu ihm gehört hatte. Er wusste nur noch nicht, wie und warum.

Deshalb war Mia nicht die einzige Person, die sich vor ihm fürchtete. Elias selbst hatte Angst vor sich. Diese Kraft, die in ihm wohnte, konnte er nicht beherrschen. Was war, wenn er mit ihr eine Katastrophe verursachte? Aivlis' Meinung dazu war, dass Elias mit ihnen zu der Elbenstadt Tymas reiten müsse, um dort Schutz vor sich selbst und vor den Südländern zu finden. Diese würden ohne Zweifel nach ihm suchen, damit sich die Prophezeiung nicht erfüllen konnte.

So begaben sie sich schließlich langsam jedoch stetig auf den schweren Weg hinein ins Déjun-Gebirge. Elias bekam einen wundervollen Rappen zugewiesen, der den Namen Sènnu hatte, was, wie Aivlis ihm erklärte, auf Elbisch *Glanz* hieß. Dieser schien den Drachen in Elias zu spüren, ebenso wie die anderen Pferde. Wenn sich Elias ihm näherte, wurde er unruhig, und es dauerte einige Zeit, bis sich Sènnu an seinen neuen Herren gewöhnt hatte. Auf ihrer Reise erzählte Aivlis Elias noch so manches über sein Volk und die Prophezeiung. Auch, dass er und seine Truppe eigentlich nur wegen Elias ihre Heimat verlassen hatten, da sie von Léssal, dem Herrscher der Elben, gebeten worden waren, den letzten Drachen aufzuspüren und ihn sicher nach Tymas zu geleiten. Diese Information machte Elias noch einmal mehr den Ernst seiner Lage bewusst und verdeutlichte ihm, wie groß die Gefahr war. Für den jungen Mann war es immer noch unglaublich, dass seinetwegen so ein Tumult entstand und er eine solch wichtige Speiche im Rad der Zeit war.

Mia vergaß, als sie die ersten Berge überwunden hatten, zu seiner Erleichterung mehr und mehr ihre Angst vor ihm. Er wusste allerdings nicht, ob das nur daran lag, dass sie sich nun mehr Sorgen wegen der Südländer machte. Bric ritt ihnen immer ein Stück voraus, um sie auf mögliche Gefahren vorzubereiten.

Mia wusste nicht, was sie von all dem halten sollte. Zunächst war aus dem kränklichen, gutmütigen Dorfjungen ein starker, kerngesunder, junger Mann geworden, und nun sollte er ein Drache sein? Ein Drache?! Wie war das alles zu erklären? War Elias noch Elias, oder hatte sie nun eine völlig neue Person vor sich? Unsicher warf sie ihm einen Blick zu. Er lächelte zurück und sein schwarzes Pferd schnaubte, als wollte es einen Kommentar zu dem Blickwechsel abgeben. Mia lachte. Doch die Unsicherheit blieb. Wer war der blonde Mann, mit dem sie aufgewachsen war, wirklich?

Der Wald um sie herum war dicht und ihr Weg beschränkte sich auf einen schmalen Pfad. Seit dem Feuerausbruch in Alderun war bereits einige Zeit ins Land gestrichen, sodass der Herbst den Sommer unmerklich begonnen hatte abzulösen und die schillernden Blätter der Silbereichen wie ein Regen auf die Reisenden herabfielen. Vom Laub gedämpft stapften die Hufe der Pferde über den erdigen Boden. Niemand redete. Eine unangenehme Spannung hatte sich in der Gruppe ausgebreitet. Bric war schon am frühen Morgen vorausgeritten, aber nicht wieder zurückgekehrt. Sonst dauerte es nie so lange. Etwas stimmte nicht ... Elias blickte sich unruhig um. Er fühlte sich beobachtet. Unbewusst legte er seine Hand auf den Griff des Schwertes, das er von Aivlis bekommen hatte. Auch Mia tastete nach dem Bogen auf ihrem Rücken. Aivlis wies sie plötzlich an, stehen zu bleiben. Vor ihnen breitete sich eine Lichtung aus. Hier war das Gehölz weniger dicht und man konnte sehen, dass sich etwas im Wald bewegte.

»Das ist eine Falle«, stellte Aivlis überflüssigerweise fest, denn jeder konnte die Anwesenheit der Südländer spüren.

Auf einmal schrie Eril auf. Er war der Letzte in ihrer Reihe. Alle drehten sich erschrocken um. Aus Erils Schulter ragte der Schaft eines Speers. Zornig riss er sein Pferd herum und zog sein Schwert. Es mussten Hunderte sein, die den Weg zurück versperrten.

»Los!«, rief Aivlis und trieb sein Pferd auf die Lichtung. »Eril! Du auch!« Dieser hatte sich todesmutig vor den Angreifern aufgebaut, doch durch seine Verletzung saß er schon gefährlich schief im Sattel. Als sie in der Mitte der Lichtung ankamen, stürmten wie erwartet von allen Seiten noch mehr Südländer heran und kreisten sie ein. Elias riss sein Schwert aus der Scheide. Er wusste, dass die Meledaín und Mia nur eine Chance hatten, wenn er seine Kräfte entfesselte. In dem ganzen Trubel versuchte er, sich darauf zu konzentrieren. Nichts! Wo war der Drache, wenn man ihn brauchte?! Zähneknirschend wehrte er unbeholfen die Schläge der Südländer ab. Auch wenn sie durch die unglaubliche Treffsicherheit von Mias Pfeilen den Feinden große Verluste brachten, kamen ununterbrochen mehr und mehr Südländer auf die Lichtung gestürmt. Yelna war inzwischen zum Nahkampf übergegangen und kämpfte wie eine wild gewordene Löwin und Aivlis und die anderen waren nicht weniger beeindruckend, doch Eril drohte vom Pferd zu kippen. Er würde sterben, wenn nichts geschah. Sie würden alle sterben. Elias war ihre letzte Hoffnung. Plötzlich und ganz unvermittelt loderte seine Kraft auf, und ein verblüfft aussehender Südländer, der Elias gerade hatte aufspießen wollen, kippte in zwei saubere Hälften geteilt zu Boden. Auch Elias sah verwundert auf sein blutgetränktes Schwert. Doch dann verhärtete sich sein Blick und er schwang seine Waffe erneut durch die Reihen.

»Verschwindet! Ich kann sie aufhalten!«, schrie er den anderen zu und hoffte, dass sie auf ihn hören würden.

Er wollte nicht, dass einer seiner Freunde seinetwegen sterben musste. Sènnu bäumte sich auf. Auch er war von einem Speer getroffen worden. Ohne zu zögern, sprang Elias von dem wankenden Pferd und gab ihm einen Klaps auf die Flanke. Es sprengte davon und riss noch etliche Feinde dabei um. Nun stand Elias alleine unter den Südländern. Von den Halbelben und Mia konnte er nichts mehr sehen. Nachdem die Südländer bemerkt hatten, wie gefährlich es war, in Elias' Nähe zu sein, blieben sie auf Abstand und schleuderten ihre Speere, aber auch das genügte. Trotz seiner Fähigkeiten gelang es Elias nicht, alles abzuhalten. Ein paar der geworfenen Speere trafen ihr Ziel. Der erste Speer bohrte sich in Elias' Schulter. Ein weiterer streifte seinen rechten Arm. Er wechselte das Schwert von der rechten in die linke Hand. Seine Bewegungen wurden allmählich langsamer und er fühlte, wie das Blut in warmen Rinnsalen an seinem Körper herabrann. Der nächste Speer stieß in seinen Oberkörper und Elias spürte, wie mindestens zwei Rippen brachen. Ein metallener Geschmack lag auf seiner Zunge und das Atmen fiel ihm zunehmend schwerer. Dennoch kämpfte er verbissen weiter.

Unterbewusst nahm Elias auf einmal wahr, dass er dem Feind nicht mehr allein gegenüberstand. Neben ihm war plötzlich noch jemand aufgetaucht. Aivlis. Er hätte doch verschwinden sollen! Benebelt von den Schmerzen fragte sich

Elias, ob der Halbelb seine Aufforderung nicht mitbekommen hatte. Wieder traf ein Speer – diesmal in den Rücken. Stöhnend bäumte sich Elias auf. Der Schmerz war nicht länger auszuhalten. Vier Speere hatten ihn verwundet und sein Hemd hatte sich von weiß zu rot verfärbt. Elias sah Aivlis plötzlich direkt vor sich stehen – groß und aufrecht. Er hatte offenbar den wagemutigen Einfall, sich als lebendes Schutzschild für Elias zu opfern, doch das konnte Elias nicht zulassen. Er schob Aivlis neben sich, wehrte zur gleichen Zeit einen Speer ab und gab dem Meledaín, als dieser erneut vor ihn treten wollte, mit der flachen Schwertseite, die er wie eine Schranke vor Aivlis' Körper sinken ließ, zu verstehen, dass sie nebeneinander kämpfen sollten. Aivlis schien sich nur widerwillig darauf einlassen zu wollen, respektierte Elias' Entscheidung jedoch schließlich, nickte und schlug sich mit der Hand, die kein Schwert hielt, auf die Brust. Diese Geste war, wie Elias bereits wusste, bei den Meledaín ein Zeichen der Ehrbekundung. Dann wurde Elias' volle Aufmerksamkeit wieder auf seine Gegner gelenkt. Aivlis und Elias kämpften verbissen, doch die Anzahl der Südländer war einfach zu groß. Plötzlich durchbrach ein Schrei den Kampflärm. Danach war es still. Elias drehte seinen Kopf zur Seite. Aivlis lag mit offenen Augen am Boden. Sein Blick war leer und aus seiner Kehle quoll Blut. Elias konnte es nicht fassen. Auf ihn hatte Aivlis noch vor ein paar Minuten einen solch unverwüstlichen Eindruck gemacht, und nun war er tot, seinetwegen! Alles war seine Schuld! Die Südländer schlossen den Kreis um Elias enger, auch wenn sie noch respektvollen Abstand zu ihm hielten. Erschöpft sank er auf die Knie und ließ schwach den Kopf hängen. Tief erschüttert von Aivlis' Tod hatte Elias sowohl körperlich als auch seelisch keine Kraft mehr, sich den Südländern weiter entgegenzustellen.

Auf einmal teilten sich die Reihen und eine dunkle Gestalt betrat den Ring aus Männern. Eine Kapuze verbarg ihr

Gesicht, doch Elias konnte spüren, wer ihm da gegenüber stand. Karaian! Nun war alles aus …

»Na, wen haben wir denn da?«, sagte Karaian in kaltem Ton. »Doch nicht etwa den Feuerprinzen?«

Es war keine Frage, denn Karaian kannte die Antwort. Er lachte höhnisch, sein Gefolge blieb jedoch still. Elias hob mühsam den Kopf und funkelte Karaian aus seinen Drachenaugen an. Dieser trat einen Schritt zurück. Der Anblick schien ihn etwas aus der Fassung gebracht zu haben. Ein leichtes Lächeln spielte um Elias' Lippen angesichts dieses kleinen Triumphes. Da er jetzt sowieso keinen Ausweg aus seiner Lage mehr sah, setzte Elias dem noch eins drauf und spuckte dem Herrscher des Südens, und jetzt wohl auch des Nordens, vor die Füße. Das war das Letzte, was er tat, bevor er kraftlos nach vorne fiel. Sein Blick trübte sich und er tauchte ab in eine Welt, die weit von Karaian und seinen Leuten entfernt war.

Martin hatte alles vorbereitet, und nun scharten sich einige der Rebellen um ihn, die er für die Reise ausgewählt hatte. Isaac stand neben ihm und sah sogar noch etwas ernster aus als sonst, da er sich vor wenigen Stunden von seinen Geschwistern verabschiedet hatte, die noch zu jung für solch ein gefährliches Unterfangen waren. Samuel hatte gebettelt, mitkommen zu dürfen, hatte aber schließlich eingesehen, dass jemand zurückbleiben musste, um auf Nathan und Ina aufzupassen. Mürrisch hatte er sich abgewandt, war aber sichtlich stolz gewesen, eine so wichtige, ehrenvolle Aufgabe von seinem großen Bruder übertragen bekommen zu haben.

Der kleine unterirdische Raum war gut gefüllt. Martin klopfte Isaac kameradschaftlich auf die Schulter. Er war froh, dass es ihn gab. Isaac war ihm ein guter Freund geworden und ohne ihn hätte das alles nicht funktioniert. Die Leute hatten größtenteils erst einmal überzeugt werden müssen, ihre Stadt und ihre Familien zu verlassen, um nach einer lebenden Legende zu suchen, dem Drachen. Doch durch Isaacs gutes Zureden hatten auch sie eingesehen, dass dies wohl die einzige Möglichkeit war, den tyrannischen Elben zu vertreiben. Zwar war er nicht mehr in der Stadt, aber Karaians Anhänger wüteten noch immer und es war nur eine Frage der Zeit, bis er alle Städte und Dörfer des Nordens eingenommen haben würde.

»Seid ihr bereit?« Entschlossene Gesichter sahen Martin entgegen und alle nickten und gaben vernehmlich ihre Zustimmung. »Gut, dann lasst uns aufbrechen.«

Als sie die Tunnel in beinah völliger Dunkelheit verlassen hatten, schlichen sie vorsichtig zum Stadttor. Die einzelne Wache schien eingeschlafen zu sein.

»Perfekt.« Martin hatte nicht mit so viel Glück gerechnet. Der Soldat hatte vermutlich zu viel über den Durst getrunken. Gemeinsam wuchteten sie leise den riesigen Schließbalken hoch und schlüpften nacheinander durch das einen Spalt breit geöffnete Tor. Am Vortag hatten sie in einem Wäldchen in der Nähe heimlich ihre mühsam beschafften Pferde verstecken können und hasteten nun darauf zu. Plötzlich ertönte ein Horn. Martin drehte sich erschrocken zur Stadt um. Hatten die Südländer ihre Flucht bemerkt? Falscher Alarm. Das Horn musste jemand anderem gegolten haben. Die Lichter am Tor blieben gelöscht. Unbehelligt erreichten sie die Pferde und begannen ihren Ritt nach Mered, der nächsten östlichen Stadt. Martin hatte gehört, dass Karaian überstürzt in diese Richtung aufgebrochen war. Sicherlich hatte das etwas mit dem Drachen zu tun. Anders konnte er sich diese plötzliche Entscheidung, mit so vielen Männern die eingenommene Stadt zu verlassen, nicht erklären. Außerdem, wenn man einen Drachen suchen wollte, fing man am besten dort an, wo es die meisten Mythen und Legenden gab, und das war zweifelsfrei das Déjun-Gebirge im Nordosten von Maldea.

Der Körper des Feuerprinzen löste sich buchstäblich in Luft auf und zurück blieb die rote Lache aus Drachenblut, oder war es doch das Blut eines Menschen?

Leutnant Mendral wandte sich an Karaian. »Was sollen wir jetzt tun? Die Halbelben werden keine Ruhe geben!«

»Macht Euch keine Sorgen, Leutnant. Der Drache ist tot, und ich kann nun sicher sein, dass mir nichts mehr im Weg steht.« Karaian blickte mit selbstzufriedenem, boshaftem Lächeln auf die Stelle, an der vor wenigen Augenblicken noch der blonde junge Mann gelegen hatte.

Leutnant Mendral wandte sich ab. Diese Kaltblütigkeit! Aber was hatte er für eine Wahl? Als Van'Valor gefallen war und er als einer der Wenigen die Schlacht überlebt hatte, hatte ihm Karaian zwei Möglichkeiten genannt: Entweder er würde Karaian die Treue schwören oder seine Familie wäre samt ihm dem Tod geweiht. Mendral wusste, dass er als rechte Hand des früheren Königs wertvoll für Karaian war, und seine Ehre hätte ihm eigentlich verboten, die Treue einem solchen Mann, nein, eher Monster, zu schwören, doch seine Familie konnte er nur auf diese Weise retten. Außerdem konnte er so vielleicht auch Martin beschützen. Einen Freund in den feindlichen Reihen zu haben, war für Thronanwärter schon immer praktisch gewesen. Hoffentlich ging es dem Jungen gut. Innerlich verfluchte sich Mendral. Er war sich sicher, dass er selbst gerade geholfen hatte, die letzte Hoffnung zu töten, und für Martin die einzige Möglichkeit, König zu werden, zunichte gemacht hatte. Nun war er endgültig verloren.

»Lasst alle Toten liegen. Wir brauchen keinen Ballast, wenn wir jetzt nach Mered auch Alderun einnehmen.« Karaian pfiff einen hohen, unwirklichen Laut durch die Zähne, der ein wenig an das Trillern eines Vogels erinnerte, und übernatürlich große Wölfe sprangen auf die Lichtung.

»Alle aufsitzen!«, befahl er und schwang sich auf den größten der Wölfe, einen Albino.

Auch Leutnant Mendral stieg auf einen Wolf. Krampfhaft krallte er sich in das dichte, struppig aussehende Fell. Auch wenn er schon einige Male mit den Wölfen geritten war, hatte er sich immer noch nicht an diese Fortbewegungsart gewöhnt. Heulend rannten die Tiere mit ihren Reitern in Richtung Alderun. Dort würde sie das nächste Gemetzel erwarten. Leutnant Mendral wurde blass, und das lag nicht nur daran, dass ihm auf dem Rücken des Wolfes schlecht wurde.

Nun lag die Lichtung verlassen da und aus dem Wald schälte sich eine elegante Gestalt. Es war ein Elb. Er ging über die Leichen der Südländer hinweg, ließ dann kurz den Blick auf dem toten Meledaín ruhen und blieb schließlich vor der Blutlache des Feuerprinzen stehen. Dann schloss er die Augen, hielt die Handflächen mit leicht gespreizten Fingern über die Stelle, an der Elias zusammengebrochen war, und murmelte flüsternd elbische Worte, die zwischen den Ästen der Silbereichen auf eigentümliche Art widerhallten.

Martin lächelte. Er genoss es, endlich aus der Stadt gekommen zu sein. Die Morgendämmerung verbreitete ein warmes Licht. Der Wind zerrte an ihren Mänteln. Es fühlte sich wie Freiheit an, doch Martin wusste, dass sie erst frei sein würden, wenn Karaian besiegt war. Nach Mered, ihrem ersten Ziel, waren es ungefähr vier Tage. Dann würden sie sehen, wie viel von der Stadt noch übrig war, nachdem Karaian dort sein Unwesen getrieben hatte. Isaac ritt neben ihm her und sah ihn nachdenklich an.

»Hat es einen Grund, dass dein Gesichtsausdruck sich so schnell geändert hat? Also, ich muss gestehen, dass mich dein Lächeln weniger beunruhigt hat.«

»Ich denke an die Menschen, die noch sterben werden, wenn Karaian weiter Unheil anrichtet.«

Isaac nickte. »Verstehe …«

Martin sah sich nach seiner zusammengewürfelten Truppe um.

Er gestand sich ein, dass jeder, der ihn nun begleitete, etwas aus sich gemacht hatte, und dachte beschämt daran, dass er sie am Anfang allesamt für unerfahrene Bauerntölpel gehalten hatte. Jetzt war er stolz auf jeden der Gruppe. Sie alle hatten bewiesen, dass sie mutig und entschlossen waren. Zwei wichtige Eigenschaften, wenn man auf solch eine Mission ging. Er traute ihnen allen zu, sich gegen einen Südländer zur Wehr setzen zu können und diesen – wenn notwendig – auch zu töten. Martin hatte sie jedoch ermahnt, das Töten möglichst zu vermeiden. Er wusste, dass das Auslöschen eines Menschenlebens für diejenigen, die so etwas noch nie getan hatten, ein traumatisches Erlebnis war, auch wenn es sich bei dem Getöteten um einen Südländer handelte – einen Rohling und Barbaren. Selbst ihm war es beim ersten Mal kaum anders ergangen, und er hatte wochenlang trübsinnig herumgesessen und sich betrunken. Einen Haufen Betrunkener konnte er nun wirklich nicht gebrauchen.

5 Sjen'Avalas

Elias war in einer Traumwelt. Abermals begegnete er dem Drachen, und plötzlich konnte sich Elias an den Traum erinnern, in dem er erkannt hatte, dass die Seele des Drachen in ihm wohnte. Nicht nur, dass sie sich in ihm befand. Sie war ein Teil von ihm. Und dieses Mal sprach der Drache sogar zu Elias:

»Damals, als ich noch in meiner Drachengestalt gelebt habe, haben sich die Menschen von den Drachen bedroht gefühlt. Das war unser Untergang.« Die Stimme des Feuerprinzen schien direkt in Elias' Kopf zu erklingen und jedes Wort brannte sich in Elias' Gedächtnis ein. »Da die Drachen mit den Elben vor langer Zeit einmal einen fürchterlichen Krieg gegen die Menschen geführt hatten, um diese daran zu hindern, den alten Völkern mehr und mehr ihren Lebensraum wegzunehmen und ihnen ihre Gesetze aufzuzwingen, ist diese Furcht nicht völlig unbegründet. Aber obwohl die Menschen den Krieg durch ihre reine Überzahl damals schließlich für sich entschieden und wir den Menschen diese blutig erlittene Niederlage längst verziehen hatten, befürchteten sie einen erneuten Krieg. Schon den kleinen Kindern erzählten sie Gruselgeschichten, welche die Angst der Menschen noch verstärkte und das Bild der Realität verzerrte. Über Jahrhunderte hinweg spürten uns Krieger der Menschen in den Wäldern und Höhlen auf, in die wir uns zurückgezogen hatten. Wir wollten wie die Elben friedlich neben den Menschen existieren. Doch die Menschen fanden uns – einen nach dem anderen, und so sind trotz ihres Rückzugs viele Drachen durch Krieger der Menschen umgebracht worden, die den glorreichen Einfall hatten, so zu mehr Ruhm zu kommen. Die Klauen und Zähne galten unter den Menschen als begehrte Trophäen. Ja, wir *sind* friedlich gewesen. Umso mehr hat es uns geschmerzt und verbittert, dass die Menschen den Drachen nach all diesen Jahrhunderten immer noch solches Leid zufügten. Viele von uns gingen, unseres Friedens beraubt, betrübt und niedergeschlagen zugrunde. Schließlich verkrochen sich die letzten unserer Art bei den Elben hinter den Bergen. Sie waren in dieser verzweifelten Lage unsere einzige Hoffnung auf Rettung. Ich war einer dieser Drachen, die dort Unterschlupf fanden. Doch wir mussten bald einsehen, dass die Zeit der Drachen endgültig vorbei war. Unser trauriges Schicksal war längst von den Menschen besiegelt worden. Ich war zu diesem Zeitpunkt für einen Drachen noch sehr jung und die anderen Drachen und Elben beschlossen, dass ich am Leben bleiben musste. Als die Drachen starben und ihre Substanz bereits dabei war, sich aufzulösen und in den Himmel zu entgleiten, wirkte Léssal, der Herrscher der Elben, einen mächtigen Zauber, der meine Seele in eine gläserne Kugel einschloss. Die Elben bewachten diese für viele Jahrhunderte, bis sie eines Tages am Rand des Déjun-Gebirges einen dort ausgesetzten menschlichen Säugling fanden. Du warst dieses Kind! Der alte Greis Inébis, der mächtigste Naramund seiner Zeit, sah dich und wusste, dass sich dein Schicksal mit dem meinigen überlagerte. Kurz darauf starb Inébis und du wurdest auf seinen Wunsch hin zu der Kugel gebracht, in der meine Seele eingeschlossen war. Sobald sie dich bis auf wenige Schritte an mich herangetragen hatten, spürte auch ich die Verbindung, die Inébis zuvor bereits erkannt hatte.«

In der Nähe des Jungen begann die gläserne Kugel zu leuchten. Dann zersprang sie in tausend Scherben und die Seele des Dra-

chen und die Seele des Menschenkindes verwoben sich und wurden zu einer. Die Elben wussten nicht, wie man mit menschlichen Säuglingen umging, und so wurde beschlossen, das Kind in der Nähe eines Menschendorfes auszusetzen. Der Drache sollte sein Leben selbst bestimmen.

»Ich war froh, der Glaskugel endlich entkommen zu sein. Durch dich hatte ich eine zweite Chance erhalten. Und auch wenn es für uns beide nicht leicht war, diesen einen Körper zu teilen, haben wir es schließlich geschafft. Nur durch deine innere Stärke und dein großes Herz konnten wir beide überleben. Über die Jahre deiner Krankheit hinweg haben sich unsere Seelen langsam miteinander verknüpft. All deine innersten Gedanken sind auch meine Gedanken. Dein Leid ist auch mein Leid. Es hat mich lange bekümmert, dass ich dir die Last meiner Seele auferlegt habe, aber es war das Schicksal, das uns miteinander verbunden hat.« Während der Drache erzählte, entstanden Bilder vor Elias' Augen und er wusste, dass er selbst all dies erlebt hatte. Er war durch die Lüfte geflogen. Er war in dieser gläsernen Kugel gewesen. Er war alt. Sehr alt. Elias berührte den Drachen und empfand dasselbe wie er. Er fühlte eine tiefe Verbundenheit. Und plötzlich sah er aus den Drachenaugen heraus auf sich hinab. Ein goldglänzender Haarschopf. Braune Augen und ein Hemd, das einmal weiß gewesen war. Nun aber rot schimmerte.

»Du musst stark sein«, sagte die Stimme des Drachen.

Dann sah Elias sich fallen. Immer tiefer und tiefer. Schmerzen durchschossen ihn und brachten sein Herz zum Rasen. Er zitterte. Keuchend öffnete er die Augen und sah in ein ihm unbekanntes Gesicht. Er verstand das nicht. Hätte er nicht tot sein müssen? Oder war diese Person, die sich über ihn beugte, ein Engel? Das schien ihm durchaus möglich, denn das Wesen hatte wirklich engelsgleiche Züge. Das blasse Gesicht war schmal und zart. Langes glänzendes Haar rahmte es ein und die grünen Augen wirkten so allwissend und zeitlos wie die des Drachen. Beunruhigt wollte Elias auffahren, aber eine Stimme hielt ihn zurück.

»Bleib liegen. Alles wird gut.« Der Engel hatte den Mund nicht bewegt, dennoch war sich Elias sicher, dass die Stimme von ihm kam.

Elias fror. Vermutlich hatte er Fieber und fantasierte nur. Erneut schwand sein Blick. Doch diesmal fiel er in einen tiefen, traumlosen Schlaf.

Mia machten diese Elben Angst. Allerdings waren sie auch faszinierend. Sie bewegten sich mit einer Sicherheit und Eleganz, dass sie ihr erschienen wie Götter. Die Schultern der Elben waren, im Gegensatz zu denen der Halbelben, viel schmaler, was sie aber keinesfalls schwächlich wirken ließ, und ihre Gesichtszüge sahen noch feiner und anmutiger aus. Sie hatten überwiegend blondes langes Haar in unterschiedlichsten Tönungen, welches bei vielen entweder in einzelnen Strähnen mit bunten Bändern verflochten war oder offen über ihren Rücken fiel. Die Kleidung bestand meist aus weichen dünnen Stoffen und war oft kunstvoll bestickt. Keiner trug eine Rüstung aus Metall – noch ein ganz wesentlicher Unterschied zu den Meledaín.

Das alles beschäftigte Mia jedoch nur nebensächlich. Auch die Stadt Tymas nahm sie nur halb wahr. Ihre größte Aufmerksamkeit galt Elias. Er hatte sie alle gerettet. Nun ja, nicht alle. Aivlis war gestorben und auch Bric hatte man tot aufgefunden. Doch Mia, Yelna, Semir, Eril und die anderen fünf Meledaín verdankten Elias ihr Leben. Die Meledaín waren durch ihren Verlust sehr niedergeschlagen. Yelna starrte die meiste Zeit abwesend vor sich hin und ihre Augen glänzten verräterisch, denn im Gegensatz zu den Elben waren die

Meledaín durchaus fähig – wenn auch nicht oft –, ihre Gefühle zu zeigen. Semir hatte Mia erklärt, dass dies bei den Elben nur bei den Jüngeren vorkam, die noch nicht gelernt hatten, ihre Gefühle zu beherrschen. Es gehörte zum Erwachsenwerden, dass ein Elb im Laufe der Jahrhunderte nach außen hin mehr oder minder gefühlsmäßig abstumpfte. Laut Semir konnte es geschehen, dass, wenn die Elben zu viele ihrer Gefühle zuließen, sie früher oder später daran zerbrachen. Somit diente diese Kühle nach außen als Schutz. Mia dachte kurz darüber nach, wie viele geliebte Wesen die älteren Elben wohl schon in ihrem Leben hatten sterben sehen …

Semir hatte sich, als durchaus gefühlsfähiger Halbelb, jedoch eine andere Methode ausgesucht, um über den Verlust seines älteren Bruders hinwegzukommen. Er ließ sich kaum blicken und ritt oft einsam über die Ebenen von Avéndur, die grün und voll Leben die Elbenstadt umgaben. Mia wäre zu jedem anderen Zeitpunkt auch gerne hinausgeritten, trieb sich aber fast immer vor den Gemächern herum, in denen man Elias untergebracht hatte. Sie wollte nicht von seiner Seite weichen – nicht, bis es ihm besser ging. Zum Glück wusste Mia, dass er gut versorgt wurde. Jéodin kümmerte sich um ihn. Er war ein Freund von Léfaîn, Léssals Sohn. Jéodin war es auch gewesen, der Elias vor dem sicheren Tod bewahrt hatte. Mia wusste zwar nicht, wie er das gemacht hatte, aber es war ihr auch nicht so wichtig. Die Hauptsache war, dass Elias am Leben war und sich hier in Sicherheit befand. Schon zwei Mal hatte ihr der Elb erlaubt, Elias zu sehen, und beide Male wäre sie fast in Ohnmacht gefallen. Elias' Wunden sahen so schlimm aus, dass sie schwer an seine Genesung glauben konnte. Jéodin versicherte ihr aber, dass Elias über die Todesschwelle zurück ins Leben gefunden hatte und er bald wieder zu sich kommen würde. Leider wusste Mia nicht, was Elben unter *bald* verstanden. Doch sie traute sich nicht zu fragen. Überhaupt wagte sie es kaum, den Elben in die Augen zu sehen und lief meistens mit gesenktem Blick herum.

Schließlich, als sie wieder einmal vor der Tür zu Elias' Zimmer stand, trat Jéodin auf sie zu und hob ihr Kinn an.

»Hab keine Angst.«

Die unvermittelte Berührung des Elben verblüffte sie so sehr, dass sie nichts erwidern konnte.

Sein forschender Blick bohrte sich in ihre Augen. »Ich weiß, dass dich etwas bedrückt. Du sorgst dich um den Feuerprinzen. Wenn du deine Gefühle weiterhin so versteckst und mit niemandem redest, wird es nur noch schlimmer werden. Bitte, lass es nicht dazu kommen. Wenn du willst, rede mit mir.«

Mia sah den Elb immer noch erstaunt an, dann drehte sie sich wortlos um und rannte davon.

Martin seufzte schwer. Mered sah verheerend aus. Viele der Häuser waren abgebrannt. Rußverschmierte Kinder liefen schreiend und sich um Essen prügelnd über die Straßen und Frauen sammelten unter Tränen ihre übrig gebliebenen Habseligkeiten zusammen. Eine alte Frau bat Martin und seine Begleiter um Hilfe für ihren Sohn. Isaac stieg kurz entschlossen ab und Martin folgte ihm. Doch der Mann, zu dem sie die alte Frau führte, war längst tot. Die Südländer hatten ihm ein Messer in die Brust gestoßen. Irgendjemand hatte ihn dann auf das provisorische Bett gelegt und zugedeckt. Das, was von seiner blassen Haut noch zu sehen war, wurde bereits von einzelnen Totenflecken geziert.

»Mütterchen. Für deinen Sohn können wir nichts mehr tun«, sagte Martin und sah der Frau zu, wie sie ihrem erwachsenen Kind die Stirn fühlte.

»Früher, als er klein war, da hat er immer gesagt, dass ihm kalt ist. Jetzt ist ihm auch kalt. Habt Ihr vielleicht noch eine Decke? Ich weiß auch nicht, was mit ihm los ist. Er ist sehr krank.«

Martin brachte es kaum über sich, aber er wollte die Frau wieder zu Verstand bringen: »Nein! Er ist tot!« Mit diesen Worten zog er die Decke von dem Toten weg und deutete auf die zahlreichen dunklen Stellen.

»Was tut Ihr da?«, schrie die Alte entsetzt und warf Martin einen bösen Blick zu. »Ist ja alles gut, Junge. Ist ja alles gut. Mama ist da.« Sie breitete die Decke wieder über der Leiche aus, nahm den Toten schützend in die Arme und drückte ihn an sich. Selbst die Totenstarre schien sie nicht vom Ableben ihres Sohnes zu überzeugen.

Martin wollte den Mund gerade wieder öffnen, als Isaac ihm seine Hand auf die Schulter legte und stumm den Kopf schüttelte. Dann verließen sie den Raum und stiegen wieder auf die Pferde. Sie konnten immer noch die Stimme der Frau hören, die ihrem Sohn ein Schlaflied vorsang.

Den restlichen Tag sprach kaum einer ein Wort. Isaac sah stur geradeaus, während Martin immer wieder auf Mered zurückblickte und seinen Gedanken nachhing. Da den Übrigen die Stimmung ihrer Anführer nicht verborgen blieb, schlossen sie sich dem Schweigen an. Martin dachte an seine Mutter. Die alte Frau hatte ihn an sie erinnert. Seine Mutter war ebenso der Welt entrückt gewesen wie die Frau aus Mered. Auch sie hatte ein Kind verloren. Sein kleiner Bruder war nur ein paar Monate alt gewesen, als er krank geworden und kurze Zeit darauf gestorben war. Martins Mutter hatte diesen Verlust nie überwunden. Er, als kleiner Achtjähriger, hatte nach dem Tod seines Bruders versucht, mit seiner Mutter zu reden, ihr ihren Lebenswillen wieder zurückzugeben, doch seine Worte waren an ihr abgeprallt wie an einer Wand.

Schließlich war Martin einfach weggelaufen, weil er das Leid seiner Mutter nicht länger hatte aushalten können. König Helwinn hatte ihn durch einen Zufall gefunden und an seinem Hof aufgenommen. Damals war dieser noch ein König voller Visionen gewesen und hatte fortan, da er keine eigenen Kinder hatte, diese Zukunftsträume an Martin weitergereicht. Helwinn hatte ihn wie einen Sohn behandelt – sogar mehr als Martin vermutet hatte. Denn er hatte ihn, seinen *Sohn,* zum Erben ernannt. Nun hatte Martin auch ihn verloren. Er hatte niemanden mehr. Seine verrückte Mutter war gestorben. Das hatte Martin mittlerweile herausgefunden, und wer sein leiblicher Vater war, wusste er nicht.

Mit einer schnellen Bewegung wischte sich Martin eine einzelne Träne von der Wange. Helwinn war seine Familie und sein Lebensinhalt gewesen. Wie konnte er diese große Verantwortung tragen, die der König ihm überlassen hatte? Ganz allein gegen den Rest der Welt? Er wollte nicht, dass die anderen sahen, wie niedergeschlagen er war. Isaac bemerkte die Bewegung dennoch, schwieg aber weiter und sah beiläufig in eine andere Richtung.

Elias hob leicht den Kopf. Er befand sich in einem Raum, der aus weißem Stein errichtet war. Die Schönheit der Verzierungen und das daraus entstehende Gesamtbild blendeten ihn. Sein Bett stand mit dem Kopfende an der Wand ungefähr in der Mitte des Raumes. Alles ging in sanften Schwüngen ineinander über. Es gab keine scharfen Ecken und Kanten. So erschien es, als wäre das Fußende von sich aus aus dem Boden herausgewachsen. Der Stein wirkte so lebendig, dass Elias im ersten Moment angenommen hatte, es wäre kein Stein, sondern eine ihm unbekannte Pflanze, die auf seltsame Weise in eine bestimmte Form gebracht worden war. Auf der linken Seite des Raumes öffnete sich ein kleiner Balkon, der mit prächtigen Säulen vom Wohnraum abgetrennt war. Ein angenehmer Luftzug strömte von dort zu seinem Bett herüber und streichelte Elias' Gesicht. Der Wind roch leicht nach Blumen und Gras, süß und verführerisch. Ein plötzlicher Schmerz durchfuhr Elias und ließ ihn zusammenzucken. Die Speere … Sie hatten ihn durchbohrt. Er sah an sich herunter. Der Oberkörper war komplett mit einem Verband umwickelt. Vorsichtig berührte er diesen mit seiner linken Hand. Die rechte war taub. Tausend Messer schienen gleichzeitig auf ihn einzustechen. Er stöhnte auf. Schnell ließ er die Hand wieder zur Seite sinken und verzog gepeinigt das Gesicht. Unter langsamem Keuchen und geschlossenen Augen ließ der Schmerz allmählich wieder nach. Inzwischen war Elias sich absolut sicher, nicht tot zu sein. Solch eine grausame Folter hätte er selbst Karaian nicht gewünscht.

Plötzlich stürzte Mia in den Raum. »Elias!«

Mit besorgtem Blick schritt sie an sein Bett und ergriff seine Hand.

»Mia…« Elias musste kurz innehalten, weil ein erneuter Strom an Schmerzen durch seinen Körper schoss.

»Es ist schön, dass du wohlauf bist.«

Mia gesund und munter vor sich zu sehen, erleichterte ihn, führte ihm aber auch vor Augen, welch erbärmliches Bild er gerade abgeben musste, und in ihm kam das Gefühl tiefer Verbitterung hoch. Wieso musste er so viel Leid ertragen? Das Schicksal schien ein böses Spiel mit ihm zu treiben. »Es ist nicht fair, dass ich gerade erst gelernt habe, wie es ist, gesund zu sein, und nun schon wieder hier liege«, murmelte Elias und war erstaunt, wie krächzend und leise seine Stimme klang.

»Ja, das ist es wirklich nicht«, sagte Mia.

»Wenigstens bist du immer da, wenn es mir schlecht geht.« Elias versuchte zu lächeln. »Das ist Tymas, nicht wahr?«

Mia nickte.

Fragend runzelte Elias die Stirn. »Wie bin ich hier hergekommen? Ich dachte, ich würde auf dieser Lichtung sterben.«

Mia sah ihn mitfühlend an. »Jéodin hat dich hergebracht. Er ist ein Elb. Ich weiß zwar nicht wie, aber er hat dich vor dem Tod gerettet.«

»Kannst du ihn bitten herzukommen?«

Elias konnte sehen, dass es Mia widerstrebte, ihn schon wieder allein zu lassen, doch nachdem sie ihm nochmals zärtlich die Hand gedrückt hatte, ließ sie ihn los und nickte zögernd.

»Na klar, das mache ich.« Mit schnellen Schritten ging Mia zur Tür. Dann drehte sie sich noch mal um. »Ich komme wieder.«

Martins betrübte Stimmung hob sich nicht wesentlich, als sie schließlich vor den riesigen Bergen des Déjun-Gebirges standen. Auf dem Weg waren ihnen Flüchtlinge aus Alderun entgegengekommen, und ein alter Mann, der sich als Ben vorgestellt hatte, hatte ihnen dringend geraten, nicht nach Alderun zu reiten, weil dort der nächste Angriff bevorstand. Daraufhin hatten sie die Straße verlassen und waren die letzten Tage über schlammigen Morast geritten. Teilweise hatten sie die Pferde sogar an den Zügeln führen müssen, weil diese die Strecke sonst nicht geschafft hätten. Das hatte ihr Vorankommen deutlich verlangsamt und jetzt standen sie am Rande einer neuen Hürde, welche sich in Form der hohen Gebirgskette vor ihnen auftat, und waren schon völlig abgekämpft. Doch es war nicht nur die körperliche, sondern auch die seelische Belastung, die ihnen zu schaffen machte. Mered war erst der Anfang des Grauens gewesen… Der Weg weiter in den Norden war ebenso gezeichnet von Krieg und Leid wie das zerstörte Dorf: ausgeplünderte Bauernhöfe, niedergetrampelte Felder und verwüstete Gasthöfe. Martin und seine Männer hatten versucht, den Menschen zu helfen, doch sie waren rasch an ihre eigenen Grenzen gestoßen. Zudem durften sie ihre Mission, den Drachen zu finden, nicht aus den Augen verlieren.

»Wir machen hier erst einmal Rast. Die Felsen dort bieten einen idealen Sichtschutz und wenn Karaian wirklich so nah ist, mag ich nichts riskieren«, sagte Martin und ritt auf ihren neuen Lagerplatz zu. Die anderen folgten ihm.

Ächzend stieg Martin ab und klopfte dem Pferd dankend auf den Hals. Die Pferde waren noch erschöpfter als sie und ließen, gleich nachdem ihre Herren sie angebunden hatten, die Köpfe sinken und fingen an, das spärliche Gras abzureißen und genüsslich zu kauen. Martin war erleichtert, als er den harten Stein unter seinen Füßen spürte. Aufgrund der feuchten Umgebung würde es schwierig werden, ein wärmendes Feuer zu machen. Doch sie hatten Decken dabei und ohne Feuer würden sie auch nicht so leicht entdeckt werden. Das hieß allerdings auch, dass es nur einen kleinen Rest trockenes Fleisch und ein paar Krumen Brot geben würde, keine warme Suppe. Martin ließ sich auf dem Boden nieder und lehnte sich an einen der Felsen. Nachdem die Wachschichten verteilt waren, legten sich alle schlafen, und bald war nur noch das gleichmäßige Atmen und ab und an ein Schnarchen zu hören.

6 Die Elbenstadt

Jemand betrat den Raum. Es war dieselbe Person, die Elias für einen Engel gehalten hatte. Das war sicherlich Jéodin.

»Du hast recht«, sagte dieser. Diesmal bewegte er die Lippen und lächelte Elias freundlich an. »Wie fühlst du dich?«

»Als hätten mich mehrfach Speere durchbohrt«, sagte Elias in ironischem Ton.

Der Elb sah ihn fragend an. Er schien diese Art von Humor nicht zu verstehen. »Vergiss einfach, was ich gesagt habe. Ich fühle mich lebendig, auch wenn ich immer noch Schmerzen habe, oder vielleicht gerade deswegen.«

Das verstand der Elb und erwiderte ernst: »Ja, du warst dem Tod gefährlich nah. Nur wenige, die so dicht an der Grenze zwischen Leben und Tod standen, haben den Weg zurückgefunden. Der Drache in dir hat dich am Leben erhalten und vor Schlimmerem bewahrt.«

Elias nickte. Dieses Erlebnis hatte den Drachen noch mehr zu einem Teil von ihm gemacht. Er wusste, dass seine Augen immer noch die eines Drachen waren, und Elias ahnte, dass diese ihn von nun an – ebenso wie seine Drachenseele – stets begleiten würden.

»Du musst viel lernen. Wenn du besser über deine Fähigkeiten verfügen kannst, wirst du auch schneller gesund werden«, sagte Jéodin und streckte seine Hand nur wenige Millimeter über Elias aus. Der Elb schloss die Augen. Einen Moment später öffnete er sie wieder. Elias fühlte sich sofort besser.

Noch total verblüfft sah Elias auf Jéodins Hand. »Wie hast du das gemacht?«

»Diese Fähigkeit, anderen ihren Schmerz zu nehmen, schlummert auch in dir. Vielleicht wirst du sie schon bald selbst erlernen, doch leicht ist es nicht. Bisher hast du die Kraft des Drachen nur instinktiv genutzt. Du musst anfangen zu üben, sie kontrolliert und gezielt einzusetzen.« Der Elb machte eine kurze Pause, um Elias die Zeit zu geben, über das Gehörte nachzudenken. »Wenn du mehr über deine Kraft erfahren willst, können wir gleich mit der ersten Lektion beginnen.« Elias nickte langsam.

»Nun gut, konzentriere dich und versuche, den Kern deiner Seele zu spüren.«

Elias schloss, wie Jéodin zuvor, die Augen und konzentrierte sich. Zuerst spürte er nur den immer noch schwelenden Schmerz, der in pochendem Rhythmus durch seinen Körper lief. Resigniert öffnete er die Augen wieder. Doch Jéodin gab ihm zu verstehen, dass er es erneut versuchen sollte, und so schloss Elias ein weiteres Mal die Augen. Nach einer Weile meinte er schließlich, neben dem Schmerz in seinem Körper auch noch etwas anderes zu spüren. Ein Feuer! Erschrocken riss er die Augen auf und schnappte nach Luft.

»Was ist das?«

Jéodin lächelte nachsichtig. »Versuch es weiter. Du hast es fast geschafft.«

Wieder schlossen sich Elias' Lider und er fühlte fast im selben Augenblick das Feuer, das in ihm wohnte. Zwischen den vielen züngelnden Flammen in sich glaubte er, nun auch blaue Schlieren zu erkennen, die mit den Flammen loderten. Als Elias die Augen wieder öffnete und Jéodin davon erzählte, nickte dieser anerkennend und überrascht.

»Das war sehr gut und sehr schnell. Du hast gerade den Kern deiner Macht gefunden. Das, was du als in dir brennendes Feuer wahrnimmst, ist der Feuerprinz. Die blauen Schlieren dagegen sind das, was dich zum Menschen macht.«

Elias richtete sich ein Stück auf und fragte: »Bin ich mehr Drache oder mehr Mensch?«

Jéodin dachte nach.

»Ich weiß nicht genau, wie man das beantworten kann. So jemanden wie dich gab es noch nie. Ich glaube, die Frage kannst nur du selbst beantworten. Andererseits, was spielt es für eine Rolle, ob du mehr das eine oder mehr das andere bist? Du bist du. Der Mensch und der Drache sind eins.«

Elias wurde die Unterhaltung zu verwirrend und er wechselte das Thema. »Ich muss mich übrigens noch bei dir bedanken. Du hast mein Leben gerettet. Dafür werde ich ewig in deiner Schuld stehen.«

Jéodin sah ihn mit einem offenen ehrlichen Blick an. »Du schuldest mir nichts. Es war mir eine Ehre, dem letzten Drachen helfen zu können.«

»Wie hast du es eigentlich fertiggebracht, mich zu retten? Schließlich ist Karaian selbst auf der Lichtung gewesen und ich war schon halb tot.«

Jéodin antwortete, als wäre das keine große Sache gewesen. »Ich habe einen Zauber über dich gewirkt, sodass Karaian dachte, du wärst endgültig tot. Das ist ein praktischer kleiner Trick und schwer zu durchschauen. Genau genommen musste ich dich einfach nur unsichtbar machen, denn du musst wissen, dass sich Drachen auflösen, wenn sie sterben und der Wind ihre Seelen in den Himmel trägt.«

»Das weiß ich schon«, warf Elias ein. Er erinnerte sich wieder sehr genau an seinen Traum, in welchem ihm der Feuerprinz von dem Verschwinden der letzten Drachen berichtet hatte.

Dann fuhr der Elb mit seiner Erzählung fort: »Ich hielt mich zwischen den Bäumen versteckt. Da mich eine Vision ereilt hatte, dass du in Gefahr schwebst, war ich aufgebrochen, um dich, Aivlis und die anderen zu finden. Du fragst dich sicher, wie ich dich aufspüren konnte. Die Antwort liegt darin, dass wir Elben eine starke mentale Verbindung zu anderen magischen Geschöpfen haben – und somit auch zu Drachen. Zu dir, dem Feuerprinzen, ist die Verbindung sogar noch stärker, da du einige Jahrhunderte unter den Elben gelebt hast. Als nun der Verräter mit seinen Wölfen die Lichtung verlassen hatte, habe ich die Naturgeister gerufen, um dich am Leben zu halten.«

Elias war verwundert. »Warum hast du Karaian gerade einen Verräter genannt und was sind Naturgeister?«

»Warum Karaian ein Verräter ist, wirst du noch erfahren.«

»Und die Naturgeister?«

»Die wichtigsten sind Ylanî, Sjen, Brégon und Déjun. Wasser, Feuer, Erde und Wind. Es gibt auch noch andere, die Kinder dieser ersten vier. Jedenfalls taten sie das, um was ich sie bat, und Vénn brachte dich sicher hierher, während ich die toten Südländer verbrannte.«

»Wer ist Vénn?«

»Vénn ist ein Gepard und wurde von uns Elben aufgezogen. Ich habe ihn, als er noch klein war, einsam und verlassen in den Ebenen von Avéndur gefunden. Seitdem ist er mein Freund und bleibt aus freien Stücken an meiner Seite.«

»Aha ...« Elias runzelte die Stirn. Er hatte zwar noch nie einen Gepard gesehen, aber das Verhalten von Vénn erschien ihm für ein Tier sehr ungewöhnlich.

»Also, jedenfalls fand ich beim Aufhäufen der Leichen auch den zweiten toten Meledaín und die Drunére trugen ihn, Aivlis und mich nach Tymas. Sie sind die Töchter des Windes und haben die Gestalt von vier Schwänen.«

Elias fiel es schwer, soviel Neues aufzunehmen. Geparden, die Menschen trugen. Schwäne, die Naturgeister waren. Das schien ihm alles so unwirklich.

Jéodin lächelte. »Ich weiß, du kennst unsere Welt nicht.

Sie erscheint dir unbegreiflich. Doch nur weil du sie nicht kennst, heißt das nicht, dass sie weniger wirklich ist als eure Welt hinter den Bergen. Vénn, anî!«

Die letzten zwei Wörter rief der Elb, und auf einmal sprang eine große Raubkatze auf die Brüstung des Balkons und sah Elias aus großen goldbraunen Augen interessiert an. Das musste wohl der Gepard sein.

In der darauf folgenden Zeit verbrachte Elias die Tage damit, in seinem Bett Konzentrationsübungen zu machen und Jéodins Erzählungen über Drachen und das Volk der Elben zu lauschen. Mia kam ihn oft besuchen und brachte ihm Früchte und Beeren mit, die er noch nie gesehen hatte. Mia tat sich sichtlich schwer mit all dem Neuen, das auf sie einstürmte. Elias jedoch fühlte sich meistens recht wohl. Die Stunden, die er im Bett damit verbrachte zuzuhören, erinnerten ihn an die Zeit, als Mia ihm von der Welt außerhalb seines Zimmers erzählt hatte. Außerdem verschafften ihm die Übungen eine innere Ruhe und die Wunden verheilten schnell. Nur wenn Jéodin auf Elias' Rolle als letzter Drache und Retter der Menschheit zu sprechen kam, war ihm etwas mulmig zumute.

Bald schaffte es Elias aufzustehen, und die ersten unsicheren Schritte zu machen. Nun saß er oft auf dem Balkon und blickte in Gedanken versunken in die Ferne, während er Vénn, den Geparden, streichelte. Dieser schien keine Scheu vor Drachen zu haben, jedenfalls nicht, solange diese in einer menschlichen Hülle steckten.

Eines Tages fragte Elias Jéodin nach der Halbelbin Yelna. Er hatte Schuldgefühle, da ihr Mann seinetwegen gestorben war. Außerdem fühlte er sich verpflichtet, ihr sein tiefes Bedauern über Aivlis' Tod auszusprechen und zumindest zu versuchen, ihr durch seine Anteilnahme etwas Trost zu spenden.

Er war allein, als Yelna wortlos ins Zimmer kam und ihn von Trauer erfüllt ansah.

»Würdest du mich zu den Gräbern begleiten?«, fragte Elias. Aivlis und Bric waren etwas außerhalb der Stadt unter einer alten Buche begraben worden. »Mir geht es endlich so gut, dass ich glaube, den Weg zu schaffen.«

Yelna, die sonst immer so kalt ihm gegenüber gewesen war, versuchte die aufkommenden Tränen zurückzuhalten, was ihr aber nicht besonders gut gelang. Elias streckte vorsichtig seine Hand nach ihr aus und nach kurzem Zögern ergriff sie diese und nickte dankend. Schon die kleine Berührung schien ihr Trost zu spenden, denn nach kurzer Zeit beruhigte sie sich wieder etwas. »Er war mein Leben. Es ist, als wäre ich mit ihm gestorben«, sagte sie, während sie weiter Elias' Hand fest umschlossen hielt, als wäre allein diese Hand ihr Anker, der sie davon abhielt davonzutreiben.

Elias fühlte sich geehrt, dass die Halbelbin so offen ihre Gefühle zeigte. Er würde Aivlis' Tod mit nichts wieder gut machen können, doch er konnte Yelna zumindest eine Schulter anbieten, an der sie ihren Gefühlen freien Lauf lassen durfte. Er nahm sie tröstend in die Arme. Es war eine freundschaftliche Geste, die Yelna zeigen sollte, dass sie sich vor ihm nicht verstellen musste. Die Halbelbin wich weder zurück noch kommentierte sie die schützende Umarmung, sondern lehnte sich stillschweigend an seine Schulter an. Die Tränen waren versiegt. Auf einmal hörte Elias einen Knall und drehte sich um, doch es war nur die Tür, die durch den Wind zugefallen war. Das dachte er zumindest.

~

Mia war außer sich. Diese Yelna heulte sich an Elias' Schulter aus und er hielt sie auch noch in den Armen! Stand denn die ganze Welt Kopf? Es lief einfach alles schief. Hätte sie nicht an Yelnas Stelle sein sollen? War Yelna besser als sie, nur weil sie eine Halbelbin war? Wütend rannte Mia durch die sonnendurchfluteten Gänge. Verblüffte Elben wichen ihr aus und warfen ihr verwirrte Blicke hinterher. Doch das war ihr egal. Elias sollte schon sehen, was er davon hatte. Immer noch fluchend nahm sie sich ein Pferd und ritt hinaus auf die Ebenen, um Semir zu suchen. Sie musste nicht lange warten. Sein Pferd graste nicht weit entfernt, und Semir saß nur wenige Schritte daneben auf dem Boden.

»Mia? Was machst du denn hier?«, fragte er verwundert und richtete sich geschmeidig auf.

Ohne ein Wort sprang Mia ab und lief ihm entgegen. Vor ihm blieb sie stehen und rang mit den Worten. »Ich … Er … Er hat sie … und ich …« Zitternd sah sie dem Halbelb in die Augen.

»Was?« Semir sah sie fragend an.

»Ich liebe ihn doch!«, schimpfte sie wütend. Semir hob die Brauen. Mia zitterte immer noch vor Anspannung.

»Ganz ruhig«, sagte Semir beschwichtigend und nahm sie an der Hand. »Möchtest du vielleicht ein Stück mit mir reiten? Diese Wiesen sind wirklich wie geschaffen dafür, seine Gedanken zu ordnen.« Ein schmerzlicher Ausdruck huschte über sein Gesicht, doch im nächsten Augenblick lächelte er wieder, als wäre nichts gewesen.

Zögernd nickte Mia, und im nächsten Moment wurde sie von Semir auf den Rücken seines goldschimmernden Falben gehoben.

»Aber was ist mit meinem Pferd?«

»Das findet den Weg allein zurück.«

Und wirklich: Auf ein Zeichen von ihm lief das ausgeliehene Pferd wieder zurück in Richtung Stadt. Dann schwang sich Semir vor sie auf den Pferderücken.

»Halt dich fest!«

Mia starrte auf Semirs breite Schultern. »An dir?«

»An wem denn sonst?«, fragte er lachend.

Von plötzlicher Abenteuerlust getrieben schlang Mia die Arme um seine Hüfte. Dann trieb Semir das Pferd an, und sie sausten über das Grün, als könnten sie fliegen.

Elias ging, ein wenig von Yelna gestützt, das erste Mal aus seinem Zimmer heraus. Der Anblick, der sich ihm bot, war atemberaubend. Alles in dem Gebäude war so kunstvoll und doch schlicht errichtet worden, dass man das Gefühl hatte, gleichzeitig in einer Art Palast und in einem Wald zu stehen. Immer wieder gab es Öffnungen in der Decke und den Wänden, sodass tagsüber alles von Sonnenstrahlen durchflutet wurde. Außerdem sah er viele Elben, die leichtfüßig die Gänge entlang wandelten. Die, die ihn erblickten, senkten ehrfurchtsvoll den Kopf und machten ihm, wenn es nötig war, Platz. Dieses Verhalten bedrückte Elias. Ihm wäre es lieber gewesen, die Elben würden ihn offen anlächeln oder ihn einfach ignorieren. Mit so viel Aufmerksamkeit hatte er nicht gerechnet, und er fühlte sich unwohl dabei, so im Mittelpunkt des Interesses zu stehen. Als sie aus dem Gebäude ins Freie traten, leuchteten die weißen Häuser – Elias nannte sie nun *Waldpaläste* – im hellen Tageslicht und strahlten Wärme und Geborgenheit aus. Die Straßen waren keine wirklichen Straßen, sondern Mosaikwege voller verschlungener Symbole und Muster. Langsam gingen Elias und Yelna eine dieser Straßen entlang, bis sie zu dem großen Stadttor kamen. Es war wirklich riesig. Als sie direkt unter dem Torbogen standen, fühlte sich Elias klein wie eine Ameise. Das Seltsame war, dass er nichts erkennen konnte, was das Stadttor geschlossen hätte. Es gab keine für ihn sichtbaren Türen. Als Elias später von außen auf die Stadt zurückblickte, erkannte er, dass es auch keine richtige Stadtmauer gab. Nur um das Tor war rechts und links ein kleines Stück Mauer. Dahinter standen die Häuser frei und schienen mit der Natur zu verschmelzen. Die Buche war ganz in der Nähe des Tores. Die Sonne beschien die Rinde und ließ den Baum schimmern. Der Wind wehte durch die Äste und die Blätter rauschten. Als sie an dem alten Baum ankamen, ging Yelna am Fuß des Stammes auf die Knie. Elias blieb neben ihr stehen und legte ihr eine Hand auf die Schulter. Seine Haare wehten ihm ins Gesicht, doch er beachtete sie nicht. Yelna strich der Buche sanft über die glatte Oberfläche, als könnte sie damit Aivlis näher sein. Stumm verharrten sie für eine Weile in dieser Position und dachten an die Verstorbenen.

Auf dem Rückweg liefen sie an den Ställen vorbei. Elias wollte nach Sènnu sehen. Der Rappe hatte sich von seiner Verletzung erholt und wieherte fröhlich, als sich Elias näherte. Der Stall bestand nicht aus einzelnen Boxen, sondern aus einer großen Halle. Bewundernd bestaunte Elias die anderen Pferde, die ebenso wie die Elben etwas Übernatürliches an sich hatten. Schließlich verabschiedete sich Elias von Yelna und Sènnu. Er war erschöpft und wollte sich hinlegen. Als er in seinem Zimmer ankam, ließ er sich auf sein Bett fallen und schloss die Augen. Es waren nicht nur die Verletzungen, die ihn geschwächt hatten, es war auch seine neue Wahrnehmung. Durch die Drachenaugen erschien ihm alles viel intensiver und deutlicher. Er konzentrierte sich. Wie gewohnt spürte er das Feuer in sich. Auch die blauen Schlieren konnte er erkennen, aber es waren deutlich weniger geworden. Wieso überfiel ihn plötzlich dieses beengende Gefühl von Verlust? Er dachte daran, was Jéodin gesagt hatte: »Die blauen Schlieren sind deine menschliche Seele.« Was geschah mit ihm? Was hatte sich in seinem Inneren verändert?

Später stand er mit Jéodin auf dem Balkon seines Zimmers und berichtete ihm von seiner Entdeckung.

»Der Mensch in dir stirbt langsam«, sagte Jéodin in ruhigem Tonfall.

Elias war sprachlos und starrte den Elben ungläubig an.

»Aber hast du nicht gesagt, der Mensch sei ein Teil von mir?«, flüsterte er nach einer Weile.

»Ja, aber der Mensch in dir scheint zu schwach zu sein, um dem Drachen standzuhalten.«

Plötzlich wurde Elias alles klar. Er war früher so oft krank gewesen, weil der Drache in ihm geschlummert hatte, und nun raubte dieser ihm den letzten Rest, der an Menschlichem noch übrig war. Bestürzt wandte sich Elias ab, um seine Fassungslosigkeit zu verbergen, und sah auf die Ebenen, die sich unter ihm erstreckten.

»Jéodin, das darfst du nicht zulassen!«, sagte er schließlich. »Das musst du verhindern!« Seine Stimme klang fest und bestimmt. Jéodin schüttelte bedauernd den Kopf. Obwohl der Elb hinter Elias stand, konnte dieser die Bewegung trotzdem wahrnehmen.

»Nein, Elias. Ich kann dir nicht helfen. Der Einzige, der dagegen etwas tun kann, bist du selbst.«

Elias drehte sich hoffnungsvoll wieder zu Jéodin um.

»Was muss ich tun?«

Die Tage im Déjun-Gebirge zogen sich endlos hin und Martin glaubte kaum noch daran, hier jemals einen Drachen zu finden. Das Einzige, was sie gefunden hatten, waren Einsamkeit und Leere. Nach einer Weile hatten die Berge ihren Zauber verloren und sahen im trüben Licht des verhangenen Himmels alle gleich aus. Der schneidend kalte Wind blies unangenehm durch den Stoff von Martins Umhang, sodass er diesen immer fester um sich zog. Auch seine Begleiter machten nicht den Anschein, als hätten sie noch Hoffnung.

Hier oben gab es rein gar nichts und ihre Vorräte drohten zur Neige zu gehen. Die sich windenden Wege, die sie fanden, waren oft nicht mehr als schmale Streifen, welche zur einen Seite von steilen Felswänden und zur anderen Seite durch dunkle Abhänge begrenzt wurden. Die Nächte mussten sie meist durchlaufen, weil sie sich nicht trauten, so nah am Abgrund zu schlafen. Schließlich, am Abend eines besonders stürmischen Tages, meinte Isaac, ein entferntes Licht zu sehen. Das gab ihnen neuen Mut und sie legten Tempo zu. Die Pferde schienen das auch zu bemerken, denn sie bemühten sich, trotz ihrer Erschöpfung ihr Bestes zu geben. Als sie an einem Felsplateau ankamen, mussten sie dennoch eine Rast machen. Sie hatten seit drei Tagen nicht mehr geschlafen. Isaac sah noch einmal in die Richtung des Lichts, um sich den Standort einzuprägen, dann legten sie sich hin und schliefen sofort ein. Selbst die Wacheinteilung hatten sie vor lauter Müdigkeit vergessen. Der nächste Tag sah freundlicher aus und auch die Stimmung der Männer hatte sich deutlich gebessert. Isaac ritt voran und wies ihnen die Richtung. Die Umgebung schien langsam grüner zu werden, und dann erblickten sie einen weiteren großen Berg – doch im Unterschied zu den anderen befand sich auf ihm eine Stadt! Sie lag etwas unterhalb des hohen Gipfels und ein erdiger Pfad, der teilweise von Bäumen gesäumt war, schlängelte sich zu ihr hinauf. Martin und die anderen konnten erst einmal nur staunend zu diesem Wunder hinauf blicken, bis Isaac sagte: »Kommt, der Weg dorthin ist noch weiter, als er von hier aussieht.« Und tatsächlich. Zwischen ihnen und der Stadt tat sich ein Tal auf. Sie würden noch mindestens drei Tage brauchen, um den Weg den Berg hinunter und den anderen wieder hinauf zu finden. Immer wieder hoben sie sehnsüchtig den Blick zur steinernen Stadt und bewunderten die Baukunst ihrer Erschaffer. Konnte das ein Werk von Menschen sein?

7 El'Dwérin

Elias hatte Angst. Was war, wenn seine Seele nur noch die eines Drachen war? Wäre er dann noch fähig, zu fühlen und zu lieben wie ein Mensch? Und wo war eigentlich Mia? Er hatte sie schon länger nicht mehr gesehen. Ohne sie würde er es nicht schaffen, sich selbst zu retten. Jéodin hatte ihm erklärt, dass er einen festen Anker brauchte – ein tiefes menschliches Gefühl, das seine Seele stark machte. Ein menschliches Gefühl … Was blieb ihm da, außer Hass und Liebe? Liebe. Mia. Wo war sie?

Ziellos lief Elias durch die Gänge seines neuen Zuhauses. Vénn folgte ihm unauffällig und ließ ihn keinen Moment aus den Augen. Plötzlich blieb Elias stehen und ballte die Fäuste. »*Vénn! Nâ's éren! Ver en Ilién!* Vénn! Lass mich! Geh zu Ilién!« Jéodin hatte ihm schon ein wenig Elbisch beigebracht, und so zog Vénn wie ein Hund den Schwanz ein und machte sich davon. Ilién war Jéodins Schwester. Sie hatte immer Tiere um sich. Elias mochte sie und eigentlich mochte er Vénn auch sehr, aber im Moment wollte er einfach nur allein sein. Allein sein mit seinen Gedanken. Allein sein mit sich selbst. Wie es sich wohl anfühlen würde, keine menschliche Seele mehr zu besitzen? Er konnte und wollte es sich nicht vorstellen. Und wie schon zum hundertsten Mal dachte er auch über seine Bestimmung nach, die ihn schon, seit er von seiner Drachenseele wusste, quälte. Das Gewicht auf seinen Schultern wog schwer. Aber warum musste ausgerechnet er es tragen? Gab es nicht eigentlich auch andere durchaus mächtige Schachfiguren in diesem merkwürdigen Spiel, die das Geschehen maßgeblich beeinflusst hatten und vielleicht immer noch beeinflussen konnten? Schließlich hatte er sich die Drachenseele ja nicht selbst in den Körper gepflanzt… Ihm kam ein neuer Gedanke, welcher in seinem Kopf langsam immer mehr Gestalt annahm. Kurz hielt er inne, dann setzte er seinen Weg fort. Doch er lief nicht mehr blindlings herum. Jetzt hatte er ein Ziel.

Stolz saß ein Löwe vor dem Palast des Elbenherrschers und blickte Elias entgegen, der ungebremst auf das Eingangstor zuhielt. Kurz bevor dieser die erste Stufe zum Palast betrat, sprang der Löwe fauchend auf, stellte sich ihm in den Weg und sah ihn funkelnd durch seine großen, dunklen Augen an. Zornig funkelte Elias zurück. Die Drachenaugen verfehlten ihre Wirkung nicht und der Löwe trat mit gesenktem Kopf zur Seite. Mit lautem Herzklopfen, jedoch zu allem entschlossen, stieß Elias das Tor auf. Dahinter befand sich ein Saal mit gewölbter Decke und hohen Säulen. Am Ende der Säulenallee befand sich auf einem Podest ein glänzender Thron, und auf dem Thron saß Léssal, der Herrscher aller Elben.

»Léssal!«, platzte es aus Elias heraus. »Ich bin der, den ihr Feuerprinz nennt, und ich habe eine Klage vorzubringen.« Elias wusste, dass sein Tonfall sehr gewagt war, doch unbeirrbar fuhr er fort: »Ich bin ein Mensch und habe nie darum gebeten, ein Drache zu sein. Woher hattet ihr das Recht, über mein Leben zu bestimmen? Hättet ihr den Drachen nicht in dieser Glaskugel lassen können? Ihr hättet mich zu Ben gebracht und alles wäre gut gewesen. Ich hätte ein normales Leben führen können.«

Als Elias bei Léssal angekommen war, hob dieser beschwichtigend die Hand. »Auch wir hatten keine Wahl, Elias. Du warst noch klein und lagst im Sterben. Wenn wir dich nicht zu der Kugel gebracht hätten, hätte dich auch deine letzte Lebenskraft verlassen. Der Drache ist der Grund, weshalb du noch lebst.«

Verwundert über die Tatsache, dass Léssal ihn im Gegensatz zu den meisten anderen Elben mit seinem Menschennamen ansprach, und auch wegen des eben Gehörten konnte Elias nichts erwidern. Seine zuvor aufkeimenden Hoffnungen, diesem Wahnsinn vielleicht doch noch zu entfliehen, erloschen mit jedem weiteren Wort, das Léssal sprach.

»Außerdem war es Schicksal. Der Feuerprinz wollte, dass du lebst, und hat dich gerettet. Niemand hat ihm das befohlen. Wenn man es genau nimmt, könnte man sagen, du hast dir selbst das Leben gerettet. Denn genauso wie du ein Mensch bist, bist du auch ein Drache. Du verleugnest dich selbst, wenn du diese Tatsache abstreitest.«

»Nein! Das ist nicht wahr! Der Drache tötet mich. Bald wird nichts mehr von mir übrig sein!«

Léssal schüttelte den Kopf. »Du selbst bist doch der Drache.«

Elias ballte die Hände. »Ich will aber kein Drache sein! Macht es rückgängig!«

Ihr Gespräch wurde jäh unterbrochen, als Léfaîn, der Sohn Léssals, den Saal betrat.

»Vater. Ich habe eine Nachricht von den Meledaín erhalten. Die Armee Karaians hat nun auch Alderun zerstört.«

Elias sah erschüttert in das Gesicht des jungen Elben. Léfaîns Züge waren schärfer als Jéodins und sein Blick war so fesselnd, dass man sich ihm nur schwer entziehen konnte. Nun sahen die türkisfarbenen Augen mitleidig zu Elias hinüber. Der Elb musste bereits wissen, dass Elias Alderun bis vor kurzem als seine Heimat angesehen hatte.

»Du bist Elias, nicht wahr?« Elias konnte nur nicken.

Mittlerweile hatte Isaac die Führung übernommen. Martin fehlte es einfach an Konzentration. Sein Gesicht zeigte tiefe Augenringe. Er hatte seit Tagen nicht mehr gut geschlafen und die Reise machte ihm doch mehr zu schaffen, als er gedacht hatte. Vielleicht war er ja krank? Die Verantwortung, die er sich selbst auferlegt hatte, und die schlechte Luft in den unterirdischen Gängen Van'Valors mussten ihr Übriges getan haben. Vor dem Aufbruch war Martin so mit der Ausbildung der Rebellen und schließlich der Planung ihrer Mission beschäftigt gewesen, dass er gar nicht gespürt hatte, wie rücksichtslos er in dieser Zeit mit sich selbst umgegangen war und keinen einzigen Gedanken an seine eigene Gesundheit verschwendet hatte. Isaac schien mittlerweile zu merken, dass etwas mit Martin nicht stimmte, wollte ihm aber offenbar die Entscheidung, über seinen angeschlagenen Zustand zu sprechen, selbst überlassen. Martin wusste, dass es unverantwortlich war, seine Erschöpfung weiter vor den anderen und sich selbst zu verleugnen. Er hatte nur gezögert, da er als Anführer wusste, wie wichtig es war, keine Schwäche zu zeigen. Als sie spät am Abend unten im Tal ankamen und rasteten, setzte Martin sich zu Isaac und beichtete ihm, dass er sich nicht gut fühlte.

Isaac legte ihm kameradschaftlich eine Hand auf die Schulter.

»Du musst dich jetzt erst einmal gesund schlafen. Ich werde schon auf dich Acht geben.«

Martin fühlte sich plötzlich wie ein kleines Kind. Er errötete leicht und hoffte, dass der Schein des Feuers diese Blöße überdecken würde.

Dann machte er sich daran, sein Nachtlager aufzubauen. Ihm war bitterkalt in der Nacht und trotz der warmen Decke zitterte Martin am nächsten Morgen, bis Isaac ihn an der Schulter rüttelte und zum Aufbruch drängte. Wenig später waren sie bereits dabei, das Tal hinter sich zu lassen. Bis sie den Weg gefunden hatten, der zur Stadt hinaufführte, verging noch einige Zeit, und sie mussten sich durch dichtes Gestrüpp kämpfen. Doch schließlich kamen sie auf dem festgetretenen, erdigen Pfad an und das Vorankommen bis zur Felsenstadt wurde um einiges einfacher. Es dauerte nur knapp zwei Tage, bis sie die Türme wieder sehen konnten. Am dritten Tag standen sie kurz vor den Toren der Stadt.

»Sollen wir einfach so hineinspazieren?«, fragte einer der Männer. Alle schienen etwas eingeschüchtert angesichts der imposanten Fassade und des großen Eingangs. Doch bevor sie entscheiden konnten, wie sie weiter vorgehen sollten, geriet rings um Martin und seine Gefährten etwas in Bewegung, und jeder von ihnen fand sich plötzlich mit einem Schwert an der Kehle wieder. Sie waren umzingelt! Martin schalt sich selbst einen Tölpel, dass er sich so sehr von der Stadt hatte ablenken lassen. Sonst hätte er die Männer sicher eher bemerkt. Die Reiter trugen glänzende Rüstungen, und ihre Pferde strotzten vor Kraft. Einer gab den übrigen Männern mit der Hand einen knappen Befehl, der sie offenbar zurückhalten sollte. Dann bewegte sich der offensichtliche Anführer der Gruppe, ohne seinem Pferd erkennbare Befehle zu geben, aus dem Ring auf Isaac zu.

»Was sucht ihr hier?«, fragte der nach vorne getretene Fremde und fixierte Isaac mit seinen stechend blauen Augen.

»Wir sind aus Van'Valor und suchen den Drachen. Er ist unsere letzte Hoffnung. Ohne ihn wird es keine Freiheit mehr geben … Für niemanden.«

Der Reiter sah zunächst überrascht aus, dann verschwand sein kalter Blick. Stattdessen erschien ein Lächeln auf seinem Gesicht, er breitete die Arme aus und lud sie ein: »Kommt, ihr sollt unsere Gäste sein. Willkommen in El'Dwérin, der Stadt der Halbelben.«

Martin staunte. Dieses Volk war einfach unbeschreiblich. Die Eleganz, Stärke und Schönheit, welche es ausstrahlte, zeigten deutlich, dass es sich nicht um Menschen handeln konnte. Die Häuser saßen perfekt auf dem festen Gestein, und einen Makel festzustellen wäre unmöglich gewesen. Die Wände der Bauten waren mit Farbe bemalt und zeigten Szenen aus der Geschichte der Halbelben – alles mutige Männer und Frauen mit Schwertern und Schilden, die in der Vergangenheit eine wichtige Rolle gespielt haben mussten. Heldengeschichten schien es also in jeder Kultur zu geben. Der Halbelb mit den blauen Augen hatte sich ihnen als Nuyen vorgestellt. Wie er ihnen erklärte, nannte sich sein Volk selbst *Meledaín*, was ein elbisches Wort für Halbelb war. Während Nuyen weiter erzählte, zeigte er ihnen die Stadt und führte sie schließlich zum Rat der Ältesten, der hier das Sagen hatte. Die Alten mit ihren langen weißen Haaren wirkten sehr weise. Sie saßen in einem Halbkreis auf Stühlen und sahen den Neuankömmlingen entgegen, als diese das palastähnliche Gebäude betraten. Der, der in der Mitte saß, erhob als erster die Stimme.

»Nuyen. Wir haben die Nachricht deines Boten erhalten. Dies sind also die Fremden?«

»Ja, Lafearn. Das sind die Menschen, die den Drachen suchen.« Der Alte beugte sich vor.

»Du.« Er wies auf Martin. »Komm näher.«

Verwundert trat Martin vor und sah den Alten stumm an.

»Du bist krank, nicht wahr? Verlust und ein Geheimnis, das mit großer Verantwortung verbunden ist, bringen dich um den Schlaf. Wir können dir helfen, Martin. Das ist dein Name, nicht wahr?«

Martin wich taumelnd einen Schritt zurück. Wie konnte der alte Halbelb das wissen? Durch die ausgesprochenen Worte wurde seine verzweifelte Lage plötzlich viel realer, sodass sie ihn nun gänzlich zu erdrücken schien. So konnte er auf die Frage des Halbelben nur erschöpft mit dem Kopf nicken.

»Ich glaube, sie brauchen Schlaf«, sagte Nuyen.

Martin wurde klar, dass er für diese Wesen ein offenes Buch sein musste.

»Ja. Bring sie ins Haus des Verlon. Dort werden sie Ruhe finden und wieder zu Kräften kommen.«

Lafearn sah Martin ein letztes Mal in die Augen, dann verließen sie den Rat und gingen zu ihrer neuen Unterkunft, die sich als Waldhütte entpuppte. Von dem Weg dorthin bekam Martin allerdings kaum etwas mit. Er war zu müde. In der Hütte legte er sich hin und schlief sofort auf der weichen Moosfläche ein, die das Bett bedeckte. Er schlief lange und fest. Eine beruhigende Musik schien zu spielen und der grüne, mit Leben erfüllte Wald säuselte im Wind. Martin war in einen tiefen Schlaf der Erschöpfung gefallen.

Elias stand vor zwei der wichtigsten Personen im Elbenreich und wusste nicht, was er sagen sollte. Seine Sorge um Ben schnürte ihm die Kehle zu.

»Elias. Es ist deine Bestimmung, ein Drache zu sein. Nur so kannst du das Übel abwenden, das die ganze Welt bedroht. Du bist die letzte Hoffnung für die Gegner Karaians. Wenn du nicht kämpfst, wird alles vernichtet und die Überlebenden werden das Wort *Freiheit* schon bald nur noch aus schönen Erzählungen kennen.«

Betroffen stand Elias da. »Ich bin doch nur ein Einzelner. Wie soll ich da kämpfen?«

Léfaîn ging auf Elias zu. »Du bist nicht allein. Wir stehen auf derselben Seite.« Freundschaftlich reichte er ihm die schmale, makellose Hand.

Solch eine Geste kannte Elias bis jetzt nur von Jéodin.

Dass auch andere Elben so offen auf ihn zugehen würden, hätte er nicht erwartet.

Nach dem kurzen, aber viel sagenden Händedruck tauschten Elias und Léfâin ein zaghaftes Lächeln.

»Was ist mit den Bewohnern von Alderun? Hat den Angriff jemand überlebt?«

»Soweit wir wissen, Feuerprinz, war niemand mehr da, als Karaian das Dorf stürmte.«

Elias fiel ein Stein vom Herzen, und einer plötzlichen Eingebung folgend verneigte er sich vor Léssal und Léfaîn.

»Ich würde mich geehrt fühlen, mit euch aufs Schlachtfeld zu ziehen. Auch wenn das meinen Tod bedeuten würde.«

Wenn er nicht kämpfte, würden Menschen, die ihm am Herzen lagen, in ständiger Gefahr sein. Das musste aufhören!

Elias wollte sich gerade verabschieden, als Léssal nochmals die Stimme erhob: »Wenn du den Mensch in dir retten willst, hör auf das, was dir Jéodin gesagt hat.«

Elias nickte kurz, drehte sich um und verließ das Gebäude.

Er musste Mia finden.

∾

Mia war die letzte Zeit viel mit Semir zusammen gewesen und hatte von ihm einiges über die Halbelben erfahren. Um das Gebäude, in dem Elias wohnte, hatte sie immer einen weiten Bogen gemacht. Yelna war oft dort ein und ausgegangen, und man musste nur eins und eins zusammenzählen, um zu wissen, was da vorging. Wenn Semir sie auf das Thema Elias ansprechen wollte, wich sie ihm aus und sobald er anfing, über Yelna zu reden, hörte sie kaum zu.

»… Yelna wird wohl nie wieder einen anderen Mann lieben als meinen Bruder.«

Jetzt horchte sie doch auf und sah über den Tisch, an dem sie gerade saßen, zu Semir herüber. »Was? Du meinst, sie ist nicht hinter Elias her?«

Verwundert sah er sie an. »Nein. Warum?«

»Und ich dachte die ganze Zeit …«

Semir sah sie irritiert an.

»Ich dachte, er wäre mit ihr zusammen«, gestand Mia und senkte schuldbewusst den Kopf.

»Niemals«, meinte Semir und lachte plötzlich. »Warst du deswegen so niedergeschlagen?«

»Das ist nicht witzig! Außerdem weiß ich nicht, ob er sie nicht trotzdem liebt.«

»Wenn du ihm immer ausweichst, wirst du es jedenfalls nicht herausfinden«, sagte Semir ernst. »Geh zu ihm. Ich bin sicher, er hat dich schon vermisst.«

Mia seufzte. »Du hast vermutlich recht.«

Von Semirs Mut machenden Worten beflügelt, sprang sie kurzerhand auf, um sich sofort auf die Suche nach Elias zu machen. Sie musste herausfinden, ob Semir wirklich recht hatte und sie sich vielleicht die ganze Zeit in Elias getäuscht hatte.

Mia! Da lief sie. Unter den Elben wirkte sie wie eine seltene Blume. Ihre braunen Locken wippten mit jedem ihrer ausgreifenden Schritte mit und ihre grünen Augen waren konzentriert auf den Boden vor ihren Füßen gerichtet. Das machte sie immer, wenn sie beim Laufen nachdachte. Elias schmunzelte. Mia so zu sehen, erinnerte ihn an die Zeit, bevor sie Alderun verlassen hatten. Er erinnerte sich an das Fangenspielen, bei dem sie miteinander gelacht hatten. Und vor allen Dingen wusste er noch, wie nah Mia ihm gewesen war, als sie ihm das Bogenschießen beigebracht hatte. Ganz dicht hatte sie hinter ihm gestanden und seine Hände mit ihren um den Bogen gelegt. Ihr Haar hatte leicht nach Lavendel gerochen und ihre Hände waren so angenehm warm und zart gewesen.

Als Mia ihn bemerkte, wie er da so auf dem Gang stand, beschleunigte sie ihre Schritte und stand schließlich vor ihm. »Elias. Ich muss es wissen: Was fühlst du für Yelna?«

Elias sah ihr tief in die Augen. »Nichts. Zumindest keine Liebe, wenn du das meinst. Sie ist eine Freundin und hat meinen Trost gebraucht.«

Mia brach in Tränen aus. »Es tut mir leid, dass …«

Sanft legte er ihr einen Finger auf den Mund. »Mia … Mir ist klar geworden, dass du zwar immer für mich da warst, ich dir dafür aber nie wirklich etwas zurückgegeben habe. *Ich* bin derjenige, der sich entschuldigen muss.«

Ohne Vorwarnung warf sich Mia an Elias' Schulter und drückte ihn so fest, dass ihm fast die Luft weg blieb.

»Ich liebe dich.«

Elias sah verzweifelt, aber zugleich schlagartig überglücklich auf sie hinab und flüsterte: »Ich dich auch.«

In seinem Kopf hallten noch immer Jéodins Worte wider.

Martin fühlte sich, nachdem er sicherlich mehr als einen Tag in der Waldhütte geschlafen hatte, viel besser. Die Erschöpfung war langsam von ihm abgefallen und er genoss es, die neue Atmosphäre auf sich wirken zu lassen.

El'Dwérin war wunderschön. Den kleinen Wald in der Nähe der Stadt hatte er jedoch zu seinem Lieblingsplatz erkoren. Die Waldhütte stand dort mitten zwischen den Bäumen und kleine Pfade durchzogen von ihr ausgehend das dichte Grün. Oft lief er allein unter dem Blätterdach umher und lauschte den Vögeln. Es war schon seltsam. Hier oben hätte ein Wald normalerweise nicht wachsen können. Schließlich war der Gipfel des Berges nicht weit entfernt und sehr hoch gelegen. Doch die Halbelben hatten ihm erklärt, dass der Wald ein Geschenk der Elben war, und bei diesen war so einiges möglich, was den Menschen unmöglich erschien. Nuyen hatte ihm auch erzählt, dass die Meledaín jedes Jahr ein Fest gaben, um für den Wald zu danken. Das Verlonfest. *Verlon* war das elbische Wort für *Wald*. Nun saßen Martin und Nuyen vor dem Waldhaus und unterhielten sich. Martins Wissensdurst war noch lange nicht gestillt, denn es war schließlich durchaus möglich, dass der Halbelb ihnen bei der Suche nach dem Drachen helfen konnte. Doch zuerst stellte er eine andere Frage, die ihm schon lange durch den Kopf geisterte.

»Wo sind die Elben eigentlich?«

»Sie leben hinter den Bergen.« Nuyen schien die Frage nicht zu überraschen.

»Was ist mit dem Drachen? Gibt es ihn wirklich?«

»Ja, es gibt ihn. Er ist bei den Elben.«

Martin strahlte. »Dann sind wir gerettet!«

Nuyen seufzte. »Es ist leider nicht so einfach, wie du denkst. Der Drache ist nämlich auch ein Mensch.«

Verwundert hob Martin die Augenbrauen. Was sollte das nun wieder heißen? Er ließ sich die Worte Nuyens noch einmal durch den Kopf gehen: »Der Drache ist auch ein Mensch.« Seine Gedanken blieben an dem Wort *auch* hängen, und plötzlich begriff er, was der Halbelb ihm hatte sagen wollen.

»Wie kann das sein? Mensch und Drache in *einer* Person?«

Doch Nuyen schien ihm nicht mehr zuzuhören. Sein Blick war ins Leere gerichtet, und auch als Martin ihn bei seinem Namen nannte, löste er sich nicht sofort aus seiner Starre.

»Was hast du gesagt?«, fragte er schließlich und fuhr sich mit einer Hand über die Augen.

»Später. Sag mir erst, warum du dich gerade so merkwürdig benommen hast.«

»Meine Schwester Yelna hat wegen dem Drachen ihren Mann verloren. Er war mein Freund.«

Martin senkte den Blick. »Oh, verstehe …«

Stumm saßen sie da und lauschten dem Klang des Waldes.

8 Letzte Rettung

Elias sprach lange mit Mia. Doch er redete nicht über das, was ihn am meisten beschäftigte. Das Hauptthema ihrer Gespräche war die Vergangenheit. Mia berichtete ihm ausführlich von ihrer Flucht, nachdem die Südländer sie auf der Lichtung angegriffen hatten und sie erzählte ihm auch, dass sie am liebsten umgekehrt wäre, um ihm beizustehen. Elias seinerseits sprach übers Bogenschießen und erinnerte Mia dabei gern an die Zeit in Alderun. Außerdem berichtete er von kleinen Alltagserlebnissen in Tymas und machte sich mit Mia ein wenig über die Elben lustig, die so viel Ehrfurcht vor einem einfachen Dorfjungen wie ihm zu haben schienen. Bei seinen Erzählungen erwähnte er nebenbei auch die Fortschritte, die er durch die Konzentrationsübungen mit Jéodin machte, wobei er seine Angst vor dem möglichen Verschwinden seiner menschlichen Seele aber unausgesprochen ließ. Er versuchte auch, Mia einige elbische Begriffe zu erklären, doch sie schien kein Gespür für diese Sprache zu haben und konnte einfach nicht mit ihr umgehen. Sie war nun mal ein Mensch.

Mit der Zeit bemerkte Mia, dass Elias ihr etwas verschwieg, und sprach ihn eines Tages, als sie sich gerade auf einem der in der Stadt verteilten Schießübungsplätze befanden, darauf an.

»Was ist los mit dir? Du wirkst so gequält.«

Elias schaffte es nicht, ihr in die Augen zu blicken.

»Nichts«, meinte er nur und spannte zum wiederholten Male den Bogen.

Doch Mia ließ nicht locker: »Nun sag schon. Was bedrückt dich?« Elias senkte die Waffe.

»Es … es ist nur …« Er konnte es ihr einfach nicht sagen.

Mia strich ihm über die Wange. »Was?«

Elias schüttelte den Kopf. Mias Gesichtszüge wurden härter.

»Du weißt doch, dass du mit mir über alles reden kannst.« Sie sah Elias abwartend an. Doch er brachte es einfach nicht über sich, ihr zu sagen, was in ihm vorging. Sichtlich enttäuscht wandte sie sich ab und wollte schon gehen, als Elias seine Meinung doch noch änderte. Er konnte sie nicht weiter im Ungewissen lassen. Nach allem, was sie zusammen durchgestanden hatten, hatte Mia verdient zu erfahren, was mit ihm geschah.

»Warte!« Mia hielt in der Bewegung inne und Elias legte den Bogen beiseite. »Ich erzähl es dir.«

Niedergeschlagen ließ er sich auf die kleine Mauerbrüstung fallen, die das Übungsfeld der Bogenschützen eingrenzte, und suchte nach passenden Worten.

»Mia, versteh mich nicht falsch, aber ich weiß nicht, wie lange meine Liebe zu dir noch währen wird.«

Mia sah ihn verständnislos an.

Schnell sprach Elias weiter: »Bitte, verzeih mir, dass ich es dir nicht eher gesagt habe. Du musst mir glauben, dass ich dich über alles liebe, doch es ist der Mensch in mir, der dich wirklich liebt, und dieser Mensch wird sterben.«

Eindringlich sah er Mia an. »Ich kann nicht zulassen, dass der Drache deine Gefühle verletzt, weil er dich nicht so liebt wie ein Mensch. Deshalb wäre es wohl das Beste, wenn du gehst, bevor das mit uns richtig angefangen hat. Ich war egoistisch und wollte es so lange hinauszögern wie möglich, aber du hast recht. Dich weiter zu belügen, ist nicht der richtige Weg.«

Elias merkte, wie sich Tränen in seinen Augen sammelten.

Mia starrte ihn erst eine Weile einfach nur an, dann ging sie auf ihn zu und hockte sich vor ihn.

»Elias, ich werde dich immer lieben. Egal ob du mich liebst oder nicht. Ich werde bei dir bleiben.«

»Aber …«

»Nichts, aber!« Mia gab ihm einen Kuss.

Zuerst verkrampfte sich Elias, doch dann entspannte er sich und erwiderte den Kuss. Mia hatte seine Oberarme gepackt und drückte sich an ihn. Liebe. Dieses Gefühl war stark, doch war es stark genug, den Mensch in Elias zu bewahren?

Die Tränen liefen über seine Wangen und tropften in Mias offenes Haar.

Das Verlonfest stand kurz bevor und Martin und Isaac hatten entschieden, bis zum Ende des Festes zu bleiben. Danach wollten sie in Begleitung von Nuyen nach Tymas reiten, um den Drachen um Hilfe zu bitten. In El'Dwérin waren die Vorbereitungen für den nahenden Feiertag bereits in vollem Gange und überall hasteten Meledaín umher. Auf dem Hauptplatz der Stadt wurde ein großer Berg aus Holz errichtet und Nuyen erklärte ihnen, dass dies ein riesiges Feuer werden sollte, das man auch in Tymas sehen konnte. Die Häuser wurden mit Blüten geschmückt und Kleider aus Farnblättern und Efeu entstanden durch die schnellen, fleißigen Hände der Halbelben. »Diese Gewänder halten nur für die kurze Zeit des Festes, deshalb gibt es jedes Jahr neue.« Nuyen schmunzelte, als er die ungläubigen Gesichter seiner menschlichen Gäste sah.

Auch Martin und die anderen Menschen halfen beim Schmücken der Stadt und warteten gespannt auf den Tag des

Festes. Die Meledaín beantworteten ihnen gerne Fragen und zeigten sich sehr offen gegenüber den Fremden, was Martin irgendwie seltsam fand, da sich dieses Volk doch eigentlich Jahrhunderte lang hier oben in den Bergen vor den Menschen verborgen hatte.

Der Nachmittag war bereits angebrochen, als die Feierlichkeiten endlich begannen. Um den Holzberg herum waren Speisen und Getränke auf Tischen aufgestellt worden und eine Gruppe von Halbelben machte mit Instrumenten, die Martin nicht kannte, wundervolle Musik. Die Stimmung war zwar ausgelassen, hatte aber auch etwas Ernsthaftes und Würdevolles. Alle hatten sich auf dem Platz versammelt und die Meledaín fingen an, zu tanzen und zu singen. Die grünen Pflanzengewänder raschelten in der Luft und trugen zum Klang der Musik bei. Auch Martin, Isaac und die anderen Menschen hatten Waldgewänder bekommen, die sie nun über ihrer anderen Kleidung trugen. Zuerst war Martin nicht ganz wohl dabei gewesen, in dieses kostbare Geschenk zu schlüpfen, das so viel Arbeit gekostet hatte, aber schließlich hatte er dem Drängen Nuyens nachgegeben.

Als der Himmel dunkel wurde und Martin von den köstlichen, fremden Getränken schon etwas schummrig zumute war, stellte sich Nuyen zu ihm hin und erzählte, was gleich geschehen würde. »Die Kinder des Naturgeistes Feuer werden gleich kommen und den Holzberg entzünden.« Martin sah Nuyen verständnislos an. Nachsichtig ob der Unwissenheit, erklärte der Halbelb: »Es sind die Lyné, kleine Feen. Du wirst sie nicht sehen können, weil du ein Mensch bist, aber vielleicht kannst du sie spüren oder erahnen, wenn sie ums Feuer kreisen. Schau!« Und Martin sah auf die Mitte des Platzes. Einzelne glühende Punkte bildeten sich auf dem Holz und nach und nach begann der Berg wie von selbst zu brennen. Martin wusste nicht, ob es an seiner leichten Trunkenheit lag, aber er meinte immer, wenn der Wind die Flammen erfasste, etwas zwischen den hell leuchtenden Funken tanzen zu sehen.

~

Vénn riss Elias aus seinen trüben Gedanken. Es war früher Morgen und die Sonne lugte hinter den Bergen hervor. Elias hatte kaum schlafen können. Gähnend strich er dem anmutigen Gepard über den Kopf. Elias wusste, dass Jéodin ihm heute mehr beibringen würde als Konzentrationsübungen. Heute würde er lernen, seine Fähigkeiten zu gebrauchen. Elias wollte nicht. Er war mit dem Drachen fertig! Dieses Ding hatte ihn zwar gerettet, aber es hatte ihn gleichzeitig zerstört. Der Gepard sah ihn aus seinen tiefen dunklen Augen an und peitschte wild mit dem Schwanz hin und her. Das war das Zeichen, dass Elias ihm folgen sollte. Lustlos trottete er der Raubkatze hinterher.

Am Übungsplatz der Bogenschützen wartete Jéodin schon auf ihn und blickte Elias entgegen. Vénn setzte sich neben den Elb. Elias blieb vor ihm stehen und sah ihn fragend an.

»Du wirst heute lernen, den Geist des Drachen zu nutzen. Nimm den Bogen und versuche, das Ziel dort hinten zu treffen.«

Elias tat wie geheißen, auch wenn ihm das Ziel viel zu weit entfernt erschien, um es zu treffen. Wie erwartet, verfehlte er die Zielscheibe und runzelte die Stirn.

»Du musst dich konzentrieren! Glaub daran, dass du die Mitte der Scheibe treffen kannst. Suche deinen Kern.«

Elias holte tief Luft und hörte in sich hinein. Das Feuer flammte vor seinem geistigen Auge auf – dazwischen die blauen Schlieren. Seine Stirn glättete sich. Ganz ruhig und konzentriert nahm er den Bogen wieder auf, zielte und schoss. Schon während der Pfeil losschnellte, war sich Elias sicher, dass er diesmal treffen würde. *Plong.* Mit einem dumpfen Geräusch bohrte sich der Pfeil genau in die Mitte der Zielscheibe. Elias lächelte über den kleinen Erfolg, doch er glaubte, dass dies ein einmaliger Zufall war. Er hatte schon des Öfteren mit Mia Bogenschießen geübt und wusste, dass er kein sonderliches Geschick dafür hatte. Aber auch beim nächsten Versuch traf Elias genau in die Mitte und ebenso die folgenden Male.

»Wie ist das möglich? Ich bin doch eigentlich ein grauenhafter Schütze!«, fragte er Jéodin verwundert.

»Der Drache leitet den Pfeil in die richtige Richtung. Es ist dein Instinkt.«

»Wohl eher der des Drachen«, meinte Elias wütend und warf den Bogen auf die Erde. »Ich will ich sein! Nicht dieser Drache! Woher soll ich wissen, was mich selbst ausmacht, wenn dieses Wesen mich beeinflusst?«

»Du weißt: Dieses Wesen ist ein Teil von dir. Du musst endlich verstehen, dass *du* der Drache bist. Akzeptiere das, denn du wirst ein Leben lang mit dir leben müssen.«

Plötzlich brach Elias zusammen.

Mia hastete auf Jéodin zu. Als sie ihn rufen gehört hatte, hatte sie sofort gewusst, dass etwas passiert war.

»Wo ist er? Sag mir, wo er ist!«

»Bleib ruhig. Er wird es überleben. Nur der Mensch scheint von ihm zu weichen. Wenn du dich beeilst, kannst du ihn vielleicht noch retten. Er ist bei Ilién.«

Mia rannte.

Iliéns Gemächer befanden sich im Erdgeschoss des Hauses, in dem auch Elias lebte. Ohne auf die hastig ausweichenden Elben zu achten, stürmte Mia auf die Tür zu und riss sie auf. Ilién stand mit ihren Tieren um eine am Boden liegende

Gestalt herum. Elias! Seine Augen waren geschlossen. In Eile hatte man ihm ein Kissen unter den Kopf gelegt und eine Decke über seinen Körper ausgebreitet. Vénn lag dicht neben ihm und leckte seine Hand.

»Ilién! Was ist passiert?«

Ilién sah Mia an. Ihre sorgenvoll gefurchte Stirn sagte alles. Die Elbin trat einen Schritt beiseite und machte Mia den Weg zu Elias frei. Stumm ließ sich Mia auf die Knie sinken und streichelte ihm über das Gesicht.

»Elias! Komm zu mir zurück! Gib nicht auf!«

Seine Augen flatterten. »Mia. Ich liebe dich!«

Seine Stimme war nur ein Flüstern. Mehr sagte er nicht. Auf einmal schien ein merkwürdiges weißes Licht von Elias auszugehen. Sein Körper leuchtete von innen! Mia wich erschrocken ein Stück zurück.

Nach seinem heftigen Zusammenbruch spürte Elias den Drachen mehr denn je. Er hatte begriffen, dass die einzige Möglichkeit, den Mensch in sich zu retten, darin bestand, seinen Kern mit der Liebe zu Mia zu füllen. Auf diese Weise würde seine menschliche Seele stark genug sein, sich mit der Drachenseele vollends zu verbinden und eine Einheit zu bilden.

Er überredete sein menschliches Ich, die Seele des Drachen nicht länger zu unterdrücken. Die blauen Schlieren ließen los und das Feuer des Drachen flammte schmerzhaft auf. Elias stand Schweiß auf der Stirn und er meinte – so erfüllt vom Geist des Drachen – explodieren zu müssen. Doch gerade, als er dachte, es nicht mehr länger auszuhalten, wurde das Feuer schwächer und zog sich in das von Liebe erfüllte und gestärkte Netz aus blauen Schlieren zurück. Nur, dass diese erneute Seelenzusammenführung kein Gegeneinander mehr war, sondern ein Miteinander. Der Drache verschmolz endgültig mit Elias. Die Erlebnisse und das Wissen des Drachen verbanden sich mit den seinen und alles fügte sich restlos zusammen. Die Liebe war der Mittelpunkt. Sie hatte das alles bewirkt. Sie hatte ihn vollständig gemacht. Das Leuchten ließ nach. Mias Gesicht erschien vor dem seinen.

»Es ist vorbei«, sagte er und lächelte Mia an. Die beiden Seelen waren nun eine völlige Symbiose eingegangen. Seine menschliche Seite war außer Gefahr.

Dann setzte sich Elias mühsam auf und schloss Mia in die Arme. Vor Freude fingen sie beide an zu weinen und selbst Ilién schien eine Freudenträne die Wange hinab zu laufen. Jéodin hatte unbemerkt den Raum betreten und nickte Elias nun anerkennend zu.

»Ich habe gewusst, dass du es schaffen würdest«, meinte er und lachte, als Vénn nun stürmisch auf ihn zurannte und wie ein Hund an ihm emporsprang.

Ilién sah aus dem Fenster. »Lasst uns nach draußen gehen. Es wird bereits dunkel und die Lyné werden in El'Dwérin gleich das Feuer entzünden.«

Elias nickte. »Ja, lasst uns gehen. Das alljährliche Feuer des Verlonfestes will ich auf keinen Fall verpassen.«

Mia sah ihn fragend an. Natürlich! Sie hatte, wie er selbst noch bis vor ein paar Minuten, keinerlei Wissen über die Traditionen und Gebräuche der Meledaín. Elias war selbst ganz fasziniert von dem großen Wissensschatz, der ihm nun so plötzlich durch die endgültige Verschmelzung mit seiner Drachenseele zur Verfügung stand.

»Ich erklär' es dir, wenn wir draußen sind.«

»Aber, woher weißt du das? Das ist…«

»Ich weiß es eben. Ich bin Sjen'Avalas, schon vergessen?«

Hand in Hand gingen er und Mia hinaus auf die Terrasse. Jéodin und Ilién folgten ihnen. Vénn bildete das Schlusslicht.

Nach der Nacht mit dem riesigen Feuer war das Verlonfest noch lange nicht zu Ende. Es wurde noch den ganzen nächsten Vormittag gefeiert und lachende fröhliche Halbelben durchkreuzten die Stadt. Martin hatte sich fest vorgenommen, Nuyen nun endlich zu fragen, warum die Meledaín ihnen gegenüber so herzlich und offen waren, obwohl sie doch die anderen Menschen mieden. Als Martin die Frage schließlich stellte, forderte Nuyen ihn auf, ihm zum Rat der Ältesten zu folgen. Jetzt stand Martin vor Lafearn und fragte diesen erneut, was er zuvor von Nuyen hatte wissen wollen. Lafearn nickte und fing an zu erzählen:

»Es gibt diese Prophezeiung über den Drachen, wie du weißt. Doch manche wissen noch mehr über sie als das, was in ihr geschrieben steht. Léssal hat uns beauftragt, euch aufzunehmen und dann nach Tymas zu geleiten. Der Grund dafür ist der neue Naramund.« Lafearn sah Martin einen Moment lang prüfend an, sodass dieser schon langsam ein mulmiges Gefühl bekam und sich anstrengen musste, nicht nervös die Augen zu senken und von einem Bein aufs andere zu treten. »Er hat gesehen, dass der Drache einen Freund haben wird, der ihm in den Schlachten zur Seite stehen wird. Einen Menschen mit dem Aussehen eines Südländers, aber dem Herzen eines Nordländers … Der Naramund sprach von dir, Martin.«

Martin konnte nicht glauben, was er da hörte. *Er* sollte der Freund des Drachen werden? Der Freund von einem Wesen, das man schon für ausgestorben gehalten hatte? Andererseits war er auch froh, durch die Halbelben endlich greifbare Informationen über den Drachen erhalten zu haben. Nun konnten sie ihre Reise mit einem konkreten Ziel fortsetzen.

Als sie am Nachmittag von El'Dwérin aufbrachen, hing Martin immer noch seinen Gedanken nach und bekam kaum etwas von dem Gespräch mit, welches Isaac und Nuyen führten. Die zwei hatten sich angefreundet und ritten nun nebeneinander vor ihm her. Der Rest der Truppe folgte ihnen. Außer Nuyen war keiner der Halbelben mitgekommen, doch Martin war sich sicher, dass sie in Nuyens Begleitung nichts zu befürchten hatten. Er kannte die Gegend und galt in El'Dwérin als einer der besten Schwertkämpfer. An einem Gürtel um seine Hüfte hing ein Schwert. Es glänzte in der Sonne und Martin glaubte, noch nie eine so wundervolle Waffe gesehen zu haben. Nuyen schien den Blick bemerkt zu haben, denn er unterbrach sein Gespräch, ließ sich ein Stück nach hinten zurückfallen und drehte sich zu Martin um.

»Martin, erzähl mal etwas über dich. Deinem Kennerblick auf diese Klinge nach zu urteilen, könnte man denken, du wärst ein Spezialist auf dem Gebiet des Schwertkampfes.«

Martin war überrascht über die plötzliche Neugier.

»Ich? Nun, in Van'Valor, meiner Heimat, war ich lange Zeit Mitglied einer Schwertelitetruppe. Wir waren für das Wohl des Königs verantwortlich.«

Martin verstummte. Er wollte nicht wieder an Van'Valor erinnert werden. Den Tod des Königs, seines Ziehvaters, hatte er noch nicht verwunden, und schließlich gab es da auch noch das Geheimnis, mit dem er lebte. Wie von selbst tastete seine rechte Hand nach der Innentasche seiner Weste. Die Schriftrolle war immer noch da. Zum Glück schien Nuyen zu bemerken, dass Martin nicht nach einer Unterhaltung zumute war. Jedenfalls fragte er nicht weiter, ritt wieder nach vorne und fing an, Isaac den Weg zu beschreiben.

Elias fühlte sich wie ein neuer Mensch, wenn man das überhaupt so nennen konnte. Er lernte viel schneller dazu und er hatte bei allen Übungen das Gefühl, von einer unsichtbaren Hand geführt zu werden. Ohne Zweifel war das der Drache.

Mühelos schlug er Jéodin im Schwertkampf und auch das Bogenschießen war eine Kleinigkeit für ihn geworden. Unglaublich viele Erinnerungen an seine Zeit bei den Elben, die er als Drache hier verbracht hatte, kamen ihm wieder in den Sinn, und so erneuerte er seine alten Bekanntschaften mit den Freunden, die er vor nun fast neunzehn Jahren als Menschenbaby verlassen hatte. Ebenso trauerte er um die Freunde, die in der Zeit seiner Abwesenheit gestorben waren. Gott sei Dank waren die Elben ein langlebiges Volk, sodass er sich nicht von vielen innerlich verabschieden musste. Doch auch trotz der unzähligen neuen Eindrücke lasteten schwere Gedanken auf Elias. Der Verlust, den der Drache durch das Sterben seiner Artgenossen erlitten hatte, war stärker in den Vordergrund getreten, und durch das Wissen des Drachen ahnte Elias, dass sein Schicksal eine schwere Bürde mit sich brachte. Nur die gemeinsamen Stunden mit Mia erfüllten ihn mit so viel Freude, dass er sich besser fühlte als je zuvor. Zusammen mit Semir und Yelna gingen sie auf Ausritte und ließen sich auch vom nahenden Winter nicht davon abbringen. Das einzige Problem bei diesem Wetter war, dass die Elben anscheinend unempfindlich gegenüber Kälte waren, während Elias und Mia froren. Nachdem Elias ihr Problem geschildert hatte, bekamen sie auf Geheiß von Léfaîn bald warme Kleidung – wobei Elias spürte, dass er sein Kälteempfinden dank seiner Drachenseele mildern konnte.

Am Tag des ersten Schnees lief Elias mit Mia durch die Straßen und lächelte still über die Demut, mit der ihnen die Elben begegneten. Sonst hätte er sich unwohl gefühlt, doch solange er mit Mia unterwegs war, war ihm egal, wie sich die Elben ihm gegenüber verhielten. Er brauchte niemand anderen. Schließlich schritten sie in einen überdachten Gang, den viele Gemälde schmückten. Bewundernd betrachteten sie die wunderschöne Kunst. Vor einer Landschaftsabbildung blieb Elias wie angewurzelt stehen. Auf dem Bild war ein steinernes Tor zu sehen, vor dem ein glänzender See lag. Beide befanden sich auf einem Berg und an einer Stelle ergoss sich das Wasser vom See in die Tiefe. Ein Regenbogen schmückte den imposanten Wasserfall und am Fuß des Berges sprudelte munter ein Fluss dahin.

»Elias?« Mia nahm seine Hand.

Elias starrte immer noch auf die Landschaft, die das Gemälde zeigte. »Dort ist meine Familie gestorben und viele meiner Freunde. Sie haben sich einfach aufgelöst.«

»Was redest du da?«

»Ich kann mich an alles erinnern.«

Elias löste den Blick von dem Bild und sah Mia an.

»Unter dem Tor wurde ich von Léssal für viele Jahrhunderte in eine Glaskugel eingeschlossen.«

»Du meinst den Drachen, nicht wahr?«

Elias schüttelte den Kopf. »Nein, ich meine mich. Ich bin der Drache.«

»Ja, schon. Aber …«

Mia schwieg.

Wie um sie vor seiner Erinnerung zu schützen, stellte Elias sich mit dem Rücken vor das Gemälde und legte seine Arme um ihre Hüften. Seine Augen blickten tief in die ihren.

»Du musst nicht weiter darüber nachdenken. Ich bin immer noch Elias.« Liebevoll drückte er sie an sich. »Und das verdanke ich nur dir.«

9 Der Rebell

Martin schreckte auf. Er hatte etwas gehört. Die anderen schliefen. Diese Nacht hatten sie ihr Lager an einem der großen Felsvorsprünge aufgeschlagen und der Berg ragte wie ein Schatten über ihnen auf. Sie hatten schon einen weiten Weg zurückgelegt und Nuyen war zuversichtlich, dass sie Tymas in vier Tagen erreichen würden.

Da war es schon wieder!

Martin schlug seine Decke zurück und stand leise auf. Es hatte sich angehört wie ein dumpfes Aufstampfen von den Hufen eines großen Tieres. Mühsam tastete Martin die Umgebung mit seinen Augen ab und versuchte, etwas zu erspähen, doch außer den Pferden konnte er nichts erkennen. Die Pferde! Das war es. Eines der Tiere war unruhig und trat immer wieder mit seinen Hufen auf die Erde. Es war Nuyens Hengst. Vorsichtig schlich Martin zwischen den am Boden liegenden Männern hindurch und näherte sich den Pferden. Der Hengst warf den Kopf nach oben und schnaubte. Das war ungewöhnlich. Wieso wieherte er nicht? Martin strich dem Tier sanft über den Hals. Unter dem im fahlen Mondlicht schimmernden braunen Fell pochte der wilde Puls des Pferdes. Martin flüsterte leise auf den Hengst ein, doch das Tier ließ sich nicht beruhigen. Irgendetwas stimmte nicht. Nochmals versuchte Martin, in der Dunkelheit etwas anderes zu erkennen. Nichts. Warum war er überhaupt aufgestanden? Wegen eines verrückten Gauls? Aber er spürte es auch. Gefahr lag in der Luft. Schnell lief er zu den Männern zurück und weckte sie. Streng darauf bedacht, dass die verschlafenen Kerle nicht allzu laut wurden.

Nuyen erkannte die Lage sofort. Beschwörend legte er einen Finger an die Lippen und flüsterte: »Gut, dass du mich geweckt hast. Ein Charn ist in der Nähe. Verhaltet euch einfach ruhig, dann verschwindet er vielleicht wieder.«

Martin nickte zum Zeichen, dass er verstanden hatte, und sah sich um. Er konnte immer noch nichts erkennen. Aber er hatte auch keinen blassen Schimmer, was ein Charn eigentlich war. Auch die anderen Männer starrten mit weit geöffneten Augen in die Finsternis. Plötzlich schien die Dunkelheit noch mehr zuzunehmen und Nuyen zog sein Schwert.

»*Gwern a el'Etân!* Zurück in die Finsternis!«

Der Meledaín schrie die Worte fast und alle, Martin und die Pferde eingeschlossen, zuckten zusammen. Durch Nuyens Schwert fuhr ein Blitz und prallte gegen die undurchdringliche Schwärze, die sich um sie herum gebildet hatte. Der helle Strahl verzweigte sich und bildete eine Kuppel um die Männer und die Pferde. Ein entsetzlicher Schrei ertönte. Er klang nicht menschlich und hallte in der darauf folgenden Stille seltsam nach. »Als wäre er nicht von dieser Welt«, dachte Martin, und bei diesem Gedanken lief ihm ein Schauer den Rücken hinab. Schließlich schien die Schwärze zu verschwinden und die Dunkelheit wirkte wieder normal. Wie in Zeitlupe sah Martin, wie Nuyen das Schwert aus den Händen fiel, und im selben Augenblick, in dem die Waffe auf dem Boden aufkam, verschwand der Blitz. Nuyen strauchelte und Martin und Isaac mussten ihn auffangen, damit er nicht umkippte. Isaac sah dem Halbelb besorgt in die Augen.

»Ist alles in Ordnung?«

Nuyen nickte schwach. »Ich muss mich nur hinsetzen.«

Zu zweit halfen sie dem Meledaín zu einem nahe gelegenen Felsen und Nuyen ließ sich auf ihm nieder.

»Was war das für ein Biest?«

»Ein Charn ist ein altes Wesen, welches, wie die Legende sagt, der Grund dafür ist, dass sich die Menschen vor der Dunkelheit fürchten. Es nährt sich von der Finsternis und ist so leicht und unsichtbar wie die Luft. Manchmal holt es sich arme Seelen, die bei Nacht allein umherstreifen. Dass es eine so große Gruppe wie uns angegriffen hat, ist äußerst beunruhigend.«

Erschöpft hielt Nuyen inne und stützte sich mit einer Hand am Felsen ab.

»Dieser Blitz, der aus deinem Schwert kam ... Wie hast du das gemacht?«

Isaac sah mit unverhohlener Neugier auf die eindrucksvolle Waffe, die immer noch auf dem Boden lag. Keiner hatte sich getraut, sie anzufassen.

»Der Wald ist nicht das einzige Geschenk der Elben. Auch das Schwert kommt von ihnen. Ich lebte einige Zeit als Schüler im Lut'Amnéras, dem Turm der Hoffnung. Dort habe ich gelernt, wie ich mit dieser Waffe kämpfen kann.«

Mia wusste nicht, was sie tun sollte. Sie kannte zwar Elias, aber den Drachen kannte sie nicht. Der Mensch in Elias war gerettet, aber nach dem Vorfall schien mehr von dem Drachen da zu sein als zuvor. Immer wieder erzählte Elias ihr von seinem früheren Leben. Besonders vom Fliegen. Sein sehnsüchtiger Blick, wenn er davon sprach, versetzte ihr einen Stich. Sie wollte, dass Elias glücklich war, doch was war mit ihr? Sollte sie ihr ganzes Leben den Geschichten eines Drachen zuhören, der die Fähigkeit zu fliegen verloren hatte? Elias' Welt und die ihre entfernten sich mehr und mehr voneinander. Am Schluss würde die Kluft so groß werden, dass sie nicht mehr überbrückt werden konnte.

»Elias, ich muss dir etwas sagen.«

Elias unterbrach seinen Redefluss und legte seine Hand auf ihre, die zwischen ihnen auf der Bank ruhte.

»Ich höre.«

»Es tut mir leid, aber die Welt, in der du gelebt hast, scheint mir nicht die meinige zu sein. Ich kann diese Welt nicht verstehen und ich fürchte, dass sie mich nach und nach von dir trennen wird.«

Elias' Mundwinkel formten sich zu einem Lächeln.

»Dann werde ich sie dir zeigen.«

Verwirrt sah Mia ihn an. Wie wollte er das anstellen?

Elias erhob sich und reichte ihr die Hand. »Komm.«

Elias hatte geahnt, dass Mia die Welt der Drachen allein durch das Erzählen nicht begreifen würde. Deshalb hatte er sich etwas ausgedacht. Gespannt, wie sie darauf reagieren würde, führte er sie die Straßen entlang. Dann betraten sie ein großes Gebäude mit einer runden Kuppel. Im Innern war es sommerlich hell. Nachdem sich Mias Augen an das Licht gewöhnt hatten, sah sie an die gewölbte Decke und schlug die Hände vor dem Mund zusammen. Das hatte Elias erwartet. Die Kuppel zierte ein naturgetreues Abbild eines Drachen und es war nicht nur irgendein Drache. Es war er selbst, der Feuerprinz. Sjen'Avalas, die Flügel weit ausgebreitet, nahm den ganzen Platz an der Decke ein und seine schwarzen Schuppen wirkten so echt, dass man glaubte, sie würden im Licht schimmern. Interessiert sah das riesige Wesen auf jeden hinab, der das Gebäude betrat, und die schmalen Pupillen stachen so aus den feurigen Drachenaugen heraus, dass sie das Erste waren, was man wahrnahm.

»Oh mein Gott!« Mias Augen glänzten. »Das bist du.«

»Das bin ich«, bestätigte Elias.

»Du bist wunderschön.«

Errötend nahm Elias erneut ihre Hand.

»Das war aber noch nicht alles.«

Langsam schritten sie auf die Mitte der runden Halle zu. Dort stand ein Podest, und auf diesem lagen Scherben. Es waren die Scherben eben jener gläsernen Kugel, in der der Drache so viele Jahre ausgeharrt hatte. Mia unterzog alles einer genauen Betrachtung und wandte sich schließlich wieder an Elias. Neugier stand in ihrem Blick.

»Wie hast du die Kugel zerbrochen?«

Elias empfand eine merkwürdige Zerrissenheit, als er nun versuchte, sich genau in diese Situation zurückzuversetzen. Aus der Sicht des Drachen konnte er sich in seiner Erinnerung selbst sehen, wie er als Menschenbaby auf den Armen eines Elben lag.

»Es war Schicksal. Die Verbundenheit von mir und dem …« Elias zögerte. Sollte er jetzt *Mensch* oder *Drache* sagen? Er beschloss, dass es Mia wohl weniger verstören würde, wenn er von sich, wenn möglich, als Menschen sprach. »… Drachen hat schon existiert, bevor unsere Seelen zu einer wurden. Als ich mich sah, wusste ich, dass ich derjenige bin, der mich in meinem späteren Leben verkörpern würde. Ich weiß, das klingt jetzt irgendwie verrückt. Aber ich habe mich ja sozusagen aus zwei Perspektiven gesehen und ich muss sagen, dass mein menschlicher Teil keine wirkliche Erinnerung an diesen Moment hat. Ich war ja schließlich noch ein Baby. Deshalb kann ich das Erlebte wohl nur aus meiner Drachenperspektive erzählen. Jedenfalls habe ich von der Kugel aus unsere Herzen schlagen gehört und sie schlugen in völligem Einklang. Daraufhin zerbarst die Kugel. Das Band zwischen uns war stärker als jede Kraft der Welt.«

Vor ihnen erstreckten sich die Ebenen von Avéndur. Martin atmete erleichtert auf. In den Bergen hatte er sich nicht mehr sicher gefühlt, nachdem der Charn angegriffen hatte. Zum Glück hatte sich Nuyen relativ schnell wieder erholt, denn vor allem als es angefangen hatte zu schneien, war seine Hilfe ein wahrer Segen gewesen. Durch ihn hatten sie immer einen sicheren Weg gefunden, an den Hängen hinab zu kommen, und er kannte alle Unterschlüpfe, in denen man bei so einem Wetter geschützt schlafen konnte. Nun ritten sie mit neuem Elan Tymas entgegen und als ihr Ziel endlich in Sicht kam, war die Freude unbegrenzt.

»Wahnsinn!« Isaac strahlte. »Habt ihr jemals eine so prächtige Stadt gesehen?«

Die Türme leuchteten in der winterlichen Sonne und hoben sich bizarr von der weißen Fläche des Landes ab. Martin lächelte innerlich über Isaacs glänzende Augen. Im Moment wirkte dieser wie ein Junge, der einen lang gehegten Wunsch erfüllt bekommt. Traurig dachte Martin an all die Kinder, die durch Karaian ihrer Kindheit beraubt wurden. In Zeiten von Schlachten musste man schneller erwachsen werden, als einem lieb war. Er hatte, seit er von Helwinn aufgenommen worden war, immerhin eine relativ behütete Kindheit gehabt. Obwohl diese auch schon vom langsam heraufziehenden Krieg getrübt worden war. Martin schweifte mit seinen Gedanken ab …

Der Palastgarten war von einer dichten Schneeschicht bedeckt und die Füße des zehnjährigen Martin versanken bis über die Knöchel in dem pudrigen Weiß.

»Martin, fang!« Überrascht drehte sich Martin um. Ein Apfel sauste aus der Luft auf ihn zu. Ohne Mühe streckte Martin reflexartig die rechte Hand aus und fing die im Winter so kostbare Frucht. Helwinn lachte und trat nun vollends in den ummauerten Garten.

»Gut gemacht.« Lächelnd strich der König über das lange, schwarze Haar seines Ziehsohnes, während dieser genüsslich in seine Beute biss.

»Danke, Herr«, sagte Martin, nachdem auch der letzte Rest des Apfels aufgegessen war und er sich mit dem Ärmel den süßen Saft aus dem Gesicht gewischt hatte.

»Wie oft muss ich dir noch sagen, dass du mich Vater nennen sollst?« Tadelnd legte Helwinn die Stirn in Falten, doch unter dieser Fassade konnte Martin eine tiefe Trauer erkennen. Der König hatte seine Gemahlin früh verloren. Sie war an einer seltenen Krankheit gestorben und hatte ihrem König keine Nachkommen hinterlassen.

Martin nahm die große Hand seines Ziehvaters in seine kleine Hand. »Vater? Ich habe heute einen Speer geschnitzt. Möchtet Ihr ihn sehen? Leutnant Mendral hat gesagt, ich könnte damit einen Südländer töten. Aber ich will niemanden töten.«

»Braver Junge.« Wieder tätschelte der König Martins Kopf, den Blick gedankenversunken ins Nichts gerichtet.

»Vater?« Martin blickte besorgt zu Helwinn auf.

Der König löste sich aus seiner Starre und lächelte Martin an. Doch seine Sorgen standen ihm nach wie vor ins Gesicht geschrieben. »Nun gut, zeig mir deinen Speer.«

Als sie schließlich vor den Toren der eindrucksvollen Elbenstadt standen, schwanden Martins finstere Gedanken jedoch schnell und machten Ehrfurcht Platz. Diese Ehrfurcht mussten auch die anderen empfinden, denn alle blieben wie auf ein verabredetes Zeichen stehen, obwohl das Tor vor ihnen geöffnet war.

Nuyen ritt ein Stück vor und sagte etwas auf Elbisch: »*Edaín al'Avén. I ém Nuyen ê annésû ném nel'Surr.* Elben im Licht. Ich bin Nuyen und bin gekommen mit den Menschen.«

Daraufhin trat eine Gestalt aus dem Schatten des Tores und blieb vor Nuyen stehen. Es war eindeutig ein Elb. Im Gegensatz zu Nuyen war er noch feingliedriger und schmaler. Seine spitz zulaufenden Ohren zeichneten ihn endgültig als Elb aus. Das Gesicht des Elben zeigte ein sanftes Lächeln und dann schlossen sich Nuyen und er freundschaftlich in die Arme.

»Schön, dich zu sehen«, sagte der Elb, nachdem sie wieder von einander abgelassen hatten, und blickte schließlich zu den Menschen hinter Nuyen. Die grünen Augen des Elben schweiften über die Gruppe, bis sie an Martin hängen blieben. Dann sah er erneut in die Runde.

»Seid gegrüßt. Mein Name ist Jéodin. Folgt mir.«

Der Elb wandte sich Tymas zu und hinter Nuyen betraten Martin, Isaac und die anderen die Elbenstadt.

∾

Mia war glücklich. Durch die Bilder und die Atmosphäre in der Kuppel lernte sie den Drachen endlich richtig kennen. Dieser schien viel mit Elias gemein zu haben. Der Drache war zwar viel stärker und mächtiger, aber auch er hatte seine Familie verloren und war allein zurückgeblieben. Er war eine Waise – genau wie Elias. Doch obwohl sie viel Leid und Schmerz in ihrer beider Leben erfahren hatten und ihnen das Schicksal eine schwere Bürde auferlegt hatte, hatten sie nicht aufgegeben. Sie hatten selbstlos weitergekämpft. Es war der nächste Morgen und Mia war erneut in die Halle gegangen – diesmal allein. Lange sah sie an die Decke und versuchte sich in Elias oder besser gesagt den Feuerprinzen hineinzudenken. Langsam glaubte sie, ihn zu verstehen. Sie schmunzelte. Heute hatte Elias geheimnistuerisch gesagt, dass er mit Vénn etwas erledigen wolle und dass das Vorhaben Männersache sei. Mia hatte sofort gemerkt, dass Elias ihr eine Überraschung machen wollte. Doch das hatte sie sich natürlich nicht anmerken lassen und war freiwillig hierher in die Drachenhalle gegangen. Lächelnd schritt sie an der mit weiteren Drachen sorgfältig bemalten Seitenwand entlang und lauschte auf ihre langsamen Schritte, deren Klang von der gewölbten Decke zurückgeworfen wurde.

∾

Elias strich über Vénns Kopf. »Na, wie findest du sie?« Sie standen vor einer bildhübschen Stute in einem der großen Ställe. Ihr weißes Fell leuchtete und ihre klugen dunklen Augen ruhten auf Elias, als wäre er ein Magnet. Auch der Elb, der neben dem Tier stand, sah die zwei Interessenten abwartend an. »Was wollt Ihr für das Pferd?«, fragte Elias schließlich und wühlte in seinen Taschen.

Der Elb schüttelte den Kopf. »Nichts. Es ist eine Ehre für mich, wenn ich es dem Feuerprinzen schenken kann.«

Elias hatte mittlerweile gelernt, dass es unter den Elben als äußerst unhöflich galt, ein dargebotenes Geschenk nicht entgegenzunehmen, deshalb erhob er keinen Einspruch und bedankte sich wortreich bei dem Elb. Ansonsten hätte er ein derart großzügiges Geschenk nicht angenommen.

»Sie heißt Nâjna. Wenn Ihr sie mit diesem Namen ruft, folgt sie Euch.«

Und wie der Elb gesagt hatte, trottete Nâjna, nachdem Elias sie gerufen hatte, hinter ihm und Vénn her.

∾

Martin konnte nur mit offenen Augen staunen. Tymas war sogar noch beeindruckender als El'Dwérin. Die prachtvollen, dennoch nicht protzigen Gebäude waren einfach unfassbar schön, ebenso wie ihre Bewohner. Der große Palast in

Van'Valor, den er lange sein Zuhause genannt hatte, konnte hiermit schon lange nicht mehr mithalten. Zwar war dieser durchaus herrschaftlich, aber auf eine ganz andere Art und Weise als die elbischen Bauten. Jéodin hatte sie in einem dieser fremdartigen Elbenhäuser untergebracht und nun schlenderte Martin allein durch die Straßen. Er war so von den Bauwerken gebannt, dass er nicht bemerkte, dass vor ihm plötzlich ein Mann aus einer Seitenstraße trat. Die beiden stießen zusammen, doch bevor sie fallen konnten, fing sich der junge Mann scheinbar mühelos und schaffte es irgendwie gleichzeitig, Martin zu stützen.

»Augen auf!«, sagte er mit einem Lächeln und ließ Martin, als dieser sein Gleichgewicht wieder gefunden hatte, los.

»Danke. Entschul…«

Martin sah in die Augen des Mannes und stockte. Feuer und schmale Katzenpupillen blickten ihm entgegen. Doch im nächsten Augenblick verschwanden diese und aus dem Gesicht des Fremden sahen ihm ganz normale, rehbraune Augen entgegen. Halluzinierte er? Wahrscheinlich.

Martin setzte noch einmal an: »Entschuldigung.«

Der blonde Mann, der nur ein wenig jünger schien als er selbst, winkte ab. »Keine Ursache. So etwas kann doch jedem mal passieren. Besonders, wenn er, so wie du, offenbar das erste Mal durch Tymas läuft. Ich heiße übrigens Elias.«

Martin fand den Mann auf Anhieb sympathisch.

»Ich bin Martin.«

Erst jetzt sah er, dass hinter Elias noch ein Pferd und ein Gepard standen.

Elias hätte fast laut gelacht, als der Schwarzhaarige, der sich mit dem Namen Martin vorgestellt hatte, erschrocken einen Schritt zurücktrat, als er Vénn bemerkte.

»Das ist Vénn. Er ist völlig harmlos, jedenfalls Freunden gegenüber.«

Martin schien sich zu beruhigen. »Und was ist mit dem Pferd? Läuft das nicht weg?«

»Nein. Das ist so folgsam wie ein Hund.«

Dabei tätschelte Elias der weißen Stute den Hals.

»Aber komm. Lass uns nicht hier auf der Straße stehen bleiben. Wir können uns auch woanders unterhalten.«

Daraufhin lief er mit dem Pferd, dem Gepard und Martin als Gefolge in die Richtung seines Zuhauses. Dabei fragte er sich, wie Martin wohl reagiert hätte, wenn Elias' Augen sich nicht plötzlich wieder verwandelt hätten. Vor dem Gebäude trafen sie Ilién, die Nâjna auf Elias' Bitte hin in den Stall brachte.

»Wer war das?« Martin schien so fasziniert von seiner neuen Umgebung, dass er, seit sie von der Straße aufgebrochen waren, kein Wort mehr gesagt hatte.

»Das war Ilién, eine gute Freundin.«

Während sie die Gänge des Hauses entlangliefen, taute Martin langsam auf. »Du bist ein Mensch. Warum lebst du hier?«

Elias wusste, dass Martin keine Ahnung hatte, mit wem er sprach, aber er genoss es einfach, einmal normal angesehen zu werden – wie ein Mensch eben.

»Ich war verletzt. Die Elben haben mich geheilt«, sagte er deshalb nur und stellte Martin dann fast dieselbe Frage: »Und was machst du hier?«

Martins Gesicht nahm auf einmal einen grimmig entschlossenen Ausdruck an.

»Meine Heimat wurde von Karaian eingenommen. Viele Menschen wurden getötet. Ich habe mir geschworen, dass ich alles dafür tun werde, damit in Van'Valor wieder Frieden einkehrt, und darum bin ich mit anderen Rebellen auf der Suche nach dem Drachen aus der Prophezeiung, um weiteres Übel zu verhindern.«

Elias schwieg.

»Ich habe gehört, der Drache wäre hier. Hast du ihn gesehen?«

Elias seufzte: »Könnte man so sagen …«

10 Das Ylanî-Tor

Mia kehrte von der Drachenhalle zurück, um zu sehen, ob Elias sein *Vorhaben* bereits erledigt hatte. Als sie vor der Tür zu Elias' Zimmer stand, hörte sie angeregte Stimmen. Komisch, die eine war Elias' Stimme, aber die andere kannte sie nicht. Wer konnte das sein? Zögernd klopfte sie. Die Stimmen verstummten. Wenig später öffnete Elias die Tür.

»Mia!«, freudestrahlend umarmte er sie. Dann drehte er sich um. Auf einem Stuhl im Raum saß ein junger Mann. Er hatte schwarze Haare und seine Kleidung schaffte es nicht, seine starken Arme zu verbergen. Dieser Fremde war ohne Zweifel ein Kämpfer. Doch bevor Mia irgendetwas tun oder sagen konnte, wurde sie schon wieder zur Tür hinaus geschoben.

»Martin? Dir macht es doch nichts aus, wenn ich mal kurz unter vier Augen mit Mia rede, oder?«

Sie hörte noch ein »Klar. Kein Problem«, als Elias die Tür auch schon schloss und Mia noch ein Stück von der Tür wegzog.

»Was ist denn?« Dann bemerkte sie, dass Elias' Augen wieder rehbraun waren.

»Was …?«

»Pscht«, flüsterte Elias und legte ihr einen Finger auf die Lippen. »Er weiß nicht, wer ich bin und ich möchte auch nicht, dass er es so bald erfährt.«

»Wer ist das?« Mia blickte zur Tür, so, als könnte sie den Fremden durch das Holz hindurch immer noch sehen.

»Er heißt Martin und kommt aus Van'Valor. Dort zählt er als Rebell. Sein Grund, hier zu sein, ist der, den Drachen zu finden und mit ihm Karaian zu besiegen.«

Mia hörte Elias mit großen Augen zu, doch dann wurde ihre Miene mit einem Schlag kalt.

»Ich werde nicht zulassen, dass du als Waffe missbraucht wirst und dich dem dunklen Elb allein entgegenstellst!«

»Aber es ist meine Aufgabe. Wenn ich es nicht tue, wer soll es sonst tun?«

»Ich habe nicht gesagt, dass du nicht kämpfen sollst, ich habe gesagt, dass du dies nicht alleine tun sollst. Ich werde mit dir kämpfen.«

Elias drückte sie fest an sich. Er schien zu wissen, dass er ihr nicht ausreden konnte, mit ihm in den Krieg zu gehen.

»Ich werde dich beschützen.«

Mia schüttelte den Kopf. »Nein, ich werde dich beschützen.«

Elias wandte sich der Tür zu und legte seine Hand auf den Griff. »Bitte, verrat ihm nicht wer ich bin. Den Augenblick der Enthüllung werde ich selbst wählen.«

Mia nickte und beide gingen durch die Tür.

Martin sah sich interessiert um, während Elias draußen mit seiner Freundin sprach. Dass die zwei Hals über Kopf ineinander verliebt waren, war kaum zu übersehen gewesen. Von innen sahen die Gebäude anscheinend genauso beeindruckend aus wie von außen. Nur schade, dass es hier kein Feuer gab, dann hätte er seinen schweren Mantel ablegen können. Die Tür ging auf, und Elias betrat in Begleitung der jungen Frau wieder den Raum. »Also, das ist Mia. Ich hab dir ja schon von ihr erzählt. Mia, das ist Martin.«

Martin stand auf und schüttelte Mia die Hand. Etwas

schüchtern strich sich diese ihre langen offenen Haare hinter die Ohren und setzte sich dann neben Elias auf eine Bank. Elias fing sofort an, das Gespräch wieder aufzunehmen.

»Also, du hast gesagt, in Van'Valor habt ihr hundert Leute, die bereit sind, gegen Karaian zu kämpfen? Gibt es nicht mehr, die sich aus der Tyrannei befreien wollen?«

Martin seufzte. »Doch, aber ihnen fehlt der Mut. Auch deshalb muss ich den Drachen finden. Denn wenn er auf den Plan tritt, werden die Menschen neue Hoffnung schöpfen.«

Elias bezweifelte das. Er würde auf die meisten nur wie ein Mensch wirken, genau wie bei Martin. Dieser fuhr fort: »Glaubt ihr, er wird mich anhören?«

»Ich denke schon«, meinte Elias und verkniff sich ein Schmunzeln.

»Wer ist eigentlich der neue Naramund? Bevor wir in El'Dwérin ankamen, haben die Halbelben eine Botschaft erhalten, uns zu empfangen und nach Tymas zu geleiten. Wisst ihr etwas darüber?«

Elias glaubte, sich verhört zu haben.

»Ein neuer Naramund? Ich habe bis jetzt nicht gewusst, dass es einen gibt. Bist du dir sicher?«

Martin nickte.

Fragend sah Elias Mia an, doch auch sie zuckte nur mit den Schultern.

»Ich werde später Jéodin fragen«, sagte er schließlich.

»Jéodin? Er hat uns in die Stadt geführt. Nuyen und er schienen alte Freunde zu sein.«

Als er die fragenden Gesichter sah, fügte er noch hinzu: »Nuyen ist der Wächter von El'Dwérin. Er hat uns begleitet.«

»Mit wie vielen Leuten bist du eigentlich gekommen?«

Elias musste wissen, wie viele den weiten Weg gewagt hatten, nur um ihn zu finden.

»Mit mir sind wir etwa ein Dutzend kampffähige Männer.«

Nun schien auch Mia etwas sagen zu wollen. »Entschuldige, ich möchte nicht zu neugierig sein. Aber warst du bei der großen Schlacht um Van'Valor dabei?«

Martin senkte den Kopf und sah stur auf den Boden.

»Nein, nicht wirklich ... Ich hatte den Befehl, in der Stadt zu bleiben, und als Karaian die Tore dann aufbrach, hatten wir keine Chance mehr, etwas dagegen zu tun. Wir mussten uns ergeben. Die, die sich weigerten, wurden getötet.«

Mia sah Martin mitleidig an. »Das tut mir leid.«

Elias bekam plötzlich Schuldgefühle. Wären diese Menschen auch gestorben, wenn er bei ihnen gewesen wäre?

∾

Martins Worte machten die Geschehnisse in Van'Valor noch viel eindrücklicher, sodass Mia ein Schauer den Rücken hinablief. Auch sie würden sich bald in einem Kampf befinden. Laut Prophezeiung schien alles unweigerlich darauf zuzusteuern. Doch Mias Zuversicht wuchs jedes Mal, wenn sie Elias ansah. Sie spürte, dass *der Wille des Drachen* mit der Verschmelzung der Seelen bereits erwacht war.

»Mia?« Elias riss sie aus ihren Gedanken.

»Was?«

»Martin wollte von dir wissen, wie du unsere Lage einschätzt.«

Mia dachte nach. »Nun, ich denke, mit dem Drachen an unserer Seite haben wir eine reelle Chance, Karaian zu schlagen.«

Martin grinste. »Dann sind wir uns ja einig.«

Elias sagte nichts.

Prüfend sah Martin hinaus auf den Balkon. »Ich denke, ich werde jetzt mal gehen. Es wird schon dunkel und am Ende schickt Isaac noch einen Suchtrupp nach mir aus.«

Behände stand er auf und zog seinen Mantel zurecht. Mia sah zu ihm auf. »Schön, dass du so gute Freunde hast.«

Martin nickte. »Und heute habe ich noch zwei dazu gewonnen.« Mit diesen Worten wandte er sich um und ging durch die Tür. Mia sprang auf und lief ihm hinterher.

»Martin!« Martin blieb stehen und drehte den Kopf. »Komm uns morgen wieder besuchen, ja?«

»Das ließe sich sicher machen.«

»Also, bis morgen.«

»Ja, bis morgen.«

Dann verschwand Martin hinter einer Ecke und Mia schlenderte zurück zu Elias. Dieser stand auf dem Balkon und blickte auf die Ebenen. Die Sonne hatte sich bereits rot verfärbt und tauchte alles in ein warmes Licht. Mia schritt an Elias heran und legte ihre Hand auf seine Schulter.

Elias hatte durch seine alte Drachenseele schon abertausende Sonnenauf- und Sonnenuntergänge gesehen, doch jeder war einzigartig. Genau wie es jedes Lebewesen war. Der rote Feuerball, der nun langsam sank, rief ihm das Schicksal all der Menschen vor Augen, die schon durch Karaian gestorben waren. Mia schmiegte sich an ihn und ihre Nähe tröstete ein wenig. In der folgenden Nacht aber träumte er von schreienden Wesen, die ihn um Hilfe baten. Schmerzverzerrte Gesichter flehten Elias an und überall war Blut. Roter Schnee fiel auf die weißen Ebenen und verwandelte sie in ein riesiges Schlachtfeld. Auf der Mitte des Feldes lag Mia. Ihre Augen waren geschlossen und unter den Lidern traten Tränen hervor, die das Blut auf ihren zarten Wangen verwischten. In der rechten, kraftlos geöffneten Hand lag ihr Bogen und in der anderen Hand hielt sie eine Rose. Mia war tot. Schweißgebadet richtete sich Elias abrupt im Bett auf und sah sich mit vor Schreck geweiteten Augen um. Als sein Herz sich schließlich beruhigte und anfing, langsamer zu schlagen, schloss er die Augen und rieb sich mit den Fingern die Schläfen. Es war nur ein Traum … nur ein Traum. Seufzend ließ er sich zurück in die Kissen fallen, aber es dauerte noch Stunden, ehe er wieder einschlafen konnte.

In den nächsten Tagen war Martin ein häufiger Gast. Mia gefiel es, seinen spannenden Erzählungen zu lauschen. Martin verstand es, seine Erlebnisse in Worten wiederzugeben. Man konnte sich richtig vorstellen, wie er im Déjun-Gebirge durch den Schnee gestapft war und sein Pferd hinter sich hergezogen hatte. An diesem Morgen saßen sie zu dritt auf dem Balkon und tranken einen warmen Kräutertee.

»Wie hoch war der Schnee dort oben?«, fragte Mia nun neugierig. Hier im Tal war der Winter bestimmt nur halb so stark zu spüren wie auf den Gipfeln der Berge.

»Das war unterschiedlich, doch meistens ging der Schnee uns bis zu den Knien.« Elias hatte sich nur halbherzig am Gespräch beteiligt und Mia wunderte es fast, dass er überhaupt noch zuhörte.

»Bei so hohem Schnee hat es sicher sehr lange gedauert, hierher zu kommen.«

»Nun ja, eigentlich ging es mit Nuyens Hilfe schneller voran, als wir erwartet hatten. Er kennt einfach jeden Unterschlupf und hat uns auch immer die sichersten Wege gezeigt. Wie seid ihr eigentlich nach Tymas gekommen?«

Nach dieser Frage blieb Elias wieder lange Zeit stumm. Mia wusste, dass ihn sein Schicksal belastete, doch was konnte sie anderes tun, als einfach für ihn da zu sein und ihn zu trösten?

»Was ist los?« Auch Martin schien Elias' merkwürdiges Verhalten aufgefallen zu sein.

Mia sprang für ihn ein. »Er hat heute viel trainiert. Wahrscheinlich ist er einfach nur müde.«

Martin sah Elias interessiert an. »Was trainierst du denn?«

Elias warf Mia unauffällig einen finsteren Blick zu und sagte dann: »Ich übe mit dem Holzschwert.«

Martin lächelte. »Ich könnte dir helfen. Du musst wissen, dass ich mich mit dem Schwert wirklich gut auskenne. Verabreden wir uns doch beim Übungsplatz. Heute hätte ich Zeit.«

Plötzlich begriff Mia, in welche Lage sie Elias gebracht hatte, und sie biss sich auf die Zunge. Nun war Elias dazu gezwungen, Martin etwas vorzuspielen, denn seine wahren Kräfte konnte er wohl kaum zeigen, ohne aufzufliegen.

»Hast du denn morgen keine Zeit mehr?«, hakte Mia nach, um Elias eine Gelegenheit zu geben, sich etwas einfallen zu lassen.

»Leider nein, morgen will mich Jéodin endlich dem Drachen vorstellen.«

Elias wusste, dass er seine Identität nicht länger verbergen konnte. Martin war ein richtiger Freund geworden und dass er ihm nicht die Wahrheit gesagt hatte, tat Elias nun fast leid, aber es war richtig gewesen. Hätte er Martin von Anfang an offenbart, dass er der Drache war, dann hätte dieser ihn mit anderen Augen gesehen als jetzt.

»Gut, Martin. Heute Nachmittag, wenn die Sonne über dem höchsten Berg des Gebirges steht.«

Als Martin gegangen war, baute Elias sich vor Mia auf.

»Ist dir klar, was du da angerichtet hast? Ich hatte gehofft, noch etwas mehr Zeit mit Martin zu verbringen, bevor er meine wahre Identität kennt.« Mia senkte betreten den Kopf.

Elias seufzte tief. »Allerdings ist das nun sowieso gleichgültig. Spätestens morgen kommt die Wahrheit ohnehin ans Licht.«

»Wirst du dich heute Nachmittag verstellen?«

Elias verneinte.

»Nein, ich werde ihm offen gegenüber treten und ihm sagen, wer ich wirklich bin.«

Plötzlich wich Mia ein kleines Stück zurück.

»Deine Augen! Sie sind wieder die des Drachen.«

Elias hatte die Veränderung gespürt.

»Und sie werden, wenn möglich, von nun an auch immer die eines Drachen bleiben. Ich werde mich nie wieder als jemand ausgeben, der ich nicht bin.« Mia schluckte.

Elias wusste, dass er im Moment einen bedrohlichen Eindruck machen musste, und ließ seine Anspannung von sich abfallen. Zärtlich legte er seine Arme um Mia.

»Hab keine Angst. Ich würde dir nie etwas antun.«

»Ja, ich weiß.« Sie legte ihre Hände in seinen Nacken und küsste ihn. »Ich vertraue dir.«

Nachmittags begaben sie sich schließlich zum Übungsplatz. Mia nahm ihre neue Stute Nâjna mit. Es war eine gute Idee gewesen, ihr das Pferd zu schenken. Mia hatte sich riesig darüber gefreut und Elias kam es so vor, als hätte sie ihm schon über hundertmal dafür gedankt. Als sie am Platz ankamen, lehnte Martin lässig an einer der Säulen, die am Rand der Übungsfläche standen, und untersuchte mit geschultem Auge die Klinge seines Schwertes.

»Martin.«

Der schneidige Kämpfer sah auf. Sein suchender Blick blieb schließlich an Elias hängen. Erstaunen breitete sich auf seinem Gesicht aus und sichtlich verwirrt stieß er sich von der Säule ab und schritt auf Elias zu. Einige Meter entfernt blieb er stehen.

»Meine Augen haben mich also doch nicht getäuscht. Was ist das hier für ein Hokuspokus?«

Dabei blickte Martin unablässig in Elias' Gesicht.

»Ich kann es erklären.«

»Dann bin ich gespannt …«

Abwartend behielt Martin Elias im Blick. Mia hatte sich neben den Feuerprinzen gestellt. Elias griff nach ihrer Hand und drückte sie leicht.

»Ich bin der, den ihr sucht. Mein Name ist Sjen'Avalas, und ich bin der letzte Drache. Es tut mir leid, dass ich dich getäuscht habe, aber nur so konnte ich dich kennenlernen, ohne dass du in mir den Drachen sahst. Wenn du gewusst hättest, dass ich der Feuerprinz bin, wären wir wahrscheinlich keine Freunde geworden. Du hättest eine andere Einstellung zu mir gehabt.«

Martin machte ein ungläubiges Gesicht.

»*Du* bist der Drache?« Fragend wandte er sich an Mia. »Ist das wahr?« Mia nickte.

Verblüfft trat Martin näher und musterte Elias eine Weile skeptisch. Dann senkte er sich schließlich auf ein Knie herab, neigte den Kopf und stützte seine Hände auf den Griff seines Schwertes, das er vor sich auf den Boden gestellt hatte. Eine seltsame Stimmung hatte sich über den Platz gelegt.

»Elias … Feuerprinz, ich werde dir folgen, wohin du auch gehst. Du bist die einzige Hoffnung für das Fortbestehen der Freiheit.«

Elias fühlte sich unwohl in seiner Haut.

»Martin. Du musst nicht knien. Steh auf! Und wenn es dir nichts ausmacht, würde es mich freuen, wenn du mich weiterhin Elias nennst.«

Martin richtete sich auf und seine Stimme klang wieder so lässig, wie Elias es von ihm gewohnt war.

»Ich nehme an, du trainierst nicht mit Holzschwertern.«

»Nein.« Elias grinste. »Aber gegen einen Schwertkampf hätte ich trotzdem nichts einzuwenden.«

Martin erwiderte Elias' Lächeln und hob sein Schwert. Elias seufzte innerlich erleichtert auf. Das war erstaunlich gut gelaufen. Mit einer schon verinnerlichten Bewegung zog er seine Waffe und im nächsten Augenblick schlugen die glänzenden Schwerter aufeinander. Martin kämpfte wirklich gut, auch wenn es für Elias kein Problem dargestellt hätte, ihn zu besiegen. Absichtlich gab er nicht alles und ließ Martin mehr Freiraum, als dieser sonst in einem richtigen Duell mit Elias gehabt hätte. Das machte die ganze Sache spannender. Als das Licht immer schwächer wurde und der Tag sich dem Ende zuneigte, kapitulierte Martin schließlich und ließ sich ächzend auf die Mauer des Platzes fallen.

»Ich – glaube, ich – werde – nicht – *dein* Lehrer, sondern – du – der *meine*«, brachte er zwischen tiefen Atemzügen heraus und grinste Elias dann kameradschaftlich an.

Mia war inzwischen mit Nâjna ausgeritten und so liefen die zwei jungen Männer, sobald sich Martin nach einer kleinen Pause etwas erholt hatte und sich seiner Schritte wieder einigermaßen sicher sein konnte, allein durch die Straßen.

»Jéodin wird morgen große Augen machen, wenn er erfährt, dass wir uns schon die ganze Zeit kennen.«

Elias lachte. »Ja, aber allzu große Hoffnungen auf ein überraschtes Elbengesicht solltest du dir nicht machen. Elben zeigen nur selten ihre Gefühle.«

Martin nickte. »Du hast vermutlich recht.«

Martin gähnte. Jéodin hatte ihn heute früh geweckt. Sie hatten sich auf die Pferde geschwungen und waren aus Tymas hinaus geritten. Martin verkniff sich ein Stöhnen. Sämtliche Muskeln rebellierten gegen ihn. Dieser verdammte Elias hatte ihn am gestrigen Tag ziemlich vorgeführt. Aber es hatte gegen alle Wahrscheinlichkeit sogar Spaß gemacht. Ihm war durchaus bewusst, dass er in einem normalen Kampf nach dem Duell einen Kopf kürzer gewesen wäre und das sicherlich schon einige Stunden eher. Doch Martin war Elias dankbar, dass dieser seine Kräfte ein wenig zurückgehalten hatte. Sonst hätte ihr Vergnügen ja nur allerhöchstens halb so lange angedauert. Seufzend trieb er sein Pferd an, damit er nicht den Anschluss verlor. Warum ritten sie eigentlich hier im Nirgendwo herum? Sie hatten merkwürdigerweise sogar ein zusätzliches Pferd mitgenommen. Hatte Elias spontan beschlossen, in aller Herrgottsfrühe aufzustehen und einen Ausritt zu machen? Aber warum dann das zusätzliche Pferd? Martin beschloss, die Sache einfach einmal auf sich zukommen zu lassen. Es war ein schöner Tag und die Sonne gab ihr Bestes, den kalten Wind der Ebenen zu vertreiben.

Sie ritten nun schon eine Weile und Martin konnte die Fragen, die in seinem Kopf herumschwirrten, nun doch nicht mehr zurückhalten. Sollte der Elb doch die Gelegenheit bekommen, wieder eine seiner merkwürdigen Antworten zu geben.

»Was machen wir hier? Ich denke, der Drache ist in der Stadt.« Martin sah den Elb neugierig an. Jéodin deutete auf einen vor ihnen liegenden Berg.

»Der Drache erwartet uns bereits am Ylanî-Tor.«

Ylanî-Tor? Was war das nun schon wieder für ein heidnischer Kultort? Na, wenn der Elb meinte. Aber Elias hätte Martin ruhig vorwarnen können, dass er heute nicht in der Stadt sein würde. Wie auch immer … Martin konnte eh nichts anderes tun, als hinter Jéodin herzureiten und abzuwarten, was geschah. Schulterzuckend folgte Martin dem Elb, der ganz genau zu wissen schien, wo er Elias finden würde.

∾

Elias drehte sich der Kopf. Was war jetzt schon wieder los? Mühsam öffnete er die Augen. Verschwommen nahm er wahr, dass er sich nicht in seinem Zimmer befand. Das Licht war dämmrig. Es musste wohl früher Morgen sein. Ächzend stützte er sich am harten Steinboden ab. Sein Nacken schmerzte teuflisch, sodass seine Hand unwillkürlich dorthin fuhr, um über die verspannte Stelle zu streichen.

»Autsch!«

Verwirrt sah Elias sich um. Über ihm wölbte sich ein riesiges Tor und das gedämpfte Geräusch rauschenden Wassers erweckte den Eindruck, als hätte dieser Ort einen eigenen Pulsschlag. Er war hier schon einmal gewesen …

Angestrengt furchte Elias die Stirn. Doch seine Gedanken rasten so schnell hin und her, dass er sich einfach nicht erinnern konnte, was das für ein Ort war. Aber eine Frage beschäftigte ihn eigentlich noch viel mehr: Wie um Aeretorns willen war er hierhergekommen?

11 Vergangenheit

Plötzlich glaubte Elias, durch das Geräusch des Wassers auch noch etwas anderes zu hören. Es war ein Lachen. Das Lachen klang so hell und klar, dass Elias sich nicht bedroht fühlte. Dennoch ging er vorsichtig auf den Ursprung des Geräusches zu. Sich immer wieder umsehend, trat Elias aus dem Schatten des Tores hinaus und fand sich am Rand eines tiefen blauen Sees wieder. Es war niemand zu sehen.

»Wer ist da?«, fragte er und seine Stimme hallte, durch den Torbogen verstärkt, weit über das Wasser hinweg. Niemand antwortete. Das Lachen war verstummt. Suchend blickte sich Elias um. Als er nichts entdeckte, ließ er sich schließlich am Wasser nieder und berührte mit einem Finger die glatte Oberfläche. Nachdenklich beobachtete er die Kreise, die sich daraufhin auf dem Wasser bildeten. Alarmiert sprang er auf. Etwas hatte das Wasser an einer anderen Stelle bewegt. Seine Kreise kreuzten sich mit denen eines anderen. Wieder erklang das Lachen. Es war ganz nah.

»Zeig dich!«

Auf einmal sprang eine Gestalt aus dem Wasser. Aber bevor Elias sie erkennen konnte, tauchte sie wieder ab.

»Ich habe keine Zeit für Spielchen!«

Eine zarte säuselnde Frauenstimme antwortete.

»Ach, wirklich nicht?«

Woher die Stimme kam, war nicht zu bestimmen.

»Wer bist du?« Elias kam sich dämlich vor. Vielleicht redete er hier nur mit einer Fata Morgana.

»Ich? Sage mir erst, wer *du* bist.«

»Ich bin Sjen'Avalas.«

Die Stimme kicherte. »Falsch.«

Verdutzt blickte Elias über den See. Dann kam ihm eine Idee. »Willst du von mir hören, dass ich eben nicht nur ein Drache sondern auch ein Mensch bin?«

Keine Antwort.

Vielleicht sollte er einfach seine beiden Namen nennen. Auf gut Glück beantwortete er nochmals die Frage seines unsichtbaren Gegenübers: »Ich bin Feuerprinz, der Drache und Elias, der Mensch.«

»Richtig«, sagte die Stimme erfreut, und mit diesen Worten erhob sich die Gestalt erneut aus dem Wasser. Doch diesmal langsamer. Es war eine Nixe. Ihr Oberkörper war der einer Frau und ihr Unterkörper der eines Fisches. Ihre tiefblauen Augen und ihr Lächeln schlugen Elias sofort in ihren Bann.

»Ich bin Anaj, die Tochter des Wassers.«

»Du bist ein Naturgeist?«

Mit einem unergründlichen Blick sah ihn das Wesen stumm an. »Ja, das bist du«, beantwortete sich Elias selbst die überflüssige Frage und senkte beschämt den Blick. Seine Gedanken schienen wohl immer noch zu sehr durcheinander zu wirbeln, um wieder brauchbar zu sein. Schließlich hätte er durch seine Drachenerinnerung die Nixe eigentlich erkennen müssen.

Die Nixe lachte amüsiert.

Dann kam Elias seine viel drängendere Frage erneut in den Sinn. »Weißt du, wie ich hierhergekommen bin?« Er wartete gespannt.

Schließlich antwortete die Nixe: »Ja, ich weiß es, aber herausfinden musst du es selbst.«

»Warum bist du mir erschienen?«

»Du brauchst jemanden, der dir die richtige Richtung weist.«

»Wie meinst du das?«

»Ich meine es so, wie ich es sage, Elias.«

Die Art, wie sie seinen Namen sprach, berührte ihn. Es klang fast so wie die Stimme einer Mutter, die ihr Kind vor der ganzen Welt beschützen will.

∾

Martin sah fasziniert den Wasserfall empor. Sie befanden sich am Fuß des Berges und hatten ihn halb umrundet, weil von der Nordseite das Hinaufreiten unmöglich gewesen wäre. Jéodin hatte sie zu einem Weg geführt, der sich vom Fuße des Berges nach oben schraubte.

»Da müssen wir hoch?« Zweifelnd beäugte Martin den nicht gerade sicher aussehenden Pfad.

»Ja«, sagte Jéodin nur und ritt voran.

Martin zögerte kurz, doch beeilte sich dann, den Elb einzuholen. »Gefriert das Wasser denn nicht?«, fragte er und musterte den Fluss, der vom Wasserfall zwischen den Bergen des Déjun-Gebirges verschwand.

»Dieses Wasser gefriert nie. Ylanîs Geist hat hier seinen Ursprung.«

Martin war sich nicht sicher, was das bedeuten sollte, aber er hielt den Mund. Jéodin musste ja nicht unbedingt wissen, dass er vom Glauben der Elben keine Ahnung hatte. Es wurde langsam Mittag und Martin knurrte der Magen.

»Gibt es da oben auch was zu essen?«

Jéodin lächelte, sagte jedoch nichts.

Was zum Henker hatte das nun wieder zu bedeuten?

∾

Das Wasser des Sees glitzerte in der Mittagssonne und spiegelte den blauen, wolkenlosen Himmel. Elias saß mit herunterhängenden Beinen am Ufer. Anaj hatte angefangen zu singen. Die Stimme der Nixe war durch ihre Schönheit beinahe hypnotisierend:

A nel'Avalas ném nel'Sjen és oèl Avén.
El' fér na el'Surr ê el'Edaín.
Nen vern en Van'Valor ê rand nel'Fènar.
El'Mijèl selvan âjn en nel'Bâ.
El'Dâren és ènen Nara.

Elias glaubte, den Sinn des Liedes zu begreifen, auch wenn er nicht alle Wörter verstand. Es schien ihm auf irgendeine Weise etwas sagen zu wollen.

Anaj verstummte und streckte eine Hand nach ihm aus. Die leichte Berührung an seiner Wange fühlte sich zugleich warm und kalt an.

»Wir werden uns wiedersehen, Elias.«

Dann verschwand sie in den Tiefen des Sees. Als Letztes sah man ihre große Schwanzflosse. Elias blieb allein zurück. In Gedanken versunken schlenderte er zurück zum Tor. Er wusste jetzt, dass dies der Ort war, den er auf dem Bild in Tymas gesehen hatte. Doch wie war er hierher gelangt? Anaj hatte gesagt, er müsse es selbst herausfinden. Prüfend sah er auf die Stelle am Boden, wo er gelegen hatte. Es führten keine Spuren zu ihr hin. War er geflogen? Nein, das war nicht möglich. Aber wie war er sonst hergekommen?

Das Geräusch nahender Reiter riss ihn schließlich aus seiner Grübelei. Es waren zwei – sie hatten jedoch ein zusätzliches Pferd bei sich. Sie kamen von der anderen Seite des Sees auf ihn zu. Elias erkannte sie. Der Vordere war Jéodin und ihm folgte Martin. Woher hatte Jéodin gewusst, wo Elias sich befand? Etwa wieder durch diese seltsame Verbindung, die der Elb bereitserwähnt hatte? Schnaubend kamen die Pferde vor dem Tor zum Stehen.

»Jéodin!«, rief er dem Elb entgegen.

Dieser schwang sich von seinem Pferd und ging die letzten Schritte zum Tor zu Fuß. Martin tat es ihm gleich.

»Ich möchte dir jemanden vorstellen, den du allerdings schon kennst.«

Elias und Martin tauschten fragende Blicke. Woher wusste Jéodin das bloß?

»Martin hat dir seine Dienste ja bereits angeboten und ich würde dir raten, sie entgegenzunehmen. Du wirst einen Freund brauchen.«

Elias konnte das nicht fassen. An Martins Gesichtsausdruck erkannte er, dass dieser mit Jéodin kein Wort über ihre Freundschaft und über den gestrigen Tag getauscht hatte.

»Wie …?«

Jéodin unterbrach ihn mit einer Geste seines Armes. »Eigentlich bin ich es, der sich euch vorstellen muss. Ich bin ein Naramund.«

Plötzlich fiel es Elias wie Schuppen von den Augen. Jéodin hatte ihn gerettet und die Geister gerufen. Der Elb hatte über ihn Bescheid gewusst.

Elias schlug sich mit der flachen Hand an die Stirn. »Ich war blind. Wie konnte ich das nicht bemerken?«

Jéodin lächelte. »Du warst nicht blind. Wenn ich gewollt hätte, dass du meine Identität kennst, dann hättest du mich erkannt. Doch du bist nicht der Einzige, der sich verstellt hat, um einen Freund zu gewinnen.«

Elias umarmte Jéodin, den diese Geste anfänglich zu verblüffen schien. Dann jedoch erwiderte er sie herzlich.

Martin stand etwas ratlos daneben. Er fühlte sich plötzlich überflüssig. Schließlich drehte er sich um und lief an den

Rand des Sees. Wenig später legte sich eine Hand auf seine Schulter. Es war Elias.

»Er ist wunderschön, nicht wahr?«

»Ja, das ist er.«

Martin wendete den Blick von dem blauen Wasser ab und sah in das Gesicht seines Freundes. Elias' Drachenaugen schienen ins Leere zu starren und etwas ganz anderes zu sehen als den See. »Was ist?«

Elias machte ein beinahe verzweifeltes Gesicht. »Ich weiß einfach nicht, wie ich hierhergekommen bin. Als ich einschlief, war ich noch in meinem Bett, und als ich aufwachte, befand ich mich hier mutterseelenallein unter dem Tor. Das macht mir Angst.«

Martin verstand ihn. Wäre er nach dem Einschlafen an einem anderen Ort aufgetaucht, hätte er sich vermutlich nie wieder getraut, ein Auge zuzumachen, aus Angst, das nächste Mal in den Händen der Feinde zu liegen oder irgendwo einen Abhang hinunterzustürzen.

Jéodin beobachtete sie aus einiger Entfernung.

»Was er wohl alles weiß? Vielleicht solltest du ihn fragen, wie du hier gelandet bist.«

Elias nickte. »Das werde ich.«

Martin blickte Elias hinterher, wie dieser nach kurzem Zögern wieder auf den Elben zuging. Jéodin war also der Naramund. Die Person, die veranlasst hatte, dass Martin nach Tymas geführt wurde. Was wusste er? Diese Frage flog immer wieder durch Martins Kopf. Als er nun abermals auf den See schaute, glaubte er eine Bewegung unter dem Wasser zu erkennen, aber im nächsten Augenblick hatte er das Gesehene bereits wieder vergessen.

Anaj lachte und nur Elias und Jéodin konnten sie hören.

Jéodin sah Elias mit seinen grünen Augen durchdringend an. »Du willst also wissen, wie du hier aufwachen konntest, ohne dass du hier eingeschlafen bist.«

»Ja, das will ich.«

»Erforsche dich selbst. Wüsstest du keinen Weg?«

Elias dachte kurz nach, dann sagte er: »Die Naturgeister. Sie haben mich hierhergebracht.« Jéodin nickte. »Aber warum?«

»Du solltest etwas lernen und etwas erkennen.«

»Ich verstehe …«

Eine Pause entstand.

»Denkst du, du bist bereit, um die Schlacht gegen Karaian vorzubereiten?«

Elias zögerte. »Ich denke schon.«

Jéodin sah nachsichtig auf seinen Schüler hinab. »Nein, Elias. Du brauchst noch Zeit.«

»Aber was ist mit den Menschen? Sollen sie sterben, nur weil ich noch nicht so weit bin?«

Jéodins Züge nahmen einen traurigen Ausdruck an. »Es ist nicht deine Schuld, dass sie sterben.«

Doch Elias wusste, dass Jéodin ihn belog. Es war sehr wohl seine Schuld.

»Wäre ich doch damals mit ihnen gestorben«, sagte er und dachte an seine Familie und seine Freunde, die hier ihr Ende gefunden hatten.

»So darfst du nicht denken! Ohne dich ist alles verloren.«

Elias seufzte. »Das ist ja das Problem.«

Niedergeschlagen wandte er sich Martin zu, der noch immer auf das Wasser hinausblickte.

»Martin? Komm, lass uns diesen Ort verlassen.« Elias konnte vor seinem inneren Auge immer noch die sich in Staub auflösenden Drachen sehen und er musste sich dringend von der Übelkeit ablenken, die in ihm aufstieg.

Stumm stiegen Elias und Martin auf zwei der Pferde, mit

denen Jéodin und Martin gekommen waren, und ritten davon. Jéodin stand noch eine Weile unter dem Tor und flüsterte elbische Worte, die im Rauschen des Wasserfalls untergingen. Das Treffen an diesem für den Feuerprinzen bedeutsamen Ort hatte das Band zwischen Elias und Martin, wie erwartet, noch mehr gefestigt. Jéodin seufzte und wandte sich ab. Der Feuerprinz würde, wenn sich die Prophezeiung näherte, jeden Freund brauchen, den er bekommen konnte. Martin würde Elias' rechte Hand sein und konnte für den Ausgang der sich anbahnenden Ereignisse ein wichtiges Gewicht in der Waagschale des Schicksals sein.

Martin unterließ es auf dem Rückweg, Elias über das Gespräch mit Jéodin auszufragen. Er wusste, dass diese Unterhaltung ihn nichts anging. Das war eine Sache zwischen dem Elb und dem Drachen. Allerdings war der Drache sein Freund … Sollte es ihn dann nicht doch etwas angehen? Am späten Abend trafen sie schließlich in der Elbenstadt ein. Elias sprang vor seinem Zuhause ab und verabschiedete sich mit knappen Worten. Martin dagegen ritt noch ein Stück weiter. Er hatte vor, mit Léfaîn zu reden, um doch noch etwas mehr über den Drachen zu erfahren. Der Palast lag ruhig da und wirkte wie verlassen. Nur in einem Fenster sah man Licht. Am Eingang schlief der Löwe. Er schien Martin nicht zu bemerken. Vor der Treppe hielt Martin sein Pferd an und band es an eine Säule. Er fühlte sich fast wie ein Einbrecher, als er an der Raubkatze vorbeischlich. Vorsichtig drückte Martin gegen die gewaltige Eichentür und zu seiner Überraschung ging diese problemlos auf. Nachdem er die Tür hinter sich wieder verschlossen hatte, sah er sich in der dämmrig beleuchteten Eingangshalle um. Der Thron am Ende der langen Säulenallee war leer.

»Hallo?« Martin spürte, dass er nicht allein war. Auf einmal trat eine Gestalt aus der Dunkelheit. Es war Léfaîn.

»Was suchst du zu so später Stunde hier, Martin? Du kannst froh sein, dass ich dein Kommen hörte und den Löwen schlafen ließ. Wäre er wach gewesen, hätte er sicher das ganze Haus geweckt.«

»Entschuldige. Ich musste unbedingt mit jemandem reden.«

»Gut, komm. Lass uns dafür an einen anderen Ort gehen.«

Martin folgte Léfaîn zu einer Wendeltreppe, die er vorher nicht bemerkt hatte. Mit leichten Schritten stieg der Elb die marmornen Stufen empor, während Martin unter Anstrengung hinter ihm her schlich und versuchte, möglichst kein Geräusch zu machen. Dem Elben schien es nicht schwer zu fallen, geräuschlos über die Stufen zu steigen, und nicht zum ersten Mal beneidete Martin die Elben um ihre angeborene Leichtfüßigkeit.

Endlich erreichten sie einen Flur und betraten kurze Zeit später einen angrenzenden Raum. Das Zimmer war von Licht erfüllt und Martin musste seine Augen erst wieder an die Helligkeit gewöhnen. Nach und nach sah er die kunstvollen Möbel und glaubte auch, eine weiße Taube zu erkennen, die schlafend am Fenster saß. Eine Quelle des Lichtes war jedoch nicht auszumachen – auch dann nicht, als sich Martins Augen vollends an die neue Umgebung gewöhnt hatten.

»Also, was möchtest du wissen?«

Martin war erstaunt, eine so offene, gerade heraus gestellte Frage von einem Elb zu hören.

»Ich wollte mit dir über Elias sprechen«, sagte er schließlich und sah noch einmal zum Fenster. Dort saß tatsächlich eine Taube.

Léfaîn folgte Martins Blick. »Das ist Allvèyn.«

Liebevoll betrachtete er das strahlendweiße Tier, das seinen Kopf unter die Federn gesteckt hatte, und sagte dann: »Elias hat eine große Aufgabe, wie du weißt. Er ist ein wichtiges Element, das über unsere Zukunft entscheiden wird.«

»Wie kann ich ihm helfen?«

Léfaîn musterte Martin. »Du wirst ihm zur Seite stehen, wie auch wir. Das ist das Einzige, was wir tun können. Seine Entscheidung wird er alleine treffen müssen.«

»Aber warum?«

»Weil er der einzige ist, der die Prophezeiung erfüllen kann, und dafür ist es wichtig, dass wir ihn nicht zu sehr beeinflussen oder drängen. Er selbst muss wissen, wann für ihn die richtige Zeit gekommen ist. Elias wird entweder bei dem Versuch, Karaian zu töten, sterben, oder er wird es schaffen, Karaian zu vernichten und auf diese Weise ermöglichen, dass wir in einem Land leben, in dem die Freiheit erblühen wird. So wird die Vergangenheit, zu der Elias gehört, unser Untergang oder unsere Rettung.«

Die Taube war erwacht und sah Martin aus ihren dunklen Augen neugierig an. Dann breitete sie die Flügel aus und flog auf seine Schulter.

Léfaîn machte ein ernstes Gesicht. »Der Wunsch nach Freiheit lebt in jedem von uns – genau wie in dieser Taube –, doch nicht jeder lässt ihn zu.«

12 Der Verräter

Leutnant Mendral saß in der hintersten Ecke einer randvollen Kneipe und hatte sich schon das sechste Bier bringen lassen. In den letzten Tagen hatte er so viel Grauen gesehen wie in seinem ganzen Leben noch nicht.

Nachdem sie in Alderun eingefallen waren und niemand mehr da gewesen war, hatte Karaian einen Wutanfall bekommen und sie angewiesen, alles niederzubrennen. Voller Ruß und bepackt mit Beute von der Plünderung waren sie auf ihren Wölfen sofort zurück nach Mered geritten und hatten sich nach einer kurzen Ruhezeit weiter auf Gwern zu bewegt. Hier waren genug unschuldige Menschen zu finden gewesen … Karaian und sein Rudel aus Wölfen und blutrünstigen Südländern hatten nur eine halbe Stunde gebraucht, das friedliche Dorf einzunehmen. Viele kamen ums Leben, Männer, die ihre Familien verteidigen wollten, Männer mit Ehre. Daraufhin hatten die Leute solch eine Furcht vor dem dunklen Herrscher, dass sie sich bereitwillig ergaben.

Der Gasthof, in dem Leutnant Mendral sich nun betrinken wollte, war das einzige Wirtshaus in Gwern, das – abgesehen von ein paar zerstörten Möbeln – den Angriff unbeschadet überstanden hatte. Mit einer schon etwas unsicheren Hand griff Mendral nach dem Bier. Er verfehlte es.

»Mist!«

Beim dritten Versuch bekam er das große Glas endlich in die Finger und mit einem kräftigen Zug war auch das sechste Bier ausgetrunken. Mit verschwommenem Blick sah er, dass sich ein wohlbeleibter Mönch zu ihm durchkämpfte.

Als der Mönch bei ihm ankam, fragte er: »Darf ich?«, wartete jedoch keine Antwort ab und stützte sich am Tisch ab, um sich hinzusetzen.

Der schwere Holztisch hatte es trotz seiner soliden Bauart nicht leicht, dem Gewicht des Mönches standzuhalten, und erbebte. Die heftige Erschütterung hatte die unmittelbare Folge, dass Mendrals mittlerweile siebentes Bier, welches die Kellnerin gerade gebracht hatte, umkippte und sich über den Leutnant ergoss.

»'Tschuldigung«, brummte der Mönch. »Kann ja nicht jeder so ein Fliegengewicht sein wie Ihr.«

Mendral war schon so betrunken, dass er gar nicht auf die Idee kam, sich bei dem dreisten Mönch zu beschweren, der für den Bierverlust und Mendrals nasse Kleidung verantwortlich war.

Der Geistliche beugte sich verschwörerisch über den Tisch, was dieser mit einem stöhnenden Knarren kommentierte. »Ich weiß, wer Ihr seid. Als mich einst König Helwinn empfing, wart Ihr anwesend.«

Der Leutnant furchte die Stirn. Diese Worte hatte er nun doch verstanden.

»Wer … bist du?«, brabbelte Mendral und beugte sich seinerseits mit einer schwankenden Bewegung über den Tisch.

»Ich bin Bartholomäus.«

»Das sagt mir nichts«, meinte Mendral. »Also verschwinde und lass einen gebrochenen Mann sich gefälligst allein betrinken.« Daraufhin ließ sich Mendral wieder zurücksinken und erklärte das Gespräch für beendet. Doch der Mönch war nicht so leicht abzuwimmeln.

»Hört mich wenigstens an, Leutnant Mendral. Wenn Ihr selbst das nicht zustande bringt, werde ich zu unser aller

Gott Aeretorn beten, dass er Euch in der Hölle schmoren lassen soll.«

»Ich werde sowieso in der Hölle landen.« Trübsinnig starrte Mendral auf den Boden des leeren Glases, das er nun in Händen hielt. »Lasst mich zufrieden!«

Bartholomäus beugte sich noch weiter vor. Der Tisch knackte. »Der Drache lebt!«, flüsterte er und sah Mendral bedeutungsvoll an.

Der Leutnant hob die Augenbrauen. »Ach, tatsächlich? Zufällig war ich dabei, als er starb.«

Der Mönch schüttelte den Kopf. »Die Meledaín, das Volk aus den Bergen, haben es mir selbst erzählt. Der Feuerprinz wurde gerettet. Ihr seid kein schlechter Mensch, Mendral. Das wisst Ihr genauso gut wie ich.«

Dem Leutnant entfuhr ein Rülpser. »Ich bin noch viel schlechter als ein schlechter Mensch.«

Und überhaupt, was meinte der Mönch für ein Volk aus den Bergen? Mel … Wie war der Name gewesen?

Verärgert richtete sich Bartholomäus auf. »Ihr seid nicht Ihr selbst. Wenn Ihr wieder nüchtern seid, fragt die Stadtbewohner nach dem Mönch Bartholomäus. Vielleicht können wir dann ein vernünftiges Gespräch führen.«

Mit immer wieder zufallenden Augen blickte der Leutnant dem Geistlichen hinterher, wie dieser sich abermals durch die Menschenmenge schlug.

»Der Kerl ist vollkommen verrückt!«, murmelte er zu sich selbst und bestellte sich noch ein weiteres Bier.

Elias konnte schlecht schlafen. Wo würde er als Nächstes aufwachen? Obwohl er wusste, dass die Naturgeister es nur gut mit ihm meinten, fühlte er sich durch sie nicht mehr ganz Herr der Lage. Als er schließlich trotzdem einschlief, träumte er von Anaj. Sie sang abermals eine wunderschöne Melodie. Er versuchte, die Bedeutung zu verstehen, doch je mehr er sich bemühte, umso undeutlicher wurde sie ihm. Verirrte Wortfetzen drangen an sein Ohr, aber sie machten keinen Sinn. Auch das Bild der Nixe verschwamm nach und nach. »Anaj!« Sein Ruf wurde von einer aufkommenden Dunkelheit, die sich in seinen Traum geschlichen hatte, verschluckt.

Plötzlich spürte Elias solch eine Kälte und Bosheit, dass ihm das Blut in den Adern zu gefrieren schien. Ein Mann in einem dunklen Mantel schälte sich aus der Schwärze. Von seinem Gesicht war nur die untere Hälfte zu sehen. Ein höhnisches Lächeln umspielte seine Züge. Karaian! Wie in Zeitlupe streckte der Elb seine Hand nach Elias aus. Keuchend meinte Elias zu spüren, wie sich die Hand um seinen Hals legte und zudrückte. Mit aller Kraft versuchte Elias sich zu wehren, doch er war wie erstarrt.

»Suche deinen Kern! Suche deinen Kern!«, hallten gedämpft die Worte Jéodins in seinem Kopf wider. Elias konzentrierte sich. Da war das Feuer. Die blauen Schlieren zuckten um die Flammen herum ... und mit einem Schlag wachte Elias auf. Schweiß perlte von seiner Stirn und seine Decke war zum Fußende gerutscht. Immer noch geschockt lag er auf der Seite und grub die Finger in sein Kopfkissen. Mit weit geöffneten Augen blickte er in das graue Licht des frühen Morgens. Langsam ließ seine Anspannung nach. Doch einschlafen würde er nun nicht mehr können. Noch etwas zittrig setzte er sich im Bett auf und sagte: »*Avén fér*! Licht, leuchte!«

Daraufhin erstrahlte das Zimmer in warmem Licht. Elias hatte zwar auch im Dunkeln keine Probleme, gut zu sehen, aber jetzt war es ihm eindeutig lieber, mehr Helligkeit um sich zu haben. Nach einem Strecken warf er die Beine über die Bettkante und stand auf. Sich am Nacken kratzend, ging er zu der Wasserschale, die nicht weit entfernt auf einem

Tisch stand. Es tat gut, sich den Schweiß mit dem frischen, klaren Flusswasser abzuwaschen. Dann trat er seufzend auf den Balkon und beobachtete, wie unter ihm langsam alles zum Leben erwachte. Die Vögel fingen an zu zwitschern, die Pferde wieherten ausgeschlafen dem neuen Tag entgegen und die ersten Elben liefen auf den Straßen herum, um frühmorgendliche Erledigungen zu machen. Das Schönste jedoch waren die Sonnenstrahlen, die hinter den Bergen hervorkamen und den Himmel sanft zum Leuchten brachten. Bald war das Licht in Elias' Zimmer nicht mehr nötig und wurde immer schwächer, bis es schließlich ganz erlosch.

Martin war durch das Gespräch mit Léfaîn klar geworden, was für eine Bürde Elias trug. Zwar hatte Martin vorher schon gewusst, dass Elias eine wichtige Rolle spielte, aber er schien wirklich über *alles* zu entscheiden. Umso wichtiger war es, Elias immer und überall zu verteidigen und zu beschützen. Tastend griff Martin an seine Seite und berührte den Griff seines Schwertes. Hier auf den Straßen von Tymas schien es überflüssig, mit einer Waffe herumzulaufen, aber Martin fühlte sich wohler, wenn ein Schwert an seiner Seite hing. Es war ein schöner, sonniger Tag. Die Mauern der Elbenstadt schimmerten im Licht und der Himmel war wolkenlos und von einem intensiven Blau. Inzwischen hatte sich Martin an die Elben gewöhnt, auch wenn er sich mit seinen Bartstoppeln unter ihnen wie ein Aussätziger fühlte. Auf dem Weg zu Elias begegnete er Ilién. Auf ihrer Schulter saß Léfaîns Taube. Martin erkannte sie an dem goldenen Ring, den sie an einem ihrer Füße trug. Bevor die Elbin Martin bemerkte, schien Ilién dem Gurren des Vogels zu lauschen, als könnte sie das Tier verstehen.

»Ist Allvèyn etwa eine Art Brieftaube?«

Ilién lächelte. »Man könnte es so nennen.«

Da Martin sich ohnehin langsam an die Eigenarten der Elben gewöhnt hatte, fand er es nur noch mäßig ungewöhnlich, dass sie offenbar auf irgendeine Weise mit den Tieren reden konnten. Dann fiel ihm wieder ein, was er eigentlich hatte fragen wollen.

»Ich ... ich wollte zu Elias. Ist er da?«

Martin wurde rot. Ilién war so unbeschreiblich schön. Ihre langen blonden Haare fielen in Locken herab und ihre Augen leuchteten blaugrün.

Ilién nickte. »Ja. Er ist gestern in sein Zimmer gegangen und seitdem nicht wieder herausgekommen.«

Martin lief weiter, ohne sich zu verabschieden. Iliéns Nähe beunruhigte ihn. Sie rief ihm ein *Auf Wiedersehen* hinterher. Schließlich kam Martin vor Elias' Zimmer zum Stehen.

»Elias?« Ungeduldig klopfte er an. »Elias!«

Langsam öffnete sich die Tür. Elias sah aus, als hätte er kaum geschlafen. Dennoch schien er, wie seine bereits angelegte Kleidung verriet, nicht erpicht darauf, die Augen nochmals zu schließen. Martin hatte so etwas schon erwartet.

»Hattest wohl eine unruhige Nacht, was? Albträume?«

Elias nickte. »Komm rein.«

Martin folgte der Aufforderung und wenig später saßen er und Elias auf dem Balkon. Ohne Worte zu wechseln, sahen sie hinaus auf die Ebenen und ließen die sanfte Morgensonne auf ihre Gesichter scheinen.

»Es lag nicht an den Naturgeistern. Sie sind es nicht, die mir den Schlaf rauben.«

Elias sprach diese Worte so ins Leere hinein, dass Martin zuerst nicht begriff, was er meinte.

»Was?«

»Ich hatte einen merkwürdigen Albtraum.«

»Erzähl! Vielleicht hilft es ja, wenn du darüber sprichst.«

»Ich habe geträumt, Karaian würde mich mit seiner Magie töten.«

Martin wandte sich von den Ebenen ab und sah seinen Freund mitfühlend an.

Elias erwiderte den Blick gefasst und entschlossen. »Doch *ich* werde es sein, der *ihn* tötet, auch wenn das mein Ende bedeuten sollte.«

Martin hoffe, er konnte Elias im Kampf gegen Karaian wirklich helfen. Gegen Magie war er schließlich machtlos.

Martin blieb bis zum Mittag, doch sie unterhielten sich nur noch über belanglose Dinge. Elias war viel zu sehr in Gedanken, um sich auf ein ernstes Gespräch zu konzentrieren. Nach dem Traum hatte er sich daran erinnert, dass Jéodin gesagt hatte, Karaian wäre ein Verräter. Bis jetzt hatten sie nicht mehr darüber gesprochen. Elias wollte jedoch mehr über seinen Feind erfahren und beschloss, Jéodin heute danach zu fragen. In seiner Zeit als Drache hatte er Karaian schließlich nie kennengelernt und ihm war nie über den abtrünnigen Elben erzählt worden.

Als Martin fort war, ging Elias deshalb zu dem Elb und sah, dass dieser ihn bereits erwartete. Jéodin stand vor seinem Zimmer und blickte Elias entgegen. Dieser Elb wusste wirklich erstaunlich viel …

Nachdem sie sich begrüßt hatten liefen sie gemeinsam die Gänge entlang und Jéodin fing, ohne aufgefordert zu werden, an zu erzählen.

»Karaian war einst mein Freund. Er war der Bruder Léfaîns und ist mit uns aufgewachsen. Aber im Gegensatz zu uns entwickelte Karaian Hass und Abneigung den Menschen gegenüber. Er war stolz und dachte, alle Wesen wären den Elben unterlegen. Der Wert jedes einzelnen Lebens blieb ihm verborgen. Seine hochmütige Selbstsucht und Intoleranz haben Karaian immer mehr von den anderen Elben entfernt. Wir konnten ihm nicht helfen und viele von uns hatten Angst vor Karaian, da ihm der Hass eine ganz neue Macht schenkte, die wir bis dahin nicht gekannt hatten. Schließlich stellte er sich auch gegen uns, weil wir seine Ansichten nicht teilten. In einem Moment der Unbeherrschtheit brachte Karaian seine Mutter Daijen um, woraufhin Léssal ihn als Verräter für immer verbannte.«

Die Trauer, die in Jéodins Gesicht stand, war so groß, dass Elias vorerst nichts sagte und sie eine Weile schweigend zwischen den Säulengängen des Hauses umherwanderten. »Daijen war das Herz unseres Volkes und Karaian hat es uns kaltblütig herausgerissen.«

Elias erinnerte sich an sie. Daijen war, als sie noch jung gewesen war, oft zu ihm in die Drachenhalle gekommen, hatte vor der gläsernen Kugel gestanden und mit ihm gesprochen, obwohl er ihr durch das Glas nichts hatte erwidern können. Irgendwann hatte er keine Besuche mehr von ihr bekommen. Es war ein einsames Leben in dieser Kugel gewesen. Aber nun verstand er, weshalb sie keine Zeit mehr für ihn gehabt hatte. Karaian hatte ihr schon genug Sorgen bereitet. Wieso hatte sie ihr Leid nicht mit Elias geteilt? Hatte sie sein Schicksal nicht noch düsterer erscheinen lassen wollen?

»Sie war ein wahrer Engel«, flüsterte Elias. »Wie konnte Karaian seine eigene Mutter töten?«

Jéodin senkte betrübt den Kopf. »Darauf weiß nur er selbst eine Antwort.«

Mia stapfte zornig durch die Straßen. Sie hatte mit Elias ein Hühnchen zu rupfen. Wie hatte er so einfach verschwinden können, ohne ihr vorher Bescheid zu sagen? Mia hatte ihn den halben Tag lang überall in der Stadt gesucht und nun durch Dritte erfahren, dass er wieder aufgetaucht war. Als sie erfolglos an seine Tür klopfte, begegnete ihr Ilién.

»Wo ist er?!«

Die Taube auf Iliéns Schulter flog erschrocken auf.

»Elias? Hier ist er nicht. Er ist zu Jéodin gegangen.«

Mia rang sich ein *Danke* ab und ging dann mit weit ausholenden Schritten geradewegs in die Gemächer des Elben. Als Elias auch dort nicht war, hatte sie die Nase voll und sagte laut zu sich selbst: »Na gut, wenn er mich das nächste Mal braucht, kann er mich auch suchen gehen!«

Wütend zog sie los, um mit Nâjna auszureiten. Schlimm genug, dass sie erst über Semir Elias' Rückkehr mitbekommen hatte. Der Halbelb hatte noch nicht mal mit ihr, sondern nur mit Martin gesprochen. Hatte Elias sie denn völlig vergessen? Als sie schließlich im Stall angekommen war und sich auf Nâjnas Rücken geschwungen hatte, trieb sie die Stute in Richtung Stadttor. Sollte Elias doch allein zurechtkommen!

»Wir brauchen keine dummen Jungs. Nicht wahr, Nâjna?«

Martin war zu seinen Gefährten gegangen und hatte ihnen von Elias erzählt. Nun sah er sich einem Problem gegenüber, denn Isaac und die Männer waren nicht überzeugt davon, dass Elias wirklich den Drachen verkörperte. Ihre Zweifel gingen sogar so weit, dass sie Martin drängten, wieder nach Hause zu reiten, um dort zu retten, was zu retten war. Aber sie hatten Elias schließlich noch nie richtig zu Gesicht bekommen. »Habt noch ein bisschen Geduld. Er ist der Drache und ich werde ihn euch vorstellen.«

Isaac wirkte skeptisch. »Während wir hier untätig rumsitzen, erobert Karaian eine Stadt nach der anderen. Wir müssen etwas tun und zwar jetzt!« Die Männer stimmten grölend ein.

»Ja, aber ohne den Drachen sind wir machtlos.«

Sie wussten das und niemand konnte Martin widersprechen.

»Dann überrede ihn, mit uns zu kommen. Aber spätestens Anfang des Frühlings reisen wir ab – mit oder ohne Drache!«

Martin konnte Isaac seine Ungeduld nicht übelnehmen. Sie alle warteten darauf, endlich gegen Karaian zu handeln und etwas für ihre Familien oder Freunde zu tun.

»Ich werde sehen, was sich machen lässt. Elias steht auf unserer Seite und eines solltet ihr wissen: Er ist nur noch hier, weil ihn der Naramund noch nicht für bereit hält.«

∾

Die Worte Jéodins hatten Elias erschüttert. Daijen war tot und das nur wegen Karaian. Sie hatte bestimmt versucht, ihn von seinem falschen Kurs abzubringen. Gedankenverloren lief Elias zu Mias Quartier. Sie war nicht da. Bestimmt war sie beleidigt, weil er sich, nachdem er zurückgekommen war, nicht bei ihr gemeldet hatte. Elias waren einfach zu viele Gedanken im Kopf herumgeschwirrt. Jetzt tat es ihm leid, dass er sie so vernachlässigt hatte. Yelnas Zimmer war nicht weit von Mias entfernt und so ging er zu ihr und sagte ihr, sie solle Mia ausrichten, dass er sie sehen wollte und dass er sie bat, ihm zu verzeihen. Yelna versprach, es ihr zu sagen, sobald Mia wieder zurückkam. Als Elias später am Elbenpalast vorbeikam, traf er auf Vénn, der sich ihm anschloss und mit ihm zur alten Buche vor den Stadttoren ging. Es war noch nicht so lange her, dass Aivlis gestorben war, aber es kam Elias vor wie eine Ewigkeit. Schweigend stand er vor dem nun blattlosen Baum und blickte ins Leere. Er hätte Aivlis jetzt gebraucht. Der Halbelb war ein wirklich hilfsbereiter, guter Mann gewesen und seine Treue hatte so weit gereicht, dass er dafür gestorben war. Aivlis war für Elias gestorben, doch auch für die Menschen, die der Drache noch retten sollte. Elias wusste jetzt, dass die Zeit gekommen war. Dennoch wünschte er sich, dass es nie zum Kampf kommen würde und keiner seiner Freunde mehr sterben müsste.

»Ach, Vénn. Warum ist das Leben so schwer?«

Nach ein paar Minuten des Schweigens ging Elias entschlossenen Schrittes zurück in die Stadt. Er musste sich vorbereiten. Auf dem Weg zurück zum Elbenpalast forderte er Martin, Jéodin, Yelna und Semir auf, ihm zu folgen. Mia war nirgends zu finden. Ohne die Fragen, die seine Freunde stellten, zu beantworten, lief er weiter auf den Sitz des Elbenherrschers zu. Sie mussten einen seltsamen Anblick geben: der Feuerprinz, ein Mensch, ein Elb, zwei Meledaín und ein Gepard. Als sie am Palasttor ankamen, wich der Löwe respektvoll zurück, und wenig später standen sie in der Säulenhalle. Léssal saß auf seinem Thron und sah den Ankömmlingen interessiert entgegen. Léfaîn stand neben ihm und es schien, als hätten sie sich gerade unterhalten.

»Léssal. Ich bin gekommen, um zu verkünden, dass ich nun bereit bin. Ich habe meine Kräfte trainiert und weiß nun auch alles über den Feind. Ich werde am Ende des Winters in die Schlacht ziehen.«

Léssal nickte. »So soll es sein.«

Martin, Yelna und Semir wirkten etwas überrumpelt.

»Fühlst du dich wirklich schon bereit?« Yelna hatte ihn als Freund schätzen gelernt und machte sich nun fast ebenso viele Sorgen um ihn wie Martin oder Mia.

»Und von was für einer Schlacht redest du?« Martin sah skeptisch aus. »Hast du einen Plan?«

»Wir sollten uns auf jeden Fall rüsten«, erwiderte Elias, »und dies möglichst bald. Es wird Karaian nicht ewig verborgen bleiben, dass ich noch lebe und, wenn er davon erfährt, wird er direkt nach Tymas kommen, um mich zu vernichten. Ich spüre, dass er um jeden Preis die Erfüllung der Prophezeiung verhindern will. Wir müssen dafür sorgen, dass Karaian scheitert. Das kann nur funktionieren, wenn wir uns ihm entschlossen entgegenstellen – gemeinsam!«

Jéodin schmunzelte wissend. Elias war sich sicher gewesen, dass der Elb darauf gewartet hatte, dass der Feuerprinz die Initiative ergriff. Das hatte Elias nun getan.

Leutnant Mendral wälzte sich in seinem Lager hin und her. Er hatte entsetzliche Kopfschmerzen. Wie viel Bier hatte er nur getrunken? Er wusste es nicht. Aber er konnte sich noch an den Mönch erinnern … Bartholomäus. Was hatte er doch gleich gesagt? Der Drache lebte? Das konnte nicht sein. Mendral hatte doch mit eigenen Augen gesehen, wie der blonde Junge verschwunden war, den der dunkle Herrscher für den Drachen gehalten hatte. Vielleicht war es ja gar nicht der Drache gewesen. Aber Mendral wusste, dass er nur versuchte, sich etwas einzureden. Mit pochendem Schädel stand er von seinem kratzigen Strohlager auf und gähnte. Es musste schon Mittag sein. Karaian hatte heute anscheinend gute Laune, sonst hätte er seine Männer längst wecken lassen.

Mendral ließ das Gefühl nicht los, dass er den Mönch sprechen musste. Ein innerer Drang erfüllte ihn und wie von selbst bewegten sich seine Füße die Treppe der ehemaligen Gaststube hinab, die nun zum Armeestützpunkt geworden war. Blinzelnd trat er von dem mit dunklem Holz verkleideten Eingangsflur hinaus in die strahlende Sonne. Der gefallene Schnee glitzerte. Trotz des unverhofft hellen Tages war es unangenehm kalt und Mendral fröstelte, als er sich auf der verschneiten Straße in Bewegung setzte. Ohne einen genauen Plan zu haben, ging der Leutnant immer weiter, bis er an einen Dorfbrunnen kam. An dessen Ummauerung saß ein kleiner blasser Junge mit zerrissenen Kleidern, der geistesabwesend auf einem gefrorenen Grashalm herumkaute. Die verstrubbelten braunen Haare wurden von einer viel zu großen Kappe bedeckt, die sein sommersprossiges Gesicht nur zur Hälfte erkennen ließ.

»Hey, du!«

Der Junge spuckte den Halm hastig in den Schnee und rappelte sich auf. »Ich … ich bin zu Diensten, Herr.«

Mendral sah in die ängstlich geweiteten Kinderaugen und bückte sich, um mit dem Jungen auf einer Augenhöhe zu sein.

»Hab keine Angst. Ich tu dir nichts.«

Doch anstatt sich zu beruhigen, wich der Junge einen Schritt zurück. Hätte der Leutnant nicht direkt vor und der Brunnen hinter ihm gestanden, dann hätte der Junge sicher die Flucht ergriffen. Doch so blieb er zitternd stehen und lugte mit gesenktem Kopf unter seiner abgetragenen Kappe hervor.

»Ich möchte dir wirklich nichts antun«, betonte Mendral nochmals. »Ich will nur wissen, wo ich Bartholomäus finde. Er hat gesagt, ich soll zu ihm kommen.«

Die Miene des Jungen entspannte sich etwas. »Der Mönch? Ihr tut ihm aber auch nichts, oder?«

Mendral schüttelte den Kopf.

Der Junge hob einen Arm und zeigte mit den von der Kälte blauen Fingern zu einer schmalen Gasse.

»Seht Ihr das Schild dort hinten? Das war einmal das Geschäft eines Schusters. Bartholomäus wohnt jetzt dort.«

Als Mendral versuchte, das Schild zu erkennen, setzte sich der verängstigte Junge plötzlich in Bewegung und rannte in die entgegengesetzte Richtung davon.

Als junger Mann war Bartholomäus viel gereist und hatte auf seinen Pilgerwegen einiges gesehen und gehört. Gerüchte hatten sich damals herumgesprochen von einem merkwürdigen Volk in den Bergen, das mit den heidnischen Geistern im Bunde sein sollte. Immer wieder hatte er davon gehört, bis ihn seine Neugier übermannte und er sich entschlossen in die in Nebel getauchten Höhen des Déjun-Gebirges aufgemacht hatte, um dieses Volk zu suchen.

Bartholomäus streifte nun schon seit zwei Wochen zu Fuß durch die schroffen Berge, ohne auch nur einen einzigen Mensch zu sehen. Dennoch, er hatte Pfade entdeckt, die wohl nicht nur von Tieren erschaffen worden waren. Es musste also Menschen geben, die hier lebten oder gelebt hatten. Schon allein diese Tatsache bestärkte ihn, unermüdlich weiterzugehen. Schritt für Schritt ins Unbekannte. Seine Sandalen waren durchgelaufen. Sein Trinkschlauch leer. Er hatte vor einigen Tagen zwar eine Quelle entdeckt, aber der Gedanke daran, den ganzen Weg wieder zurückzugehen, bereitete ihm Kopfschmerzen. Was sollte er nun tun? Die Beeren, die er gefunden hatte, würden ihn höchstens drei Tage versorgen. Verzweifelt ließ er sich mitten auf dem Weg zu Boden sinken. Er hatte keine Kraft mehr. Wieso nur war er auf die dumme Idee gekommen, einem Hirngespinst nachzujagen? In seinem Kummer hörte er die sich nähernden Schritte erst, als sie nur noch wenige Meter von ihm entfernt waren. Erschrocken schaute er auf.

Vor ihm auf dem Pfad lächelte ihn ein durchaus lebendiges Hirngespinst freundlich an …

Die Suche war erfolgreich gewesen! Bartholomäus lächelte zaghaft zurück. Doch er fürchtete sich auch vor dem Fremden. Der Mann hatte eine einfache dunkelgrüne Jagdkleidung an und über seiner Schulter hing ein Köcher mit Pfeil und Bogen. Obwohl die Kleidung dem jungen Mönch nur wenig auffällig erschien, so war der Mann an sich doch umso ungewöhnlicher. Er hatte breite Schultern und dennoch wirkten sein Gesicht und seine gesamte Erscheinung auf ganz eigentümliche Weise grazil und sanft. Etwas stimmte mit diesem Erscheinungsbild einfach nicht!

»Kann ich dir helfen?« Die melodische, sanfte Stimme des Fremden passte zu dessen Äußerem.

»Ich … ich habe kein Wasser mehr.«

Der Fremde überwand die letzte Distanz, die ihn noch von dem Mönch trennte, und beugte sich hinab, um Bartholomäus auf die Füße zu helfen. »Komm mit. Ich weiß, wo es Wasser gibt.«

»Dank sei Aeretorn.« Bartholomäus küsste sein silbernes Amulett und ging mit dem Fremden mit.

Seit diesem Moment war Bartholomäus in die geheimnisvolle, sagenhafte Welt der Meledaín eingetaucht. Er fand ihre Art zu leben äußerst interessant. Sie schafften es, im Einklang mit der Natur zu sein, was er als sehr erstrebenswert ansah. Und auch wenn er ihren Glauben an diffuse Naturgeister nicht nachempfinden konnte, hatte er damals neue Freunde gefunden. Seine Entdeckung musste jedoch seitdem ein Geheimnis bleiben.

13 Der Rachestein

Dieser Mendral führte etwas im Schilde, das hatte Worsek gleich bemerkt, als der Leutnant heute das Haus verlassen hatte. Brummend fuhr sich der General durch den wuchernden roten Bart und stand von dem alten Sessel auf, den er sich in die Gaststube hatte bringen lassen. Seine groben Hände verschwanden in seinen großen Manteltaschen und wühlten tastend umher.

»Na … wo ist er denn?«

Schließlich schlossen sich seine Finger um einen vertrauten Gegenstand. Es war ein Stein. Aber nicht nur irgendein Stein. Es war der Stein. Worsek grummelte ein Gebet.

»Möge Aeretorn uns beistehen und über den Süden wachen, wie ein aufmerksamer Falke über seine Küken.«

Sein Vater hatte ihm das Gebet beigebracht, doch richtig gläubig war seine Familie nie gewesen, ebenso wenig wie Worsek selbst. Nur der Stein, der war immer wichtig gewesen. Sein Vater hatte ihn vom Einsamen Berg mitgebracht. Die Nordländer nannten diesen heiligen Ort schon seit Jahrhunderten *Magron*, doch für die Südländer war er immer der Einsame Berg gewesen. Nicht viele konnten von sich behaupten, einmal auf der Spitze dieses Kolosses gestanden zu haben, doch sein Vater hatte es geschafft. Heimlich war er damals über die Grenze zum Norden getreten und hatte sich allein seinen Weg zum Berg gebahnt. Oft hatte er Geschichten von seinen Abenteuern erzählt. Als kleiner Junge war Worsek immer aufgeregt um ihn herumgetanzt und hatte nie genug von den bösen Nordländern hören können. Nun war Worsek erwachsen und einer dieser Nordländer war gerade dabei, etwas Dummes anzustellen. Worsek war General. Er würde es zu verhindern wissen. Unbemerkt folgte er dem Leutnant hinaus und schlich ihm hinterher, so gut dies eben mit Worseks kräftigem Körperbau ging. Aus sicherer Entfernung beobachtete er, wie Mendral am Brunnen mit einem der dreckigen Bälger redete. Worsek wollte wissen, was der Leutnant plante. Erst dann würde er zuschlagen. Der Zwerg flüchtete und der Leutnant bog in eine schmale Gasse ein. Worsek fluchte innerlich. So würde er Mendral nicht weiter folgen können, jedenfalls nicht, ohne dass dieser etwas davon bemerkte. Na egal, dann würde er Mendrals schmutzige Pläne eben aus ihm herausprügeln. Er würde ihn schon zum Reden bringen. Hasserfüllt ballte er die Hand zur Faust. In ihr lag der Stein. Die Nordländer sollten büßen! Die Rache eines Südländers war tödlicher als jedes Gift.

Schwere Schritte folgten ihm und ließen den Schnee unangenehm knarzen. Erschrocken drehte sich Mendral um. Die schmale Gasse ließ kaum Licht auf den Boden vordringen. Dennoch meinte der Leutnant, kurz eine Gestalt hinter sich zu sehen.

»Hallo?«

Keine Antwort.

Er zuckte mit den Schultern, war jedoch weiterhin beunruhigt. Zögernd wandte sich Mendral wieder dem Schild des ehemaligen Schustergeschäfts zu. Der kalte Wind ließ es hin und her schwingen, was ein immer wiederkehrendes Quietschen zur Folge hatte. Ihm kroch die Kälte durch den Mantel hindurch und hastig nahm er den Weg zu seinem

Ziel erneut auf. Kurz bevor er das Geschäft erreicht hatte, ertönte ein Ruf.

»Bleib stehen!«

Mendral kannte die tiefe Stimme. Bedächtig drehte er sich um und sah in das halb vom roten Bart bedeckte Gesicht des Generals. »General Worsek. Was sucht Ihr denn hier?«

»Ich? Die Frage ist wohl eher, was machst du hier?«

Mendral blieb schweigend stehen. Fliehen war zwecklos. Gegen den riesigen Barbaren hatte er sowieso keine Chance.

»Warum schleichst du mir hinterher?«

Der Leutnant hatte mit voller Absicht die Höflichkeitsform aufgegeben, denn schließlich hatte ihn der Kerl auch nicht gefragt, ob er ihn duzen dürfe. Das Gesicht des Südländers nahm die Farbe seines Bartes an.

»Du wagst es, so mit mir zu sprechen? Du elender Nordländer!«

Gerade als der General sein Schwert hob und zum Angriff ausholen wollte, ging die Tür auf, und der Mönch trat heraus.

»Aber, aber! Was ist denn hier los?«

Worsek machte eine Unschuldsmiene und senkte die Waffe. »Gar nichts, ehrwürdiger Vater.«

Bartholomäus zwinkerte Mendral heimlich zu, dann wandte er sich wieder an den grobschlächtigen General. »Ich danke dir, dass du den Leutnant bis hierher begleitet hast. Man kann in diesen Tagen nicht vorsichtig genug sein. Kommt, Leutnant. Der Tee wird schon kalt.«

Verdutzt folgte Mendral dem Geistlichen in das alte Geschäft und ließ den General grübelnd auf der Straße zurück. Sobald sie die Tür hinter sich geschlossen hatten, atmete Mendral erleichtert auf.

»Ich danke Euch, Bartholomäus. Dieser Riese hätte mich sonst ...«

»Keine Ursache. Nachdem ich dir nun aus der Not geholfen habe, lass uns auf diese albernen Höflichkeit verzichten. Einverstanden? Diese ganzen Floskeln wie *ehrwürdiger Vater* … Wer braucht das schon«, sagte der Mönch bescheiden und winkte den Leutnant in eine bequeme Stube. Ein Feuer prasselte in einem großen steinernen Kamin und vertrieb die eisige Kälte.

»Setz dich nur.«

Bartholomäus wies auf einen Sessel. Folgsam ließ sich Mendral auf das weiche Polster plumpsen und nahm den Raum in Augenschein. Der Mönch setzte sich ihm gegenüber und grinste ihn an.

»Ganz nett, nicht wahr?«

Mendral nickte.

Worsek hätte sich wirklich ohrfeigen können! Warum um Aeretorns Willen hatte er sich so angestellt? Er hätte doch einfach zuschlagen können. Mönch hin oder her … Aber er hatte es nicht getan. Stattdessen stand er jetzt hier auf der Straße und stierte dumm in der Gegend herum. Schnaufend steckte der General sein wuchtiges Schwert wieder in die Scheide. Nun war Mendral gewarnt. Doch eines Tages würde dieser feine Nordländer eine gründliche Abreibung von ihm erhalten, das schwor sich Worsek. Sein Rachestein würde im Blut der Nordländer baden. Als sich der General auf den Weg zurück zum Gasthof und zu seinem Sessel machte, kamen ihm Fetzen aus seiner Vergangenheit ins Gedächtnis. *»Junge, komm auf meinen Schoß! Ich zeige dir, wie man eine Waffe führt.«*

Das hatte sein Vater einst zu ihm gesagt und ihm im Alter von drei Jahren ein Schwert in die Hand gedrückt. Von dem Schoß seines Vaters aus hatte er mit dessen Hilfe gelernt, wie man ein Schwert hielt und wie man zuschlug. Sein Vater hatte gelacht, als seinem Kind das große Schwert aus den kleinen Händen zu rutschen drohte, und hatte mit seinen groben Händen die Hände seines Sohnes umschlossen und das Schwert gepackt. Worsek wusste noch, wie viel Kraft in dieser Geste gelegen hatte, und musste schmunzelnd daran denken, dass seine Hände danach höllisch wehgetan hatten. Sein Vater war ein guter Mann gewesen. Er hatte das Wohl des Südens im Sinn gehabt und war damals, bevor der große Retter Karaian zu ihnen gestoßen war, in den Norden ausgezogen, um dort mit einer Horde der besten Kämpfer Land und Macht zu erringen. Doch der einzige Dank dafür war gewesen, dass Worseks Eltern kurz nach der Rückkehr seines Vaters kaltblütig ermordet worden waren. Worsek selbst hatte ihre Leichen entdeckt. Er war noch ein kleiner Junge gewesen. Aber seitdem ihn damals Karaian unter seine Fittiche genommen hatte und Worsek klar wurde, dass an diesem Übel allein die Nordländer die Schuld trugen, hatte er ihnen blutige Rache geschworen und den Stein seines Vaters zum *Rachestein* erklärt. Der Stein musste noch warten. Aber die süße Rache würde dafür umso befriedigender sein.

Elias ging gedankenverloren durch Léssals Palast. Hier wurden mittlerweile eifrige Vorbereitungen für die Schlacht getroffen. Pläne wurden entworfen und ausgearbeitet, Waffen geschmiedet und verbessert, Lederrüstungen eingefettet und Bogen neu bespannt. Es war ein richtiges Durcheinander geworden, welches dennoch einer inneren Ordnung nachzugehen schien. Die Elben arbeiteten schnell, strahlten jedoch Ruhe aus und verfielen nicht in Hektik oder überstürztes Handeln. Die Meledaín halfen tatkräftig mit. Nuyen war bereits in die Rolle eines Leutnants gerutscht, während

Semir Offizier geworden war. Martins Gefolge befand sich eher weiter unten in der Rangliste, dennoch war Isaac von Léfaîn zum General ernannt worden. Martin hatte keine andere Aufgabe, als Elias zur Seite zu stehen und ihn bei dem, was er tat, mit allen Mitteln zu unterstützen.

Elias war ganz froh, gerade einmal nicht von Martin verfolgt zu werden. Sein Freund war mit Ilién bei den Pferden. Elias konnte es sich zwar nicht vorstellen, aber zwischen den beiden schien sich etwas zu entwickeln. Ein Mensch und eine Elbin, das war verrückt! Aber sofort schalt sich Elias für diesen Gedanken. War denn die Verbindung von einem Drachen und einem Menschen nicht noch verrückter? Außerdem gab es ja bereits seit vielen Jahrhunderten Halbelben und die waren nicht einfach vom Himmel gefallen.

Soweit Elias wusste, war vor vielen Jahrhunderten der erste Halbelb geboren worden. Es war eine Zeit gewesen, in der die Elben noch viel Kontakt zu den Menschen gehabt hatten – sei es durch den Handel oder einfach nur aus freundschaftlichen Gründen. Offenbar hatte sich damals aus ein paar vereinzelten Freundschaften Liebe entwickelt. Vielen der Menschen und Elben gingen die Affären zwischen Mensch und Elb dann doch zu weit und die Elben und Menschen, die in Partnerschaft lebten, wurden herablassend behandelt und ausgegrenzt. Die Kinder, die aus diesen Mischehen hervorgegangen waren, hatten diese abwertende Haltung ihrer Umwelt nicht lange ausgehalten, und so waren die ersten Halbelben ins Déjun-Gebirge gezogen – fern der Elben und Menschen. Dort blieben sie mehr und mehr unter sich, und ein neues Volk entstand. Über Jahrzehnte wollten die Meledaín, wie sie sich von diesem Augenblick an nannten, weder mit den Menschen noch den Elben viel zu tun haben. Doch nach und nach wurde das Verhältnis zu den Elben, die sich nach einiger Zeit durch einen furchtbaren Krieg ebenfalls von den Menschen distanziert und sich hinter die Berge zurückgezogen hatten, wieder enger. Die Demütigungen der Vergangenheit wurden den Elben von der jüngsten Generation, den Kindeskindern der ersten Halbelben, vergeben. Elias fragte sich, wie eine neue Beziehung zwischen Mensch und Elb wohl aufgenommen werden würde, und dann dachte er plötzlich an die Schwierigkeiten seiner eigenen Beziehung …

Mia hatte ihm verziehen. Dennoch redete er sich ein, dass sie etwas rücksichtsvoller hätte sein können. Es musste ja nicht jeder wie er mit einem Drachen fertig werden, der seine Seele in einen hineingepflanzt hatte – beziehungsweise damit, als Drache in einem Menschenkörper zu stecken.

Mia strich sich ihre braunen Locken hinter die Ohren und packte erneut nach dem dicken Seil. Stück für Stück zog sie die hölzerne Barrikade in eine aufrechte Stellung. Jéodin stand mit ihr auf der Mauer des Stadttores und zog an der anderen Seite. Die zusammengenagelten Bretter sollten den Eingang der Stadt besser vor Angriffen schützen. Zwar war die Stadt mit einem elbischen Zauber belegt, sodass eine Stadtmauer nicht nötig war, aber das mächtige Eingangstor war davon ausgeschlossen, um Reisenden Ein- und Ausgang zu gewähren. Hätte der Zauber auch dieses Tor erfasst, hätte jedes Wesen, das nicht bereits einmal die Stadt betreten hatte, keine Möglichkeit, dies zu tun. Der Zauber färbte sozusagen ab, wenn man sich einmal in seinem Schutzkreis befunden hatte, und erkannte die Person daraufhin als Freund. Das Tor war der verwundbarste Punkt der Stadt. Mit einem Knall traf das Holz auf die Mauer. Mia seufzte erleichtert.

»Geschafft!«

Sie und Jéodin befestigten die Seile und ließen sich auf den Boden sinken. Jéodin wohl eher aus Freundlichkeit als aus Erschöpfung. Mia sah zweifelnd auf das leichte, fünf Zentimeter dicke Holz, das sie alle beschützen sollte.

»Denkst du, das hält Stand?«

Jéodin lächelte über ihre Unwissenheit.

»Ja, das ist Ièndra-Holz. Es ist trotz seines geringen Gewichts und seiner Zartheit das härteste Material, das wir haben – abgesehen vielleicht von dem Metall der Meledaín.«

Mia sah zu der Stelle, an der das Holz über den Stein ragte.

»Es ist wie dein Volk. Zart und dennoch unglaublich stark.« Mia sah den Elben flehend an. Sie war sich sicher, dass er ihre Gedanken kannte.

Jéodin schwieg nachdenklich.

Als Mia schon glaubte, er würde nichts mehr sagen, fing er doch noch an zu sprechen. »Ich weiß nicht, ob ich Elias so schützen kann, wie du es von mir erwartest. In diesem Kampf nehme ich nur eine Nebenrolle ein. Die großen Kräfte der Schlacht sind der Feuerprinz und Karaian.«

»Weißt du, ob Elias siegen wird?«

Jéodin schüttelte bedauernd den Kopf.

»Ich bin zwar ein Naramund, aber das heißt nicht, dass ich allwissend bin.«

Mia zog die Beine an ihren Körper und schlang fröstelnd die Arme um sich. Dennoch schien es ihr nicht die Kälte zu sein, die sie dazu trieb, sondern eher eine düstere Vorahnung.

Martin streckte seine Hand nach oben. Dankend nahm Ilién sie vom Rücken des Pferdes aus entgegen und ließ sich hinunter helfen. Sie sah einfach unwahrscheinlich schön aus. Ihre zarten Hände fühlten sich so zerbrechlich an, auch wenn Martin natürlich wusste, was für eine Kraft in ihnen steckte.

»Danke für diesen wundervollen Tag«, sagte Ilién und lächelte ihn an.

»Ich …«

Martin verfluchte sich innerlich. Warum wollten die Worte nicht aus ihm heraus? Wie erstarrt stand Martin vor ihr.

»Gern geschehen«, stieß er schließlich hervor und senkte errötend den Kopf.

»Du solltest jetzt zum Feuerprinzen gehen. Es ist deine Aufgabe, ihn zu beschützen.«

Verunsichert blieb Martin, wo er war, und sah Ilién einfach nur an. Was sollte das nun bedeuten? Wollte sie nicht, dass er bei ihr blieb? »Jetzt grübelst du zu viel, Martin«, sprach er in Gedanken zu sich selbst und sagte laut: »Natürlich, Ilién. Bis morgen.«

Rückwärts gehend entfernte er sich langsam von ihr und wandte erst den Blick von Ilién ab, als er stolpernd aus dem Stall hinausgetreten war. Wie konnte eine Frau aus einem sonst so selbstsicheren Mann einen solchen Tollpatsch machen?

Später saß Martin seinem Freund gegenüber und blickte fragend in das sorgenzerfurchte Gesicht. Kerzenschein erfüllte den kleinen Raum.

»Elias? Warum bist du dir eigentlich so sicher, dass Karaian herkommen wird? Er weiß doch noch nicht mal, dass du noch am Leben bist.«

Der Feuerprinz ließ niedergeschlagen den Kopf hängen und schien durch den hölzernen Tisch, an dem sie saßen, hindurchzublicken. »Er wird es erfahren, wenn er es nicht jetzt schon weiß.«

»Woher?«

»Er spürt meine Macht ebenso wie ich seine spüre.«

Martin lief ein Schauer über den Rücken. »Das hört sich ja unheimlich an.«

»Das ist es auch. Immer, wenn ich die Augen schließe, kann ich die Schwärze fast sehen, die in seinem Herzen wohnt. Sein Hass ist so stark, dass es mir unmöglich erscheint, ihn zu stoppen. Ein Mann mit solcher Macht ist durch nichts und niemanden aufzuhalten.«

»Doch«, warf Martin ein. »Durch dich.«

»Ich bin mir da nicht so sicher.« Elias' Hände ballten sich vor Verzweiflung. »Ich muss ihn töten und ich weiß nicht, ob ich das kann. Es wird schon schwer genug werden, überhaupt in seine Nähe zu kommen.«

»Deswegen hast du ja mich. Ich werde dir im Kampf den Rücken freihalten.«

Ernst blickte Elias auf und starrte unbewegt in Martins Augen. »Ich glaube nicht, dass ich aus dieser Schlacht lebend zurückkehre. Du musst nicht an meiner Seite stehen. Mir wäre es lieber, deine Schwerthand neben Mia zu wissen.«

Martin schüttelte entschieden den Kopf. »Nein, es ist meine Bestimmung, dich zu schützen.«

Elias brachte ein gezwungenes Lächeln zustande. »Sagst du das nur, weil du den Worten eines Naramunds nicht zuwiderhandeln möchtest, oder ist es deine eigene Entscheidung?«

Martin sagte, ohne eine Sekunde zu zögern: »Es ist meine eigene Entscheidung.«

Elias stand auf. »Danke, Martin. Deine Entschlossenheit gibt auch mir neuen Mut.«

Wortlos sah Martin Elias hinterher, als dieser die Tür öffnete und den Raum verließ. Es war angenehm still nach dem geräuschvollen Tagtreiben auf den unzähligen Gängen des Palastes. Martin saß noch eine ganze Weile allein am Tisch und betrachtete seinen in die Länge gezogenen Schatten, den das flackernde Kerzenlicht an die Wand warf.

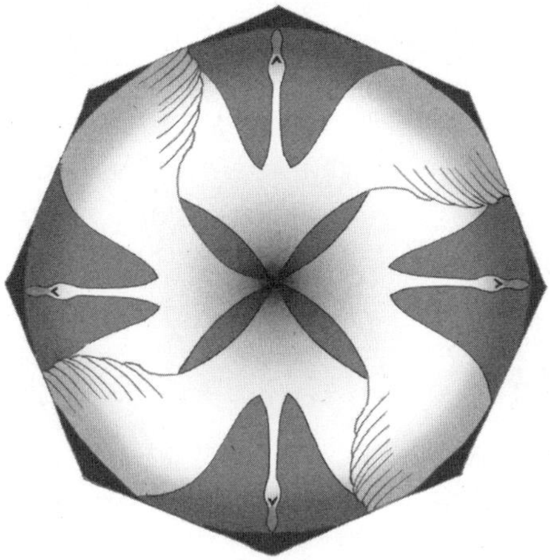

DIE SCHLACHT

1 Die Ebenen von Avéndur

Es begann zu tauen, als Elias an einem kühlen Morgen die ersten Rauchsäulen des feindlichen Lagers sah. Die Südländer mussten die Berge in den letzten Tagen überquert haben. In der Elbenstadt war Ruhe eingekehrt. Die Ruhe vor dem Sturm. Von der Mauerbrüstung aus, auf der Elias stand, konnte er Lut'Amnéras sehen. Lut'Amnéras war ein Turm, in welchem ausgewählte Elben ihre Schwertausbildung erhielten. Erst gestern war er mit Nuyen dort hingeritten und hatte sich alles von ihm zeigen lassen. Elias und der Meledaín, der einige Zeit dort ausgebildet worden war, hatten den einsamen Turm bereits verlassen vorgefunden. Lut'Amnéras war ein schwer zu verteidigender Ort, sodass sie ihn wegen der nahenden Schlacht evakuiert hatten. Nuyen war es sichtlich schwer gefallen, mit Elias wieder aufzubrechen. Der Feuerprinz meinte, eine innere Verbundenheit zwischen diesem besonderen Ort und dem Meledaín gespürt zu haben. Er erinnerte sich daran, dass Martin ihm einmal erzählt hatte, wie Nuyen sie mit seiner Elbenklinge auf ihrer Reise gegen die dunklen Geschöpfe des Déjun-Gebirges verteidigt hatte. Der tapfere Halbelb schien in Anbetracht seiner Fähigkeiten zu Recht ein Schüler der Elben gewesen zu sein. Nun hing Nuyens Schwert an Elias' Hüfte. Nuyen hatte es ihm geschenkt. Elias legte die Hand auf den verzierten Griff des Schwertes und er spürte dessen Zauberkraft. Alle hatten so viel Vertrauen in seine Fähigkeiten. Er hoffte, sie nicht enttäuschen zu müssen.

Seufzend wandte Elias den Blick ab. Hinter ihm stand Martin und sah gedankenverloren ins Leere.

»Martin?«

»Hm?«

»An was denkst du?«

Martin sah bedrückt aus. »Ich denke, dass wir den morgigen Tag nicht überleben werden. Vorhin hat mir ein Späher Bericht erstattet. Karaians ganze Armee ist angerückt. Wir sind ihnen zahlenmäßig zehn zu eins unterlegen. Es sind so viele …«

Elias wusste genau, wie schwer es Martin fiel, seine Niedergeschlagenheit zuzugeben.

»Du musst das nicht tun. Wenn du jetzt aufbrichst, kannst du dich und deine Männer noch retten.«

»Nein. Ich bleibe. Diese Diskussion hatten wir doch schon einmal.« Martin rang sich ein Lächeln ab.

Plötzlich erscholl ein Ruf. Alarmiert sah Elias in den Himmel. Es waren die Drunére. In der Sonne strahlten ihre weißen Flügel und wieder erklang ihr helles Schreien. Martin folgte Elias' Blick, konnte aber nichts sehen.

»Was ist?«

»Die Naturgeister sind gekommen.«

Elias erinnerte sich, den Kriegsschrei der Schwäne schon einmal gehört zu haben, als er ein Drache gewesen war. Sanft kamen die edlen Vögel auf der Mauer des Turms auf und sahen Elias mit ihren klaren dunklen Augen abwartend an.

»Es ist so weit«, sagte Elias tonlos und sah wieder zu den Bergen hinüber. »Sie kommen. Morgen früh stehen sie vor den Toren.«

Martin sah blass aus und Elias merkte, wie die Hände des Schwertkämpfers nach seiner Waffe tasteten.

Das Schwert gab Martin Mut. Er wusste, dass es ihn kaum vor den Massen der feindlichen Armee würde schützen können, aber dennoch fühlte er sich weniger hilflos, wenn er den kalten Griff in seiner Hand spürte. Außerdem war diese vertraute Handlung eine wirksame Medizin gegen seine Unsicherheit, ob er das Richtige tat. Denn er hatte am Morgen seine kostbarste Habe Ilién anvertraut – die Schriftrolle des Königs. Er hatte ihr zuvor das Versprechen abgenommen, dass sie das Siegel nicht brechen und das wichtige Schriftstück geheim halten und für ihn bewahren würde. Er hatte niemandem von seinem Geheimnis erzählt und auch Ilién sollte es erst erfahren, wenn er sich darüber im Klaren war, ob er überhaupt gewillt war, Helwinns Platz einzunehmen. Schließlich gab es nun auch eine andere Person, die abgesehen von der Abstammung alle Voraussetzungen für einen König erfüllte – Elias, der durch sein Schicksal, welches ihm die Prophezeiung vorzeichnete, für das Wohl so vieler Menschen verantwortlich war. Wenn das kein Argument war, jemanden zu krönen, dann wusste Martin auch nicht mehr weiter. Zumindest fühlte es sich für ihn richtiger an, wenn jemand Bedeutendes wie der Feuerprinz das Land regierte, als wenn sich einfach ein dahergelaufener Soldat, wie Martin einer war, des Throns bemächtigte. Nur diese ganzen Überlegungen würden sich als völlig unnötig herausstellen, wenn sie die Schlacht verlieren würden. Es musste ein Plan her! Hoffentlich hatte Elias eine Idee …

»Was sollen wir tun?«

Elias blickte seinen Freund entschlossen an. »Wir reiten Karaian und seiner Armee entgegen.«

Martin machte große Augen. »Aber …«

Elias unterbrach ihn. »Vertraust du mir?«

»Ja.«

»Dann sag Isaac, dass er sich mit seinen Leuten am Tor

aufstellen soll. Wir werden Tymas nur halten können, wenn wir uns nicht hinter seinem Schutzschild verstecken.«

Martin kam Elias' Strategie zwar waghalsig vor, aber ohne weitere Einwände vorzubringen, machte er sich auf den Weg zu Isaac. Sie hatten noch viel vorzubereiten.

~

Elias wusste, dass Karaian versuchen würde, sie einzukesseln, doch so weit wollte er es nicht kommen lassen. Nachdenklich blieb er noch einen Moment stehen und sah den Schwänen zu, wie sie sich wieder aufschwangen und der Armee Karaians entgegenflogen.

Er erinnerte sich an das Lied, das Anaj gesungen hatte, und plötzlich verstand er jedes Wort:

A nel'Avalas ném nel'Sjen és oèl Avén.
El' fér na el'Surr ê el'Edaín.
Nen vern en Van'Valor ê rand nel'Fènar.
El'Mijèl selvan âjn en nel'Bâ.
El'Dâren és ènen Nara.

In dem Prinzen mit dem Feuer ist ein Licht.
Es strahlt über die Menschen und die Elben.
Er geht nach Van'Valor und bringt den Frieden.
Die Naturgeister stehen ihm zur Seite.
Die Vergangenheit ist unsere Zukunft.

Die Drunére schienen irgendeinen Hebel betätigt zu haben. Verwirrt runzelte Elias die Stirn. Die Worte der Nixe gaben ihm neuen Antrieb. Schnellen Schrittes beeilte er sich, Martin einzuholen, der bereits auf dem Weg zu den Kriegern war. Martin wusste noch nicht alle Details über den Plan, denn Elias hatte es für besser erachtet, seine für die Schlacht ausgearbeitete Strategie vorerst nur in groben Zügen mit den anderen zu teilen. Auch dem Elbenherrscher Léssal hatte Elias vor ein paar Tagen nur vage von seinem Vorhaben berichtet, die Armee auf die Wiesen von Avéndur zu schicken. Elias wusste, dass es wegen Karaians Magie viel zu riskant war, den Elb mit seiner Streitmacht zu dicht an die Stadt heranzulassen. Es war sicherer, ihm auf dem offenen Feld zu begegnen. So konnten sie die Kinder und Alten, welche nicht kämpfen konnten, in der Stadt besser beschützen. Es war auch eben jene Magie, welche Elias dazu gebracht hatte, seine Freunde noch nicht in alles einzuweihen. Er selbst musste die endgültige Entscheidung über ihre Kampfstrategie fällen und sie bis zuletzt geheim halten, damit Karaian ihre Pläne nicht doch auf irgendeine Weise mittels Magie erfahren konnte. Elias hatte seinen Geist, so gut es ging, gegen den dunklen Elb abgeschirmt. Aber es konnte immer noch passieren, dass Karaian versuchte, über einen anderen Menschen an Informationen zu gelangen. Menschliche Seelen konnten sich kaum vor Karaians mentalen Angriffen schützen. Elias konnte nur hoffen, dass seine Geheimhaltungstaktik diese Gefahr ausschloss und der dunkle Herrscher genug mit der Planung seiner eigenen Heeraufstellung beschäftigt war un ihm keine Zeit blieb, andere Mittel und Wege zu finden, Elias' Plan zu erfahren.

So stand Elias wenig später hinter den großen, noch geschlossenen Toren der Elbenstadt und offenbarte den dort versammelten Soldaten, was er die letzten Tage noch verschwiegen hatte. Nachdem er seinen gewagten Plan, mit einer kleinen mobilen Reiterei der besten Krieger dem feindlichen Heer auf offenem Feld entgegenzutreten, erläutert hatte, trat angespanntes Schweigen ein. Die Reiter sollten die Aufstellung der feindlichen Armee an der Front durch schnelle gezielte Angriffe durcheinander bringen und in einzelne Teile zersprengen, um den Kämpfern, die dann zu Fuß in die Schlacht gingen, einen Vorteil zu verschaffen. Das würde verhindern, dass ihnen die Überzahl des Feindes zu große Verluste beibrachte.

Mit klopfendem Herzen begann er wieder zu sprechen: »Ich weiß, wenn ich euch fragen werde, ob ihr bereit seid, werdet ihr mit *Ja* antworten. Aber diese Antwort wird nicht die wahre Antwort sein. Man ist nie bereit, in eine Schlacht zu ziehen. Vorbereitungen haben wir zwar zur Genüge getroffen, aber wie sieht es in unseren Herzen aus? Sind wir wirklich bereit? Ist jeder von euch heute bereit zu sterben, um andere zu retten? Würde jeder von euch für den Frieden und die Freiheit sein Leben geben?«

Es war still. Niemand regte sich. Sènnu, der neben Elias stand, schnaubte und beendete das Schweigen.

Isaac trat vor. »Ich werde heute kämpfen, auch wenn mein Herz jung ist und noch lange schlagen möchte. Ich werde kämpfen für Gerechtigkeit und Ehre. Hat nicht jeder von uns das Recht, in Freiheit zu leben? Karaians Macht wächst und wenn niemand etwas unternimmt, wird er alles Leben auf dieser Welt versklaven und unterjochen! Sollen wir das zulassen? Nein! Wir stehen hier und sehen dem Tod ins Auge. Wir kämpfen für den Frieden. Nicht jeder wird den Tag erleben, an dem wieder die Sonne scheint. Aber dieser Tag wird es sein, der uns unsterblich machen wird.«

Isaacs Stimme war weithin zu hören gewesen und seine Worte hatten sowohl die Menschen als auch die Elben gefesselt. Isaac schwang sich auf sein Pferd: »Für den Frieden!«

Wie auf ein verabredetes Zeichen taten es ihm alle gleich, zogen ihre Schwerter und streckten sie gen Himmel.

»Für den Frieden!«

Laut donnerten die Hufe, als die Reiter auf das Tor zusprengten. Knarrend wurden die hölzernen Barrikaden zur Seite gezogen. Isaacs Haare glänzten im Licht, das durch den größer werdenden Spalt hineinfiel. Elias sah ihnen nach.

Es war verabredet gewesen, dass er erst später in die Schlacht gehen sollte. Er war ihr Trumpf. Doch jetzt, da er seine Freunde hinausreiten sah, wäre er ihnen am liebsten gefolgt. Als er sich umwandte, gewahrte er eine vage Gestalt, die im Schatten einer Hauswand stand und ihn beobachtete, aber im nächsten Augenblick rief ihn jemand und er drehte sich um. Es war Mia. Sie rannte auf ihn zu und ihr Kleid flatterte im Wind. Elias' Blick glitt zurück, aber der Platz, an dem er die Gestalt bemerkt hatte, war leer.

»Was ist?« Mia war außer Puste bei ihm angelangt und folgte nun fragend seinem besorgten Blick.

»Nichts«, sagte er ausweichend und löste seine Augen von den dunklen Schatten.

Mia sah verändert aus. Die letzten Tage waren anstrengend gewesen und Mia hatte unermüdlich mitgeholfen. Ihre Haare waren zerzaust, ihr Kleid am unteren Saum zerrissen und alles an ihr war von einer leichten Schmutzschicht bedeckt. Elias lächelte. Er selbst konnte auch nicht viel besser aussehen. Dann verfinsterte sich seine Miene. Seine Freunde riskierten in diesem Augenblick ihr Leben. Vor den Toren waren bereits Kampflärm und vereinzelte Schreie zu hören.

»Die Schlacht hat also tatsächlich angefangen«, sagte Mia, wie um sich selbst von dieser Tatsache überzeugen zu müssen, und nahm seine Hand. »Lass uns auf die Mauerbrüstung des Tores gehen. Von dort haben wir eine gute Sicht auf die Ebene.«

Elias nickte stumm.

Und so stieg er wenig später die schmalen Treppen, die zu dem Aussichtspunkt über dem Stadttor führten, wieder hinauf. Oben angekommen schaute er mit Mia wie kurz zuvor mit Martin auf das weite Feld, das sich vor der Stadt erstreckte, hinab. Waren die Südländer eben noch nur als Staubwolke in der Ferne zu sehen gewesen, so bot sich nun ein anderer Anblick: Isaac wirkte mit seinen Männern gegen die Armee von Karaian wie eine Maus, die es allein mit einer Katze aufnehmen wollte. Die Elbenreiter unter Isaacs Führung hatten zwar eine gute Ausrüstung und waren erfahrene Kämpfer, doch Karaian zählte sogar Trolle zu seinen Gefolgsleuten und überbot die Reiterschar der Verteidiger schon allein durch pure Masse. Elias' Plan, die feindlichen Reihen durch die Reiterei aufsprengen zu können, schien nicht aufzugehen. Isaac musste sich mit seinen Männern viel zu oft zurückziehen, um nicht eingekesselt zu werden, und die Lücken, welche die Reiter in die feindlichen Reihen schlugen, schlossen sich schnell wieder. Schreie und Rufe drangen zur Stadt vor. Metall klirrte. Trolle stießen ihr tiefes Brüllen aus. Elias konnte nur gebannt mit ansehen, wie die Armee Karaians unaufhaltsam näher rückte. Auch die Kämpfer, die nun auf Elias' von der Mauer gerufenen Befehl hin zu Fuß auf die Ebenen hinausmarschierten, um Isaacs Gruppe beizustehen, schienen keine große Wirkung zu erzielen. In Anbetracht der Situation, die sich Elias von hier oben zeigte, schien es fast unmöglich, dass die tapferen Krieger das Tor gegen Karaian halten konnten. Entschlossen ballte Elias die Fäuste. Er stand zwar nicht bei ihnen vor dem Tor, das bedeutete aber noch nicht, dass er Isaac und seinen Männern nicht mit seiner Drachenmagie helfen konnte. Entschlossen konzentrierte er sich auf seinen inneren Kern. In diesem Moment spürte er, dass ihn irgendetwas blockierte. Er konnte seine Magie nicht einsetzen! Erschrocken und verwirrt ließ er sich am Rand der Mauer niedersinken und fasste sich an den Kopf.

»Elias! Was ist mit dir?« Mia setzte sich neben ihn und legte ihm besorgt eine Hand auf seine Schulter.

2 Tränen des Leids

Die Antwort blieb er Mia schuldig, da in diesem Moment Martin auf sie zustürmte.

»Elias! Du musst etwas tun. Isaac ist verwundet worden!«

Elias rappelte sich langsam auf. Sein Kopf brummte entsetzlich. Doch er musste versuchen, Isaac zu helfen. Nun verstärkt auf seinen beeinträchtigten Gleichgewichtssinn konzentriert, folgte er Martin die Treppe hinab. Mia ging in ihrem Schlepptau.

»Was ist passiert?« Elias sah, dass sich Martin mühsam beherrschen musste. Er machte sich offenbar große Sorgen um seinen verletzten Freund. Das war kein gutes Zeichen. Während Martin weiter die Treppe herablief, erstattete er Bericht: »Die Elben haben Isaac und die wenigen anderen Menschen, die zur Reiterei gehören, nach dem Auftauchen der Trolle wohl dazu aufgefordert, sich zurückzuziehen und diese brutalen Riesen den Elbenreitern zu überlassen, weil diese viel mehr Erfahrung im Kampf gegen die Trolle haben. Isaac hat sich jedoch geweigert, den Rückzug anzutreten, ehe nicht jeder seiner menschlichen Gefährten außer Gefahr war. Dann muss ihn ein Troll vom Pferd geholt haben. Der Elbenkrieger, der ihn eben hinter die Tore zurückgebracht hat, meinte, dass sich Isaac nach seinem schlimmen Sturz aufgerappelt und verbissen weitergekämpft hat. Dabei hat er sich eine schlimme Bauchverletzung zugezogen.«

»Wo ist Isaac jetzt?«

»Wir haben ihn zu Jéodin gebracht, aber der ist selbst zu

beansprucht durch die Zauber, die Karaian gegen die Elben auf den Ebenen schleudert.«

Elias horchte in sich hinein. Bis jetzt hatte er die Anwesenheit von Karaians Macht nur undeutlich wahrgenommen, weil ihn so viel abgelenkt hatte. Aber nun spürte er sie mit voller Kraft. War dieselbe Energie der Grund für seine Kopfschmerzen? Erschreckt von der Präsenz einer solch unbändigen Kraft, hielt er abrupt inne und Mia wäre beinahe gegen ihn gelaufen. Er drückte seine Finger an die Stirn.

»Ich kann versuchen, Karaians Zauber von den Elbenkriegern fernzuhalten, dann könnte Jéodin Isaac in Ruhe heilen, ohne dass ihn Karaians Macht ablenkt. Ihr müsst ihm so schnell wie möglich Bescheid sagen. Ich bin sicher, Jéodin beherrscht das Heilen besser als ich.«

Martin machte ein unsicheres Gesicht. »Bist du sicher, du schaffst das?« Elias nickte und setzte sich, als sie die Treppen hinter sich gebracht hatten, entschlossen an den Fuß der Mauer. »Warum kommst du nicht mit?«

»Ich werde sicherlich einige Zeit brauchen, bis ich Karaians Magie bremsen kann, deshalb ist es besser, wenn ich sofort etwas unternehme und wir uns hier trennen, sonst ist Isaac vielleicht schon tot.«

Elias schloss die Augen. Sofort tauchte er in die Welt seines Kerns ein und konzentrierte sich auf Karaians Kraft, die irgendwo vor den Toren der Stadt tobte. Das Feuer in Elias loderte auf und suchte sich seinen Weg. Der erste Widerstand, auf den es stieß, war die reine und wundervolle Macht Jéodins. Helle Strahlen wollten das Feuer zurücktreiben, aber schließlich ließ das Leuchten nach und das Feuer kämpfte sich weiter. Dann traf es auf eine schwarze Mauer. Sie war von einem solch tiefen Schwarz, dass sie alles zu verschlucken drohte, was sich ihr näherte. Sie schien undurchdringlich. Elias' Stirn furchte sich und Schweiß rann seinen Nacken hinab. Das Feuer flackerte. Einer plötzlichen Eingebung folgend, umschloss er in Gedanken das Feuer mit den blauen Schlieren seines menschlichen Geistes. Als das Feuer die Mauer diesmal berührte, entstand ein Riss. Krachend und bröckelnd klaffte dieser immer weiter auf und Elias meinte, dahinter eine verschwommene Gestalt zu erkennen. Das Feuer schlängelte sich langsam durch den schmalen Spalt. Doch der Riss schloss sich wieder. Immer enger wurde die Lücke und immer beschwerlicher das Vorankommen. Elias suchte verzweifelt einen Ausweg, aber er konnte weder vor noch zurück. Mit Bestürzung merkte er, dass sein Atem flacher wurde. Er musste hier raus – und zwar schnell! Das Feuer schrumpfte. In seinen Gedanken hallte ein verzweifelter Aufschrei wider. Er hatte so viel gegeben. Er musste es einfach schaffen! Aus letzter Kraft streckte er sich nach dem schwindenden Lichtstrahl, der von Jéodins Kraft herrührte. Das Feuer leuchtete ein letztes Mal auf, dann erlosch es. Dunkelheit umfing ihn.

Martin stand ratlos da. Sein Schwert konnte ihm hier nicht helfen. Elias war an der Mauer in sich zusammengesunken und rührte sich nicht. Was konnten sie tun? Auch Mia sah mit vor Schreck geweiteten Augen auf den leblosen Körper.

»Was … was ist mit ihm?«

Martin löste sich aus seiner Starre und mit einem Schritt stand er bei Elias. Dann ging er in die Hocke und drehte Elias, der leicht auf der Seite lag, herum. Das Gesicht des Feuerprinzen war blass und seine Haut fühlte sich beängstigend kalt an.

»Das sieht nicht gut aus.«

Mühsam wuchtete er ihn in eine sitzende Position und wandte sich dann an Mia.

»Ich gehe zu Jéodin, der weiß bestimmt, was zu tun ist. Du bleibst am besten hier und passt auf ihn auf.«

Mia nickte. Sie schien im Moment nicht in der Lage, zu sprechen. Nach einem letzten Blick auf Elias hastete Martin los. Der Weg zu Jéodins Haus schien ihm viel länger als sonst und als er endlich dort ankam, war vor dem Eingang eine große Traube an Menschen und Elben.

»Lasst mich durch! Der Feuerprinz braucht Hilfe.«

Doch seine Worte gingen in dem allgemeinen Durcheinander völlig unter. Er sah kurz zu den Fenstern hinauf. In einem der Fenster erblickte er etwas, das ihn auf eine Idee brachte.

»Allvèyn!«

Léfaîns Taube schien ihn verstanden zu haben und flog zu Martin hinunter. Als sie auf seiner Schulter landete, bemerkte er, dass er keine Ahnung hatte, wie man mit Tauben reden konnte. Doch dann fing er einfach an zu berichten.

»Elias ist in Gefahr. Er hat irgendwie versucht, die Macht Karaians abzulenken, und liegt jetzt an der Mauer in der Nähe des Stadttores. Jéodin muss schnell kommen.«

Die Taube erhob sich wieder und flog zurück zum geöffneten Fenster. Martin wusste nicht, ob er warten oder schon zu Elias und Mia vorlaufen sollte. Er blieb stehen. Es dauerte nur wenige Augenblicke, bis Jéodin durch die Menge trat. Die paar Menschen darin, die Martin und Isaac mitgebracht hatten, waren ausnahmslos verwundet und klagten über ihr Leid. Unter den Elben gab es auch Verletzte, aber sie verhielten sich stumm und sahen dem Naramund nach, als er mit Martin davonging. Allvèyn flog ihnen hinterher.

~

Mia hatte Mühe, einen klaren Kopf zu bewahren. Elias hatte sich noch immer nicht gerührt. Liebevoll strich sie ihm die

Haare aus dem Gesicht. Wie oft hatte sie ihn schon so gesehen? Geschlossene Augen, Schweiß auf der Stirn und ein blasses Gesicht. Dennoch war sie besorgter als jemals zuvor. Nachdem der Drache in Elias erwacht war, hatte sie geglaubt, er könnte alles überstehen. Er war auf einmal so stark und voller Energie gewesen. Nun war davon nichts mehr zu spüren und Mia hatte Angst, Elias für immer zu verlieren. Als sich Schritte näherten, drehte sie sich um. Es waren Martin und Jéodin. Ohne zu zögern, hockte sich Jéodin neben sie und untersuchte mit schnellem, geschultem Blick den reglosen Körper vor sich. »Mia. Es wäre wohl besser, du würdest ein bisschen zurückgehen.«

Mia gehorchte, wenn auch widerwillig. Sie schritt zu Martin und sah nun aus einiger Entfernung zu Elias hinüber. Etwas berührte sie an der Schulter. Es war Martin. Er lächelte Mia Mut machend an.

»Er wird das überstehen, Mia. Mach dir keine Sorgen.«

Aber Mia wusste, dass Martin seinen Worten selbst nicht ganz traute. Ihre Furcht, Elias zu verlieren, ließ sie zittern.

Elias kam sich vor, als befände er sich in einem Nichts. Das einzige, was er wahrnahm, war die Finsternis um sich herum. Es schien keinen Ausweg zu geben. Vielleicht sollte er sich Zeit geben, seine Kräfte zu sammeln. Konzentriert horchte er in sich hinein. Das Feuer war da, das war unbestreitbar, aber die Finsternis erdrückte es.

»Komm schon!«, flüsterte er sich selbst zu und versuchte, das Feuer zu entfesseln. Und tatsächlich – je mehr er sich anstrengte, desto mehr schien die Finsternis vor ihm zurückzuweichen. Das Schwarz wurde zu einem milchigen Grau. Plötzlich brach das Feuer mit ungeahnter Kraft aus Elias heraus und schlug die Schwärze mit einem Peitschenschlag auseinander. Doch da war auch etwas anderes. Jéodin? Elias konnte den Gedanken nicht zu Ende denken. Da war er! Karaian! Elias konnte seine Augen sehen. Dann sprach der Verräter zu ihm: »Du Wurm! Glaubst du wirklich, gegen mich ankommen zu können? Wenn du dich mir nicht anschließt, werde ich dich töten.«

Etwas Böses schien sich um Elias zu winden wie eine Schlange. Es war, als würden seine negativen Gefühle plötzlich stärker. Zweifel, Unsicherheit, Angst. Dies alles schien von der Schwärze zu kommen, die ihn umgab. Sie schien durch ihre Berührung all seine frohen Gedanken einzusaugen. Aber Elias spürte auch, dass der Angriff etwas zögerlich wirkte, fast als ob Karaian verunsichert wäre, weil er nicht einschätzen konnte, zu was der Feuerprinz in der Lage war. Elias fasste neuen Mut und beschwor, als hätte er das schon ewige Male gemacht, um sich herum eine Barriere, die immer mehr anwuchs. Das Ding, das sich um Elias aufbäumte, schien zu zerreißen. Das Feuer brach aus der Finsternis heraus. Dann schlug Elias die Augen auf. Er meinte, den wütenden Schrei Karaians noch in seinem Kopf nachhallen zu hören. Jéodin saß neben ihm und hob mit erstauntem Blick die Hand von Elias' schweißnasser Stirn.

»Wie …?«

Weiter kam er nicht. Mia stürmte auf Elias zu und schloss ihn in die Arme.

∾

Martin war so erleichtert, dass er sich erst mal hinsetzen musste. Die letzten Monate schienen mehr an Gefahr zu beinhalten als sein ganzes bisheriges Leben. Diese immerwährende Anspannung fing an, ihn seelisch zu belasten. Nur halb bekam er mit, dass Elias zu ihm kam und auf ihn herabsah.

»Martin …«

Elias legte seine Hände auf Martins Kopf und plötzlich füllte sich Martins Seele mit neuer Kraft. Es war, als würde in ihm eine Sonne erstrahlen, die fähig war, allem zu trotzen. Elias nahm die Hände weg. Verblüfft blickte Martin zu seinem Freund auf. Elias' Augen glühten. Das Geschehene schien ihn verändert zu haben. Sein Blick wirkte ernster. Der Feuerprinz war gewachsen. Jetzt streckte Elias den Arm aus, um ihm aufzuhelfen. Zögernd und voller Ehrfurcht ergriff Martin die dargebotene Hand.

»Danke, Feuerprinz.«

Es schien ihm nicht angemessen, Elias bei seinem menschlichen Namen zu nennen. Im Moment war er eher Drache denn Mensch.

Elias fühlte sich stärker und gleichzeitig schwächer als jemals zuvor. Er spürte jetzt, dass dies nicht nur irgendeine Schlacht war, sondern die Schlacht, die darüber entscheiden würde, ob das Gute fortbestehen konnte. Er begriff, dass er nicht nur für die Elben, Meledaín und die Rebellen in Van'Valor kämpfte, sondern für alles Leben auf dieser Welt. Er und Karaian bildeten den Knotenpunkt, an dem sich alles entscheiden würde. Er fühlte sich benommen von seiner Kraft, die ihn erfüllte, und als er zu Jéodin sprach, hörte er sich selbst wie durch einen Schleier.

»Danke, dass du mir geholfen hast.«

Jéodin sah besorgt aus. »Geht es dir gut?«

Elias nickte. »Ja. Doch wie steht es um Isaac? Hast du ihm helfen können?«

»Ihm geht es den Umständen entsprechend.«

Martin stand ungeduldig auf dem Weg und sah zu dem Stadttor, hinter welchem immer noch der Kampf toben musste.

»Wir sollten uns beeilen und sehen, was vor sich geht. Vielleicht lassen sich noch mehr als ein paar Leben retten.«

Hastig lief die kleine Gruppe mit schnellen Schritten auf den Aussichtspunkt. Als Elias nun das dritte Mal an diesem Tag auf die Ebenen hinausblickte, bot sich ihm ein erschreckender Anblick. Die Zahl der Elben, die an vorderster Front kämpften und nach wie vor versuchten, die Trolle daran zu hindern, ihre Reihen zu durchbrechen, war rapide geschrumpft und die riesigen Trolle kamen Tymas immer näher. Die Trolle, die es bereits geschafft hatten, sich nach den tapferen Elbenreitern auch durch die erste Barriere an Fußsoldaten hindurch zu schlagen, wurden von der zweiten Barriere gestoppt, welche aus einer Reihe von Bogenschützen bestand. Noch ging der Plan auf und kein Feind erreichte die Stadt. Hinter den brutalen, wenn auch hirnlosen Riesen reihte sich jedoch eine Armee von solch einer Größe, dass sich Elias nicht im Stande sah, ihre Zahl zu schätzen.

»Das funktioniert nicht. Die Elben sterben einen sinnlosen Tod. Wenn die feindliche Streitmacht im gleichen Tempo vorrückt wie jetzt, dann sind sie morgen Abend am Tor.«

Jéodin, Mia und Martin waren zu keinem Wort in der Lage und schauten erschüttert auf das Szenario, das sich ihnen auf den schneebedeckten Wiesen bot.

»Jéodin, ich muss eingreifen!«, sagte Elias bestimmt und der Naramund löste sich aus seiner Starre.

»Du bist unsere einzige Chance gegen Karaian. Wenn du jetzt schon in die Schlacht reitest und umkommst, bevor Karaian selbst in Reichweite ist, wird alles verloren sein.«

»Aber ich muss etwas unternehmen. Ich weiß jetzt, dass ich es schaffen kann.« Ohne ein weiteres Wort wandte sich Elias ab und lief die Treppen hinunter zu seinem Pferd. Als er bereits im Sattel saß, kam Mia bei ihm an und ergriff seine Hand, die sich in die Mähne des schwarzen Hengstes krallte.

»Tu es nicht!« Flehend blickte sie zu ihm auf.

»Ich habe keine Wahl.«

Elias setzte Sènnu in Bewegung und ritt auf das Stadttor zu. Mia blieb mitten auf der Straße allein zurück.

Ein einsamer Reiter näherte sich dem Gefecht. Leutnant Mendral konnte ihn, obwohl es schon zu dämmern begann, sogar von weit hinten gut sehen, da das Pferd des Reiters schwarz und die Ebenen weiß waren. Das musste der Feuerprinz sein. Der Wolf, auf dem Mendral saß, fing an zu knurren und schien drauf und dran zu sein, einfach loszurasen und sich ins Schlachtgetümmel in der vordersten Reihe zu werfen. Doch Mendral wusste, dass das wilde Tier auf das Zeichen Karaians warten würde. Selbst dieses Wesen schien zu begreifen, was mit ihm geschehen würde, sollte es sich einem Befehl des dunklen Herrschers widersetzen. Dennoch vergrub der Leutnant seine Hände etwas fester im dicken Fell der Bestie. Er hatte wenig Lust, von dem Wolf abgeworfen zu werden. Nur wenige Meter von ihm entfernt stand Karaian neben seinem weißen Wolf und sah hasserfüllt zur Elbenstadt. Mendral kannte die Geschichten, die man sich über den dunklen Herrscher des Südens erzählte. Auch der Mönch in Gwern hatte ihm von solch einer Geschichte berichtet. Mendral erschauerte innerlich, als er an die Bilder dachte, die bei dieser Erzählung in seinem Kopf entstanden waren. Bartholomäus hatte ihm die Lage aufs Genaueste geschildert und zuerst war sich Mendral nicht sicher gewesen, ob es eine gute Idee gewesen war, den Mönch anzuhören. Jetzt hatte er begriffen, wie viel von dieser Schlacht abhing, und er hatte sich entschieden, auf welcher Seite er stand. Er würde im entscheidenden Moment auf der richtigen Seite stehen. Ja, das würde er!

Elias' Wahrnehmung war nach dem Zusammenstoß mit Karaians Kräften so geschärft, dass er das Leid jedes Einzelnen spüren konnte. Was war nur aus der Welt geworden? Entschlossen ritt er weiter auf das Schlachtfeld zu. Er wusste, was ihn erwarten würde. Erdrückt von so vielen Eindrücken, rannen ihm einzelne Tränen über die Wangen. Tränen des Leids.

3 Tränen der Hoffnung

Ungehindert tauchte Elias ins Kampfgetümmel ein und sowohl die Verteidiger als auch die Angreifer um ihn herum wichen vor seiner Magie zurück, die ihn wie ein Kokon umgab, sodass sich vor ihm eine schmale Schneise quer durch das gesamte Schlachtfeld bildete. Nachdem er die Front passiert hatte, war er zu allen Seiten hin von den Schlachtreihen der Südländer umgeben, die jedoch keinerlei Versuche unternahmen, Elias aufzuhalten. Dank der ihn schützenden Energie hätten sie damit auch kaum Erfolg gehabt. Dennoch hätte er vermutet, dass es wenigstens ein paar vereinzelte Soldaten versuchen würden. Karaian musste ihnen wohl vor Beginn der Schlacht verboten haben, Elias anzugreifen. Der dunkle Herrscher wollte ihn höchstpersönlich vernichten. Unmerklich verkrampften sich Elias' Hände und Sènnu schnaubte unruhig durch die Nüstern. Er schien die Anspannung seines Reiters zu spüren. Sie schritten unter den wachsamen Blicken der Südländer immer weiter auf das Zentrum der riesigen Armee zu. Wölfe! Das musste das Rudel Karaians sein. Er hatte seine Elite auf einem Hügel in der Mitte seiner Männer zusammengeschart und überblickte von hier aus das Geschehen. Elias erkannte den weißen Wolf auf den ersten Blick. Dann konnte Karaian auch nicht weit sein. Und dort stand er auch schon in seinem schwarzen Mantel. Wieder sah Elias die undurchdringliche Wand von Karaians Macht vor sich und hatte den dringenden Impuls, wieder umzukehren. Doch er widerstand und ritt die letzten Meter auf den

Herrscher zu. Elias war sich sicher, dass der Elb ihn nicht hier und jetzt töten würde. Trotz all seiner Grausamkeit folgte auch Karaian einem gewissen Ehrenkodex. Elias war zum Verhandeln hergekommen. In einer solchen Situation wäre es eine große Schande, den Gepflogenheiten nicht zu folgen. Elias befand sich für den Moment in keiner unmittelbaren Gefahr. Dennoch jagte ihm ein Schauer über den Rücken. Karaians Lächeln war kalt wie Eis, und als er anfing zu sprechen, troff seine Stimme vor Hohn.

»Edler Feuerprinz. Was verschafft mir die Ehre Eures Besuchs? Ist Euch in der Elbenstadt die Gesellschaft zu hochnäsig? Ich muss schon sagen, Ihr seht fast schon aus wie einer von diesem schwachen Volk, zu dem ich mich bedauerlicherweise auch zählen muss.«

Elias sprang vom Pferd und ging direkt auf Karaian zu. Nur wenige Meter trennten sie, als Elias schließlich stehen blieb. Wäre ihre Energie für das bloße Auge zu sehen gewesen, hätte man sicher gesehen, wie ein geladener Blitz zwischen ihnen emporschoss.

»Ich bin nicht hierhergekommen, um ein Pläuschchen zu halten, Karaian!«

»Ach, nein? Greift der stolze Recke jetzt etwa zu den Waffen?« Karaians Augen funkelten.

»Nein, vorerst keine Waffen mehr. Ich bin hergekommen, um mit dir eine Schonfrist auszuhandeln. Gib uns drei Tage.«

Karaian lachte. »Und, was bietest du dafür? Deinen Gaul?«

»Nein. Ich biete dir meinen Schwur, dass ich, wenn wir uns auf dem Schlachtfeld wiedertreffen, allein gegen dich antrete. Nur du und ich. Niemand wird eingreifen.«

Karaians Miene war ernst geworden. Er schien tatsächlich über das Angebot nachzudenken. Der Elb hatte Angst vor der Prophezeiung und Angst vor Elias' Drachenmagie – auch wenn er das natürlich niemals zugeben würde. Dem Drachen hier weit weg von Van'Valor allein gegenüberzutreten, musste

Karaian als eine gute Chance erscheinen, die Erfüllung der Prophezeiung zu verhindern. »Das wird dein sicherer Tod sein. Ich nehme deine Bedingungen an.«

Mit einer Geste seines Armes bewirkte er, dass in die Hörner geblasen wurde, und als das Zeichen bis an die Front reichte, wurde der Kampf umgehend eingestellt und die Südländer zogen sich zurück. Dann wandte sich Karaian wieder an Elias. »Drei Tage. Nicht mehr und nicht weniger.«

Elias nickte.

Stumm schwang sich der Feuerprinz wieder auf Sènnus Rücken und ritt zurück nach Tymas.

Er hatte erreicht, was er wollte.

~

Was sich da vor Martins Augen abgespielt hatte, war unglaublich gewesen. Wie hatte Elias es geschafft, einfach so in die feindliche Armee hineinzureiten und dann auch noch wieder herauszukommen? Das ging allmählich über seinen Verstand. Ungeduldig wartete er mit Mia am Tor, die mit weichen Knien dastand und gar nicht mehr recht wusste, wie sie auf das Wunder reagieren sollte, das sich gerade ereignet hatte. Der Schlachtlärm war versiegt. Als Elias vor ihnen hielt, legte Martin Sènnu beruhigend eine Hand auf die Nüstern und sah zu Elias auf.

»Ist mit dir alles in Ordnung?«

Der Feuerprinz nickte. Die Züge des jungen Mannes waren nachdenklich und die glühenden Augen fixierten eine Stelle hinter Martin, als würden sie durch ihn hindurchsehen. Martin fand, dass dies nicht gerade verhieß, dass alles in Ordnung war. Verwundert sah er, dass nun hinter Elias noch weitere Krieger in die Stadt hineinritten. Was war hier los? Hatte sich irgendjemand ergeben? Die Elbenreiter, die Elias gefolgt waren, sahen erschöpft aus und viele waren verwundet. Die Zahl der Toten jedoch war schwindend gering. Auf die Reiter folgten nach und nach die Fußsoldaten und auch die Bogenschützen verließen ihre Posten und kamen zurück in die Stadt.

»Was hat das zu bedeuten?«

Elias' Antwort kam tonlos und knapp: »Karaians Truppen werden in drei Tagen erneut angreifen.«

Ohne eine Erklärung trieb er Sènnu an und verschwand hinter einer Weggabelung, die zum Palast führte. Martin und Mia sahen sich fragend an und rannten schließlich in dieselbe Richtung, in die Elias geritten war.

Mia hatte Mühe, mit Martin Schritt zu halten. Ihre Beine zitterten vor Aufregung und sie fühlte sich leer und schwach. Ihre Freude über Elias' Rückkehr wurde von einer finsteren Vorahnung erdrückt, die allmählich ihr ganzes Denken zu bestimmen schien. *Er wird das alles allein nicht schaffen. Ich muss ihn retten.* Diese Worte geisterten die ganze Zeit in ihrem Kopf herum. Doch was sollte sie tun? Martin gewann einen immer größeren Vorsprung. Mia rang keuchend nach Atem.

»Martin! Warte!« Ihre Knie zitterten und in ihrem Kopf drehte sich alles. Der Boden begann zu schwanken.

»Mia!« Martin rannte das kurze Stück zu ihr zurück und packte ihre Schultern. »Mia?«

Mia wusste, hätte er sie nicht gehalten, sie wäre umgekippt. Ihre Augen flatterten.

»Mia! Reiß dich zusammen!«

»Ich muss ihn retten.« Ihre Stimme war nur ein Flüstern.

»Mia! Sieh mich an!«

Martins Stimme drang in ihren Kopf und die leichte Ohnmacht ließ langsam von ihr ab. Sie öffnete die Augen und sah Martin an. Dieser atmete erleichtert aus und drückte sie an sich.

»Mach das nie wieder.«

Mia ließ sich noch einen Moment von Martin stützen, bis sie wieder einen sicheren Stand hatte. »Tut mir leid ... Es ist einfach nur so unglaublich viel in letzter Zeit passiert.«

Martin schien zu versuchen, ein beruhigendes Lächeln für sie zustandezubringen, und sagte: »Dann lass uns mal schauen, wie Elias dieses Wunder bewerkstelligt hat.«

Vor den Palaststufen sprang Elias vom Pferd und ging zielstrebig auf das geschlossene Tor zu. Der Löwe war nicht an seinem Platz. Als Elias den Eingangssaal betrat, sah er an dessen Ende eine heftig diskutierende Gruppe von Elben, unter denen er Léssal und Léfaîn ausmachen konnte. Die Tür hinter ihm schloss sich mit einem Knall und alle drehten sich zu ihm um.

»Léssal! Ich habe etwas zu berichten.«

Erstaunt trat der Elbenherrscher aus der Menge und sah Elias fragend an.

»Wie Ihr bereits bemerkt haben werdet, wurde der Kampf eingestellt. Ich habe mit Karaian eine Schonfrist ausgehandelt, um einen Sieg für uns möglich zu machen. Euch wird klar sein, dass wir sonst keine Chance hätten.«

Léssal stimmte ihm nickend zu. Nun stellte sich Léfaîn neben seinen Vater und fragte: »Was ist geschehen?«

Elias begann zu erzählen und alle im Raum lauschten gebannt jedem Wort, das Elias sprach.

»Karaian muss Angst vor mir haben, sonst hätte er sich auf den Vertrag, den wir schlossen, niemals eingelassen.« Die angespannte Stille im Saal hielt an. »Er wird erst in drei Tagen wieder den Befehl zum Angriff geben, bis dahin sollten wir uns etwas einfallen lassen. Etwas, das diese feindlichen Massen zurückdrängen kann.« Elias verstummte.

Er hatte nicht das Bedürfnis, den Elben mitzuteilen, was er Karaian als Gegenleistung geboten hatte. Er wollte es niemandem erzählen.

Als Léssal anfing zu sprechen, war seine Stimme voller Ehrfurcht und Dankbarkeit: »Ich weiß deine mutige Tat zu schätzen, Feuerprinz. Wir werden sofort einen Rat einberufen, um uns eine neue Strategie zu überlegen.«

Elias seufzte. Das wäre geschafft. Erst jetzt merkte er, wie müde er war, und langsam verließ er den Saal, während das Gespräch hinter ihm mit neu gewonnener Lautstärke wieder einsetzte. Vor dem Palast warteten Martin und Mia auf ihn.

Mia blickte Elias entgegen und nahm ihn in die Arme.

»Wir sollten nach Isaac sehen.«

Widerstrebend löste sich Mia von Elias' starker Schulter und nahm seine Hand. Dann gingen sie, begleitet von Martin, gemeinsam zu den Krankenlagern. Auf ihrem Weg begegneten sie vielen Elben mit Blessuren und hängenden Schultern, die dennoch freundlich grüßten, als sie an ihnen vorbeischritten. Der kleine Innenhof, der zu Jéodins Haus gehörte, wurde von leuchtenden Fackeln erhellt. Er war überfüllt mit Verletzten und das Wasser des Brunnens, der in der Mitte des Hofes sprudelte, hatte einen roten Schimmer, welcher nicht allein vom Feuerschein herrührte. Helfende Hände hatten vermutlich die blutdurchtränkten Tücher mit dem klaren Wasser ausgewaschen. Das erwartete Klagen der herumliegenden Krieger blieb aus. Die Elben schienen den Schmerz still zu ertragen. Als Mia nun an den Körpern am Boden vorbeischritt, musste sie fast die Augen schließen. Manche Elben hatten von den Keulen der Trolle zertrümmerte Arme und Beine davongetragen und viele hatten üble Platzwunden am Kopf. Plötzlich blieb sie stehen. Am anderen Ende des Hofes erspähte sie einen roten Wuschelkopf. Isaac! Ohne weiter auf die anderen Verletzten zu achten, ließ sie Elias' Hand los und rannte auf ihn zu. Elias und Martin folgten ihr. Isaac war wie die anderen auf weiche Decken gebettet. Mia wusste, dass Jéodin die Schwerverletzten nur in den Hof tragen ließ und nicht in die Zimmer, da ein langer Transport über die Treppen und Flure diesen nur geschadet hätte. Dennoch schmerzte es sie, die tapferen Krieger auf dem Boden zu sehen. Isaacs Gesicht war blass und als seine Augen Mia erblickten, wirkten sie trüb und matt. Nachdem Mias Blick an ihm hinuntergewandert war, schloss sie die Augen. Der junge Mann trug einen Verband, der quer von seiner linken Schulter zu seiner rechten Hüfte und um seinen Oberkörper herumführte. Der Verband war durch und durch rot. Auch sein rechtes Bein war verbunden und ruhte auf einem Kissen.

»Hab keine Angst, Mia … Es sieht zwar sehr schlimm aus, aber inzwischen hat die Blutung dank Jéodin aufgehört.« Isaacs Stimme klang schwach und sein Atem kam röchelnd und abgehackt.

»Es tut mir so leid.«

Mia hatte die Worte geflüstert, aber Isaac verstand sie trotzdem und schüttelte langsam, und so gut ihm dies eben möglich war, den Kopf.

»Nein. Du trägst keine Schuld. Es muss dir nicht leid tun. Es war meine eigene Entscheidung, mit den Elben in den Kampf zu reiten. Ich kannte das Risiko.«

Mia konnte die Tränen nicht länger zurückhalten und spürte, wie sie eine nach der anderen ihr Gesicht hinabliefen. Gab es noch Hoffnung? Ihre Augen wurden hart. Ja, es gab noch Hoffnung. Drei Tage standen ihnen zu Verfügung und in diesen drei Tagen schwor sie sich alles zu tun, damit dieser

Krieg ein Ende haben würde und Karaian für immer von der Bildfläche der Welt verschwand.

Elias trat an Mia heran, die auf ihren verletzten Freund hinab sah und sichtlich um Fassung rang. Tröstend strich er ihr mit dem Finger eine Träne von der Wange, woraufhin Mia vor lauter Trauer und Müdigkeit ihren Kopf sinken ließ und sich an seinen Oberkörper anlehnte.

Das Husten Isaacs brachte sie dazu, sich wieder von einander zu lösen und zu ihm hinunterzublicken. Aus dem Mund des Rotschopfs kam Blut. Isaac wand sich gekrümmt hin und her. Elias hastete an seine Seite, berührte mit der Hand Isaacs Stirn und sprach: »*Mièr!* Heile!«

Isaac wurde ruhig. Seine Schmerzen schienen nachzulassen. Geheilt war er aber noch lange nicht. Die Verletzungen waren zu zahlreich und zu tief. Das schien selbst Elias' Fähigkeiten zu übersteigen. Doch Jéodin würde helfen können. Elias beauftragte Martin gerade noch damit, den Naramund zu suchen, als Isaac ganz unvermittelt nach Elias' Hand griff. »Danke«, hauchte er und sank zurück.

Martin versuchte, in dem Durcheinander an Verletzten und Helfern den Naramund zu finden. Eile war geboten! Schließlich hing das Leben seines Freundes davon ab! Unweigerlich kamen in Martin Erinnerungen an seine gemeinsamen Erlebnisse mit Isaac hoch. Martin spürte schon, wie Tränen aus ihm herausbrechen wollten, doch er hielt sie zurück. Es war noch nicht alles verloren.

Elias spürte, wie Isaacs Atem flacher wurde. Wieder legte er ihm die Hand auf die Brust und wiederholte seinen Heilzauber. Wieder schien sich Isaacs Zustand für kurze Zeit zu verbessern. Elias stieß erleichtert die Luft aus und wandte sich an Mia.

»Er spürt jetzt dank meiner Magie keine Schmerzen mehr. Ich kann ihn jedoch nicht völlig heilen. Jéodin wird das aber bestimmt schaffen.« Noch während Elias die Worte sprach, bemerkte er, dass er nicht nur Mia beruhigen wollte, sondern auch sich selbst. Im selben Moment nahm er wahr, wie Isaacs Atem aussetzte. Verzweifelt legte Elias ihm nun beide Hände auf die Brust. Er musste Isaac so lange am Leben halten, bis Jéodin eintraf, um ihn völlig zu heilen. Sein Freund war an der Grenze des Todes.

»*Naérn!* Lebe!«

Doch nichts geschah.

»*Naérn!!* Lebe!!«

Das konnte doch nicht sein! Eben hatte es doch noch so ausgesehen, als würde es Isaac besser gehen. Hatte Elias zu wenig getan, um seinen Freund zu retten? Elias schossen Tränen in die Augen.

»*Naérn!* Lebe!«

Isaac war tot. Elias spürte, wie sich ihm eine Hand von hinten auf die Schulter legte. Martin war mit Jéodin zurückgekehrt. Zu spät! Es war Jéodins Hand, welche ihn berührte. »Du kannst nichts mehr für ihn tun, Elias. Lass ihn in Frieden ruhen.«

Immer noch lagen Elias' Hände auf dem leblosen Körper und sein Mund sprach immer noch die elbischen Worte für *Lebe!*. Schließlich sank Elias zurück und schloss die Augen. Hilflos fing er an zu schluchzen und vergrub den Kopf in den Händen.

»Es ist meine Schuld ... meine Schuld«, flüsterte er und wippte vor und zurück. »Es ist *alles* meine Schuld.«

Nun trat Mia an Jéodins Stelle und setzte sich neben ihn und den leblosen Körper. Die Hand, die sie ihm reichte, schlug er aus. Sie konnte ihm nicht helfen. Niemand konnte das.

Langsam wurde sein Weinen immer leiser. Er merkte, dass ihm die Augen zufielen, dann schlief er an Ort und Stelle ein.

Nach einigen Stunden vertrieb sanftes Morgenlicht die Schatten und die Fackeln wurden gelöscht.

Der Wettlauf mit der Zeit hatte begonnen …

4 Der erste Tag

Elias befand sich in einem Fluss. Die Strömung war stark und sein Ziel, eine Insel, befand sich in der entgegengesetzten Richtung. Mühsam schwamm er gegen die Strömung an, aber er bewegte sich, so sehr er sich auch anstrengte, nicht von der Stelle. Die Insel, auf der sich Mia befand, verschwand bei jeder Welle aus seinem Blickfeld und sein Mund schmeckte schmutziges Wasser. Elias' Kräfte schwanden und er bemerkte, dass er langsam von der Strömung mitgerissen wurde. Die Insel wurde jedes Mal kleiner, wenn er sie erblickte. Doch er musste sie erreichen. Mia war in Gefahr! Immer verzweifelter versuchte er, sich im Wasser fortzubewegen. Seine Arme und Beine wurden taub. Dann spürte er, dass ihn etwas unter Wasser ziehen wollte. Erschöpft trat und schlug er gegen die Wassermassen. Nichts half. Die Fluten schlugen über seinem Kopf zusammen.

Entsetzt und nach Luft ringend riss er die Augen auf. Er lag in seinem Bett. Weißes Licht blendete ihn. Ungläubig rieb er sich über die Augen. Es war nur ein Traum gewesen. Doch nun, im Wachzustand, schossen ihm mit unbarmherziger Klarheit die Geschehnisse der letzten Nacht ins Gedächtnis. Isaac war tot und das nur seinetwegen. Er hatte Isaac sterben lassen. Wut erfasste ihn und er krallte seine Finger in den weichen Stoff seiner Decke. Was nützte ihm der Drache schon, wenn er noch nicht einmal in der Lage war, seine Freunde zu retten? Wie sollte er es dann schaffen, die gesamte Bevölkerung vor Karaian zu beschützen? Erschrocken bemerkte er, dass der Stoff in seinen Fäusten zu glühen begann und sich schwarz färbte. Instinktiv riss er die Hände zurück und sah ungläubig auf seine Handflächen.

»Es ist nicht deine Schuld.«

Elias wusste, dass der Feuerprinz sprach.

»Dann ist es deine Schuld!«, fauchte Elias und stand abrupt auf. Doch der Drache in ihm blieb völlig ruhig. »Niemand hätte etwas für ihn tun können. Es war zu spät.«

Warum konnte er die Worte des Drachen nicht einfach hinnehmen? Tief in ihm wusste nicht nur der Drache, dass der Feuerprinz die Wahrheit sagte.

»Aber … ich …«

Das Gefühlschaos in ihm machte es Elias unmöglich, einen klaren Gedanken zu fassen.

»Konzentrier dich«, flüsterte es in ihm.

Automatisch folgte er der so alltäglich gewordenen Anweisung und schloss die Augen. Kontrolliert atmete er aus und ließ seine Gefühle in den Hintergrund treten. Verworrene blaue Fäden umhüllten das Feuer. Sie schienen die Flammen ersticken zu wollen und wickelten sich fest um das lodernde Etwas.

»Lass los.« Die Stimme des Feuerprinzen wirkte befehlend.

Elias' Stirn furchte sich vor Anstrengung. Das Feuer war zu stark. Einer Explosion gleich gaben die blauen Stränge nach und das Feuer gewann die Oberhand. Der Feuerprinz wusste, dass die Zeit davonlief.

Er musste handeln.

Elias fühlte sich verloren. Der Drache schien ihn zu beherrschen. Zugleich hatte er eine unbändige Angst. Wollte der Feuerprinz ihn vernichten? Doch im selben Moment hüllte sich beschützendes Feuer um ihn. Es war warm und freundlich. Gleichzeitig nahm es ihm etwas von seiner Verzweiflung. Vielleicht musste er sich ja doch nicht fürchten … Der Drache war schließlich nicht sein Feind. Nach kurzem Zögern wurde die Verlockung zu groß, und Elias ergab sich dieser Wärme. Er hüllte sich vollständig in sie ein, wie in eine Decke, die ihn vor dem Übel der Welt beschützte.

~

Mia wartete. Sie wartete schon den ganzen Morgen. Als die Tür zu Elias' Zimmer sich endlich öffnete, stand jemand vor ihr, den sie so nicht kannte. Es war Elias, aber er hatte sich verändert.

»Mia. Schön, dass du da bist.«

Die Worte klangen zwar ehrlich, aber jegliche Emotion war aus ihnen verschwunden.

»Elias?«

Die glühenden Augen sahen betreten zu Boden.

»Es tut mir leid, Mia, aber der Teil, den du von mir liebst, hat sich zurückgezogen. Elias brauchte Ruhe. Also habe ich sie ihm gewährt.«

Mias Gesichtsausdruck verriet ihre Sorge.

»Du musst keine Angst haben. Ich bin immer noch ich, nur dass der menschliche Teil in mir ruht. Für die Schlacht muss Elias vollkommen erholt sein.«

Mia konnte nicht glauben, was sie da hörte, doch sie vertraute dem Feuerprinzen. Er gehörte zu Elias.

»Wir haben nur drei Tage bis zum alles entscheidenden Kampf. Was sollen wir tun, Feuerprinz?«

Der Drache lächelte finster. »Wir werden Karaian ordentlich einheizen.«

~

Martin war erleichtert, Elias neben Mia die Straße entlanglaufen zu sehen. Also schien sich sein Freund wieder gefasst zu haben … Zwar hatte Isaacs Tod Martin ebenfalls einen herben Schlag versetzt und auch er hatte sich Vorwürfe gemacht, dass er den Naramund nicht schnell genug gefunden hatte, doch Elias war nach dem Tod des jungen Mannes in eine tiefe Krise gefallen und hatte niemanden sehen wollen. Als Martin nun auf die beiden zutrat, blieb er mitten im Schritt stehen. Irgendetwas war anders an Elias. Seine Haltung? Sein sicherer Gang? Sein entschlossener Blick? Nein. Es war etwas, das man nicht sehen konnte. Man konnte es nur spüren. Martins Nackenhaare stellten sich auf.

»Ich weiß. Du spürst den Unterschied, mein Freund. Sorge dich nicht. Es ist nicht von Dauer.«

Die Formulierung *mein Freund* machte Martin bewusst, dass immer noch Elias sprach. Auch wenn es der Drache war, dem er sich gegenüber sah. Der Feuerprinz sah ihn aufmunternd an.

»Doch lass uns nicht länger verweilen. Wir haben noch viel zu tun.« Martin nickte und zu dritt begaben sie sich zum Palast. Dort hatten sich die anderen bereits eingefunden. Léfaîn, Jéodin, Nuyen, Semir und Yelna standen in der Mitte der Empfangshalle um einen Tisch und waren bereits in ein angeregtes Gespräch vertieft. Ein einzelner Lichtstrahl schien auf die glatte Marmorfläche des Tisches und offenbarte eine detaillierte Landkarte des Elbenreiches, die dort ausgebreitet lag. Als der Feuerprinz mit seinen zwei Begleitern eintrat, blickten alle zu ihm auf und eine angespannte Stille entstand. Schließlich löste sich Jéodin aus der Gruppe und ging dem Drachen entgegen. Einen Meter vor Elias blieb er stehen und deutete eine Verneigung an. »Feuerprinz. Eure Anwesenheit ehrt uns.«

»Danke, Jéodin, Naramund von Tymas. Auch mich ehrt es, mit Helden wie euch in einem Raum zu sein.«

Der Feuerprinz erwiderte die Verbeugung. Als Elias an den Tisch trat, nickten ihm die anderen ehrfurchtsvoll zu.

Dann setzte das Gespräch wieder ein. Zuerst hörte der Drache nur zu und schien sich ein Bild von den verschiedenen Standpunkten zu machen, doch dann sagte er: »Wir haben nur eine Chance, wenn wir den Überraschungsmoment auf unserer Seite haben.«

Wieder verstummten alle Stimmen.

»Wir brauchen etwas, das Karaian nicht erwartet, eine mächtige Frau … Sad'hyani.«

Martin meinte, dass bei dem letzten Wort die Elben und die Meledaín zusammenzuckten.

Sichtlich überrascht ergriff Léfaîn das Wort. »Aber die alte Hexe steht auf keiner Seite. Sad'hyani ist eine Ausgestoßene. Sie lebt nicht nach unseren Gesetzen und hat zu viel … Macht angesammelt. Man kann ihr nicht trauen. Sie ist gefährlich. Außerdem weiß niemand, wo sie sich aufhält.«

»Aber sie ist hier.«

Diesmal war es an Jéodin, dem Feuerprinz mit ungläubigem Ton zu widersprechen: »Verzeiht, aber das kann nicht sein. Wir hätten ihre Anwesenheit gespürt.«

Elias lächelte amüsiert. In diesem Moment erschien er wie ein Vater, der über die Unwissenheit seiner Kinder schmunzelte.

»Sie hat euch getäuscht. Auch ich habe sie nach meiner Ankunft erst ein paar Tage später wahrgenommen. Elias hat sie bereits gesehen, auch wenn er sich darüber nicht im Klaren ist, wer die Gestalt im Schatten war, die ihn beobachtete.«

Es war mehr als seltsam, den Ausführungen des Drachen zu lauschen. Schließlich gehörte dieser zu Elias' Wesen, aber dennoch schien er so anders als der Mensch, der gestern noch über den Tod von Isaac geweint hatte. Martin war sich nicht sicher, wie er auf den *neuen* Elias reagieren sollte …

»Wie wollen wir diese Sad'...ähm...Sad'hyani von unseren Zielen überzeugen?«, fragte Martin und Mia sah, dass er selbst überrascht schien, die Worte laut gesprochen zu haben. Ihr ging es nicht anders. In der Nähe des Drachen fühlte sie sich klein und unbedeutend.

»Wir werden ihr ein Angebot machen«, sagte der Feuerprinz und blickte in die Runde.

»Was wollen wir ihr bieten?« Jéodin sah Elias gespannt an und er war nicht der Einzige.

»Einen Platz in dem Buch der Bücher.«

»Was?« Léfaîns Stimme klang empört. »Das ist eine Ehre, die nur den größten und erhabensten Elben der Vergangenheit gebührt – nicht einer alten Frau, die mit ihren Zaubern nach Macht und Wissen giert! Es ist gefährlich, so viel Energie anzuhäufen. Die Naturgeister werden Sad'hyani eines Tages dafür bestrafen, wie sie es bereits mit anderen Elben in der Vergangenheit getan haben, die durch gefährliche Magie zu viel Kraft aus der Natur gezogen haben, die ihnen nicht zustand. Es muss alles im Gleichgewicht bleiben.«

Der Feuerprinz sah den Elb entschlossen an.

»Vielleicht ist Sad'hyani unsere letzte und einzige Chance, gegen die Übermacht von Karaians Armee etwas ausrichten zu können. Sie kann uns helfen, Tymas zu verteidigen. Ich verstehe eure Gründe: Euer Denken ist das eines Elben. Doch könnt Ihr nicht für kurze Zeit Eure Eitelkeit und Euren Stolz vergessen, Léfaîn? Wäre es wirklich so schlimm, eine mutige Frau in das Buch aufzunehmen, die von Geburt an anders gedacht hat als Ihr? Die es gewagt hat, einen neuen Weg einzuschlagen? Würdet Ihr sie nur für einen Augenblick mit anderen Augen sehen, würdet Ihr endlich erkennen, dass sie wegen ihrer ungewöhnlich großen Gabe immer nur Neid und Ablehnung erfahren hat, sodass sie verbittert und allein alt geworden ist. Und das alles nur, weil sie womöglich den Zorn der Naturgeister auf sich ziehen könnte? Welchen Beweis habt Ihr dafür, dass sie gegen irgendein Gesetz verstoßen hat? Sind ihre magischen Fähigkeiten ihr einziges Verbrechen? Hat sie bis heute mit ihrer Kraft irgendwelchen Schaden angerichtet?«

Dem Elb fehlten die Worte. Mia fiel es nicht schwer zu glauben, dass noch niemand so offen und direkt über die Fehler der Elben geredet hatte und sie konnte nicht anders, als den Feuerprinzen dafür zu bewundern.

Elias sah sich immer noch in der Geborgenheit des Feuers, was aber nicht hieß, dass er nicht mitbekam, was geschah. Er sah durch seine Augen und hörte alles, doch er beobachtete das Gespräch nur als Außenstehender. Jedenfalls seine menschliche Seite. Als der Drache eben über das Denken der Elben gesprochen hatte, hatte auch Elias Zorn empfunden. In Gedanken sah er die alte Frau, wie sie einsam und gebückt von Schatten zu Schatten schlich und voller Traurigkeit das Leben um sich herum wahrnahm, ohne daran teilnehmen zu können. Wieder spürte Elias mit aller Deutlichkeit, dass der Drache ein Teil von ihm war. Er akzeptierte und war sogar dankbar dafür, dass der Drache nun für kurze Zeit allein das Ruder in die Hand genommen hatte. So konnte Elias sich erholen und bekam Zeit, über das Geschehene hinwegzukommen.

Die Elben schienen sich mit dem Gedanken, die *Hexe* in ihr Buch aufzunehmen, nicht anfreunden zu können. Mia wunderte sich. Was konnte das für ein Buch sein? Warum war es für die Elben so wichtig? Ihre Frage sollte nicht lange auf eine Antwort warten.

»Das Buch ist das gesammelte Erbe unserer Vorfahren. Wir können nicht einfach *irgendjemanden* in die Schrift aufnehmen. Das käme Ketzerei gleich. Es wäre so ähnlich, als schriebe man etwas im Buch eures Gottes Aeretorn um, was den gesamten Glauben auf den Kopf stellen würde.«

Léfaîn sah den Drachen fast flehentlich an.

Elias schüttelte nur den Kopf. Dann sagte er: »Gehört Sad'hyani nicht ebenso zu eurer Geschichte wie jeder andere, der in dem Buch erwähnt wird? Genau genommen müsste man doch jeden eures Volkes in dem Buch wiederfinden – egal was er zu Lebzeiten getan hat. Selbst Karaian hätte ein Anrecht darauf.« Léfaîn öffnete bereits den Mund, um zu widersprechen, aber eine Geste des Feuerprinzen brachte ihn zum Schweigen. »Es ist unsere einzige Chance. Nur mit ihrer Macht können wir einen Sieg davontragen.«

Damit war das Thema beendet. Elias erklärte sich bereit, die Hexe aufzusuchen. Es musste nur noch festgelegt werden, wie man Sad'hyani empfangen wollte. Eine Entscheidung schien relativ schwierig, da man die alte Frau all die Jahre ausgeschlossen hatte und Mia glaubte, Scham in der Haltung der Elben zu erkennen. Schließlich einigte man sich darauf, Sad'hyani in der Drachenhalle zu begrüßen. Elias würde den Mittler spielen müssen. Als sie nun alle auseinandergingen, schloss sich Mia Jéodin an. Sie wollte mehr über das Buch und die Hexe erfahren.

∾

Der Feuerprinz wandte sich wortlos vom Tisch ab und lief davon. Er hatte weder Mia noch Martin aufgefordert, ihm zu folgen. Dennoch entschied sich Martin nach einigem Zögern dafür, Elias nicht allein zu lassen. Vor den Toren des Palastes holte er den Drachen schließlich ein.

»Feuerprinz, soll ich Euch begleiten?«

Elias blieb stehen und schaute ihn durch seine glühenden Augen an, die jedoch keine Wut zeigten, sondern Geduld und Verständnis. Martin hätte nicht gedacht, dass aus Drachenaugen eine solche Sanftmut scheinen konnte.

»Martin. Das ist eine Aufgabe, die ich selbst erledigen muss. Es wird auch schon ohne dich schwer genug sein, Sad'hyani zu überreden, sich das Angebot anzuhören.«

Martin zögerte, ihm war nicht wohl dabei, Elias allein zu lassen. Es war seine Pflicht, ihn zu beschützen. Aber wenn der Feuerprinz die Sache ohne Hilfe regeln wollte, sollte er ihn wohl gehen lassen, oder?

Der innere Zwist musste sich deutlich in Martins Gesicht widerspiegeln, denn der Feuerprinz sah ihn wissend an.

»Bitte, versteh das nicht falsch. Ich weiß deine Treue zu schätzen. Aber es wäre wirklich besser, du kämst nicht mit.«

Martin blieb etwas ratlos stehen, während Elias weiterlief. Wie wollte der Drache die Hexe überhaupt finden? Nachdenklich wandte sich Martin der Straße zu, in der Jéodins Anwesen lag. Er wollte zu Ilién.

~

Elias fühlte den Nervenkitzel. Anscheinend war nicht nur seine menschliche Hälfte zu so einer Empfindung fähig. Die Straßen waren angenehm ruhig. Kaum jemand war unterwegs. Das war dem Feuerprinzen nur recht. So würde es einfacher sein, Sad'hyani zu finden. Angestrengt konzentrierte er sich auf die Energien, die sich um ihn tummelten. Seine Miene verdüsterte sich, als er vor den Stadttoren die stete Präsenz von Karaian wahrnahm. Sie war wie eine schwarze Wolke, die alles in ihrem Schatten gefangen hielt. Kurz meinte er sogar, einen der Wölfe heulen zu hören. Wieder richtete er seine Konzentration auf seine unmittelbare Umgebung und seine Suche wurde bald belohnt. Die Kraft der Hexe war so stark, nicht einmal Sad'hyani selbst konnte sie vor Elias verbergen. Ihre Energie offenbarte sich durch ein Flimmern in der Luft. Das Energiefeld war so intensiv, dass Elias Mühe hatte, die Konzentration aufrechtzuerhalten. Er konnte den Elben keinen Vorwurf machen, dass sie die alte Frau nicht registriert hatten. Die Quelle der Energie befand sich in einer Häusernische. Der Feuerprinz blieb vor dem dunklen Spalt stehen und erinnerte sich mit Unbehagen an das Zusammentreffen mit Karaian. Die dunkle Nische hatte entfernte Ähnlichkeit mit der Finsternis, die ihn umschlossen hatte. Hätte sich sein menschlicher Teil nicht zurückgezogen, wäre ihm bestimmt die Panik erneut in die Glieder gefahren. Doch so blieb er ruhig und betrat den düsteren Spalt.

»Sad'hyani …? Ich muss mit dir reden.«

Elias hatte beschlossen, die Zauberin zu duzen, damit sie nicht den Eindruck bekam, dass sie Macht über ihn hatte.

Er wusste, dass er sich nicht vorzustellen brauchte. Die Hexe hatte ihn schon beobachtet und kannte seine Aura. Nun schälte sich vor ihm die Gestalt einer alten, gebeugten Frau aus den Schatten. Ihr Gesicht wirkte so alt wie das einer Urgroßmutter, aber es zeigte nicht die schwachen Augen eines alten Menschen – sondern die weisen, klugen Augen eines starken Wesens, das schon viel erlebt hatte. Die Elbin musste noch älter sein als der Drache in ihm und auch älter als jeder andere Elb.

»Ich weiß, warum du zu mir kommst, doch ich werde dich sicher nicht begleiten.«

Der Drache blieb völlig kühl und ließ sämtliche Gefühle in den Hintergrund treten. Elias wusste, dass das nötig war, um die volle Kontrolle über die Energie zu haben, die in ihm wohnte.

»Interessiert dich das Angebot denn überhaupt nicht?«

»Ich leugne nicht, dass es für mich die Erfüllung eines

großen Traumes wäre, in das Buch aufgenommen zu werden, aber nein, ich werde dich nicht begleiten.«

»Und was wirst du tun, wenn die Schlacht erneut ausbricht? Dich verstecken?«

Der Feuerprinz spürte, wie wilder Zorn die Macht der Elbin aufbrausen ließ.

»Ich werde mich nicht verstecken! Denkst du, ich hätte das nötig?«

»Aber warum versteckst du dich dann jetzt?«

Der Hass und dessen Macht über die Zauberin schienen zu schrumpfen und plötzlich sah Elias nur noch eine traurige alte Frau.

»Ich verberge mich vor der Welt, die die meine ist, aber die mich nicht will. Das tue ich, um mir die Erniedrigungen und die ablehnenden Worte zu ersparen.«

Der Feuerprinz wusste nicht, was er erwidern sollte. Doch Elias wusste es. Still durchdrangen die blauen Fäden den rechten Arm des Drachen und Elias' Hand legte sich auf die Schulter der Frau. Der Drache schien zurückzuschrecken. Die Schulter unter Elias' Hand fühlte sich knochig und dennoch stark und kräftig an. Die schwarzen Augen der Hexe schienen durch die Hülle seines Körpers hindurchzusehen und Elias spürte, wie ihr Blick auf ihm hängenblieb – nicht auf dem Drachen, sondern auf seiner menschlichen Seite.

»Mit *dir* würde ich mitgehen.«

Elias begriff und drängte nun, wie es zuvor der Drache getan hatte, das Feuer zurück. Der Feuerprinz sträubte sich etwas, doch dann wich das Feuer einsichtig und Elias stand Sad'hyani als Mensch gegenüber.

»Ich bin Elias«, sagte er instinktiv.

Die Frau lächelte.

»Ich bin Sad'hyani.«

Zögernd griff Elias nach der schrumpeligen Hand der alten Frau und sie liefen aus der Dunkelheit hinaus ins strahlende Sonnenlicht. Die Züge der Frau veränderten sich, je näher sie den leuchtenden Sonnenstrahlen kamen. Die Falten verschwanden, der Rücken wurde gerade und die langen grauen Haare wurden rot und fielen in Locken von den Schultern. Elias staunte, traute sich aber nicht, Sad'hyani zu fragen, was vorging. Sie betraten die Straße, und Elias sah sich einer komplett anderen Person gegenüber als noch kurz zuvor in der schmalen Nische. Nur die Augen waren dieselben: schwarz, tiefgründig und weise. Elias hatte Angst vor der Macht, die hinter dieser Fassade steckte, und spielte kurz mit dem Gedanken, die jetzt zarte und weiche Hand der Elbin loszulassen.

»Mach dir keine Sorgen. Ich werde dir nichts tun.«

Elias glaubte ihr, dennoch spürte er, dass der Drache in ihm sich sträubte, dieser Frau so nah zu sein. Entschlossen führte er sie zur Drachenhalle. In der Halle warteten die Elben und Meledaín bereits auf ihre Ankunft. Nicht nur Léfaîn und Jéodin waren da. Elias hatte das Gefühl, als wäre die gesamte Stadt in der Halle versammelt. Mia und Martin waren ebenfalls anwesend, hielten sich aber mehr im Hintergrund. Sie begriffen, dass das eine Sache zwischen Elben war. Angesichts all der Drachen, die von der Kuppel auf ihn hinunterstarrten, fühlte sich Elias winzig klein und er sehnte sich nach seiner Drachenseele. Als Drache wüsste er, was zu tun wäre – aber etwas schien den Feuerprinzen zurückzuhalten. Elias hatte so eine Ahnung, dass das mit der Hexe zusammenhing, die immer noch seine Hand festhielt.

»So … Ihr wollt euch also entschuldigen?«, fragte Sad'hyani in eisigem Ton und Elias konnte, auch wenn die Stimme nicht ihm galt, ein Frösteln kaum unterdrücken.

Léfaîn und Jéodin hatten ebenfalls sichtlich Mühe, sich zu beherrschen und nicht unter dem kalten Ton der Zauberin zusammenzuzucken. Léssal jedoch ließ sich nichts anmerken und stand wie ein Fels in der Brandung vor seinem Volk.

»Wir brauchen dich in diesem entscheidenden Kampf an unserer Seite, *Schwester.*«

Das letzte Wort klang etwas gezwungen, doch das schien Sad'hyani zu ignorieren. Obwohl sie bereits wusste, wie das Angebot lautete, fragte sie: »Ihr bietet mir etwas dafür, dass ich mit euch kämpfe?«

»Wir bieten dir eine Aufnahme in das Buch der Bücher.« Léssals Mundwinkel formten ein gezwungenes Lächeln. »Schließlich gehörst auch *du* zu unserer Geschichte.«

»Ich hoffe, ich werde auch noch ein Weilchen zu *unserer* Zukunft dazugehören, *Bruder.*«

Natürlich waren die beiden nicht wirklich miteinander verwandt, aber die Floskeln, die sich die Elben zuwarfen, hatten sich über etliche Jahrhunderte hinweg gefestigt und waren aus offiziellen Anlässen nicht mehr wegzudenken.

»Und nimmst du das Angebot an? Dein Name wird nach der Schlacht ins Buch eingefügt werden.«

»Und woher weiß ich, dass ihr mich nicht betrügt?«

Unter den Elben entstand aufgebrachte Unruhe. Einige griffen sogar nach ihren Schwertern, ein Raunen ging durch die Halle und in den sonst so beherrschten Gesichtern der Elben konnte Elias Zorn und Überraschung lesen. Léssal sah die Hexe erstaunt, aber ruhig an. Stille senkte sich über die Halle und alle warteten gespannt auf eine Reaktion.

»Willst du mich beleidigen? Mein Wort gilt seit jeher und nichts rüttelt an seiner Bedeutung!«

Jedes Augenpaar sah nun in die Mitte der Kuppel. Elias war es unangenehm, neben Sad'hyani so im Mittelpunkt des Interesses zu stehen, und starrte auf seine Füße.

Endlich kam die knappe Antwort: »Ich werde meinen Teil der Abmachung erfüllen.«

Elias atmete erleichtert auf, als sich die Blicke von ihm

und der Hexe lösten. Die Reihen der Elben lichteten sich und nach und nach strömten sie aus den nun geöffneten Toren. Der Griff um Elias' Hand ließ nach und er nutzte die Gelegenheit. Mit einer schnellen Bewegung zog er seine Hand zurück. Er schämte sich ein wenig, wie ein Kind an der Hand einer Frau gehangen zu haben. Im selben Moment, als sich ihre Hände nicht mehr berührten, flammte das Feuer auf. Der Energiestoß kam so unerwartet, dass Elias' Beine nachgaben. Sad'hyani reagierte unglaublich schnell und fing ihn auf. In seinem Kopf drehte sich alles.

»Möchtest du dich hinsetzen?«, fragte sie mit offenbar ehrlicher Sorge.

»Ich glaube, es geht schon«, erwiderte er und rieb sich die Stirn. Langsam schien sich das Gleichgewicht seiner Seele wieder herzustellen. Das war's dann wohl mit seiner Ruhe. Er glaubte nicht, dass er seine Seele so bald noch ein weiteres Mal würde spalten wollen. Zweimal an einem Tag war wirklich zu viel des Guten gewesen. Draußen wurde es dunkel. Der erste Tag der Schonfrist neigte sich dem Ende zu.

5 Der zweite Tag

Erschöpft ließ sich Elias ins Bett fallen. Er hatte noch lange mit Sad'hyani gesprochen. Ihre Ablehnung und Distanz gegenüber den anderen Elben waren durchaus begründet. Sie war eine Ausgestoßene. Dennoch verstand er die Elbin nicht. Wieso hatte sie nur mit seinem menschlichen Ich mitgehen wollen? Was hatte sie schließlich überzeugt, ihren verhassten Verwandten doch noch ihre Hilfe anzubieten? Sie blieb für ihn ein Rätsel. An das Gespräch hatten sich später auch noch Martin, Ilién, Nuyen und Mia angeschlossen. Elias' Gedanken waren immer noch hin und her geflogen und als er zwischen den ganzen Elben, Menschen und Meledaín gesessen hatte, hatte er bereits nach wenigen Sätzen den Faden verloren und eine Weile gebraucht, um der Unterhaltung wieder folgen zu können. Schließlich hatte er sich frühzeitig verabschiedet und war in sein Zimmer gegangen. Es war ihm einfach zu viel geworden. Nun lag er im Bett und konnte nicht einschlafen. Er wusste, dass noch viel getan werden musste, und der erste Tag war nun bereits verstrichen. Noch vieles ging ihm durch den Kopf bevor er einschlief, doch die Anstrengungen des Tages forderten ihren Tribut, und trotz seines inneren Aufruhrs fielen ihm nach einiger Zeit die Augen zu.

Der nächste Morgen begrüßte ihn mit unerwarteter Kälte. Vénn war auf sein Bett gesprungen und beschnupperte mit der feuchten Schnauze Elias' Hand.

»Vénn! Kannst du nicht jemand anderen ärgern?«

Elias setzte sich auf, während er den Gepard von sich schob. Die Raubkatze sprang elegant von der weichen Decke auf den Boden und sah ihn fragend an.

»Tut mir leid, Vénn. Heute habe ich keine Zeit für dich.«

Hastig wusch sich Elias vor der bereitgestellten Wasserschale mit lauem Wasser ab und zog sich um. Noch während er den Waffengürtel um sein weißes Hemd schloss, öffnete er die Tür und ging schnellen Schrittes zum Stall. Sènnu hatte schon viel zu lange auf ihn warten müssen und zu Pferd war er sowieso schneller beim Palast. Wenig später kamen sie ausgeruht und entspannt vor dem Elbenpalast an. Elias tätschelte seinem treuen Begleiter den Hals und sprang ab. Auf der Treppe zur Eingangshalle sah er den Löwen zufrieden schlummern und Elias war sich sicher, dass es ein erfolgreicher Tag werden würde. In der Halle war die Stimmung auch entspannter als am Tag zuvor. Sad'hyani verhielt sich so, als ob sie schon immer dazugehört hätte, und auch die Elben bemühten sich, die Zauberin zu akzeptieren. Mia erwartete Elias freudestrahlend und Elias fühlte sich angesichts einer solch hoffnungsvollen Stimmung wie in eine andere Welt versetzt.

»Wir müssen den Stadtrand besser verteidigen«, sagte Ilién und inspizierte dabei die Karte auf dem Tisch.

Sad'hyani schüttelte den Kopf. »Der Stadtrand wird schon bewacht. Wie du sehr gut weißt, ist er von Magie geschützt. Diese ist völlig ausreichend. Wir müssen uns jetzt mit der genauen Aufstellung auf dem Feld befassen, *Kindchen.*«

Elias schmunzelte innerlich über Sad'hyanis direkte Wortwahl. Jeder andere ihres Volkes hätte versucht, Ilién diesen Sachverhalt in der typisch sanftmütigen, blumigen Art der Elben zu vermitteln. Doch da Sad'hyani spürte, dass die Elben sie immer noch nicht völlig akzeptierten, versuchte sie durch ihre gewagte Redensart zu testen, wie weit sie gehen konnte. Außerdem schaffte sie es, indem sie die anderen

Elben wissentlich provozierte, im selben Zug ihre Macht und Überlegenheit zum Ausdruck zu bringen.

Ilién verkniff sich eine giftige Antwort und beschränkte sich darauf, die Hexe mit ihren sonst so sanftmütigen Augen anzufunkeln. Doch das konnte Elias' Laune nicht verschlechtern. Die weitere Besprechung verlief mit wenigen Komplikationen und Elias gewann den Eindruck, dass sie nun nichts mehr an einem Sieg hindern konnte. Die Armee Karaians war zwar groß, aber Elias glaubte, dass es ein Elb mit zwanzig Südländern aufnehmen konnte. Wenn man dann noch seine, Jéodins und Sad'hyanis Fähigkeiten dazurechnete, schien ihre Situation schon wesentlich besser als gedacht. Er versuchte, den Gedanken an das ausstehende Duell mit Karaian zu verdrängen. Auch falls Elias im Kampf mit dem schwarzen Elb sterben sollte, war ein Sieg vorstellbar. Er wusste das. Nach dem Kriegsrat leerte sich die Eingangshalle und jeder suchte eine Möglichkeit, sich individuell auf den bevorstehenden Kampf vorzubereiten. Elias hatte jedoch nicht das Bedürfnis, seine Fähigkeiten zu trainieren. Er fühlte sich bereit, gegen Karaian zu kämpfen. Mit einem Lächeln beobachtete er durch das offene Eingangstor, wie Sènnu vor den breiten Treppen des Palastes schon sehnsüchtig auf ihn wartete.

»Warte.«

Elias blieb auf den Stufen stehen. Sad'hyanis Stimme war sanft und dennoch befehlend. Er wandte sich um und versuchte, die Zauberin nicht zu genau anzusehen. Seit sich ihr Äußeres verändert hatte, sahen ihr viele Männer hinterher, und das nicht ohne Grund. Nun glitt Elias' Blick doch kurz über Sad'hyanis Körper hinweg. Verführerisch umschmeichelte roter Stoff die stolze Hexe und wehte im Wind, der kühl über die Treppe hinwegrauschte. Doch auch wenn Sad'hyani ohne Zweifel attraktiv war, merkte Elias, dass es ihn keine Mühe kostete, die genaue Betrachtung wieder zu unterbrechen. Sein Verlangen galt bereits einer anderen Frau.

»Was ist?«

Die Zauberin sah ihn durchdringend an. Stand auch ein wenig Enttäuschung in ihrem Blick? »Ich weiß, was du vor den anderen verbirgst.« Elias erwiderte nichts.

∾

Elias überkam ein schlechtes Gefühl, als er mit Sènnu durch die Straßen ritt. Sad'hyani war wirklich sehr mächtig. Was war, wenn sie sich doch auf Karaians Seite schlug? Elias schüttelte den Kopf. Nein. Das würde sie nicht tun. Wieso verfolgten ihn dann Zweifel? Und dieser enttäuschte Blick, nachdem er auf der Palasttreppe ihren Reizen ohne mit der Wimper zu zucken widerstanden hatte … Elias versuchte, sich auf etwas anderes zu konzentrieren. Er musste am Tag des Kampfes ausgeruht sein. Mit gekonnten Sprüngen überwand Sènnu alle Hindernisse, die sich vor ihnen aufbauten, und sprengte mit enormer Geschwindigkeit um die Kurven. Die rhythmischen Bewegungen des Pferdes entspannten Elias. Er liebte das Gefühl, wenn der Wind ihm ins Gesicht wehte und die Umgebung um ihn herum vorbeiraste. Der Wind schien eine Melodie zu spielen und flüsterte Elias ins Ohr. Der Feuerprinz wusste, dass das nur die Drunére sein konnten, die über ihm durch die Luft glitten. Elias lächelte. Die Zauberin hatte er vollkommen vergessen.

∾

Mia fühlte sich alleingelassen. Elias schien so beschäftigt mit sich selbst. Warum sprach er nicht mehr mit ihr? Hatte der Drache denn immer noch die Macht über Elias? Sie wusste natürlich, dass das so nicht ganz stimmte und die meisten ihrer Gefühle von Eifersucht herrührten. Kurz dachte sie daran, wie Elias im Palast für die schöne Hexe eingetreten war. Doch die Vergangenheit hatte ihr gezeigt, nicht voreilige Schlüsse zu ziehen. Sie würde Elias' Liebe zu ihr einfach mehr vertrauen müssen. Vielleicht sollte sie die Initiative ergreifen und endlich den letzten Schritt gehen. Schließlich sehnte sie sich schon so lange nach Elias' Nähe. Und wer konnte wissen, ob sie sonst je die Gelegenheit bekommen würde, ihm zu zeigen, wie sehr sie sich ihm verbunden fühlte? Elias... Gedankenverloren zupfte sie sich eine Schneeflocke aus dem Haar und wünschte sich, dass der weiße Himmel endlich weichen würde und die Sonne herauskam. Irgendwie ahnte sie aber, dass dies erst geschehen würde, wenn die Schlacht vorbei war und sie gewonnen hatten ... *falls* sie gewinnen würden. Ob sie dann noch leben würde? Ob dann überhaupt noch jemand von ihnen leben würde? Sie wusste es nicht.

Wieder war ein Tag verstrichen und Elias ging allein und ziellos durch die weitläufigen Gänge von Jéodins Gemächern. Nachdem er mit Sènnu ausgeritten war, hatte Elias dem Elb geholfen, die letzten Verwundeten zu heilen. Die meisten größeren Verletzungen waren bereits zuvor von dem Naramund ohne Elias' Hilfe versorgt worden und die Arbeit hatte sich nur auf kleine Blessuren beschränkt. Die Nacht war klar und der Mond leuchtete durch die Öffnungen der Decke in die mit Säulen gerahmten Gänge. Die weißen Wände, die parallel zu beiden Seiten der mächtigen Säulen verliefen, wurden nur durch in gleichen Abständen angelegte Holztüren unterbrochen. Hinter diesen Türen verbargen sich zahlreiche Wohnräume, von denen einer zu Elias' Zimmer geworden war. Hier war er nun schon mehr als ein halbes Jahr zuhause.

Er strich über den kühlen, glatt geschliffenen Stein der Wände. Das so aufwendig bearbeitete Material wirkte in der nächtlichen Dunkelheit fast wie aus Silber. Nachdenklich hielt Elias inne und lehnte sich mit dem Rücken an eine der vielen Säulen. Von dem kleinen Innenhof, der nun verlassen vor ihm lag, wehte ein angenehmer Luftzug herein. Es wurde wärmer. Das Wasser des Brunnens plätscherte leise und irgendwo in der Dunkelheit sang ein einsamer Vogel. Eine niederschmetternde Schwermut nahm von Elias Besitz und er fühlte sich so einsam wie lange nicht mehr. Denn obwohl er sich eingelebt und Freunde gefunden hatte – ein Teil von ihm fühlte sich noch immer fremd. Außerdem war da nach wie vor die Prophezeiung, die über ihm hing wie ein riesiges Damoklesschwert. Diese Bürde musste er ganz allein tragen. Ein unerwartetes Geräusch ließ ihn aufschrecken. Es näherte sich jemand. Wachsam spähte Elias den Gang entlang. Noch war niemand zu sehen. Konzentriert lauschte er auf den Rhythmus der Schritte. Elias erkannte ihn sofort und lächelte. Es war Mia, daran konnte kein Zweifel bestehen. Sie betrat den Gang. Ihre ebenmäßige Haut leuchtete im Mondlicht fast ebenso silbern wie die Wände und ihr offenes, gelocktes Haar wippte mit jeder ihrer Bewegungen. Sie war so wunderschön …

Als sie ihn fast erreicht hatte, trat er hinter der Säule hervor. Beinahe hätte er seinen Entschluss, gewartet zu haben, bereut, denn er konnte in ihren Augen lesen, dass sie sich durch sein plötzliches Auftauchen fürchterlich erschreckte.

»Elias«, sagte sie überrascht und sah ihn wartend an.

»Es tut mir leid, wenn ich dich erschreckt habe«, erwiderte er und trat auf sie zu.

Zuerst standen sie sich einfach nur gegenüber, doch dann hob Mia ihre schmale Hand und legte sie ihm an die Wange. Die Berührung prickelte angenehm auf seiner Haut und plötzlich wünschte er sich, dieses Prickeln am ganzen Körper zu spüren. Als hätte sie seine Gedanken erraten, trat Mia noch näher an ihn heran, um auch die letzte Distanz zu überwinden.

»Lass uns zusammen sein«, hauchte sie zärtlich und sah ihn fast flehentlich an.

Wie zur Bestätigung legte Elias nun seine eigene Hand über die von Mia, welche immer noch auf seiner Wange ruhte. Elias konnte fühlen, wie Mias Finger unter seiner großen Hand vor Erregung leicht zitterten. Sie brauchten keine Worte, um sich zu verständigen. Ihr stummer Blickaustausch reichte völlig. Sämtliches aufgestautes Verlangen schien sich darin zu spiegeln. Der Moment des stillen Einvernehmens endete abrupt, als sie sich leidenschaftlich in die Arme schlossen und gierig küssten. Elias drängte Mia zwischen zwei Säulen hindurch und dann an die steinerne Wand. Ohne mit dem Küssen aufzuhören, strich er mit den Händen ihren Rücken entlang. Er fühlte, wie sie unter dem Stoff des samtenen Kleides schwitzte. Doch auch sein Körper glühte. Aber diesmal war es nicht das Feuer des Drachen, was in ihm tobte, sondern das Feuer des Verlangens. Auch dieses Feuer versuchte er nun zu zügeln. Er musste dieses Erlebnis auskosten. Seine Hände wanderten nun langsamer über Mias Körper. Ihre Haut war glatt und weich. Neugierig fuhr er ihre Kurven entlang. Brüste, Oberschenkel, Hüfte. Die Küsse raubten ihm fast den Atem. Er konnte sich nicht länger zurückhalten. Eine seiner Hände wanderte zu ihrer Schulter und fummelte an dem seitlichen Verschluss herum, doch Mia strich seine Hand weg und drückte den Türgriff, der sich hinter ihr befand. Sich immer noch küssend und eher taumelnd als laufend verschwanden sie in der dunklen Öffnung. Elias wurde erst am nächsten Morgen bewusst, dass es der Eingang zu seinem eigenen Zimmer war.

6 Der letzte Tag

Mia lächelte und blickte auf die schlafende Person, die neben ihr im Bett lag. Elias' blondes Haar war durcheinander und fiel ihm über die geschlossenen Augen. Noch halb träumend beobachtete Mia, wie sich sein Brustkorb unter der warmen Decke hob und senkte. Doch dann riss sie sich von dem Anblick los und zog sich rasch an. Heute war der letzte Tag. Als sie fertig war, beugte sie sich über das Bett und schubste Elias an der Schulter.

»*Vénn, ver!* Vénn, geh weg!« Elias brummte die Worte und drehte sich auf die andere Seite.

»Elias. Ich bin es. Komm, du musst aufstehen! Wir haben nur noch einen Tag.«

Bei diesen Worten richtete sich Elias abrupt auf und sah Mia an. Für einen kurzen Moment glaubte sie, Angst in den leuchtenden Drachenaugen zu sehen, doch der Ausdruck verschwand, als Elias sprach. »Stimmt. Wir haben keine Zeit zu verlieren.«

Auch er kleidete sich hastig an und sie gingen gemeinsam auf die Straße hinaus. Die Veränderung, die über Nacht die Bewohner der Stadt erfasst hatte, war deutlich spürbar. Jeder sah sich bereits auf dem Schlachtfeld kämpfen und die Mienen waren angespannt und düster. Elias und Mia beeilten sich, den Palast zu erreichen, während sie ihrerseits versuchten, sich nicht von den bevorstehenden Ereignissen lähmen zu lassen.

Als sie vor dem eindrucksvollen Gebäude ankamen, standen die Tore weit offen und Elben liefen in dem Palast ein und aus. Der Löwe hatte sich an den Rand verkrochen, brüllte die Vorbeilaufenden empört an und machte einen ziemlich genervten Eindruck. Er schien nicht zu begreifen, was auf dem Spiel stand. Bevor Elias in den Palast ging, blieb er bei dem ratlosen Tier stehen und streichelte ihm beruhigend über die Mähne. Elias' fürsorglicher Blick entlockte Mia ein Lächeln.

»Es wird alles gut«, versprach er und betrat mit Mia die Residenz des Elbenherrschers.

In der imposanten Eingangshalle hatten sich bereits einige der wichtigsten Schlüsselfiguren eingefunden. Léfaîn stand neben seinem Vater, während Allvèyn über ihren Köpfen kreiste. Nuyen und Ilién unterhielten sich wenige Schritte von ihnen entfernt und Sad'hyani blickte auf die Karte auf dem marmornen Tisch. Semir und Yelna waren jedoch nirgends zu sehen. Gerade als Elias nach ihrem Verbleib fragen wollte, stürmten Semir und Martin in die Halle, sodass der Klang ihrer raschen Schritte von der hohen Decke laut zurückgeworfen wurde. Nach Luft schnappend kamen sie vor Elias an.

»Yelna ... Sie ist verrückt geworden«, schnaufte Martin und sah den Feuerprinzen besorgt an.

»Wo ist sie?«

Semir wies mit der Hand zu der westlichen Hallenwand, als könnte er durch sie hindurchsehen, und sagte: »Sie ist vor den Stadttoren.«

»Die Buche ...«, murmelte Elias.

»Ja.« Semir sah den Feuerprinzen verzweifelt an. »Wir haben alles versucht, aber sie will sich nicht einen Meter von Aivlis' Grab entfernen.«

»Ich werde mit ihr reden. Fangt ihr schon mal ohne mich an, unsere Strategie weiter zu besprechen. Die Zeit drängt.«

Die Blätter der alten Buche waren über den Herbst hin verschwunden, doch Elias glaubte, immer noch ein Raunen zwischen den Ästen zu hören. Er konnte verstehen, warum Yelna sich Aivlis hier am nächsten fühlte. Die Kälte, die vom weißen schneebedeckten Boden zu ihr heraufziehen musste, schien sie kaum wahrzunehmen. Elias wusste, dass sie schon oft an dieser Stelle gekniet und der Buche gelauscht hatte. Sie würde nicht zulassen, dass irgendjemand diesem Baum etwas antat. Das musste der Grund für ihr Verhalten sein.

»Yelna …? Ich möchte mit dir reden.«

Die Meledaín drehte sich bei seinen Worten nicht um.

Zögernd ging Elias weiter auf Yelna zu, bis er schließlich neben ihr stand. »Ich weiß, dass es dir schwerfällt, ihn loszulassen, aber du musst die Tatsache langsam akzeptieren: Aivlis ist tot.«

Blitzschnell sprang die Halbelbin auf und schlug ihm mit der flachen Hand ins Gesicht. Der Schlag brannte, doch Elias ließ sich nicht beirren und packte ihre Hand, die gerade wieder ausholen wollte. Yelnas Gesicht war tränenüberströmt und ihre Haut wirkte leichenblass.

»Beruhige dich.«

Doch Yelna dachte in ihrer temperamentvollen Art gar nicht daran und wollte ihn mit der anderen Hand schlagen. Nun hatte Elias beide ihrer schmalen Handgelenke fest in seinen Fäusten und sprach weiter beruhigend auf sie ein. Da versuchte sie, ihn zu treten. Ihr Fuß traf sein Schienbein und Elias knickte ab. Mit solch einer Kraft hätte er jetzt nicht mehr gerechnet. Nun lagen sie beide im Schnee. Die eine erschöpft und verzweifelt, der andere sich fluchend am Schienbein reibend. Yelna richtete sich zuerst auf und Elias hatte schon Angst, erneut von ihr traktiert zu werden, doch die Schläge und Tritte blieben aus. Mit einer fahrigen Bewegung wischte sich Yelna die Tränen aus dem Gesicht, kniete sich neben ihm nieder und sah besorgt auf sein Bein.

»Ich wollte das nicht«, sagte sie.

Elias versuchte, zu lächeln und mit ihrer Hilfe aufzustehen. Aber sein Bein wollte ihn einfach nicht halten.

»Ich glaube, ich muss mich heilen«, sagte er, stieß zischend Luft zwischen seinen zusammengepressten Lippen hervor und sah auf die Bluttropfen, die nun langsam ihren Weg durch seine feste Kleidung fanden. »Schon ist mein Blut auf dem Schlachtfeld«, dachte er und setzte sich vorsichtig wieder hin. Yelna blieb neben ihm stehen und schien offensichtlich nicht zu wissen, was sie tun sollte.

Elias beachtete sie jedoch kaum, legte eine Hand auf die Wunde und konzentrierte sich. »*Mièr!* Heile!«

Die Haut unter seiner Hand wurde warm und Elias konnte deutlich spüren, wie das Bein nach und nach heilte. Als er meinte, keine Verletzung mehr zu spüren, löste er seine Hand von der geheilten Stelle und stand auf. Ihm war schwindlig, doch ansonsten schien alles wieder in Ordnung zu sein.

»Geht es dir gut?«

»Ja.«

Yelna sah ihn zweifelnd an.

»Wirklich«, fügte er noch hinzu und machte probehalber ein paar Schritte.

»Ich … ich war nur so durcheinander und wütend. Es war nicht richtig, meinen Zorn an dir auszulassen.«

»Du hast dich allein gefühlt. Das Gefühl kenne ich.«

»Verzeihst du mir?«

Elias nickte und ohne ein weiteres Vorzeichen, fiel ihm Yelna um den Hals und fing erneut an, zu weinen. Tröstend strich er ihr über den Kopf. Auch er vermisste Aivlis.

Mia hatte es nicht länger in der Eingangshalle des Palastes ausgehalten und war Elias in einigem Abstand gefolgt. Eigentlich hatte sie gar nicht vorgehabt, ihn auszuspähen, doch als sie an die Stadtmauer kam, folgte sie ihm nicht weiter, sondern lief stattdessen die Treppe hinauf, um von oben auf die Ebenen hinabzuschauen. Dort war die Buche. Nicht weit von ihr entfernt erkannte Mia Elias und sah, wie dieser Yelna in den Armen hielt. All ihre Zweifel kehrten auf einen Schlag zurück. Hatte Elias doch Gefühle für die schöne Halbelbin? Mit Tränen in den Augen wandte sie sich ab, rannte die Treppe hinunter und lief blindlings durch die Straßen.

~

Martin versuchte, der Konversation zu folgen, die so entscheidend für die Schlacht war, doch seine Gedanken schweiften immer wieder ab. Die nahende Gefahr brachte ihn völlig durcheinander. Es war dasselbe wie damals in Van'Valor. Auch vor diesem Kampf hatte er sich kaum konzentrieren können. Zum Glück wusste er, dass sich seine Gedanken, sobald die Schlacht wirklich anfing, wieder geordnet haben würden. Wo Elias nur blieb? Abwartend spähte er zum Tor. Endlich betrat Elias erneut die Halle und in seinem Schlepptau folgte Yelna. Sie wirkte einigermaßen gefasst, auch wenn man noch immer die Spuren von Tränen auf ihrem Gesicht sehen konnte. Wie hatte Elias es bloß geschafft, sie zu beruhigen?

»Wo ist Mia?« Elias' Blick wanderte über die Umstehenden.

Martin hatte gar nicht bemerkt, dass Mia fortgegangen war. Jéodin meldete sich schließlich zu Wort.

»Ich glaube, sie ist dir gefolgt.«

Auf einmal stand Entsetzen in Elias' Augen.

»Ich muss sie finden«, murmelte er zu sich selbst, doch dann wandte er sich ruhig an Martin. »Ich möchte, dass du sie suchst. Es könnte sein, dass sie eine Dummheit begeht.«

Martin fragte nicht nach dem Grund und machte sich sofort auf den Weg. Er hoffte, wenn er sie überhaupt fand, dass der Zustand von Mia besser sein würde als der von Yelna.

Elias wusste ganz genau, was geschehen war. Mia war erneut einem Missverständnis unterlegen. Doch jetzt musste er sein Vorhaben verwirklichen und sich um die Vorbereitung der Schlacht kümmern und nicht um Mia. So konzentriert er konnte, arbeitete er mit den anderen nochmals alle Strategien, die sie zuvor besprochen hatten, durch und versuchte, diese Angelegenheit so schnell wie möglich hinter sich zu bringen. Elias würde dieses Mal an der Spitze der Hauptmacht in die Schlacht ziehen. Er wollte sich nicht länger verstecken, zudem konnte er die Handlungen Karaians am schnellsten vorausahnen und durch die Führung des Heers direkte Befehle geben. Das Verteidigungsheer würde somit schneller reagieren können. Das war zumindest sein Vorwand. Elias' eigentlicher Plan war immer noch, auf schnellstmögliche Weise zu Karaian vorzudringen und im Duell diesen Krieg zu beenden. Doch dass er Karaian versprochen hatte, allein gegen ihn anzutreten, hatte er nach wie vor noch niemandem verraten. Der weitere Plan war, dass die Elbenreiter als Nachhut den zweiten Ring der Verteidigung bilden würden. Sie waren von allen Kriegern am beweglichsten, konnten Verletzte bergen und sich je nach Bedarf am Kampfgeschehen beteiligen. Da jedoch viele Pferde während des letzten Gefechts verletzt worden waren, war die Zahl der Reiter eher gering. Die Bogenschützen sollten auf der Mauer bereitstehen und erst in den Kampf einschreiten, wenn sich Karaians

Streitmacht nahe der Stadt befand. Ihr weiterer Trumpf hinter den Mauern von Tymas war Sad'hyani, die versuchen sollte, Karaians Angriffszauber abzuwehren und selbst Angriffszauber zu sprechen. Elias hakte alle Punkte der Reihe nach ab. Er wollte sich verabschieden, sobald der Plan fertig ausgearbeitet war. Er musste die Sache endgültig mit Mia klären, sonst würde er sich beim morgigen Kampf zu sehr von seinen Gefühlen ablenken lassen. Als die Besprechung vorbei war, begab er sich sofort auf die Suche. Von Martin hatte er nichts gehört und das beunruhigte ihn zutiefst. Mit Sènnu galoppierte er alle Straßen entlang, aber Mia war nirgends zu finden. Schließlich traf er auf einen verzweifelt dreinblickenden Martin, der sich mutlos an den Tisch einer Veranda gesetzt hatte.

»Martin. Hast du sie gesehen?«

»Sehe ich so aus?«, fragte Martin und sah auf sein Glas hinab, das halbgefüllt vor ihm stand.

»Ich habe aufgegeben. Mia will nicht gefunden werden, und solange das so bleibt, wird sie auch niemand finden.«

Elias nickte. »Du hast vermutlich recht. Ich hoffe bloß, sie wird bald wieder auftauchen, damit ich sie in Sicherheit weiß, sobald die Schlacht beginnt.« Sein Blick verfinsterte sich. »Morgen ist der Tag der Entscheidung.«

7 Roter Schnee

Die Ebenen von Avéndur wurden von einem dicken Nebelteppich bedeckt, der jedes Geräusch und jeden Gegenstand in der Umgebung verschluckte. Elias' Herz pochte wild und Schweiß stand auf seiner Stirn. Jeden Moment konnte Karaians Heer aus den weißen Schwaden herausbrechen. Krampfhaft hielt er das Schwert Nuyens vor sich. Es besaß eine besondere Kraft und der Meledaín hatte ihm die Waffe übergeben, um die Armee in der Schlacht anzuführen. Es war seltsam. Elias hatte sich schon oft diesen Augenblick vorgestellt, aber nun, da er ihn wirklich erlebte, kam ihm alles unwirklich vor. Hinter sich hörte er, wie Martin leise fluchte. Es war schwierig, sich in diesem weißen Nichts zu bewegen, und Martin war vermutlich über irgendetwas gestolpert. Elias versuchte, gelassen zu bleiben. Dieser Nebel war nicht natürlich, das spürte er, also musste er etwas dagegen tun können. Seine Konzentration richtete sich auf die undurchdringliche weiße Wand und er begann, Karaians Kraft zurückzudrängen. Der Nebel lichtete sich. Doch Elias konzentrierte sich nicht genug. Mit einem angestrengten Keuchen ließ er vom Nebel ab und sofort traten die weißen Schwaden dorthin zurück, wo sie gewesen waren. Er hatte gewusst, dass Mias Verschwinden ihn ablenken würde. Seine Sorge um sie raubte ihm fast den Verstand. Was war, wenn sie dort draußen irgendwo umgekommen war, oder Karaian sie gefangen genommen hatte?

»Elias?« Martin trat neben ihn. »Ist alles in Ordnung?«

»Ja, es geht schon. Wir müssen vorsichtig sein.«

Immer weiter liefen sie und Elias wusste bald nicht mehr, wie weit sie schon von Tymas entfernt waren. Die Rüstungen der Meledaín klapperten leise und von den Menschen hörte man das im Gegensatz zu den Halbelben laute Atmen und ein fast unmerkliches Knarzen der geborgten Lederrüstungen. Alle anderen Geräusche verschluckte der Nebel. Plötzlich sprang etwas großes Dunkles aus dem Nichts und Elias baute instinktiv einen Schutzbann um sich und die vorderste Front auf. Der Troll prallte mit einem wütenden Schrei daran ab. Dieser Moment schenkte Elias und den anderen die Zeit, sich kampfbereit zu machen. Der Bann brach und auf einmal sahen sie sich dem Feind gegenüber. Elias hob zum Zeichen des Angriffs sein Schwert nach oben.

»Für Maldea!«

Dem Gebrüll nach zu urteilen, mussten es an die zwanzig Trolle sein. Eine Keule sauste auf Elias nieder. Gekonnt sprang er zur Seite und versetzte dem Troll einen Hieb mit dem Schwert. Das Wesen stürzte.

»Versucht, ihre Beine zu treffen!«, rief er und brachte den zweiten Troll zu Fall.

Die Luft war erfüllt von wilden Kampfschreien und dem Klirren von Metall. Elias und Martin kämpften Seite an Seite. Der Trollansturm kam zum Erliegen und nun traten Südländer aus dem Nebel. Auch wenn sie deutlich kleiner waren als ihre Vorhut, kamen sie wie Ameisen in ungeheuren Mengen. Mit ihren Furcht einflößend bemalten Gesichtern wirkten sie wie Monster aus einer anderen Welt. Elias hatte bereits nach wenigen Augenblicken aufgehört zu zählen, wie viele Südländer ihm schon gegenübergestanden hatten. Es war unmöglich. Der Kampf schien aussichtslos zu werden, denn für jeden erschlagenen Südländer traten gleich zehn neue aus dem Nebel. Wie sollten sie eine so große Überzahl schlagen? Selbst große Insekten waren gegen eine Armee von Ameisen wehrlos. Ein Südländer rammte Elias von der Seite und traf ihn mit seinem Schild im Gesicht. Elias troff Blut aus dem linken Mundwinkel, aber er achtete kaum darauf. Verbissen kämpfte er weiter. Durch die wuchtigen Schläge hatte sein Kampfarm bereits einiges an Gefühl verloren und Elias glaubte kaum daran, dass er jemals wieder in der Lage sein würde, seinen Arm richtig zu gebrauchen. Falls er denn je noch die Gelegenheit bekam, seinen Arm *überhaupt* noch benutzen zu können. Wenn Elias ehrlich zu sich war, dachte er seit seinen Verhandlungen mit Karaian über den Tod nach. Seinen eigenen Tod. Es war nicht unwahrscheinlich, dass er bei dem Versuch, Karaian ohne Hilfe zu töten, sterben würde. Er würde vor dem Kampf wohl kaum noch Gelegenheit haben, das Missverständnis mit Mia aus dem Weg zu räumen. Sie würde vielleicht für immer in dem Glauben bleiben, er hätte sie mit Yelna betrogen.

Wie mechanisch wehrte Elias die Schläge der Südländer weiter ab, während seine Gedanken ständig um Mia kreisten. Er musste den Kampf überleben! Mia durfte ihn nicht auf diese Weise in Erinnerung behalten! Er liebte sie! So sehr …

Die zweite Angriffswelle hatte begonnen und es stürmten neue Kämpfer aus dem Stadttor, um Elias und den anderen zu Hilfe zu kommen. Das war auch das verabredete Zeichen für Sad'hyani, sich in den herrschenden Kampf einzuschalten. Denn genau genommen hatte die erste Angriffswelle, die Elias angeführt hatte, nur der Ablenkung gedient, damit Karaian nicht mitbekam, wie die Hexe hinter den Mauern von Tymas ihre Kräfte sammelte. Deshalb hatten sie auch darauf verzichtet, beritten in den Kampf zu gehen. Sonst hätte das Kampfgeschehen womöglich so weit von den Toren entfernt stattgefunden, dass die Hexe es schwerer gehabt hätte, mit ihrer Magie die Südländer zu erreichen. Grüne Blitze zuckten über das Heer und schlugen in die Reihen der Südländer ein. Viele wurden zu Boden gerissen und die anderen wichen verängstigt auseinander. Die Furcht und Verunsicherung auf Seiten der Südländer war fast greifbar. Erneut führte Sad'hyani einen Angriff aus. Diesmal rannten einige Feinde sogar in die entgegengesetzte Richtung davon und flüchteten in die Reihen von Karaians Hauptarmee zurück. Elias' Plan war also aufgegangen. Karaian hatte durch die Ablenkung nichts von ihrer neuen Geheimwaffe erfahren, sodass die Südländer den vermehrten magischen Attacken der Hexe schutzlos ausgeliefert waren. Das Blatt schien sich zu wenden …

Es musste schon die Hälfte des Tages verstrichen sein und die Zahl der Südländer war dank Sad'hyani so stark gesunken, dass es Elias und den anderen bis jetzt gelungen war, die Verteidigungslinie zu halten. Elias zog gerade sein Schwert aus dem leblosen Körper eines Südländers, als Karaian mit seinem weißen Wolf aus dem Nichts sprang. Der Wolf fletschte die Zähne und schnappte nach Elias. Das Auftauchen Karaians war so plötzlich gewesen, dass Elias nicht schnell genug zurückwich. Die scharfen Zähne gruben sich tief in sein Bein. Betäubt von Schmerz schrie Elias auf und versuchte, die Bestie von seinem Bein zu lösen. Karaian war inzwischen von dem Wolf abgesprungen und hatte sich vor Elias aufgebaut.

»Da sind wir nun am Ende der Zeit«, sagte der Elb und blickte aus seinen kalten Augen auf Elias hinab, der inzwischen auf den Boden gesunken war und immer noch mit dem Wolf rang. Doch bevor Karaian sein Schwert auf Elias niedersausen lassen konnte, sprang Martin dazwischen und fing den Schlag ab. Von den Schwertern stoben Funken und Martin und Karaian taumelten zurück. Martin fing sich einen Moment schneller und hatte Zeit, sich zu Elias umzudrehen und dem Wolf einen Schlag zu verpassen. Das Wesen jaulte gepeinigt auf und ließ von Elias ab. Das weiße

Fell glänzte rot und der Wolf sank tot zu Boden. Karaian rannte mit einem zornigen Schrei auf Martin zu und schwang sein Schwert. Elias, der sich wieder mühsam aufgerichtet hatte, riss seinen Freund zur Seite und der Schlag verfehlte Martin um Haaresbreite.

»Martin, misch dich nicht ein, das ist eine Sache zwischen mir und ihm.«

Nachdem er die Worte gesprochen hatte, errichtete Elias eine Barriere um sich und Karaian. Das war ihre Abmachung. Elias hielt sein Wort. Karaian lachte böse und umkreiste Elias wie eine hungrige Raubkatze.

»Das war sehr weise von dir, Feuerprinz.«

Elias hörte ihn kaum. Er befand sich bereits in einer anderen Sphäre und konzentrierte sich mit aller Macht auf das Feuer in seiner Seele. Als der erste Schlag erfolgte, sah Elias, wie ein zuckender schwarzer Blitz in Zeitlupentempo auf ihn zuhielt. Natürlich handelte es sich nur um Sekunden, aber durch seine Konzentration war er sich des Angriffs auf genaueste Weise bewusst. Elias rief die Flammen zu sich. Wenig später umhüllte ihn eine Feuerwand und der schwarze Blitz Karaians prallte ohne Wirkung von Elias ab. Karaians Wut steigerte sich.

»Ich werde dich zermalmen.«

Elias erwiderte nichts. Abermals holte Karaian zu einem Zauber aus, doch auch diesen konnte Elias ohne große Schwierigkeiten abwehren. Diesmal jedoch lächelte der dunkle Elb nach kurzem Zögern und sagte: »Dich wird es wohl interessieren, wo deine Freundin steckt?«

Elias' Konzentrationsgerüst wankte bedrohlich.

»Sie ist bei mir.« Karaians Augen leuchteten siegesgewiss und das schützende Gerüst, welches Elias um sich aufgebaut hatte, fiel in sich zusammen. Wie erstarrt stand Elias hilflos da und Karaian näherte sich ihm, ohne dass er ihn in diesem Moment daran hätte hindern können.

»Elias!« Mias Stimme hallte in seinem Kopf wider, als käme sie aus weiter Ferne.

Karaian stieß ihn zu Boden und setzte sein Schwert an Elias' Brust. Plötzlich sah Elias ein Licht auf sich zukommen. War er schon tot? Der Schrei der Drunére riss ihn aus der Starre und er rollte sich zur Seite. Karaians Schwert hieb abermals ins Leere. Die von Elias geschaffene Barriere um sich und den Elb hatte sich gelöst und dichtes Kampfgetümmel umschloss Elias und verbarg ihn vorerst vor Karaian. Um Elias herum herrschte Chaos. Menschen wie Elben fielen zu Boden und nur wenige standen wieder auf.

»Und gerade wäre auch ich fast gestorben …«, Elias' Gedanken wirbelten herum und sein Herz pochte ihm unangenehm gegen die Rippen. Als er sich mit den Händen vom Boden abstützte, um sich zu erheben, bemerkte er, dass seine Haut dieselbe Farbe angenommen hatte wie der Schnee. Seine Arme zitterten von der Anstrengung, seinen Körper in die Höhe zu wuchten. Was hinter ihm geschah, wusste er nicht, doch er spürte, wie ihm jemand aufhalf.

Leutnant Mendral hastete auf die blasse, am Boden liegende Gestalt zu. Der Feuerprinz würde sterben, wenn ihm niemand half. Der Mönch hatte gesagt, dass dieser Augenblick kommen würde – der Augenblick, da Mendral seine Schuld begleichen würde. Die Schulter des blonden Mannes war blutverschmiert und sein Bein wirkte so zerfetzt, dass der Leutnant es als Wunder erachtete, dass der Feuerprinz nach dem Angriff des Wolfes überhaupt noch hatte stehen können. Vor allen Dingen schien er ihm immer noch fast wie ein Junge. Doch die kurze Berührung mit dem Drachen ließ den Leutnant dessen Stärke erahnen. Dem Mann aus der Prophezeiung nun aufzuhelfen gab Mendral das Gefühl, etwas

Gutes zu tun, etwas Nützliches. Dies war *sein* Moment, um etwas für den Frieden beizutragen. Er fühlte sich plötzlich mit dem Leben versöhnt …

Der Feuerprinz stöhnte, kam jedoch wacklig auf die Beine. Hastig hob Mendral sein Schwert, um dem verwirrten jungen Mann den Weg aus diesem Schlamassel zu weisen. Karaian war nicht weit und bis der Elb ihn entdeckt hatte, sollte der Drache in seiner jetzigen Verfassung so viel Abstand zwischen sich und den dunklen Elben bringen wie nur irgendwie möglich.

∾

Ein Mann in der Rüstung eines Südländers stand vor ihm. Seine Hand mit dem Schwert war erhoben. Viel zu verwirrt, um etwas zu begreifen, stieß Elias, ohne nachzudenken, seine Waffe durch den Halsschutz des potentiellen Feindes und der überraschte Mann fiel auf die Erde. Elias sah mit Erstaunen, dass die Gesichtszüge des Sterbenden so etwas wie Dankbarkeit zeigten. Der Mann hustete Blut. »Verzeih mir.« Ein letztes Keuchen entwich seinen Lippen und der Blick des Südländers erlosch. Elias' Blick hing an dem Toten unter sich und mit erschütternder Klarheit begriff er, was er getan hatte: Er hatte einen Unschuldigen getötet.

∾

Martin sah den Boden näher kommen. Nachdem Elias im Schlachtgetümmel untergegangen war, hatte sich Martin dem dunklen Herrscher in den Weg gestellt und mit ihm gefochten. Nun ließen seine Kräfte nach und er stürzte. Als er unsanft auf dem schmutzigen Schnee landete, rollte er sich ab und hob reflexartig die Hand. Ein plötzlicher Schmerz ließ ihn aufschreien. Kalter Stahl hatte sich in seine Handfläche gebohrt. Über sich sah er die Gestalt Karaians aufragen. Suchend tastete Martin mit der anderen Hand nach dem Schwert, das am Boden lag, während er weiter die dunkle Gestalt im Auge behielt. Es wäre überaus töricht gewesen, sich in dieser hilflosen Lage von seinem Gegner abzuwenden.

»Du bist mir das letzte Mal im Weg gewesen«, säuselte die Stimme des Verräters und Karaian zog in genüsslicher Langsamkeit sein Schwert aus Martins Hand.

Martin zitterte vor Schmerz, doch seine unverletzte Hand hatte den Griff seiner Klinge gefunden und im allerletzten Moment riss er die Waffe empor. Das Aufeinanderprallen des Stahls war so stark, dass Martin sofort sämtliches Gefühl in seinem Arm verlor. Er war des Todes …

In seiner Schwäche ließ er sein Schwert erneut aus der Hand fallen und schloss müde die Augen in Erwartung des vernichtenden Schlags. Er hatte sein Bestes gegeben. Doch irgendetwas hielt Karaian auf und Martin hatte plötzlich das Gefühl, als würde etwas Großes über ihn hinwegfliegen. Zögernd hoben sich seine Lider. Über ihm stand Mia. Breitbeinig hatte sie sich vor Karaian aufgebaut und machte einen äußerst selbstsicheren Eindruck. Wie war das möglich? Litt Martin bereits an Halluzinationen? Aber was noch seltsamer war, war, dass Karaian wie erstarrt dastand und seine Züge Furcht zeigten.

»Verschwinde!«, fauchte Mia und Karaian zuckte beinahe unmerklich zusammen.

Doch der Moment verstrich und der Elb wirkte wieder so gefasst und kalt wie immer.

»Du hast mir keine Befehle zu erteilen, Mädchen, auch wenn die Drunére auf deiner Seite stehen.«

Seine Stimme klang drohend. Mia bewegte sich keinen Schritt weg. Plötzlich wurde es unwirklich hell. Die Quelle des Lichts war einige Meter von ihnen entfernt. Mia sah sich inmitten all dieser Südländer, doch die wuchtigen Rohlinge verblassten angesichts des Feuerprinzen. Elias strahlte! Von ihm ging ein eigenartiger Glanz aus. Sein Kopf lag im Nacken und seine ausgestreckten Arme waren bis auf die Höhe der Schultern erhoben. Seine Handflächen zeigten nach oben. Trotz der Entfernung konnte Mia sehen, dass er litt. Was war passiert? Anscheinend hatte nun auch Martin, der immer noch am Boden lag, die Quelle des Lichts erkannt. Denn er erhob sich plötzlich und taumelte auf Elias zu. Noch waren die Südländer geblendet, doch dieser Zustand würde nicht ewig andauern. Mia folgte ihm. Sie war immer noch wütend auf Elias, doch ihre Gefühle hatten über ihren Verstand gesiegt. Es war ihr egal, ob Elias Yelna umarmte, sicherlich hatte er am vergangenen Tag einen Grund dafür gehabt und der musste nicht zwangsläufig Liebe sein. Warum musste sie auch immer so impulsiv reagieren, wenn es um Elias ging? Als Martin und sie sich Elias auf wenige Schritte genähert hatten, spürte Mia ein seltsames Kribbeln auf der Haut. War das Magie?

∾

Martin hatte sich geschworen, Elias zu beschützen. Er würde sein Versprechen halten. Die verletzte Hand mit angewinkeltem Arm an seinen Körper gelegt, lief er auf den Feuerprinzen zu. Er hatte zwar keine Ahnung, was hier vorging, aber die Südländer konnten jeden Augenblick wieder aus ihrer Starre erwachen. Schützend stellte er sich neben Elias auf – sein Schwert lag trotz seiner Schmerzen fest in seiner gesunden Hand – und auch Mia nahm auf Elias' anderer Seite eine Kampfhaltung ein. Als wäre das seltsame Glühen noch nicht genug, fing Elias an, in elbischer Sprache zu reden.

»*Mijél rand íem Frún! Échen bâja Skanî vrún Avéndur.* Naturgeister, gebt mir Kraft! Mögen alle Angreifer aus Avéndur verschwinden.«

Martin sah ungläubig zu, wie sich Karaian plötzlich aufbäumte und die Hände an die Ohren riss.

∾

Mia konnte die Drunére sehen. In Kreisen flogen sie über Elias herum und stießen Schreie aus, die die Worte des Feuerprinzen untermalten. Die Schwäne waren ihr erschienen, nachdem sie die Stadt verlassen hatte. Sie waren es gewesen, die ihr klargemacht hatten, dass es nicht richtig war, vor der Zukunft zu fliehen. Sie verstand die Geister, obwohl sie nicht mit ihr sprachen. Es war eher ein unbeschreibliches Gefühl, das sie ergriffen hatte, als sie die schwarzen tiefgründigen Augen der Schwäne das erste Mal erblickt hatte. Die Drunére waren am vorigen Tag mit ihr auf dem Rücken durch das Land gestreift und hatten ihr alle Schönheit vorgeführt, die die Natur zu bieten hatte. Mia wusste jetzt, warum diese Wesen Naturgeister hießen. Schließlich war sie gemeinsam mit den Schwänen zurück nach Tymas geflogen und hatte mit Entsetzen gesehen, dass die Schlacht bereits in vollem Gange war. Nun stand sie hier und begriff, dass Elias gerade dabei war, sie alle zu retten.

∾

Elias durchflutete eine unbändige Kraft. Sie schien ihn fast zu zerreißen. Worte formten sich aus seinem Mund und er wusste, dass der Drache ihn lenkte. Doch die Quelle der Macht schien vor allem seinen menschlichen Gefühlen zu entspringen. An diesem Tag würden keine weiteren Unschuldigen sterben – dafür würde er sorgen. Seine Augen waren geschlossen, aber er fühlte, dass Mia und Martin neben ihm standen. Sie waren klug genug, ihm nicht zu nahe zu kommen. Bei der Stärke an Energie, die er ausstrahlen musste, hätte Elias nicht mit Sicherheit sagen können, was eine direkte Berührung mit ihm für Folgen gehabt hätte. Ein Leben ohne Mia und Martin, die ihm in diesem Moment so treu zur Seite standen, konnte er sich nicht vorstellen. Elias wusste, dass er die beiden mehr brauchte, als diese vielleicht ahnten. Er registrierte auch, dass seine Anstrengungen Früchte trugen. Karaian wich immer weiter zurück und alle Südländer taten es ihm gleich, bald würde Elias sie bis hinter die Berge getrieben haben. Es verging Stunde um Stunde, Tag um Tag, Nacht um Nacht, in denen sich Elias kein einziges Mal rührte und seine Magie pulsierend ohne Unterbrechung von ihm ausstrahlte. Er wusste, dass seine Energie die gesamten Ebenen von Avéndur geflutet haben musste. Mia und Martin hielten bei ihm Wache.

~

Martin sah Elias von der Seite her an und eine tiefe Ehrfurcht ergriff von ihm Besitz. Wie konnte es der Feuerprinz nur schaffen, die ganze Zeit in dieser Position auszuharren? Martin gähnte. Er hatte hier schon fast den ganzen Tag gesessen und sich bis auf ein paar Schlafpausen geweigert, seine Wache an jemand anderen abzugeben. Auch Mia, die sich ebenfalls geweigert hatte, Elias zu verlassen, sah müde und abgekämpft aus. Sie beide hatten sich etwas Ruhe verdient. Martins Blick schweifte über die Ebenen. Aasgeier zerrten an den letzten Überresten der Schlacht, doch ansonsten war nach den drei Tagen, die Elias hier schon gestanden hatte, kaum noch etwas von der Verwüstung zu sehen. Die Elben hatten ganze Arbeit geleistet. Für die gefallenen Freunde waren würdevolle Begräbnisse abgehalten worden, während die Feinde in Gruben verscharrt worden waren. Martin lief es kalt den Rücken hinunter, wenn er an all die leblosen Körper dachte. Krieg war keine schöne Angelegenheit. Seine Gedanken wurden unterbrochen, als sich leichte Schritte näherten. Martin drehte sich in Richtung Stadt um und sah, dass Jéodin mit ein paar anderen Elben kam, um Elias zu besuchen. Das war nicht ungewöhnlich, denn seit Elias hier stand, waren viele Leute aus Tymas gekommen, weil sie den Feuerprinzen hatten sehen wollen.

»Alles unverändert, wie ich sehe.« Jéodins Blick löste sich von Elias und kam auf Martin zur Ruhe.

»Ja, es ist nichts …«, Martin gähnte erneut, »… passiert.«

Jéodin lächelte.

»Soll ich euch nicht wieder ablösen? Dann könntet ihr ein paar Stunden schlafen.«

Martin und Mia nickten nun doch dankbar und gingen gemeinsam in die Stadt, um sich etwas auszuruhen. Martin freute sich über die Ruhepause, aber nachdem er und Mia sich ein wenig erholt hatten, liefen sie wieder nach draußen, um ihre Wache erneut anzutreten. Sie beide wollten da sein, wenn Elias aus seiner Trance wieder aufwachte.

∾

Nun war schon der vierte Tag angebrochen und Elias war immer noch nicht zu sich gekommen. Mia sah Elias besorgt an. Sie hätte ihn gerne berührt, doch seine Energie entströmte ihm auf so unbeschreibliche Weise, dass sich Mia nicht traute, ihm näher zu kommen. Merkwürdigerweise schienen sich die Tiere, welche auf der Ebene lebten und die nach dem Schlachtlärm wieder in die Umgebung von Tymas zurückgekehrt waren, von der Energie des Drachen angezogen zu fühlen. Doch auch sie hielten gehörigen Abstand und zogen in der Luft und am Boden ihre Kreise um den Feuerprinzen.

Mia schreckte auf. »Martin, sieh nur!«

Das Licht, welches die letzten drei Tage von Elias ausgegangen war, wurde schwächer.

»Ich glaube, er wacht auf! Martin, schnell! Sag Jéodin und den anderen Bescheid.«

Mia ließ Elias nicht aus den Augen, während Martin loslief, um die Nachricht in die Stadt zu bringen.

Als auch wirklich der letzte Südländer das Elbenreich verlassen hatte, ließ Elias erschöpft die Arme sinken und sackte in sich zusammen. Mia und Martin fingen ihn auf. Mit zitternden Augenlidern bemerkte er, dass die ganze Stadt einen Kreis um ihn gebildet hatte. Léssal, Léfaîn, Jéodin und Sad'hyani standen vor allen anderen und sahen ihn an.

Léssal sprach als erster.

»Feuerprinz, dir gebührt unser aller Dank. Ohne dich hätten wir in dieser Schlacht nicht siegen können.«

Wie auf ein Zeichen verbeugten sich alle, bis auf Mia und Martin, die ihn immer noch stützten.

Dann erhob Jéodin die Stimme.

»Du bist das Licht in der Dunkelheit, Sjen'Avalas.«

Elias kam es seltsam vor, diese förmliche Anrede aus Jéodins Mund zu hören. Léfaîn hingegen lächelte Elias einfach nur dankend an. Nun jedoch trat Sad'hyani noch einige Schritte näher, schien kurz zu zögern und sagte dann in einem überraschend feindseligen Ton: »Sjen'Avalas, du weißt nicht, was du heraufbeschworen hast. Du hast den Dämon in Karaian nur noch stärker gemacht. Karaians Zorn wird entsetzlich sein und seine Rache an dir wird alles vernichten.«

Auf einmal wirkte sie auf Elias nicht mehr freundlich, sondern nur kalt und berechnend. Wollte sie sich gegen ihn und ihr eigenes Volk stellen? Ein Wesen ihren Alters hatte, zumal von allen verschmäht und ausgestoßen, bestimmt nicht all die Jahrhunderte überlebt, ohne zu berechnen, auf welche Weise es die besten Überlebenschancen hatte. Sollte sich jetzt zeigen, weshalb Elias ihr gegenüber so ein merkwürdiges Gefühl gehabt hatte? Hatte sie ihre Freundlichkeit nur gespielt und sie in Wahrheit schon vor langer Zeit abgeschaltet? Hatte sie deswegen gewollt, dass Elias sie als Mensch kennenlernte, damit er nicht bemerkte, wie sie alle mit ihrer Zauberei täuschte? Elias fröstelte, während Sad'hyani fortfuhr: »Doch freut euch, ihr Nichtsahnenden, denn ich werde verhindern, dass alles noch schlimmer wird! Lieber ein geknechtetes Leben als gar keins!«

Elias hatte ihre Absicht erkannt. Sie befürchtete, dass der Kampf gegen Karaian alles verwüsten würde, und viel mehr noch: Die Hexe fürchtete um ihr Leben. Als Elias sie nun so betrachtete, schien ihr das am wichtigsten zu sein. Sie scherte sich nicht um ihr Volk und um die Menschen ebenso wenig. Mit anderen Worten: Sad'hyani wahr nichts heilig außer ihr selbst. Aber bevor Elias noch etwas tun konnte, erfasste ihn ein mächtiger, schwarzer Schatten und riss ihn mit sich fort.

Elias war plötzlich verschwunden! Mia und Martin hatten fast gleichzeitig die Waffen erhoben und rasten nun auf Sad'hyani zu, während das Chaos von Menschen und Elben um sie immer größer wurde. Aus dem Augenwinkel sah Mia, dass auch Jéodin dabei war, einen Zauber in Richtung der Hexe zu schleudern, doch sie alle kamen zu spät. Sad'hyani löste sich, ebenso wie Elias zuvor, einfach in Luft auf. Geschockt blieb Mia abrupt stehen und ihr Griff um das

Schwert verkrampfte sich. Wütend schrie sie auf und sie konnte ihre Tränen nicht länger zurückhalten. Martin stand neben ihr – seinen Blick fassungslos auf die Stelle gerichtet, an der die Hexe verschwunden war. Jéodin trat auf die beiden zu und Mia erschreckte sein von Sorge gezeichnetes Gesicht fast noch mehr als das plötzliche Verschwinden Elias' und der Hexe.

»Ich … ich war zu langsam«, murmelte er und sah abwesend in die Ferne.

»Jéodin?« Mias Stimme zitterte.

Der Elb sah sie an und seine Augen verrieten seine Angst. »Wir müssen jetzt stark sein.«

Es wurde langsam dunkel. Der Aufruhr vor der Stadt legte sich allmählich und nach und nach gingen die Bewohner zurück in ihre Häuser. Mia war eine der Letzten, die sich dazu aufraffen konnten, nach diesem Erlebnis einfach so wieder nach Hause zu gehen. Die roten Blutflecken der Schlacht, die immer noch den Boden bedeckten, wurden mit dem abnehmenden Licht schwarz und der Schnee sah aus, als wäre er ein Blatt Papier, auf das Tinte gespritzt war. Mia weinte.

8 Kalte Dunkelheit

Elias erwachte in völliger Schwärze. War er blind? Stöhnend rollte er sich auf die Seite. Der Boden war hart und Elias' Muskeln hatten sich während seiner Bewusstlosigkeit völlig verspannt. Zu seiner Verblüffung registrierte er, dass die Wunde, die ihm der weiße Wolf zugefügt hatte, verschwunden war. Als er glaubte, sich wieder einigermaßen bewegen zu können, stand er vorsichtig auf und versuchte, irgendetwas zu erkennen. Nichts. Langsam setzte Elias einen Fuß vor den anderen und tastend suchten seine Hände nach etwas Greifbarem. Als er schließlich den ganzen Raum abgesucht hatte, kam er zu dem Schluss, dass er sich in einer Art Kerker befand. Die Zelle war klein und hatte nur eine Tür, die fest verschlossen war. Panik kam in ihm auf und er schlug und trat mit aller Kraft gegen das Holz, das ihm den Weg nach draußen verwehrte. Nichts geschah. Er hasste dieses beengende Gefühl, eingesperrt zu sein. Verzweifelt lehnte Elias sich an die Wand und schloss die Augen. Sad'hyani hatte ihn verraten! Geduldig hatte sie bei ihm einen Moment der Schwäche abgewartet und dann kaltblütig zugeschlagen. Immerhin war er noch am Leben. Elias befürchtete jedoch, dass dieser Zustand nicht lange anhalten würde. Die Hexe schien nicht an den Sieg der noch freien Elben und Menschen zu glauben und meinte, sie wäre bei Karaian auf der sichereren Seite. Wütend auf sich selbst, weil er seine Befürchtungen einfach in den Wind geschlagen hatte, hämmerte Elias mit der Faust gegen die Wand. Dies brachte ihm allerdings keine Lösung des Problems, sondern nur eine schmerzende Hand ein.

»Du elende Hexe!«

Sein Fluch klang in dem kleinen Raum seltsam hohl. Nachdem sich sein Zornesausbruch gelegt hatte, versuchte er, ruhig zu werden und sich zu konzentrieren. Das Feuer seiner Energie flammte kurz auf, erlosch aber sofort wieder. Dennoch hatte dieser Augenblick gereicht, um Elias einen magischen Schutzwall zu enthüllen, der ihn in seiner Zelle lückenlos einschloss. Ihm blieb nichts anderes übrig, als zu warten.

Martin glaubte einfach nicht, was am frühen Vorabend geschehen war. Elias war fort. Er hatte es nicht geschafft, den Feuerprinzen zu retten, die einzige Hoffnung für Van'Valor, jemals wieder im Licht zu erstrahlen. Doch es war nicht nur der Verlust einer Hoffnung – es war der Verlust eines Freundes. Martin hatte in der Nacht kein Auge zugetan vor Schuldgefühlen und saß nun schon den ganzen Vormittag in seinem Zimmer herum. Er wollte niemanden sehen. Ständig fragte er sich, ob Elias noch am Leben war, und dachte an die erste Begegnung mit dem Feuerprinzen. Martin rieb sich mit den Fingern über die Augen. Unwillkürlich schoss ein Schmerz durch seine Hand.

»Autsch!«

Er warf einen Blick auf die Wunde und fluchte laut. Karaian hatte ganze Arbeit geleistet. Es war zwar nur ein feiner roter Strich zu sehen, doch die Verletzung schien schlimmer zu sein, als Martin erwartet hatte. Probehalber versuchte er, die Hand zu ballen, doch die Schmerzen waren zu groß. Vielleicht hatte Karaian eine Sehne getroffen … Mit seinem Schwertarm würde Martin jedenfalls erst einmal nicht viel anfangen können. Er wusste, dass das jetzt vermutlich der richtige Augenblick war, um zu Jéodin zu gehen und sich von ihm heilen zu lassen, doch irgendwie stand Martin nach wie vor sein Stolz im Weg. Es gab schließlich Krieger mit weitaus schlimmeren Wunden als der seinen. Zum Glück waren seine Fähigkeiten nicht auf rechts beschränkt. Fahrig strich sich der junge Krieger sein dunkles Haar zurück und stand vom Rande seines Bettes auf. Niedergeschlagen wandte er sich dem Fenster zu und sah, wie die Sonne den Schnee tauen ließ. Es war eine kalte Sonne – jedenfalls schien es Martin so.

»Bitte, Aeretorn, wenn du mich hörst, wirf einen Blick auf Elias und beschütze ihn ... Ich konnte es nicht.«

Sich über sich selbst wundernd, schritt er zur Tür und ging auf den Gang hinaus. Er glaubte – durch die höfische Erziehung unter den Fittichen des Königs – zwar ohne Zweifel an eine göttliche Existenz, aber das eben gesprochene Gebet war die mit Abstand ernsthafteste Bitte, die er bisher in seinem Leben an den großen Beschützer gerichtet hatte.

Grübelnd beugte sich Mia über eine Landkarte und schätzte die Entfernungen der einzelnen Siedlungen ab. Es gab viele davon. Seufzend rückte sie den Stuhl noch näher an den Tisch und kniff die Augen zusammen. Jéodin stand neben ihr und blickte Mia über die Schulter.

»Wenn du recht hast, müsste sich Elias in diesem Umkreis befinden.« Mit der Hand malte Mia einen imaginären Kreis auf die Karte und sah dann zu Jéodin auf.

Der Naramund nickte. »Ja, das ist die maximale Weite, die Sad'hyani zurückgelegt haben könnte. Das *Vrún nel'Lyr*, was in eurer Sprache soviel wie *Ortswechsel* bedeutet, ist gefährlich und lässt sich nur auf kürzere Entfernungen anwenden, da es enorm viel Energie benötigt und Sad'hyani danach nicht sofort wieder ein solches Zauberkunststück vollführen kann.«

»Aber wenn sie ihn zu Karaian gebracht hat, könnte der ihn doch wieder an einen anderen Ort zaubern.«

Jéodin widersprach: »Nein, Karaian verfügt nicht über die Macht, die man dazu braucht. Er mag vielleicht im Stande sein, sich selbst an einen anderen Ort zu zaubern, aber eine weitere Person dabei mitzunehmen, verlangt sehr viel mehr Erfahrung und Geschick. Das würde ich ihm nicht zutrauen.«

Schweigend fuhren sie fort, gemeinsam die Karte zu studieren. Mia musste Elias unbedingt wiederfinden. Falls Sad'hyani den Feuerprinzen zu Karaian gebracht hatte, wäre es am plausibelsten, dass sich Elias nur wenige Tagesreisen entfernt hinter den Bergen aufhielt. Es konnte aber genauso gut sein, dass Sad'hyani Elias so weit wie möglich von Tymas weggeschafft hatte, um eine rasche Rettungsaktion auszuschließen.

Mia glaubte eher an Letzteres. »Denkst du, Karaian wird nun nach Van'Valor zurückkehren?«

Jéodin zuckte ratlos mit den Achseln – eine sehr unelbische Geste – und sagte: »Karaian ist sehr schwer einzuschätzen, aber ich glaube oder hoffe zumindest, dass er nach dieser Abschreckung erst einmal in Deckung geht, und das kann er tatsächlich am besten in Van'Valor.«

Mia runzelte die Stirn. »Vielleicht hält Sad'hyani Elias irgendwo auf dem Weg dorthin fest, um auf Karaian zu warten.«

»Das wäre möglich«, gab Jéodin zu und starrte auf die Karte, als würde er sie zwingen, von selbst die Stelle preiszugeben, an der sich Elias befand.

Mia klappte die Landkarte zu und stand auf.

»Wir müssen etwas unternehmen.«

»Stimmt.«

Gemeinsam liefen sie zum Palast, um Léssal ihre Vermutung zu unterbreiten. Schnelles Handeln war erforderlich.

Elias' Lippen waren rau und trocken. Wenn er nicht bald etwas zu trinken bekam, würde er verdursten. Im Gegensatz zu der Kälte, die ihm dank seiner Kräfte nicht sonderlich zusetzte, war das mit dem Wasser ein richtiges Problem. Mittlerweile hatte er sich an die andauernde Dunkelheit gewöhnt und fand sich, auch ohne dass er etwas sah, in dem kleinen Raum ganz gut zurecht. Mühsam hatte er die letzte Zeit damit verbracht, das Stroh, das auf dem Boden verteilt gewesen war, zusammenzusuchen und sich daraus ein einigermaßen passables Lager zu errichten. Wenigstens konnte er dadurch ein wenig Schlaf finden. Da man ihm kein Essen brachte, hatte er sämtliches Zeitgefühl verloren und so wusste er nicht, wie lange er schon in diesem Kerker festsaß. Geschwächt ließ er sich auf das modrige Stroh zurücksinken und dachte seine Situation zum hundertsten Mal durch, ohne dass er einen Ausweg sah. In seine Gedanken vertieft, merkte er nicht sofort, dass sich ihm Schritte näherten. Als diese jedoch immer lauter wurden, horchte er auf und sah gebannt in die Richtung, in der sich die Tür befinden musste. Die Schritte verstummten und ein Rasseln wie von schweren Ketten drang zu ihm durch. Knarrend schwang die Tür auf und Fackellicht fiel in die kleine Zelle. Geblendet wandte sich Elias ab und kniff die Augen zusammen.

»Na, gefällt dir dein neues Zuhause?«

Es war die Stimme Sad'hyanis und Elias zwang sich, wieder zur Tür zu blicken. Die Gestalt der Hexe hob sich wie ein großer Schatten vom hellen Schein des Feuers ab und brachte Elias zum Schauern. Doch er bemühte sich um einen festen Ton.

»Du hast uns alle verraten!«

Wut ergriff ihn und er versuchte, der Verräterin aufrecht entgegenzutreten und ihr zu sagen, was er von ihr hielt, aber seine Kraft reichte nicht aus. Stolpernd fiel er hart auf den Boden und stöhnte gepeinigt auf. Sad'hyani trat weiter in den Raum, sodass Elias direkt vor ihren Füßen lag.

»Du musst wissen, als einfacher Menschenjunge bist du mir, seit du mich verschmäht hast, allemal lieber als ein mächtiger Drache. Du musst wissen, dass mir noch nie ein Mann widerstanden hat und mich dein Desinteresse zutiefst gekränkt und verletzt hat.«

Elias erinnerte sich an die merkwürdige Szene auf den Stufen des Elbenpalastes und plötzlich durchzuckte ihn Erkenntnis. Die Hexe hatte den Drachen für sich gewinnen wollen. Durch Verführung hatte sie erreichen wollen, ihm ihren Willen aufzuzwingen. Das hätte ihr unendliche Macht gegeben. Nun schien Elias die Gier danach in ihrem Gesicht völlig offensichtlich zu sein. Warum nur hatte er sich damals nicht überwinden können, sie länger anzusehen?

Sad'hyani seufzte. »Aber wir hätten, nachdem du ihn wütend gemacht hast, ohnehin keine echte Chance gegen Karaian gehabt – mit Drache oder ohne.«

Ihr Blick wirkte für einen kleinen Augenblick wirklich bedauernd. Elias versuchte zu sprechen, aber der Sturz hatte ihm allen Atem genommen.

»Ich bin sicher, du willst deinen neuen Freund kennenlernen. Er wird sicher nicht lange auf sich warten lassen.«

Elias wusste, dass sie mit dem *Freund* keinen anderen als Karaian meinen konnte. Der Drache war verloren. Krachend fiel die Tür wieder ins Schloss. Benommen über den Steinboden kriechend bewegte sich Elias auf eine Schale zu, die ihm die Hexe noch hingestellt hatte. Wasser! Doch bevor er die Kraft spendende Flüssigkeit erreichen konnte, wurde er bewusstlos.

Es war bereits eine Woche vergangen und sie hatten Elias immer noch nicht gefunden. Mia und Jéodin waren sofort aufgebrochen, nachdem sie mit Léssal und Léfaîn gesprochen hatten. Martin war zu apathisch, um irgendetwas unternehmen zu können, weshalb Mia zuerst alleine hatte gehen wollen. Als sie sich jedoch bereits auf ihre weiße Stute geschwungen hatte, war Jéodin aufgetaucht, um sie zu begleiten. Es war nicht einfach gewesen, hinter den Bergen unbemerkt an Karaians Armee vorbeizukommen, aber sie hatten es geschafft. Nun ritten sie über weite Ebenen und Nâjnas weiße Mähne kitzelte Mias bloße Arme. Es war in den letzten Tagen schon deutlich wärmer geworden und der Frühling begann langsam den Winter zu verdrängen. Sanft strich Mia der weißen Stute über das verschwitzte Fell und feuerte sie mit den Beinen an. Jéodin sprengte mit seinem braunen Hengst neben ihr her und die beiden Pferde schienen ihren Spaß zu haben. Für einen kurzen Moment lachte Mia und freute sich mit ihnen, doch der Gedanke an Elias holte sie schnell auf den Boden der Tatsachen zurück und das Hochgefühl verschwand. Mia ließ Nâjna austraben. Elias war ein Gefangener, falls er denn überhaupt noch lebte. Doch irgendwie spürte Mia, dass Elias nicht tot war – die Liebe zu ihm schien ein Band zwischen ihnen gebildet zu haben. Einerseits erfüllte sie das mit Zuversicht, andererseits hatte sie auch Angst, mit so einem mächtigen Wesen wie einem Drachen verbunden zu sein. Sie konnte Elias, der ihr ein paar Jahrhunderte voraus war, einfach nicht völlig begreifen.

Jéodin beobachtete Mia von der Seite und bemerkte

mit seiner manchmal fast unheimlichen Gabe, was in ihr vorging.

»Ich verstehe, was du denkst. Aber Elias würde niemals zulassen, dass dir durch ihn ein Leid widerfährt.«

»Ich weiß.«

Den Rest des Tages ritten sie stumm weiter und jeder hing seinen eigenen Gedanken nach.

Wie durch einen Schleier sah Elias, dass sich jemand über ihn beugte. Die von schwachem Feuerschein erhellten Züge kamen ihm bekannt vor. Ben? Nein, das konnte nicht sein. Elias' Kopf drehte sich und er schloss die Augen. Wasser benetzte seine Lippen und flutete angenehm kühl durch seinen geschundenen Körper. Plötzlich überfiel ihn ein Brechreiz. Vom Husten und Würgen erbebte sein ganzer Körper und Elias merkte, dass er vor Fieber glühte.

»Junge, komm schon. Gib mir jetzt bloß nicht auf!«

Es war tatsächlich die unverkennbare Stimme von Ben. Elias' Augenlider flatterten.

»Ben?«

»Pscht. Muss ja nicht jeder wissen, dass wir uns kennen«, flüsterte der alte Mann und blickte sich misstrauisch um.

Elias bemerkte, dass er sich immer noch in dem dunklen Kerker befand. Die Tür war verschlossen.

»Ich werde sterben.«

Elias' Worte klangen endgültig. Er wusste, dass seine Schwäche nicht nur von dem andauernden Nahrungsmangel herrührte. Es waren die beklemmende Enge und das Gefühl, eingesperrt zu sein, welche ihm nach und nach alle Kräfte raubten. Die Jahrhunderte, die seine Drachenseele in der Kugel verharrt war, hatte er nur Dank elbischer Magie unbeschadet überstanden. Dies hier war die reinste Folter! Ein

Drache brauchte Freiheit. Elias sah, dass Ben versuchte, seine zuversichtliche Miene aufrecht zu erhalten, doch die Verzweiflung verbarg sich hinter jedem seiner Worte.

»Nein, Elias. Du wirst nicht sterben! Du musst kämpfen!«

Ein erneuter Hustenanfall schüttelte Elias' Körper.

»Ben, ich kann nicht…«

Erneut fiel Elias in tiefe Bewusstlosigkeit. Die kalte Dunkelheit umfing ihn wie eine eiserne Faust, die ihm langsam die Luft abschnürte.

∾

Mia fuhr ein kalter Schauer über den Rücken. Zitternd lehnte sie sich an den großen Felsen und zog ihre Decke fester um sich. Ein paar feine Äste des Waldbodens knackten unter der plötzlichen Bewegung und sich selbst tadelnd überprüfte sie, ob Jéodin noch schlief oder ob ihr unbedachtes Handeln ihn geweckt hatte. Elben hatten durch ihre wachsame Art einen sehr leichten Schlaf und benötigten – vielleicht auch deshalb – mehr davon als Menschen. Zudem wusste Mia, dass sie beide erschöpft und müde waren. Mühsam versuchte sie, die Augen offen zu halten. Sie hielt die zweite Wache und als Jéodin sie geweckt hatte, war es bereits tiefste Nacht gewesen. Lauschend wandte sie ihren Blick den Schatten zwischen den hohen Bäumen zu, aber es war kein Geräusch zu hören. Der Wald wirkte wie ausgestorben. Seltsam. Sie hätte schwören können, dass zuvor noch Leben in den Wipfeln und am Boden geherrscht hatte. Woher kam die Stille? War ihr deswegen auf einmal so kalt? Beunruhigt richtete Mia sich auf und wog ab, ob sie den Elb wecken oder allein nach der Ursache der Stille forschen sollte. Sie entschied sich, Jéodin vorerst noch etwas Schlaf zu gönnen. Leise stand sie auf und schlich zu den Pferden. Auch sie verhielten sich unnatürlich ruhig und hatten die Ohren furchtsam angelegt.

»Was ist nur los?«, flüsterte Mia in die Stille hinein und rieb Nâjna beruhigend über die Nüstern.

Aus dem Augenwinkel bemerkte sie plötzlich ein weißes Strahlen am Himmel. Die Drunére! Vier blendend weiße Schwäne flogen über die Baumkronen und setzten sanft zur Landung an. Mia konnte sich nicht erklären, warum die Schwäne jetzt und vor der Schlacht um Tymas für sie sichtbar geworden waren. Elegant kamen die vier Naturgeister direkt vor Mias Füßen auf dem Waldboden auf. Ohne Scheu ging Mia vor ihnen in die Knie. Das schien ihr in Gegenwart der göttergleichen Wesen angebracht. Die Schwäne senkten ihre großen Häupter, sodass sie sich mit Mia auf Augenhöhe befanden und sahen sie schweigend an. Die Botschaft der Schwäne war ihr klar, auch wenn sie mit den Drunéren kein einziges Wort wechselte. Sie wollten, dass Mia sie begleitete.

»Aber Jéodin …«, meinte sie und wies mit der Hand auf ihren schlafenden Begleiter.

Einer der Schwäne schüttelte den Kopf.

»Wie soll er verstehen, dass ich ohne ihn gehen muss?«

Einer der Schwäne zupfte eine Feder aus seinem Flügel und reichte sie Mia. Ihre Hand bebte leicht, als sie die Feder aus dem Schnabel entgegennahm. Eilig stand Mia auf. Sie wusste nun, warum sie fror und warum der Wald stumm geworden war. Etwas stimmte mit Elias nicht. Sie legte die Feder auf Jéodins Beutel, der neben seinem Schwert am Stamm eines Baumes lehnte und griff nach ihrer Decke. Nachdem Mia auch noch ein wenig Verpflegung zusammengepackt hatte, ging sie zu Nâjna und drückte sie ein letztes Mal an sich, bevor sie auf einen der Schwäne stieg und mit den Naturgeistern davonflog.

Der Albtraum brachte Elias' Herz zum Rasen. Ein enger schwarzer Schlund tat sich vor ihm auf und zog ihn wie ein Magnet an. Elias hatte keine Chance. Verbissen kämpfte er gegen den Sog an, doch je mehr Energie er darauf verwendete, desto näher schien er dem dunklen Tunnel zu kommen. Ein Gefühl von Ausweglosigkeit ergriff von ihm Besitz. Die Schwärze, die von dem Loch ausging, erinnerte ihn an die unendliche Dunkelheit in seiner Zelle. Von Panik ergriffen merkte er, dass ihn Kälte umfing. Der Tod. Das war also die Finsternis, die er die ganze Zeit gespürt hatte.

Jéodin erwachte aus tiefem Schlaf und richtete sich auf. Er sah sich um. Der Morgen war bereits fortgeschritten und helle Sonnenstrahlen ließen die von Tau benetzten Blätter der Bäume glänzen. Der Elb atmete tief ein. Die Natur war trotz der langen Zeit, die Jéodin bereits lebte, immer noch so faszinierend wie eh und je. Doch irgendetwas stimmte mit dem Bild, welches sich ihm bot, nicht …

Er schüttelte den letzten Rest Müdigkeit von sich und sein durch Jahrhunderte geschulter Blick wanderte erneut über das Lager – doch diesmal war seine Wahrnehmung nicht auf die Natur gerichtet. Das Fehlen von Mia registrierte er im selben Augenblick, in dem er auch die Feder des Schwans erblickte. Jéodin verstand das Zeichen: Auch die Drunére versuchten Elias zu finden und benötigten dazu Mias Hilfe. Die Liebe, welche die junge Menschenfrau für Elias empfand, würde die empfindsamen Gemüter der Naturgeister gewiss direkt zu dem Drachen führen. Nur dumm, dass Jéodin in diesem Punkt, wie auch in vielen anderen Belangen, den Fähigkeiten der Drunére weit unterlegen war. Er würde nun allein auf gut Glück weiter nach Elias suchen müssen.

9 Weiße Schwingen

Mia glaubte, dass die Hexe Elias nach Vendera verschleppt hatte. Erstens flogen die Schwäne in diese Richtung und zweitens schien die Stadt perfekt für Sad'hyanis Absichten. Vendera lag nahe an der Grenze zum Südland und wenn die Zauberin dort auftauchte, würde sie nicht so viel Aufmerksamkeit erregen wie in Van'Valor selbst. Mias Fäuste ballten sich vor Zorn, als sie an die Hexe dachte. Sad'hyani hatte sie alle hintergangen. Mit ihren Gedanken versuchte Mia, die Schwäne zu noch größerer Eile zu drängen, und kniff wegen des starken Flugwindes die Augen zusammen. Auch mit Insekten musste sie sich hier oben ab und an herumschlagen, doch die Zahl der kleinen Nervtöter hielt sich dank der großen Höhe in Grenzen. Doch diese Höhe hatte ebenso ihre Nachteile, denn es war furchtbar kalt und Mia war heilfroh, dass sie bei ihrem Aufbruch ihr Schlaffell mitgenommen hatte. Rast machten die Schwäne nur, wenn Mia ihre Blase spürte und wenn der Proviant in ihrer Tasche aufgebraucht war. Neugierig schaute Mia während des Fluges immer wieder zur Erde unter ihr, doch es gab nicht viel zu sehen. Die Steppe war karg und leer. Nur ab und zu sah sie einzelne Reisende, die die eintönige Umgebung mit ihren Karren oder Pferden durchquerten. Da die Schwäne jedoch für fast alle Lebewesen unsichtbar waren, bemerkte niemand die stille Beobachterin am Himmel.

Am zweiten Tag hatten die Schwäne Vendera fast erreicht. Die Sonne ließ die Flügel der Naturgeister in so hellem

Licht erstrahlen, dass Mia fast die Augen schließen musste. Plötzlich bemerkte sie eine einsame Gestalt am Boden. Zuerst maß sie dem dunklen Punkt keine Bedeutung bei, aber das Wesen musste sie bemerkt haben, denn es bewegte sich nicht und Mia glaubte zu erkennen, dass es den Kopf gen Himmel gerichtet hatte. Ohne dass Mia etwas dagegen tun konnte, sanken die Schwäne immer tiefer.

»Bitte, wir haben keine Zeit! Elias ist in Gefahr!«, rief sie, aber da setzten die anmutigen Vögel bereits auf dem kargen Boden auf.

Als Mias Blick die Gestalt wieder gefunden hatte, erfasste sie sofort Mitleid. Es war ein kleiner Junge, der verstaubt und in Lumpen gekleidet ganz allein dastand. Hatte er keine Eltern? Seine Schultern hingen herab und sein Körper war abgemagert. Mia stieg vom Rücken des Schwans, der sie getragen hatte, und ging ein paar Schritte auf den Jungen zu, um ihn aus einigen Metern Entfernung genauer zu betrachten. Die Lumpen, die der Junge trug, bestanden aus zerrissenen Leinensäcken, wie sie vielerorts für den Getreidetransport genutzt wurden, und seine Füße waren nackt. Die zerzausten, schwarzen Haare waren ganz verfilzt und aus dem runden Kindergesicht blickten große braune Augen, die sich verwirrt von Mia zu den Schwänen und wieder zu Mia bewegten.

»Hab keine Angst«, sagte sie beruhigend und machte noch einen Schritt auf den Jungen zu.

Dieser wich jedoch scheu zurück und wandte sich Schutz suchend um. Da löste sich einer der Schwäne von den anderen und flatterte mit wenigen kraftvollen Flügelschlägen zu dem verängstigten Kind. Bevor der Junge abermals ausweichen konnte, berührte ihn der Schwan mit seinem Schnabel an der Stirn. Es war ein seltsamer Anblick. Als der Naturgeist von dem Jungen abließ, schloss dieser die Augen, sank von einem auf den andern Moment auf den Boden und schien zu schlafen.

»Nimm ihn mit«, sagten die Schwäne in Mias Gedanken und sie gehorchte ohne zu zögern.

Martin verabscheute sich selbst. Warum nur war er Mia nicht gefolgt? War er durch sein Versagen bei Elias denn dazu verurteilt, für den Rest seines Lebens in der Elbenstadt herumzusitzen und vor Melancholie zu vergehen? Entschlossen verließ er sein Zimmer. Er hatte schließlich ein Versprechen zu halten und seine Ehre zu retten.

»Oh nein, du stirbst mir nicht!«

Befehlend drang die Stimme aus weiter Ferne zu ihm durch und Elias spürte, dass ihn etwas im letzten Augenblick von der Schwelle des Todes wegzerrte. Er wusste trotz seines Zustands mit aller Gewissheit, wer da gesprochen hatte. Sad'hyani. Elias konnte nicht umhin, bei dem Gedanken an die Hexe einen unermesslichen Groll zu empfinden, und wusste nicht recht, ob er von solch einer Verräterin überhaupt vor dem Tod gerettet werden wollte. Vermutlich war das, was dann auf ihn zukommen würde, noch schlimmer. Der finstere Schlund befand sich immer noch in Elias' unmittelbarer Nähe, aber es ging keine Anziehung mehr von ihm aus. Es schien, als wäre Elias auf der Grenze zwischen Tod und Leben gefangen. Er fühlte, wie die Kälte nach ihm griff, denn auch wenn er nicht mehr in akuter Gefahr schwebte – die Dunkelheit blieb allgegenwärtig. Das gewinnende Lachen Sad'hyanis, welches von der Freude über ihren Triumph und der damit einhergehenden Bestätigung ihrer Macht herrührte, durchzog Elias' Gedanken und das Feuer in seinem Inneren flackerte zornig auf. Die Hexe musste durch den Bann, der auf dem Kerkerraum lag, irgendwie einen Weg gefunden haben, seine Magie zu absorbieren und für sich zu nutzen.

Der kleine Junge lag wie ein Baby in Mias Armen, und auch wenn ihr erstes Interesse Elias galt, wandte sie den Blick oft von Vendera ab und musterte das Kind. Die Stadt war am späten Abend in Sicht gekommen und ihre Lichter leuchteten in dieser Einöde wie Sterne. Mia spürte, dass der Junge etwas Besonderes an sich hatte, aber sie konnte diesen Eindruck nicht näher bestimmen. Nachdenklich strich sie dem Kind die Haare aus der Stirn. Was dieser kleine Bursche wohl so erlebt hatte? Warum war er allein gewesen? Wieso wollten die Schwäne, dass sie ihn mitnahm, und vor allen Dingen, wie war es möglich, dass dieser Junge die Schwäne überhaupt gesehen hatte? Und damit kam auch der Gedanke, der sie selbst betraf, wieder auf: Wie kam es dazu, dass sie und auch der Junge die Schwäne nun sehen konnten, obwohl diese von den meisten Menschen doch eigentlich nicht wahrzunehmen waren? Hatten sich die Schwäne dazu entschlossen, sich ihnen zu offenbaren? War da irgendein Zauber im Spiel? Mia schien das die einzige sinnvolle Erklärung zu sein. Sie blickte auf. Vendera kam immer näher. Die Luft hier oben war zwar kühl, aber nicht schneidend, da von den Körpern der Schwäne beständig eine wohlige Wärme ausging. Mia spürte plötzlich wie unsagbar müde sie war, doch gerade, als ihr die Augen zufallen wollten, erwachte der Junge. Mia bemerkte es nur, weil sie sich auf einmal beobachtet fühlte. Er hatte sich nicht bewegt und sah sie aus seinen braunen Augen einfach nur an.

»Geht es dir gut?« Der Junge nickte zaghaft. »Wie heißt du?«

Die Minuten verstrichen und nichts geschah, sodass Mia schon glaubte, er würde nicht antworten, doch dann flüsterte er: »Asef.«

»Freut mich, dich kennenzulernen, ich bin Mia.«

Der Junge schloss erneut die Augen und schien sich noch mehr in ihren Schoß zu kuscheln. Mia lächelte ob dieses offensichtlichen Vertrauensbeweises und legte beschützend die Arme um das einschlafende Kind.

Worsek hasste es, zu verlieren und dieser feige Rückzug aus dem Elbenreich setzte ihm besonders zu. Der schwere Ritt durch die Berge dauerte nun schon viele Tage an. Wenigstens war während der Schlacht dieser Mendral umgekommen. Der hatte ohnehin nichts als Scherereien gemacht. Aber warum um alles in der Welt war Karaian diesem verfluchten Drachen nicht gewachsen? Oder waren die Naturgeister, von denen Worsek gehört hatte, das Problem? Mürrisch griff er in seine Seitentasche und umschloss den runden Gegenstand, den er nach wie vor immer bei sich trug. Der Rachestein war das Einzige, was ihm von seiner Vergangenheit noch geblieben war. Er würde alles daran setzen, den Feuerprinzen zu töten und endlich über den Norden zu siegen.

»Halt!« Der Befehl bahnte sich seinen Weg durch die gesamte Armee und das gewaltige Heer kam zum Stehen.

Die Männer freuten sich und ließen sich erschöpft nieder. Dies war die erste Rast, die sie seit dem Aufbruch von Tymas einlegten. Worsek stieg von seinem Pferd und fluchte, als von seinen verkrampften Muskeln ein plötzlicher Schmerz ausging. Diese Reiterei würde ihn irgendwann ins Grab bringen.

Sie hatten Vendera erreicht. Die Stadt war größer, als Mia gedacht hatte. Ihr Mut sank. Wie sollten sie in all dem Durcheinander von schmalen Gassen und breiten Straßen den einen Ort finden, an dem man Elias festhielt? Die Schwäne flogen nun schon seit einiger Zeit suchend über die Dächer. Mias Ungeduld wuchs. Asef dagegen schien sich zu amüsieren und betrachtete voller Neugier das wilde Treiben der Menschen und Tiere auf den Straßen der Handelsstadt. Mia bemerkte, dass sich hier Südländer und Nordländer mischten und die Nähe der Grenze die Feindseligkeiten der beiden Völker auf ein Minimum reduzierte. Es kam ihr so vor, als würde der Krieg, der die ganze bekannte Welt beherrschte, in Vendera nichts bedeuten. Asef drehte sich plötzlich zu ihr um.

»Sieh mal dort!«

Seine Stimme verriet Aufregung und Mia folgte mit den Augen seinem ausgestreckten Finger. Der kleine Junge wies auf eine verhüllte Frau, die durch eine der Gassen stolzierte.

»Was ist?«

Asef rüttelte an ihrer Schulter. »Kannst du es nicht sehen? Der schwarze Nebel.«

»Hmmm?« Angestrengt starrte Mia nochmals hinunter.

Die Frau machte den Anschein, als wäre sie eine Bettlerin. Doch warum war dann ihr Auftreten derart gebieterisch? Und wieso lief sie durch eine leere Gasse, in der sich kein Leben tummelte? Ein kalter Schauer überlief Mia.

»Hast du gesagt, ein schwarzer Nebel?«

»Ja! Er umhüllt die Frau wie ein zweiter Umhang. Er ist so stark, dass ich sie kaum darunter erkennen kann. Das ist … ungewöhnlich. Als wäre sie nicht *normal.*«

»Sad'hyani«, murmelte Mia und ihre Miene verfinsterte sich.

Bevor der Junge fragen konnte, was Mia bedrückte, schossen die Schwäne auf einmal wie Pfeile auf die Frau zu. Alarmiert klammerte Mia sich an den Hals des Schwanes und rief: »Asef! Halt dich fest!«

Doch es war zu spät. Der Junge wurde von der plötzlichen Bewegung zurückgeschleudert und rutschte vom Rücken des Vogels. Instinktiv ließ Mia ihren einen Arm hervorschnellen, während sie den anderen noch fester in das Federkleid des Naturgeistes grub. Im nächsten Moment hatte Mia Asefs Gewand gepackt und zog den Jungen wieder neben sich. Asef zitterte vor Schreck und drückte sich an Mia wie an einen rettenden Baumstamm in einem reißenden Fluss. Dies alles geschah in nur wenigen Sekunden und endete mit einem heftigen Aufprall. Die vier Schwäne hatten alle gleichzeitig ihr Ziel erreicht und waren ungebremst in die Hexe hineingeflogen. Zu überrumpelt, um rechtzeitig zu reagieren, fiel diese um und schlug hart auf dem Boden auf. Zum Glück war Mia mit Asef rechtzeitig abgesprungen, sodass sie etwas grob, aber unbeschadet wenige Meter entfernt auf dem Boden aufkamen und nun gebannt das Spektakel beobachteten, das sich ihnen bot. Die Hexe schien sich von ihrer Überraschung erholt zu haben und rappelte sich geschwind auf. Die Schwäne hatten sich um sie herum aufgestellt. Ihre Flügel waren bedrohlich ausgebreitet. Aber sie sollten keine Gelegenheit bekommen, Sad'hyani anzugreifen. Mit einer Zauberformel auf den Lippen löste sich die Hexe inmitten der Naturgeister einfach in Luft auf. Mia schäumte vor Wut. Nun war Sad'hyani ihnen schon ein zweites Mal auf diese Weise entwischt.

Martins Hand schmerzte entsetzlich. Zwar hatte er seinen Stolz mittlerweile doch überwunden und sich von Jéodin, bevor dieser aufgebrochen war, die Hand versorgen lassen, aber so ganz wollte diese verfluchte Wunde, die ihm Karaian während der Schlacht zugefügt hatte, einfach nicht heilen. Gezwungenermaßen ließ er den Zügel mit dieser Hand los und lenkte nur noch mit der anderen Hand. Er ritt jetzt schon eine ganze Weile über die Ebenen von Avéndur. Wenn er galoppieren würde, wäre er schneller bei den Bergen. Doch sich nur mit einer Hand auf dem Pferd zu halten war weitaus schwieriger, als er gedacht hatte. Vielleicht lag sein langsames Tempo aber auch an seiner Niedergeschlagenheit und an dem Gefühl, versagt zu haben. Vor ihm ragte Angst einflößend das Déjun-Gebirge aus der Erde. Von Léssal wusste Martin, dass Mia und Jéodin in Richtung Van'Valor unterwegs waren, um auf der Strecke dorthin nach Elias zu suchen. Er hatte noch einen weiten Weg vor sich.

»Das war wirklich unheimlich!«, raunte Asef und starrte ungläubig auf die Stelle, an der sich die Hexe in Luft aufgelöst hatte.

Mia seufzte. Was sollten sie jetzt tun? Die Schwäne waren ohne sie wieder in den Himmel gestiegen und flogen nun in großer Höhe über ihnen. Plötzlich fiel Mia etwas ein.

»Asef, hast du wirklich einen schwarzen Nebel um die Hexe gesehen?« Neugierig sah sie in die großen Kinderaugen.

»Hexe?«

»Ja, die Frau von eben.«

Er sah sie verständnislos an. »Natürlich hab ich ihn gesehen. Sollte ich dich anlügen?«

»Siehst du oft solche Dinge?«

Asef zuckte mit den Schultern. »Einen schwarzen Nebel wie den habe ich noch nie gesehen. Aber manchmal sehe ich, dass Menschen einen Schein haben, der sie umhüllt. Bei manchen heller, bei anderen wieder dunkler. Das war schon immer so.«

Mia runzelte die Stirn. Konnte der Kleine etwa die Magie sehen, die in jedem lebenden Wesen steckte? Schließlich hatte er ja auch die Schwäne gesehen, obwohl er sie eigentlich nicht hatte sehen sollen. Asef grinste breit.

»Du strahlst von innen, stärker als alle anderen.«

Mia strich dem Jungen über den wuscheligen Kopf und nahm seine Hand.

»Los, lass uns die Stadt erkunden.«

Asefs Augen leuchteten erwartungsvoll. Arglos blickte er sich um. Er ahnte noch nicht, was der eigentliche Grund dieser Stadtbesichtigung war.

Martin ritt in der Abenddämmerung über die ersten Hügel. Bald würde er sich zwischen schroffen Felsen befinden. Bevor die Elbenstadt hinter den Erhebungen verschwand, warf er noch einen Blick zurück.

»Elias, ich schwöre, dass ich nicht zurückkommen werde, bis ich dich gefunden habe.«

Die Welt hinter dem Gebirge erwartete ihn wie eine lauernde Raubkatze, die auf ihr Opfer wartete.

Worsek lief in wagemutigem Tempo über den Kiesweg und scherte sich nicht um das Grollen, das ein nahendes Gewitter ankündigte. Die meisten Straßen von Drusk waren nicht mehr als Schotterwege. Heute würde sein Vater endlich wieder von seiner Reise in den Norden nach Hause kommen. Worsek war noch jung, weshalb er seinen Vater noch nicht in diese gefährliche Gegend begleiten durfte. Dennoch übte er jeden Tag mit dem Schwert und der Axt, um auf den Tag vorbereitet zu sein, an dem er neben seinem Vater fortreiten würde. Aufgeregt und mit einem Lachen auf den Lip-

pen rannte er zu dem kleinen Holzhaus hinunter, doch dann blieb er abrupt stehen. Etwas stimmte nicht. Es war zu still. Wieso hörte er nicht das Schnattern der Gänse und was war mit der Haustür geschehen? Bestürzt sah er auf das geborstene Holz und ihn ergriff eine schreckliche Vorahnung.

»Mama?«

Keine Antwort. Hastig lief er noch weiter ins Tal und kam schließlich vor dem Gänsestall zum Stehen. Die weißen Vögel waren alle tot! Überall war Blut und Worsek sah, dass die Gänse geköpft worden waren. Das frische Blut stach auf dem hellen Gefieder der toten Vögel hervor wie ein Signalfeuer. Schockiert wandte er sich ab und ging mit steifen Schritten auf die zersplitterte Haustür zu. Im Inneren des kleinen Hauses sah es verheerend aus. Stühle und Tische waren umgekippt, die Bücher – Papas wertvolle Bücher – aus dem Regal gerissen und nichts schien mehr an seinem Platz zu sein. Dann fiel Worseks Blick auf die roten Spritzer, die die Wand bedeckten. Unruhig ging er um einen der umgekippten Tische herum. Das Bild, das sich ihm bot, war erschütternd. Auf dem Boden lagen seine Eltern. Es sah aus, als hätte sein Vater noch versucht, seine Mutter zu beschützen. Mit zitternden Fingern beugte sich Worsek hinunter und nahm die Axt aus den toten Händen seines Vaters. Was war nur geschehen? Plötzlich hörte er das Donnern von Hufen. Alarmiert hielt er mit seinen Kinderhänden die schwere Waffe vor sich und schlich zur Tür, die keine mehr war. Vorsichtig lugte er hinter dem geborstenen Holz hervor und versuchte, die Neuankömmlinge zu erspähen. Als erstes sah er einen Reiter, der in einen schwarzen Umhang gehüllt war. Ihm folgte ein Trupp Soldaten. Worseks Atem wurde eine Spur ruhiger. Es waren Südländer.

»Hab keine Angst, Junge«, rief der Mann in Schwarz und schien direkt dorthin zu sehen, wo sich Worsek versteckte.

Verwundert darüber, dass der Mann ihn sah, kam Worsek aus seiner Deckung und wischte sich dabei die Tränen aus dem Gesicht. »Wer bist du?«, fragte er.

Der Reiter lächelte. »Ich bin dein neues Zuhause.«

Nur froh, dass sich jemand um ihn kümmern würde, verließ Worsek den Schutz der Holzwände und ging dem Mann entgegen. So verwirrt, wie er war, bemerkte er nicht, dass der Saum des schwarzen Mantels von Blut getränkt war. Es war das Blut seiner Eltern …

Worsek schreckte aus dem Schlaf auf. Wie fast jede Nacht hatte er seine toten Eltern gesehen. Immer dieses eine Bild. Er schämte sich, dass ihm dieses Ereignis so zusetzte. Es war höchste Zeit, dass er über die kaltblütige Ermordung seiner Eltern hinwegkam. Doch er wusste, dass dies nur geschehen würde, wenn er seine Rache bekam. Der Drache musste sterben. Er war zum Symbol seines Feindes geworden. Wenn Karaian dieses Wesen nicht tötete, dann würde Worsek das tun. Er hatte nichts zu verlieren.

∾

Mia und Asef liefen nun schon seit Tagen immer wieder durch die Straßen Venderas – ständig auf der Suche nach Elias oder der Hexe. Die Nächte verbrachten sie in einer Herberge auf dem Heuboden. Als sie so nebeneinander durch die Gassen gingen, fragte Asef etwas, das Mia schon von ihm erwartet hatte.

»Was tun wir eigentlich hier?«

Mia hatte ihm bisher nicht verraten, was beziehungsweise *wen* sie eigentlich suchte, hatte sich aber bereits eine Antwort zurechtgelegt. Sie würde ihm die halbe Wahrheit erzählen.

»Wir suchen einen Freund von mir.«

Asef schien mit der Kürze der Antwort nicht ganz zufrieden, aber er erkannte, dass Mia nicht mehr erzählen würde, und hakte nicht weiter nach. Plötzlich trat ihnen aus dem Gewühl ein Mann entgegen.

»Mia?«

Mia sah überrascht in das alte Gesicht, das sie hier nun wirklich nicht erwartet hätte. »Ben?«

Der Mann lächelte. »Mia!«

Freudestrahlend drückte er die junge Frau an sich und Mia fühlte sich kurz in die Zeit in ihrem Heimatdorf zurückversetzt, als alles noch so einfach erschienen war und sie in Frieden gelebt hatten. Doch Alderun war weit weg und es war nicht der Moment, um über die Vergangenheit zu plaudern.

»Was tust du hier?« Ben ließ sie los und sah ihr forschend in die Augen.

Eine Antwort blieb aus.

»Was ist nur geschehen, nachdem du fortgegangen bist?«

Der Ernst in seiner Stimme schien nicht zu seiner sonst doch eher unbeschwerten Art zu passen und Mia wusste, dass er – genau wie sie – nicht mehr derselbe Mensch war wie damals. Es war einfach zu viel Schreckliches geschehen. Von einem Zupfen an ihrem Kleid wurde sie schließlich aus ihren finsteren Gedanken zurückgeholt. Asef sah zu ihr auf.

»Ach, wie unhöflich von mir …« Sie zwang sich zu einem Lächeln. »Das ist Asef.«

Ben reichte dem Jungen die Hand. »Hallo, Kleiner.«

Asef zögerte kurz, ergriff dann aber die große schwielige Hand. Nach dem kurzen Händedruck sagte Ben: »Kommt mit. Ich muss euch etwas erzählen.«

Misstrauisch um sich blickend, führte er sie zu einer versteckten Tür und deutete ihnen an, ihm unauffällig zu folgen. Sobald die Tür hinter ihnen geschlossen war, begann Ben zu berichten. Es war eine lange Geschichte. Ausgehend von der langen Flucht nach Vendera bis zum Finden von Elias.

∾

Auch Martin hatte es geschafft, am Heer Karaians vorbeizukommen. Es war ihm allerdings nur gelungen, indem er eine der Nachtwachen erschlagen hatte. Nun befand er sich allein im scheinbar endlosen Nirgendwo und ritt ziellos umher. Der einzige Anhaltspunkt, den er hatte, war, dass Jéodin und Mia Elias irgendwo auf dem Weg nach Van'Valor suchen wollten. Nicht gerade präzise. In der Hoffnung, die beiden anzutreffen, lenkte er sein Pferd zwischen Mered und Vendera hindurch, ohne sich entscheiden zu können, welche Richtung er einschlagen sollte.

Als Ben seine Erzählung endlich abgeschlossen hatte, herrschte entsetztes Schweigen. Mia verstand seine Verwirrung und Verzweiflung sehr gut. Schließlich hatte Ben Elias schon lange nicht mehr gesehen und wusste nichts von Elias' Bestimmung und dessen Drachenseele. Seinen Ziehsohn dann zufällig in Vendera wiederzusehen, wie dieser in bewusstlosem Zustand in ein düsteres Gebäude geschleppt wurde, und dass die Entführerin dann auch noch eine mysteriöse Frau war, die für die Menschen um sie herum auf unbestimmte Weise furchteinflößender zu sein schien als der Tod... Herr je! Kein Wunder, dass das den alten Mann aus der Fassung brachte. Mia war nicht weniger besorgt um Elias, doch sie versuchte, auch wenn das nicht einfach war, vorerst Ruhe zu bewahren und den Kenntnisstand auszugleichen.

»Ben? Ich glaube, auch ich habe dir einiges zu berichten ...«

Mia sah sich nun in der schwierigen Lage, eine Kurzfassung der vergangenen Monate zu erzählen. Als sie endlich mit ihrer Geschichte endete, setzte zunächst ungläubiges Schweigen ein. Doch schließlich unterbrach Asefs ehrfurchtsvolles Flüstern die Stille.

»Er ist wirklich ein echter Drache? Der Drache aus der Prophezeiung?«

Ben und Mia sagten nichts, aber Asef kannte die Antwort ja bereits. Mia verstand, dass dies alles für den Jungen wie ein Märchen wirken musste. Die Frage war bloß, ob es ein Märchen mit einem schönen Ende werden würde.

»Elias befindet sich am Rande der Stadt in einem tiefen Keller. Wie ich schon sagte, ist es nicht leicht, dorthin zu gelangen. Es ist pures Glück, dass die Hexe mich nicht als Gefahr sieht und mir mit ein paar anderen die Aufgabe gegeben hat, über den Gefangenen zu wachen.«

»In welchen Abständen wechseln sich die Wachen ab?«

»Alle zwei Stunden.«

Mias Gesicht zeigte Entschlossenheit. »Dann müssen wir Elias während deiner nächsten Wache befreien. Wir dürfen ihn keinen Moment länger der Willkür der Hexe aussetzen!« Ben nickte. Asef schien jedoch mit den Gedanken noch woanders.

Als sie wenig später wieder auf die Straße hinaustraten, sah Mia die Schwäne auf den südlichen Rand der Stadt zufliegen. Sie hatten Mias mentale Botschaft also erhalten. Zuversichtlich nahm sie Asef erneut an die Hand und folgte Ben durch die Gassen. Seine Wache war in eineinhalb Stunden. Endlich würde sie Elias wiedersehen.

Elias schwebte immer noch zwischen Leben und Tod, als er Sad'hyanis Stimme vernahm.

»Sie versuchen, dich zu retten. Zu dumm, dass ich dich nicht an einen anderen Ort bringen kann. Deine Freundin hat mich eben ganz schön überrascht. Doch das werde ich ihr heimzahlen!«

Elias' Stirn furchte sich angestrengt. Er musste Mia warnen! Sie musste davon abgehalten werden, der Hexe in die Falle zu laufen. Der einzige Weg dafür war, selbst einen erneuten Fluchtversuch zu wagen. Seine wirren Gedanken wurden von einer plötzlichen Berührung unterbrochen. Er fühlte, wie die Hexe über seine nackte Brust strich und ihm einen Kuss auf die trockenen Lippen presste. Das war seine Gelegenheit! Innerlich bäumte er sich auf und versuchte, gegen das unsichtbare Gefängnis der Zauberin anzukommen. Seine Fäuste ballten sich. Doch als er sie mit großer Anstrengung zu bewegen versuchte, stellte er fest, dass er angekettet war. Wie ein zum Tode Verurteilter hing er ausgestreckt an der Wand und war praktisch völlig bewegungsunfähig. Er schien der Hexe hilflos ausgeliefert … Aber Elias musste es dennoch versuchen – für Mia. Mit aller Macht konzentrierte er sich auf das Feuer seiner Seele. Zu seiner Überraschung ließ die Umklammerung Sad'hyanis tatsächlich nach. Aber bevor er einen Zauber gegen die Hexe schleudern konnte, schlug ihm etwas mit voller Wucht ins Gesicht. »Dummer, dummer Junge!«

Er verlor das Bewusstsein. Als er langsam in die Schwärze eintauchte, meinte er noch zu hören: »Du bist wirklich stark, mein Drache … wirklich erstaunlich stark.«

Dann ergriff die Dunkelheit endgültig von ihm Besitz und sein Kopf sank auf die Brust. Doch die Schwärze war nicht so undurchdringlich wie zuvor. Denn strahlend weiße Schwingen schienen in der Finsternis zu leuchten.

10 Die Befreiung

Ben war in der Dunkelheit nicht mehr als ein großer schwarzer Schatten, der sich kaum von der Umgebung abhob. Mia bemühte sich, ihren Freund nicht aus den Augen zu verlieren, und sah sich dabei ständig um, ob sie auch nicht verfolgt oder beobachtet wurde. Asef war auf dem Heuboden geblieben. Mia war es sicherer erschienen, dass der kleine Junge bei der Rettungsaktion nicht dabei war. Aufmerksam nahm sie die große düstere Gestalt, die Ben in diesem Moment entgegentrat, in Augenschein. Dies musste einer der Wachleute sein, den der alte Mann nun ablösen sollte. Als die Gestalt endlich verschwunden war, traute sich Mia etwas näher heran und sah, wie Elias' Ziehvater in einem finsteren Gang verschwand. Schnell überquerte sie die Straße und lief ihm hinterher. Ben hatte eine Fackel angezündet und wartete hinter einer Biegung auf sie.

»So weit, so gut …«, murmelte er und blickte den restlichen Gang entlang. Es war nichts zu hören.

Leise gingen die beiden weiter und achteten darauf, ob sich hinter den anderen Türen, an denen sie vorbeiliefen, jemand befand. Doch alles schien verlassen zu sein.

»Das läuft ja fast zu gut«, meinte Ben und wies auf die letzte Tür des Ganges. Mia verstand.

Noch achtsamer als zuvor näherten sie sich der Tür. Dann holte Mia eine Nadel aus ihrem Gewand und begann, damit im Schloss zu stochern. Ben stand unruhig dabei. Zwar hatte er, wie er erzählt hatte, diese Tür schon einige Male passiert, aber dann nur mit der Erlaubnis Sad'hyanis. Dies war nur ab und an geschehen, wenn sie Elias nicht hatte sehen wollen. Schließlich musste ihn trotzdem jemand am Leben halten. *Am Leben halten*, bei diesem Gedanken schnaubte Mia hasserfüllt und bohrte noch energischer in dem rostigen Schloss herum. *Klack.* Die Tür schwang auf und sie sahen sich einem weiteren Gang gegenüber, der allerdings nur kurz war und in eine Treppe mündete, die steil nach unten ging.

»Jetzt können wir nur hoffen, dass Sad'hyani nicht gerade bei ihm ist.« Ben sah Mia besorgt an. Mia erwiderte den Blick ungerührt. Sie würde jetzt nicht mehr umkehren.

»Das Risiko gehe ich ein.«

Ben schluckte und folgte Mia die dunkle Treppe hinab. Wieder standen sie vor einer verschlossenen Tür, doch diese sah mehr aus wie die Tür eines Kerkers. Ohne zu zögern, zückte Mia abermals die Nadel und machte sich wieder daran, das rostige Schloss zu öffnen. Nach kurzer Zeit war die Arbeit getan und mit angehaltenem Atem griff Mia an die Klinke. Was sie hinter dieser metallenen Tür erwartete, konnte sie nur erahnen. Die rostigen Angeln quietschten. Der Raum dahinter lag in tiefer Finsternis. Mia versuchte, ihre Angst zu bekämpfen, und machte den ersten Schritt. Bens Fackel schien die Dunkelheit kaum durchdringen zu können. Doch schließlich fanden Mias Augen, was sie suchten.

»Elias!«

Glücklich und gleichzeitig besorgt rannte sie auf die bewusstlos wirkende Gestalt zu, die auf der linken Seite der Zelle an die Steinmauer gekettet war.

∾

Elias spürte, dass Mia in der Nähe war. Er musste sie warnen! Mit aller Kraft versuchte er, den Kopf zu heben. Doch er schaffte es kaum und ließ ihn kraftlos wieder sinken. Sein

Körper zitterte vor Anstrengung. Durch halbgeöffnete Augen sah er, dass sie auf ihn zukam und schließlich vor ihm stehen blieb. Gleich würde die Falle zuschnappen …

Als Mia Elias so sah, brach es ihr fast das Herz. Sein sonst leuchtendes, blondes Haar war stumpf und hatte jeglichen Glanz verloren. Die Schwäche, die der Drache zeigte, passte so gar nicht zu ihm. Doch was Mia am meisten bestürzte, war sein Blick. Das Feuer in seinen nun matten Augen war beinahe erloschen. Von Gefühlen übermannt fing sie an zu weinen.

»Was hat diese Hexe dir nur ange …«

Plötzlich fiel die Tür mit einem Krachen zu und Mia war von Dunkelheit umhüllt. »Da bist du also endlich. Es wurde auch langsam Zeit, dass du herkommst, wir können diesen rachsüchtigen Elben schließlich nicht ewig warten lassen, nicht wahr?« Sad'hyanis Stimme war kalt wie Eis. »Du hast ja keine Ahnung, wie überaus praktisch es ist, dass du jetzt da bist.« Ein zufriedenes Lächeln blitzte auf. Sie waren in eine Falle gelaufen!

Mia erschauderte.

Als Martin seine Suche schon fast aufgegeben hatte, sah er vor sich plötzlich einen einsamen Reiter. Jéodin? Martin war sich nicht sicher. Dennoch trieb er sein Pferd ohne zu zögern an und hatte den Fremden bald eingeholt. Es war der Naramund.

»Martin!«, sagte dieser erfreut und schien den jungen Mann durch seine leuchtendgrünen Augen anzulächeln. »Ich schätze, du bist auch auf der Suche nach Elias.«

Martin nickte. »Wo ist Mia?«

Jéodins Gesicht spiegelte kurz tiefe Sorge wider, doch im nächsten Moment war seine Miene so undurchschaubar wie zuvor.

»Sie hat sich von mir getrennt, um mit den Drunéren auf die Suche zu gehen.«

»Hast du gesehen, wo sie hingeflogen sind?«

Jéodin schüttelte bedauernd den Kopf. »Ich habe geschlafen wie ein Murmeltier.«

Martin grübelte. »Und wie lang ist es schon her, dass ihr auseinander gegangen seid?«

»Fünf Tage.«

»Hoffentlich hat sie sich nicht in Schwierigkeiten gebracht.«

»Das hoffe ich auch.«

Mia schrie. Die Frau, die er liebte, litt und Elias konnte ihr nicht helfen. Seine Hilflosigkeit machte ihn wütend. Er war doch ein Drache! Verzweifelt riss er an seinen Ketten. Bevor er sich jedoch mit dem scharfkantigen Metall noch mehr in die Haut schneiden konnte, hielt ihn jemand fest. Es war Ben. Auch er war mit Mia in Elias' Zelle eingesperrt worden, nachdem sie bei ihrem mutigen Rettungsversuch in die Falle getappt waren.

»Lass mich los!«, zischte Elias und versuchte, sich aus dem Griff seines Ziehvaters zu winden.

Er lehnte sich mit aller Kraft in Richtung Tür, um zu Mia zu gelangen. Sad'hyani hatte sie schon vor Stunden aus der Zelle geholt und Mias Qual war unüberhörbar.

»Elias, das bringt doch nichts«, versuchte Ben ihn zu beruhigen. Der Griff blieb eisern.

»Aber ich muss etwas tun. Ich ertrage es nicht länger.«

Tränen traten in Elias' Augen und die Anspannung in seinen Muskeln ließ nach. Ben bemerkte es und lockerte seine feste Umklammerung. Wieder hörte man Mia durch die Wände hindurch gepeinigt aufschreien.

»Junge, es tut mir alles so leid …«

Das Mitleid in Bens Stimme war deutlich herauszuhören.

»Dir muss es nicht leid tun. Es ist nicht deine Schuld, dass wir in dieser Situation sind.«

Elias starrte verbittert zu Boden. Sad'hyani war an all dem Schuld. *Sie* war es, die ihn verraten hatte. *Sie* hatte ihn hierher gebracht. *Sie* war auf Karaians Seite übergetreten. *Sie* hatte Elias von Mia getrennt und ihn fast getötet. *Sie* war es, die seine Freunde eingesperrt hatte. Und schließlich, was Elias am meisten quälte: *Sie* ließ Mia leiden.

Verzweifelt biss sich Elias auf die Unterlippe, bis sie zu bluten anfing, und wandte das Gesicht von Ben ab. Er wollte nicht, dass er ihn weinen sah. Mit halbem Ohr hörte er, dass Ben ihm tröstende Worte zuflüsterte, aber Elias konnte nur an Mia denken. Plötzlich glitt die Kerkertür mit einem leisen Geräusch auf und es zeichnete sich eine kleine Gestalt vor hellem Fackellicht ab, die verschwörerisch einen Finger vor den Mund hielt. »Psst.«

Elias machte ein misstrauisches Gesicht. Es war die Stimme eines Jungen. Doch über Bens runzlige Züge ging ein Lächeln.

»Asef!«, flüsterte er erfreut.

Elias begriff nicht. »Wer ist das?«

Der Junge trat weiter in den Raum hinein. Bevor Ben antworten konnte, ließ sich der kleine Kerl unerwartet vor Elias auf ein Knie sinken und sprach leise: »Ich bin Asef und biete hiermit dem letzten Drachen dieser Welt meine Dienste an.«

Er stand auf und sah Elias fest in die Augen.

»Ich werde Euch hier rausholen.«

»Danke, Kleiner«, sagte Ben, während Elias immer noch sprachlos den Knirps betrachtete und zusah, wie dieser mit geübten Handgriffen anfing, an den großen Schlössern der Ketten herumzuwerkeln.

Mit einem Knacken sprangen die metallenen Fesseln auf und Elias stürzte, des Halts beraubt, nach vorne. Sein Ziehvater fing ihn auf.

»Hast du einen Plan?« Ben sah Asef zweifelnd an.

»Du wirst sehen«, antwortete dieser und hielt dem alten Mann, der sich Elias' Arm über die Schulter gelegt hatte, um den Feuerprinzen zu stützen, die Tür auf.

Als sie den kleinen Raum verlassen hatten und im Gang standen, fühlte sich Elias schlagartig besser. Plötzlich durchflutete ihn die Magie des Drachen und es schien ihm, als würde er nach langer Zeit endlich wieder atmen. Hatte der Junge etwa geahnt, dass der Bann von Elias abfallen würde, sobald er den Raum verlassen hatte? Er war zwar immer noch geschwächt, aber er wies Bens Hilfe mit einer sanften Geste zurück und ging allein weiter. Sein Ziel war der Nebenraum, in dem sich zweifellos Mia befand. Elias' Wut auf Sad'hyani nahm mit jedem Schritt zu und es fiel ihm schwer, die Kontrolle über sich zu behalten. Ben und Asef blieben hinter ihm, hielten aber Abstand. Sie schienen zu spüren, dass es in dem Drachen brodelte. Die Tür des Raumes stellte kein Hindernis dar. Unter Elias' Blick schien sie sich buchstäblich in Rauch aufzulösen. Die Hexe hatte sein Kommen bemerkt. Selbstsicher stand sie in der Mitte des Raumes und hielt die bewusstlose Mia fest an sich gedrückt.

»Wenn du mir etwas antust, wird sie sterben.«

In Sad'hyanis Gesicht war keine Spur von Hohn, sondern nur noch Ernst und Kälte. Sie war sich ihrer Lage offenbar genau bewusst. Ihr Bann über Elias war gebrochen. Er war befreit und nun nicht mehr ihr hilfloses Spielzeug, dessen Magie sie abzapfen und mit dem sie anstellen konnte, was sie wollte.

»Lass sie sofort los!« Elias' Stimme klang gefährlich ruhig.

Die Augen der Hexe verrieten für kurze Zeit die Angst, die sie vor dem Drachen hatte.

»Nein, das werde ich nicht«, sagte sie bestimmt und drückte Mia noch fester an sich, um ihre Absichten zu unterstreichen.

Elias war versucht, den ganzen Raum in Brand zu stecken. Nur die Anwesenheit Mias hielt ihn davon ab.

»Na, was wirst du jetzt tun, du großer Held?«

Elias spürte, wie sich seine Hände ganz von selbst zu Fäusten ballten und sich das Feuer in ihnen bündelte. Er konnte Sad'hyani zwar nicht durch ein raumflutendes Feuerinferno von der Bildfläche pusten, aber ihm fielen noch ganz andere Methoden ein, wie er dieses eifersüchtige Miststück beseitigen konnte.

In seinem Kopf konstruierte er den wahrscheinlich gezieltesten Vernichtungszauber, den er sich in all den Jahrhunderten seines Lebens jemals ausgedacht hatte. Die Energie, welche sich in ihm sammelte, war so stark, dass er beinahe das Gefühl hatte, zu schweben. Durch den Schleier aus Magie sah er wütend, wie die Hexe drohend eine Hand um Mias Hals legte. Jetzt galt es schnell zu sein. Elias' rechte Hand streckte sich in Richtung Sad'hyani aus und ein blendender Blitz schoss aus seinen Fingern. Die Hexe hielt schützend die Arme vor sich und ließ dabei Mia los, konnte jedoch den mächtigen Zauber nicht völlig abwehren. So wurde Sad'hyani von Elias' Magie zwar nicht getötet, aber mit Wucht an die Wand geschleudert. Bewegungsunfähig blieb sie liegen. Elias lief zu ihr und blickte von oben auf die Hexe herab.

»Na, was ist das für ein Gefühl, hilflos am Boden zu liegen?«

Seine Wut steigerte sich noch, als er an die vergangenen Tage in dem finsteren Keller dachte, in denen die Hexe mit seinem Leben gespielt hatte. Aber das war nicht das Schlimmste: In seinen Gedanken hallten immer noch Mias Schreie wider. Nun pulsierte blanker Zorn in seinen Adern. Seine Hand ballte sich für den alles vernichtenden Schlag.

»Elias! Bitte, tu das nicht!«

Asefs Stimme klang bestimmender, als man es einem Kind zugetraut hätte, und Elias hielt inne. Er sah sich um. Der Junge stand hinter ihm und hatte ängstlich die Augen aufgerissen. Auch Ben, der sich zu der immer noch bewusstlos am Boden liegenden Mia hinabgebeugt hatte, musterte Elias schockiert. Plötzlich wurde Elias klar, was er gerade im Stande war zu tun, und er ließ, über seine eigene Brutalität erschrocken, die Faust sinken. Er musste mit seinem wutverzerrten Gesicht auf die anderen wohl wie ein Monster wirken … Sad'hyani nutzte den Moment der Ablenkung und schoss in Form eines grünen Lichtstrahls durch die Decke des Raumes.

»Feigling!«, zischte Elias ihr hinterher, doch anstatt sie zu verfolgen, wandte er sich ab und schob seinen Zorn mit einem leisen Knurren beiseite. Mit ein paar schnellen Schritten war er bei Mia und kniete sich neben ihr hin. Sie war blass und nach wie vor bewusstlos. Was auch immer die Hexe ihr angetan hatte, er würde sich an Sad'hyani rächen. Dennoch war Elias froh darüber, dass Asef ihn daran gehindert hatte, den tödlichen Schlag gegen die Hexe auszuführen. Er wusste zwar, dass Sad'hyani eine gefährliche Widersacherin war, aber wenn er sie jetzt getötet hätte, wäre er um keinen Deut besser als sie. Töten war falsch und durfte keine Lösung für Probleme sein. Genau genommen hatte die Hexe nur eine – durch ihre Jahrtausende alten Erfahrungen – für sie logische Entscheidung getroffen und sich kompromisslos auf die Seite der Gewinner gestellt. Ihr ging es einfach darum, zu überleben. Bei Elias' Wunsch danach, Rache an ihr zu üben, hatte er sich gerade beinahe selbst verloren. Das machte ihm Angst, und auch dass sich Sad'hyani bereits für eine Seite entschieden hatte. Hoffentlich irrte er sich …

Als Mia zu sich kam, hielt sie Elias schützend im Arm. Er hatte sie an einen sicheren Ort gebracht, um dort auf ihr Erwachen zu warten. »Was …«

Doch Elias wies sie mit einer Geste an, leise zu sein. »Du bist in Sicherheit. Das ist das Einzige, was zählt.«

Sie befanden sich am Ufer eines seichten Flusses, der sich durch einen Wald schlängelte. Warm schien die Sonne durch die Blätter der Bäume und die hellen Strahlen durchdrangen das klare Wasser. Es sah wunderschön aus, wie sich das Licht auf den leichten Wellen brach, ein Teil auf den steinigen Grund des niedrigen Gewässers traf und dort unruhige Muster bildete. Dieser Ort war so friedlich und still, dass jeder Laut diese Harmonie zu zerstören schien. Wegen dieser besonderen Ruhe und dem Gefühl von Geborgenheit, das Elias hier empfand, hatte er diese Stelle, die sie auf dem Weg von Vendera zurück Richtung Déjun-Gebirge passiert hatten, ausgewählt. Mia schmiegte sich an seine Schulter und schlief wieder ein. Doch Elias meinte, dass ihr jetziger Schlaf ein Schlaf der Erholung und nicht mehr der Erschöpfung und des Schmerzes war. Liebevoll strich er langsam durch Mias gelocktes Haar und betrachtete dieses zarte Wesen, das so hilflos in seinen Armen lag.

Er wusste immer noch nicht, was Sad'hyani ihr angetan hatte, aber nachdem sie mit ihr geflohen waren, war Mia bis auf dieses eine Mal noch nicht zu sich gekommen und Vendera lag bereits weit hinter ihnen. Elias hatte sich unglaublich viele Sorgen gemacht und sich schließlich von den anderen getrennt, um mit Mia allein zu sein und ihr an diesem ruhigen Ort durch seine uralte, mit der Natur verbundene

Magie Kraft zu spenden. Anscheinend hatte es gewirkt, Mia war aufgewacht. Zwar war dieser Moment nur kurz gewesen, aber es war immerhin ein Anfang. Etwas beruhigt ließ sich Elias auf das weiche Gras zurücksinken und achtete darauf, dass Mia immer noch bequem an seiner Schulter lag. Der Frühling zeigte seine volle Pracht und schien auch den letzten Rest des kalten Winters endlich verdrängt zu haben. Elias spürte, dass mit den Blumen und Knospen der Pflanzen in ihm auch die Hoffnung auf Frieden anfing zu blühen. Ob sie auch Früchte tragen würde? Elias war sich dessen nicht so sicher. Denn wie sollte er es schaffen, Karaian zu besiegen, wenn er selbst Sad'hyani nur knapp entronnen war?

11 Attka und Rick

Martin hatte alle Mühe mit seiner schmerzenden Hand und dem erschöpften Pferd, Jéodin nicht aus den Augen zu verlieren. Der Elb hatte am vorigen Tag die vier Schwäne erblickt und seitdem hatten sich Martin und der Naramund keine Pause mehr gegönnt. Die Drunére schienen immer wieder aufzutauchen, denn der Elb wies manches Mal mit dem Finger zum Himmel.

»Da. Wir müssen mehr nach Osten.«

Martin hatte von diesem Gewaltmarsch eindeutig genug, aber er war natürlich zu stolz, um dem Elb sein Missfallen zu gestehen. An diesem Abend saßen sie erschöpft an einem spärlichen Lagerfeuer und teilten ihre karge Mahlzeit, die aus getrocknetem Obst und hartem Brot bestand. Martin schlang es missmutig hinunter. Er hätte etwas Fleisch bevorzugt, aber da die Elben sich nun mal ausschließlich von Pflanzen ernährten, musste er sich mit dem, was er bekam, begnügen.

»Zeig mir deine Hand«, sagte Jéodin nach einer Weile und streckte seinen Arm in Martins Richtung aus.

Nach kurzem Zögern hielt Martin ihm seine verletzte Hand hin. Der Elb betastete methodisch die verkrampften Gelenke und ein schmerzerfüllter Ausdruck trat auf Martins Gesicht.

»Kannst du die Finger bewegen?«

Martin schüttelte nur den Kopf und versuchte, das stechende Pochen, welches von seiner Hand ausging, zu verdrängen.

»Es ist schlimmer, als ich dachte. Wieso bist du nicht noch einmal zu mir gekommen?«

Martin senkte verlegen den Blick. »Ich schätze, ich war nach dem Verschwinden von Elias nicht mehr ganz bei mir und dann warst du mit Mia bereits aufgebrochen.«

»Und das ohne mich«, dachte er. Doch er konnte ihr Handeln verstehen. Er war im Moment wirklich zu nichts zu gebrauchen und bei Unternehmungen wie diesen nur hinderlich.

Dieses offene Geständnis entlockte dem Elb ein nachsichtiges Lächeln. »Das kenne ich. Mir ging es ähnlich.«

Martin glaubte ihm nicht. Insgeheim vermutete er, dass Jéodin nur versuchte, menschlich zu sein, und ihn einfach trösten wollte.

»Kannst du mir helfen?«, fragte Martin, um aus der peinlichen Situation herauszukommen, und blickte hoffnungsvoll von seiner Hand zu dem Elb auf.

»Ich denke schon.«

Jéodin legte Martins Hand zwischen seine Hände und fing an, in seiner seltsamen Muttersprache vor sich hinzumurmeln. Martin fühlte, dass durch seine Hand eine wunderbare Wärme floss. Die Wunde schloss sich. Doch als der Naramund schließlich seinen Zauber beendete, fühlte sich Martin, als würde ihn die Klinge erneut durchbohren. Der Schmerz war so heftig, dass er meinte, den Verstand verlieren zu müssen. Mühsam unterdrückte er einen Aufschrei und sah den Elb entgeistert an.

»Es tut mir leid«, sagte dieser, blickte Martin in die Augen und ließ seine Hand los.

»Ich kann nichts tun. Karaian muss die Klinge, mit der er dich verletzte, verzaubert haben.«

Martin sah wieder auf seine Hand, die er nun auf sein angewinkeltes Bein gelegt hatte. Die Haut war über der Verletzung gänzlich verheilt – noch nicht einmal eine Narbe war zurück geblieben –, aber der äußere Schein trog. Unter der Haut pulsierte ein stechender Schmerz, der sich wellenartig über seinen Arm einen Weg zu seinem Herzen bahnte.

»Die Wunde wird mich lähmen, nicht wahr?«

Jéodin sah in die Flammen des Feuers und nickte langsam.

Elias traf Ben und Asef eine halbe Tagesreise später am Rande des Waldes. Es war alles andere als leicht gewesen, Mia den ganzen Weg zu tragen, noch dazu durch einen dichten Wald, der kaum Bewegungsfreiheit bot. Asef lief Elias bereits entgegen, als er noch gute zwanzig Meter von dessen und Bens Lagerstätte entfernt war. Auch wenn der kleine Junge immer einen etwas förmlichen Ton Elias gegenüber an den Tag legte, konnte er jetzt seine kindliche Freude nicht unterdrücken. »Elias!«

Fast hätte der Kleine ihn samt Mia umgeworfen. So fest er konnte, klammerte sich Asef in Elias' Kleider, und so standen sie einige Zeit schweigend da, ehe der Junge zu begreifen schien, wen er da vor sich hatte, und hastig losließ.

»Verzeiht, Feuerprinz.«

Doch Elias lächelte. »Du musst nicht so tun, als wäre ich ein Prinz. Zwar steckt das Wort in meinem Namen, aber das heißt noch lange nicht, dass ich auch wirklich einer bin.«

Asef wirkte erleichtert, sagte aber dennoch: »In meinen Augen seid Ihr aber ein Prinz.«

Schulterzuckend setzte Elias seinen Weg fort. Asef lief demütig hinter ihm her.

»Ben!« Nun war es an Elias, kindliche Freude zu zeigen.

»Mein Junge.« Ben wirkte unsagbar froh, doch dann fiel sein Blick auf Mia.

»Geht es ihr besser?«

»Ja, die Stille der Natur und die Magie, die ich daraus

schöpfen konnte, haben ihr geholfen. Allerdings weiß ich immer noch nicht, was der Grund für ihre Schwäche ist.«

Ben seufzte bedrückt, doch dann schien ihm etwas einzufallen und er wies an den Rand des Weges. Dort stand ein kleiner Wagen vor den ein struppiger alter Esel gespannt war.

»Ich dachte, den könnten wir brauchen.«

Seine Miene wirkte nun zuversichtlich und voller neuem Tatendrang. Die Aussicht auf ein Transportmittel schien den alten Mann sichtlich zu erleichtern. Das lange Laufen war für ihn nicht mehr so leicht wie früher.

»Wo hast du den her?« Elias konnte seine Verwunderung kaum verbergen.

»Eigentlich hat ihn Asef besorgt. Seine Verhandlungskünste sind nicht zu übertreffen.«

Der Junge wirkte verlegen und blickte zu Boden.

Erklärend fuhr Ben fort. »Ein Bauer ist hier vorbeigezogen. Er wirkte ängstlich. So einer von den Jungspunden, die noch keine Ahnung vom Leben haben und sich vor allem und jedem fürchten. Nun ja, jedenfalls hat Asef ihm eingeredet, dass ich ein gefährlicher Zauberer bin und ihn verfluchen würde, wenn er uns nicht den Karren überließe. Der arme Kerl ist völlig blass geworden und vom Bock gesprungen. Man hätte fast meinen können, eine Schar Dämonen wäre hinter ihm her gewesen, und ehe man sich versehen konnte, war er im Wald verschwunden. Na ja, kein Wunder in solchen Zeiten. Da *muss* man vor allem und jedem Angst haben.«

Elias sah den kleinen Jungen mit leichtem Tadel an. »Du hast für uns gelogen?«

Doch als der Junge schon anfing darüber nachzudenken, ob er etwas falsch gemacht hatte und sich sein Blick beschämt senkte, fügte Elias schnell hinzu: »Aber du hast das anscheinend wirklich schlau angestellt und wir brauchen den Wagen vermutlich dringender als der Mann. Zudem hat dieses klapprige Gestell bestimmt keinen hohen Wert.«

Besänftigt ergriff Asef die Zügel des alten Esels, welcher schnaubend den Kopf senkte.

»Ben? Würdest du meine Decke bitte im Karren ausbreiten? Ich habe leider gerade keine Hand frei.« Elias wies mit einer knappen Kopfbewegung auf seinen Beutel, der quer über seiner Schulter hing.

Ben nickte eifrig.

Als das Holzgestell endlich mit der Decke ausgelegt war, legte Elias Mia vorsichtig hinein und kniete sich neben sie.

»Du bist nie allein, denn in meinem Herzen bin ich immer bei dir.« Sanft küsste er sie auf den Mund und sprang dann behände vom Wagen.

Der altersschwache Esel würde nur einen von ihnen ziehen können. Ben und Asef hatten ihr Lager bereits abgebrochen und waren bereit für die Weiterreise.

»Los, lasst uns keine Zeit verlieren.«

Ihr Weg führte sie nach El'Dwérin. Es war der am nächsten liegende Ort und Elias hoffte, dort Hilfe für Mia zu finden. Vielleicht wusste man in der Stadt der Halbelben, was es mit ihrem seltsamen Zustand auf sich hatte. Das Déjun-Gebirge stand da wie ein großer, bedrohlicher Schatten, doch der klare blaue Himmel über ihnen bestärkte in Elias das – nach der langen Gefangenschaft – unbezähmbare und freudige Gefühl der wiedergewonnenen Freiheit.

Martin wünschte fast, er hätte seine Hand abgeschlagen. Vielleicht wäre er dadurch den Folgen entkommen. Seit er seine Hand nicht mehr bewegen konnte, hatte ihn eine allgegenwärtige Beklemmung ergriffen und diese nahm noch zu, als die Lähmung seinen ganzen Arm erfasste. Der schwierige, gewundene Weg durch das Déjun-Gebirge war dadurch nicht gerade einfacher geworden. Sein gesunder Arm rebellierte bei jedem Zug an den Zügeln und Martin fühlte sich immer schwächer. Jéodin ritt voran, blieb aber in der Nähe, um auf Martin Acht zu geben.

»Ich kann nicht mehr.«

Ohne einen weiteren Laut rutschte Martin vom Rücken des Pferdes und blieb auf dem felsigen Boden liegen. Alarmiert wendete Jéodin sein Tier und ließ es neben Martin halten. Sichtlich besorgt stieg der Elb ab und kniete sich neben den jungen Krieger hin. Schweißperlen bedeckten dessen Stirn und sein Atem ging stoßweise.

»Bitte lass mich nicht zurück«, flüsterte Martin angestrengt und sah den Naramund flehend an. Insgeheim zweifelte er daran, dass den Elben ein Menschenleben viel wert war. Warum sollte Jéodin ihn retten, wenn in seinen Augen das Leben eines Menschen dem einer Eintagsfliege gleichkam?

Als Antwort legte der Elb ihm seine Hand auf die Stirn und Martins Miene entspannte sich.

»Wie kommst du auf den absurden Gedanken, ich könnte dich hier liegen lassen?«

Halbbetäubt spürte Martin, wie ihn Jéodin auf sein Pferd hob. Das gedämpfte, in seinem schmerzenden Kopf widerhallende Geräusch der auf den Boden schlagenden Hufe erinnerte Martin an laut fallende Wassertropfen.

Attka strich durch die Straßen von Al'Arkas. Die Hauptstadt des Südens war riesig. Große Häuser säumten breite Gassen, Krieger saßen in den rauchigen Gasthöfen und Kinder spielten in dunklen Ecken. Hier war er zu Hause. Attka war ein schmächtiger Junge, und obwohl er mit seinen sechzehn Jahren eigentlich in Karaians Armee hätte dienen müssen, hatte er dieser Verpflichtung durch sein Äußeres ausweichen können. Selbst wenn er gewollt hätte, hätte ihm ohnehin niemand geglaubt, dass er bereits alt genug war. Er musste den Soldaten Karaians noch nicht einmal etwas vorlügen. »Rick!«

An einer Häuserwand lehnte ein Junge und schaute auf. Seine muskulöse Statur war von alten Stofffetzen verdeckt. Rick war im gleichen Jahr geboren worden wie Attka, aber er hatte es deutlich schwerer, den Blicken der Krieger zu entgehen. Karaian suchte immer wieder nach Frischfleisch – neuen Rekruten, die er in den Tod schicken konnte. Der Verschleiß an Soldaten in seiner Armee war wirklich enorm hoch.

»Hast du was Neues gehört?«

Neugierig sah Attka seinen nur ein wenig älteren Freund an. Rick überprüfte mit einem kurzen Blick, dass sie im Moment nicht belauscht wurden. Erst dann traute er sich zu sprechen. Es wurde von der Obrigkeit nicht gern gesehen, wenn sich die einfachen Leute zu viele Gedanken machten und Informationen sammelten, von denen sie gar nichts wissen sollten.

»Sie sind aus Tymas abgezogen.«

Attka machte große Augen. »Hat Karaian nicht gesiegt?«

Rick zuckte mit den Schultern. »Genaueres weiß ich auch nicht. Auf jeden Fall hat das Heer in den Schlachten und durch den Winter wieder große Verluste erlitten.«

»Wie viele Tote?«

»Die Zahl kann niemand genau sagen, aber sie steigert sich ins Unermessliche.«

Attka sah grimmig zu, wie eine Soldatenpatrouille an ihnen vorbeimarschierte. Diese rohen Kraftpakete hatten wirklich nichts im Kopf. Attka hätte sie eigentlich bedauern müssen, aber im Moment empfand er einfach nur Abscheu.

»Wo ist Sira?«

Ricks unvermittelte Frage lenkte Attka von den Soldaten ab.

»Sie ist bei Großmutter ... wie immer.«

Attka wusste, dass Rick Sira liebte. Er hatte es schon gespürt, als sie noch kleine Kinder gewesen waren und miteinander gespielt hatten. Damals war alles so leicht gewesen. Es hatte nur ihre kleine Welt gegeben und keine großen Mächte, zwischen deren Fronten man geraten konnte. Auch wenn Attka wusste, dass es Unrecht war, hatten er und Rick sich, als sie alt genug waren, um zu begreifen, was um sie herum geschah, einer al'arkaischen Straßenbande angeschlossen. Raubzüge und Überfälle gehörten zur Tagesordnung. Die Bande versuchte zusätzlich auch aus dem Verborgenen heraus, durch Spitzel und Bestechungen herauszufinden, was Karaians nächste Schritte waren, um diese dann zu boykottieren. So wurde Karaians Macht untergraben, ohne dass er viel dagegen unternehmen konnte. Es hatte sich eine zweite Hierarchie gebildet. Allerdings waren Attka und Rick auch dort in der Hackordnung ganz unten, aber dennoch hatten sie auf diese Weise das Gefühl, dem Elb trotzen zu können und mehr Einfluss auf das Geschehen zu haben. Sie waren Rebellen! Und sie waren stolz darauf!

Etwas eifersüchtig sah Attka den sehnsüchtigen Blick in Ricks Augen, als dieser offenbar an Sira dachte, und er musste einen Kloß hinunterschlucken. Sira war ein wundervolles Mädchen, und auch wenn sie Attkas Halbschwester war, liebte er sie auf die gleiche Art wie Rick. Er zeigte seine Gefühle nur nicht so offen. Schließlich war sie mit ihm verwandt ... Attka seufzte tief.

»Was sollen wir machen? Wir hängen hier schon unser ganzes Leben mehr oder minder untätig herum. Unsere Raubzüge sind keine großen Erfolge. Lass uns endlich handeln und etwas *wirklich* Wirkungsvolles gegen diesen Irrsinn unternehmen!«

Rick nickte. »Ja, du hast recht. Es wird Zeit, etwas Größeres in Angriff zu nehmen. Nach alldem, was wir wissen, kann es nicht mehr lange dauern, bis sich die Prophezeiung erfüllt.«

In der folgenden Nacht belauschten sie zwei Anführer der Straßenbande und versuchten herauszufinden, was diese als Nächstes geplant hatten, doch aus ihren Worten klang nur Gier. Sie wollten sich zu Nutze machen, dass sie viele der Gegner Karaians unter ihrem Befehl hatten. Attka wusste kaum noch, wie viele Dinge er bereits gestohlen hatte. Hatten sich die Anführer einfach nur daran bereichert, ohne wirklich die gleichen Ziele zu verfolgen wie Attka und Rick? Wütend schlichen Attka und sein Freund nach Hause. Sie mussten die Sache wohl selbst in die Hand nehmen …

12 Der Einsame Berg

Die Mauern von El'Dwérin wirkten wie die geöffneten Arme einer sorgenden Mutter, die ihre Kinder sehnsüchtig erwartet. Nachdem sich die Tore hinter Elias geschlossen hatten, atmete er erleichtert auf. Sie hatten es geschafft. Neben ihm stand der erschöpfte Esel, auf dessen Rücken Mia lag. Den Wagen hatten sie wegen der schmalen unwegsamen Pfade zurücklassen müssen. Ben und Asef unterhielten sich vor ihm mit den Wachleuten, während Elias erst einmal nur die Umgebung auf sich wirken ließ. Er blickte in die stolzen Baumkronen hinauf, die um die Stadt herum wuchsen. Trotz der Kälte, die hier oben immer noch herrschte, sah man bereits viel Grün.

»Feuerprinz?«

Einer der Wächter war an ihn herangetreten und sah Elias abwartend an. Elias erwiderte den Blick.

»Ich brauche eure Hilfe.«

Der Meledaín verstand, auch ohne erklärende Worte, was Elias meinte. Die grünen Augen des Halbelben ruhten auf Mia.

»Wir müssen sie ins Haus des Verlon bringen.«

Zwar hatte Elias keine Ahnung, was der Meledaín damit meinte, aber er glaubte, Martin schon einmal von diesem Haus reden gehört zu haben. In seiner Zeit als Drache hatte Elias sich kaum für die Halbelben interessiert, was er jetzt sehr bedauerte. Als sie nun quer durch die Stadt liefen, sahen ihnen aus den Häusern viele freundliche Gesichter entgegen und man hörte die Leute aufgeregt miteinander flüstern. Elias hatte so eine Ahnung, dass er der Gesprächsstoff dieser verstohlenen Unterhaltungen war, ließ es sich aber nicht anmerken. Am Rande der Stadt gelangten sie schließlich zu einer kleinen, eigentlich unscheinbaren Hütte, doch Elias spürte sofort, dass etwas Besonderes an ihr war.

»Hier wird sie sich besser erholen«, sagte der Halbelb, der sie dorthin geführt hatte, und verschwand im Wald.

Anscheinend fühlte er sich in Elias' Nähe nicht sonderlich wohl. Nachdenklich hob Elias Mia von dem Esel und trug sie in die Holzhütte. Das Innere des kleinen Hauses gab einem das Gefühl von Frieden und Ruhe.

Ben, der mit Asef nach ihm den Raum betrat, blickte ergriffen um sich. »Diese Stadt ist die schönste, die ich in meinem Leben je gesehen habe. Alles scheint mit der Natur in Einklang zu sein. Selbst die Häuser.«

Elias dachte an die Elbenstadt und ein Lächeln huschte über sein Gesicht. Wenn sein Ziehvater erst Tymas sehen würde, würde er aus dem Staunen kaum noch herauskommen. Asef hingegen war sehr still geworden und strich mit seinen zierlichen Händchen andächtig über das weiche Moos, das sich über das alte Holz der Wände zog. Elias legte Mia auf eines der ebenfalls mit Moos bedeckten Betten und setzte sich neben sie. In dem kräftigen Grün wirkte sie unnatürlich blass und zerbrechlich.

»Hier bist du sicher.«

Als er diese Worte sprach, fühlte er plötzlich, wie müde er selbst war. Die anstrengende Reise hatte ihm mehr abverlangt, als er gedacht hatte. Ben fragte irgendetwas, doch Elias hörte ihn kaum noch und ließ sich neben Mia sinken. Beruhigende Wärme strömte von ihrem Körper aus und Elias legte beschützend seine Arme um ihre Taille. Er schlief so tief wie schon lange nicht mehr und er träumte von sprudelnden Flüssen und von Leben strotzenden Landschaften, die sein Herz zum Hüpfen brachten.

Worsek war mit Karaian endlich in Vendera angekommen. Die Stadt ekelte ihn an. Wie konnten Südländer und Nordländer nur so friedlich miteinander leben? Ihm war das unbegreiflich. Karaian, der sich, um kein unnötiges Aufsehen zu erregen, mit einem seiner langen dunklen Mäntel getarnt hatte, schien ein genaues Ziel zu haben. Er ging unbeirrt durch die Gassen und schenkte dem, was um ihn herum geschah, kaum Beachtung.

»Hier ist es«, sagte er schließlich und drehte sich zu Worsek um. »Sieh zu, dass deine Männer keinen Unfug anstellen und sich zum Aufbruch bereithalten. Wir werden, nachdem ich diese Sache erledigt habe, so schnell wie möglich nach Al'Arkas aufbrechen. Es wird höchste Zeit, dass ich mich dort wieder blicken lasse.«

Worsek nickte. »Jawohl, mein König.«

Nur eine Hand voll Soldaten hatten Karaian und Worsek ins Innere der Stadt begleitet. Sie waren ebenfalls verkleidet. Der Rest der Armee hatte unweit von Vendera – jedoch weit genug entfernt, um außer Sichtweite zu sein – ein Lager aufgeschlagen und wartete auf die nächsten Befehle des Heerführers.

Aufmerksam verfolgte der General, wie Karaian in einem dunklen Haus verschwand.

Er musste wirklich nicht lange warten, bis der dunkle Herrscher wieder herauskam. Mit ihm verließ noch eine andere Gestalt das Haus.

»Du unfähiges Luder!« Karaian hatte die Hexe grob am Arm gepackt und zog sie hinter sich her. »Wie konntest du ihn nur entwischen lassen?!«

»Ich hatte keine Wahl«, gab Sad'hyani kühl zurück. In ihren Worten schwang keinerlei Entschuldigung mit.

Karaian drehte sich ruckartig zu ihr um und funkelte sie böse an. Worsek war froh, dass dieser Blick noch nie ihm gegolten hatte. Man erzählte sich, es seien schon Leute verrückt davon geworden. Doch der Hexe schien dies nicht so viel auszumachen. Es war eher umgekehrt. Sad'hyani streckte stolz das Kinn vor und wirkte auf einmal viel größer als der schwarze Elb.

»Du weißt, zu was ich fähig bin, Karaian, Sohn Léssals!«

Kurz hielt Karaian inne. Dann ließ er die Hexe los, als hätte er sich die Finger verbrannt. »Wage es ja nicht, seinen Namen noch einmal zu nennen, du Schlange!«

Es hörte sich wie eine Drohung an, aber Worsek glaubte, dass es eher eine Bitte war. Sie brauchten Sad'hyani, das wusste Karaian. Deshalb durfte er es sich mit ihr nicht verscherzen. Worsek holte tief Luft und trat seinem Gebieter entgegen.

»Wir sind bereit. Hat sich Euer Plan geändert, oder wollt Ihr immer noch weiter nach Al'Arkas ziehen?«

Karaians Miene war düster. »Es hat sich nichts geändert, Worsek. Dieser ärgerliche Zwischenfall wird mich nicht aufhalten.«

Mit diesen Worten drehte er sich um und verließ, ohne weitere Befehle zu geben, die Stadt. Vor den Toren Venderas trafen sie auf das Rudel Wölfe, welches geduldig auf seinen Meister gewartet hatte.

~

Jéodin und Martin waren am Rand der Bergstadt angelangt. Die vier Schwäne hatten sie bis hierher nach El'Dwérin geführt. »Endlich …«, murmelte Martin und versuchte, sich in eine etwas aufrechtere Lage zu bringen. Obwohl er sich kaum sitzend auf dem Pferd halten konnte, schaffte er es dennoch, einen, wie er hoffte, würdevolleren Eindruck zu machen. Die Wächter des Stadttores begrüßten sie herzlich.

»Der Feuerprinz ist auch hier«, erzählte gerade einer der Halbelben, als Lafearn ihnen, auf einen Stock gestützt, entgegenlief. Jéodins Miene hellte sich auf.

»*Échen el'Mijèl ném ènna éres* … Mögen die Naturgeister mit euch sein …«

»… *ê ném tíem*. … und mit dir.«

Nach diesem förmlichen Begrüßungsritual schlossen sich die beiden in die Arme.

»Gut, dass du kommst.« Lafearn ließ von dem Elb ab und sah ihm besorgt in die Augen. »Das Menschenmädchen, das mit dem Feuerprinzen gekommen ist, ist krank. Wir wissen nicht, was wir noch tun sollen.«

»Ich werde sehen, was ich machen kann«, antwortete Jéodin. »Allerdings bringe ich auch jemanden mit, der dringend Hilfe braucht.«

Martin fühlte sich unbehaglich, als plötzlich alle Blicke auf ihn fielen.

»Kümmert euch ruhig erst um Mia. Ich … ich komm' schon klar«, sagte er etwas unsicher und riss sich zusammen, um nicht vor versammelter Mannschaft vom Pferd zu fallen.

Jéodin lächelte ihn dankbar an, schüttelte aber gleichzeitig den Kopf. »So ehrenhaft deine Selbstlosigkeit auch ist, um dich werden wir uns auch kümmern müssen.«

Nach diesem freundlichen Empfang ritten sie langsam zur Waldhütte. Martin spürte, wie sehr er diesen Ort eigentlich vermisst hatte, und blickte diesem Pol des Friedens und der Stille erwartungsvoll entgegen.

Rick lief voran. Attka hatte Mühe, seinen Freund in dem Menschengewühl auf den Straßen nicht aus den Augen zu verlieren, aber er wusste ja ohnehin, wohin Rick ging. Schließlich bekam er den Stoff der zerschlissenen Kleidung in die Finger und brachte Rick dazu, stehen zu bleiben.

»Warte doch mal!«

Rick blickte sich ungehalten um. »Wir müssen uns beeilen! Du weißt, wie gefährlich es werden kann, wenn uns jemand auffliegen lässt.«

Auch wenn man als Teil der Straßenbande weitestgehend anonym handeln konnte, wurden immer wieder Mitglieder verraten und auf grausame Art für ihre Untreue gegenüber Karaian bestraft. Meist wurden sie sogar von ihren eigenen Leuten bloßgestellt, was daran lag, dass demjenigen, der einen Verräter aufdeckte, eine saftige Belohnung winkte … und genau *deswegen* war es nicht besonders ratsam, sich lange an belebten öffentlichen Plätzen aufzuhalten.

»Das ist mir klar, aber hast du schon einmal daran gedacht, dass uns Großmutter und Sira auffliegen lassen könnten?«

Auf einmal glühte Zorn in Ricks Augen. »Willst du etwa behaupten, Sira würde uns verraten?«

Die kräftigen Arme waren schneller, als Attka denken konnte, und hoben ihn einige Zentimeter über den Boden. »Sira ist keine Verräterin!«

Attka hatte nicht zum ersten Mal Angst vor Rick, und es war auch nicht das erste Mal, dass sie sich wegen dieses Punktes in die Haare kriegten. »Ist ja gut«, beschwichtigend hob Attka die Hände. Unsanft ließ ihn Rick los und Attka knickte mit dem linken Fuß um.

»Autsch!«

»Das hast du nun davon. Du undankbarer Hurensohn!«

Attka schnaubte. Er wusste zwar, dass Rick es nicht böse meinte, aber die Beleidigung traf ihn doch tiefer, als er zugeben wollte. Viele aus der Straßenbande waren uneheliche Bastarde. Somit war das Schimpfwort *Hurensohn* allgegenwärtig. Es war normal, sich gegenseitig vor Augen zu führen, wie wenig man wert war … Attka schwor sich, eines Tages aus dieser elenden Lage auszubrechen. Er würde schon noch dafür sorgen, dass es niemand mehr wagen würde, ihn weiterhin so abfällig zu behandeln. Mit zusammengebissenen Zähnen und mit dem verstauchten Knöchel humpelnd, folgte Attka seinem Freund. Vielleicht hatte der ja recht, und sie mussten sich nicht vor Sira und seiner Großmutter fürchten.

Elias hob widerwillig den Blick und sah zu dem kleinen Eingang der Hütte, in dem Jéodin stand.

»Du bist also hier«, stellte der Naramund fest.

»Ja, das bin ich.« Ohne ein weiteres Wort der Begrüßung wandte sich Elias wieder ab und starrte auf die ruhig daliegende Gestalt von Mia.

»Was ist passiert?«

Elias antwortete nicht. Schließlich traten zwei Gestalten aus der hintersten Ecke des Raumes: ein alter Mann und ein Junge. »Das hat keinen Zweck. Ich habe auch schon versucht, mit ihm zu reden. Wenn du Fragen hast, frag mich.« Es war Asef.

Mit sichtlicher Verwunderung beäugte der Elb die beiden. »Wer seid ihr?«

»Das hier ist Ben, Elias' Ziehvater, und ich heiße Asef, aber wer ich wirklich bin, weiß ich selber nicht genau.«

Dem kleinen Jungen war anzusehen, dass er im Moment nicht bereit dazu war, über seine Vergangenheit zu sprechen, weshalb der Naramund nur kurz nickte. Schließlich gab es für Jéodin noch Wichtigeres zu erfahren und sein kranker Reisebegleiter hatte dringend ein wenig Ruhe nötig.

»Bevor du mir berichtest, was passiert ist, wollte ich noch fragen, ob es wohl möglich wäre, hier ein Bett für einen Freund zu finden, der krank ist.«

Hinter Jéodin betrat Martin den Raum. Links und rechts wurde er von zwei Meledaín gestützt. Asef betrachtete den halbgelähmten Mann kurz, nickte und sprang hilfsbereit auf, um den Männern zu helfen.

Elias wandte den Blick ob dieser plötzlichen Geschäftigkeit in der sonst so ruhigen Hütte. Als er Martin erblickte, stand er auf und schloss ihn fest in die Arme. Er sagte nichts und begab sich nach der kurzen, jedoch innigen Begrüßung gleich wieder zu der schlafenden Mia.

Nachdem man Martin auf eines der freien Moosbetten gelegt hatte, fing Asef an, die ganze Geschichte von Elias' Rettungsaktion, so weit er sie wusste, zu erzählen. Jéodin unterbrach ihn kein einziges Mal – nur Ben warf an ein paar Stellen Ergänzungen ein. Als der Kleine geendet hatte, bemühte sich der Elb, die Fassung zu bewahren.

»Diese Hexe!« Besorgt sah er von Mia zu Martin. »Mir muss etwas einfallen.«

Die nächsten Tage verbrachte Jéodin allein im Wald. Seine Magie hatte auch Mia nicht heilen können, was konnten sie tun, um Martin und Mia zu retten? In der Natur schien es dem Elb am einfachsten, einen klaren Gedanken zu fassen. An einem der sonnigen Frühlingstage begegnete er dort, fern von den Gebäuden der Stadt, Ben, der die Einsamkeit zwischen den alten Bäumen wohl auch zu schätzen gelernt hatte.

»Ich mache mir große Sorgen«, gestand der Naramund und sah den alten Mann ernst an. »Wenn wir nicht bald eine Lösung finden, werden die zwei sterben und ich weiß nicht, welche Auswirkungen das auf Elias haben könnte, wenn die Frau, die er liebt, und sein bester Freund nicht mehr bei ihm sind. Schon sein jetziges Verhalten beunruhigt mich. Er ist völlig in sich gekehrt.«

Ben nickte. Eine Weile hingen die beiden schweigend ihren Gedanken nach und lauschten dem Klang der Natur. Plötzlich hatte Jéodin doch noch eine Idee. »Der Einsame Berg … Vielleicht kann Elias dort etwas für Martin und Mia tun.«

Ben sah den Elb verständnislos an, aber seine Miene zeigte einen leichten Hoffnungsschimmer. »Glaubst du wirklich, ein *Berg* würde etwas an unserer Lage verändern?«

»Ja, das glaube ich. Denn dieser bestimmte Berg ist der Ort, an dem die Kraft der Drachen am stärksten ist. Wieso bin ich nur nicht schon früher darauf gekommen?«

13 Ein Licht aus Liebe

Elias hörte kaum zu. Seit er erkannt hatte, dass man Mia hier nicht helfen konnte, war er in eine tiefe Gleichgültigkeit verfallen. Ohne Mia ergab nichts mehr einen Sinn. Alles war bedeutungslos geworden. Jéodin, Ben und Asef redeten nun schon Stunden auf ihn ein, aber keines der Worte hatte die Kraft, zu ihm durchzudringen. Elias saß nur da und hielt Mias leblos wirkende Hand.

»... Magron ...« Nun schien sich jeder einzelne Buchstabe in sein Gedächtnis zu graben. Diesen Namen hatte Elias schon einmal gehört. Plötzlich sah er direkt in Jéodins Augen, welcher durch diese unerwartete Regung aufhörte zu reden und ein wenig zurückschreckte. »Magron«, wiederholte Elias flüsternd. Die Erinnerung überflutete ihn so übermächtig, dass er die Augen schloss.

Ein einsamer Berg lag unter ihm. Die schroffen Felsformationen stachen in den Himmel wie die Zacken auf seinem schwarz geschuppten Rücken. Er ging im Sturzflug hinunter und landete mit seinen mächtigen Schwingen auf einem dieser kantigen dunklen Steine. Seine Magie schien ihm so unermesslich, dass er meinte, den großen Fels mit einer Pranke zerschlagen zu können. Kraftvoll spie er eine Feuerfontäne gen Himmel. Hier war er ein Gott.

Verwirrt öffnete Elias die Augen. »Ich habe mich erinnert.«

Ben sah ihn gespannt an. »Also denkst du auch, wir sollten Mia und Martin dort hinbringen?«

Elias schüttelte den Kopf. »Danke, aber ihr werdet mir dabei nicht helfen können.« Er stand auf und ging langsam, aber entschlossen aus der Waldhütte. Er musste jemanden rufen.

Der Wald lag vor ihm wie ein riesiges grünes Meer. Der Hügel, auf den Elias gestiegen war, gewährte ihm freie Sicht auf die Stadt und einen kleinen Teil des Bergpfades. Elias setzte sich im Schneidersitz auf den Boden. Neben ihm sprudelte friedlich ein kleiner Bach. Es schien ihm der beste Ort für das, was er nun vorhatte. Konzentriert schloss er die Augen und entfesselte seinen Geist.

»Sjen! Ylanî! Brégon! Déjun! Ich rufe euch! Schickt mir eure Kinder, damit sie mir beistehen mögen!«

Auf seinen Hilferuf hin schien die Sonne kurz stärker zu strahlen, das Wasser des kleinen Baches neben ihm wilder zu fließen, die Erde mehr zu pulsieren und der Wind kräftiger zu wehen. Die Naturgeister hatten ihn erhört. Elias öffnete die Augen und sah kleine leuchtende Feen aus dem Nichts hervorkommen. Sie wirkten auf den ersten Blick wie zahllose Glühwürmchen. Es waren die *Lyné*, die Kinder des Feuers. Dann schoss der Oberkörper einer Nixe aus dem Bach, *Anaj*, die Tochter des Wassers. Aus dem Wald krochen kleine Wesen mit zottigen Haaren und runzligen Gesichtern, *Funaj*, die Kinder der Erde. Und schließlich zeichneten sich die Umrisse der vier Schwäne am Himmel ab, die *Drunére*, die Kinder des Windes. Sie alle waren gekommen, um ihm zu helfen.

»Ihr müsst mir Schutz geben. Der Weg zum Einsamen Berg ist weit und ich weiß nicht, ob ich es ohne eure Hilfe schaffen kann, meine Freunde zu retten.«

Als Erstes trat verstärkte Bewegung im Schwarm der Lyné ein und schließlich löste sich eines der kleinen Wesen aus der Gruppe der wild umherfliegenden Lichter. Elias hob seine Hand und die winzige Fee landete auf seiner Handfläche. Er spürte, wie sich die Hitze, die von ihr ausging, in seine Haut brannte, versuchte jedoch, dies nicht zu beachten. Die Fee hielt plötzlich etwas in Händen. Es war rot und hatte die Form einer Flamme. Diese schien erstarrt, und als die Fee den Gegenstand in seine Hand legte, spürte Elias zwar die Wärme, die von der starren Flamme ausging, aber er verbrannte sich nicht daran. Das Geschenk der Lyné strömte vielmehr ein Gefühl der Stärke und Geborgenheit aus.

»Das hier wird dir Kraft spenden.«

Die vielen Stimmen der Lyné waren ein fast unhörbares Flüstern, aber Elias verstand jedes Wort.

»Danke.«

Als sich die Fee wieder erhoben hatte und mit den anderen Kindern des Feuers verschwand, wanderte ein Wasserstrahl von Anajs Händen zu ihm hinüber. In der klaren Flüssigkeit schwamm eine fingergroße Venusmuschel.

»Nimm sie. Sie wird dich beschützen.«

Elias' Hand umschloss die harte Kalkschale und der von Magie bewegte Wasserstrahl lief zurück in den Bach.

»Ich danke dir.«

Die Nixe schenkte ihm einen tiefen Blick und tauchte in die Fluten. Nun watschelte einer der Funaj auf ihn zu. Elias musste sich beherrschen, um bei dem drolligen Anblick ernst zu bleiben. Der Waldkobold hatte ebenfalls einen Gegenstand in seinen runzligen kleinen Händen. Es war ein Ahornblatt, doch kein gewöhnliches. Das Blatt war zwar äußerlich nicht von anderen zu unterscheiden, aber Elias spürte sofort, dass viel Energie in ihm steckte und man es nicht zerstören konnte. Auch die Funaj verschwanden, nachdem Elias sich bei ihnen bedankt hatte, sofort wieder im Schatten des Waldes. Jetzt waren nur noch die Drunére mit ihm auf der Anhöhe.

»Wir werden dich und deine Freunde sicher bis zu deinem Ziel bringen.«

Elias hörte die Worte nicht wirklich. Aber irgendwie wurde ihm allein durch den Blick der Schwäne klar, was sie sagen wollten. »Auch euch danke ich. Wir müssen uns beeilen.«

Die Schwäne flogen auf und verschwanden in Richtung der Waldhütte. Sie würden dort auf ihn warten. Als Elias bei der Hütte eintraf, hatten Asef und Jéodin bereits angefangen, Gepäck und Proviant auf die Rücken zweier der Vögel zu laden. Ben stand etwas unbeholfen daneben. Er sah die Drunére nicht und fragte sich offensichtlich, was eigentlich vor sich ging. Elias nickte ihnen zu, dann ging er durch die Tür ins Innere des Verlonhauses. Martin hatte sich halb im Bett aufgesetzt und sah seinem Freund entgegen. Elias erwiderte den Blick mit aller Entschlossenheit.

»Ich werde dich heilen.«

Martin versuchte unbeholfen, sich ganz aufzurichten. Er schien zu bemerken, dass ein Aufbruch bevorstand.

»Wo soll es denn hingehen?«

Elias wusste, dass Martins unbekümmerte Worte nur seine Angst verbergen sollten, und trat zu ihm.

»Mach dir keine Sorgen.«

Mit diesen Worten packte er Martin und zog ihn sich auf den Rücken. Unter dem plötzlichen Gewicht schwankte Elias etwas, aber er ließ Martin nicht fallen und trug ihn zu den Schwänen. Als er Martin auf einen der Drunére gesetzt hatte und mit einem Schutzzauber sicherstellte, dass sein Freund nicht herunterfallen würde, sobald die Schwäne in der Luft waren, lief Elias abermals in die Hütte und kam mit Mia auf den Armen wieder heraus. Behände schwang er sich mit ihr auf den verbliebenen der vier Schwäne und sah noch einmal zu Jéodin, Asef und Ben hinab.

»Ich werde wiederkommen.«

Entschlossen signalisierte er den Drunéren durch seine Gedanken, dass sie nun aufbrechen konnten, und die Vögel breiteten ihre Flügel aus. Dann erhoben sie sich in die Luft und verschwanden allmählich im abendlichen Dämmerlicht. Jéodin blickte ihnen noch lange nach. »Möge der Geist meiner Urväter mit euch sein.«

Attkas Befürchtungen sollten sich bewahrheiten, denn als sie bei dem kleinen Haus ankamen, das Attka sein Zuhause nannte, erwarteten sie die kühlen Mienen von Soldaten, die ihnen im Eingangsbereich aufgelauert hatten. Hinter der Reihe aus gepanzerten Muskelprotzen standen Attkas Großmutter und Sira, die sie bedauernd, aber auch feindselig anstarrten.

»Ihr habt unser Volk verraten. Wie konntet ihr euch nur gegen Karaian stellen?!«, schnarrte die Großmutter bitter und zeigte mit einem ihrer knorrigen Zeigefinger auf sie.

Sira streckte zögerlich die Hand nach dem ausgestreckten Arm ihrer Großmutter aus und zog ihn runter. »Es tut mir leid, aber ihr wolltet es ja nicht anders«, flüsterte das ängstlich aussehende Mädchen und Attka meinte, dass sich kurz Bedauern und Sorge in ihren Augen spiegelten.

Rick, der neben Attka den Raum betreten hatte, stand da wie erstarrt. Unglauben sprach aus seinen Zügen. »Sira …« Mehr sagte er nicht. Dann traten die Soldaten näher an die beiden jungen Männer heran und im nächsten Augenblick spürte Attka, wie etwas Schweres auf seinen Kopf traf. Danach wurde es dunkel um ihn.

Elias saß auf dem Rücken des Schwans und blickte auf die weite Landschaft hinunter. Fliegen rief ein so herrliches Gefühl in ihm hervor, dass er kurz seine Sorgen vergaß und verträumt an die Zeit dachte, in der er noch selbst als Drache mit seinen ausgestreckten Flügeln durch den Himmel geglitten war. Dann bewegte sich etwas in seinen Armen, er wandte den Blick ab und das Gefühl verschwand.

»Mia?«

Das blasse Gesicht hatte sich zu ihm gedreht und klare grüne Augen sahen ihn an. »Wo sind wir?«

Ihre Stimme war nur ein Hauch und Elias erinnerte sich an die kleinen Feen. Seine Hand griff an die erstarrte Flamme, die mit den anderen Gaben der Naturgeister an einem Lederband um seinen Hals hing.

»Wir sind auf dem Weg zu einem Ort, an dem ich dich retten kann.«

Das Wort *vielleicht* erwähnte er nicht. Er wollte es gar nicht in Betracht ziehen.

~

Martin hätte nie gedacht, dass er einmal auf etwas fliegen würde, das er weder sehen noch begreifen konnte. Es war wirklich ein erschreckendes Gefühl, einfach so im Nichts dahinzugleiten. Wenigstens schmälerte sich zusehends seine Angst davor, herunterzufallen, weil ihm Elias versichert hatte, einen Zauber gesprochen zu haben, der dies verhindern sollte. Außerdem war Martin mit sich selbst ohnehin schon genug beschäftigt. Denn auch wenn die dunkle Macht ihn langsam zu beherrschen schien, kämpfte etwas in ihm dagegen an. Er fühlte sich zerrissen und schwach.

»Bitte, Elias, beeil dich!«, rief er seinem Freund zu und fiel erschöpft in einen tiefen Schlaf.

~

Etwas rüttelte grob an seiner Schulter. Benommen schlug Attka die Augen auf.

»Sira?«

»Nein, ich bin es, du Trottel!«

Attka erkannte Ricks raue Stimme und sein hämmernder Kopf begann zu arbeiten. Sie waren von Karaians Soldaten gestellt worden. Was war dann passiert? Panik ergriff ihn.

»Wo sind wir?«

Rick trat aus dem Licht der Fackeln und gab den Blick auf einen steinernen Raum frei. Es gab keine Türen. Plötzlich war ein lautes Geräusch über ihnen zu hören und Attka sprang auf. Verwundert blickte er nach oben. Sie befanden sich in einem tiefen Schacht. Statt einer Decke zogen sich die Wände noch etliche Meter in die Höhe, bis sich schließlich ein Gitter zwischen ihnen spannte. Die Öffnung spendete nur wenig Licht, sodass zwischen den Gefangenen und der Freiheit ein schwarzer Tunnel gähnte.

»Das … das glaub ich einfach nicht.« Attka schüttelte bestürzt den Kopf. »Ich komme mir vor, als hätte mich etwas in meine schlimmsten Albträume versetzt.«

»Karaian.« Rick starrte düster nach oben.

»Was?«

»Karaian hat dich in diesen Albtraum versetzt.«

Attka ließ sich wieder zu Boden sinken und rieb sich den Kopf. Ihm war schwindelig und übel, was nicht nur an der Kopfnuss lag, die man ihm verpasst hatte.

Irgendwie wusste Elias, was er zu tun hatte. Die Schwäne hatten ihn, Martin und Mia sicher zum Einsamen Berg geflogen und hatten sich dann von ihnen verabschiedet. Sie konnten nicht auf diesen Berg. Die mächtige Drachenmagie, die an diesem Ort seit Jahrtausenden bestand, hinderte alle anderen magischen Wesen, den Einsamen Berg zu betreten. Bevor sie davongeflogen waren, hatten die Schwäne Elias eine ihrer Federn gegeben. Nachdem Elias sich bei ihnen bedankt hatte, waren die Vögel verschwunden. Nun fädelte er die Feder sorgsam neben den anderen Gegenständen auf und blickte zur Spitze des Berges hinauf. Es würde schwierig werden, seine beiden Freunde dort hinaufzutragen. Mit geschickten Griffen baute er eine breite Trage aus den starken Ästen der Bäume, die den Fuß des Berges säumten.

»Das dürfte halten.«

Mit einem kräftigen Ruck zog Elias den letzten Knoten stramm, schnitt das überflüssige Ende des Seils ab und stopfte es zurück in seinen Beutel. Martin und Mia waren bewusstlos und merkten nicht, wie Elias sie beide auf das Holzgestell legte. Dann zog er sich das Seil, das an beiden Enden der Kopfseite der Trage befestigt war, quer über die Schulter und machte sich an den schweren Aufstieg. Die pralle Sonne schien ohne Erbarmen auf den steilen Weg. Schon nach wenigen Metern brannte Elias der Schweiß in den Augen, doch er blieb nicht stehen. Fahrig rieb er sich mit dem Handrücken über die Stirn und wischte seine klebrigen Haare aus dem Gesicht.

»Ich schaffe das«, trieb er sich selbst an und zog die Trage Schritt für Schritt weiter über den felsigen Boden – immer darauf bedacht, besonders unebene Stellen zu meiden, damit Martin und Mia sich nicht verletzten oder herunterfielen. Es war noch ein weiter Weg.

Der Tagesablauf war äußerst eintönig in dem tiefen Schacht, in dem man Attka und Rick eingesperrt hatte. Außer einem missmutigen Wächter, der ihnen einmal am Tag Essen herunterließ, und dem Geläut der Tempelglocken, das selbst bis zu ihnen durchdrang, passierte nichts. Attka lief unruhig in dem beengten Raum auf und ab und versuchte, nicht verrückt zu werden. Auch Rick, der in einer Ecke saß, schien alles andere als ruhig zu sein, doch er begnügte sich damit, seine Finger mit einem Strohhalm zu beschäftigen, der durch das Herumwirbeln und Verknicken schon einiges von seiner Länge eingebüßt hatte. Wenn nichts mehr von dem Halm übrig war, würde Rick nach dem nächsten greifen und stumpfsinnig mit seiner Beschäftigung fortfahren. Da es sonst keine andere Beschäftigung gab, blieb Attka kaum etwas anderes übrig, als seinen Freund zu beobachten. Das konnte ja niemand länger mit ansehen! Ihm riss der Geduldsfaden. Angespannt und genervt blieb Attka abrupt stehen und fuhr seinen Freund an.

»Hör auf damit! Du machst mich noch wahnsinnig!«

Rick tat so, als hätte er ihn nicht gehört und blickte nicht einmal auf. Wutschnaubend trat Attka vor ihn.

»Du bist an all dem schuld! Hättest du nur dieses eine Mal auf mich gehört, wären wir meiner Großmutter und meiner Schwester nie in die Falle gelaufen!«

Nun schien Rick doch nicht mehr so abwesend und funkelte Attka böse an. »Wage es nicht, mir alles in die Schuhe zu schieben. Ohnehin war es ja *deine* Familie, die uns verraten hat.«

Er hatte fast geflüstert, doch die Drohung war Attka nicht entgangen. Attka schluckte seine Wut hinunter und ließ sich gegenüber Rick auf den Boden sinken. Er hatte vielleicht wirklich etwas übertrieben reagiert.

»Es tut mir leid. Ich weiß nicht, warum ich das gesagt habe. Verzeih mir.« Die Gefangenschaft stellte ihre Freundschaft auf eine harte Probe. Attka durfte nicht zulassen, dass sie die Eintönigkeit in diesem dunklen Loch weiter gegeneinander aufbrachte. Rick nickte langsam und wandte sich wieder seinem Strohhalm zu. Er hatte Attkas Entschuldigung angenommen.

»Was können wir nur tun?« Attka klang weniger verzweifelt, als er sich fühlte.

»Warten«, war die knappe Antwort, und Attka sah ein, dass Rick recht hatte.

Der Gipfel des Magron kam immer näher. Mittlerweile hatte das Seil Elias' Schulter aufgerieben und Blut lief seinen rechten Arm hinab. Er wusste, dass er nicht mehr viel Zeit hatte. Martin war in der Zwischenzeit nicht mehr zu sich gekommen und die schwarze Magie schien schon nahe daran, dem jungen Mann den letzten Funken Lebenskraft zu rauben. Auch Mia ging es immer schlechter. Ihr Atem ging flach und ihre Lider zuckten unruhig, als hätte sie einen Albtraum. Elias spürte, obwohl er sich nicht besonders gut fühlte, dass seine Kraft wuchs, je weiter er auf die Spitze des Berges zuging. Dieser Ort war der Magiequell der Drachen. Daran konnte es keinen Zweifel geben. Ehrfürchtig sah er zu den bizarren Felsformationen empor und wünschte sich sehnlich einen der alten Drachen herbei. Es wäre nicht schlecht gewesen, wenn ihm einer von ihnen hätte erklären können, was es genau mit der Energie des Magron auf sich hatte. Von neuer Kraft beflügelt, beschleunigte Elias seine Schritte und ging auf das Zentrum der Macht zu. Er wusste, hier würde er Mia und Martin heilen können. Die Frage war nur, wie er das überhaupt anstellen sollte …

Als er den höchsten Punkt des Berges endlich erreicht hatte, erfasste ihn eine erdrückende Sehnsucht, die ihm das Herz zusammenzog. Wie jeder Drache war er hier geboren worden. »Mutter … Vater«, flüsterte er und sah vor seinem geistigen Auge einen roten und einen dunkelgrünen Drachen, die nebeneinander durch die Luft stoben und sich wie in einem Tanz immer wieder umkreisten.

Könnte er sich doch nur auch an seine menschlichen Eltern erinnern. Dieser Wunsch brannte in ihm schon sein ganzes Leben. Vielleicht waren sie nicht tot und warteten auf ihn. Doch seine Drachenseele drängte ihn zur Eile und Elias konzentrierte sich wieder auf seine Freunde. Erschöpft nahm er die Trage ab und betrachtete die bizarre Landschaft. Plötzlich schlug das Wetter um und ein starker Wind preschte unbarmherzig über den markanten Felsenwald. Mit dem Wind wuchs auch die Energie in Elias und es war, als würde die geballte Kraft des Sturms durch Elias hindurchfahren. Mit geschlossenen Augen streckte er die Arme aus, wie er es schon einmal getan hatte, und nahm die Magie in sich auf. Je länger Elias in dieser Position ausharrte, desto schwieriger war es für ihn, diesen Unmengen an Energie standzuhalten, und seine geöffneten Hände schlossen sich zitternd zu Fäusten. Langsam und durch mächtige Anstrengung löste sich Elias von dem Magiestrom und ließ die Arme sinken. Seine unmittelbar darauf folgenden Gefühle waren widersprüchlich. Eine Hälfte von Elias begrüßte diese fast vergessene Empfindung der scheinbar unendlichen Energie, doch die andere hatte unglaubliche Angst vor dem, was er mit dieser alles anfangen konnte. Sein Herz schien so laut zu pochen, dass er glaubte, es müsste zerspringen. Entschlossener, als er sich fühlte, kniete er neben der Trage nieder und breitete seine Finger über Mia und Martin aus.

»*Mièr!* Heile!«

Der Befehl verließ seine Lippen und er spürte, wie die Magie durch seine Finger floss.

~

Attka seufzte niedergeschlagen und sah zum sicher tausendsten Mal an den hohen Steinwänden empor. Er wusste nicht warum, aber die helle Öffnung schien sich nach und nach immer weiter zu entfernen. Auch Ricks Melancholie wurde immer größer und zusätzlich zum Zerreiben der Strohhalme hatte er begonnen zu singen. Attka hatte gar nicht gewusst, dass Rick so ein guter Sänger war, doch seine Lieder waren nicht gerade erbauend, sondern untermalten ihren derzeitigen Gemütszustand nur noch.

»Rick?«

Der große Schatten neben Attka unterbrach seinen traurigen Gesang.

»Hm?«

»Wir sind verloren, stimmt's?«

Rick zuckte mit den Schultern. Seine in der Dunkelheit schimmernden Augen verrieten kein Gefühl. Attka kannte ihn jedoch lange genug, um sofort zu erkennen, dass sein Freund derselben Meinung war wie er. Was hatte Attka in seinem Leben nur falsch gemacht, dass ihn Aeretorn so strafte? Hatte er nicht immer nach seinem Herzen gehandelt?

»Verflucht seist du!«, flüsterte er und hob seinen Blick im selben Moment Hilfe suchend zur Öffnung des Schachts. »Ich will nur, dass du uns hier irgendwann rausholst und am besten, bevor wir an Wahnsinn oder Altersschwäche gestorben sind.«

Er hatte seinen Hilferuf nicht sonderlich geschickt dargebracht, aber zum unsichtbaren Allmächtigen zu reden war noch nie seine Stärke gewesen. Attkas schwere Kindheit unter dem Joch von Karaian hatte dazu geführt, dass er nicht besonders viel für Aeretorn übrig hatte, denn der dunkle Herrscher benutzte die Religion, um sich beliebt zu machen. Obwohl Attka durch die Straßenbande über die wahren Beweggründe Karaians im Bilde war, hatte er sich angewöhnt, das Wort Aeretorns, das der Tyrann so oft für seine eigenen Zwecke missbrauchte, mit dem schwarzen Elben zu verbinden. Doch nun fühlte sich Attka in einer Lage, in welcher es angebracht schien, alle Hilfe, die er irgendwie kriegen konnte, anzunehmen und über seinen Schatten zu springen.

Nachdenklich versuchte er, sich an die genauen Worte der Gebete zu erinnern, die er als Kind gelernt hatte. Ein wenig zu beten, konnte schließlich nicht schaden. Nach kurzem Überlegen fing Attka an, die alten Weisen vor sich hin zu murmeln. Leise hallten Bruchstücke einzelner Gebetsverse in dem Schacht wider. Vielleicht sandte ihm Aeretorn ja einen Schutzengel …

Karaians Magie war stark und steckte tief in Elias' Freunden wie ein tödliches Gift. Nun erkannte Elias Sad'hyanis Gründe für Mias Folter und schauderte. Die Hexe hatte Mia benutzt, um mit Karaian in Kontakt zu treten. Mia war ein Mittel zum Zweck gewesen und hatte der Hexe und dem dunklen Elb als Brücke gedient. Durch die mentale Berührung mit Karaian musste Mia mit der schwarzen Magie infiziert worden sein. Besorgt nahm Elias wahr, dass sich Mias und Martins Seelen trotz seiner Bemühungen immer weiter von ihm entfernten. Verzweifelt versuchte er, sie festzuhalten. Doch es war, als würden ihm die Lebensgeister der zwei Menschen, die ihm am allermeisten bedeuteten, wie Sand zwischen den Fingern zerrinnen. Was sollte Elias tun? Seine Kräfte schwanden. Selbst dieser Ort schien zu schwach, um Karaians Magie zu trotzen. Mit einem wütenden Aufschrei sprang er auf. Er musste Mia retten – koste es, was es wolle! Elias liebte sie zu sehr, um ihren Tod hinnehmen zu können. Mit letzter Kraft griff er mit seinen Gedanken in sein Innerstes hinein und setzte den Rest seiner Energie frei, doch diesmal nicht die urgewaltige Drachenmagie, sondern seinen Lebensfunken.

»Ich liebe dich!«

Mit diesen Worten setzte Elias alles auf eine Karte. Sein Lebensfunken verließ ihn und eine gewaltige Lichtsäule erhob sich senkrecht von ihm ausgehend in den Himmel. Die

Wolken brachen auf und gaben den Blick auf eine ferne Welt frei – die Welt, in der die Seelen der Drachen fortbestanden. Elias hatte den Kopf in den Nacken gelegt und sah zu seinen Urvätern auf. Eine einzelne Träne glitzerte auf seiner Wange. Dann brach er lautlos zusammen.

Neben ihm schreckte Mia auf und drehte verwirrt den Kopf. Auch Martin rührte sich und streckte die Glieder, denen so lange jegliche Bewegung verwehrt geblieben war.

Bartholomäus sah in die Ferne und erblickte im Südwesten einen blendend weißen Lichtstrahl, der sich in den Himmel bohrte. Reflexartig fuhr er mit der Hand zu dem silbernen Amulett, das ihm an einer Kette um den Hals hing.

»Aeretorn beschütze uns!«

Der Mönch ahnte, dass etwas Unglaubliches geschehen war …

DAS FEUER

1 Im Geiste

Attka warf sich auf dem harten Kerkerboden im Schlaf unruhig von einer Seite auf die andere, doch seine plötzliche Ruhelosigkeit rührte nicht von dem unkomfortablen Lager des Verlieses her, sondern von etwas ganz anderem. Irgendetwas stimmte mit ihm nicht. Eine grundlegende Veränderung war in ihm vorgegangen, ohne dass er sie im Moment benennen konnte.

»Attka … Attka …«

Es war nicht Ricks tiefe Stimme, die ihm zuraunte – die doch eigentlich die einzige war, die er hier in dem tiefen Schacht hätte hören dürfen. Vielmehr klang das Flüstern so, als würde es direkt aus Attkas Kopf kommen.

»Wer … wer bist du?«

»Mein Name ist Elias. Du musst keine Angst haben.«

Doch, Attka hatte sehr wohl Angst! Es geschah schließlich nicht alle Tage, dass man plötzlich fremde Stimmen in seinem Kopf hörte.

»Warum kann ich dich hören, obwohl du unmöglich bei mir sein kannst? Hier ist niemand außer Rick und mir!«

Die Stimme, die sich mit *Elias* vorgestellt hatte, schwieg eine Weile, bevor sie zögernd antwortete.

»Ich … weiß es nicht genau. Eigentlich hätte ich tot sein müssen, aber irgendwie …«

»Lass mich in Frieden!«

Elias faszinierte ihn zwar, doch Attka spürte bereits, wie sich der Geist des anderen in den seinen einnistete, und die seltsame Kraft, die von diesem Fremden ausging, erschreckte ihn. Abrupt wachte er auf und fuhr sich keuchend über die nasse Stirn.

»Hattest einen Albtraum, was?«

Rick saß Attka gegenüber und sah ihn forschend an. Attka schüttelte nur den Kopf und drehte sich von seinem Freund weg. Was war nur mit ihm los?

∾

»Er ist tot.«

Martin sagte es, als hätte die Bedeutung seiner Worte ihn noch nicht erreicht. Mia saß stumm neben ihm und fuhr Elias über das blasse, leblose Gesicht. Die merkwürdigen Anhänger, die um Elias' Hals hingen und die Formen von Feder, Muschel, Flamme und Blatt hatten, fielen ihr kaum auf. Jemand weinte und nach einer Weile merkte sie, dass es sie selbst war. Ihr Held hatte sie gerettet, doch zu welchem Preis? Ohne Elias schien alles bedeutungslos.

»Was sollen wir jetzt machen?«

Mia klang schwach und sie hatte Mühe, dass ihre Worte nicht von ihrem Schluchzen verschluckt wurden.

»Warum ist das nur geschehen? Ich …« Ihre Stimme brach.

∾

Martin konnte einfach nicht begreifen, dass Elias nicht mehr leben sollte, doch es ließ sich auch nicht abstreiten. Der letzte Drache war tot. Martins Verstand hatte das erkannt – nur sein Herz weigerte sich nach wie vor, diese Tatsache hinzunehmen. Als Folge dieser Abwehrreaktion hatte sich in Martin eine merkwürdige, gefühllose Leere ausgebreitet, durch die er alles aus großer Distanz wahrzunehmen schien. Nie hätte Martin von Elias verlangt, sein Leben für ihn aufs Spiel zu setzen. Der Feuerprinz war dafür viel zu wichtig! Vielmehr hätte Martin diese Rolle einnehmen sollen. Er war doch Elias' Beschützer – nicht umgekehrt. Als Beschützer hatte er nun vollständig versagt. Er hatte seine ehrenvolle Aufgabe nicht erfüllt, sondern eher das Gegenteil bewirkt. Durch Elias' Aufopferung war die Erfüllung der Prophezeiung ein Ding der Unmöglichkeit geworden. Die letzte Hoffnung der Menschheit war gestorben – und das nur, um Mia und Martin zu retten. Martin fühlte sich schuldig. *Er* hatte das bewirkt. Das Schicksal hatte dank *ihm* nun eine unheilvolle Wendung genommen.

Stille. Nichts regte sich. Auch der Wind hatte, seit Elias zusammengebrochen war, aufgehört zu wehen und Mia hatte das Gefühl, dass die ganze Welt den Atem anhielt. Schließlich antwortete Martin doch noch auf ihre Frage und wieder hörte sich seine Stimme so ruhig an, als hätte er nicht begriffen, was geschehen war.

»Wir müssen den Gipfel verlassen. Es gibt hier oben nichts zu essen und die Verpflegung in dem kleinen Beutel dort wird sicher nicht lange für uns beide ausreichen.«

Unfähig, auf die nüchterne Feststellung etwas zu erwidern, nickte Mia nur und fing an, Elias' Leinenbeutel zu inspizieren, um herauszufinden, welche nützlichen Sachen ihnen außer der, wie von Martin gerade prophezeiten, wenigen Nahrung noch zur Verfügung standen. Der Abstieg würde nicht leicht werden. Unweigerlich fiel Mias Blick auf die von Elias geschickt zusammengebaute Trage und ihre Augen füllten sich erneut mit Tränen.

»Wir müssen ihn mitnehmen, Martin.«

»Aber er wird uns behindern«, widersprach Martin und

vermied es ebenso wie Mia, Elias' Namen zu nennen. Hätte einer von ihnen ihn ausgesprochen, wäre die Erkenntnis von dem Tod ihres Freundes noch unbarmherziger und endgültiger über sie hereingebrochen. Martins Gegenargument war durchaus plausibel, aber Mia sagte ihr Gefühl, dass sie Elias' Körper nicht zurücklassen durften.

»Wir nehmen ihn mit, auch wenn ich ihn ganz allein tragen muss.« Ihre Entscheidung war gefallen.

Martin erwiderte nichts, griff Elias aber unter die Arme und hievte ihn auf das Holzgestell, auf dem immer noch die Decken lagen, in denen sich Mia und Martin nach ihrem abrupten Aufwachen wiedergefunden hatten. Mia schenkte ihm einen dankbaren Blick und schulterte Elias' Beutel. Der Feuerprinz schien wirklich an alles gedacht zu haben – selbst ein elbisches Zelt, welches sie später sicherlich noch gut gebrauchen konnten, verbarg sich in der großen Tasche. Nachdem sich Mia und Martin ein letztes Mal umgeschaut hatten, verließen sie die Spitze des Berges und Elias ruhte zwischen ihnen wie ein schlummerndes Kind. Die Anhänger auf seiner Brust stießen bei jeder kleinen Bewegung des Holzgestells aneinander und jedes Mal schien ein stummer Ruf von ihnen auszugehen.

∾

Etwas Merkwürdiges war geschehen. Elias war davon ausgegangen, dass er auf dem Einsamen Berg sterben würde, doch dann war er in einem anderen Körper wieder aufgewacht. Einem Körper, der eine andere Seele beherbergte. Je länger er darüber nachdachte, desto sicherer war er sich, dass er diese menschliche Hülle in seinem Unterbewusstsein ausgesucht hatte. Sein Geist war unsanft von seinem Körper getrennt worden, nachdem er den Lichtstrahl erschaffen hatte. Dann war er durch das Nichts geflogen und auf irgendeine unerklärliche Weise hier gelandet. Die Seele, mit der er sich nun den Körper teilte, hatte etwas Besonderes an sich. Zwar wirkte der Junge wie ein Mensch, doch er war keiner. Genauso wenig, wie Elias einer war. Attka selbst wusste davon jedoch nichts. Dieses Gefühl, in einem fremden Körper zu sein, erinnerte Elias daran, wie er sich gefühlt hatte, als seine beiden Seelen sich noch nicht völlig miteinander verbunden hatten – auch wenn es diesmal anders verlief und Elias' und Attkas Seelen voneinander getrennt blieben.

Mit, wie Elias hoffte, nachfühlender Stimme begann er erneut zu dem Jungen zu sprechen.

»Es war kein Traum, Attka. Ich bin echt.«

Unwillkürlich zuckte der Körper, der zum Wirt für Elias' Seele geworden war, zusammen und Attka nahm unwillig mentalen Kontakt zu seinem ungebetenen Gast auf.

»Ich habe doch gesagt, du sollst verschwinden!«

Attkas Angst war deutlich zu spüren.

»Solltest du dich nicht mehr darum sorgen, was Karaian mit dir anstellen wird, als dich vor mir zu fürchten?«, erwiderte Elias. »Wir sitzen beide in der Patsche und sollten uns lieber gegenseitig helfen, anstatt uns anzufeinden.«

»Siehst du ... Ich meine, kannst du durch meine Augen sehen?«

Es war Neugier, aber auch tiefes Entsetzen, die in der Frage steckten. Elias zögerte. Er wollte den verschreckten Jungen nicht noch mehr aus der Fassung bringen. Schließlich entschied er sich dennoch für die Wahrheit. »Ja.«

Attka schwieg.

Beschwichtigend fuhr Elias fort: »Es tut mir leid, dass ich so ungefragt in dein Leben geplatzt bin, aber ich glaube, ich hatte keine große Wahl.«

»Was stimmt nicht mit dir? Und wieso bist du ausgerechnet bei mir gelandet?«

Ungehalten verschränkte Attka die Arme vor der Brust.

»Du bist nicht wie die anderen. Es war wichtig, dass jemand mich aufnimmt, dessen Seele meiner ähnelt, und wir haben mehr gemeinsam, als du denkst.« Elias hoffte, dass Attka seine Beweggründe verstehen würde und ihm verzieh. In einem erklärenden Ton fuhr er fort: »Ich werde mich auch nicht für immer in deinem Kopf einnisten. Das Problem ist nur, dass ich irgendwie meinen Körper finden muss, und das geht nur durch dich.«

Attka seufzte. »Da gibt es nur einen Haken ... Wir kommen hier nicht raus.« Sein Blick schweifte wieder zu der weit entfernten Öffnung über ihnen.

»Ich denke, da kann ich helfen.«

Elias hoffte es zumindest. Konzentriert zog er sich zum Kern seiner Seele zurück und suchte nach dem Feuer. Es war da, das spürte er – auch wenn es um vieles kleiner war als das Feuer, das er in seinem eigenen Körper erzeugen konnte.

∾

Mias Schultern schmerzten und ihr Rücken fing auch langsam an zu rebellieren. Der Abstieg war wirklich kein Kinderspiel und sie mussten öfter anhalten, als ihnen lieb war. Wie hatte Elias es nur geschafft, Mia und Martin allein hier hoch zu schleppen? Denn nach den Spuren im teilweise sandigen Boden zu urteilen, war Elias ohne Begleitung zum Gipfel des Berges aufgebrochen. Mittlerweile fühlte sich Mia vollkommen taub und leer. Nichts schien sie mehr berühren zu können. Sie trottete einfach nur vor sich hin und achtete darauf, Elias möglichst sanft den unebenen Abhang hinunter zu geleiten. Martin sprach wie sie kein Wort, und erst nachdem sie den Fuß des Berges erreicht hatten, hielt er unvermittelt inne.

»Halt, warte! Ich höre etwas.«

Es war nicht mehr als ein Flüstern, doch in der Windstille

war jedes seiner Worte gut zu verstehen. Wie befohlen, blieb Mia stehen und stellte behutsam die Trage ab, um mit Martin zu ergründen, woher das Geräusch kam, und vor allen Dingen, wer es verursacht hatte. Vor ihnen lag ein ziemlich karger, von dem vergangenen Winter immer noch gezeichneter Waldstreifen. Sie versteckten sich hinter einem Felsen. Ihre Augen huschten zwischen den langen schmalen Stämmen hin und her. Ja, da war etwas! Alarmiert tippte Mia Martin auf die Schulter und deutete auf eine Stelle rechts von ihnen. Dort zwischen den Bäumen stand jemand, doch bevor sie die Person näher in Augenschein nehmen konnten, erklang plötzlich eine Stimme.

»Na, wer seid ihr denn?«

Mia zuckte vor Schreck zusammen und drehte sich um. Hinter ihnen stand ein alter Mann in einer roten abgetragenen Kutte. Sein weißer, von grauen Strähnen durchsetzter Bart und sein unergründlicher Blick verliehen ihm eine besondere Ausstrahlung und Mia hatte unwillkürlich Ehrfurcht vor ihm.

»Wir … wir sind Reisende«, stotterte sie verlegen darüber, dabei ertappt worden zu sein, einer Gruppe Geistlicher aufgelauert zu haben. Denn nun traten noch mehr der Mönche aus dem Waldstück und scharten sich um die heimlichen Beobachter. Martin raffte sich als erster auf und stand nun in einer für seine Verfassung erstaunlich autoritären Haltung vor der Schar Fremder.

»Wir wollten Euch nicht nachspionieren. Da wir nicht wussten, wer sich im Wald aufhielt, haben wir uns verborgen, um herauszufinden, ob möglicherweise Gefahr besteht. Schließlich kann man in diesen unruhigen Zeiten nicht vorsichtig genug sein.«

Mia wusste, dass ihr Freund absichtlich unterschlagen hatte, auf welcher Seite sie standen. Denn noch wussten sie nicht, was die Mönche für Ansichten über den Krieg hatten und ob sie vielleicht sogar parteiisch waren. Diese Frage sollte sich jedoch im nächsten Moment klären.

»Ja, diese Nordländer lauern wirklich überall. Ungläubige, die auf die Erlösung durch einen Drachen warten und die heiligen Worte Aeretorns zu ihren eigenen Gunsten verkehren! Pah! Allesamt größenwahnsinnig!«

Mia hatte eher den gegenteiligen Eindruck … aber den behielt sie in ihrer jetzigen Situation lieber für sich.

»Was ist denn mit eurem Freund geschehen?« Mit unverhohlener Neugier ruhte der Blick des Mannes auf Elias' leblosem Körper.

»Er ist tot«, sagte Martin mit derselben tonlosen Stimme wie schon auf dem Gipfel des Berges.

»Das tut mir leid.«

Der Mönch schien wirklich betroffen und schloss eine Faust um den silbernen Anhänger, den er um den Hals trug. »In Aeretorns Namen: Ruhe in Frieden. Möge Karaians weise Hand deine Seele in die Ewigkeit führen.«

Ein Kloß steckte in Mias Hals und es fiel ihr unendlich schwer, dem gutmütigen alten Mann keine laute, hasserfüllte Beschimpfung entgegenzuschleudern. Wie konnte er es nur wagen, Karaian in einem Atemzug mit Aeretorn zu erwähnen … und mit Elias' Seele. Martin schien ihre Erregung zu spüren, denn er richtete die Aufmerksamkeit der Gruppe wieder auf sich und sagte: »Vielen Dank für Eure Anteilnahme. Wie Ihr schon sagtet, die Nordländer sind überall …«

Der Mönch nickte stumm. Mia hatte inzwischen ihre Beherrschung wiedergewonnen. Sie wollte zu gern wissen, wo sie sich überhaupt befanden, aber es schien ihr zu riskant, den Rotröcken weismachen zu wollen, ihre kleine Reisegruppe hätte sich mangels Führer verlaufen. Das hätte nur Misstrauen erregt. Schließlich befanden sie sich nicht im Nirgendwo, sondern an einem einsamen Berg, der über ihnen emporragte. Irgendwann hatte sie schon einmal etwas von diesem Ort gehört, aber sie konnte sich einfach nicht erinnern.

»Habt Ihr etwas zu essen für uns? Als wir überraschend vor den Nordländern flüchten mussten, haben wir unseren Proviant größtenteils verloren. Nun haben wir gar nichts mehr.«

Mias Notlüge entlockte den Mönchen mitfühlende Blicke. Warmherzig trat der Weißbärtige näher an Mia heran und streckte ihr vertrauenerweckend eine Hand entgegen.

»Mein Name ist Devinius Sem'Kar. Es wäre mir eine Freude, wenn ihr unsere Gäste wärt.«

Völlig erstaunt über die Freundlichkeit wusste Mia erst nicht, was sie erwidern sollte. Schließlich übernahm Martin ihre Rolle.

»Danke, Dev …«

Der Mönch lächelte. »Sagt einfach Devin.«

Und so zogen sie gemeinsam mit den Mönchen, die ganz offensichtlich ruhelose Pilger waren, weiter ins Ungewisse. Mia vergaß nicht, Elias' Trage wieder aufzunehmen. Ohne die leiseste Bitte kamen zwei der Mönche herbei und nahmen ihr das Holzgestell aus den wunden Händen. Trotz eines leichten Unwillens, der sich in ihr regte, ließ es Mia geschehen. Schließlich hatten sich die Rotröcke gutmütig gezeigt und sie wussten ja nicht, wen sie da trugen …

2 Die Flucht

Es war nicht zu übersehen, dass Attka es nicht mochte. Doch sie hatten keine andere Wahl. Wenn sie hier beide lebend herauskommen wollten, musste Elias seine Energie entfesseln.

»Mehr geht nicht.«

Elias hatte all die Macht aufgeboten, die er in seinem Geist hatte finden können. Nun war er erschöpft und versuchte krampfhaft, das Feuer festzuhalten, das ihm bei jeder Unkonzentriertheit zu entgleiten drohte. Sein junger Freund wirkte skeptisch. »Sollen wir es wirklich versuchen? Vielleicht leben wir länger, wenn wir einfach hier bleiben und unser Schicksal erwarten.«

Hätte er gekonnt, hätte Elias Attka einen wütenden Blick zugeworfen. Doch auch so wurde der Junge ruhig. Es war praktisch unmöglich, in demselben Körper zu stecken und nicht zu wissen, was der andere dachte oder fühlte.

»Es ist so weit«, sagte Elias nur und konzentrierte sich mehr denn je. »Bist du sicher, dass wir Rick brauchen?«

Nun war es an Attka, ein böses Gesicht zu machen. »Das Thema hatten wir doch schon. Er kommt mit!«

Natürlich wollte Elias Rick auch ungern zurücklassen, doch seine Kraft war beschränkt und er wusste nicht, ob er Attka und Rick beide aus dem tiefen Loch herauszaubern konnte.

»Nun gut … Lass es uns versuchen.«

Rick wusste nichts von ihrem Plan, aber er hätte Attka

vermutlich sowieso für verrückt erklärt, wenn der ihm gesagt hätte, er höre Stimmen in seinem Kopf. Daher wirkte Rick nicht wenig erstaunt, als er sich mit Attka in die Luft erhob und gezielt in Richtung Gitter hinaufgetragen wurde.

»Was ... was ...?«

Der Ausdruck auf Ricks Gesicht war unbezahlbar. Der, wie Elias durch Attkas Gedanken erfuhr, sonst so gefasste Aufrührer hatte die Augen geweitet und den zerfledderten Strohhalm aus der Hand fallen lassen. Attka schien sich verpflichtet zu fühlen, das Geschehen zu erklären.

»Mach dir keine Sorgen. Ich habe jemanden bei mir, der uns hier rausholt«, sagte Attka, während Elias seine Gedanken nun ganz auf die Energie fixierte, die durch ihn nach außen strömte, und deshalb nicht mehr mitbekam, was Rick antwortete. Mühsam bündelte er seine geminderte Macht wie eine anschwellende Kugel direkt unter dem metallenen Gitter über dem Loch und befahl ihr schließlich, die rostigen Stangen zu zertrümmern. Die Wucht war so unerwartet groß, dass er sofort darauf achten musste, Attka und Rick vor den herabstürzenden Metallstücken zu schützen. Endlich waren sie durch die Öffnung hindurch und Elias ließ seine Schützlinge entkräftet zu Boden fallen.

»Autsch!«

Attka fügte im Geist einen wüsten Fluch und anklagende Worte hinzu, aber Elias ignorierte sie.

»Schnell! Wir müssen uns beeilen. Ich spüre, dass sich jemand nähert. Weg hier!«

Daraufhin packte Attka Rick beim Arm und zerrte den verdutzten Freund hinter sich her. Sie befanden sich in einem großen Innenhof, der von wilden Pflanzen gesäumt war. Als sie gerade um die Ecke gegangen waren, sahen sie, wie aus einem der vielen Gänge, die in den Hof mündeten, eine Schar mäßig bewaffneter Soldaten herausstürmte. Die zerzausten Südländer machten den Anschein, als hätte sie der plötzliche

Krach aus dem Tiefschlaf gerissen. Elias spürte, wie Attka bei diesem Anblick schmunzelte. »Führe Rick durch diese Tür!«, wies er den abgelenkten Jungen an und Attka löste seinen Blick.

∾

Die Tür hinter sich und Rick schließend, sah sich Attka in dem Raum um.

»Er hat keinen zweiten Ausgang! Was jetzt?«

Wollte dieser Elias, dass sie alle draufgingen? Wütend versuchte Attka, dem Wesen in seinem Inneren seine Gefühle lauthals zu unterbreiten, aber Elias schien sich abgeschirmt zu haben. Hatte er sie nun im Stich gelassen? Doch der fremde Geist in ihm meldete sich nach kurzem Zögern wieder zu Wort.

»Ich weiß ganz genau, was ich tue, Attka! Stell mich nicht in Frage! Die Soldaten werden alle an der Tür vorbeigehen.«

Und wie Elias prophezeit hatte, vernahmen sie nur wenige Sekunden später das Fußgetrappel der Südländer, das an der geschlossenen kleinen Holztür vorbeizog und dann immer leiser wurde. Attka schüttelte ungläubig den Kopf.

»Woher wusstest du das?«

Doch Rick unterbrach ihre Unterhaltung.

»Würdest du mir nun bitte genau erklären, was hier vorgeht und warum du neuerdings Selbstgespräche führst?«

Attka hatte gar nicht gemerkt, dass er laut gesprochen hatte. »Ehrlich gesagt? Keine Ahnung.«

Und das stimmte. Er wusste wirklich nicht, in was er da hineingeraten war.

∾

Die Mönche schlugen bei Anbruch der Dämmerung ihr Lager auf und Mia und Martin waren dankbar, dass sie sich zu den freundlichen Männern ans Feuer setzen und die getrockneten Früchte, das harte Brot und eine heiße Kräutersuppe mit den Geistlichen teilen konnten. Es schien Mia die beste Mahlzeit seit langem gewesen zu sein und übermüdet schlief sie, umgeben von der anheimelnden Wärme, die von den prasselnden Flammen ausging, noch im Sitzen ein.

Martin schaffte es fast, zu lächeln, als er so auf die schlummernde Gestalt an seiner Schulter blickte, doch die Trauer um Elias war zu groß. Seit er den reglosen Körper seines Freundes gesehen hatte, fühlte er sich unendlich allein. Er versuchte, an Ilién zu denken, aber ihr Gesicht verschwamm vor seinem geistigen Auge. Teilnahmslos blickte er in die lachende, schwatzende Runde der Mönche. Sie wirkten so glücklich, so sorgenlos. Er wusste nicht, ob er sich jemals in seinem Leben so gefühlt hatte wie die Männer um ihn herum. Er hätte viel darum gegeben, einer von ihnen sein zu können. Selbst in der Zeit, die er am Königshof verbracht hatte, hatte er ständig in der Angst gelebt, Helwinn zu enttäuschen und seine neu gefundene Familie wieder zu verlieren. Verlust … Unweigerlich wanderte sein Blick vom Feuer weg und erspähte die Trage, die nur wenige Meter entfernt am Boden lag. Elias' regloses Gesicht wurde vom unruhigen Schein des Lagerfeuers beleuchtet. Martin erinnerte sich an alle Momente, die er mit Elias geteilt hatte … Nein, es stimmte nicht! Er wollte keiner von diesen arglosen Mönchen sein! Martins Leben wäre nie so erfüllt gewesen, wenn er den Drachen nicht getroffen hätte.

»… dieser Drache … ein Werkzeug des Bösen …«

Überrascht horchte Martin auf und versuchte, aus der

großen Gruppe den Mann herauszuhören, dessen laute Stimme er gerade vernommen hatte. »… widerliches Feuerwesen … nichts als Hass …«

Martin hatte den Mönch mit seinen Augen gefunden. Es war ein jüngerer Mann. Während er redete, gestikulierte er wild mit den Armen und sein Gesicht spiegelte Ekel und Missbilligung. »Ich habe gehört, Karaian hätte ihn einmal beinahe getötet. Schade, dass er es nicht geschafft hat!«

Dies aus dem Mund eines Geistlichen zu hören, war grotesk und erschreckend zugleich. Martin war froh, in diesem Moment von keinem beachtet worden zu sein. Seine Gesichtszüge hätten vermutlich Bände gesprochen.

»Drachen und die Ungläubigen, welche ihnen folgen, sie gehören alle in die Hölle!«, sagte der junge Mönch abschließend und überließ dem etwas älteren Mann neben sich die Diskussion.

»Du hast recht, Velnir. Solche Leute gehören bestraft. Gut, dass Karaian mit all seinen Mitteln gegen sie vorgeht … Ach, Vel. Reichst du mir mal die Schale?«

Der Angesprochene grinste. »Das Zauberwort?«

Der Ältere seufzte mit gespielter Ungeduld. »Bitte.«

Daraufhin reichte ihm der andere die begehrte Schale und das Gespräch verstummte. Im Verlauf des Abends bekam Martin mit, dass der zweite Mönch Ribah hieß und einer der Ordensleiter war. Devin jedoch war das Oberhaupt und schien von allen bewundert und verehrt zu werden. Der Weißbärtige war es auch, der schließlich zu Martin trat und sich neben ihn setzte. Der Mönch, der vorher neben Martin und Mia gesessen hatte, war bereits verschwunden und hatte sich, wie schon ein großer Teil der Gruppe, in eines der großen flachen Zelte zurückgezogen, die die Geistlichen auf der weiten Ebene aufgeschlagen hatten. Der Berg und der Wald lagen schon ein gutes Stück hinter ihnen. »Erzähl mir von euch, Martin«, fing der alte Mönch an und sah dabei in die unruhigen Flammen des langsam ausgehenden Feuers. Der helle Schein, den das Licht auf seine dunklen Augen warf, machte Devin irgendwie unheimlich. Trotzdem räusperte sich Martin und begann eine Geschichte zu spinnen, die so rein gar nichts mit der Wirklichkeit gemein hatte.

»So, so …«, meinte Devin am Schluss und das leise Knacken des verkohlten Holzes, welches noch immer glühte, holte Martin aus dem Geschehen des komplexen Märchens heraus, das er gerade so freimütig erfunden hatte. Er hoffte nur, es so realistisch erzählt zu haben, dass Devin nicht auf den Gedanken kam, Martin könne lügen.

»Wenn ihr durch Maradun gekommen seid, hattet ihr Glück, noch vor dem Überfall da gewesen zu sein.«

Martin spielte Entsetzen. »Was?«

Devin nickte traurig. »Ja, diese Barbaren haben das Dorf überrannt und Leid und Schrecken verbreitet. Diese Räuberbande durchzieht den gesamten Süden.«

In Gedanken dachte Martin: »Diese Diebe sollte ich mal kennenlernen. Ganz schön mutig.«

Doch was er sagte, klang ganz anders: »Unholde, diese barbarischen Nordländer.«

Nichts ahnend verabschiedete sich der alte Mönch. »Gute Nacht, mein Freund. Ihr könnt euch dieses kleine Zelt nehmen, wenn ihr wollt. Daneben liegen Fackeln.« Mit der knochigen Hand wies er auf einen unförmigen Stoffhaufen, der im schwachen Licht des abnehmenden Mondes gerade noch zu erkennen war.

Martin nickte. »Danke für die Fackeln. Aber das Zelt wird wohl nicht nötig sein. Wir haben unser eigenes.« Der junge Mann klopfte mit der Hand auf den Beutel, der neben ihm lag.

Nachdem Devin mit den restlichen Mönchen in den anderen Zelten verschwunden war, rüttelte Martin Mia an der Schulter. Es war wichtig, dass sie genau wusste, in welcher Löwengrube sie sich befanden. Außerdem musste er ihr das Märchen erzählen, das er zuvor Devin aufgetischt hatte, damit sich ihre Lügengeschichten, die sie sicher noch öfter würden erzählen müssen, miteinander deckten. Mia hörte verschlafen, jedoch aufmerksam zu, während Martin leise anfing, das Zelt aufzubauen, und ihr seine ausgedachte Geschichte schilderte.

»Wir müssen äußerst vorsichtig sein«, meinte Mia, als Martin geendet hatte, und beide gönnten sich den wohlverdienten Schlaf.

Elias führte Attka und Rick sicher aus dem labyrinthartigen Gebäudekomplex und schließlich standen die zwei jungen Männer mit blinzelnden Augen endlich wieder im Licht der Sonne. Der Frühling, der sich bereits dem Sommer zuneigte, hatte sein fröhlichstes Gesicht aufgesetzt.

»Frei.«

Es war nur ein Wort, welches Attka aussprach, aber zugleich war es so viel mehr. Vor Glück fielen sich die beiden Freunde lachend in die Arme und feierten ihren kleinen Triumph. Unruhig drängte Elias Attka, sich zu verbergen, denn nun, draußen auf der Straße, konnte der Drache die Präsenz Karaians deutlich spüren. Der dunkle Elb war zweifelsohne in der Stadt.

»Wo sollen wir hin?«

Nun war Attkas Stimme voller Vertrauen. Während der Flucht hatte sich zwischen Elias und dem Jungen zu guter Letzt doch noch etwas wie eine Freundschaft entwickelt.

»Folgt den schmalen, unscheinbaren Gassen und vermeidet, gesehen zu werden. Wir müssen Al'Arkas irgendwie verlassen. Mein Körper kann noch nicht sehr weit gekommen sein.« Jedenfalls hoffte Elias das. Attka lauschte seinen Worten und nickte. »In Ordnung.«

Genervt verdrehte Rick die Augen. »Hör auf damit! Du und dein unsichtbarer Freund bringen mich ganz durcheinander!«

Attka ging nicht auf Rick ein und gab nur die Worte wieder, die Elias gesagt hatte: »Wir müssen aus der Stadt raus.«

»Ach, wirklich? Das hätte ich mir jetzt nicht denken können«, blaffte Rick und trottete missmutig hinter Attka her. »Das nächste Mal informier mich vorher darüber, dass du dir von einer imaginären Person sagen lässt, was du zu tun oder zu lassen hast, denn dann bleib ich lieber im Kerker sitzen.«

Nach der kurzen Auseinandersetzung schlich Attka mit seinem missmutigen Freund im Schlepptau weiter von dem Gefängnis und den Soldaten fort. Sie huschten in den tiefschwarzen Schatten einer Häuserlücke und machten sich unsichtbar.

Worsek schritt durch die sonnendurchfluteten Straßen von Al'Arkas und starrte vor sich hin. Karaian hatte hier nach langer Abwesenheit endlich wieder für Ordnung gesorgt. Die Stadt war herrlich. Aber eigentlich nahm Worsek das kaum wahr, denn seine Gedanken kreisten immer wieder um ein Wort: Feuerprinz. Ohne Frage hatte der Drache eine deftige Abreibung verdient, war ihnen aber dummerweise in Vendera erneut entwischt. Entweder hatte er enorm viel Glück, oder er war stärker, als sie alle dachten. Dieser Gedanke machte Worsek zu schaffen, denn er glaubte, dass ein Quäntchen Wahrheit hinter seinen Überlegungen steckte. Ihr Feind war schließlich die Hoffnung aller Nordländer. Das wundersame Wesen aus der Prophezeiung …

Devin war es, der sie früh am nächsten Morgen aus dem kurzen Schlaf riss.

»Wir ziehen weiter.«

Der alte Mönch lächelte, als Martin mit einer verschlafenen Miene den Zeltvorhang beiseite schob.

»Wo geht die Reise eigentlich hin?«

»Nach Al'Arkas, mein Junge.«

Martin versuchte, ein Schaudern zu unterdrücken. Al'Arkas war das Zentrum von Karaians Macht. Hoffentlich flogen sie bis dahin nicht auf. Er hatte schon bemerkt, dass ein paar der Mönche misstrauisch waren. Schließlich sah nur Martin aus wie ein Südländer, während Mia und Elias typisch nordländische äußere Merkmale hatten.

Als die Gruppe alle Zelte wieder eingepackt und auf vier Maulesel verladen hatte, strebten die Mönche der Hauptstadt des Südens entgegen. Mit ihnen reisten ein junger Krieger und eine wunderschöne Frau, die mit ruhelosen Augen den blonden Mann bewachten, der nach wie vor auf der Trage ruhte, welche zwischen den roten Kutten der Mönche trieb wie ein kleines Boot im Meer.

~

Elias' Nervosität hatte sich, seit sie dem Kerker entkommen waren, noch gesteigert und immer wieder ermahnte er Attka, sich zu beeilen. Es war nur noch eine Frage der Zeit, bis Karaian die Anwesenheit des Drachen spüren würde. Außerdem musste Elias zurück zu seinem Körper gelangen, der sich, wie er hoffte, nach wie vor auf dem Einsamen Berg befand. Es gab bestimmt irgendeine Möglichkeit, seine Seele wieder von Attka zu trennen.

»Lass uns bitte nur kurz verschnaufen. Schließlich sind *wir* es, die laufen müssen – nicht du«, sagte Attka schließlich außer Atem und hielt inne. Rick blieb mit einem großen Fragezeichen im Gesicht neben Attka stehen. Ihm war deutlich anzusehen, dass er sich immer noch nicht an die wunderlichen Kommentare seines Freundes gewöhnt hatte.

Elias gab nach. »Na gut. Aber nur kurz. Karaian ist uns immer noch zu nah.«

Attka ließ sich in der dunklen Gasse auf den Boden sinken und rieb sich die schmerzenden Füße. Sie durchstreiften die Stadt nun schon seit Tagen, ohne eine Möglichkeit zu finden, diesen Ort sicher zu verlassen.

»Kannst du nicht wieder zaubern?«, fragte Attka und Hoffnung lag in seiner Stimme.

»Nein. Meine Kraft ist zu geschwächt.«

Elias bedauerte dies zutiefst, doch er hatte diese Möglichkeit zur Flucht abgewogen und verwerfen müssen. Wenn er seine Energie in seinem jetzigen Zustand einsetzen würde, würde er nicht abschätzen können, was das für Attka und ihn für Folgen haben könnte. Es war zu riskant.

»Wie sollen wir dann hier rauskommen?«

Unerwartet ergriff Rick das Wort. »Du könntest dich doch einfach verkleiden.«

Attka zuckte zusammen.

»*Du?* Willst du nicht mitkommen? Karaian ist auch hinter dir her.«

»Ja, aber Al'Arkas ist mein Zuhause. Außerdem bin ich wohl nur ein kleiner Dieb und Verräter in Karaians Augen. Er wird mich schnell vergessen. Du hingegen scheinst noch eine wichtige Aufgabe vor dir zu haben. Wenn wir uns hier trennen, sind wir weniger auffällig und vielleicht kann ich die Wachen ein wenig von dir ablenken.«

Attka sah Rick traurig an, nickte dann aber. »Ich kann dich verstehen, mein Freund. Dann ist nun wohl der Moment gekommen, um Abschied zu nehmen, oder?«

»Ja, ich werde mich wieder auf die Suche nach unserer

Straßenbande machen und mit ihr weiterhin von hier aus versuchen, Karaians Macht zu schmälern. Dir wünsche ich viel Erfolg! Und ich hoffe, dass wir uns eines Tages wiedersehen.« Nach diesen Worten umarmten sich die zwei Freunde ein letztes Mal. Dann lief Rick im Schatten der Häuser in eine andere Richtung davon.

3 Der rote Orden

Die Nacht war still und nur der zarte Wind klang in den Straßen von Al'Arkas wider. Attka schlich gerade um eine Häuserecke, als sich vor ihm plötzlich etwas bewegte. Abrupt hielt er an und traute sich kaum zu atmen. Doch es war nur eine Katze und leise fluchend setzte er seinen Weg zum nördlichen Stadttor fort. An dem großen Torbogen standen wie jede Nacht zwei gut bewaffnete Wachen und starrten ihm entgegen. Auch auf der äußeren Seite des Tores würden zwei von diesen finsteren Kerlen Ausschau nach unwillkommenen Besuchern und nicht genehmigten Ausreisenden halten. Attka zog sich die Kapuze des schäbigen Mantels noch tiefer ins Gesicht und trat aus dem Schatten heraus. Dabei stützte er sich bei jedem Schritt schwer auf einen Holzstab. Dies gehörte alles zum Plan. Jetzt blieb nur die Frage, ob die Wachen auch darauf hereinfielen.

»Bitte, bitte. Ehrwürdige Recken, ehrwürdige Recken.« Attkas nicht wiederzuerkennende, verstellte Stimme piepste und klang wie die eines Irren.

»Was willst du? Verschwinde!«, raunzte einer der Männer und funkelte Attka böse an.

»Ich … bin krank, mein Herr, sehr krank.« Um die Worte zu untermalen, stöhnte Attka erbarmungswürdig und hob den gesenkten Kopf ein wenig, damit die Wachen das entstellte Gesicht sehen konnten.

»Das ist ja widerlich!«, kommentierte einer der Männer und wich demonstrativ einen Schritt zurück.

»Ist das ansteckend?« Der andere Mann sah Attka besorgt an.

»Oh, ja … überaus ansteckend. Deswegen wollte ich die Stadt verlassen.«

Die zwei Wächter warfen sich einen Blick zu und traten beiseite. »Beeil dich, du Abschaum!«

Hastig lief Attka durch das Tor. Es hatte geklappt! Eine der Wachen war vorangegangen und machte den anderen Wachleuten mit knappen Worten klar, dass sie den lumpig gekleideten Bettler hindurchlassen sollten. Wenig später lief Attka allein über die mondbeschienene Straße und wandte sich kein einziges Mal zu seiner alten Heimat um. Ein neuer Lebensabschnitt hatte für ihn begonnen. Nun war es Zeit, endlich zu handeln.

∾

Hätte Martin nicht gewusst, welche Ansichten die Mönche hatten, so hätte er sie vermutlich zu den freundlichsten, vorbehaltlosesten Menschen gezählt, die er kannte. Doch da er wusste, wer sie waren, konnte er ihnen nur großes Misstrauen und Argwohn entgegenbringen, welche er aber wohlweislich vor ihnen verborgen hielt. Vorsicht war das größte Gebot. Langsam fiel es ihm leichter, seine Rolle zu spielen, und wenn die Mönche ihn etwas zu seinem Leben fragten, erfand er immer wieder neue Märchen, schmückte sie aus und gab sie heimlich an Mia weiter. Das Wetter besserte sich Tag für Tag und schien ihre tiefe Traurigkeit zu verhöhnen. Elias lebte nicht mehr, wie konnte da überhaupt noch die Sonne scheinen? Mia wirkte apathisch und unter ihren Augen zeigten sich dunkle Ringe, als ob sie schon lange nicht mehr geschlafen hätte. Martin wusste, dass dem wirklich so war, denn auch er bekam kaum Schlaf vor Kummer. Devin schaffte es trotz seines Alters, immer an der Spitze der Gruppe zu laufen und Martin war von der Zähigkeit des Mönches fasziniert. Durch die nur kurzen Pausen und den strammen Schritt hatten sie Maradun nach fünf Tagen erreicht. Martin tat so, als ob ihm die Umgebung vertraut wäre und ihn die Verwüstung der Stadt bestürzte. Insgeheim freute er sich jedoch darüber, dass es die Nordländer geschafft hatten, den Südländern eins auszuwischen.

»Wirklich schlimm«, murmelte er immer wieder, wenn ein Mönch neben ihm lief.

Mia musste gar nicht so tun, als wäre sie bestürzt, denn ihr eintöniger Blick sprach so oder so von Leid und Trauer. Sie kamen an rußgeschwärzten Ruinen und weinenden Frauen und Kindern vorbei. Martin fühlte sich schmerzlich an Mered erinnert. Auch dort waren Kinder zwischen den verbrannten Häusern umhergerannt, auch dort hatten Frauen geweint. Plötzlich überkam ihn ein schlechtes Gewissen. Diese Leute hier konnten nichts für den Krieg. Ihr einziges Vergehen war, dass sie zu den Südländern gehörten. Sie waren der Feind. Aber hatte jemals eines der Kinder eine Waffe gegen einen Nordländer erhoben? Wohl kaum.

Trübsinnig trottete er hinter den Mönchen her, die hie und da den Menschen Trost zusprachen und an die Kinder einen Teil ihres Proviants verteilten.

Nachdem Al'Arkas aus ihrer Sichtweite verschwunden war, hatte Attka sich die provisorische Maske vom Gesicht gewischt, die aus einer Paste bestand, die er zuvor aus Schlamm und roten Beeren angefertigt hatte. Auf ihrem Weg in Richtung Magron hatte er mit Elias noch oft über die angewiderten Züge der Wächter gewitzelt und so wohl versucht, die wachsende Angst vor der ungewissen Zukunft zu vertreiben. Elias machte Attka Mut und lachte mit dem jungen Burschen, der gar nicht so viel jünger war als er. Doch Elias fühlte sich im Vergleich zu ihm schon uralt, was auf seine Drachenseele ja auch durchaus zutraf. Verschwommen erinnerte er sich an die Zeit in Alderun. Er war nichts Besonderes gewesen – ein *Mensch* wie jeder andere im Dorf …

Eine alarmierte Stimme weckte ihn aus seinen Erinnerungen.

»Elias, da vorne ist jemand!« Attka blickte auf die rechts von ihnen liegende Straße, auf der sich in der Ferne eine Gruppe von Gestalten bewegte.

Seit sie Al'Arkas verlassen hatten, waren sie über die Felder einen weiten Bogen um Drusk gegangen und näherten sich nun wieder den Wegen.

»Bleib vorerst auf Abstand«, mahnte Elias Attka und sie beobachteten vorsichtig die näher kommende Kolonne.

»Wir haben kaum noch zu essen. Vielleicht sollten wir uns zeigen«, schlug Attka vor. »Die sehen mir sowieso mehr aus wie Mönche als wie Soldaten.«

Nach Elias' Zustimmung ging der Junge langsam auf die wandernden Geistlichen zu.

»Der rote Orden«, flüsterte Attka. »Sie verfolgen zwar nicht unsere Ziele, aber sie sind sicher freundlich zu mir, wenn ich mich bedeckt halte.«

Je näher sie der Gruppe kamen, desto deutlicher nahm Elias eine Präsenz wahr. Es war seine eigene Kraft, die im Kreis der Mönche leuchtete.

Müde blickte Martin in die trostlosen Weiten, die unverändert zu beiden Seiten der Straße an ihnen vorbeizogen. Plötzlich blieben seine Augen an etwas hängen. Zuerst konnte er nur einen dunklen Schemen erkennen, doch je näher die Gestalt kam, desto deutlicher wurde, dass es sich um einen einzelnen Menschen handelte. Nun hatten auch die Mönche die Anwesenheit des Fremden bemerkt und verlangsamten argwöhnisch ihre Schritte.

»Wieso läuft der nicht auf dem Weg?«, murmelte einer der jüngeren wie zu sich selbst. Er war offensichtlich beunruhigt.

Mia, die stumm neben Martin herlief, schien jedoch nur wenig Interesse für den Neuankömmling aufbringen zu können und sah stur geradeaus.

Als der Mann in Hörweite war, konnte man ihn rufen hören. »Ich bin Südländer und komme in Frieden.«

Der Fremde warf deutlich sichtbar sein Waffenarsenal zu Boden, welches nur aus einem einzelnen Messer bestand. Sofort legte sich die angespannte Stimmung und die Geistlichen liefen dem Mann ohne Furcht entgegen.

»Wie kann man nur so blauäugig sein?«, dachte Martin, blieb stehen und starrte den Mönchen verständnislos hinterher.

»Wenn das nun eine Falle ist?«

Er sprach laut, doch niemand schien ihn ernst zu nehmen, und erst als ihn Mia am Arm berührte, ging er weiter.

Der Fremde war ein junger Mann mit einer schwächlich wirkenden Statur und Martin schämte sich beinahe für sein Misstrauen. Der einsame Reisende schien erschöpft und fast am Verhungern zu sein. Seine abgerissene Kleidung wirkte auf Martin etwas seltsam, aber auch das beeindruckte die Ordensbrüder nicht sonderlich und bald befand sich der junge Mann zwischen freundlichen und hilfsbereiten Mönchen, die ihm Proviant reichten. Martin schüttelte den Kopf. Er war dem Neuankömmling eher skeptisch gegenüber. Schließlich war er ein Südländer …

Attkas bekümmerte Miene verwandelte sich angesichts des dargebotenen Essens in ein Lächeln, auch wenn die Speisen der Mönche nicht unbedingt das Beste waren, was er je gegessen hatte. Seine gestohlene Waffe ließ er dafür gern im Staub liegen. Doch trotz des herzlichen Willkommens spürte Attka die Anspannung und die Furcht, die Elias überfallen hatten, seit sie mit der kleinen Gruppe zusammengestoßen waren.

»Was ist?«, fragte er in Gedanken und bekam selbst Angst.

»Ich weiß nicht, wie ich zurück kann«, eröffnete ihm Elias prompt. »Ich war mir sicher, irgendetwas würde mit mir geschehen, wenn ich meinem Körper nahe bin, doch es passiert einfach nichts.«

Erst jetzt fiel Attkas Blick auf die Trage, die man auf den Boden gestellt hatte, um den Fremden zu begrüßen. Der Körper, der auf ihr lag, gehörte einem jungen Mann. Der Kopf war auf die Seite gefallen, sodass er Attka zugewandt war. Der Mann schien zu schlafen. Doch Attka wusste es besser. Es war Elias. Blondes Haar hing ihm zerzaust über die geschlossenen Augen und das zerrissene Hemd ermöglichte den Blick auf die starken Muskeln seines Oberkörpers, aber auch auf Narben, die sich in der Sonne von der leicht gebräunten Haut weiß abhoben. Bei diesem Anblick merkte etwas in Attka, dass Elias etwas ganz Besonderes war.

Eine Frau, die er bis dahin auch nicht bemerkt hatte, ging zu der Trage und legte behutsam eine Decke über Elias, wie um ihn vor weiteren neugierigen Blicken zu schützen. Der Geist, der zu diesem reglosen Körper gehörte, sprudelte in diesem Moment geradezu über vor Gefühlen. Es war nicht schwer zu deuten, was Elias für diese Frau empfand. Attkas angebliche Liebe zu seiner Halbschwester Sira war gegen diese Macht von Gefühlen, die er jetzt wahrnahm, nicht mehr als ein blasser, fast schwindender Schatten.

»Mia … Oh, Mia.«

Elias' Stimme in seinem Kopf war nur ein leises Flüstern. Hätte Attka ihn nun in seiner Gestalt gesehen, hätte er um alles gewettet, dass Elias vor Glück und Sehnsucht weinte. Plötzlich empfand Attka eine tiefe Zuneigung zu dem Wesen, welches den Körper mit ihm teilte.

»Wir werden einen Weg finden«, ermutigte er seinen nun mehr oder weniger unsichtbaren Freund und konzentrierte sich wieder auf die Mönche, die ihm nun ein Stoffbündel reichten, mit dem er ein Zelt für die Nacht aufschlagen konnte. Dankbar nahm er es entgegen und dachte dabei an Elias, der seiner großen Liebe nun so nah und doch so unendlich fern war.

∾

Wer war dieser Fremde? Hatte sich Mia die letzte Zeit in Lethargie ergeben und ihrem Umfeld nur wenig Aufmerksamkeit geschenkt, so rüttelte die Ankunft des jungen Mannes Mia insofern wach, als dass sie jetzt ihre Aufgabe darin sah, Elias vor ihm zu beschützen. Der neugierige Blick, den der Neuankömmling für längere Zeit auf Elias' leblosem Körper hatte ruhen lassen, war ihr keineswegs entgangen. Deshalb beschloss sie, in dieser Nacht nicht von der Trage zu weichen und zu ergründen, was der Fremde vorhatte. Sie wollte wissen, was das für einer war, der sich da zwischen die Mönche geschlichen hatte, und genau beobachten, welche Folgen sein Auftauchen im Lager nach sich zog.

∾

Elias' Gedanken trudelten seit dem unverhofften Wiedersehen mit Mia so durcheinander, dass er es fast erstaunlich fand, als ihm in der Nacht eine Idee kam.

»Vielleicht reicht es, wenn du mich einfach berührst, um

eine Verbindung zwischen meiner Seele und meinem Körper herzustellen«, sagte er im Geiste zu Attka. »Nein, berühr nicht mich, sondern die Anhänger um meinen Hals.«

Attka erschrak etwas, da der Junge bereits in einen unruhigen Halbschlaf verfallen war. »Meinst du, das bringt etwas?«

»Ein Versuch kann jedenfalls nicht schaden.«

Träge setzte sich Attka auf und schob die löchrige Decke von sich. Dann schlüpfte er durch einen Spalt in der Zeltwand nach draußen. Die Nacht war sternenklar und der Mond leuchtete voll am Himmel. Seufzend atmete Attka die frische Luft ein und schaute sich um. Die Trage lugte hinter einem der Zelte hervor. Die Mönche schienen es nicht für nötig zu halten, den Körper vor dem kalten Nachtwind zu schützen, doch Sekunden später wussten Attka und Elias auch, warum das so war.

»Was willst du?«, die giftig fauchende Stimme gehörte eindeutig zu Mia, und Elias' Seele lachte in Attka über ihre ruppige Art laut auf.

»Ich … ich …« Attka war völlig perplex zu der Person herumgewirbelt, der die Stimme gehörte, und starrte sie nun an, ohne dass sein Mund fähig schien, irgendein klares Wort hervorzubringen.

Mias feindselige Miene wurde angesichts des stotternden Jungen etwas weicher und man konnte ihre Mundwinkel kurz zucken sehen, fast als würde sie lächeln. Jetzt, wo sie sich tatsächlich gegenüberstanden, schien sie ihn als ungefährlich einzustufen und spontan seine Anwesenheit zu akzeptieren.

»Ich beiße nicht.«

Attka, der sich von seinem Schrecken erholt hatte, straffte sich und strich sich beiläufig durch die Haare. Immer noch betreten, ließ sein Blick den ihren los und flüchtete sich in die Ferne. Räuspernd begann er schließlich: »Vielleicht sollte ich dir erzählen, was mich hier hinaus trieb. Du musst wissen …«

Elias brachte ihn mit einem mahnenden Ausruf zum Schweigen. Wenn Mia jetzt plötzlich erfahren würde, dass sein Geist in Attka weitergelebt hatte, würde sie das vielleicht nicht verkraften.

»Was?« Mia sah den jungen Mann neugierig an.

»Es ist unheimlich zwischen all den fremden Leuten. Ich schätze, ich muss mich erst daran gewöhnen, von den Mönchen so viel Herzlichkeit zu erfahren. Ich bin das nicht gewohnt. Und ich kann ohnehin nicht schlafen.«

Ein triumphierendes Grinsen kräuselte Attkas Lippen. Er war offensichtlich stolz, dass er es geschafft hatte, sich herauszureden. Nun zeigte auch Mia ein echtes Lächeln. Die Anspannung war verschwunden.

»Nun, wenn dem so ist, leiste mir doch etwas Gesellschaft.«

Etwas zögerlich folgte Attka Mia, die sich zielstrebig auf Elias' Körper zubewegte. Neben der Trage hatte sie eine Decke ausgebreitet, auf die sie sich nun niederließ.

»Setz dich doch.«

Auffordernd wies sie auf das noch freie Stück Stoff und Attka tat, wie ihm geheißen, und kniete sich neben Mia hin. Lange Zeit saßen sie einfach nur da und sahen in die Sterne.

»Wer bist du?«, fragte Mia schließlich und wandte Attka das Gesicht zu, welches sich im Mondlicht weiß von der dunklen Umgebung abhob. Gegen die Kälte hatte sich Mia ein Tuch um die Schultern geschlungen, denn obwohl es fast Sommer war, fegte ein frischer Wind über die Ebenen.

»Ich heiße Attka.« Er blickte immer noch zu den Sternen.

»Sieh sie an, wenn du mit ihr sprichst, du Trottel!«, zischte Elias, fügte aber gleich beschwichtigend hinzu: »Sonst wirkst du unhöflich.«

»Aber sie ist so schön. Ihr langes braunes Haar, diese grünen Augen. Das bringt mich ganz durcheinander.«

Als Attka so in Gedanken mit Elias redete, merkte er nicht, dass Mia näher an ihn herangekommen war. Als ihre kühlen schmalen Finger sein Kinn berührten, zuckte er zurück.

»Du darfst mich ruhig ansehen. Nur bei Hexen musst du Acht geben und eine Hexe bin ich nicht. Mein Name ist Mia.«

Elias spürte, wie Attkas Herz schneller schlug und er konnte förmlich sehen, wie das Gesicht des Jungen rot anlief.

»Du bist wunderschön.«

Mias Blick nahm einen traurigen Zug an. »Es ist schon eine Weile her, dass das jemand zu mir gesagt hat ... Danke.«

In Erinnerungen versunken verstummte Mia und zog ihre Hände zurück unter das Tuch.

»Wer ist er?«

Elias erschrak. Attka zeigte auf die Trage. Was würde ihm Mia erzählen? Schließlich wusste der Junge längst nicht alles über den Geist, der seinen Körper bewohnte.

»Er ist ein wirklich mutiger, mutiger Mann. Er war es, bis ...« Ihre Stimme geriet ins Stocken. »Er hat mich gerettet und ist dabei gestorben. Ich werde niemanden mehr so sehr lieben wie ihn.«

Ihre Worte hatten ruhig geklungen, doch als sie nun geendet hatte, vergrub Mia ihr Gesicht in den Armen und man konnte hören, wie sie schluchzte.

»Das tut mir leid.«

Im selben Atemzug, in dem Attka das sagte, bat er Elias eindringlich, Mia erzählen zu dürfen, dass ihre große Liebe noch lebte. »Nein. Noch nicht.«

Elias tat es selbst unendlich weh, dass Mia innerlich so litt, doch würde sie die ganze Geschichte aus dem Mund von Attka hören, würde sie sie entweder nicht glauben, oder sie würde einen totalen Nervenzusammenbruch erleiden. Er kannte sie gut genug, um das zu wissen. Klar und deutlich erinnerte sich Elias daran, wie sie einfach verschwunden war, nur weil Yelna ihn vor Kummer um Aivlis umarmt hatte.

»Er kann dich jetzt bestimmt sehen und wird unendlich traurig sein, dass du dich so grämst.«

Attka hatte genau die richtigen Worte gefunden. Mia wischte sich die Tränen aus den Augen. Damit sie auf andere Gedanken kam, begann Attka von seiner bewegten Lebensgeschichte zu erzählen ... von seiner zerrütteten Familie und davon, dass er seinen Vater nie kennengelernt hatte.

»Niemand weiß, wer er war«, schloss er schließlich und wartete darauf, dass Mia etwas sagte.

»Das muss dich sehr beschäftigen.«

Attka nickte. »Ja, ich habe schon oft über meinen leiblichen Vater nachgedacht. Doch er kann nicht wirklich beeindruckend gewesen sein. Ich bin so schmächtig und na ja ...«

Mia unterbrach ihn. »Nein. Du bist vollkommen in Ordnung.«

Verlegen wandte Attka den Blick ab. »Danke, aber ich denke, du irrst dich. Ich tauge zu gar nichts. Aber lass uns jetzt nicht mehr von mir reden.«

Elias spürte, dass Attka sich plötzlich nicht mehr wohlfühlte. Doch der Junge fragte trotzdem, wahrscheinlich, um die Chance nicht ungenutzt zu lassen: »Was sind denn das für ungewöhnliche Anhänger um den Hals deines Freundes? Haben sie eine besondere Bedeutung?«

»Ich weiß es selbst nicht so genau«, gab Mia zu.

»Darf ich sie mir mal näher ansehen?«

»Ja, gern.« Mia hatte zwar ohne Zögern ihre Zustimmung gegeben, beobachtete aber nun jede Bewegung von Attka, der neben Elias auf die Knie ging und gespannt nach den Anhängern griff. Nichts geschah. »Das wäre auch zu schön gewesen«, dachte Attka und Elias sandte ihm ein ganz ähnliches Gefühl des Bedauerns. Trotzdem versuchte er, Attka Mut zuzusprechen: »Aber wir werden einen anderen Weg finden.« Attka wirkte nicht wirklich überzeugt und verabschiedete sich von Mia.

»Das sind interessante Anhänger. Danke, dass ich sie mir ansehen durfte. Ich bin nun müde. Gute Nacht.« Damit stand er auf und lief zu seinem Zelt. Mia blieb allein zurück und rief ihm noch ein *Gute Nacht* hinterher.

»Wieso bist du einfach gegangen? Was ist mit dir los?«

Natürlich hatte Elias eine ungefähre Vorstellung von dem, was in Attka vorging: Attka war enttäuscht, dass es nicht funktioniert hatte, und unsagbar müde. Dennoch war Elias wütend, dass der Junge Mia so einsam sitzen gelassen hatte. Denn obwohl auf diese Weise vorerst die Gefahr gebannt war, dass Mia Attka noch mehr über Elias erzählte, tat es weh, sie in ihrem Kummer so alleine dort bei der Trage knien zu sehen.

»Nichts!«, fauchte Attka laut und schenkte den Mönchen, die erschrocken aus den Zelten guckten, einen giftigen Blick.

4 Simon Silberklinge

Elias und Attka hatten entschieden etwas dagegen, noch einmal nach Al'Arkas zu spazieren, doch der Feuerprinz brachte es nicht über sich, erneut von Mia getrennt zu werden. Und Mia und Martin wussten ja noch nicht, dass Elias' Geist in einem der Fremden wohnte.

»Aber die Wachen werden uns in Streifen schneiden, wenn sie uns erkennen, und Verkleiden geht jetzt auch nicht mehr«, kommentierte Attka, dessen Laune sich seit dem Gespräch mit Mia nicht sonderlich gebessert hatte, aufgebracht.

Es war bereits Mittag, und in der Ferne konnte man schon den grauen Stadtrauch hunderter Kochfeuer sehen. Die Mönche schienen alles andere als nervös bei diesem Anblick zu werden. Sie schienen sich eher zu freuen, endlich wieder in das Zentrum des Südens zurückzukehren. Doch sie hatten sich zu früh gefreut, denn eine Stunde später erhob sich noch etwas anderes als Rauch in den Himmel. Es war eine riesige Staubwolke, die stetig anwuchs. Bald war Hufgetrappel zu hören und dann dauerte es nicht lange und man konnte in der Wolke Reiter erkennen. Es mussten an die fünfzig sein. Attka schluckte. Die Fremden hielten Schwerter, Äxte und Morgensterne in den Panzerhandschuhen und machten in ihren Kettenhemden und Rüstungen nicht gerade den Eindruck, um Proviant oder Unterkunft bitten zu wollen. Je näher sie kamen, desto lauter wurde ihr Kampfgeschrei und umso aufgeregter wurden die Mönche, die nun wild gestikulierend hin und her liefen. Dann war es so weit. Die Reiter hatten sie eingekreist. Doch wo war Mia? Besorgt schweifte Attkas Blick über die Gruppe. Von Mia und ihrem Begleiter war keine Spur zu sehen und die Trage schien mit ihnen verschwunden zu sein.

»Sie sind fort«, erkannte Elias und panische Angst umfing ihn. Attka konnte nichts erwidern, denn seine Gedanken waren auf die Speerspitze gerichtet, welche nur wenige Zentimeter vor seinem Hals zum Stehen gekommen war. Einer der berittenen Männer hatte sich aus dem Kreis gelöst und sah Attka neugierig an. »Wer bist du? Wir dachten nicht, dass uns außer dem roten Orden noch jemand ins Netz geht.«

Attka starrte in das ernste Gesicht, welches ihm mit tiefbraunen Augen entgegenblickte. Die feuerroten Haare fielen verfilzt über die breiten Schultern. Die graue Weste verwehrte nicht den Blick auf eine hässliche Narbe, die sich vom Ellenbogen bis zur Handfläche zog und sich leuchtend weiß von der sonst sonnengebräunten Haut des Mannes abhob.

»Sprich!«, forderte der Rothaarige ihn nochmals auf und Attka tat wie geheißen.

»Ich bin nicht wie *die.*« Er deutete auf die verschreckten Mönche, um dem Gesagten Nachdruck zu verleihen. »Ich stehe auf eurer Seite. Lasst mich gehen.«

Der Mann schien Attkas Worte äußerst witzig zu finden, denn er lachte ungläubig auf. »Du …? Gehen …? Wohl kaum.«

Die übrigen Reiter stimmten lauthals in sein Lachen ein und erst, als der Rothaarige wieder aufhörte, verstummten auch die anderen.

Devin zeigte mit einem dürren, zittrigen Finger auf den Anführer. »Ihr seid die Plünderer, die so viel Leid über den Süden gebracht haben.«

»Ach, habt Ihr das also schon gemerkt, *Hochwürden*?

Welch rasche Auffassungsgabe«, sagte der Rothaarige höhnisch und wieder fingen die Räuber an zu lachen.

Als der Anführer die Hand hob, wurde es schlagartig still. »Ich bin Simon Silberklinge und ihr werdet fortan meine Gefangenen sein.«

Auf diese Worte hin sprangen ein paar der Reiter von den Pferden, fesselten die Hände ihrer Opfer und banden sie an langen Seilen an die Sättel ihrer Tiere. Schneller als Attka je vermutet hätte, setzte sich die Reiterschar wieder in Bewegung. Diesmal aber deutlich langsamer. Die Mönche, die mit ihren wehenden Kutten hinter den Pferden hertorkelten, wirkten fast wie exotische Hunde, die ihren Herren folgten. Attka hatte sich noch nie so gedemütigt gefühlt.

∾

Karaian stand an einem großen Fenster im Palast. Al'Arkas streckte sich vor ihm aus wie eine wilde Ansammlung von Spielklötzen, die es in die richtige Ordnung zu bringen galt. Über den kleinen trostlosen Häusern und den wenigen prächtigen Villen sammelten sich dichte Wolken und die Sonne beschien nur die Landschaft jenseits der Stadtmauern.

»Worsek, habe ich die Welt besser gemacht, als sie war?«

Der General wusste, dass der dunkle Elb eine rhetorische Frage gestellt hatte, und wartete deshalb stumm ab.

»Ich bin ein großer Herrscher.«

Worsek erschreckten die nachdenklich klingenden Worte, die den Zweifel Karaians verrieten, deshalb fand er, nun doch sprechen zu müssen. »Ihr seid ein guter Herrscher und werdet es auch in Zukunft sein.«

Der General stand einige Meter hinter dem Elben in der großen Halle und fühlte sich unbehaglich in dem hohen, düsteren Saal. Er gab ihm trotz der Weite das Gefühl, erdrückt zu werden und klein wie eine Ameise zu sein.

»Niemand ist mir ebenbürtig.« Die Stimme Karaians ließ keinen Widerspruch zu, doch der Elb schien zu begreifen, dass seine Position bedroht war. Auch ihm bescherten die Begegnungen mit dem letzten Drachen wohl unruhige Gedanken.

Elias starrte den Anführer der Räuber hasserfüllt durch die Augen Attkas an. Ihm passte es gar nicht, ausgerechnet jetzt entführt zu werden. Den Räuber schien das jedoch ziemlich kalt zu lassen. Vielleicht bemerkte er es aber auch nicht.

»Ihr müsst schneller laufen, sonst werfen die Pferde euch noch um und schleifen euch über die Erde«, wies Simon Silberklinge gerade die verschüchterten Mönche an und schubste von seinem Sattel aus einen der Geistlichen grob nach vorne.

Die Ordensbrüder waren teilweise schon recht alt und obwohl sie Wandern gewöhnt waren, ging diese Folter doch stark an ihre Substanz. Nach mehreren Stunden fing schließlich einer der Mönche an zu betteln.

»Bitte, Herr. Wir können nicht mehr. Lasst uns rasten. Bitte.« Flehend sah der Mönch zu dem Reiter auf.

Doch die Worte schienen an Simon Silberklinge abzuprallen, denn von da an beschleunigte sich das Tempo noch. Elias konnte nicht begreifen, wie man nur so herzlos sein konnte. Die Räuber ritten die ganze Nacht hindurch und erst am nächsten Tag hielten sie um die Mittagszeit an. Elias atmete gedanklich auf. Durch das viele schnelle Gehen hatte die Sohle von Attkas dünnen Schuhen stark gelitten und bei jedem Aufsetzen der Füße waren deutlich die Blasen zu spüren, die sich bereits unter dem Stoff gebildet hatten. Elias teilte auch den physischen Schmerz mit Attka.

Sie waren sehr weit in westliche Richtung gelaufen. Fort von Al'Arkas. Fort von dem Elbenreich hinter dem Déjun-Gebirge. Nun tat sich vor ihnen eine große sandige Fläche auf. Die Wüste … Elias erschauerte. Ben hatte ihm früher schon die ein oder andere Geschichte von diesem Ort erzählt und seine Anfangsworte waren immer dieselben gewesen: »In der grausamen Wüste von Azadur gab es nichts. Kein Leben. Kein Wasser. Keine Hoffnung …«

Auch Attka schien von der Wüste gehört zu haben, denn seine Verzweiflung nahm schlagartig zu. »Wie sollen wir hier nur wieder lebend herauskommen?«

Elias wusste keine Antwort. Zumindest konnte er Attka mit seiner Magie helfen, der sich erleichtert bedankte, als der brennende Schmerz in seinen Füßen nachließ.

Simon Silberklinge war kein Held. Das wusste er, doch er hoffte, durch sein Tun den Einfluss Karaians zu schmälern, und dafür nahm er gern die finsteren Blicke und grausigen Flüche der Mönche in Kauf. Der rote Orden hatte es verdient, jetzt klagend hinter den Reitern herzutrotten. Schließlich hatten sie Karaian, diesem Bastard, bei seiner Volksverhetzung geholfen und ihn in den Rang eines fleischgewordenen Gottes erhoben. Der Ritt durch die Sanddünen war lang, doch bald würden sie das Lager der Verschwörer erreichen. *Sein* Lager, denn Simon Silberklinge war der unangefochtene Anführer und Begründer der kleinen Gruppe, die sich in der Wüste verschanzt hatte und immer wieder auf Raubzüge im Süden ging. Es war das perfekte Mittel, um dem *allmächtigen* Herrscher eins auszuwischen. Simon war, nur kurz nachdem Karaian Van'Valor eingenommen hatte, mit einigen anderen in die Wüste geflohen. Geschützt vor dem sich unbarmherzig ausbreitenden Schatten Karaians, konnten sie von dort ziemlich frei agieren. Nachdenklich sah Simon über das gelbe Meer, welches sich vor ihnen erstreckte, und dachte bereits an die frohen Gesichter der Frauen und Kinder, die hinter den Dünen schon sehnsüchtig auf ihre mutigen Krieger warteten. Doch seine Gedanken wurden grob unterbrochen, denn plötzlich schälte sich vor der Kolonne eine Gestalt aus dem gleißenden Licht der Sonne. Der weite braune Kapuzenumhang wurde von dem aufkommenden Wind aufgebauscht und verlieh dem Fremden ein eindrucksvolles Aussehen.

War das ein Graedaner? Simon hatte bereits so einige Gruselgeschichten über diese seltsamen Wüstenbewohner gehört. Man erzählte sich von Menschen mit übernatürlichen Fähigkeiten – Magiern. Da das Wüstenvolk sich jedoch meist im Verborgenen hielt, hatte Simon bis jetzt nie einen zu Gesicht bekommen.

»Haltet an!«

Die überraschend junge Stimme des Fremden hatte eine solche Intensität, dass die Pferde stehenblieben, ohne dass Simon den Befehl dazu hatte geben müssen. Es war ein Magier. Daran gab es jetzt keine Zweifel mehr.

»Wer bist du, und was willst du von uns?«

Simons Ruf hörte sich im Vergleich zu der eindrucksvollen Stimme des Fremden fast kläglich an.

Der Magier kam näher. Sein Schritt war trotz des weichen sandigen Bodens sicher und gleichmäßig.

»Ich heiße Hâl.« Mit diesen Worten warf er die weite Kapuze zurück und ein dichter dunkelbrauner Lockenschopf wurde sichtbar. Die gleichmäßige Haut des Wüstenmenschen war gebräunt und finster schauende, fast schwarze Augen starrten Simon aus dem noch jungen Gesicht an. »Ihr habt kein Recht, diese Männer so zu foltern.«

Ohne dass der Unbekannte den Blick von Simon nahm, wies sein linker Arm auf die Gefangenen, die hinter den Reitern standen. Bei dieser Bewegung wurde die Bekleidung unter dem Mantel des Mannes sichtbar. Der weiße Stoff, der um die schlanke Gestalt wallte, sah aus, als hätte er ein Eigenleben. Der Anblick war irritierend. Magier hin oder her, der Mann strahlte eine Macht aus, bei deren Wirkung Simon für kurze Zeit der Atem stockte.

»Ich … also … Warum …?«

Jetzt stand der Fremde direkt vor Simons Pferd. »Du fragst dich, warum wir uns in der Wüste nicht schon früher begegnet sind? Nun, die Wüste ist groß und man bekommt mich nur zu Gesicht, wenn ich das will … Und jetzt bindet diese armen Seelen los, sonst wird keiner deiner Bande die Begegnung mit mir überleben.«

Wären die Worte aus einem anderen Mund gekommen, Simon hätte ihnen keinen Glauben geschenkt, doch nun zweifelte er keine Sekunde daran, dass der Magier es ernst meinte. »Bindet sie los! Na, macht schon!« Der Anführer der gefürchteten Plünderer war selbst erstaunt, wie hysterisch seine Stimme klang. Simons Männer zögerten nicht und hatten mit wenigen hektischen Handgriffen ihre Gefangenen befreit. Der Magier sah stumm zu. Simon lief ein Schauer den Rücken hinab.

Attka rieb sich die schmerzenden Handgelenke und versuchte dabei, einen Blick auf ihren unverhofften Retter zu erhaschen.

»Wer kann das nur sein?«, fragte er stumm in seinen Gedanken, doch Elias schien sich zurückgezogen zu haben und reagierte nicht auf Attkas Worte.

Ohne zu zaudern riss sich Attka den unteren Teil seines Hemdes ab, teilte den Stoffstreifen in zwei Teile und band sie sich um die gequälten Füße, welche durch den heißen Sand schon Brandwunden aufwiesen. Wenn Elias es vorzog, ihn nicht zu beachten, dann sollte er eben weg bleiben. Mit zusammengebissenen Zähnen ignorierte Attka den stechenden Schmerz, als der raue Stoff die empfindliche Haut berührte. Zu seiner Verwunderung schien ihm die Hitze jedoch am wenigsten auszumachen. Die Ordensbrüder und die Räuber ertranken fast in ihrem Schweiß, während er noch nicht einmal eine einzige Wasserperle auf seiner Stirn fühlte. Auch seine Füße sahen von denen der Gefangenen noch am besten aus. Zwar wusste Atkka, dass Elias ihm einen Teil seiner Schmerzen genommen hatte, aber geheilt hatte er ihn nicht. Das bedeutete, dass es einen anderen noch *tieferen* Grund für seine Widerstandsfähigkeit geben musste … Hilfsbereit bot er sich an, einigen der Mönche ähnliche Verbände um die Füße zu binden. Manche hatten so verbrannte Fußsohlen, dass sie kaum noch stehen konnten. Der Unbekannte war wirklich in letzter Minute gekommen.

Auf einmal stellten sich Attkas Nackenhaare auf, als er sich gerade wieder über einen verletzten Fuß beugte. Der Fremde starrte ihn an. Unauffällig versuchte Attka, dem Blick des Mannes zu entgehen, doch die dunklen Augen blieben an ihm hängen wie lästige Kletten. Schließlich verließ der junge Unbekannte seinen Posten vor Simon Silberklinge und ging zielstrebig auf Attka zu. Die Mönche schienen, ebenso wie Attka, eine unerklärliche Furcht vor dem Mann in dem braunen Umhang zu haben, denn sie wichen zurück. Attka jedoch erhob sich und sah dem Fremden entgegen. Mühsam versuchte er, das Zittern seiner Beine in den Griff zu bekommen, und er ballte die Fäuste, um dem starken Drang, die Flucht zu ergreifen, zu widerstehen.

»Du bist anders«, stellte der Unbekannte fest und blieb nur eine Armlänge vor Attka stehen.

»Elias? Elias!« Attkas stummer Hilferuf, der seinen gesamten Kopf ausfüllen musste, blieb unerwidert. »Verfluchter Träumer!«, schrie er und presste im nächsten Moment die

Lippen aufeinander. Er hatte die letzten Worte laut ausgesprochen.

Die undurchdringlichen dunklen Augen seines Gegenübers sahen ihn verblüfft und etwas ratlos an. »Was?«

Attka hätte sich die Zunge abbeißen können. Wieso konnte er nur nicht die Klappe halten! »Das ... das war nicht an dich gerichtet.«

»Also nehme ich an, dein Fluch galt dir selbst?« Attka versuchte, seine Furcht zu verbergen, und konnte nur noch nicken. »Wie dem auch sei. Ich werde dich im Auge behalten.«

Als Attka noch etwas sagen wollte, blieben ihm die Worte im Halse stecken. Der Fremde hatte sich vor seinen Augen in Luft aufgelöst! Ungläubig starrten er und alle anderen auf die Stelle, an der der Unbekannte verschwunden war. Eine Weile regte sich niemand. Erst als Simon Silberklinge das Wort ergriff, lösten sich die meisten aus der Starre.

»Wir müssen weiter. Bis zum Lager ist es nur noch ein knapper Tagesmarsch.«

Unruhig schlossen sich die Reiter dem Schritttempo ihres Anführers an, während die Gefangenen, nun frei von Fesseln, in deren Mitte liefen.

~

Simon hatte den ganzen Weg bis zum Lager das Gefühl, dass sie etwas verfolgte, doch wenn er sich umsah, konnte er nichts entdecken. Seltsamerweise beruhigte ihn das keineswegs. Erst als die wenigen Zelte, die er sein Zuhause nannte, in Sicht kamen, verlangsamte sich sein Herzschlag. Wenig später wurden er und seine Männer freudig willkommen geheißen. Die Frauen rannten zu den Pferden und es folgten viele Umarmungen. Auch die Kinder kamen aus den Zelten und sprangen ihren Vätern und Brüdern lachend entgegen.

Simon drückte seine Frau an sich und versuchte, unbeschwert zu lächeln, doch das wollte ihm nicht gelingen. Hinter den Dünen lauerte eine neue Gefahr und er wusste rein gar nichts über sie – nichts über Hâl …

5 Die Wüste von Azadur

Elias hatte Angst. Angst wie niemals zuvor. Seit er die Präsenz des Magiers spürte, blockierte etwas seine Macht. Es war wie eine unüberwindliche Mauer, die sich zwischen ihm und Attkas Geist immer höher aufbaute. Er hatte das ungute Gefühl, dass der Wüstenmensch daran schuld war. Auf welcher Seite stand Hâl? Das fragte er sich nun schon zum tausendsten Mal. Ohne die Verbindung zu Attkas Seele war Elias machtlos. Falls Hâl ihr Feind war, würde Elias ihm nichts entgegensetzen können. Dazu kam noch die wieder aufflammende Sorge um Mia. Wo war sie? Man hätte meinen können, sie wäre ebenso plötzlich verschwunden wie der Graedaner. Beunruhigt versuchte Elias, die Macht des Magiers zu orten, doch Hâls Standort wechselte so schnell, dass sich der Wüstenmensch längst wieder woanders befand, ehe man ihn richtig gefunden hatte. Attka war mittlerweile mit den anderen Gefangenen in eines der größeren Zelte gebracht worden, in dem sie etwas zu essen und zu trinken bekamen. Elias spürte Attkas Erschöpfung und auch die Verunsicherung, die die Worte von Hâl in dem jungen Mann ausgelöst hatten.

»Du bist anders.« Dieser Satz brannte sich unauslöschlich in Attkas Gedanken.

Zu gern hätte Elias den verwirrten Träger seiner Seele beruhigt, doch dazu war er nicht mehr in der Lage. Wie hatte Hâl es geschafft, Elias so von der Außenwelt abzuschneiden? Und überhaupt: Was hatte der Fremde noch für Fähigkeiten, außer auf mysteriöse Weise zu verschwinden? Niedergeschlagen grübelte Elias vor sich hin und dachte über eine mögliche Lösung des Problems nach.

Mia war wütend. Sie wusste eigentlich nicht warum, aber sie hatte das Gefühl, etwas sehr Wichtiges bei den Mönchen zurückgelassen zu haben. Seit dem plötzlichen Auftauchen der Drunére, die Mia, Martin und Elias' Körper mitgenommen und so vor dem Zusammentreffen mit der Bande von Dieben bewahrt hatten, waren nun schon Tage vergangen. Da der rote Orden und der fremde junge Mann die Schwäne nicht gesehen hatten, war ihre Flucht nicht bemerkt worden. Nun schwebten sie mit unbestimmtem Ziel über dem Erdboden dahin. Jedenfalls war es für Mia nicht erkennbar, wohin die Schwäne wollten. Sie wusste nur, dass sie in südöstliche Richtung flogen – unter sich konnte sie die winzig wirkenden Häuser und Mauern von Al'Arkas erkennen.

Die Palmen waren das einzig Grüne, das an diesem Ort bestehen konnte. Attka war dankbar für den Schatten, den die großen Bäume boten und lehnte sich an einen der rauen Stämme. Die kleine Oase spendete etwas Kühlung und Abwechslung von der eintönigen Weite der Wüste. Simon Silberklinge hatte es nicht für nötig befunden, die Gefangenen in dem Zelt einzusperren oder sie großartig bewachen zu lassen. Ohne Pferde war an eine Flucht nicht zu denken und die Reittiere wurden gut bewacht. Nicht weit von der Oase spielten zwei kleine Jungen mit einem Seil Tauziehen. Attka musste lächeln. Die Kinder legten sich so ins Zeug, dass sie schließlich beide rückwärts in den Sand plumpsten und sich

Beschimpfungen an den Kopf warfen. Als sie bemerkten, dass Attka sie beobachtete, sprangen sie auf und rannten zu den Zelten. Wieder war Attka allein. Na ja, eigentlich war er das ja nicht wirklich. Denn auch wenn Elias nicht zu ihm sprach, konnte er ihn immer noch fühlen.

»Wieso sprichst du nicht zu mir – ausgerechnet jetzt? Habe ich irgendetwas falsch gemacht?«

Ohne die Stimme in seinem Kopf fühlte Attka sich seltsam schutzlos. Elias war es gewesen, der ihm in der letzten Zeit immer wieder Mut zugesprochen hatte, und nun war seine wohltuende Stimme einfach so verschwunden, ohne sich vorher zu verabschieden. Attka ließ den warmen Sand durch seine Finger rieseln und sah zu, wie der leichte Wind die feinen Körner verwehte.

Simons Unruhe war auch nach einer Woche nicht verschwunden. Immer wieder kam ihm der seltsame Magier in den Sinn, der ihm mehr Angst eingeflößt hatte, als die Truppen Karaians. Wie sollte er sich nun verhalten? So als wäre nichts gewesen? Nein. Er hatte die Aufgabe, seinen Clan zu beschützen, und dafür musste er unbedingt wissen, mit wem er es zu tun hatte. Eines Nachts schlich er sich schließlich aus dem Lager und blieb etwas entfernt von den Zelten in der kalten, nun grau wirkenden Wüstenwelt stehen. Er fröstelte.

»Wo bist du? Zeige dich! Ich weiß, dass du da bist.«

Eigentlich hatte er laut rufen wollen, doch seine Stimme erstarb zu einem Flüstern.

»Ich bin hier.«

Simon fuhr herum. Hâl stand seelenruhig hinter ihm und ließ seine stechenden Augen auf Simon ruhen wie ein Adler, der seine Beute beobachtet.

»Du … du machst mir Angst.« Eigentlich hatte Simon dem Fremden ins Gesicht sagen wollen, dass er gefälligst verschwinden sollte, doch nun drehten sich die Worte in seinem Mund um.

In Hâls Miene spiegelte sich kurz etwas wie Trauer wider, aber als er erneut sprach, verschwand dieser Eindruck. »Es ist meine Aufgabe, über euch zu wachen und zu verhindern, dass in dieser Wüste ein Unrecht geschieht.«

Simon runzelte die Stirn. »Wir können auch sehr gut auf uns selbst aufpassen. Wir brauchen dich nicht!«

Hâl lachte. Es war ein angenehmer Laut und dennoch zuckte Simon zusammen.

»Ihr? Wisst ihr eigentlich, was um euch herum geschieht? In der Wüste gibt es noch andere, gefährlichere Wesen als Graedaner und Sandskorpione.«

Welche Lebensform gab es in diesem öden Land noch? Soweit Simon wusste, war die kleine Oase bei ihrem Lager die einzige Wasserquelle in einem weiten Umkreis.

Hâl fuhr fort: »Außerdem sollte euch manchmal jemand vor euch selbst schützen.«

Simon begriff immer noch nicht, auf was der Magier hinauswollte. Das schien Hâl auch zu bemerken, denn er schüttelte nachsichtig den Kopf und fing an, die Geschichte von vorne zu erzählen: »Wir Graedaner leben hier schon seit Jahrtausenden und verlassen die Wüste nur sehr selten. Dass ich mich so nah am Rande von Azadur aufhalte, ist schon eine Besonderheit. Obwohl wir so abgeschieden von eurer Welt leben, können wir durch unsere Magie dennoch spüren, was sich jenseits der Wüste abspielt.« Hâl blickte Simon weiterhin mit leicht spöttischem Ausdruck an, dennoch wirkte er ernst und konzentriert. »Vor einem Jahr haben wir beunruhigende Veränderungen im Verlauf des allgegenwärtigen Energiestroms festgestellt und beschlossen, einen Magier zu schicken, der die Grenzen unseres Reiches bewacht und ein offenes Auge auf die Geschehnisse wirft. Wie du dir vielleicht denken kannst – dieser jemand bin ich.«

Simon glaubte, nun doch etwas verstanden zu haben. »Also bist du nicht gekommen, um uns anzugreifen?«

Hâl sah verdutzt aus. »Nein. Unser Volk ist friedlich. Ich bin nur etwas aus der Haut gefahren, als ich die armen alten Männer gesehen habe, die ihr so schändlich behandelt habt.«

Simon versuchte, ein erleichtertes Aufatmen zu unterdrücken. »Wenn das so ist, dann sei unser Gast.« In Gedanken fügte er hinzu: »Das ist mir lieber, als wenn du hier im Verborgenen herumstreunst.«

Mit einem undurchschaubaren Nicken willigte Hâl ein, Simon ins Lager zu begleiten. Auf einer nur ein paar Meter entfernten Düne beobachtete etwas jeden ihrer Schritte. Gelbe Augen leuchteten in der Finsternis.

Elias spürte, wie der Druck, der auf ihm lag, etwas nachließ. Sofort reagierte er und schickte eine stumme Botschaft an Attka. »Attka! Meine Macht wird irgendwie blockiert. Ich habe den Magier in Verdacht. Pass auf dich auf!«

Für mehr reichte es nicht, denn die Mauer zwischen Elias' und Attkas Geist verschloss sich wieder. Ohne zu wissen, ob Attka ihn gehört hatte, war Elias erneut von der Außenwelt abgeschnitten. Besonders belastend fand Elias die damit einhergehende Blindheit, die ihn an seine Zeit in Sad'hyanis Kerker erinnerte. Zum Glück blieb ihm noch ein – zwar eingeschränktes, aber immerhin vorhandenes – magisches Gespür, sodass er Attkas Empfindungen und das Geschehen um ihn herum zumindest erahnen konnte. Er wusste nicht, ob er eine erneute vollständige Isolierung unbeschadet hätte überstehen können.

Am nächsten Tag spürte Elias die Anwesenheit des Wüstenmenschen deutlicher als zuvor.

»Er ist hier.«

Die Worte konnten nicht zu Attka durchdringen, aber das war auch gar nicht nötig, denn als der Junge das Zelt verließ, stand der Magier direkt vor ihm.

»Ah!« Ein erschrockener Laut entwich Attkas Kehle.

»Ruhig, ich tue dir nichts.«

Der Fremde klang freundlich und schien längst nicht so Furcht einflößend wie bei ihrer ersten Begegnung.

∾

Attka stand etwas ratlos da und sah sich nach einer Möglichkeit um, dem Magier auszuweichen.

»Ich muss mit dir sprechen ... Nun ja, nicht direkt mit dir.«

Attka stutzte. »Was?«

»Du weißt ganz genau, was ich meine. Komm mit.«

Sanft, aber entschieden ergriff der Unbekannte Attkas Handgelenk und führte ihn zu der Oase. Dort nahm er unter einer der Palmen Platz. Vor kurzem hatte Attka genau an derselben Stelle gesessen und aus dem Schatten den zwei Kindern beim Spielen zugesehen.

»Setz dich.« Der Wüstenmensch deutete neben sich.

Attka ließ sich nieder.

»Hast du dich eigentlich schon einmal gefragt, warum dir im Gegensatz zu anderen Männern kein Bart wächst?« Überrumpelt starrte Attka den Magier an. »Woher ...?«

Der Fremde winkte ab. »Eigentlich ist das im Moment gar nicht wichtig.«

»Ich finde es schon wichtig! Woher weißt du das?« Ungehalten und verwirrt wartete Attka auf eine Antwort.

»Ich bin Magier.« Hâl schien wenig Interesse zu haben, Attka irgendetwas zu erklären. »Und jetzt entspann dich, damit ich mit dem Geist deines Freundes sprechen kann.«

Woher weiß der das nur alles? Was hat er mit mir vor? Ein Strom an Fragen schoss durch Attkas Kopf. Widerwillig versuchte er, ruhig zu werden, was in dieser Situation alles andere als leicht war. Er musste es schaffen, wenigstens eine dieser ganzen Fragen zu stellen …

»Wie kannst du davon wissen, dass ich den Geist eines anderen in mir trage?«

»Wie gesagt, ich bin Magier. Zudem ist die Seele, die in dir wohnt, sehr stark. Sie *nicht* zu spüren, wäre für mich kaum vorstellbar. Du trägst sie in dir wie ein Leuchtfeuer, das weit über die Dünen strahlt. Doch nun will ich mit diesem Geist reden. Darf ich?«

Attka war nicht wohl bei dem Gedanken, dass Hâl mit Elias sprach und er wie ein Objekt benutzt wurde. Doch was blieb ihm schon anderes übrig. Er nickte. Hâl hatte die Augen geschlossen. Was wollte der Magier tun? Bevor Attka fragen konnte, schien sein Kopf plötzlich zu explodieren.

»Pass auf! Du bringst ihn noch um!«

Die Stimme gehörte Elias. Schon in der Nacht hatte Attka das Gefühl gehabt, ihn gehört zu haben, war sich aber nicht sicher gewesen. Durch die betäubenden Kopfschmerzen hindurch nahm Attka Hâls Erzittern nur nebensächlich wahr. Plötzlich ließ der Schmerz wieder nach.

»Ist alles in Ordnung?«

Es war so beruhigend, Elias' Stimme zu hören, dass Attka nur *Ja* sagte, obwohl er das Bedürfnis hatte, den nächsten Busch zu suchen und sich zu übergeben. Als sich seine Gedanken wieder einigermaßen geklärt hatten, bemerkte er, dass Hâl die Augen geöffnet hatte und ihn anstarrte. Verblüfft erkannte er eine Ehrfurcht in Hâls Zügen, die so gar nicht zu dem selbstbewussten Magier passte.

»Er ist es wirklich.«

Attka verstand gar nichts mehr.

Sie waren immer weiter in den Osten geflogen, fort von Al'Arkas. Jetzt sah Mia vor sich einen riesigen Wald, der sich endlos unter ihnen ausstreckte. Die Schwäne sanken tiefer, also schienen sie ihr Ziel erreicht zu haben. Am Rand des undurchdringlichen Grüns setzten die Drunére auf und Mia und Martin fanden sich in einer Umgebung wieder, die so unwirklich schien wie aus einem Traum. Es war kein Erdboden, auf dem sie gelandet waren. Verwundert sprang Mia ab und bückte sich. Marmorne Steinplatten, bezogen mit einer grünen Patina, bedeckten eine große Fläche, die in den Wald überging. In deren Mitte erhoben sich bizarre Ruinen, die einst prächtige Gebäude gewesen sein mussten. Leere Fenster starrten Mia entgegen und wuchernde Ranken fraßen sich in die Ritzen zwischen den fein gearbeiteten Steinquadern. Dieser Ort musste schon seit Jahrhunderten so daliegen. Mia betrachtete voller Staunen die einstmals kunstvoll errichteten Mauern.

Elias hatte schon die Befürchtung gehabt, dass Attka unter der Verbindung zu seiner Seele leiden würde. Zum Glück hatte er es geschafft, Hâls Geist rechtzeitig aus Attkas Körper zu befördern, ehe dieser unter der doppelten Belastung zweier extrem mächtiger Seelen größeren Schaden davontragen konnte. Bei der Berührung mit dem Geist des Magiers hatte Elias einiges über den Fremden in Erfahrung bringen können und das, was er nun wusste, beruhigte ihn. Hâl war kein Feind. Er war ein Freund.

Endlich war, durch den mentalen Kontakt zu dem Magier, auch die Blockade gewichen und Elias genoss die wiedergewonnene Freiheit, die zumindest seiner Seele geschenkt war.

Martin rieb sich die Augen, doch das Bild verschwand nicht. Die untergehende Sonne warf ihr orangenes Licht auf weiße Säulen und Türme, auf Mauern und Wege. Das hier war wirklich. Völlig betört von dem Anblick der Baukunst, die trotz ihres Zerfalls nichts von ihrer Schönheit eingebüßt hatte, bemerkte Martin nicht, dass Mia etwas zu ihm sagte. Erst als sie ihn unsanft anstieß, erwachte er aus seiner Trance.

»Die Schwäne sind weg! Wir müssen jetzt allein in dieser Wildnis klarkommen. Es wird dunkel. Am besten, du suchst trockenes Holz und ich versuche, einen guten Platz zu finden, wo wir unser Lager aufschlagen können. Ich rufe dich dann. Du wirst mich schon finden.«

»Warum gehen wir nicht einfach in eines der Häuser?«

Mia wandte sich wie er zu den Ruinen um und schüttelte dann entschieden den Kopf.

»Ich glaube, es wäre nicht richtig, das zu tun.« Mit diesen Worten bückte sie sich nach der Trage, die nun auf dem Boden lag, und schleppte Elias hinter sich her.

Martin stand noch eine Weile da, dann zog er in eine andere Richtung los. Der Wald verschluckte ihn, als ob er nie dagewesen wäre. Die Ruine blieb allein zurück. Nur ein schwarzer Vogel saß auf einem großen toten Baum und sang ein trauriges Lied auf eine Weise, die niemand in Worte hätte fassen können.

6 Weiße Ruinen

Nach dem eigenartigen Zusammentreffen von Hâl und ihm, oder sollte Attka lieber sagen: von Hâl und Elias, war der Magier ihm aus dem Weg gegangen. Einerseits war Attka erleichtert, dass Hâl ihm keine verstörenden Fragen mehr stellte, aber andererseits wollte er, dass der Magier mit ihm sprach. Er brauchte Antworten. Wer war er? Was stimmte mit Elias nicht? Worin bestand der verdammte Zusammenhang bei alldem? Elias jedenfalls beantwortete keine dieser Fragen. Entweder er wusste die Antworten nicht, oder er wollte nicht, dass Attka sie erfuhr. Attkas Instinkt sagte ihm, dass Letzteres zutraf und das brachte ihn in Rage.

»Sprich mit mir! Was ist los?«

Ziellos stapfte Attka zwischen den Zelten hindurch und gab sich nicht einmal die Mühe, in Gedanken zu reden. Eine Windböe trieb ihm Sand ins Gesicht, welchen er sich fahrig aus den tränenden Augen rieb. Das führte allerdings nur dazu, dass seine Augen noch mehr brannten.

»Mist! Verfluchter Sand!«

Vor einem der Stoffzelte saß ein kleines Mädchen und starrte Attka verwundert aus großen Kinderaugen an. Eine Frau kam aus dem Zelt, warf Attka einen argwöhnischen Blick zu und trug das Kind auf den Armen hinein. Attka atmete hörbar ein und aus. Er musste sich beruhigen. Doch das würde ihm erst dann gelingen, wenn er irgendein Zeichen von Elias bekam, wie es jetzt weitergehen sollte. Erneut versuchte er, mit der Seele, die sich in ihn eingenistet hatte, Kontakt aufzunehmen.

»Hast du einen Plan, wo dein Körper ist? Ich will dich nämlich loswerden. Lieber sitze ich in Al'Arkas im Gefängnis, als mit dir diese dummen Abenteuer durchzustehen.«

Attka meinte es natürlich nicht so, aber sein Mund war mal wieder schneller gewesen als sein Verstand.

»So denkst du also?« Elias' Stimme klang enttäuscht.

»Es tut mir leid. Ich hab es nicht so gemeint. Verzeihst du mir?«

»Ja. Das mit dem Körper ist aber tatsächlich ein Problem. Denn, ob du es glaubst oder nicht, ich hätte ihn gerne zurück, auch wenn ich mit dir wirklich Glück gehabt habe. Stell dir mal vor, ich hätte mich in dem Körper einer Ratte wiedergefunden.«

Attka lachte auf. »Ach, Elias. Wie schaffst du es nur, mich immer wieder aufzuheitern?«

~

Mia und Martin hatten ihr Lager nun ein gutes Stück von den Ruinen entfernt aufgeschlagen. Im Dunkeln sahen die alten Gebäude bedrohlich aus. Zwischen den hellen Mauern war der Schatten teilweise so tiefschwarz, dass man hätte meinen können, ein bodenloser Abgrund befände sich dort. Mia fröstelte, obwohl das Lagerfeuer genügend Wärme spendete, und auch Martin schien nun froh zu sein, dass Mia seinen Vorschlag, in den Ruinen zu schlafen, abgelehnt hatte. Das elbische Zelt war, wie Mia einmal von Elias erfahren hatte, mit einem magischen Schutzzauber belegt, welcher den dünnen Stoff durchdrang – somit erschien ihr das Zelt sehr viel vertrauenserweckender als die großen verfallenen Gebäude. Der unheimliche Gesang des Vogels trug auch nicht gerade dazu bei, dass sie sich sicherer fühlten. Schließlich lagen sie unter ihren Decken und weder Mia noch Martin konnten einschlafen.

»Denkst du wirklich, dass Elias tot ist?« Diese Frage geisterte Mia schon seit die Naturgeister aufgetaucht waren durch den Kopf. Die Worte nun in die Stille der Nacht zu flüstern, kam ihr irgendwie surreal vor.

»Nein. Ich denke, es gibt noch Hoffnung. Warum sonst hätten uns die Schwäne hierher bringen sollen?«

Mia hätte genau dasselbe geantwortet, aber was sollten sie jetzt machen? Gab es tatsächlich eine Möglichkeit, wie sie Elias vielleicht doch noch retten konnten? Mia hielt sich krampfhaft an diesem Gedanken fest und sah durch den schmalen Spalt, den die Zeltöffnung bot, zu der verfallenen Stadt hinüber. Langsam verschwamm das alte Gemäuer vor ihren Augen. Die Müdigkeit forderte nun doch ihren Preis.

∾

Simon versuchte, mehr über Hâl herauszufinden, doch der Magier war verschlossen und ließ jeden über sein Wesen und seine Herkunft im Unklaren. Diese Wüstenmenschen waren wirklich seltsam. Hâls Auftreten war zurückhaltend und er schien alles nur von außen zu betrachten. Wieso verunsicherte der Magier Simon so? Was war so anders an dem Mann vom Wüstenvolk? Es konnte doch nicht nur an der Magie und seiner ungewöhnlichen Kleidung liegen, oder?

Es war früher Morgen und außer Simon und Hâl schien niemand wach zu sein. Der Magier stand allein am Rande des Lagers und betrachtete den Sonnenaufgang. Zögernd ging Simon auf ihn zu. Der Magier hatte seinen weiten braunen Umhang abgelegt und das zartrosa Licht beschien den strahlend weißen Stoff, der um die schlanke Gestalt des Mannes wehte. Obwohl sich Simon keinesfalls unauffällig näherte, wandte Hâl ihm weiter den Rücken zu und schien tief in den Anblick der langsam immer heller werdenden Wüstenlandschaft versunken zu sein.

»Du vermisst deine Familie, nicht wahr?«

Hâl rührte sich nicht, also sprach Simon weiter: »Ich weiß, wie es ist, wenn man Meilen von seiner Verwandtschaft entfernt ist. Bei unseren Streifzügen habe ich das mehr als einmal am eigenen Leib erfahren.«

Hâl drehte sich um. Die Sonne hatte sich nun ganz aus dem Sandmeer erhoben und strahlte ihn von hinten an. Es schien, als würde der Magier selbst in einem hellen Glanz leuchten.

Die schöne Stimmung wollte so gar nicht zu dem kalten Blick von Hâl passen.

»*Meine* Familie ist tot!«

Als sie aufstanden, suchte Mia eine Wasserstelle. Ihre Vorräte waren nahezu aufgebraucht und ein Bad konnte auch nicht schaden. Zum Glück fand sie in der Nähe des Lagers einen kleinen Bach, der sich gemächlich durch den Wald schlängelte. Sie kniete sich hin, strich mit den Fingern durch das kalte Nass und begann, die Wasserschläuche zu füllen, die sie sich über die Schulter geworfen hatte. Nachdem alle wieder voll waren, benetzte Mia ihr Gesicht mit dem klaren Wasser und genoss die friedliche Stille, die nur vom sanften Plätschern des Baches untermalt wurde. Die warmen Sonnenstrahlen drangen vereinzelt zwischen den Stämmen und Blättern hindurch und ließen das strömende Wasser glänzen, als wäre es aus Silber.

»Könnte Elias das nur sehen.«

Mias Stimmung schlug um. Elias lag still und leblos auf der Trage in ihrem Zelt. In all der Zeit hatte er sich kein bisschen verändert. Immer noch wirkte er, als sei er gerade eingeschlafen. Nur seine absolute Reglosigkeit verriet, dass etwas nicht stimmte. Wie konnten sie ihm helfen? Konnten sie ihm überhaupt helfen? Von Ratlosigkeit geplagt, stand Mia wieder auf und trug die Schläuche zurück zu ihrem Lager. Dort wartete Martin bereits und reichte ihr eine Handvoll Früchte, die er an einem Strauch am Rande des Waldes gepflückt hatte.

»Das war eigentlich Mädchenarbeit«, brummte er und rieb sich die von rotem Fruchtsaft gefärbten Hände an seiner Leinenhose ab – mit wenig Erfolg.

Mia schmunzelte. Martin wirkte irgendwie urkomisch, wie er so dastand und sich fluchend bemühte, seine Hände wieder sauber zu bekommen.

»Da hinten ist ein Bach.«

Mit ausgestrecktem Arm wies sie ihm die Richtung und beobachtete, wie Martin kurz darauf zwischen den Bäumen verschwand. Sie hatten sich vorgenommen, Elias möglichst nicht allein zu lassen, und so setzte sich Mia in die Zeltöffnung neben die Trage und aß still die süßen Früchte, während sie in das Gesicht mit den geschlossenen Augen blickte, deren Leuchten sie so vermisste.

Mit der Zeit fühlte sich Elias immer mehr wie ein eingesperrtes Tier. Gefangen in diesem Körper, der nicht der seine war, kam er sich hilflos vor. Der Magier hatte mit seinen Worten nicht nur Attka verunsichert. »Er ist es wirklich«, hatte Hâl gesagt. Wie ein Echo hallte dieser Satz immer wieder in Elias' Gedanken nach. Was wusste der Graedaner? Seltsamerweise schien der Drache in Elias sich nicht an dieses Volk der Wüste erinnern zu wollen. Hatte er schlechte Erfahrungen mit den Magiern gemacht? Wütend, dass er nur immer wieder auf unbeantwortete Fragen stieß, zog er sich wieder mehr von Attka zurück, während dieser versuchte, einen Draht zu der Diebesbande aufzubauen, damit sie Verbündete gewannen. Der Junge hatte ihm einmal erzählt, dass er in Al'Arkas selbst zu einer Art Diebesbande gezählt hatte. Attka hatte also Erfahrung, mit dieser Art von Menschen umzugehen.

»Wer der Feind unserer Feinde ist, ist unser Freund.« Das hatte Elias zu ihm gesagt, und nun hatte Attka angefangen, mit ihren erzwungenen Gastgebern zu verhandeln und ihnen, um sie für sich zu gewinnen, ihre Geschichte zu erzählen – jedenfalls den Teil, den Attka kannte. Während Attka erzählte, machte sich Elias langsam ernsthaft Vorwürfe, dass er Attka so viel verschwiegen hatte, ebenso über seine, wie auch dessen eigene Abstammung, die, wie Elias durch seine enge Verbindung mit dem jungen Mann schnell herausgefunden hatte, nicht ganz menschlichen Ursprungs war. Denn auch wenn Elias ebenso wie Attka nicht wusste, wer Attkas Vater war, so musste er doch unzweifelhaft ein Elb gewesen sein. Attka war ein Halbelb – nur wusste er das eben nicht... Jetzt in dieser schwierigen Situation so urplötzlich mit der ganzen Wahrheit herauszurücken, wäre zu viel des Guten gewesen. Während Elias noch über seine Fehler nachdachte, lauschte er mit halbem Ohr der Diskussion, die Attka mit Simon führte.

»Es ist wirklich wichtig!«

Simon schien noch nicht überzeugt. »Also, wenn ich deine Geschichte richtig verstanden habe, sehe ich nicht ein, warum ich dir Pferde geben sollte. Ich glaube, du bist nicht mehr ganz klar im Kopf. Weißt du, wie unglaubwürdig das klingt? Bis vor kurzem wollte ich dich nicht anhören, weil ich dachte, du wärst ein feindlicher Südländer, und jetzt stelle ich fest, dass du zwar auf der Seite der Nordländer stehst, aber trotzdem nur Blödsinn aus deinem Mund kommt.«

Simon sah Attka nicht einmal an, sondern fixierte eine

Silbermünze, die er zwischen seinen Fingern herumdrehte. Sie saßen auf ein paar Hockern im Schatten eines der Zelte, denn es war, obwohl die Sonne bereits unterging, immer noch sehr heiß in der Wüste. Der Sand speicherte extrem viel Wärme.

»Aber es ist alles wahr!« Attka sprang auf. Zorn funkelte in seinen Augen.

»Ich glaube dir.«

Simon und Attka sahen beide verblüfft in die Richtung, aus der die Stimme gekommen war. Wie aus dem Nichts stand Hâl plötzlich an einen Zeltpfosten gelehnt und es dauerte einen Moment, bis Attka und Simon sich wieder gefasst hatten.

»Hast du uns etwa belauscht?«, brauste Attka auf und schien im selben Moment so erschrocken über seinen Mut, dass er den Kopf senkte. Simon verriet dasselbe Unbehagen, denn er sagte nichts und bemühte sich wieder, auf die Münze in seiner Hand zu starren.

»Es war nicht schwer, euch zu hören. Schließlich habt ihr nicht gerade geflüstert.« Plötzlich trat Besorgnis in das Gesicht des Magiers. Hâl schien etwas gesehen zu haben, denn seine Augen blickten an Attka und Simon vorbei. »Duckt euch!«

Der Befehl ließ keine Widerrede zu. Bevor sich Attka in den Sand fallen ließ, sah er aus den Augenwinkeln ein Tier, das in gespenstischer Schnelligkeit auf sie zusprang.

~

Elias hatte es auch gespürt, doch die Präsenz des Magiers hatte seine Wahrnehmung geblendet, sodass er dem warnenden Gefühl keine Beachtung geschenkt hatte. Nun jedoch brach die dunkle Macht mit voller Wucht über ihn herein. Instinktiv strahlte er so viel seiner Energie ab, wie er aufbringen konnte. Das Feuer flutete nach außen. Gelbe Augen. Scharfe Reißzähne. Ein lautes Aufheulen. Dann hektisch gemurmelte Worte von Hâl, und es wurde schlagartig ruhig. Attka und Simon rappelten sich langsam auf, während Hâl immer noch auf den schwarzen, pelzigen Körper starrte, der ausgestreckt am Boden lag. Attka schluckte. Das Maul der Bestie war nur wenige Zentimeter von ihm entfernt.

»Ist es tot?« Attkas Stimme zitterte.

Hâl löste seinen Blick von dem Ungetüm und nickte langsam.

»Was bei allen Geistern war das?« Simons Haare leuchteten im letzten Licht der Sonne so feuerrot auf, dass es fast aussah, als ob sie brennen würden.

»Das war ein Shînraji. Sie sind die Wahrer der Karish.«

»Aha.« Simon rieb sich die Stirn. »Und jetzt bitte so, dass es auch ein Normalsterblicher versteht … Was war das eigentlich eben, Attka? Du hast irgendwas gemacht. Steckst du etwa mit dem Magier unter einer Decke?«

Elias konnte fühlen, wie Hâl bei Simons Worten buchstäblich durch Attka hindurchsah, als könnte er Elias ganz genau sehen. »Ich … ich weiß nicht. Was hab ich denn gemacht?«

Simon machte schon den Mund auf, aber Hâl unterbrach ihn. »Zwar sind die Shînraji meist nur allein unterwegs, aber nun, da wir diesen hier getötet haben, werden noch andere von diesen Kreaturen auf dem Weg hierher sein. Sie sind ein sehr rachsüchtiges Volk. Wir sollten besser verschwinden.«

Simon zögerte kurz. Ihm schien es nicht zu gefallen, dass Hâl wieder einmal die Führung übernommen hatte. Schließlich nickte er. »Ja, du hast vermutlich recht. Wir sollten es nicht darauf ankommen lassen.«

Mittlerweile hatten sich einige Bewohner des Lagers um die kleine Gruppe und den toten wolfsähnlichen Kadaver geschart. Nachdem sich verbreitet hatte, in welcher Gefahr sie alle schwebten, hatte es nicht lange gedauert, bis die Zelte abgebaut und die Pferde beladen waren. Allerdings ging es trotz aller Eile nicht schnell genug, denn wie sich zeigte, lauerten in der Dunkelheit bald schon weitere der Ungeheuer. Ein Dutzend gelbe Augen spiegelten sich im mondbeschienenen Wasser der kleinen Oase. Sie lauerten auf ihre Beute und die niedrigen Büsche waren für sie die perfekte Tarnung. Von der Rache trennte sie nur ein einziger Magier. Doch ihr Begehr war nicht nur, Rache zu üben, sondern noch etwas anderes. Etwas, das sie schon lange tot geglaubt hatten.

Martin zog fluchend die Hand von dem stachligen Beerenstrauch. »Verdammt!« In seinem Zeigefinger pochte ein dumpfer Schmerz, der unangenehme Erinnerungen in ihm wachrief. Wieso mussten die besten und süßesten Früchte auch an solch aggressiven Pflanzen wachsen? Nachdem er dem Strauch noch einen zornigen Blick zugeworfen hatte, drehte er sich mit seiner reichen Beute um, steckte den Finger in den Mund und schlenderte aus dem dichten Wald ins Freie. Sie hatten sich seit Tagen nicht vom Fleck gerührt und lagerten immer noch vor den weißen Ruinen der verlassenen Stadt. Als er bei ihrem Zelt ankam, breitete er stolz das Tuch mit den Beeren vor Mia aus und lächelte, als deren Augen anfingen zu strahlen.

»So viele? Das ist wundervoll.«

Martin sah auf seinen Finger, der immer noch ein wenig blutete. »Ja. Ich bin selbst überrascht. Eigentlich hätte ich gute Lust gehabt, die ganze vermaledeite Pflanze in kleine Stücke zu hauen.«

»Was du natürlich aus lauter Nachsicht mir gegenüber nicht getan hast.« Mia lachte. »Komm, zeig mal deine Wunde, du großer, Sträucher erschlagender Krieger.«

Abwehrend schüttelte Martin den Kopf und steckte den Finger wieder in den Mund. »N … in, g … t sch … n.«

»Ich verstehe kein Wort.«

Martin verdrehte die Augen und wandte sich ab, um nun auch noch Holz für die Nacht zu sammeln. Diesmal ging er weiter nach links als zuvor. Er hatte sich schon längst einmal den alten, toten Baum ansehen wollen, der etwas abgegrenzt vom Rest der Bäume stand und irgendwie unheimlich wirkte. Als er schließlich vor dem leblosen Koloss ankam, flog ein Tier auf. Es war der Vogel, der ihnen schon so oft diese seltsam berührenden Lieder gesungen hatte. Er hatte schwarzes Gefieder, das im Licht der Sonne grünlich schimmerte. Martin sah ihm nach, als er wie ein dunkler Blitz mit raschen Flügelschlägen zu den Ruinen davon schoss.

»Komischer Vogel.« Dann blickte er wieder zu dem toten Baum empor. Das Holz war an manchen Stellen rissig und viele der mächtigen Äste waren bereits abgefallen und lagen nun um den Stamm verstreut am Boden.

»Perfekt.« Martin bückte sich und hob das trockene, beinahe verfallene Holz auf. Dieser Baum hatte bestimmt schon gestanden, als die Stadt hier noch bewohnt worden war. In gewisser Weise hatte der tote Riese mit den Ruinen viel gemeinsam.

7 Der Magier

Elias' Sinne waren zum Zerreißen gespannt. Diese Shînraji jagten ihm eine Angst ein, die er früher schon einmal empfunden hatte. Auch wenn es nur einzelne Gedankenfetzen waren, die ihm ins Bewusstsein stiegen, reichten sie vollkommen aus, um ihm zu zeigen, in welch großer Gefahr sie alle schwebten. Oder war es nur er, der in Gefahr schwebte? Hatte es das Ungeheuer vorhin nicht nur auf ihn abgesehen? Aufmerksam achtete er auf jede Regung, die sich um die Flüchtenden herum tat. Denn nichts anderes machte die Diebesbande nun: Sie flüchtete. Die Wölfe waren gerade noch weit genug entfernt, dass es die Menschen aus dem Zeltlager vielleicht schaffen würden, ihren gefährlichen Klauen und spitzen Zähnen zu entrinnen. Hâl ritt an der Spitze des Zuges und wies ihnen einen sicheren Weg an den Kreaturen vorbei – ganz zum Ärger von Simon, der selbst schon dutzende Male aus der Wüste hinaus- und wieder hineingeritten war. Sie mussten sich beeilen, aus der Wüste hinauszukommen – nicht nur wegen der Ungeheuer. Hâl hatte die anderen davon abgehalten, vor ihrem Aufbruch zur Oase zu reiten, um Wasser zu holen. Nun jedoch wären sie spätestens zur Mittagsstunde in der sengenden Hitze der Wüste rettungslos verloren, wenn sie nicht bald Wasser fänden. Nach etlichen Stunden in der immer mehr abnehmenden Kälte der schwindenden Nacht erblickten sie endlich das Ende der Sanddünen. Mit neu erwachenden Kräften im Angesicht des beinahe greifbaren Zieles rannten und ritten sie los und überquerten die Grenze zum Süden. Die Wüste lag hinter ihnen. Alle brachten mit erleichterten Rufen und Jubelschreien ihre Freude zum Ausdruck. Hierhin konnten ihnen die Shînraji nicht mehr folgen. Elias konnte spüren, wie die schwarzen Schatten der seltsamen Wölfe hinter den letzten Dünenbänken unruhig umhersprangen. Hâl hatte der Gruppe versichert, dass diese merkwürdigen Wolfskreaturen an die Wüste gebunden waren und diese nie verließen. Ihr Knurren und wütendes Heulen war noch lange, nachdem sie Azadur verlassen hatten, über die verdorrten Ebenen zu hören.

~

Hâl spürte, wie ein Teil seiner selbst in der Wüste zurückzubleiben schien. Er war ein Graedaner. Dass jemand seines Volkes die sandigen Weiten Azadurs verließ, war zuletzt vor Hunderten von Jahren geschehen. Warum hatte er nicht auf seinen Meister gehört? Nun war sein Schicksal so ungewiss wie die unberechenbaren Sandstürme im Herzen der Wüste. Doch irgendetwas in ihm hatte schon immer danach gestrebt, Azadur zu verlassen. Nachdem seine Familie gestorben war, hatte ihn nichts mehr an diesem Ort gehalten, doch als kleiner Junge, der er gewesen war, hatte er noch nicht die Erfahrung und die Kraft gehabt, allein aus der Wüste herauszufinden – geschweige denn zu überleben. Seine Familie war seine Heimat gewesen. Der Verlust reichte tief und mit jedem Tag fiel es Hâl schwerer, seine Gefühle zu verbergen. Seine Angst vor den Shînraji rührte nicht nur von den Erzählungen über die grauenvollen Taten der Ungeheuer her. Hâl hatte früh erfahren müssen, dass es keine erfundenen Gruselgeschichten waren, die sich die Nomaden an Feuern in kalten Nächten erzählten.

Ein kleiner Junge und ein Wüstenfuchs tollten durch den Sand. Nicht weit entfernt rastete eine Karawane, von der aus eine verschleierte Frau mit wachsamem Blick jeder Bewegung ihres Sohnes folgte. Ihr Gewand war aus blauem, leichtem Stoff und flatterte um ihren schlanken Körper. Von ihrem Gesicht waren nur die tiefbraunen, fast schwarzen Augen zu sehen. Mit den überkreuzten Armen vor ihrer Brust wirkte sie, als wäre ihr kalt, obwohl die heiße Luft das Bild der eintönigen Landschaft verschwimmen ließ. Der Junge lachte unbekümmert auf und versuchte, den Schwanz des Fuchses zu erwischen, der ebenso viel Spaß an dem Spiel zu haben schien wie der fünfjährige Knabe. Plötzlich hielt der Wüstenfuchs inne und lauschte aufmerksam – die großen Ohren aufgestellt. Die zarten feingliedrigen Beine des Tieres zitterten. Nun bemerkte auch der Junge, dass etwas nicht stimmte. »Hâl!« Die schrille Stimme seiner Mutter brachte ihn schließlich dazu, loszurennen. Er rannte und rannte. Seine kurzen Kinderbeine strauchelten im lockeren Boden. Der Fuchs war längst hinter einer Düne verschwunden. Unsicher rappelte sich der Junge wieder auf. Etwas verfolgte ihn, doch er traute sich nicht, sich umzudrehen. Schließlich hörte er hinter sich ein Hecheln. Er rannte noch schneller. Seine Mutter lief ihm entgegen. Nur wenige Augenblicke, und er hätte sie erreicht. Ein stechender Schmerz schoss ihm durch die Glieder und er spürte, wie sich etwas in seine Schulter grub. Dann wurde die Welt um ihn dunkel.

Es war ein Wahrer der Karish gewesen, der ihn an diesem Tag beinahe umgebracht hätte. Das Problem war, dass die Shînraji als heilig galten und ihr Handeln nicht infrage zu stellen war. Das bedeutete mit anderen Worten, dass Hâl nach den Gesetzen der Wüste eigentlich hätte tot sein müssen. Hâl erinnerte sich noch an die missgünstigen Blicke der anderen Nomaden, die seinen Tod verlangt hatten. Miese Bastarde! Nur wegen der Unantastbarkeit dieser ach so heiligen Wölfe! Zu seinem Glück hatte sich seine Familie den Lehren der Graedaner widersetzt. Seine Mutter und sein Vater hatten ihn gerettet, gesund gepflegt und den Shînraji Rache geschworen. Von ihrem Volk ausgestoßen und verachtet, reisten seine Eltern durch die Wüste und suchten den Wahrer der Karish, der es gewagt hatte, ihren einzigen Sohn anzugreifen. Die Graedaner waren ein stolzes Volk. Einmal einen Schwur geleistet zu haben hieß, ewig an ihm festzuhalten.

Ein kleines Lager mitten in der Wüste. Böse blitzende Augen im Dunkeln. Zerreißender Stoff, dann ein Kampfschrei ... Seine Mutter regungslos mit umgedrehtem Hals und offenen Augen, die zu den Sternen starrten. Sein Vater voller Blut und mit dem Schwert in der leblosen Hand vor dem Zelteingang.

Sie hatten den Shînraji gefunden ... Hâl war zwölf Jahre alt gewesen. Sein Vater war zuerst gestorben. Er erinnerte sich genau, wie der verwundete Mann langsam auf die Knie gesunken war – um sich einen Kreis toter Shînraji. Seine Mutter wurde nur wenige Sekunden später überwältigt. Mit ihrem letzten Atemzug hatte sie das letzte der Biester bezwungen und ihren Sohn ganz allein zurückgelassen. Tagelang war Hâl einsam und ohne Orientierung durch das Sandmeer gelaufen, bis ihn schließlich ein Graedaner fand und ihn bei sich aufnahm. Der alte Mann sollte sein Meister werden. Nimsajid hatte ihn gelehrt, die unsichtbaren Energiequellen der Erde zu ergründen und sie sich zu eigen zu machen. Dadurch war Hâl zum Magier geworden. Er war seinem Lehrmeister dankbar, dass dieser ihn nie zu seiner Vergangenheit befragt hatte. Der Lieblingsspruch des alten Mannes war: »Wichtig ist nicht, woher du kommst, sondern wohin du gehst.«

Als Hâl später in seiner Zeit als Lehrling wieder unter Leute gegangen war, hatte in ihm niemand den kleinen Jungen von damals erkannt und jeder war ihm mit Respekt und Ehrfurcht begegnet. Magier waren selten geworden, denn auch wenn in allen Graedanern ein Funken Magie wohnte, so waren doch nur die wenigsten in der Lage, diese auch anzuwenden. Hätten die anderen Wüstenmenschen gewusst, dass Hâl ein Gezeichneter war, dann wäre er auf der Stelle getötet worden. Die Narben an seiner Schulter waren deshalb immer gut bedeckt. Hâls Mundwinkel zuckten ein kleines Stück nach oben. Er konnte sich gut an den Tag erinnern, an dem Nimsajid ihm den weißen Stoff geschenkt hatte. Es war kein gewöhnlicher Stoff. Er war durch Magie gewebt worden und in ihm wohnte ein Zauber, der denjenigen beschützte, der ihn an sich trug.

»Nimm ihn, Junge. Ich fürchte, du wirst ihn mehr brauchen als ich.«

Als schließlich der Tag gekommen war, an dem sich die beunruhigenden Veränderungen der Energie der Erde spürbar gemacht hatten, hatte sich Nimsajids Prophezeiung bewahrheitet. Dies lag nun schon ein Jahr zurück. Die Graedaner hatten damals jemanden gesucht, der zur Grenze ihres Landes gehen würde, um über sie zu wachen. Obwohl ihm sein Lehrmeister abgeraten hatte, diese Bürde auf sich zu nehmen, hatte sich Hâl freiwillig gemeldet. Nun ritt er einer Welt entgegen, die ihm fremd war und die ihm ebenso Angst machte wie die Wahrer der Karish.

»Überlege es dir gut, ob du an die Grenze der Wüste gehen willst, Hâl al-Hamid.« Nimsajid sah Hâl mit seinen dunklen, von tiefen Falten umrahmten Augen nachdenklich an. Nur er wusste über Hâl und seine Eltern Bescheid. Die Tatsache, dass Nimsajid Hâls vollen Namen aussprach, der all dieses Wissen enthielt, verdeutlichte die Wichtigkeit dessen, was sein Lehrmeister ihm zu sagen hatte. Sobald der Name Hamid *fiel, konnte sich jeder Hâls voller Aufmerksamkeit sicher sein. Es war der Name seines Vaters.*

Hâl ertrug den dumpfen Schmerz, den die Trauer in seinem Herzen ausbreitete, und lauschte den Abschiedsworten seines Meisters.

»Gerade am Rand der Wüste schleichen die Shînraji seit den Veränderungen der Energieströme häufig herum. Es wird sehr gefährlich für dich sein – gefährlicher als für jeden anderen. Vergiss nicht, du bist ein Gezeichneter.«

»Das werde ich nie vergessen, doch ich muss gehen. Und du weißt, dass ich meinen Entschluss dazu längst gefasst habe. Ich danke dir für all das, was du für mich getan und was du mich gelehrt hast, aber ich muss herausfinden, wieso sich der Fluss der Energieströme verändert hat.«

Nimsajid erkannte, dass er Hâl nicht aufhalten konnte, und nickte stumm. Dann schloss er, in einem Anflug von Väterlichkeit, seinen Schützling ein letztes Mal fest in die Arme, bevor er ihn in die gelben Weiten ziehen ließ.

Das brennende Holz knackte und verströmte eine angenehme Wärme. Seit Martin zu dem alten toten Baum gegangen war, waren nun schon Tage vergangen und der Holzhaufen schrumpfte beträchtlich.

»Hörst du auch manchmal so ein Flüstern?« Mia sah Martin fragend an.

Martin zuckte jedoch nur mit den Schultern. »Hm …« Er schien über die Antwort nachzudenken. »Ich glaube manchmal etwas zu hören, aber wenn ich mich dann genauer darauf konzentriere, verstummt das Geräusch.«

Mia nickte. »Mir geht es auch so. Was hat das nur zu bedeuten?«

»Keine Ahnung.«

Mia blickte ehrfürchtig zu den steinernen Ruinen, die sich wie gewaltige Schatten von dem tiefblauen Sternenhimmel abhoben. »Auf was genau warten wir eigentlich?«, brach Martin plötzlich das Schweigen. »Ich glaube, insgeheim warten wir beide auf irgendein Zeichen«, dachte Mia. Doch sie ging nicht auf Martin ein, denn genau in diesem Moment…

»Pscht!« Mia hatte etwas gesehen. Vielleicht war dies das Zeichen, auf das sie gewartet hatten. Martin folgte ihrem Blick. Ein mattes flackerndes Licht schien hinter einem der leeren Fenster zu glimmen.

»Haben wir Besuch?« Martin griff nach seinem Schwert.

Mia lief ein Schauer über den Rücken. »Vielleicht sind *wir* ja die Besucher.«

Simon grübelte vor sich hin. Sie hatten kurz hinter den letzten Dünenausläufern ihr Lager aufgeschlagen. Wo sollte Simon mit seinen Leuten nun hingehen? Die Wüste war jedenfalls nicht mehr sicher. Vielleicht sollten sie sich irgendwo im Norden einen neuen Ort zum Leben suchen – womöglich in einem der großen Wälder?

»Simon?« Hâl war zu ihm getreten und setzte sich nun neben ihn ans Lagerfeuer.

Simon brummte und blickte dem Magier widerwillig in die Augen. Er hatte jetzt wirklich keine Lust, mit Hâl zu reden.

»Was ist?«, sagte er kurz angebunden und hoffte, dass dem Magier sein Tonfall verriet, dass er Simon in Ruhe lassen sollte. Doch entweder Hâl bemerkte es nicht, oder er ignorierte die Zeichen.

»Ich wollte dich um etwas bitten.«

Aha! Jetzt wollte ihm dieser Kerl auch noch Vorschriften machen, denn Simon zweifelte daran, dass ein Wort aus dem Mund des Magiers wirklich als Bitte verstanden werden konnte.

»Was fällt dir eigentlich ein?« Simons Gesicht nahm einen gefährlichen Rotton an. Bei seinen Bandenmitgliedern hätte diese Regung völlig ausgereicht, um ihnen Angst einzuflößen, doch Hâl sah ihn weiter vollkommen unbeeindruckt an und wiederholte seine Worte.

»Ich möchte dich *wirklich* nur um etwas bitten.«

Simon glaubte immer noch nicht so recht an die Wahrheit dieser Worte, aber nun schien ihm wohl nichts anderes übrig zu bleiben, als den Magier anzuhören.

»Es geht um eine sehr wichtige Sache, die das Leben aller Menschen beeinflussen wird. Ich möchte, dass du und deine Leute Attka und mich begleiten. Wir könnten deine Hilfe gebrauchen. Du müsstest allerdings in Kauf nehmen, dass *ich* unser Ziel bestimmen werde.«

Simon hatte es doch gewusst! Hâl wollte das Ruder an sich reißen! Er wollte ihm seinen Platz streitig machen! Simon sprang auf.

»Niemals!«

Hâl schien es nicht für nötig zu halten, ebenfalls aufzustehen, und blieb seelenruhig sitzen. Das brachte Simon nur noch mehr in Rage. Was dachte sich dieser Wüstenmensch eigentlich? Simon Silberklinge würde nicht so schnell klein beigeben. Da hatte sich der Magier gründlich getäuscht.

Gerade als Simon anfangen wollte, einen Wortschwall aus Schimpfwörtern über Hâl niedergehen zu lassen, fing dieser wieder an, mit seiner offenbar allzeit ruhigen Stimme weiter auf Simon einzureden.

»Wenn du uns hilfst, kannst du vielen Menschen eine Zukunft schenken. Denk an deine Familie, deine Kinder. Als Anführer einer Diebesbande kannst du nur wenig bewegen, doch wenn du mir folgst, verspreche ich dir, dass wir Karaian bezwingen werden. Hast du schon einmal von der Prophezeiung über den Drachen gehört?«

Natürlich hatte er von der Prophezeiung gehört – jeder

hatte das. Zerknirscht gewährte Simon dem Magier nach kurzem Zögern die Bitte und schüttelte ihm die dargebotene Hand.

Attka war sich nicht sicher, was er von der ganzen Sache halten sollte. Irgendwie traute er Hâl nicht und jetzt hatte der Magier sich zu ihrem Anführer erhoben. Allerdings musste Hâl Simon das ein ums andere Mal fragen, in welcher Richtung die Dörfer und Städte lagen, die sie unbedingt umgehen wollten. Der Magier schien ein genaues Ziel zu haben, denn er führte sie immer weiter in den Südosten. Was hoffte er dort zu finden außer Al'Arkas? Wollte er sie etwa verraten? Wie auch immer, im Moment blieb Attka wohl nichts anderes übrig, als den Magier zu akzeptieren. Hâl hatte ihm das Leben gerettet, wieso sollte er also versuchen, ihm zu schaden? Entschlossen, mehr über den seltsamen Mann herauszufinden, ritt Attka an die Spitze des Zuges. Als er neben dem Magier angelangt war, zügelte er sein Pferd und sah Hâl neugierig von der Seite her an.

»Wer bist du eigentlich? Was ist die Karish? Und warum hilfst du uns überhaupt?«

Hâl lachte. »Langsam, langsam. Eins nach dem anderen.«

»Also?«

Der Magier begann zu erzählen und blickte dabei geradeaus, als ob er vor sich seine Vergangenheit liegen sah. »Die Frage, wer ich bin, werde ich dir wohl nicht besonders gut beantworten können. Die Karish ist ein Buch, in dem die Gesetze und Lehren der Graedaner niedergeschrieben sind. Es heißt, Aeretorn selbst übergab dem Wüstenvolk diesen Schatz und hinterließ Geschöpfe, die diesen Schatz beschützen sollten.«

»Die Shînraji.«

»Ja. Sie bewachen die heilige Schrift. Was jedoch genau in dem Buch geschrieben steht, ist nur wenigen bekannt. Auch ich kenne den Inhalt nur aus Erzählungen. Dir unsere Lebensphilosophie zu erklären, würde jetzt aber zu weit führen. Um diese zu verstehen, müsstest du mindestens für eine Weile in der Wüste gelebt haben, da unser ganzer Alltagsrhythmus eng mit den harten Lebensumständen verbunden ist, welche uns Azadur aufzwingt.«

»Und warum hilfst du uns?«

Nun sah ihm der Magier direkt in die Augen. »Weil ich weiß, dass sich in dir mehr verbirgt, als man sehen kann, junger Freund.«

»Und warum verrätst du uns nicht, wohin wir reiten? Wäre es nicht besser, direkt in den Norden zu ziehen, wo Verbündete auf uns warten?«

Hâl sah Attka durchdringend an. »Ich möchte nicht, dass irgendwer erfährt, was unser Ziel ist, weil ich vermeiden will, dass man uns folgt. Würde ich euch bereits hier und jetzt alles anvertrauen, was ich weiß, könnten Informationen an eure Feinde durchsickern. Aber so viel sei gesagt: Nicht nur im Norden warten Verbündete.«

Martin und Mia hatten es nicht gewagt, die Ruinen zu betreten und nach der Quelle des Lichtes zu suchen. Tagsüber schienen die Fenster so leer wie eh und je, wohingegen Mia und Martin nachts nun öfter ein gespenstisches Flackern im Inneren der steinernen Gebäude bemerkten. Auch das Flüstern wurde stärker und war immer häufiger zu hören. Martin fiel es zusehends schwerer einzuschlafen und er war sich sicher, dass Mia auch länger brauchte, um die Augen zu schließen.

»Wir müssen nachsehen!«

Es war früher Morgen und der Tau auf den Bäumen tropfte in einzelnen Perlen zu Boden. Die frische Luft wehte in einer sanften Brise um das kleine Zelt. Martin war sich seiner Sache absolut sicher. Er wollte endlich wissen, wer ihm seinen Schlaf raubte.

Doch Mia zögerte. »Aber vielleicht laufen wir in eine Falle.«

Martin seufzte. »Ich glaube nicht, dass, wer immer auch in diesen Gemäuern lebt, uns etwas Böses will. Dazu hätte er jetzt schon reichlich Gelegenheit gehabt.«

Entschlossen verließ Martin das Zelt und atmete tief ein. Über den Ruinen kreiste der schwarze Vogel.

Hâls Blick schweifte über die Landschaft. Er hätte sich niemals vorstellen können, dass es so viele Pflanzen an einem Fleck geben konnte. Kleine Wassertropfen fielen vom Himmel und benetzten seine Lippen. Nimsajid hatte ihm einmal von diesem Phänomen erzählt: Regen. Genüsslich schloss der Graedaner die Augen. Die Wirklichkeit hatte all seine Vorstellungen übertroffen.

Simon schüttelte den Kopf. »Wie willst du uns führen, wenn du die Augen schließt?«

Der rothaarige Anführer schien immer noch ungehalten und hatte sich wohl vorgenommen, das auch deutlich zu machen.

Hâl öffnete seufzend die Augen und schenkte Simon einen flüchtigen Blick, ehe er sich wieder nach vorne wandte. »Du wirst früh genug erfahren, an welchen Ort wir reiten.«

Man konnte förmlich sehen, wie Simons wildes Gemüt vor Zorn brodelte. Eine an seiner Schläfe pochende Ader und die fest zusammengebissenen Zähne waren Hinweis genug, dass er mit Hâls Vorgehensweise nicht zufrieden war.

Er schien sich in seiner Autorität untergraben zu fühlen. Der Magier hatte jedoch keinerlei Bedürfnis, sich auf weitere Wortgefechte mit dem mürrischen Krieger einzulassen. Stattdessen wandte er sich wieder der Landschaft zu, welche sich vor ihm ausbreitete. Es lag noch ein weiter Weg vor ihnen.

8 Mirrdril

Martins Schwert ruhte in seiner Hand. Seine Aufmerksamkeit galt dem düsteren Torbogen, welcher der einzige Eingang zum Inneren des Gebäudes war, das sich aus der Mitte der Ruinen erhob. Es war eine der größten Bauten der verlassenen Stadt und viele verzierte Türmchen und Fenster schmückten die prächtige Fassade.

»Soll ich?«

Jetzt, wo Martin hier stand, überkamen ihn Zweifel, ob es wirklich richtig war, sich auf unbekanntes und womöglich gar gefährliches Terrain zu begeben, um das allnächtliche Geschehen zu ergründen. Aber Mia, die neben Martin stand, nickte und entzündete die erste ihrer Fackeln, die sie mit ein paar anderen Utensilien von ihrem Lager mitgenommen hatten. Nach einem kurzen Zögern hob Martin das Schwert und begab sich in die Höhle des Löwen. Mia blieb dicht hinter ihm. Die Fackeln schafften es kaum, die Dunkelheit zu vertreiben. Nur die weißen Wände, die sich über ihnen in der unendlichen Schwärze verloren, warfen einen kleinen Teil des flackernden Lichts zurück.

»Unglaublich.« Mias Stimme hallte lange wider und plötzlich schossen kleine schwarze Schatten in den unsteten Lichtschein, den das Fackellicht erzeugte. Erschrocken wichen Martin und Mia ein paar Schritte zurück, doch es waren nur Fledermäuse, die sich nach der ersten Aufregung sofort wieder in die undurchdringliche Dunkelheit zurückzogen.

»Puh.« Martin ließ das Schwert sinken. »Wenn hier sogar

Fledermäuse hausen, dann dürfte seit langer Zeit niemand mehr hier gewesen sein.«

Doch wie um Martin zu widersprechen, hörten sie plötzlich wieder das leise Flüstern, das sie schon die vergangenen Nächte vernommen hatten, und es schien direkt aus der Schwärze vor ihnen zu kommen.

Worsek hielt sich die Hand vor die Augen. Die Sonne schien so stark wie schon lange nicht mehr. Die Luft in den Gassen war trocken und staubig. Fast niemand war bei dieser Hitze unterwegs. Der General unterdrückte ein Husten.

»Verfluchtes Wetter!«

Wenn das so weiterging, würde die bevorstehende Ernte zu knapp ausfallen und sich herausstellen, ob Karaian an den Bewohnern von Al'Arkas wirklich etwas lag. Der Sommerregen, der vor kurzem aus dem Westen herangezogen war, hatte sich schnell abgeregnet und war nicht langanhaltend genug gewesen, um die trockene Erde auf den Feldern mit der nötigen Feuchtigkeit zu versorgen. Das meiste Regenwasser war wirkungslos im rissigen Boden versickert. Die Al'Arkaner waren zwar ein sehr widerstandsfähiges Volk, doch auch sie mussten von irgendetwas leben.

Worsek beendete seinen Kontrollgang und wandte sich wieder dem Palast des Herrschers zu. Bis auf die zunehmende Hitze schien alles in Ordnung zu sein.

Das Wetter war völlig umgeschlagen. Statt des kühlenden Regens prallte nun seit zwei vollen Tagen erbarmungslos die Sonne auf die Reiterkolonne. Hâl war enttäuscht. Zwar war er das heiße Klima gewöhnt, doch gerade deswegen vermisste er den Regen, den er nur kurze Zeit hatte genießen können. Sie hatten einen großen Umweg in Kauf genommen, um Al'Arkas nicht zu nahe zu kommen. Nun lag die Hauptstadt des Südens hinter ihnen. Hâl konzentrierte sich auf die Energie, welche um ihn pulsierte wie das schlagende Herz eines Riesen. Sie waren noch auf dem richtigen Weg.

Elias spürte es. Sie ritten auf einen Knotenpunkt der Magie zu. Ein Zentrum der Macht. In seinen Gedanken formte sich ein Wort: *Mirrdril.* Ehrfurcht erfüllte ihn. Das war also ihr Ziel. Er war hier schon einmal gewesen …

Unter ihm lag ein riesiger Wald. Die Bäume waren teilweise älter als die Menschheit. So viel Leben tummelte sich zwischen den mächtigen Stämmen, dass der Drache fast meinte, den Wald atmen zu hören. Er blickte nach vorne. Eine leuchtende weiße Stadt erschien hinter den Bäumen und über ihr kreiste ein silbernes Etwas. Alya.

»Nein!« Über Elias schien eine Welt einzustürzen.

Attka wäre beinahe vom Pferd gefallen, als er sich entsetzt die Hände an die Ohren presste, den Atem anhielt und die Augen schloss, als ob ihn das vor dem verzweifelten Schrei, der in seinem Kopf widerhallte, schützen würde.

»Attka! Was ist los?«

Attka riss die Augen auf und schnappte nach Luft. Simon war zu ihm hingeritten und starrte ihn an, als wäre er ein Verrückter. Hastig ließ Attka die Hände sinken und versuchte, einen lässigen Eindruck zu machen.

»Ach, es ist nichts weiter.«

Simon sah skeptisch aus.

»Wirklich«, versuchte Attka, den rothaarigen Anführer zu beruhigen, und schickte gleichzeitig Elias eine wütende Botschaft: »Vielen Dank auch!«

Eine Antwort blieb aus. Stattdessen meinte Attka eine tiefe Trauer in sich zu spüren, die nicht zu ihm gehörte.

Mia erwachte mit heftigen Kopfschmerzen. Was war geschehen? Stöhnend öffnete sie die Augen. Zuerst nahm sie ein seltsames türkises Licht wahr, dann bemerkte sie Martin, der direkt neben ihr lag. Wie vom Blitz getroffen, fiel ihr alles wieder ein: Die Ruine, die Fackeln, weiße, unendlich hohe Wände, Fledermäuse, das leise Flüstern, Dunkelheit …

»Martin!«

Auch Martin erwachte mit einem Stöhnen. »Was?«

»Sieh doch!« Mia betrachtete den kleinen Raum. Wie waren sie hierher gekommen und wo kam dieses Licht her? Martin machte ein erstauntes Gesicht. Plötzlich hörten sie leichte Schritte, die sich der Türöffnung näherten. Mia sah, wie Martin nach seinem Schwert tastete. Es war noch da. Mia jedoch würde gar nichts haben, um sich zu verteidigen. Sie standen auf und warteten. Eine blasse Gestalt trat ein. Mia und Martin erstarrten. *Blass* war noch zu milde ausgedrückt. Die Haut des elbenähnlichen Geschöpfs war strahlend weiß, sodass sie zu leuchten schien.

»Wie ein Geist«, dachte Mia und griff unbewusst nach Martins freier Hand. Der schlanke Körper der Gestalt war mit leichtem Stoff bedeckt, was erst beim zweiten Hinsehen auffiel, da dieser ebenso weiß war wie die Haut des Wesens.

»Willkommen in Mirrdril, der Stadt der Magie, Fremde.«

Mia fiel auf, dass die Züge des Wesens traurig wirkten. »Wer … wer seid Ihr?«

»Mein Name ist Mohâg von Tymas, Menschenfrau. Entschuldigt meine Unhöflichkeit.« Mohâg deutete eine Verbeugung an.

Mia runzelte die Stirn. Entschuldigte er sich jetzt dafür, dass er sie irgendwie betäubt und verschleppt hatte?

»Ihr seid also ein Elb?«

»Ich *war* ein Elb, bevor der Zorn der Mijèl über uns kam.«

Das verstand Mia nun noch weniger, sie hakte aber auch hier nicht weiter nach. Bestimmt würde sich das alles später noch klären.

»Ich bin Mia von Alderun.« Sie senkte leicht den Kopf und stieß Martin unauffällig an, um ihm zu verstehen zu geben, es ihr gleichzutun.

»Mein Name ist Martin von Van'Valor.«

Mohâg nickte zufrieden und ein sanftes Lächeln zeigte sich auf seinem schmalen Gesicht. »Wir haben euch bereits erwartet.«

»Wir?« Martin wirkte keineswegs begeistert, noch mehr *Geister* zu sehen, doch Mia erhob sich völlig fasziniert und folgte nach einer Aufforderung dem Elb durch den steinernen Türrahmen. Martin zögerte kurz, schloss sich dann jedoch den zwei anderen mit einem Grummeln an.

Hâl hatte mitbekommen, was mit Attka geschehen war, und der Magier glaubte, auch den Grund für den Zwischenfall zu kennen. Bei der nächsten Rast gesellte er sich zu dem jungen Mann, der sich ins Gras gelegt hatte, und sah ihn besorgt an.

»Es ist der Drache, nicht wahr?«

Attka schien ihm gar nicht richtig zuzuhören, nickte abwesend und rieb sich den Kopf.

»Was ist geschehen? Ich habe eine Erschütterung der Energie wahrgenommen.«

Attka runzelte die Stirn. »Ehrlich gesagt habe ich keine Ahnung, was mit Elias los ist.« Plötzlich stockte er. »Hä? Was meinst du eigentlich mit *Drache*?«

»Ich muss wissen, was passiert ist. Darf ich?«

Attka starrte Hâl voller Verwirrung an und man konnte förmlich sehen, wie es in seinem Kopf arbeitete, um das Gehörte irgendwie einsortieren zu können.

~

In Attkas ohnehin schmerzendem Kopf war ein heilloses Durcheinander ausgebrochen. Hatte sich der Magier vielleicht versprochen? War das ein schlechter Scherz? Andererseits: Wenn Hâls Worte der Wahrheit entsprachen, würde das so manches erklären. Attka wusste, dass Drachen viel Macht hatten und magische Geschöpfe waren – und Elias besaß ja, wie Attka bereits am eigenen Leib erfahren hatte, magische Fähigkeiten … Wenn Attka ehrlich mit sich war, hatte er sich sogar schon öfter gefragt, was das eigentlich für eine merkwürdige Seele war, die sich in seinem Körper eingenistet hatte.

~

Hâl kniete sich hin und streckte seine Hand nach Attkas Kopf aus. Schon in der Wüste hatte er versucht, mit dem Drachen in Verbindung zu treten, war aber grob zurückgedrängt worden. Nun brauchte der letzte Drache vielleicht Hilfe und es war Hâls Pflicht, ihn zu schützen.

In Attkas Augen lag blankes Entsetzen, als er begriff, was Hâl vorhatte. »Nein! Bitte tu mir das nicht an!«

Attka zuckte noch zurück, doch es war zu spät. Hâl ließ

bereits die Energie durch seine gespreizten Finger fließen. Widerwillig schloss Attka die Augen. Hâl seufzte. Er hasste es, wenn er gezwungen war, Leuten gegen ihren Willen in den Kopf zu sehen, aber er hatte keine Wahl. Es konnte schließlich sein, dass die Gedanken, welche Elias quälten, für sie alle von großer, unmittelbarer – möglicherweise gar existenzieller – Bedeutung waren.

Die Anwesenheit des Magiers berührte Elias kaum noch. Es schien alles so unnatürlich, so sinnlos. Der silberne Drache … Wie hatte er Alya nur vergessen können? Wie hatte er sie sterben lassen können?

Das silberne Etwas kam näher. Der Feuerprinz konnte ein freudiges Brüllen nicht länger zurückhalten und schoss auf seine Freundin zu. Alya bemerkte ihn und hielt überrascht in der Luft inne. Schon im nächsten Moment hatte er sie erreicht und die beiden mächtigen Drachenleiber schraubten sich in den Himmel empor. Der eine schwarz, der andere silbern. Es war ein Liebestanz. Alya schnaubte zufrieden und stupste seinen Kopf sachte mit ihrer zarten Schnauze an. Wäre er ein Mensch gewesen, er hätte gelächelt.

Plötzlich ertönte ein Warnruf und Alya und er blickten alarmiert unter sich. Mirrdril erzitterte und die beiden Drachen mussten mit Schrecken erkennen, dass sich von allen Seiten etwas Bedrohliches auf die weiße Stadt zu bewegte. Aus dem Norden kam eine riesige Wasserwand über die Ebene geströmt, aus dem Osten griffen übernatürlich große Schlingpflanzen nach den Mauern der Stadt, aus dem Westen näherte sich eine Feuerwand und aus dem Süden erklang das Tosen eines gigantischen Sturms. Alya stürzte sich blind nach unten und landete auf dem großen Platz in der Mitte der Stadt. Er wusste, dass sich Suri in Mirr-

dril befand. Sie war eine Elbin und seit Jahren Alyas Gefährtin. Alya schien sie retten zu wollen, doch ihm war schon von Anfang an klar gewesen, dass es zu knapp werden würde. Wieso war er ihr dennoch nicht gefolgt? Liebte er sie nicht genug, um für sie zu sterben? Während Alya noch verzweifelt nach Suri rief, begruben die Naturgewalten Mirrdril und Alyas Stimme verstummte – für immer.

Hâl wurde förmlich von den Gefühlen des Drachen erdrückt. Er begriff nun, dass die unmittelbare Nähe zu Mirrdril in Elias schmerzhafte Erinnerungen ausgelöst hatte. Erinnerungen, die dem Drachen vermutlich an genau diesem Ort genommen worden waren. Die aufgekommene Trauer schmerzte den Drachen in so brutaler Weise, dass Hâl das Gefühl hatte, zerbersten zu müssen. Menschen waren im Vergleich zu Drachen nicht im Stande, solch starke Emotionen lange auszuhalten. Völlig entkräftet schaffte es Hâl, sich von dem Geist des Drachen zu trennen, und er sank schließlich vor dem bewusstlosen Attka schluchzend zu Boden. Es war das erste Mal seit dem Tod seiner Eltern, dass er wieder Tränen vergoss.

Mia und Martin waren dem weißen Elben in die Tiefen der Ruine gefolgt. Wie er ihnen erklärt hatte, lebte er mit den anderen schon seit Jahrhunderten in den unterirdischen Gemäuern der zerfallenen Stadt. Er hatte auch erzählt, dass Mias und Martins plötzliche Bewusstlosigkeit am Eingang der Ruine und ihre jetzigen Kopfschmerzen von einer enormen Erschütterung der Energieströme herrührten, die an diesem Ort zusammenliefen. Das Gleichgewicht der Kräfte war durch das Nahen einer mächtigen magischen Präsenz gestört worden. Diese Präsenz musste sich momentan in einem äußerst instabilen Zustand befinden. Sonst hätte sie niemals diese enorme Wirkung auf den Strom der Energien nehmen können. Nachdem das Beben vorüber war, hatte Mohâg dem Quell der Störung nachgehen wollen und dabei Mia und Martin bewusstlos aufgefunden. Dann hatte er sie in den kleinen Raum gebracht, in dem sie später aufgewacht waren. Der Raum hatte eine regenerierende Wirkung, welche Mia und Martin dazu verhalf, sich schneller von der durch die Erschütterung freigesetzten Energie zu erholen als normal. Nun standen sie schließlich am tiefsten Punkt der Stadt und vor ihnen ragte ein riesiges Tor auf.

»Dahinter liegt Nôrrindril, mein Zuhause.«

Auf die Worte des Elben hin schwangen die Torflügel wie von selbst zur Seite und vor Mia und Martin eröffnete sich eine vollkommen andere Welt.

Eine unendlich große Höhle rahmte das Bild einer Stadt ein, die seltsamer nicht hätte sein können. Aus dem dunklen Fels waren Gebäude von solch einer Schönheit herausgehauen worden, dass man sich gar nicht vorstellen konnte, wie damals wohl erst Mirrdril im Glanz der Sonne ausgesehen haben musste. Die Stadt befand sich im Zentrum der Höhle und um sie herum gähnte ein tiefer Abgrund bis zu den Höhlenwänden. Mia und Martin waren so bezaubert von dem Anblick, dass sie sich erst nach einigen Minuten wieder rührten. Mohâg hatte geduldig gewartet und geleitete sie nun über eine schmale Brücke zu den Bewohnern von Nôrrindril.

9 Die schwarze Stadt

Attka war auch am nächsten Tag noch erschüttert über die Worte von Hâl, nachdem dieser mit Elias' Geist in Berührung gekommen war. Er hätte nicht vermutet, dass der Magier zu solch extremen Gefühlsregungen im Stande war.

»Er leidet ... Er leidet ...«, hatte der Magier heiser geflüstert, während Tränen seine Wangen hinabgelaufen waren.

Danach war Hâl aufgestanden und seitdem sprach der Magier mit niemandem mehr. Der Wüstenmensch war zwar schon immer nicht besonders gesprächig gewesen, doch dieses konstante Schweigen schien Attka irgendwie beängstigend – mehr noch, unnatürlich.

Auch Attka quälte sich mit Gedanken an Elias. Er konnte einfach nicht verstehen, was in seinem Kopf vorging. Seit sie die Wüste verlassen hatten, hatte er immer wieder Erinnerungslücken. Und nicht nur, dass er Elias' Trauer spürte, er merkte auch, dass sich Elias verändert hatte. Anstelle eines netten jungen Mannes spürte Attka eine Präsenz, die ihm ungeheuer alt und mächtig, ja regelrecht unberechenbar vorkam. Immer wieder ertappte sich Attka dabei, dass seine Gedanken abschweiften und er seine Aufmerksamkeit nach innen lenkte. Auf die anderen musste er wohl ähnlich unnahbar und aus der Fassung gebracht wirken wie Hâl.

Die Hitze nahm langsam wieder ab und das Gras wurde grüner. Zu ihrer Linken konnte man gerade noch die sanften Hügel erahnen, die nach und nach in schroffe Berge übergingen. Die südliche Seite des Déjun-Gebirges. Doch die

Reiterkolonne ritt unbeirrt weiter nach Osten an den weit entfernten Bergen vorbei. Dort erstreckte sich ein gigantischer Wald. Attka lief ein Schauer den Rücken hinunter, der diesmal allerdings nicht von seinem Seelengast herrührte.

»Die vergessene Stadt«, murmelte er leise.

Es war eine Legende, denn kein Südländer hatte sich je nah genug an den Wald herangetraut, um zu überprüfen, ob diese Stadt tatsächlich existiert hatte oder sogar noch existierte. Schon als Kinder wurde ihnen erzählt, die Bewohner seien Ungläubige gewesen, die ihren Irrglauben in verzauberten Büchern festgehalten und seltsame Rituale praktiziert hatten. Man sprach mit vorgehaltener Hand von schwarzen Hexern und dunklen Dämonen. Attka erinnerte sich, dass diese Geschichten ihm als Kind früher Albträume beschert hatten.

Vor Anspannung verstärkte sich Attkas Griff um die Zügel seines Pferdes, sodass seine Fingergelenke weiß hervortraten. Was würde sie dort erwarten, am Rande des Waldes? Seine Kopfschmerzen wurden immer stärker.

Elias' Seele war ein einziger Wirbelsturm. Er hatte keinen Halt mehr, keine Orientierung. Verzweifelt versuchte er, sich aus dem Wirrwarr herauszuholen, das ihn in seiner übermächtigen Trauer und Verzweiflung gefangen hielt. Es gab noch etwas auf der Welt, für das er sich bewahren musste, oder besser gesagt jemanden. Immer deutlicher trat das Bild von Mia vor sein geistiges Auge und begann, langsam den Schmerz zu verdrängen. Er musste sich wieder beherrschen! Elias ließ seine erhitzte Drachenseele von den kühlenden, bläulichen Fäden seiner menschlichen Seele überfluten und verschaffte sich so für kurze Zeit etwas Klarheit und ein Fenster zur Außenwelt.

»Attka? Hörst du mich? Versuche meinen Körper zu finden … die Anhänger … Mirrdril … Mohâg …«

Dann brach erneut eine Welle der Verzweiflung über ihn herein und der Drache in ihm schrie immer nur einen Namen: »Alya!«

Die Bauten aus schwarzem Gestein waren so filigran ausgearbeitet, dass Mia nur von einem Kunstwerk zum anderen starren konnte. Es war eine wundervolle Stadt. Martin, der neben ihr lief, schien ebenso fasziniert von der baulichen Kunstfertigkeit und widmete jeder Häuserwand einen eingehenden Blick. Mohâg ließ sie gewähren und erzählte ihnen in groben Zügen, wie die Bewohner hier unten lebten.

»Wir sind nun keine richtigen Elben mehr. Die Macht der Naturgeister hat uns verändert, uns zu ewigem Leben verdammt und lässt uns hier unten dahinvegetieren – ohne Sonne, ohne Pflanzen oder Tiere.« Die Stimme des weißen Elben klang verbittert.

Mia wandte ihre Augen von den Häusern ab. »Warum haben die Naturgeister euch das angetan? Warum ist das geschehen?«

»Es lag an den Drachen.«

Mia zuckte bei dem Wort leicht zusammen. Elias … Hegte der Elb immer noch Groll gegen die Drachen? War er eine Gefahr für Elias? Zum Glück wusste sie, dass Elias' Körper in ihrem Zelt am Waldrand gut aufgehoben war. Da es sich ja um ein elbisches Zelt handelte, das mit einem speziellen Zauber versehen war, war sie überzeugt davon, dass niemand ihm etwas anhaben könne. Und dennoch … sie wusste nichts über die Fähigkeiten und Absichten der weißen Elben. War Elias tatsächlich so sicher, wie sie sich hier gerade einzureden versuchte?

Als hätte der Elb ihre Gedanken gelesen, hob er beruhigend die Hände. »Ihr beide seid mit einer sehr wertvollen Fracht hier angekommen. Macht euch keine Sorgen, wir wollen euch nichts Übles. Im Gegenteil, das Zelt wird in diesem Moment von uns bewacht. Der schwarze Vogel ist euch bestimmt schon aufgefallen. Er ist unser Kundschafter.«

Mia glaubte dem Elb und atmete erleichtert auf.

»Aber was hat der Untergang der Stadt mit den Drachen zu tun?« Martin war unbemerkt an sie herangetreten.

»Dieser Ort war schon vor tausenden Jahren eine besondere Stelle, an der sich Zauberer der Elben trafen und später auch siedelten. Hier wusste man schon, als es noch Drachen gab, dass sie bald aussterben würden. Da wir in enger Freundschaft mit ihnen lebten, wollten wir das um jeden Preis verhindern. Wir nutzten dafür also all unsere Mittel und dazu gehörte auch die Magie der Naturgeister. Leider waren wir uns nicht im Klaren darüber, dass wir zu viel Energie sammelten und somit das ganze Gleichgewicht der Welt störten. Die Naturgeister haben versucht, uns zu warnen, doch die gebündelte Kraft benebelte unsere Sinne und machte uns blind für das Offensichtliche. Schließlich fanden die Naturgeister einen anderen Weg, uns aufzuhalten … Nun sind die Drachen tot und wir sind zu Schatten unserer Selbst geworden, abgeschieden von der Außenwelt.«

Mia war so ergriffen, dass sie erst einmal nichts sagte. Nun verstand sie, warum die Drunére sie hier abgesetzt hatten. Vermutlich hofften die Schwäne, dass die Bewohner Nôrrindrils dem letzten Drachen helfen konnten. Mias Seele machte einen kleinen Hüpfer. Vielleicht konnte sie Elias retten …

Hâl war verwirrt. Die Seele des Drachen hatte ihn völlig aus der Bahn geworfen. Er fühlte sich leer und hoffnungslos.

Langsam begann er zu zweifeln, ob diese ganze Sache irgendetwas nutzen würde. Ja, die Erzählungen seines Volkes ließen keinen Zweifel an der Erhabenheit des Ortes, auf den sie nun zuritten, doch war dieser Ort immer noch so mächtig? Hâl spürte immerhin die zunehmende Energie. Das war jedoch in diesem Moment nicht seine einzige Sorge. Denn was würde geschehen, wenn der Drache nicht gerettet werden wollte? Was war, wenn die letzte Hoffnung, Karaian zu besiegen, starb? Und wer würde dann die Prophezeiung erfüllen?

Attka hatte Elias' Worte gehört, doch er konnte sich noch keinen Reim darauf machen. Wie sollte er Elias' Körper finden? Konnten ihnen die Anhänger wirklich helfen, den Geist des Drachen wieder von Attka zu trennen, nachdem er sie bereits ohne sichtbare Wirkung berührt hatte? Und wer oder was waren Mirrdril und Mohâg? Der Wald kam immer näher und Attkas Unruhe wuchs mit jedem Schritt. Was wollte Elias ihm sagen?

Martin saß mit Mia im Kreis der weißen Zauberer. Nachdem Mohâg ihnen von den Drachen und dem Grund ihrer Isolation berichtet hatte, hatte Mia begonnen, ihre Geschichte zu erzählen. Der Elb hatte gewartet, bis sie ihre Schilderung beendet hatte, und war dann aufgeregt losgezogen, um die Bewohner der unterirdischen Stadt zusammenzurufen. Nun hatten sie sich alle in einem runden Saal eingefunden und Mohâg bat Mia, noch einmal all ihre Erlebnisse vorzubringen. Als Mia schließlich geendet hatte, brach im ganzen Raum ein unruhiges Geflüster aus.

»Der letzte Drache …?«

»Ich hab es schon immer geahnt …«

»… Einer hat überlebt!«

»Ein Wunder …«

»Wir sollten ihm helfen …«

»Nein! … Gefahr … die Naturgeister werden uns ein zweites Mal strafen …«

»Ruhe!« Mohâgs Stimme war nicht lauter geworden, doch trotzdem trat eine abrupte Stille ein. »Wenn die Töchter des Windes den Drachen selbst hierher gebracht haben, ist es sehr wahrscheinlich, dass sie *wollen*, dass wir ihm helfen.«

Ein schwacher Hoffnungsschimmer glomm zaghaft in Martin auf. Van'Valor, ja, die ganze Welt war noch nicht endgültig verloren. Mit den mächtigen Verbündeten, die sie gerade gewonnen hatten, hatten sie vielleicht eine Chance gegen Karaian und die Südländer.

∾

Worsek trat in die große Empfangshalle, die nach den sonnenbeschienenen, staubigen Straßen eine angenehme Kühle bot, und machte eine knappe Verbeugung. Karaian zeigte keine Regung und starrte weiterhin aus einem der hohen Fenster. Der General wusste, dass der Herrscher seine Gegenwart längst bemerkt haben musste, deswegen fing er einfach an, zu sprechen.

»Mein Gebieter, das Volk hungert. Der viel zu frühe Sommer vernichtet fast alle Erträge. Jeden Tag kommen Händler aus Drusk, Lorrin, Edaere und sogar aus Maradun, doch ich fürchte, es wird nicht ausreichen. Es ist zu viel der Ernte vertrocknet und schließlich brauchen die Dörfer auch einen Großteil der Nahrung für sich selbst.«

»Darauf können wir keine Rücksicht nehmen. Wir müssen uns darauf konzentrieren, die letzten Aufstände der

Nordländer zu zerschlagen. Was scheren mich da die nichtigen Probleme der kleinen Leute?« Karaians Miene blieb ungerührt.

»Es sind aber nicht nur die einfachen Bewohner, die hungern. Auch die Soldaten haben nicht mehr genug zu essen.«

»Dann werden wir eben erneut nach Van'Valor reiten, um die Nahrung wieder aufzustocken. In der Hauptstadt sollte es genug Reserven geben. Dank des breiten Flusses, der sich quer durch den Norden zieht, wird es dort keine Dürre gegeben haben.«

»Aber dann wird der Norden nur um so mehr gegen uns rebellieren. In unserer jetzigen Lage können wir uns schwerlich einen erneuten Krieg leisten. Die Hungersnot hat unsere Truppen bereits stark geschwächt und die Moral der Soldaten sinkt von Tag zu Tag. Wir sollten ...«

Jetzt drehte der schwarze Elb sich um und seine Augen blitzten gefährlich auf. Worsek wich instinktiv einen Schritt zurück.

»Wage es nicht, meine Entscheidungen in Frage zu stellen, Unwürdiger.« Karaians Stimme klang düster und bedrohlich.

»Wie Ihr befehlt, mein Herr. Ich werde alles in die Wege leiten.«

Als Worsek die Halle hinter sich gelassen hatte, atmete er erleichtert auf. Es war unglaublich befreiend, die unmittelbare Gegenwart Karaians zu verlassen.

∾

Dort lag sie ... Die weißen, teilweise zerstörten Türme ragten in den Himmel wie die Finger eines riesigen Skeletts. Attka erzitterte beim Anblick der mächtigen Ruinenstadt und wagte kaum, zu atmen. Simon hatte wenige Schritte vor ihm sein Pferd gezügelt und es schien, als würde er das jahrhundertealte Gemäuer mit der gleichen Faszination und Ehrfurcht betrachten. Der Rest der Reiterkolonne hielt noch Abstand. Ein Grund dafür waren die Mönche, die sich mit allen Mitteln dagegen wehrten, in die Stadt hineinzureiten. Das hatte ein unübersichtliches Chaos in der Gruppe ausgelöst, welches stetig zunahm. Attka stutzte. Hâl war in dem allgemeinen Durcheinander verschwunden.

∾

Hâl sah sich noch einmal zu den anderen um und trat dann durch die Öffnung ins Innere der Ruinen. Vor ihm breitete sich ein langes Tunnelsystem aus. Er musste sich auf die Erzählungen seines Volkes verlassen, die besagten, dass die Zauberer sich eine neue Stadt unter Mirrdril errichtet haben sollten. Er wusste nur nicht genau wo. Hoffentlich fand er die Elben rechtzeitig … Wenn Hâl verhindern wollte, dass Attka an den übermächtigen Emotionen des Drachen zerbrach, musste er sich beeilen. Nur die Kraft der Zauberer würde fähig sein, Elias' Geist von Attka zu trennen. Nur sie konnten die beiden retten. Entschlossen setzte er seinen Weg in die Dunkelheit fort.

∾

Simon stieg ab. Sein Pferd war unruhig und tänzelte hin und her. Er glaubte auch, den Grund dafür zu kennen. Zwischen den Häusern tat sich ein kleiner Platz auf und in dessen Mitte lag ein schwarzer Stein. Neugierig ging Simon näher. Sein Pferd ließ er zurück. Der Fels war so groß wie ein ausgewachsener Troll und schimmerte in der Sonne, als wäre er aus Glas. Zögernd legte Simon eine Hand auf den rauen Fels und zog sie schnell wieder zurück, als er ein stetiges Pulsieren spürte. Der Stein schien zu leben! Was war das nun wieder für eine Hexerei?

Attka war Simon mit einigem Abstand gefolgt. Nun trat er hinter der Häuserecke hervor und blickte auf einen Platz. Simon stand in der Mitte und vor dem rothaarigen Anführer erhob sich ein riesiger Stein. Urplötzlich vernahm Attka ein leises Summen in seinem Kopf. Bei jedem Schritt wurde es lauter und schließlich übertönte es sogar seine Gedanken. Er sah, dass Simon etwas sagte, konnte ihn aber nicht verstehen. Begriffsstutzig starrte er ihn an und schüttelte verwirrt den Kopf. Simon runzelte die Stirn und lief Attka entgegen. Der schüttelte den Kopf erneut, als wollte er ein lästiges Insekt vertreiben. Schweißperlen bildeten sich auf seiner Stirn und mit fahrigen Bewegungen wischte er sich über die Augen. Die Welt um ihn herum verblasste.

Elias schmerzte es, die einst prächtige Stadt der Zauberer nun in Trümmern zu sehen. Seine Trauer um Alya wurde beim Anblick der zerbrochenen Mauern, die für ihn so viele Erinnerungen enthielten, noch größer. Sie war genau an diesem Ort gestorben. Und auch wenn es schon sehr lange her war, dass Mirrdril von der Gewalt der Naturgeister zerstört worden war, kam es ihm so vor, als sei es erst gestern gewesen. Alyas Schrei schien ihm noch in den Ohren zu dröhnen und ging in seinen eigenen inneren Aufschrei über. Er ließ sich von Kummer und Verzweiflung treiben. Was mit ihm geschah, war ihm völlig egal. Hauptsache, seine Pein endete. Er wollte nichts mehr fühlen!

Simon beobachtete irritiert, wie Attka stolpernd auf ihn und den Monolithen zulief und in dessen gewaltigem Schatten stehenblieb. Mit einem Ruck hob Attka den gesenkten Kopf und starrte mit flammend roten Augen zur Spitze des Steins. Irgendetwas war mit dem Jungen geschehen. Bestürzt beobachtete Simon, wie sich Attka abwandte, zielstrebig auf eine der hohen Häuserwände zulief und anfing, diese hinaufzuklettern. Schon lösten sich einzelne Brocken von der uralten Mauer und prasselten auf den Boden.

»Attka! Was tust du da?«

Dieser beachtete ihn jedoch gar nicht und stieg weiter hinauf.

Zur gleichen Zeit arbeitete sich Hâl immer weiter in das Höhlensystem vor. Er versuchte, seinem Instinkt zu folgen, doch die Tunnel schienen ihm allmählich alle gleich auszusehen, und es war schwer, die Orientierung zu behalten. Dann stand er an einer Weggabelung. Wie sollte er sich nur entscheiden? Hier unten, so weit entfernt von der Wüste, ließ ihn seine Magie im Stich. Doch er musste das Ziel erreichen. Er durfte jetzt nicht aufgeben!

Attka krallte sich in die schmalen Rillen der Wand und zog sich immer höher hinauf. Er war wie in Trance und ließ allen Zweifel und alle Furcht von sich abfallen. Er musste das Dach erreichen. Mühsam tastete er sich von Kante zu Kante und hielt dabei den Blick stur auf den höchsten Punkt des Gebäudes gerichtet. Attka keuchte vor Anstrengung. Seine Finger fingen bereits an zu bluten und es wurde immer schwieriger, am glatten Stein einen festen Halt zu finden.

Benommen registrierte er, dass Simon nach ihm rief, doch das war nicht wichtig. Er wollte nur, dass dieser Schmerz endlich aufhörte.

~

Hâl war in einen der Tunnel abgebogen, doch er hatte kein gutes Gefühl dabei gehabt. Nun fühlte er sich endgültig verloren. Die schwarzen Wände, die immer weniger Raum ließen, je tiefer er stieg, engten ihn zusehends ein und trieben ihm den Schweiß auf die Stirn. Er mochte dieses beklemmende Gefühl nicht. Sehnsüchtig dachte er an die Weite der Wüste zurück, die trotz aller Widrigkeiten über so viele Jahre sein Zuhause gewesen war. Hâl hatte seine Suche schon fast aufgegeben, als er vor sich ein Licht sah. Zuerst war es nur ein schwacher Schimmer, doch je näher er der Lichtquelle kam, desto heller wurde es und schließlich fand er sich in einer riesigen Höhle wieder.

~

Nur noch wenige Meter entfernten Attka vom Ende der Mauer. Suchend tasteten seine Hände nach einem Vorsprung, doch da war keiner. Wie sollte er nun weiterkommen? Er holte tief Luft. Attka musste alles auf eine Karte setzten. Die Mauerkante war so nah. Seine Muskeln spannten sich an.

Er sprang.

~

Hâl spürte eine plötzliche Veränderung im Fluss der Energieströme und wandte seinen Blick abrupt von dem atemberaubenden Anblick der unterirdischen Stadt ab. Besorgt sah er in die dunkle Tunnelöffnung zurück, aus welcher er gerade herausgetreten war. Etwas war passiert! Der Drache war in Gefahr. Plötzlich erklang neben ihm eine sanfte Stimme. »Ihm wird nichts geschehen.«

~

Elias konnte Attka nicht helfen und wollte es auch gar nicht. In ihm sehnte sich in diesem Moment alles nach der Gegenwart der anderen Drachen, deren Seelen in einem anderen Universum weiter existierten. Er wollte zu Alya. Er wollte nicht mehr allein sein.

~

Attka realisierte erst mitten im Flug, wo er sich befand und was er eigentlich tat. Erschrocken schrie er auf, während der Boden unaufhaltsam näher kam.

10 Vael ael'Sjen

Martin und Mia hatten die plötzliche Unruhe der weißen Zauberer gespürt, die auch, nachdem die beiden die Halle verlassen hatten, nicht gewichen war. Vor wenigen Minuten waren dann ein paar der Zauberer durch die Tunnel verschwunden und seitdem herrschte angespannte Stille. Niemand schien Interesse daran zu haben, die zwei Menschen über das Geschehen aufzuklären, deshalb begnügten sich Martin und Mia damit, auf einem der Balkone zu sitzen und alles aufmerksam im Auge zu behalten. Zufällig blieb Mias Blick an einer der schwarzen Tunnelöffnungen hängen, die in die gigantische Höhle mündeten. Dort erkannte sie Mohâg und bei ihm stand …

»Ein Mensch!« Mia sprang überrascht auf.

Die unvermittelte Bewegung ließ Martin zusammenzucken. »Was?«

»Dort!«

Martins Augen folgten Mias ausgestrecktem Arm.

»Wer ist das?«

Mia war bereits dabei, eine äußere Wendeltreppe des Balkons herunterzulaufen, welche direkt auf die offene Straße führte, und zuckte mit den Schultern.

»Woher soll ich das wissen?«

Als sie sich dem Tunnel auf wenige Meter genähert hatten, blieben Mia und Martin stehen und unterzogen den Fremden einer genaueren Betrachtung. Der junge Mann war etwa in ihrem Alter. Er trug ein seltsames weißes Gewand und hatte ungewöhnlich karamellfarbene Haut. Seine dunkelbraunen Haare hingen ihm in vollen Locken bis knapp zu den Schultern. Er wirkte besorgt und alles an ihm schien aufs Äußerste angespannt … Offenbar sprach ihm Mohâg beruhigende Worte zu, denn der Fremde schien zunehmend gelassener zu werden.

Unsicher schritt Mia näher heran. »Mohâg? Was geht hier vor?«

Der Zauberer wandte sich von dem Fremden ab und musterte Mia, als hätte er sie völlig vergessen.

»Ah, Mia, Martin. Gut, dass ihr kommt. Das ist Hâl. Er kann euch etwas über den Drachen erzählen.«

Hâl nickte matt. »Ja, ich habe seine Seele im Körper eines Jungen entdeckt. Dort hat der Drache überlebt.«

Mia erstarrte. Elias. Der Fremde hatte ihn gefunden? Aber wie war das möglich?

Môhag machte eine entschuldigende Geste. »Es tut mir leid, aber ich habe wichtige Sachen zu regeln.«

Mit diesen Worten ging der weiße Zauberer eilig durch die Tunnelöffnung und verschwand in der Dunkelheit. Etwas unschlüssig standen die drei Menschen da und sahen sich scheu und skeptisch an.

~

Attka öffnete benommen die Augen und bemerkte völlig verblüfft, dass er gegen alle Erwartungen noch durchaus lebendig war. Ein deutliches Zeichen dafür waren die pochenden Kopfschmerzen, die ihm fast den Verstand raubten. Er lag auf hartem Boden und kleine Steinchen bohrten sich schmerzhaft in seinen Rücken. Über ihm zeichneten sich undeutlich mehrere Gesichter ab, die im Kreis auf ihn herabblickten. Eine der Gestalten redete auf ihn ein, doch er begriff erst verzögert, was der blasse, weißhaarige Mann zu ihm sagte.

»Vertrau mir. Du bist in Sicherheit. Die Macht Karrevijèls kann dir nichts mehr anhaben.«

»Wer … was ist ein Karrevijèl?«

Der Unbekannte wandte den Kopf zu dem großen Felsen um, der einige Meter entfernt immer noch die Mitte des Platzes beherrschte.

»Ach so …« Attka verstand zwar nicht genau, was das alles bedeutete, aber er war sich ohnehin sicher, dass er in seinem jetzigen Zustand keine neuen Informationen verarbeiten konnte.

∾

Hâl war in der Tat völlig verwirrt. Zu viele Dinge waren auf einmal geschehen. Alle aufgestauten Eindrücke und Emotionen prasselten mit einem Schlag auf ihn ein. Er hatte seine Mission erfüllt. Er war am Ziel. Entkräftet stützte er sich an der Felswand ab und versuchte, seine Gedanken zu ordnen. Die weißen Zauberer würden sich um den Drachen kümmern. Die Prophezeiung würde sich erfüllen. Der Boden unter ihm begann gefährlich zu schwanken. Das Letzte, was er wahrnahm, waren zwei starke Hände, die ihn auffingen.

∾

Elias' Geist kämpfte. Er lebte. Doch das hieß, er musste sich erneut bemühen, dem Gefängnis seiner Gefühle zu entfliehen. Der Tod hatte ihm mit seiner süßen Erlösung bereits gewunken, aber nun hatte man Elias einfach in die brutale Realität zurückgestoßen. Alles schien sinnlos. Der erdrückende Schmerz schien zuzunehmen, je mehr er versuchte, ihn zu verdrängen und die bitteren Erinnerungen trieben ihn immer weiter in ein finsteres Loch. Aus welchem Grund sollte er noch leben? Er hatte Alya für immer verloren … Dazu gesellte sich nach seiner unerwarteten Rettung auch die Furcht, ohne Körper Mia niemals mehr mit seinen eigenen Augen zu sehen, sie niemals mehr umarmen, küssen und lieben zu können. In gewisser Weise hatte er also auch sie verloren … Nein! Das war kein Leben, das er wollte. Allerdings spürte er auch, dass sein Tod unweigerlich den Tod für Attka bedeuten würde, einen Unschuldigen, der nur durch ihn in diese missliche Lage geraten war, und Elias hatte sich geschworen, nie wieder einen Unschuldigen zu töten. In seine finsteren Gedanken vertieft, bemerkte Elias kaum, dass ein helles Licht den Weg zum Fenster seiner Seele suchte. Ein Licht, das möglicherweise einen Ausweg bot.

»Wie konntest du mich retten?« Attka hatte sich mittlerweile aufgerichtet und merkte erleichtert, wie die Benommenheit anfing, von ihm abzufallen.

Der blasse Mann, der sich ihm als Cèllinor vorgestellt hatte, meinte nur: »Es war meine Aufgabe, ans Licht zu kommen und dich zu schützen.«

Erst jetzt fielen Attka die spitz zulaufenden Ohren seines Retters auf, die unter den langen weißen Haaren kaum sichtbar waren. »Du bist ein Elb!«

Cèllinor ging nicht auf Attkas Feststellung ein und sagte: »Wir haben nicht viel Zeit. Du solltest sofort mit mir kommen.«

Der Fremde erhob sich mit einer eleganten Bewegung und reichte ihm die Hand. Verwundert und etwas nervös ergriff Attka sie und kam unbeholfen auf die Beine.

»Wohin denn?«

»Folge mir einfach.«

Die anderen wichen ehrfürchtig vor dem blassen Elben zurück. Cèllinor und Attka verließen den Platz. Der Rest der

Versammelten folgte ihnen ein Stück, trennte sich dann aber von ihnen und verschwand zwischen den baufälligen Gebäuden. Weder die Mönche noch Simon und seine Leute wagten es, in das Innere der Ruinen vorzudringen. Der schwarze Stein blieb allein zurück. Von seinem Inneren ging ein stetiges Pochen aus, welches von einer uralten, mächtigen Kraft herrührte und noch tief in der Erde zu spüren war.

Martin rieb sich die Stirn. »Ich glaube es einfach nicht! Ich … ich dachte schon, wir hätten Elias für immer verloren.«

Hâl war schon nach wenigen Minuten wieder zu sich gekommen und hatte begonnen, nach dem hartnäckigen Drängen Mias seine Erlebnisse von Anbeginn seiner Mission bis zum heutigen Tage wiederzugeben. Auch Mia schien reichlich verblüfft. Schließlich hatte sie vor einigen Wochen ein längeres Gespräch mit Attka geführt, ohne zu bemerken, was in dem Jungen schlummerte.

»Wie ist das möglich?«

»Der Drache hat vermutlich unbewusst einen *Vrún-nel'Lyr*-Zauber gewirkt, der seine Seele an einen anderen Ort gebracht hat, kurz bevor die entladene Magie ihn getötet hätte.«

Mohâg war unauffällig an sie herangetreten. Fragende Blicke ruhten auf ihm.

»Der Drache ist angekommen.«

Martins Herz klopfte heftig. Er würde Elias wiedersehen.

Auch Mia schien Mühe zu haben, ihre Gefühle im Zaum zu halten. »Wo ist er?«

»In der Vael ael'Sjen, der Halle des Feuers.«

Attka befand sich in einer beeindruckenden Halle, die fast alles, was er bereits von der überwältigenden Stadt unter der Erde gesehen hatte, in den Schatten stellte. Die Halle war kreisrund und am Rand standen in gleichmäßigen Abständen zehn prächtige Statuen, die zumeist Elben und Drachen darstellten. Die Werke waren so naturgetreu gearbeitet, dass man fast meinte, einem echten Lebewesen gegenüberzustehen. Doch noch viel faszinierender war die Tatsache, dass alle Statuen in dieser Halle aus weißem Stein gehauen waren. Alles hier unten war aus schwarzem Fels, bis auf diese zehn Statuen. Der Kontrast, der dadurch entstand, hob jede einzelne Facette der Kunstwerke hervor, sodass sie, ebenso wie die Bewohner der Stadt, von innen zu leuchten schienen. Attka war so vertieft in die Betrachtung, dass er erschrocken zusammenfuhr, als eine Gruppe der *blassen Wesen*, wie er sie der Einfachheit halber nannte, mit einer Trage hereinschritt. Auf dem hölzernen Gestell lag ein regloser Mensch. Attka stockte der Atem. Elias!

Karaian rief die Truppen zusammen. Der dunkle Heerscher hatte beschlossen, den Norden noch mehr auszuplündern. Die Nahrung war in den letzten Tagen so rar geworden, dass es bereits viele Todesfälle zu beklagen gab. Worsek runzelte die Stirn. Das Gebaren Karaians ging ihm, gelinde gesagt, langsam wirklich gegen den Strich. Ja, die Nordländer waren der Feind, doch Karaians Armee hatte den gesamten Norden bereits eingenommen. Wieso sollten sie die Nordländer, die nach Worseks Meinung ohnehin nicht so hart im Nehmen waren wie die Südländer, auch noch verhungern lassen? Nur weil es die Südländer nicht auf die Reihe brachten, für ihr eigenes Essen zu sorgen? Waren die Nordländer nicht auch nur Menschen?

Zu viert waren sie zur Halle des Feuers aufgebrochen. Sie befand sich im Herzen der Stadt und nahm sicher mehr als ein Viertel des gesamten Hohlraums ein. Hâl blickte keuchend zu dem riesigen Gebäude auf. Er war körperlich immer noch sehr erschöpft von der langen Reise und dem schwierigen Weg durch die Tunnel, spürte aber dennoch eine innere Aufregung. Mia und Martin wirkten genauso nervös wie er, und sogar Mohâg war die Anspannung deutlich vom Gesicht abzulesen. Der Elb stand eine Weile vor dem Eingang der Halle, als hätte er beinahe zu große Ehrfurcht vor dem, was dahinter lag. Doch sein Zögern währte nur kurz, dann öffnete er die schweren Torflügel. Hâl nahm sofort die intensive Präsenz der Magie wahr. Hier also befand sich der Knotenpunkt. Der Magier sog fast gierig die Energie in sich auf. Sofort fühlte er sich besser. Dann gewahrte er die zwei Gestalten in der Mitte der kuppelförmigen Halle. Dort stand Attka und neben ihm am Boden lag auf einer Trage ein blonder junger Mann. War das der Körper des Drachen? Auf den ersten Blick wirkte der Mann wie jeder andere, doch Hâl glaubte, in den Gesichtszügen sowohl das harte Leben als auch die Willensstärke zu erkennen, die den Drachen ausmachte. Nun hatte er zu der körperlosen Stimme, mit der er über Attka in Kontakt getreten war, endlich ein Gesicht. Um Attka und die Trage standen noch fünf der weißen Zauberer. Einer von ihnen war eine Frau. Diese schritt nun auf Mohâg zu.

»Wir sind bereit.«

Mohâg nickte. »Danke, Suri. Können wir es schaffen, eine Verbindung herzustellen?«

»Ja, wenn wir Glück haben, reicht unsere Energie.«

Erst jetzt wandte sich die Frau Hâl, Mia und Martin zu. »Ihr seid Freunde des Drachen?«

Mia und Martin sagten sofort *Ja*, doch Hâl wusste nicht, ob er sich erdreisten konnte, sich einfach als *Freund* zu bezeichnen. Schließlich hatte ihm der Drache nie eine Freundschaft angeboten. Mohâg befreite ihn von dieser Entscheidung und antwortete für alle.

»Sie sind dem Drachen wohlgesinnt.«

»Dann lasst uns beginnen.«

Suri wandte sich ab und stellte sich wie die anderen vier Zauberer zwischen die Statuen, die am Rand standen. Das taten sie, bis jede zweite Lücke gefüllt war. Mohâg bewegte sich auf die Mitte der Halle zu. Die fünf Zauberer schritten einige Meter vor, sodass zwischen ihnen und Mohâg der gleiche Abstand bestand wie zu den Statuen. Hâl, Mia und Martin beobachteten all dies aus dem breiten Rahmen des Tores. Hâl erkannte die Komplexität des Zaubers sofort. Solch mächtige Magie hätte er niemals gewagt auch nur anzutasten.

~

Mia erinnerte der Saal an die Drachenhalle in Tymas. Denn auch wenn diese so anders war, vermittelte sie einem doch das gleiche Gefühl von Magie. Es war ein Kribbeln, das Mia vom Haaransatz bis zu den Zehenspitzen spürte. Doch ihr Interesse galt nicht der Halle, sondern Attka und Elias' Körper. Hâl schien eine gewisse Ahnung davon zu haben, was die Zauberer vorhatten, deshalb fragte sie ihn: »Was versuchen sie damit zu erreichen?«

Hâl schien aus tiefer Konzentration zu erwachen und brauchte eine Weile, ehe er ihr antwortete: »Sie versuchen, mit dem Geist des Drachen Kontakt aufzunehmen, damit wir mit ihm sprechen können und seinen Geist von Attka zu trennen.«

Mias Augen glänzten verräterisch. Elias' Stimme hatte sie so sehr vermisst. »Wird er wieder in seinen Körper zurückkehren?« Hoffnung schwang in ihren Worten mit.

Hâl antwortete entschuldigend und voller Mitgefühl. »Vorerst wohl nicht. Das ist alles viel komplizierter.«

Mia hatte Geduld. Sie würde warten.

Attka zitterte. Das war ihm irgendwie unheimlich. Jetzt hatten die blassen Wesen auch noch angefangen zu singen. Was würde mit ihm geschehen? Cèllinor hatte zwar grob versucht, ihm die ganze Sache zu erklären, doch so richtig beruhigt hatte ihn das nicht. Die Luft um ihn herum schien dicker zu werden. Sein Atem wurde flach. Panik ergriff ihn. Am liebsten wäre er davongerannt, doch seine Füße gehorchten ihm nicht mehr. Verflucht! In was war er hier nur hineingeraten? Die Kopfschmerzen steigerten sich. Er kniff die Augen zusammen und presste beide Hände an den Kopf. »Ahhhh!« Ein lauter Schrei entwich seiner Kehle. Doch dann verschwand das grauenhafte Pochen in seinem Schädel ganz plötzlich. Er wurde ruhig. Etwas hatte sich verändert.

Martin schluckte. Der Gesang hatte aufgehört. Mia stand inzwischen so dicht neben ihm, als wollte sie zur Not jemanden in der Nähe wissen, dessen Hand sie ergreifen konnte, und beobachtete ebenso gebannt wie er, was geschah. Seit Attkas Aufschrei hatte sich in der Halle jedoch nichts mehr geregt. Nur die bläulich schimmernde Oberfläche der durchsichtigen Kugel, die sich um Attka und Elias' Körper gebildet hatte, bewegte sich. Sie schien ein Eigenleben zu haben. Wabernde Schlieren bildeten sich und lösten sich im nächsten Moment wieder auf. Auf einmal schien die Kugel mehrere Risse zu bekommen und helle Strahlen drangen in die Halle durch. Ein Strahl berührte Martin an der Schulter. Er zuckte zurück. Gefühle übertrugen sich auf Martin, welche er in solchem Maß noch nie verspürt hatte. Doch der Kontakt war nur so kurz gewesen, dass er bloß erschrocken die Luft anhielt und gleich darauf alles wieder in Ordnung war. Martin ahnte, dass er grade den unermesslichen Geist eines Drachen zu spüren bekommen hatte.

Plötzlich erhob Mohâg die Stimme: »Sjen'Avalas, wir haben deinen Geist befreit. Sprich zu uns.«

Eine Weile herrschte Stille, doch dann hörte Martin Elias sprechen. Es klang nicht ganz wie der Elias, den er in Menschengestalt kannte. Seine Stimme hatte nun etwas Übernatürliches, Mächtiges an sich.

»Mohâg. Es ist mir eine Freude, dich nach all der Zeit wiederzusehen. Ich dachte, du seist tot.«

Mohâg grinste und alle Formalitäten waren vergessen. »Schatten? Bist du es wirklich?«

»Ja. Ich bin es.«

∾

Elias wusste, dass die Leute in Mirrdril ihn *Schatten* genannt hatten, da er der einzige Drache seit langer Zeit gewesen war, der schwarze Schuppen gehabt hatte. Es freute ihn sehr, so viele der bekannten Gesichter wiederzusehen, doch zugleich war es schmerzlich, da sie ihn an seine Zeit als Drache erinnerten, in der er noch zwischen anderen Drachen gelebt hatte. Und mit Alya. Erneut stürzte die tiefe Trauer über ihn herein und ein verzweifelter Hilferuf hallte von den steinernen Wänden wider. »Suri! Rette mich!«

∾

Attka hatte alles verwundert verfolgt, ohne sich zu rühren, doch nun ging erneut ein stechender Schmerz durch ihn hindurch und er wurde ohnmächtig.

Hâl sah, wie der Geist des Drachen die ganze Halle zum Erbeben brachte. Alles, was nun folgte, geschah unglaublich schnell. Attka klappte zusammen. Die weiße Zauberin, nach welcher der Drache gerufen hatte, löste sich aus dem Kreis und schritt in die Kugel. Daraufhin verfärbte sich die Oberfläche der Kugel schwarz und hörte auf, sich zu bewegen.

11 Der Geist des Drachen

Elias spürte die beruhigende Gegenwart von Suris Seele. »Öffne mir deinen Geist«, sagte sie schlicht und zwang ihn, seine Erinnerungen hervorzuholen.

Plötzlich brach alles aus ihm heraus. All seine aufgestauten Gefühle und der Schmerz über den Verlust, den er die ganze Zeit allein getragen hatte, drangen nach außen. Ohne Worte flossen die Bilder vergangener Tage von seinem Geist in Suris Gedanken. Es dauerte Stunden. Danach fühlte er sich leer und schwach. Glücklicherweise hatte Suri dem enormen Ansturm von Emotionen standgehalten und außer Tränen, die ihre Wangen benetzten, war nichts von dem Wahnsinn in ihrem Gesicht zu spüren, der ihn in letzter Zeit beherrscht hatte.

»Es tut mir leid, Schatten. Es ist meine Schuld. Alya hätte nicht sterben müssen.«

Auf einmal flammte Zorn in Elias auf. Hier saß der Grund für Alyas Tod, direkt vor ihm, ungeschützt in dieser schwarzen Kugel … Niemand würde Suri hier zu Hilfe eilen können. Jedenfalls nicht sofort. Elias hielt sich mühsam im Zaum. Sein Temperament schien mit ihm durchzugehen.

»Bleib ruhig«, mahnte er sich, dann wandte er sich an Suri. »Alya hat gewollt, dass du lebst. Ihr Wille ist in Erfüllung gegangen.« Es klang bitter und kühl.

»Ich will dir nur helfen«, sagte Suri beruhigend, aber ihre Stimme zitterte leicht. Seine abweisenden Worte fügten der scheinbar unerschütterlichen Selbstsicherheit der Zauberin nun doch vereinzelte Risse zu.

»Dann befreie mich von dem Leid! Lass mich zu meinen Brüdern und Schwestern gehen!«

Suri ließ betrübt den Kopf hängen. »Das kann ich nicht, und selbst wenn ich es könnte, würde ich es nicht tun. Du hast noch eine wichtige Aufgabe in dieser Welt.«

»Und wie soll ich sie ohne Körper lösen? Etwa mit purer Willenskraft?«

Suri zögerte mit der Antwort. »Wir haben da eine Idee …«

Worsek strich sich durch den Bart. Ihm musste etwas einfallen. Allein am heutigen Tag waren zig Menschen zu ihm gekommen und hatten von ihrem Leid berichtet. Der Hunger herrschte überall. Er hatte den armen Bewohnern von Al'Arkas aber nur erwidern können, dass Karaian auf dem Weg nach Van'Valor war, um Nahrung zu besorgen. Vor ein paar Tagen war dieser mit seinem Wolfsrudel aufgebrochen und hatte Worsek die Aufsicht über Al'Arkas gegeben. Der General musste sich eingestehen, dass er erleichtert war, nicht mitreiten zu müssen. Sollte Karaian doch alleine sehen, wie er zurechtkam!

Hâl schreckte auf. Die Kugel hatte wieder ihre alte bläuliche Farbe angenommen. Auch die anderen erwachten wie nach langem Schlaf aus ihrer Starre. Das lange Warten hatte an ihren Nerven gezehrt. Attka schien immer noch bewusstlos und wurde von Suri aus der Kugel hinausgetragen. Mohâg lief sofort zu ihr und redete nervös auf sie ein.

»… Aber wir wissen doch gar nicht, ob das funktioniert! Wie konntest du ihm einfach davon erzählen?«

Suri blieb gelassen und ließ den aufgebrachten Redeschwall über sich ergehen.

»Es wird sich alles so fügen, wie das Schicksal es vorherbestimmt hat.« Mit diesen Worten schritt sie mit Attka in den Armen an allen vorbei und verließ die Halle.

Auf Mohâgs Stirn zeigte sich eine tiefe Sorgenfalte. Schließlich hielt Hâl es nicht länger aus.

»Was ist los? Um was geht es hier eigentlich?«

Mohâgs Stimme klang trocken. »Der Drache wird wieder fliegen.«

Elias rief sich immer wieder Suris Worte ins Gedächtnis: »Da du deinen menschlichen Körper verlassen hast, könnten wir dir für kurze Zeit deinen Drachenkörper zurückgeben.« Allein der Gedanke beflügelte ihn, denn er vermisste die Freiheit des Fliegens mehr, als er sich eingestehen wollte. Und in seiner Drachengestalt wäre er noch stärker als zuvor. Vielleicht gab es ja doch noch Hoffnung auf einen Sieg …

Martin verfolgte gespannt, wie die restlichen vier Zauberer, zu denen sich auch Mohâg gesellte, zusammenliefen und anfingen, wild zu diskutieren. Leider sprachen sie auf Elbisch miteinander, sodass Martin keines ihrer Worte verstehen konnte. In der Erwartung, Mia neben sich stehen zu sehen, drehte er sich um, da er sich erhoffte, von ihr vielleicht etwas mehr über das Geschehen zu erfahren, doch der Platz neben ihm war leer. Wo war sie hin? Unruhig schaute er sich um. Sein suchender Blick blieb schließlich an der Kugel hängen.

Mia stand direkt davor. Ungeachtet der ganzen Aufregung, starrte sie durch die bläuliche Oberfläche und schien darin nach etwas zu suchen.

Mia wollte jetzt endlich mit Elias reden. Unbemerkt war sie an den weißen Elben vorbeigeschlichen und stand nun nur noch wenige Zentimeter von der durchscheinenden Kugel entfernt.

»Elias?«

Ein warmer Lichtstrahl löste sich und berührte sie sanft an der Wange.

»Mia.« Elias' Stimme war im Vergleich zu vorher nur ein Hauch, doch Mia spürte sofort, dass sämtliche Blicke in der Halle auf sie gerichtet waren. Elias verstand sie ohne Worte und richtete sich erneut an alle Anwesenden.

»Ich bitte euch, den Raum für kurze Zeit zu verlassen. Jemand, der mir sehr wichtig ist, hat mir etwas zu sagen.«

Die Zauberer schienen wenig erfreut über Elias' Worte, doch sie befolgten sie ohne zu zögern. Auch Martin und Hâl gingen hinter den Elben durch das Tor nach draußen. Als Mia schließlich allein mit Elias' Geist war, schien es, als würde eine unsichtbare Kraft sie dazu auffordern, die schimmernde Kugel zu betreten.

»Hab keine Angst.«

Mia schloss zitternd die Augen und durchschritt die Oberfläche. Plötzlich umfing sie ein Gefühl von unendlicher Geborgenheit. Zärtlich umtanzten die bläulichen Schlieren ihren Körper und sie fühlte sich Elias so nah wie nie zuvor. Überrascht sah sie auf. Im Zentrum der Kugel leuchtete ein helles orangenes Licht. Mächtig und uralt strahlte es an die Außenwände der Kugel und schien alles zu durchdringen.

»Was haben die Zauberer mit dir vor?« Mia legte all ihre Sorge und ihre Zweifel in die Worte.

Eine Pause entstand. »Sie wollen mir meinen einstigen Drachenkörper zurückgeben, damit ich die Prophezeiung erfüllen kann.«

Mia erschrak. »Aber …«

Elias beruhigte sie. »Ich werde nicht lange die Gestalt eines Drachen haben.«

Mia konnte ein erleichtertes Aufatmen nicht zurückhalten.

∾

In den nächsten Tagen bereiteten die Zauberer alles für die Stunde vor, in der der Drache seinen Körper zurückerhalten sollte. Ein beinahe hektisches Treiben entstand, und Martin war froh, dass er die Aufgabe bekommen hatte, oben in Mirrdril den Eingang zu den Tunneln für den Drachen zu vergrößern. Das Sonnenlicht wiederzusehen war eine echte Wohltat und zu Martins Freude packten selbst die Mönche mit an, die riesigen Steine zur Seite zu schaffen. Hâl war unterdessen losgeritten, um Neuigkeiten über die Pläne des dunklen Herrschers zu erfahren. Es war Mittag und Simon trat an Martin heran. Der wilde Anführer war schnell zu einem guten Freund für ihn geworden.

»Ich finde, wir sollten heimlich Botschaften in den Norden senden, damit die Rebellen informiert sind und sich rüsten können. Die Erfüllung der Prophezeiung steht kurz bevor, nicht wahr?«

Martins Blick schweifte in die Ferne, zu dem Punkt, an dem sich Van'Valor befinden musste. »Ja, ich fürchte, es ist bald so weit.«

∾

Hâl war drei Tage lang geritten, ohne auch nur eine Rast zu machen. Dank seiner Kraft spendenden Magie hatte sein Pferd die Strapazen überstanden, und so erreichten sie Al'Arkas einen ganzen Tag früher als geplant. Es war tiefe Nacht und nichts rührte sich, außer den müden Wachtposten an den Eingangstoren. Durch einen einfachen Täuschungszauber gelangte Hâl unbehelligt in die Stadt und wenig später stand er vor dem Palast. Die Präsenz Karaians war nicht zu spüren. Wo war der Monarch? Vorsichtig schlich Hâl in das riesige Gebäude. Er musste jemanden finden, der dem dunklen Herrscher nahe stand und der Genaueres über dessen Pläne wusste. Abrupt hielt Hâl inne. Hinter einer verschlossenen Tür drangen leise Stimmen zu ihm hindurch.

»... Lass uns nicht länger zögern, Worsek. Karaians Macht ist verraucht. Er macht sich ja schon beim Anblick dieses Drachenjungen in die Hose.«

Ein Stuhl schabte über den Boden, als wäre jemand hastig aufgestanden.

»Weißt du, dass ich dich allein für diese Worte töten lassen könnte, du untreuer Hund?« Die Stimme klang gereizt.

»Aber General ...«

»Genug jetzt, Edrik! Hör auf, ehe ich mich vergesse!«

Wieder stand jemand auf und sich entfernende Schritte waren zu vernehmen. Hâl versteckte sich hinter einem Wandvorhang. Doch kurz vor der Tür verstummte das Geräusch der Füße.

»Möge Eure Waffe immer scharf sein, General.«

»Und Eure niemals stumpf.«

Als der Abschiedsgruß gesprochen war, wurde die Tür ruckartig geöffnet und ein sichtbar aufgebrachter Mann verließ mit wehendem Umhang den Raum. Dem Aussehen nach zu urteilen schätzte Hâl, dass es sich wohl um einen höheren Offizier handeln musste. Bevor die Tür zufallen konnte, löste sich der Magier von der Wand und schlüpfte durch den Spalt hindurch. In der Mitte des kleinen Raumes befand sich ein klobiger Holztisch, auf dem eine Kerze brannte. Am Tisch standen zwei Stühle und auf einem davon saß ein zusammengesunkener Mann, der mit der einen Hand seinen Kopf abstützte und sich mit der anderen unablässig durch den Bart fuhr. Das musste der General sein.

∾

Elias sehnte den Tag herbei, an dem er sich in die Lüfte erheben und seine Aufgabe zum Wohle aller erfüllen würde. Dann wäre er endlich frei. Frei, um mit Mia ein geborgenes, selbstbestimmtes Leben abseits der Konflikte der Menschen und Elben zu führen. Vielleicht würden sie eine kleine Hütte im Wald bauen und außer den nahen Freunden würde niemand wissen, wo sie sich befanden. Martin, Ben, Jéodin, Asef, Attka und Hâl wären die ersten, denen er ihren geheimen Standort verraten würde. Tief in schwärmerische Zukunftsträume versunken, registrierte Elias zuerst nicht, dass Mia die Halle betreten hatte. Sie war in den letzten Tagen eine häufige Besucherin geworden. Er spürte, wie ihre Sorge um ihn jedes Mal wuchs. Von Mohâg wusste er, dass es ein großes Wagnis war, ihm seinen Drachenkörper zurückzugeben, weil die Zauberer dergleichen noch nie versucht hatten. Elias schreckte das aber nicht ab. Er wollte es versuchen.

∾

Mia schritt weiter auf die Kugel zu. Elias' Geist so nah sein zu können, war für sie, nachdem sie so lange geglaubt hatte, dass er tot war, ein wahres Geschenk. Am Liebsten wäre sie die ganze Zeit bei ihm in der Halle geblieben, aber das hatten die Zauberer nicht erlaubt. Schließlich war dieser Ort für die Elben etwas ganz Besonderes, und zudem hatte Mia bemerkt, wie die weißen Zauberer über die Vertrautheit zwischen ihr und dem Drachen die Stirn runzelten. Nur Suri ließ sich nichts davon anmerken. Sie schien die Liebe zwischen Mia und Elias zu begreifen. Die Zauberin und Mia hatten sich gemeinsam um Attka gekümmert, der auch noch Tage nach der Trennung von der Seele des Drachen verwirrt und schwach war. Dabei hatten sie sich näher kennen gelernt. Mia hatte vom Menschsein und von der Welt oberhalb der Höhle erzählt, während Suri ihre Lebensgeschichte geschildert hatte. Leider war ihr nicht viel über Elias', … *Schattens*, Vergangenheit zu entlocken gewesen.

Mia hatte die Kugel erreicht. Kurz hielt sie inne, dann trat sie unerschrocken in die schimmernde Substanz und wurde sogleich von dem liebevollen Geist des Drachen begrüßt.

»Mia, wie lange brauchen Mohâg und die anderen noch? Der monotone Anblick dieser Halle lässt mich langsam vor Langeweile zergehen.«

»Hab noch ein bisschen Geduld, Elias. Ich denke, in ungefähr vier Tagen sind sie fertig.«

»Noch vier Tage?! Bitte sag, dass das nicht wahr ist.«

Mia lachte kurz auf. »Elias, du hast Jahrhunderte ohne deinen Drachenkörper gelebt. Jetzt wirst du es doch wohl auch noch diese mickrigen vier Tage aushalten, oder?«

Hâl hatte den General kurzerhand mit einem Betäubungszauber belegt und ihm durch seine Magie die Ereignisse der letzten Wochen entlockt. Das alles hatte viel Zeit gekostet. Nun war es bereits heller Tag und Hâl befand sich immer noch im Palast.

Der General war morgens aufgewacht und hatte irgendwie von Hâls Anwesenheit Wind bekommen. Seitdem suchten die Soldaten das gesamte Gebäude nach dem Magier ab. Wie hatte das nur passieren können? Hatte er den falschen Zauber benutzt? Nein. Das konnte nicht sein. Wie auch immer, er musste schleunigst hier raus. Er hatte wichtige Informationen. Nach ein paar Stunden mit vielen verschiedenen Zauberformeln gelang es Hâl endlich, den Palast hinter sich zu lassen. Müde versteckte er sich in einer Hausspalte und sank zu Boden.

»Das war knapp«, stieß er mit einem Seufzen hervor und schloss kurz die Augen. Dann hatte er auch schon einen Plan. In dem Haus zu seiner Rechten war ein Kleidungsgeschäft. Da er seine Magie erst wieder regenerieren musste, würde er eine Verkleidung brauchen. Entschlossen huschte er aus der Häuserlücke heraus und schnappte sich von der ausgestellten Ware des Ladens kurzerhand einen dunklen Mantel, wie ihn die Südländer trugen. Hastig schlüpfte Hâl hinein und warf sich die weite Kapuze über. Jetzt hieß es schauspielern. Unauffällig schlenderte er durch die Straßen und hielt nach einem Taubenzüchter Ausschau. Er wurde bald fündig und kaufte einen der mageren Vögel. Er hatte noch genug Magie, um der Taube etwas davon einhauchen zu können. Schnell waren ein paar Zeilen geschrieben und schon war der verzauberte Vogel auf direktem Weg nach Mirrdril.

Hâl atmete auf. »Geschafft.« Aufmerksam verfolgte er mit den Augen, wie die Taube am Horizont verschwand.

Nach dem Gespräch mit Simon und dem Brief von Hâl hatte kribbelnde Unruhe von Martin Besitz ergriffen. Er musste einfach wissen, was in Van'Valor vor sich ging. Schließlich hatte er nicht vor, seine Heimat ein zweites Mal im Stich zu lassen. Hâls geschriebene Zeilen klangen, als hätten sie nur noch wenig Zeit, um die Stadt vor dem vernichtenden

Schlag des dunklen Herrschers zu retten. Erneut überflog Martin den Brief:

Wer dies liest, ist ein Gegner Karaians und Anhänger des letzten Drachen. (Abwehrzauber, falls Schreiben in falsche Hände gerät.)

Karaian ist auf dem Vormarsch. Das heißt, wir müssen schnell handeln. Er wird Van'Valor ein weiteres Mal überrollen, wenn er das nicht bereits getan hat. Al'Arkas lebt in Hunger. Der dunkle Herrscher wird im Norden unbarmherzig plündern, bis kein Korn und kein Vieh mehr übrig ist.

Manche Südländer beginnen, an ihrem Herrscher zu zweifeln, das wird uns sicher von Nutzen sein.

»Elias! Wir müssen uns beeilen! Kannst du die Zauberer nicht dazu bringen, sich etwas mehr ins Zeug zu legen?«

Martin klang gereizt. Elias konnte seinen Freund gut verstehen. Ihm ging es im Moment auch nicht viel anders.

»Wenn nicht bald etwas geschieht, ist Van'Valor für immer verloren!«, eindringlich hallten Martins Worte von den Wänden der großen Halle wider.

Elias überlegte, was sie tun sollten. »Reite du mit allen, die sich dir anschließen wollen, vor und nehmt all eure Rüstungen und Waffen mit. Ich werde, so schnell ich kann, nachkommen.«

Über Martins Gesicht huschte ein Lächeln. »Dann werden wir es den Südländern endlich heimzahlen.«

Mit diesen Worten wandte sich der junge Krieger von der bläulichen Kugel ab und verließ die Halle. Elias blieb traurig zurück. Zerstörung und Tod erwarteten ihn.

12 Die Prophezeiung

Als Jéodin die langen Flure des Elbenpalastes entlangschritt, war er sich jedes einzelnen Meters bewusst, den er dem Raum näherkam. Dem Raum, in welchem Inébis tagein, tagaus über Bücher gebeugt die Vergangenheit, die Gegenwart, vor allem aber die Zukunft studierte. Die prophetischen Texte hütete der alte Elb wie seinen Augapfel. Niemand sonst durfte sie ungebeten sehen. Die Interpretation der Weissagungen war eine Kunst, die man erst erlernen musste. Wenn man unwissend eine Prophezeiung deutete, konnte das schlimme Folgen haben. Doch nun war der Tag gekommen, an dem der Naramund seinen Nachfolger bestimmen würde, und zwar niemand anderen als ihn, Jéodin. Wenn Inébis ihn in seine vielen Bücher schauen ließ, gäbe es kein Zurück mehr. Dann wüsste Jéodin mit unumstößlicher Gewissheit, dass Inébis ihn erwählt hätte. Jéodin sah seiner zukünftigen Aufgabe mit gemischten Gefühlen entgegen: Einerseits war er stolz, dass Inébis ihn ausgesucht hatte, aber andererseits fühlte er sich noch nicht bereit, in die großen Fußstapfen seines Meisters zu treten, und wollte einfach nicht glauben, dass Inébis bald die Welt der Lebenden verlassen würde.

Wie konnte er das akzeptieren? Jéodin hatte den Naramund für unzerstörbar, ja, beinahe unsterblich gehalten, und jetzt sollte er einfach so aus dem Leben scheiden? Jetzt, nachdem er vor wenigen Tagen die Zukunft des letzten Drachen gerettet hatte? Inébis schien jedoch eher bedrückt als erfreut darüber. Hatte der Naramund etwa noch mehr von der Zukunft erfahren, als seine niedergeschriebenen Weissagungen preisgaben? Hatte er seinem

Schüler etwas verheimlicht? Jéodin beschloss, ihn an diesem Tag danach zu fragen. Schließlich würde er sonst vielleicht die einzige Gelegenheit dazu verpassen. Sein Meister könnte, wenn man dessen nun bereits schwach wirkende und lebensmüde Erscheinung sah, schon morgen tot sein. Jéodin spürte, wie sich sein sonst regloses Gesicht kurz dazu hinreißen ließ, Trauer zu zeigen. Sofort konzentrierte sich der Elb, seine Emotionen wieder in den Griff zu bekommen, und seine von Gram verzerrten Züge glätteten sich augenblicklich. Unauffällig blickte er sich um. Keiner der wenigen vorbeischreitenden Elben hatte seine kurze Entgleisung mitbekommen. Gut. Niemand sollte denken, dass er schwach wäre. Das durfte sich Jéodin als Nachfolger des Naramunds nicht erlauben. Er wollte sich, so gut es nur ging, dieses verantwortungsvollen Postens würdig erweisen.

Jéodin war vor der Tür zu Inébis' Gemach angekommen und klopfte an.

»Komm herein, mein Junge«, sagte der alten Naramund mit seiner immer jungen Stimme. Jéodin tat, wie ihm geheißen.

»Was kann ich heute für Euch tun, Herr?« Jéodin vollführte eine ehrfurchtsvolle Verbeugung, indem er die Arme anlegte und mit gesenktem Kopf den Oberkörper kurz nach vorn neigte.

»Schon gut, schon gut …« Inébis hob die Hand, um Jéodin zu bekunden, dass der Ehrerweisungen Genüge getan war. Der Elb saß an seinem breiten Holztisch und hatte ein Buch vor sich aufgeschlagen, welches er nun zuklappte. Es war das Buch der Prophezeiungen, die er selbst verfasst hatte.

Inébis stand auf, ging langsam zu dem einzigen Fenster des Raumes und sah auf Tymas hinab. Jéodin blieb zunächst unschlüssig am Eingang des Zimmers stehen, folgte dem Naramund jedoch nach einem auffordernden Wink zum Fenster. Minimale Anzeichen in den Gesichtszügen des alten Elben ließen Jéodin darauf schließen, dass der Naramund schweren Gedanken nachhing. Man musste einen Elb nur lange genug kennen, um trotz dessen beherrschter Miene seine Emotionen zu erraten.

»Ich möchte dir heute eine Weisheit anvertrauen: Zu wissen, was kommen mag, ist ein Segen und ein Fluch. Du kannst nie ganz genau über alle Teile des großen Ganzen im Bilde sein. Wenn sich nur ein einziges Element verändert, kann das die gesamte Zukunft beeinflussen. Deshalb, mein Junge, werde ich dir auf deine Frage nicht antworten, die dir schon seit Tagen auf der Zunge liegt. Manchmal ist es besser, nicht zu viel über die Zukunft zu wissen. Das Schicksal wählt für jeden von uns einen Pfad, den wir nur bedingt verlassen können. Warum sollten wir uns also diesem Wissen über die Vorbestimmtheit unseres Seins aussetzen, wenn wir unser Leben auch so leben könnten, als wäre es nicht vom Schicksal vorgezeichnet? Nur damit wir feststellen, dass wir auf irgendwelchen Umwegen immer wieder auf den gleichen Pfad zurückgeführt werden? Nein. Das möchte ich dir ersparen. Doch eines möchte ich dir sagen: Beschütze den Feuerprinzen! Für ihn liegen zwei Pfade offen. Er ist eines der Elemente, deren Wirkung die Zukunft beeinflusst.«

Jéodin konnte nur stumm nicken.

Inébis wies auf die Bücher, die Prophezeiungen aus vielen Jahrhunderten enthielten. »Ich möchte, dass du diese Bücher liest und dir Gedanken darüber machst, was für dich wichtige Prophezeiungen sind und welche dir weniger wichtig erscheinen. Danach möchte ich deine Begründungen hören.«

Wieder nickte Jéodin, verbeugte sich erneut, als Inébis den Raum verließ, und wandte sich langsam den Büchern zu. Nun war er erwählt worden. Es würde für den zukünftigen Naramund zwar auch noch eine Zeremonie im Thronsaal geben, aber das war reine Formsache. Die Entscheidung war gefallen. Bevor er sich an die Arbeit machte, die vielen Prophezeiungen zu studieren, fiel Jéodin auf, dass sein Lehrmeister das Buch mit den eigenen Weissagungen zurück in die verschlossene Truhe unter dem Tisch gelegt haben musste, ehe er aus dem Raum gegangen war. Jéodin war neugierig, wagte es aber nicht, die Entscheidung des Naramunds in Frage zu stellen. Manches Wissen blieb besser verborgen. Das hatte er soeben gelernt.

Der alte Naramund hatte seine Furcht nicht ganz verbergen können. Was konnte einen der mächtigsten Elben in derartige Unruhe versetzen?

Jéodin war sich immer noch nicht sicher, ob Elias dabei war, den richtigen Pfad einzuschlagen – den Pfad in eine bessere Zukunft. Doch er setzte große Hoffnung in den Feuerprinzen. Der Drache war trotz aller Strapazen schon weit gekommen, das konnte Jéodin erkennen, auch ohne dass er jemals eine Antwort von Inébis erhalten hatte. Denn auch wenn Elias durch die Prophezeiung in eine bestimmte Richtung gelenkt worden war, so waren es doch eine Vielzahl seiner eigenen Entscheidungen gewesen, die ihn bis an diesen Punkt geführt hatten. Entscheidungen darüber, was er alles zu tun bereit war, um für dieses Ziel zu kämpfen. Was Elias dafür schon riskiert und geopfert hatte, führte ihn auf die Erfüllung seines Schicksals zu. Die Frage war nur, ob er auch tatsächlich bereit wäre, all dies auf sich zu nehmen, nur um am Ende womöglich mit seinem Leben zu bezahlen. Jéodin meinte nun ein wenig besser zu verstehen, was sein Lehrmeister damals gemeint hatte: Wie viel bist du bereit zu geben, wenn du das Ende schon kennst? Aber diese Frage machte Jéodin auch Angst, denn bedeutete sie nicht, dass Inébis den Ausgang der Geschichte schon vorausgesehen und dieses Wissen bewusst für sich behalten hatte? Hatte er befürchtet, dass niemand mehr genug Mut aufbringen würde, um die Prophezeiung zu erfüllen, wenn das schreckliche Ende erst einmal offenbart war? Jéodin hoffte sehr, dass er mit seiner Vermutung falsch lag und der Grund für Inébis' Schweigen ein anderer war. Ob Unwissenheit in diesem Fall ein Segen oder ein Fluch war, würde sich noch erweisen …

13 Wiedergeburt

Der Tag war gekommen. Mia lief unruhig auf und ab und beobachtete aus sicherer Entfernung, wie sich die Zauberer erneut um den Geist des Drachen aufstellten. Martin war vor zwei Tagen aufgebrochen und hatte all seine Leute mitgenommen. Nur sie und die Mönche waren geblieben. Allein unter diesen seltsamen weißen Wesen. Plötzlich wurde Mia ruhig und ließ sich an der Innenseite des großen geschlossenen Eingangstores herabsinken. Dieser Ort schien ihr am geeignetsten, um das Geschehen zu beobachten: weit genug entfernt und mit einer schnellen Fluchtmöglichkeit, wenn etwas schieflaufen sollte. Eine beinah gespenstische Stille hatte sich über die Halle gelegt. Das Ritual hatte begonnen.

»*Érin és annésû, Érin és vernésû. Sjen'Avalas fér a el'Etân.* Welt ist gekommen, Welt ist gegangen. Sjen'Avalas leuchte in der Dunkelheit.«

Der Stimmenchor der Zauberer ließ Mia einen eisigen Schauer den Rücken hinablaufen. Etwas veränderte sich … Helle Blitze durchzuckten die Kugel. Die Oberfläche verfärbte sich und sah nach Sekunden aus wie ein riesiger Feuerball. Mohâg stand ganz dicht davor und streckte die Arme aus.

»Möge sich dein Geist mit dem Staub deines Körpers verbinden. Mögen sie Fleisch und Blut erschaffen. Möge dein Drachenherz so kraftvoll schlagen wie vom ersten Moment deiner Geburt an.«

Mohâgs Stimme brach ab und das Leuchten im Zentrum der Halle verblasste. Es wurde stockdunkel. Mia presste die Lippen zusammen. Hoffentlich hatte es geklappt. Hoffentlich ging es Elias gut. Erschrocken zuckte sie zusammen. Ein helles Feuer war aufgeflammt.

∾

Elias sah alles ganz genau. Die Dunkelheit machte ihm gar nichts aus. Erhaben blickte er auf diese kleinen Wesen unter sich herab. In ihren Augen lag zwar keine Angst, doch Elias konnte sie ganz genau spüren. Dann entdeckte er Mia. Ihr Gesicht war blass, fast so weiß wie die Gesichter der Zauberer. Er durfte sie nicht länger warten lassen. Entschlossen stieß er eine Stichflamme aus. Als sei es verabredet, sprangen alle Zauberer einen Schritt zurück. Mohâg ließ geistesgegenwärtig alle erloschenen Lichter wieder angehen und wie zuvor füllte ein sanftes türkises Licht die Halle. Mia löste sich von dem Tor und schritt langsam auf die Mitte der Halle zu. Elias folgte aufmerksam jeder ihrer Bewegungen.

»Elias?«

Elias senkte den großen Reptilienkopf. »Ja. Ich bin es.«

Vorsichtig streckte Mia die Hand aus und berührte sanft seine schwarz geschuppte Schnauze.

»Breite die Flügel aus und flieg«, flüsterte sie und schmiegte kurz ihren Kopf an seinen breiten Echsenhals.

∾

Mia sah gebannt zu, wie Elias seine Flügel spannte und langsam anfing, sie auf und ab zu bewegen. Die Luftstöße, die diese Bewegung verursachte, wirbelten ihre Haare durcheinander und drückten ihr das Kleid auf den Leib. Die großen Klauen des Drachen hoben sich elegant vom Boden und Elias flog eine knappe Runde in der hohen Kuppel. Dann sank er wieder zu Boden und landete im Zentrum der Halle.

»Es ist wundervoll!« Elias' Begeisterung war deutlich herauszuhören.

Mia fand erst nach ein paar Minuten den Mut, Elias in seinem Enthusiasmus zu stoppen. »Martin hat wieder eine Nachricht gesendet. Es sieht nicht gut aus …«

Martin wischte sich den Schweiß von der Stirn. Versteckt im Wald nahe der Stadt, waren sie schon seit Tagen dabei, die Geschehnisse in Van'Valor im Auge zu behalten und währenddessen noch einige Waffen aus dem widerstandsfähigen Holz zu bauen, das sie hier zur Genüge fanden. Pfeile, Speere, Schilde … Karaian musste schon seit Tagen in der Stadt sein Unwesen treiben. Rauch stieg von den Zinnen auf und oft waren Hilferufe und Geschrei zu hören. Martin und Simon hatten sich zu Anführern ihrer Truppe erklärt und die Männer angewiesen, abwechselnd in kleinen Gruppen nach Flüchtlingen zu suchen, damit diese sich dem Widerstand gegen Karaian anschließen und Martin und die anderen mit frischen Informationen versorgen konnten. Martin sah sich um. Lange würde sich ihre kleine Armee nicht mehr verstecken lassen, denn Tag für Tag strömten neue Männer ins Lager, die mit ihnen kämpfen wollten. In diesem Moment trat Simon zu ihm. »Martin, *Frischfleisch.*«

Simon grinste schief und wies auf ein paar klägliche Gestalten, die am Rande des Lagers herumstanden. *Frischfleisch*, so nannte Simon die Neuankömmlinge. Martin ließ nicht länger auf sich warten und folgte Simon. Als er näher kam, erkannte er, dass die neuen Rekruten fast noch Kinder waren. Nein, sie *waren* noch Kinder. Ein rotblonder Junge mit abgehärteten Gesichtszügen löste sich aus der kleinen Gruppe und trat entschlossen vor.

»Seid ihr die Heerführer?« Martin und Simon warfen sich einen kurzen Blick zu und nickten dann.

»Mein Name ist Samuel. Das sind Nathan, Ina und Josef.« Mit der Hand wies er auf die genannten Personen und fuhr dann fort. »Wir haben uns schon von Anfang an gegen Karaian verteidigt, doch jetzt wissen wir nicht mehr weiter. Man kann in der Stadt fast niemandem mehr trauen. Auf den Kopf von Rebellen sind Preise ausgesetzt. Manchen Bewohnern ist Geld wichtiger als Freiheit. Als wir dann erfuhren, dass ihr hier seid, konnten wir uns durch ein unterirdisches Tunnelsystem zu euch schleichen.«

Martin wollte seinen Augen nicht trauen. »Seid ihr es wirklich?« Anstatt jedoch eine Antwort abzuwarten, ging er auf Samuel zu und schloss ihn mit Tränen in den Augen in die Arme.

»Hey!« Samuel versuchte, Martins Umarmung abzuwehren. Doch dann schien ihn ein Geistesblitz zu treffen. »Martin? Der, der einen Südländer mit einem Getreidesack umgehauen hat?«

Martin lachte. »Ja. Genau der.«

Samuel schaute sich suchend um. »Wo ist Isaac?«

Martins Lächeln erlosch. Schuldbewusst senkte er den Kopf. »Es … es tut mir leid, aber …«

Samuel schluckte. »Er ist tot«, stellte er fest und es sah kurz so aus, als würde der Junge zusammenbrechen, doch dann straffte er sich und sagte mit ernster Miene. »Wir wollen mit euch in die Schlacht ziehen und wir *werden* es! Mit oder ohne eure Erlaubnis.«

∾

Nachdem Mia Elias die Lage ausführlich geschildert hatte, sah sie den Drachen eindringlich und gleichzeitig verzweifelt an. Ihre grünen Augen glitzerten verräterisch.

»Du musst die letzte Schlacht anführen, Elias. Es gibt für dich keinen anderen Weg.«

Mias Stimme drohte, sich zu überschlagen. Endlich hatte sie Elias wiedergefunden, doch nur um ihn gleich wieder zu verlieren – vielleicht für immer. Elias schnaubte unwillig.

»Aber die ganzen Menschen. Es wird so viele Tote geben. So viele, die es verdient hätten, zu leben. So viele Kinder, Mütter, Unschuldige …«

Mia verstand ihn genau, aber was konnten sie tun? Martin und die anderen im Stich lassen? Wohl kaum.

Elias war sich schon seit langem klar darüber, dass er nach Van'Valor gehen musste. Es war seine Bestimmung und er war es den Menschen und Elben schuldig. Viele der Zauberer hatten ihn bereits besucht, um ihm Erfolg und Glück für die kommende Schlacht zu wünschen. Elias würde es nicht über sich bringen, sie zu enttäuschen. Von diesen schweren Gedanken geplagt, wandte er sich betrübt von Mia ab. Das Schlimmste war, dass Mia sich nicht davon abhalten lassen würde, mit ihm in den Kampf zu ziehen.

»Elias … Nimm mich mit. Ich kann dich nicht einfach alleine gehen lassen.«

Elias sträubte sich. »Nein.«

Er musste wenigstens versuchen, sie davon abzubringen. Mias Blick verriet ihm jedoch, dass ihr Entschluss feststand.

»Du *musst* mich mitnehmen!«

Elias knurrte leise, doch er sagte nichts mehr. Es hatte sowieso keinen Zweck.

Hâl war aus der Stadt immer noch nicht herausgekommen. Er hatte es sich zur Aufgabe gemacht, weitere Briefe zu Martin zu schicken, doch oft würde er das nicht mehr können. Die Tauben fielen zu sehr auf. Mittlerweile hatte der Magier sich fast häuslich in einem verlassenen Keller eingerichtet, in dem er sich tagsüber verstecken und schlafen konnte. Gerade hatte er versucht, ein bisschen zu dösen, und öffnete nun träge die Augen, nur um sie sogleich wieder zu schließen, denn die Mittagssonne schien durch das winzige Fenster direkt in sein Gesicht. Nur leider halfen die geschlossenen Augenlider nicht gegen das grelle Licht des Tages.

»Verflucht! Ich will doch nur ein bisschen schlafen.«

Seufzend drehte Hâl sich auf der großen Holztruhe um und zog sich die von Motten zerfressene Decke über den Kopf. Hoffentlich würde er bald aus dieser misslichen Lage herauskommen.

»Elias, wo steckst du nur?«

Simon beobachtete aufmerksam, wie der rotblonde Junge einen gekonnten Ausfallschritt tat und seinem Gegner das Holzschwert ans Kinn hielt.

»Du bist tot, Martin«, stellte Samuel mit einem siegessicheren Lächeln fest.

»Noch nicht«, erwiderte dieser, duckte sich mit einer raschen Bewegung unter dem Schwert weg und drehte sich einmal um die eigene Achse. Dabei wirbelte er seine Waffe herum und im nächsten Moment war es Samuel, dem das stumpfe Holz an der Brust saß. Die zwei Kämpfer ließen die Holzwaffen sinken und setzten sich auf den Boden.

»War doch nicht schlecht für den Anfang.« Martin schubste den Jungen freundschaftlich an.

»Nicht schlecht? Ich hätte dich besiegt, hätte ich ein echtes Schwert gehabt.« Samuel klang ehrlich entrüstet.

»*Hätte* ich so gekämpft wie gegen einen wahren Gegner, dann *hätte* ich sicher keine fünf Minuten gebraucht, um dich niederzustrecken.« Martins Stimme klang ernst und Samuel blieb stumm. Wie die zwei da so beisammen saßen, kamen sie Simon fast wie Brüder vor. Vielleicht hatte Martin wegen Isaacs Tod das Gefühl, etwas gutmachen zu müssen.

∾

Nachdem sich Elias von den Bewohnern Nôrrindrils verabschiedet hatte, war er aufgebrochen. Mia saß mit dem Proviant, den die Elben ihnen mitgegeben hatten, auf seinem breiten Rücken. Nachdem der Drache die Höhlen verlassen hatte, fühlte er sich so frei wie schon lange nicht mehr. Der Wind blies ihm entgegen und alles unter ihm schien winzig klein. Es war, als wäre er in einer ganz anderen Welt. Doch der Abschied von den weißen Elben legte einen Schatten über seine Freude. Wegen dem Fluch der Naturgeister konnten die Zauberer nur für kurze Zeit ans Sonnenlicht und mussten in den Höhlen zurückbleiben. Doch vielleicht würde Elias auch sie eines Tages von ihrem Bann befreien – falls er die letzte Schlacht gewinnen würde.

∾

Mia klammerte sich an Elias' geschuppten Hals und bemühte sich, nicht den Halt zu verlieren. Mit den Drunéren zu fliegen, war wesentlich angenehmer gewesen. Auf den harten glatten Schuppen gab es nur wenig Halt, doch zumindest vertrieb die Hitze, die Elias ausstrahlte, jegliche Kälte. Der Boden lag weit unter ihr. Sehr weit. Mit einem flauen Gefühl im Magen wandte Mia den Blick von den Tiefen ab und schaute geradeaus. Vor ihnen erstreckte sich der strahlende Horizont. Große golden schimmernde Wolken buhlten um das letzte Licht der untergehenden Sonne und bildeten eigenwillige Formationen am rötlichen, immer dunkler werdenden Himmel. Es war ein atemberaubender Anblick. Mia entspannte sich etwas, lockerte ihren Griff und streichelte zaghaft über die schwarzen Schuppen des Drachen. Konnte Elias die sanfte Berührung überhaupt fühlen? Es wurde langsam dunkel und Mia ließ ihren Kopf auf die harte Drachenhaut sinken. Die Wärme durchdrang ihre Glieder und machte sie schwer und müde. Schon nach wenigen Minuten schlief sie ein.

~

Martin schreckte mitten in der Nacht auf. Vor seinem Zelt hoben sich zwei dunkle Schatten vom schwachen Fackelschein ab und vertraute, geflüsterte Laute drangen durch den dünnen braunen Stoff. Elbisch! Ein breites Lächeln umspielte Martins Züge und er stand auf. Als er die Zeltwand zur Seite geschlagen hatte, unterbrachen die zwei Personen ihr Gespräch und drehten sich zu ihm um.

»Martin!« Nuyen strahlte. »Es tut wirklich gut, dich wiederzusehen.«

»Ganz meinerseits«, erwiderte Martin und drückte den jungen Halbelb freundschaftlich an sich, der die Geste etwas überrumpelt über sich ergehen ließ. Jéodin, der zweite im Bunde, stand gelassen daneben und zeigte ein fast unmerkliches Lächeln. Nachdem Martin sich von Nuyen gelöst hatte, sah er die Neuankömmlinge fragend an.

»Wie habt ihr? … Das ist unglaublich … Wer?«

Jéodin unterbrach ihn. »Die Nachricht über das Aufrüsten zur letzten Schlacht hat sich wie ein Lauffeuer verbreitet. Es hat nicht lange gedauert, bis wir davon erfahren haben.

Gleich darauf haben wir uns auf den Weg gemacht. Wir mussten nur ein paar Leute nach der Richtung fragen, um hierher zu finden.«

Nuyen wies auf eine Stelle hinter sich. »Wir haben auch noch etwas mitgebracht.«

Martin kniff die Augen zusammen und hielt überrascht die Luft an. Am Rande des Lagers glommen kleine Lichter in den Bäumen und erhellten unzählige schmale Gesichter mit spitzen Ohren. Dann glitt Martins Blick zum Boden, auf dem sich zwischen den alten Bäumen Rüstungen im silbrigen Schein des Mondes spiegelten. Elben und Meledaín hatten sich aufgemacht, um den Menschen in ihrer verzweifelten Lage zur Seite zu stehen.

»Ich … ich weiß nicht, was ich sagen soll.«

»Wie wäre es mit *Danke?*«, witzelte eine fröhliche Stimme aus der Dunkelheit, und da erkannte Martin Ben, der ihm mit Asef an der Hand entgegenschritt. Jéodin schüttelte den Kopf.

»Nein. Ihr müsst euch nicht bedanken. Schließlich ist der Grund eures Leids ein Elb, ein Wesen aus unseren Reihen.«

»Ja, und außerdem ist das hier ebenso unsere Schlacht wie die eure«, fügte Nuyen entschlossen hinzu und seine Gesichtszüge verhärteten sich.

Die Landschaften glitten rasend unter ihm hinweg wie Farben, die ineinander verliefen. Es konnte nicht mehr lange dauern, bis Elias und Mia Van'Valor erreichen würden. Verträumt ließ Elias den Blick schweifen und lauschte dem gleichmäßigen Auf und Ab seiner mächtigen Schwingen, die die Luft mit einem scharfen Zischen durchschnitten. Plötzlich irrte sein Blick zu Boden und ein heftiges Verlangen erfasste von ihm Besitz. Dort auf der Ebene graste eine Gruppe von Rehen. Ohne nachzudenken, stieß Elias hinab und streckte die Klauen aus. Er hörte noch einen entsetzten Schrei, doch sein Jagdinstinkt war stärker. Schon erreichte er den Boden und rammte seine Pranken in das frische Fleisch. Das Reh war sofort tot. Genüsslich biss Elias zu und sein riesiger Kiefer zermalmte ohne Probleme die Knochen seines Opfers. Doch mitten in der Bewegung hielt er verdutzt inne und drehte den Kopf. Der Platz auf seinem Rücken war leer! Erschrocken, als wäre er gerade aus einem Traum erwacht, ließ er das tote Reh los und sah sich irritiert um.

»Mia?!«

Nichts rührte sich.

»Verdammt!«

Besorgt schwang er sich in die Luft und flog wenige Meter über dem Boden Kreise. Da war sie! Mia saß auf einem Stein und machte zum Glück den Eindruck, als wäre sie unverletzt. Elias atmete erleichtert auf und landete neben ihr. Sofort sprang Mia mit geballten Fäusten auf und sah ihn aus tränenverschmierten Augen an. »Du Idiot! Du … Was um Himmelswillen sollte das?«

Schuldbewusst senkte Elias den Kopf. »Ich … ich wollte nicht, dass … Es tut mir leid.«

»Du kannst von Glück reden, dass ich erst so spät von deinem Rücken gefallen bin, dass ich mich noch abrollen konnte und mir nichts weiter passiert ist. Und außerdem: Ist dir klar, dass wir wertvolle Zeit verschenken? Du bist nicht mehr lange ein Drache.«

»Das ist es ja gerade«, flüsterte Elias und versuchte, die Kontrolle über sich zu behalten. »Der Drache ist ein Teil von mir. Ich habe mich so danach gesehnt und nun ist es wahr geworden. Das eben war ein Instinkt, den ich nicht unterdrücken konnte. Ich kann nicht leugnen, dass ich das Gefühl genossen habe.«

Mia biss sich auf die Lippe. »Aber ich hätte sterben können! Du hast mir Angst gemacht.«

»Es wird nicht wieder vorkommen.«

Elias wusste, dass er das nicht mit Sicherheit sagen konnte. Wie sollte er es schaffen, gegen seinen Instinkt zu handeln? Gegen seine Natur konnte er nicht kämpfen. Die Sorge um Mia schnürte ihm fast die Kehle zu, als sie sich gemeinsam wieder in die Luft erhoben. Er hätte sie nicht mitnehmen dürfen.

14 Der Schwur

Es gab eine Menge Arbeit, die noch zu erledigen war, und Martin hatte kaum Zeit, Luft zu holen. Alle Gegner des dunklen Herrschers hatten sich versammelt und es waren viele bekannte Gesichter unter ihnen. Unter den Meledaín befanden sich Semir, Yelna und Eril und die Elben waren sogar mit dem höchsten Oberhaupt Léssal sowie dem Kronerben Léfaîn erschienen.

Martin ging schnellen Schrittes durch das Lager, als plötzlich jemand aus dem Schatten eines Baumes trat. Es war Ilién. Überrascht ließ Martin die zusammengerollten Karten, die er unter dem Arm getragen hatte, auf die Erde fallen und rannte die letzten wenigen Meter auf sie zu. Freudestrahlend umarmten sie sich und blieben, ungeachtet des regen Treibens, das sich um sie herum abspielte, lange ineinander verschlungen stehen. Martin presste sein Gesicht in die weichen goldenen Haare und atmete den süßen Blumenduft ein, der ihm so vertraut und doch, wegen der langen Trennung, so fremd geworden war.

»Oh, Ilién. Ich habe dich so vermisst.«

Er konnte spüren, wie vereinzelte Tropfen seinen Nacken hinabrannen. Ilién weinte. Aber als sie sprach, klang sie so gefasst und kühl, wie es die Art der Elben war.

»Ich habe keine Nachricht von dir erhalten. Wir dachten schon, du seist tot.«

»Auf diese Distanz hätte jede Botschaft von Karaian abgefangen werden können. Das war zu riskant. Es tut mir leid.«

»Ist schon gut«, erwiderte Ilién und löste sich von ihm. Ihre grünen Augen glänzten.

Attka hatte sich inzwischen völlig in dem unterirdischen Reich der weißen Zauberer erholt. Nur seine Gedanken flogen wirr umher, wanderten immer wieder zurück in die Vergangenheit und versuchten, die unermessliche Kraft des Drachen zu fassen, die so lange in ihm gewohnt hatte. Ohne Elias fühlte er sich seltsam leer und schaffte es nicht, sich aufzuraffen, sondern ließ sich stattdessen von dem ruhigen Leben der Bewohner Nôrrindrils treiben. Der Friede, der hier so selbstverständlich herrschte, half ihm, all das Geschehene zu verarbeiten, doch er wusste, dass er nicht ewig in der schwarzen Stadt bleiben konnte. Sein Platz war bei Elias, Martin und den anderen, die sich gerade in diesem Moment auf die alles entscheidende Schlacht vorbereiteten.

Hâl atmete tief die klare Nachtluft ein und betrat nach kurzem Zögern die unscheinbare Gaststube. Abstoßende Gerüche nach Alkohol und Schweiß stiegen ihm sofort in die Nase, die Luft hier war rauchig und stickig. Der Schankraum war klein und viele breitschultrige Südländer drängten sich an den hölzernen Tischen, die von dem regen Gebrauch schon zahlreiche Kerben und Risse aufwiesen. Als der fettleibige Wirt den Neuankömmling erblickte, rief er die anderen Anwesenden zur Ruhe und augenblicklich legte sich eine drückende Stille über die eben noch laut grölende Gesellschaft. Der Wirt behielt das Wort und brummte: »Wir haben hier wohl einen Fremden, was, Jungs? Sieht ein bisschen zu schmal und zu dunkelhäutig aus für einen Südländer.«

Vereinzelte laute Zustimmung und herablassende Bemerkungen schwollen in dem vollen Raum an und wieder war es der Wirt, der mit seiner durchdringenden Bassstimme über alle anderen hinweg sprach: »Seid ruhig! Schließlich möchten wir doch gerne erfahren, warum uns der *Herr* einen Besuch abstattet.«

Ein schiefes Grinsen, das aufgrund einiger Zahnlücken einen abschreckenden Anblick bot, zeigte sich auf dem rundlichen, von einem schwarzen Bart halb verdeckten Gesicht. Hâl ließ sich von dem höhnischen Unterton nicht beirren und schritt in die Mitte des Raumes.

»Ich bin gekommen, weil ich gehört habe, dass euch euer jetziges Leben nicht gefällt. Der Hunger plagt euch und eure Frauen und Kinder leiden. Ich könnte das ändern … *Wir* könnten das ändern.«

Van'Valor hob sich von der sonnenbeschienenen Landschaft ab wie ein spitzer grauer Dorn.

»Wir können nicht einfach dort hinfliegen. Karaian würde mich sofort entdecken und ich spüre, dass es noch zu früh ist. Der Zeitpunkt der Schlacht ist noch nicht gekommen.«

Mit diesen Worten richtete Elias den langen Hals wie einen Pfeil nach unten und ließ sich einige Meter hinabsinken. Seit dem Vorfall, bei dem er Mia beinahe verloren hätte, flog Elias viel behutsamer und achtete sorgsam darauf, seinen übermütigen Drachengeist im Zaum zu halten. Nun schwebten sie nur noch einen knappen Meter über den Baumwipfeln und suchten die Umgebung nach möglichen Feinden oder Verbündeten ab. Es war bereits später Abend, als sie schwache Lichter zwischen den Bäumen ausmachen konnten. Vorsichtig flog Elias näher.

»Hörst du schon etwas?« Mia klang unsicher.

»Dort hat sich anscheinend eine große Anzahl von Menschen versammelt.« Elias lauschte – sein Gehör war viel ausgeprägter als das von Mia. »Warte … Da sind auch … Elben?« Er meinte eine sanfte Melodie zu vernehmen. Sie war sehr leise, und doch schien sie mit ihrem bezaubernden Klang den ganzen Wald zu erfüllen. Nur Elben konnten derartige Musik hervorbringen.

»Mia, wir sind unter Freunden.« Und Elias war sich absolut sicher, dass er recht hatte.

Martin saß mit Samuel an einem der vielen Lagerfeuer, als ihn plötzlich eine Ahnung überfiel. Unruhig stand er auf und versuchte, mit seinen Augen die Schwärze abseits des Lagers zu durchdringen. Doch im Wald schien sich nichts zu regen. Samuel erhob sich ebenfalls und folgte seinem Blick.

»Was ist los?«

Martin winkte nur ab und verließ den Lichtkranz des Feuers. Er musste einfach wissen, ob er mit seiner Vermutung richtig lag. Nachdem er an einigen Zelten und Lagerfeuern vorbeigelaufen war, trat er zwischen die Bäume und ließ die Lichtung hinter sich. Nur seinem Gefühl folgend, bahnte er sich einen Weg durch das Dickicht und war schließlich an einer zweiten, kleineren Lichtung angekommen, die gespenstisch vom Vollmond beschienen wurde. Plötzlich senkte sich ein Schatten über die freie Fläche. Martin versteckte sich hastig hinter einem Busch und verfolgte – jeden Nerv zum Zerreißen gespannt –, was sich direkt vor ihm abspielte. Große Pranken kamen elegant auf dem erdigen Boden auf und riesige Schwingen falteten sich zusammen. Ein gigantischer Kopf ruhte auf einem geschwungenen Hals und schwarze Schuppen bedeckten den Körper, welche das silbrige Licht des Mondes bläulich schimmernd reflektierten.

Auf dem Rücken des Wesens saß eine junge Frau mit wehenden braunen Haaren und lederner Männerkleidung. Mia! Martin verließ die schützende Dunkelheit des Waldes und ging ins Licht.

»Martin!« Die Frau sprang ab und rannte auf ihn zu. Plötzlich sah sich Martin heute zum zweiten Mal in den Armen einer weinenden Frau und er fragte sich, ob er jetzt lachen oder ebenfalls weinen sollte.

»Mia. Ihr habt uns also gefunden. Wir haben schon sehnsüchtig auf euch gewartet.« Freundschaftlich erwiderte er ihre stürmische Umarmung und warf dann einen erneuten Blick auf das riesige Wesen, das sie seelenruhig aus seinen flammenden Augen betrachtete.

»Elias?«

Mia trat beiseite. Sie schien zu spüren, dass Martin jetzt allein mit seinem besten Freund reden wollte.

Nach einer Weile erhob Martin die Stimme. »Du bist so groß.«

Er ärgerte sich im gleichen Moment darüber, dass ihm nichts Besseres eingefallen war.

»Und du bist so klein«, erwiderte der Drache und Martin glaubte die Andeutung eines Lächelns in dem geschuppten Gesicht zu erkennen.

Mia war unglaublich froh, wieder festen Boden unter den Füßen zu haben, denn auch wenn sie den Flug genossen hatte, kam ihr die Erde, auf der sie nun stand, sicherer vor. Schließlich konnte sie von hier nicht herunterfallen. Ihr Blick glitt zu Elias und Martin hinüber, die sich allem Anschein nach viel zu berichten hatten. Mittlerweile hatte sie Elias sein Ungeschick, das ihren Absturz verursacht hatte, verziehen. Sie verstand ja, dass es schwer für ihn war, sich zu zügeln. Bewundernd wanderten ihre Augen den wendigen Drachenkörper entlang. Bald würde dieser Anblick nur noch eine Erinnerung sein.

Elias versuchte all die Neuigkeiten, die Martin ihm erzählte, in sich aufzunehmen, doch der lange Flug hatte ihn mehr ermüdet, als er gedacht hätte, und er musste Martin, der wie ein Wasserfall redete, öfters bitten, etwas zu wiederholen. »Entschuldige, wie war das mit der Truppenstärke?«

»Also, wie es aussieht, sind wir ihnen tatsächlich zahlenmäßig fast ebenbürtig. Da ich damit rechne, dass durch dein Erscheinen noch mehr Menschen zu uns stoßen werden, stehen unsere Chancen wohl ganz gut.«

»Da könntest du Recht haben. Wie kommt ihr mit der Versorgung der ganzen Leute zurecht?«

Martin begann zu erklären, dass sie mit einigen Bauern aus der Umgebung Vereinbarungen getroffen hatten und diese für ihre Gaben einen angemessenen Preis, zum Beispiel in Form von angebotenem Schutz vor Karaians Plünderern, bekamen. Elias hörte Martins Ausführungen geduldig zu. Nachdem er Elias auch einen Überblick über sonstige zentrale Punkte der Schlachtvorbereitung gegeben hatte, endete Martin.

»Gut. Wie ich sehe, hast du hier alles unter Kontrolle. Ich danke dir sehr für deinen Einsatz. Gibt es sonst noch etwas zu besprechen?« Elias unterdrückte ein Gähnen.

Martin zuckte mit den Schultern. »Ich denke, vorerst nicht.«

»Tut mir leid, aber ich bin müde von der Reise. Macht es dir etwas aus, wenn ich erst morgen ins Lager komme?«

Martin schüttelte den Kopf und verschwand, nachdem sie sich verabschiedet hatten, wieder im Dunkel der Bäume. Erschöpft rollte sich Elias auf dem Boden zusammen und registrierte noch mit halbgeöffneten Augen, dass sich Mia unter einen seiner Flügel legte und in dieser schützenden Wärme sofort einschlief.

Attka lief durch die Straßen Nôrrindrils und lauschte dem leisen Klang der Stadt. Irgendwie fühlte er sich hier zu Hause, aber er wusste nicht recht, warum. Wieso war ihm hier manches so seltsam vertraut? Plötzlich fühlte er sich beobachtet und drehte sich ruckartig um. Nichts. Verwundert ging er weiter. Das Gefühl, dass ihn jemand verfolgte, verschwand jedoch nicht. Schließlich trugen ihn seine Füße wie von selbst zu der großen Kuppelhalle, der Halle des Feuers. Seit er genesen war, lief er jeden Tag hierher. Hier war er von Elias getrennt worden. Ohne zu zögern drückte er einen der großen Torflügel zur Seite und betrat ehrfürchtig den runden Saal. Vael ael'Sjen strahlte eine Ruhe aus, die auf Attka wie heilende Medizin wirkte. Es fiel ihm hier leichter, sich zu konzentrieren. Langsam lief er in die Mitte der Halle und schloss dann die Augen. Erst als Attka das erneute Aufschwingen des Tores vernahm, öffnete er sie wieder.

»Attka?« Es war Suris Stimme. Attka hörte, wie sie sich mit leisen Schritten näherte. »Ich glaube, es ist Zeit, dir einiges zu erklären.«

Attka hatte sich nicht zu ihr umgedreht und tat dies immer noch nicht. Um die Elbin nicht ansehen zu müssen, fixierten seine Augen stattdessen die weiße Statue, die ihm gegenüber stand. Die leblosen Augen schienen ihm direkt in seine aufgewühlte Seele zu blicken.

»Nein ... Ich will nichts hören ... Ich kann nicht ...«, murmelte Attka und unterbrach den Blickkontakt zu der Statue.

Ein unglaubliches Gewicht schien auf seinen Schultern zu lasten und ihn niederzudrücken. Er wusste, dass da etwas war … Ein dunkles Geheimnis, das ihn umgab, doch er fürchtete sich davor, es zu erfahren. Auch wenn er tief in seinem Herzen bereits ahnte, was seinem Bewusstsein so lange verborgen geblieben war. Attka spürte, wie er sich innerlich anspannte und anfing zu zittern. Er würde sich nicht mehr lange beherrschen können. Dann ergriff ihn plötzlich Schwäche und er sank auf die Knie.

»Mein Vater … mein Vater … Er ist es! Ich spüre es. Er ist es.« Beschützend schlang er die Arme um seinen Körper und seine Hände krallten sich in den Stoff seines Gewandes, sodass sich die kurzen Fingernägel durch seine Kleidung schmerzhaft in seine Oberarme bohrten. Tränen rannen aus seinen Augen und ein verzweifeltes Schluchzen entwich seiner trockenen Kehle.

Elias erwachte von lautem Gemurmel, das ihn von allen Seiten zu umschließen schien. Als er seine Augen öffnete, entfuhr der Menge um ihn herum ein erschreckter Aufschrei und Vereinzelte wichen sogar zurück. Sein Gähnen kurz darauf löste jedoch fast eine Panik in den ersten Reihen aus. Die Gesichter waren ihm vorwiegend fremd. Gerade bahnte sich Martin mit Jéodin und Nuyen einen Weg durch das Gedränge. Elias spürte, dass ihm etwas über den Hals strich. Es war Mia.

»Wenn du aufstehst, fallen vielleicht noch welche in Ohnmacht«, witzelte sie im Flüsterton und lächelte ihn an.

Elias trotzte der Ankündigung und erhob sich. Die Reaktion kam einer Ohnmacht gleich. Es fiel zwar niemand um, aber es war plötzlich totenstill. Genau zum richtigen Zeitpunkt, denn Martin war mit den anderen beiden bei Elias angekommen, wandte sich um und erhob die Stimme: »Das hier ist Sjen'Avalas, der letzte Drache. Er wird uns im Kampf gegen den dunklen Herrscher zur Seite stehen.«

Nun fiel Elias auch auf, dass sich in den ersten Reihen ausschließlich Menschen befanden. Die Meledaín und die Elben blieben eher im Verborgenen außerhalb der Lichtung. Jetzt sprachen Jéodin und Nuyen zu ihnen und Martin flüsterte Elias zu: »Tut mir leid, dass du nicht länger Ruhe hattest, aber irgendwer muss mitgekriegt haben, dass du hier bist. Ich schwöre, von mir haben sie nichts erfahren.«

»Die Menschen sind alle Krieger?« Elias ließ den Blick noch einmal über die Menge schweifen.

Unter den Leuten befanden sich auch Jugendliche, die fast noch Kinder waren, und Alte, die sich schon auf Krücken stützen mussten. »Ja, das sind sie. Sie sind alle freiwillig hier. Niemand hat sie dazu gezwungen.«

Elias sah die Entschlossenheit und den Mut in den Gesichtern, aber auch das Leid und die Angst. Die große Furcht in den Blicken ließ sich leicht erklären, denn schließlich hatten die meisten noch nie einen Drachen gesehen.

»Der Drache wird euch jetzt sicherlich auch noch etwas zu sagen haben«, schloss Nuyen gerade und drehte sich zu Elias um. Etwas überrumpelt schaute Elias den Halbelb an, fasste sich aber schnell und hob mit seiner mächtigen Stimme an: »Hört mir zu, ihr Menschen, Elben und Meledaín. Hiermit schwöre ich, dass ich nicht eher ruhen werde, bis wieder Frieden und Ordnung herrschen. Darauf habt ihr mein Wort.«

Nachdem er diesen Schwur ausgesprochen hatte, breitete Elias die Flügel aus, reckte den Hals in den Himmel und spie Feuer. Er achtete jedoch darauf, dass es die Baumgrenze nicht überschritt, sonst hätte er womöglich den Standort des Lagers verraten. Bedächtig schloss er die Flügel wieder und sah auf die Armee hinab, die schon bald in die große

Schlacht ziehen würde. Die Krieger schienen noch kurz zu zögern, doch dann bahnte sich der Jubel wie ein Lauffeuer durch die Menge.

~

Martin spürte, wie sich die Stimmung im Lager nach Elias' Ankunft schlagartig besserte. Zwar wagten sich viele der menschlichen Krieger nicht nah an den Drachen heran, doch sie begrüßten die Tatsache, dass sie nun einen mächtigen Verbündeten mehr hatten, der ihnen zum Sieg verhelfen konnte. Allerdings entstand auch ein noch größerer Zeitdruck, da ihnen Mia und Elias erklärt hatten, dass Elias nicht lange in der Gestalt des Drachen bleiben konnte. Nach einigen Tagen würde Elias' Geist in seinen Menschenkörper zurückkehren. Aus diesem Grund hatte Elias vor seiner Abreise noch dafür gesorgt, dass sich die Mönche des roten Ordens mit seinem Körper auf den Weg zum Lager begaben. Denn seit sie ihn in seiner Drachengestalt erblickt hatten, schien sich ihre Einstellung ihm gegenüber grundlegend geändert zu haben. Martin dachte an die hasserfüllten Worte der Mönche, als er sie in der Nähe des Einsamen Berges das erste Mal getroffen hatte, und hoffte, dass sich Elias nicht in ihnen täuschte.

15 Goldpfeil und Silberbogen

Attka hatte sich seit dem Moment, in dem ihm alles klar geworden war, nicht mehr gerührt. Suri hatte, nachdem er ihre Hilfe weiter abgewehrt hatte, die Halle wieder verlassen und er war erneut allein. Das musste er jetzt … allein sein. Längst verlangten seine erstarrten Glieder nach Bewegung, längst lechzte sein trockener Mund nach Flüssigkeit, längst hatte sich sein Herzschlag wieder verlangsamt. Aber er konnte, nein, er *wollte* nicht aufstehen. Womit hatte er sein Schicksal nur verdient?

Die Nacht war sternenklar und Al'Arkas lag so ruhig da wie selten zuvor, doch der Schein trog. Mitten in der Stadt brodelte ein Feuerkessel, der jeden Moment explodieren konnte. Hâl wandte seinen unruhigen Blick von dem kleinen Bleiglasfenster ab und schaute stattdessen auf das angebissene Stück Brot, das er, wie es ihm schien, schon seit Stunden zwischen seinen Händen hin und her wandern ließ. Es war steinhart und längst nicht mehr genießbar. Aber während einer Hungersnot durfte man eben nicht wählerisch sein. Der kräftige, schwarzbärtige Wirt, der sich als Caron vorgestellt hatte, versuchte, Hâl auch mehrmals einen Krug mit einem fragwürdigen rötlichen Gebräu anzudrehen, den Hâl aber jedes Mal dankend ablehnte. Das Warten wurde langsam unerträglich.

Letzte Nacht waren sie bis spät in die Morgenstunden wach gewesen und Hâl hatte es geschafft, alle Südländer, die im Gasthof gewesen waren, von seinem Plan zu überzeugen. Caron, der noch eine offene Rechnung mit Karaian zu begleichen hatte, war sofort darauf angesprungen und hatte Hâl tatkräftig unterstützt. Jetzt war der Tag gekommen, an dem sich die lange Beobachtung und das Abwarten Hâls auszahlen würden. Plötzlich horchte der Magier auf. Jemand war an der Tür. Es klopfte siebenmal hintereinander. Dreimal kurz. Viermal lang. Das verabredete Zeichen. Hâl entspannte sich und beobachtete, wie Caron zum verschlossenen Eingang des Gasthofs schlurfte und den ersten Verschwörern aufmachte. Bald standen bereits zwanzig Leute in dem kleinen Schankraum und sahen gespannt auf Hâl hinab, der immer noch an seinem Tisch am Fenster saß.

Einer der bärtigen Männer löste sich aus der Gruppe und trat an Hâl heran. »Die anderen warten draußen, Kajiz.«

Kajiz, so nannten die Südländer ihn. Das bedeutete so viel wie Wüstenfuchs. Die Krieger ahnten ja nicht, was Hâl in der Vergangenheit erlebt hatte und wie passend er den Namen fand. »Ist gut, Ilva. Es wird alles laufen wie geplant.«

Hâl versuchte, selbst an seine Worte zu glauben. Der Plan war waghalsig, doch nicht völlig aussichtslos. Ilva, ein kräftiger Glatzkopf, hatte sich durch seine Größe, aber auch durch seinen scharfen Verstand schnell als Anführer der Revolte herauskristallisiert. Der Hüne nickte und gab mit abgesprochenen Gesten stumme Befehle an die anderen weiter, die leise und nach und nach, wie sie gekommen waren, auch wieder aus der Gaststube verschwanden. Erst als sich nach dem Letzten auch der Wirt zum Gehen wandte, stand Hâl auf und legte das kleine Brotstück, welches er eigentlich nur aus purer Höflichkeit von Caron angenommen hatte, zurück auf den Tisch. Vielleicht konnte dessen Frau es ja noch für eine Suppe verwenden. Hâl hätte in seiner Anspannung ohnehin keinen Bissen herunter bekommen – selbst wenn das in diesen Zeiten kostbare Mahl verlockend gewesen wäre. Er fühlte sich verantwortlich für das, was jetzt in der Hauptstadt des Südens geschehen würde. Es war schließlich *sein* Plan, an den sich die Männer halten würden. Hâl ballte die nun freien Hände zu Fäusten und trat in die Nacht hinaus. Der Tag des Kampfes war gekommen.

∾

Mia streichelte über die glänzenden Schuppen des Drachen, der sich kurz darauf in die Lüfte erhob. Langsam gewöhnte sie sich an Elias' neue Gestalt, doch Mia konnte nicht leugnen, dass sie froh sein würde, wenn Elias seinen alten Körper zurückerhielt. Es war nun einmal schwierig, mit einem so riesigen Geschöpf eine tiefere Beziehung zu führen. Mia schmunzelte über ihre Gedanken. Jetzt dachte sie schon wie ihre Mutter. Du bist eine normale Frau. Du solltest dir einen normalen Mann suchen. Damals hatte ihre Mutter statt *normal gesund* gesagt und Mia so davon abgeraten, mit Elias zusammen zu sein. Das war schon lange her.

∾

Elias war verblüfft. Er war dicht über dem Lager in der Luft gekreist und hatte das ganze Ausmaß der Armee zu Gesicht bekommen, die sich gegen Karaian verbündet hatte. Nicht nur Menschen, Elben und Meledaín waren gekommen, auch die Tiere aus Tymas waren ihren elbischen Gefährten gefolgt. Vénn war unter ihnen. Der Gepard ließ sich von Elias' verändertem Äußeren nicht täuschen und zeigte keinerlei Furcht, als der Drache zu ihm herabstieß und ihn mit einem freudigen Brüllen begrüßte. Doch die Zeit drängte und Elias verabschiedete sich schon nach kurzer Zeit von seinem

Freund. Es musste noch viel geplant werden. Die Schlacht stand kurz bevor. Elias flog zum Zentrum des Lagers, wo Martin schon mit den anderen Anführern auf ihn wartete.

»Wir haben eine grobe Kampfstrategie entworfen. Du müsstest sie aber noch absegnen.«

Martins ernste Gesichtszüge ließen eine innerliche Anspannung erkennen, die nun so kurz vor der Schlacht im ganzen Lager von Stunde zu Stunde zunahm.

Neben Martin stand ein rotblonder Junge, der Elias mit hasserfüllten Augen musterte. Martin musste die kühle Haltung des Jungen ebenfalls auffallen. Falls dem so war, schien er aber offenbar dazu entschlossen, darüber hinwegzusehen und ihn ohne Umschweife Elias vorzustellen.

»Das hier ist Samuel, Isaacs Bruder.«

Elias dämmerte, warum Samuel zornig auf ihn war. Vermutlich glaubte er, dass der Tod seines älteren Bruders Elias' Verschulden war, was ja in gewisser Weise auch stimmte. Plötzlich tauchten die schrecklichen Bilder wieder auf. Isaacs bleiches Gesicht. Sein schwindender Blick.

»Es tut mir leid, dass ich deinen Bruder nicht retten konnte. Er war mir ein treuer Freund. Ich … ich hätte …« Elias' Stimme brach.

Samuels Zorn schien keineswegs verraucht, doch als er sprach, versuchte er zumindest, seine Gefühle zu mäßigen. »Ich danke Euch … für Eure … Anteilnahme, Drache.«

Dann drehte er sich um und verschwand zwischen den Zelten. Elias und Martin sahen ihm hinterher.

»Er ist eigentlich ein netter Junge.«

Elias' Blick ruhte immer noch an der Stelle, wo er Samuel zuletzt gesehen hatte, und meinte in ironischem Tonfall: »Ja, das habe ich gemerkt.«

Hâl befand sich mitten in einem Tumult. Mittlerweile stand die Sonne schon hoch am Himmel und der Plan war bis jetzt gut gelaufen. Als es noch dämmerte, waren Hâl und seine Verbündeten in die Waffenhallen von Al'Arkas geschlichen und hatten alle Schwerter, Äxte, Schilde und Bögen, die sie hatten finden können, weggeschafft. Dann waren sie ausgeschwärmt, hatten sich in Gruppen aufgeteilt und sich an die Wohnsitze der diktatorischen Stadtverwalter herangeschlichen, die jeden Befehl Karaians blind und mit voller Härte durchsetzten. Die Domizile waren gut bewacht gewesen, aber mit Hilfe von Hâls Täuschungszaubern hatten sie keine Probleme gehabt, die Wachen an der Nase herumzuführen. Nun waren die Oberhäupter der Stadt auf die Mitte des großen Marktplatzes getrieben worden und die gesamten Bewohner von Al'Arkas schienen auf den Beinen zu sein, um sich dieses Spektakel nicht entgehen zu lassen.

Aus den Reihen kamen mehrfach hasserfüllte Rufe.

»Köpft sie!«

»Nein. Hängt sie! Hängen sollen sie!«

»Schneidet ihnen die bösartigen Zungen raus!«

Hâl hatte mit den anderen große Mühe, die aufgebrachte Menge zurückzuhalten, denn sein Plan war ein anderer.

Schließlich, als sich die Rufe etwas gelegt hatten, rief er: »Bürger von Al'Arkas, hört mich an!«

Es wurde still. Irgendwo schrie ein Baby.

»Diese Menschen haben euch euer Essen geraubt! Eure Söhne! Und Väter!« Er zeigte auf die Stadtvertreter, die nun gefesselt in Reih und Glied dastanden.

Wieder wurden Rufe laut und Hâl hatte es schwer, die vielen Menschen zu übertönen. »Doch es sind nur Marionetten! Wer ist der Verantwortliche? Wer hat euch das angetan?«

Wie auf ein Zeichen stimmte die Menge Karaians Namen an und die lauten Stimmen brandeten wie eine riesige Welle über die ganze Stadt. Hâls Herz tat einen freudigen

Sprung. Es hatte geklappt! Sein Plan hatte wirklich funktioniert. Jetzt konnte er der Sache ihren Lauf lassen.

Die Halle war totenstill. »Ein riesiges Grab«, schoss es Attka durch den Kopf. Die weißen Skulpturen wirkten wie Urväter einer längst vergangenen Zeit. Stolz und unnahbar sahen sie von ihren Podesten auf ihn herab. Attka fröstelte, doch nicht weil ihm kalt war. Er gehörte hier nicht her. Es stand ihm nicht zu, hier zu sein. Er war etwas Unreines, was diesen Ort entweihte. Ein Bastard, gezeugt von einem Monster. Hastig, als wäre er auf der Flucht, stand er auf, drehte sich um, rannte los und riss das Tor auf, dann sah er ein letztes Mal in die Halle zurück. Die steinernen Skulpturen schienen ihn immer noch anzustarren. Er trat ins Freie. Das Tor schloss sich. Attka hatte eine Entscheidung getroffen.

Ohne lange zu zögern, lief er durch die Gassen von Nôrrindril und heftete seinen Blick auf einen der Tunnel, die nach oben ins Freie führten. Er hatte die schwarze Felsöffnung schon fast erreicht, als ihn jemand am Arm zurückhielt. Es war Suri. Attka versuchte, sich aus dem Griff zu winden, doch die weiße Zauberin war stärker als er und mit einem resignierenden Laut erwiderte er schließlich ihren durchdringenden Blick. Suri sagte zuerst nichts, aber ihre hellen Augen wirkten traurig, und dann sprach sie mit flehender Stimme: »Du wirst sterben, wenn du dich Karaian stellst. Bitte, geh nicht.«

Attka spürte, dass echte Zuneigung aus ihren Worten sprach, doch er hatte sich entschieden.

»Es ist meine Aufgabe, ihn zu töten, und es ist mir gleich, ob ich dabei sterbe. Schließlich ist er mein …« Attka zögerte das Wort auszusprechen. »… mein Vater.«

Worsek sah von den Zinnen der steinernen Festung auf das weite Land hinab. Van'Valor, mit seinen dicken Mauern, bot einen guten Rückzugsort. Beiläufig fuhr sich Worsek mit dem Handrücken über die nasse Stirn. Es war unangenehm schwül geworden und seine Kleidung unter der Rüstung klebte an seinem Körper, als wäre sie mit ihm verwachsen. Seit er nach Karaians Befehl Al'Arkas verlassen und in Van'Valor Stellung bezogen hatte, hatte eine tiefe Unruhe von ihm Besitz ergriffen. Es machten sich Gerüchte breit von einem Heer, das sich bereit machte, die Hauptstadt des Nordens zurückzuerobern. War also die Prophezeiung doch noch nicht abgewendet? Sollte es zum Kampf kommen, würde dieser über vieles entscheiden, und wenn man den Aussagen von den vereinzelten Spionen Karaians Glauben schenken durfte, würde die feindliche Armee ihnen vermutlich bereits bald gegenüberstehen.

Die Truppen hatten Aufstellung genommen. Der Abend dämmerte. Jetzt war der Augenblick gekommen. Jetzt war Zeit, zu handeln. Elias schaute zum Waldrand, der nun nur noch wenige Meter von ihnen entfernt war. Sobald die Armee aus den Bäumen hervortrat, würde es kein Zurück mehr geben. Schon von Anfang an hatte es für ihn keine andere Option gegeben. Es gab keinen anderen Weg. Martin stand neben ihm und nickte ihm zum Zeichen, dass alles bereit war, bestätigend zu. Dann blickte Elias in Richtung des Feindes und gab das verabredete Signal. Sein mächtiges Brüllen durchfuhr den Wald wie ein Erdbeben. Vögel flogen aufgeschreckt aus den Wipfeln. Elias stieß sich vom Boden ab. Zorn stand nun in seinen Zügen. Er würde all die Unschuldigen, die Karaian gefoltert und getötet hatte, rächen. Die Truppen setzten sich in Marsch und unzählige Zweige knackten unter den vielen Schritten.

»Ich will dir eine Legende unseres Volkes erzählen.« Suris blasses Gesicht war ernst.

Es verstrichen noch einige Minuten, bis Attka schließlich nachgab und Suri den Griff um seinen Arm löste.

»Was für eine Legende?« Attka hatte keine Ahnung, was das jetzt sollte.

»Es ist eine Legende der Elben«, antwortete Suri und langsam zog sie ihn von der Tunnelöffnung zurück. Auf einer nahe gelegenen Bank ließen sie sich nieder und Suri begann, ohne Umschweife zu erzählen.

»Es ist die Legende von Goldpfeil und Silberbogen. Goldpfeil, in der Sprache der Elben *Vénn*, war ein junger mutiger Elb, der seinen Vater und seine Mutter durch ein schreckliches Unglück sehr früh verloren hatte und vor nichts und niemandem Angst zeigte. Er bot den grausamsten und tückischsten Dämonen die Stirn. Viele bezeichneten ihn als einen Helden. Silberbogen, in unserer Sprache *Aelivé*, war eine wunderschöne Elbin. Sie war ungefähr im gleichen Alter wie Vénn und ebenso mutig und stark. Das Schicksal führte die beiden zusammen, doch ein böser Geist schlich sich bald in die Herzen der Liebenden, denn ihr Glück brachte Neid hervor und ihre mächtige, uneingeschränkte Liebe zueinander erzeugte ein Gegenstück, den Hass. Jeder, der gegen ihre Liebe war, war ihr Feind. So ergab es sich, dass sogar Elben der eigenen Familie, Schwestern und Brüder, in ihre Fänge gerieten – nur, weil sie ihre Ansicht nicht teilten. Die Macht des Geistes hatte nach und nach Vénns und Aelivés Sinne vernebelt und erfüllte sie mit Misstrauen, aus dem wiederum Skrupellosigkeit erwuchs. Als die Elben die Veränderung bemerkten, war es bereits zu spät. Der böse Geist hatte seine Wurzeln geschlagen. Er war kein Gegner, den man besiegen konnte. Völlig unsichtbar wirkte er auch über Vénns und Aelivés Seelen hinaus auf diejenigen, die sich in seiner Nähe befanden. So wurden Vénn und Aelivé durch den Geist zu einem unbezwingbaren, düsteren Herrscherpaar, das für viele folgende Jahrhunderte alle Lebewesen der Welt beherrschen sollte. Furcht und Schrecken verbreiteten sich und es schien, dass, je mehr Leid entstand, der Geist um so stärker wurde ...«

Attka erschauerte.

Suri fuhr fort. »Es war eine dunkle Zeit, in der kein Friede und keine Freude existierten. Doch ein Zauberer der Graedaner erschuf ein magisches Buch, welches den bösen Geist der beiden Herrscher in sich aufnahm. Es wird erzählt, dass er es heimlich in ihre Bibliothek schleuste, und als Vénn die scheinbar leeren Buchseiten erblickte, offenbarte sich ihm sein Schicksal und der finstere Geist entwich seiner Seele. Dies waren die letzten Lebensstunden des stolzen Elben, denn als Aelivé ihren Gemahl erblickte, befahl ihr innerer Dämon, ihn auf der Stelle zu töten. Erst nachdem Vénn von ihrem Schwert durchbohrt am Boden lag, bemerkte Aelivé das auf dem Tisch aufgeschlagene Buch und verlor sich in den Seiten. Mit jeder Seite, die sie weiterblätterte, wurde das Leid ihres Herzens größer und die stumpfe Kühle des bösen Geistes geringer. Das Buch klappte zu. Aelivé zog aus lauter Gram ihr Schwert aus dem Körper ihres Liebsten und ließ sich neben ihm in ihre noch von Vénns Blut benetzte Waffe fallen. Erst im Tod wurden sie wieder das, was sie zu Beginn ihres Lebens einmal gewesen waren.«

Attka war tief gerührt von dem tragischen Leben der zwei Liebenden – einzig und allein hervorgerufen von einer dunklen Macht, die sich ihrer bemächtigt hatte. Nun war diese Macht gefangen in einem Buch. Attka erinnerte sich, dass

Hâl einmal etwas von einem Buch erzählt hatte. Dann wurde ihm der Zusammenhang zwischen der Legende und seiner jetzigen Situation bewusst.

»Du nimmst Karaian in Schutz?«

Suri blieb gelassen. »Ich sage nur, dass dein Vater vielleicht nicht immer ein solches Monster war und vielleicht nicht immer eines sein wird.«

Attka schwieg. Sein Herz krampfte sich schmerzhaft zusammen. Wie sollte er sich bloß verhalten?

Die Felder vor der Stadt waren erfüllt vom Klirren unzähliger Klingen und Äxte. Nachdem die Südländer vor den Toren Van'Valors Aufstellung genommen hatten, waren die beiden Heere aufeinander zu gestürmt und dann mit Wucht aufeinandergeprallt. Bald waren alle in erbitterte Kämpfe verstrickt. Die vor kurzem noch so erdrückende Stille hatte sich zu einem wahren Sturm gewandelt. Überall wurde gekämpft, überall fielen Verwundete und Tote zur Erde. Trotz allem war jedes der Gesichter seiner Anhänger, das Elias erblickte, erfüllt von unerschütterlicher Entschlossenheit und Hoffnung. Keiner blieb zurück, um sein Leben zu schonen. Jeder trat mit seiner ganzen Macht für Frieden und Gerechtigkeit ein. Elias war stolz auf all diese Wesen, die so viel Mut und Tapferkeit besaßen, sich gemeinsam mit ihm Karaian entgegenzustellen. Knurrend warf er sich immer wieder zwischen die Scharen der Südländer. Mit Leichtigkeit zerquetschte er die Feinde mit seinen Pranken oder packte sie mit seinem Maul, um sie dann durch die Luft zu schleudern. Knochen brachen und Blut spritzte. Meist griffen ihn sogar mehrere Südländer gleichzeitig an – wahrscheinlich, weil sie sich so bessere Chancen ausrechneten, ihn zu besiegen. Alle, die den Versuch wagten, bezahlten mit dem Leben.

Obwohl er bis jetzt keine Probleme hatte, sich zu verteidigen, achtete Elias darauf, die Gefahr nicht zu unterschätzen, denn er war nicht unverwundbar. Besonders seine fledermausartigen Flügel boten ein leichtes Ziel. Bis jetzt waren sie jedoch weitestgehend verschont geblieben, was, wie Elias aus den Augenwinkeln erhaschen konnte, hauptsächlich an Martin und Mia lag, die neben ihm standen und seine zusammengefalteten Flügel zu beiden Seiten schützten. Tatsächlich hatten schon einige der feindlichen Südländer die Schwachstelle ausgemacht und versuchten, diese gezielt zu attackieren.

Während sich Elias mit einem gezielten Feuerstrahl aus seinen Nüstern wieder einmal gegen einen dieser heimtückischen Seitenangriffe zur Wehr setzte, trat plötzlich ein besonders großer Südländer aus den kämpfenden Massen und sprang ihm mit einem Speer entgegen.

»Jetzt sehe ich dich endlich mit eigenen Augen. Du Ausgeburt der Hölle!«, schrie er und schleuderte die gefährliche Waffe.

Elias duckte sich und stieß mit seinem Kopf nach vorne. Mit einem Stoß schleuderte er den überraschten Südländer zurück, welcher sich aber erstaunlich schnell wieder aufrappelte und nun mit einer Axt auf Elias losging.

»Du hast es nicht anders gewollt.« Elias packte den Angreifer mit seinen Pranken und die spitzen schwarzen Klauen bohrten sich ohne Mühe durch die Rüstung.

Von seiner eigenen Brutalität angewidert, ließ Elias den Toten fallen und wandte sich gleich den nächsten Gegnern zu. Um ihn herum floss so viel Blut. Bald würde sich die ganze Ebene vor Van'Valor von einer grünen Wiese in ein riesiges blutgetränktes Matschfeld verwandeln – übersät mit Leichen und Körperteilen. Elias merkte mit Erschrecken, dass sich seine Angriffsweise immer mehr routinierte und von reflexartigen Instinkthandlungen zu gezielten – beinahe einstudierten – Bewegungen übergegangen war, die nebensächlich abliefen, während er sich einen Überblick über die Schlacht verschaffte. Soweit er sehen konnte, verlief alles nach Plan.

»Gut so«, dachte er und wandte sich wieder den Gedanken über sein überraschend brutales Drachenwesen zu. Gehörte diese Art der Selbstverteidigung zum normalen Repertoire eines Drachen? Er wusste es nicht, schließlich hatte er sich noch nie zuvor in einer solch extremen Situation befunden. Was ihn allerdings zusätzlich aus der Fassung brachte, war die Tatsache, dass er Karaians Macht noch nicht gespürt hatte. Wo war der Verursacher von all dem? Ein Südländer schrie ein letztes Mal auf, bevor Elias ihm mit seinem scharfen Raubtiergebiss die Kehle herausriss. Der Feuerprinz wusste, dass ihm nicht mehr viel Zeit blieb. Eine seiner Pranken ließ den Schädel eines Feindes, der unter ihm am Boden lag, geräuschvoll brechen. Bald würde Elias' Seele in seinen menschlichen Körper zurückkehren. Sein Kiefer presste sich zusammen, und die Wirbelsäule eines bedauernswerten Südländers brach mit einem hörbaren Knacken. Noch einmal versuchte Elias, sich in dem Getümmel zu konzentrieren. Nichts. Er musste Karaian finden, bevor alles zu spät war, doch konnte er Mia und Martin hier einfach allein lassen?

Als hätte sie in diesem Moment seine Zerrissenheit gespürt, warf Mia ihm zwischen den verbissenen Schwerthieben, die sie gegen einen Feind führte, einen kurzen Blick zu. Sie kannte den Plan und wusste, dass sich Elias Karaian stellen musste. Irgendwie schaffte sie es, Martin kurz auf sich aufmerksam zu machen, und gab ihm mit der Hand ein verabredetes Zeichen. Sie kämpften noch verbissener und schufen mit vereinten Kräften eine Fläche, um Elias das Aufsteigen in die Luft zu ermöglichen. Dankend nickte er ihnen zu und breitete seine Flügel aus. Wenig später flog er über die

Schlacht hinweg, direkt auf die steinerne Festung zu. Immer wieder musste er herannahenden, oft brennenden Geschossen ausweichen. Die Türme und dicken Mauern Van'Valors rückten näher – beleuchtet von unzähligen Fackeln und lodernden Feuern, die in einigen Teilen der Stadt ausgebrochen waren und sich unkontrolliert durch die Häuser fraßen. Auch wenn die Widerstandsarmee noch nicht in der Stadt war, war das Chaos innerhalb der Mauern bereits perfekt. Seit Karaians Truppen in den Kampf vor der Stadt gezogen waren, herrschte Anarchie in den Straßen und Räuber und Plünderer feierten ein Fest. Die Soldaten, die das Durcheinander bemerkten, wollten eingreifen, wurden jedoch von ihren Vorgesetzten in den Kampf getrieben. Unter sich hörte Elias die Männer aufgeregt rufen. Laute Befehle wechselten zwischen den Kriegern hin und her. Ihre Angst war deutlich zu spüren. Elias hatte die Stadt erreicht. Um die Furcht seiner Gegner noch weiter zu steigern, ließ er sich auf einem der Türme nieder, brüllte und stieß eine helle Flamme aus. Eine entsetzte Stille folgte. Jetzt, in Van'Valor selbst angekommen, nahm Elias eine dunkle Präsenz wahr. Das musste Karaian sein. Versteckte er sich? Elias hob wieder ab und folgte seinem Gefühl. Dieses trieb ihn zu dem ehemaligen, prunkvollen Palast der Könige des Nordens. Keine Wachen standen an den Toren. Elias wusste plötzlich, dass ihn Karaian die ganze Zeit dort erwartet hatte. Lief er in eine Falle?

16 Schicksal

Elias beschloss, die ehemalige Residenz Helwinns nicht durch das Eingangstor zu betreten. Dort war der große Palast sicher am besten gegen Angriffe von außen geschützt. Also flog er nach kurzem Überlegen zu einem großen Balkon auf der Rückseite des Gebäudekomplexes. So leise wie möglich landete er auf den sandfarbenen Steinplatten. Drei marmorne Säulenbögen wiesen den Weg ins Innere des Palastes. Elias betrat den mittleren Durchgang. Die Eingänge führten in einen riesigen Saal. Hier war alles dunkel, aber Elias' Augen stellten sich innerhalb weniger Sekunden scharf und er konnte alle Umrisse erkennen. Das musste die Königshalle sein. Zu seiner Rechten an der Wand stand ein Thron auf einem Podest, während auf der linken Seite ein kunstvoll verziertes Holztor den Blick auf sich zog, das jedoch von der letzten Schlacht beschädigt worden war. Einige herausgebrochene Zierleisten und zersplittertes Holz kündeten von der Stelle, an der Karaians Armee vermutlich mit einem Rammbock das Tor aufgestoßen hatte. Elias erinnerte sich daran, wie Mia ihm vor ungefähr einem Jahr die Nachricht von Helwinns Tod überbracht hatte. Damals hatte er krank im Bett gelegen. So viel war seitdem geschehen ... Plötzlich spürte er, dass er nicht mehr allein war. Langsam drehte er sich um. Karaian war gekommen. Elias achtete darauf, möglichst würdevoll auf den Elb hinabzublicken. Vielleicht schaffte er es so, seine zunehmende Angst und Unsicherheit zu überspielen. Karaian saß auf dem Thron, als habe er dort schon die ganze Zeit gesessen, und sah Elias aus seinen dunklen Augen abwartend an.

»Jetzt wird es sich also entscheiden.« Elias' Stimme klang fest.

Karaian stand auf. »Glaubst du wirklich, du könntest mir etwas anhaben, Drache? Ich muss dich enttäuschen, denn deine Bemühungen sind umsonst. Ich werde dich und deine lächerliche Armee wegwischen wie das frische Blut von meiner Klinge. Nach ein paar Jahren wird niemand mehr wissen, dass ihr je existiert habt. Doch ich muss mich bei dir bedanken. Du hast mir endlich die Möglichkeit gegeben, mich an meinem Volk zu rächen. Welch eine Freude, dass selbst Léssal den Weg hierher gefunden hat.«

Seine Züge spiegelten den kalten Hass wider, den er für seine Familie und die anderen Elben empfand.

»Warum tust du das eigentlich alles?« Elias' Zorn kochte. »Wie kannst du nur mit der Gewissheit leben, für den Tod so vieler Menschen verantwortlich zu sein?«

Karaians Miene blieb ungerührt. »Es sind doch bloß Menschen. Ihr kurzes Leben bedeutet mir nicht mehr als das einer Fliege und sie schreien doch geradezu danach, geführt zu werden. Warum sollte ich ihnen diesen Wunsch verweigern? Was sollte ihrer Existenz sonst Bedeutung verleihen? Ihre dummen kleinen Ziele und Hoffnungen – in wen sollten sie sie setzen als in mich? Für die Südländer bin ich ihr Erretter – ihr Gott. Außerdem sind die Menschen wahrlich ein gutes Mittel, um die ja so *edlen, unschuldigen* Elben aus ihrem Versteck zu locken. Nun können selbst sie sich meiner Macht nicht mehr entziehen. Ich werde *alle* beherrschen!«

»Nicht, wenn ich es verhindern kann!« Elias fauchte wütend und sprang auf Karaian zu. Karaian lächelte boshaft.

Durch ihren Schwertarm pochte ein stetiger Schmerz, doch Mia dachte gar nicht daran, aufzugeben. Außerdem war Martin bei ihr. Rücken an Rücken kämpften sie sich durch die gegnerische Front. Es war bereits so dunkel geworden, dass man aufpassen musste, nicht die eigenen Leute zu treffen. Glücklicherweise war in dieser Nacht Vollmond, sodass die metallenen Rüstungen und Schwerter das helle weiße Licht reflektierten und dadurch zumindest einige Anhaltspunkte der Umgebung zu erkennen waren. Gerade meinte Mia, Jéodin ein paar Meter weiter einen Zauber aussprechen zu sehen, als neben ihr plötzlich ein Ruf erscholl.

»Samuel, bleib stehen! Sofort!«

Sie drehte sich um. Martin stand immer noch neben ihr, den Blick auf den rotblonden Jungen geheftet, der sich fast bis zu ihnen durchgeschlagen hatte. Mia erinnerte sich, dass Martin ihm befohlen hatte, während der Schlacht in Waldesnähe zu bleiben. Samuel schien sich jedoch nicht mehr darum zu scheren, reagierte auch nicht auf den jetzigen Befehl und arbeitete sich weiter zu ihnen vor.

»Samuel!« Martin klang zornig.

Als der Junge bei ihnen angekommen war, rief Samuel, während er einen weiteren Südländer ins Jenseits beförderte: »Es tut mir leid, aber ich musste das tun! Es hat nichts Ehrenvolles, sich zu verstecken, während Freunde ihr Leben riskieren.«

»Du redest wie dein Bruder«, sagte Martin.

Trotz aller Wut und Angst, die er wegen Samuels gefährlicher Befehlsmissachtung verspürte, konnte Martin einen Anflug von Stolz auf diesen mutigen jungen Mann nicht unterdrücken. Mia erkannte den Ansturm von Gefühlen in dem hartgesottenen Krieger, da sie selbst nicht anders fühlte. Doch da eine neue Feindeswelle auf sie zustürmte, wäre jede weitere Unterhaltung zu fahrlässiger Unachtsamkeit geworden. Mia packte ihr Schwert fester. Diese Nacht würde eine lange Nacht werden.

Der Stahl zischte durch die Luft. Simons Säbel war scharf und jeder Feind, der ihm nahe kam, fand ein schnelles Ende. Die Rebellen waren ihrer Rache näher als je zuvor. Simon stieß einen wilden Kampfschrei aus und sein Pferd stieg. Dies war ein erhebender Augenblick. Hier auf diesem Schlachtfeld würde sich ihre Zukunft offenbaren, und auch wenn er hier sterben würde – er würde alles dafür geben, seinen Nachkommen ein besseres Leben zu ermöglichen.

Elias konnte sich gerade noch bremsen. Karaian hatte um sich einen Schutzzauber gewoben. Hätte Elias seine Attacke nicht abgebrochen, wäre er direkt in das tödliche Netz gestürmt. Wutschnaubend schüttelte er seinen großen Echsenkopf und begann den Bannkreis abzuschreiten, um nach Schwachstellen zu suchen. Ihm gegenüber setzte sich auch Karaian in Bewegung und die beiden fingen an, sich langsam zu umkreisen.

»Karaian, du hast es immer noch nicht verstanden. Macht gründet sich nicht darauf, Dinge oder Wesen zu beherrschen, sondern sie im tiefsten Kern ihres Inneren zu begreifen. Das ist eine uralte Weisheit der Drachen. Erst wenn du sie verstehst, kannst du den Drachen ebenbürtig sein.«

Karaians Lächeln verschwand. »Du hast keine Ahnung, welche Macht ich besitze. Ich dachte, du wärst nicht so blind wie mein Volk. Seht ihr denn nicht, was sich hinter den Lebewesen dieser Welt verbirgt? Alles steckt voller Energie, die nur darauf wartet, eingesetzt zu werden. Ich allein habe die

Macht, all diese Kraft in mich aufzunehmen. Du wirst nur leider nicht mehr erleben, wie ich den mir angestammten Platz als Herrscher über all die unwürdigen Völker einnehme.«

»Bringen wir es zu Ende.«

Elias' Stimme klang ruhig, doch sein Schuppenkamm stellte sich bedrohlich auf. Er war bereit.

Worsek befand sich mitten in der Schlacht und kämpfte mit den anderen Südländern unerbittlich gegen die Armee der Rebellen, die stärker war, als sie angenommen hatten. Worsek beschlich das Gefühl, dass Karaian von dem Anrücken der Elben gewusst hatte. Wieso hatte er es seinen Anhängern verschwiegen? Wollte der dunkle Herrscher etwas verbergen? In diesem Moment schoss ein goldener Blitz, der sich als Gepard entpuppte, direkt auf Worsek zu. Schützend hob der General sein Schwert, doch das war gar nicht nötig, denn der Gepard wich im letzten Moment aus und warf sich auf einen Wolf, der neben Worsek gekämpft hatte. Die beiden Tiere rangen miteinander. Plötzlich kamen noch mehr Wölfe hinzu und traktierten den Geparden, der ihrem Rudelmitglied bereits schwere Wunden zugefügt hatte. Der verletzte Wolf jaulte laut auf, dann brach er zusammen und der Gepard stand mit furchtlos erhobenem Haupt über ihm. Die Wölfe griffen gleichzeitig an und begruben den fauchenden Geparden unter sich.

Worsek verlor die Tiere aus den Augen, denn ein Elb hatte sich vor ihm aufgebaut und verlangte seine ganze Konzentration. Die Bewegungen des Elben waren schnell und überlegt und Worsek hatte seine Mühe damit, all die Finten und Schritte seines Gegenübers rechtzeitig zu erkennen. Der Elb jedoch schien Worseks Handlungen vorauszuahnen.

Was waren das nur für unnatürliche Wesen? Schließlich sah Worsek keine andere Möglichkeit, als sich etwas zurückzuziehen. Der Elb war einfach zu geschickt.

»Vermaledeiter spitzohriger Dämon!«, knurrte Worsek wütend, dann packte der General seinen Nebenmann und schleuderte ihn dem Elb in die Arme.

»Das wird mir noch ewig nachhängen«, brummte er in seinen Bart und suchte sich einen leichteren Gegner.

Hâl hatte, nachdem sich die Lage beruhigt hatte und die verhassten Oberhäupter eingesperrt worden waren, alle kampffähigen Bewohner von Al'Arkas zusammenkommen lassen, die sich von ihrem Herrscher abgewandt hatten und bereit waren, gegen ihn zu kämpfen. Ein paar von diesen Rebellen hatte er die Aufgabe übertragen, in Al'Arkas zu bleiben und eine neue Ordnung herbeizuführen. Unter ihnen war ein junger Mann namens Rick, der, wie Hâl erfahren hatte, ein Freund von Attka war. Hâl war froh, jemandem die Aufsicht über das weitere Geschehen in Al'Arkas zu geben, dem er hinreichend vertrauen konnte. Nun jedoch waren Hâl und die vielen Menschen, die sich ihm hatten anschließen wollen, bereits seit ein paar Tagen auf dem Weg nach Van'Valor. Elias würde für seinen Kampf jede Unterstützung brauchen, die er bekommen konnte.

Attka war aufgebrochen. Trotz Suris eindringlicher Worte hatte Attkas drängendes Gefühl, Nôrrindril so schnell wie möglich verlassen zu müssen, nicht nachgelassen. Irgendjemand musste seinen Vater aufhalten! Das Mindeste, was Attka tun konnte, war, bei dieser unmöglich scheinenden

Aufgabe eine Rolle zu spielen. Wer konnte wissen, ob er nicht das entscheidende Zünglein an der Waage werden könnte, um den Kampf in die richtige Richtung zu lenken?

∾

Der Zusammenstoß kam der Macht einer Naturgewalt nahe und schleuderte Elias und Karaian auseinander. Elias wurde an die Wand geschmettert und der gesamte Palast vibrierte. Karaian hingegen schaffte es, sich rechtzeitig mit einem starken Zauber abzufangen, der die Luft so konzentrierte, dass sich Karaians Flug verlangsamte und er elegant mit den Füßen auf dem Boden aufkam. »Ich fürchte, wir müssen unsere Schutzzauber ablegen, wenn aus diesem Kampf ein Sieger hervorgehen soll.«

Elias rappelte sich auf. Ein stechender Schmerz durchlief seinen linken Flügel, mit dem er an der steinernen Wand aufgekommen war. Fliegen würde er jetzt nicht mehr können.

»Und wenn ich meinen Schutz aufgebe, wie kann ich da sicher sein, dass du das auch tust?«

»Ich gebe dir mein Wort.«

Elias sah Karaian zweifelnd an.

»Ob du es nun glauben willst oder nicht, ich bin jemand, der in einem Kampf nicht leichtfertig bricht, was er versprochen hat. Auch ich habe meine Ehre.«

Aus Karaians Blick schien Ehrlichkeit zu sprechen. Elias zögerte noch, doch dann löste er den Schutzzauber, den er zu Beginn des Kampfes um sich gewoben hatte. Er musste es einfach riskieren. Zu seiner Erleichterung spürte Elias, dass auch Karaian das Schutznetz, das zuvor als leichtes Flimmern um den dunklen Herrscher in der Luft zu erahnen gewesen war, aufgegeben hatte.

∾

Mia zuckte zusammen. Sie hatte eine Erschütterung gespürt, die von dem Zentrum Van'Valors herzurühren schien – von Elias. Hoffentlich war ihm nichts zugestoßen. Wieso hatte sie nicht darauf bestanden, ihn in die Höhle des Löwen zu begleiten? Sie hätte nicht zulassen dürfen, dass er sich seinem Schicksal ganz allein stellte. Nun stand sie hier, durch eine feindliche Armee von Elias getrennt. Irgendwie musste sie sich zu ihm durchschlagen.

∾

Nachdem sich Martin und Mia für eine Weile zurückgezogen hatten und an ihre Stelle andere Krieger getreten waren, um ihnen eine Verschnaufpause zu ermöglichen, sah Martin, dass Mia nun plötzlich viel verbissener und verzweifelter kämpfte. Es dauerte nicht lange und sie standen wieder an vorderster Front. Mias Sorge um Elias war ihr deutlich anzusehen. Mit einem Wink forderte Martin Samuel auf, sich ihm anzuschließen und Mia durch den Wall der Feinde zu folgen. Samuel ließ nicht lange auf sich warten und schon im nächsten Augenblick flankierte er mit Martin zu beiden Seiten die wild entschlossene Mia. Wie ein Pfeil bohrten sie sich tief in die feindliche Armee und weitere Rebellen füllten die Schneise, die sich auftat. Vielleicht konnten sie es so schaffen, das Heer der Südländer zu spalten.

∾

Hâl hatte Van'Valor endlich erreicht und schaute von einem der flachen Hügel, die sich nahe der Stadt befanden, auf die Schlacht hinunter. Seine Verbündeten, welche ihm zahlreich aus Al'Arkas gefolgt waren, sammelten sich hinter ihm und erwarteten weitere Befehle. Die Ebene zwischen der Hauptstadt des Nordens, dem Fluss und dem angrenzenden Wald wirkte auf den ersten Blick wie wildes Chaos. Es war kaum zu erahnen, welche der Kämpfenden auf der Seite des Feuerprinzen und welche auf Karaians Seite standen. Hâl schickte einen schnellen Suchzauber über das Schlachtfeld, um auszumachen, wo sich Elias befand. Nach kurzem Warten konnte Hâl Elias in der Stadt lokalisieren. Die Energie des Drachen strahlte vom Herzen Van'Valors aus – direkt von dem großen Palast, der auf einer Anhöhe thronte und sich so zusätzlich von den sonstigen Gebäuden Van'Valors abhob.

»Haltet die Symbole, welches ich euch jetzt gebe, immer sichtbar. Bringt sie an eurer Kleidung auf Höhe der linken Schulter an. So werdet ihr von den Truppen des Feuerprinzen als Verbündete erkannt.«

Er gab jedem von ihnen das mit Elias' Truppen zuvor verabredete Erkennungssymbol, welches eine orangene Flamme zeigte. Sie war von ihm in aller Hast auf Leinenreste gemalt worden. Die intensive Farbe hob sich gut von dem hellen Stoff ab.

»Wir sollten uns auf schnellstem Wege zum Palast vorkämpfen. Dort wird sich die Schlacht entscheiden.«

Letzte Kampfanweisungen wurden erteilt und unter den Mitstreitern besprochen, dann wurden die Pferde wieder bestiegen. Angespanntes Schweigen hatte sich unter ihnen breit gemacht und die Männer und Frauen packten ihre Zügel fester, als sie mit gespanntem Blick zu ihrem erwählten Anführer schauten. Hâl zückte sein Schwert und trieb sein Pferd an. In gestrecktem Galopp preschte er mit seinen Verbündeten den steilen Hang herab. Wenig später drangen sie mit lautem Kampfgebrüll seitlich in das Heer aus Kämpfenden ein.

Bartholomäus hatte sich schon vor Wochen nach Van'Valor begeben, um den Rebellen bei ihrem Kampf gegen die Besatzer beizustehen. Nun stand er am Rande des Waldes und betete, während er verfolgte, wie sich immer mehr Verwundete aus der Schlacht zurückzogen und mit Hilfe anderer zu den schützenden Bäumen gelangten. Was war das nur für eine Welt? Schnell sandte er ein stummes Gebet an Aeretorn – die Hand fest um seinen silbernen Anhänger geschlossen. Aufgeregte Stimmen rissen ihn unvermittelt aus seinen schweren Gedanken, und nachdem er mit dem Blick den zeigenden Fingern der umstehenden Nordländer gefolgt war, sah er, wie von einem nicht weitentfernten Hügel eine große Zahl Reiter in das Kampfgeschehen eindrang. Waren das die al'arkaischen Verbündeten, von denen er im Lager gehört hatte? Er betete nun umso hoffnungsvoller. Seine Vermutung bestätigte sich nur wenig später, als sich die Nachricht von der Ankunft neuer Kräfte aus der Hauptstadt des Südens durch laute Rufe der Freude unter Elias' Truppen verbreitete. Von neuer Hoffnung erfüllt, ging Bartholomäus auf das nahegelegene Krankenlager zu, welches nicht mehr war als ein hastig aufgeschlagenes Zelt, in dem auf Decken und Fellen Verletzte auf Hilfe warteten. Eine Truhe mit Kräutern war das Einzige, das als Arznei diente, und in einer der Ecken lag ein Haufen Stofflumpen, um Verletzungen zu verbinden. Hier konnte jede helfende Hand gebraucht werden.

∾

Als Attka die Tunnel hinter sich gelassen hatte und endlich den Ausgang erblickte, durch den das kalte Mondlicht hereinleuchtete, blieb er noch einmal stehen und wandte sich um. Vielleicht würde es das letzte Mal sein, dass er hier herkam. Vielleicht würde er Suri nie wieder sehen. Kurz meinte er, im Dunkeln ein weißes Gesicht zu erkennen, doch dann war es verschwunden. Attka drehte sich wieder zum Ausgang und schritt ins fahle Licht der Nacht. Eine frische Brise streichelte seine Haut und ihm wurde bewusst, wie sehr ihm die Welt hier oben gefehlt hatte. Am Himmel flogen vier weiße Schwäne. Sie waren gekommen, um ihn zu holen.

17 Wahrheit

Das Schwert fuhr durch die Luft und verfehlte Elias nur um wenige Zentimeter. Karaian sprang zurück, um sich auf eine neue Attacke vorzubereiten, doch Elias gönnte ihm keine Pause. Er knurrte, sprang vor und hieb mit seiner rechten Pranke nach dem Elb. Dieser wich gekonnt aus und stieß seinerseits erneut mit seiner Waffe nach vorne. Die Klinge des Schwertes wirkte aus irgendeinem Grund bedrohlich und flößte Elias eine unbestimmte Furcht ein. Wieder verfehlte ein gekonnter Hieb ihn um Haares Breite und er wich fauchend zurück. Karaian lachte spöttisch. Elias durfte sich nicht abschrecken lassen. Abermals griff er den Elb an. Sein Maul schnappte nach Karaians rechtem Bein. Diesmal hatte Elias ihn erwischt! Seine Zähne bohrten sich in den rechten Unterschenkel des Elb, doch durch die unmittelbare Nähe war Elias nun ebenfalls angreifbar. Karaian holte mit einem schmerzerfüllten Aufschrei zum Schlag aus. Das Schwert sauste durch die Luft und Elias ließ von Karaians Bein ab. Obwohl er schnell zurückgewichen war, konnte Elias nicht verhindern, dass ihn die scharfe Klinge an der Schulter streifte. Der Schmerz war, dank seiner schuppigen Drachenhaut, zwar gering, aber er spürte, dass der Waffe seines Gegenübers etwas mehr innewohnte als nur Metall. Karaian hatte ihm doch sein Wort gegeben …

Wieder setzte Elias zu einem Angriff an. Nachdem Karaian durch die Bissverletzung am Bein nun ebenfalls in seiner Bewegungsfreiheit eingeschränkt war, hatte Elias vielleicht wieder einen gewissen Vorteil. Schließlich war er, rein körperlich gesehen, viel größer und stärker als der Elb. Mit neuem Mut wollte Elias versuchen, seine Klauen in Karaians Schwertarm zu rammen, dann würde dieser das Heft gezwungenermaßen fallen lassen. Elias spürte die Gefahr, die von der Klinge ausging, und wollte diese so schnell wie möglich bannen. Karaian schien seine Absichten jedoch zu bemerken, denn plötzlich schoss aus dem Schwert ein schwarzer Blitz und traf Elias in die Brust. Das geschah so unerwartet und schnell, dass er nicht mehr rechtzeitig reagieren konnte. Der Zauber drang durch seinen Körper wie Gift und benebelte seine Sinne. Er schwankte. Ich darf nicht aufgeben! Ich darf nicht aufgeben! Sein Gleichgewicht mühsam haltend, starrte er Karaian, der sich gerade wieder aufrappelte, wütend an. Elias' Pranke musste den Elb bei seinem Angriff wohl doch noch erreicht haben. Von Karaians Arm tropfte Blut.

»Das war ein Schutzzauber, Karaian! Du hast mich verraten!«

»Dieser Zauber rührt nicht von mir her. Er kommt von dem Schwert. Meinen eigenen Schutzzauber habe ich abgelegt. Das müsstest du doch erkennen!«

Das Schwert … Elias hatte mit dem unbestimmten Gefühl von Gefahr also richtig gelegen. Wieso nur hatte er nicht in Erwägung gezogen, dass auf dem Schwert auch ein eigener Zauber liegen könnte, der nichts mit Karaians Magie zu tun hatte? Der Elb hatte somit sein Wort gehalten. Elias erinnerte sich an Nuyens Waffe, die er von dem Meledaín bekommen hatte. Es war auch ein Zauberschwert, dessen Magie er allerdings nie hatte anwenden müssen. Wieso nur hatte er nicht daran gedacht? Wie dumm er doch war. Wie durch einen Schleier nahm Elias wahr, dass Karaian erneut einen schwarzen Blitz auf ihn zurasen ließ.

Das Gebrüll klang wie das eines wütenden Löwen, nur sehr viel volltönender und mächtiger. Mia hielt abrupt inne. Elias! Besorgt warf sie Martin einen raschen Blick zu, dann stürmte sie weiter nach vorn. Die Mauern Van'Valors waren nur noch wenige Meter entfernt. Die Schlacht war durch das Eingreifen von Hâl und seinen al'arkaischen Truppen so gut wie entschieden. Karaians Männer waren zum Großteil mithilfe der Reiter eingekesselt worden und die ersten begannen sich zu ergeben. Auf dem Feld blieb für Mia und Martin somit vorerst nicht mehr viel zu tun. Mia wandte sich dem Palast zu. Sie musste wissen, was dort vorging!

Attka sog langsam die kühle Nachtluft ein und genoss das Gefühl der unbegrenzten Freiheit, welches das Fliegen auf dem Rücken der Schwäne vermittelte. Beflügelt von neuer Hoffnung streckte er die Arme aus und schloss die Augen. Für das Bevorstehende musste er seinen Geist von jeder Last befreien. Die Schwäne schossen über den Himmel wie Pfeile. Bald würde Attka sein Ziel erreichen. In der Ferne hörte er bereits den gedämpften Kampflärm der Schlacht.

Elias hatte es gerade noch geschafft, sich instinktiv mit der ihm innewohnenden Magie vor den Auswirkungen des letzten Angriffs zu schützen, aber er war sich nun nicht mehr sicher, ob er in seinem angeschlagenen Zustand immer noch fähig sein würde, Karaian zu besiegen. Zudem spürte er bereits, wie die Kraft des mächtigen Zaubers nachließ, der ihm seine Drachengestalt zurückgegeben hatte. Die Zeit lief ihm davon! Mühsam rappelte er sich wieder auf. Sein linker Flügel hing nach wie vor nutzlos zur Seite herab und behinderte ihn bei jeder seiner Bewegungen. Der Schmerz, der mittlerweile seinen ganzen Körper durchzog, drang Dank des Adrenalins und seiner Magie nur gedämpft in sein Bewusstsein – auch wenn er nur wagte, einen kleinen Bruchteil seiner Kraft in die Heilung seiner Wunden zu stecken. Er durfte schließlich nicht riskieren, seine Energie zu verschwenden, während er sich noch mitten im Kampf befand und sich Ablenkung nicht leisten konnte.

Karaians eisiger Blick fixierte Elias unablässig. Sein verletzter Arm schien ihn kaum zu stören und auch sein rechtes Bein stand fest auf dem Boden. Der Elb würde nicht so schnell aufgeben. Zwei Mächte, die sich auf Gedeih und Verderb die Stirn boten. Es ging um Leben und Tod. Elias spürte, wie die Kraft des dunklen Herrschers gegen seinen gerade noch rechtzeitig gewobenen Gegenzauber prallte. Elias musste versuchen, diesen Zweikampf zu einem baldigen Ende zu bringen. Vielleicht würde der Fall Karaians auch den Kampf vor den Stadtmauern beenden. Es standen viele Leben auf dem Spiel und Elias wusste, dass dieses Duell über Sieg und Niederlage der Schlacht entscheiden würde. Elias fauchte und spie nun zum wiederholten Mal Feuer durch seine geweiteten Nüstern. Das Feuer verfehlte erneut sein Ziel. Karaian war im letzten Moment zur Seite gesprungen und verzog schmerzhaft das Gesicht, als er mit dem verletzten Bein aufkam. An Abwehrzauber schien der Elb nicht zu denken. Karaian ahnte offenbar, dass seine Magie nicht stark genug war, um das Drachenfeuer auf Dauer fern zu halten. Doch er hatte seine Rechnung wohl ohne die unbezwingbare Hitze des Drachenfeuers gemacht, die nicht nur eine dunkle Stelle auf dem Boden direkt neben ihm hinterließ, sondern auch die umliegenden Steinfliesen zum Glühen brachte. Karaians Füße begannen zu rauchen, der Elb schrie erbost auf und sandte einen Zauber in den Boden.

Elias nutzte die kurze Ablenkung, um sich dem dunklen

Herrscher noch mehr zu nähern, und holte wieder mit seiner rechten Vorderpranke zu einem Schlag aus, da er die linke Pranke wegen seiner Verwundung nur noch eingeschränkt nutzen konnte. Aber Karaian konnte den Angriff gerade noch mit seinem Schwert abfangen. Der Zusammenprall von Metall und Drachenklauen brachte Elias kurz aus dem Gleichgewicht, doch trotz seines gebrochenen Flügels fand er seine Balance schnell wieder zurück. Er merkte, dass seine Bewegungen durch das Schwinden des Zaubers, welchen die weißen Zauberer gewirkt hatten, zusehends träger und steifer wurden. Mit physischen Angriffen würde er nun wohl keine große Wirkung mehr erzielen können. Deshalb beschloss Elias, sich darauf zu beschränken, all seine Magie in einem finalen Angriff zu bündeln.

Die Energie durchströmte ihn und gab ihm Kraft. Elias durfte jedoch nicht zu lange warten. Er musste die verbliebene Zeit nutzen, um dieses Duell zu seinen Gunsten zu entscheiden, bevor er seinen Drachenkörper verlieren würde. Der Zauber, den Elias nun zu wirken begann, würde ihm all seine Reserven abverlangen. Es durfte also nichts schiefgehen. Helle Blitze zuckten um seinen ganzen Drachenkörper und ließen seine schwarzen Hautschuppen blau schimmern. Ihm gegenüber bündelte auch Karaian seine Macht, die sich in einer pulsierenden Aura um ihn herum manifestierte. Elias knurrte unzufrieden. Er hatte zu viel Zeit in das Sammeln seiner Kräfte investiert und die gegeneinander gewobene Magie würde erneut wirkungslos zusammenprallen, wie es auch zuvor geschehen war, als noch ihre gegenseitigen Schutzzauber aktiviert waren. Elias musste es dennoch versuchen. Mit einem lauten Brüllen entließ er den mächtigen Zauber und wappnete sich für den Zusammenprall. Doch zu Elias' Überraschung geschah nichts.

Sad'hyani! Wie war sie so plötzlich hierhergekommen? Elias war völlig perplex und versuchte irgendwie zu verstehen, was sich hier abspielte. Eines war klar: Die Hexe war unbemerkt in den Raum geschlichen und hatte sowohl Karaians als auch Elias' Angriffszauber neutralisiert.

»Seid ihr wahnsinnig? Wollt ihr die ganze Welt zum Einsturz bringen? Ich habe genug von euren Machtspielchen!« Ihre Augen funkelten. »Zum Glück seid ihr beide dämlich genug, eure Kräfte sinnlos zu verpulvern! Jetzt habe ich endlich die unschätzbare Gelegenheit, ins Schicksal einzugreifen. Auf diesen Moment habe ich gewartet. Denkt ihr, ihr könntet gegen meine Magie jetzt noch etwas ausrichten?«

Elias wollte ihr schon beweisen, dass er sehr wohl noch über ausreichend Energien verfügte, um ihr entgegenzutreten, als sie die Arme ausstreckte. Aus ihren schmalen langen Fingern entwichen helle grüne Blitze. Als diese auf Elias trafen, erstarrte er mitten in der Bewegung und konnte sich plötzlich nicht mehr vom Fleck rühren. Er hatte, da er seine übrigen Kraftreserven in den letzten Angriffszauber gesteckt hatte, wohl nun tatsächlich keine Chance mehr gegen Sad'hyani. Auch Karaian stand bewegungslos im Raum.

Die Hexe fuhr lächelnd fort. »Ihr solltet nicht nur die Oberfläche betrachten, sondern auch das, was sich im Inneren verbirgt. Wenn Karaian in diesem Kampf siegt, wird etwas Macht erringen – etwas Dunkles und Uraltes. Doch es wird auch nicht besiegt sein, wenn er stirbt. Die finstere Macht wird einfach zum nächsten unselbstständigen Opfer mit leichtem Hang zu Größenwahn ziehen. Sich gegenseitig zu töten macht also keinen Sinn, sondern wird das Böse nur aus Karaians irdischer Hülle befreien.«

Elias sah sie verwirrt an. Was wollte die Hexe damit sagen? Konnte er den Kampf so oder so nicht gewinnen? War Karaian doch nicht sein eigentlicher Gegner? Gab es noch eine Kraft, der Karaian diente? Eine stärkere, bedrohlichere? Und auf wessen Seite stand Sad'hyani nun?

»Du musst selbst entscheiden, Elias. Willst du wirklich

dein Leben riskieren, nur um am Ende doch zu scheitern und etwas Schlimmeres heraufzubeschwören, dessen Bekämpfung dann tatsächlich unmöglich sein wird?«

Dann wandte sie sich an den Elben, der im Bann erstarrt keine andere Wahl hatte, als ihren Worten zu lauschen. Trotz der aufgezwungenen Regungslosigkeit wirkte es auf Elias, als würde sein Gegner einen inneren Kampf ausfechten. »Und auch du, Karaian, hast die Wahl. Dein Geist ist nicht völlig verderbt. Nun in deinem geschwächten Zustand ist dein Blick klarer, nicht wahr?«

Abwartend sah sie zwischen den Kontrahenten hin und her und überprüfte die Wirkung ihrer Worte mit Blicken, die durch ihre äußeren Hüllen bis in ihre innerste Seelenwelt vorzudringen suchten.

»Ich möchte euch einen Ausweg aus dieser Lage bieten. Was wäre, wenn ihr euch mir ergeben würdet und ich dadurch das Ende dieses Kampfes herbeiführen könnte? Ich kann Karaians Stelle einnehmen und über alle Wesen Maldeas herrschen. Niemand wird mich mehr missachten und ich könnte das Böse, das in Karaian schlummert, unter Kontrolle halten.« Sie machte eine bedeutungsschwere Pause. »Aber ich kann euch diese Entscheidung nicht abnehmen. Lasst euch einen Moment Zeit, eure Antwort genau zu überdenken. Durch mein Eingreifen habe ich die Zukunft bereits genug beeinflusst. Es ist nur gerecht, wenn ich den Schicksalsträgern wenigstens in dieser Frage das letzte Wort überlasse.«

Elias sah die Hexe nach dieser Enthüllung fassungslos an. Wollte sie wirklich selbst die Macht ergreifen? War das die gesamte Zeit ihr Motiv gewesen? Doch bevor er sich darüber weitere Gedanken machen konnte, stand plötzlich Hâl im Raum und hob angriffsbereit die Hände gegen diese neue Bedrohung.

∾

War der Kampf vor den Mauern der Stadt bereits entschieden, so war er es innerhalb von Van'Valor noch lange nicht. Martin war wieder zu Hause. Nur, dass man ihn diesmal nicht willkommen hieß. Er seufzte tief bei der Erinnerung an lang zurückliegende Tage. Damals hätte er es nie für möglich gehalten, sich selbst einmal als Feind gegenüber der Hauptstadt des Nordens zu sehen. Doch jetzt befand er sich genau dort und kämpfte gegen Menschen, die er teilweise sogar kannte, denn hinter den Mauern waren seine Gegner nicht nur Südländer, sondern auch die übrig gebliebenen Einwohner, die verzweifelt versuchten, ihre bloße Existenz zu bewahren. Sie hatten nun sämtlichem Glauben abgeschworen und sahen den einzigen Weg, lebend aus dieser Sache herauszukommen, darin, sich den Südländern anzuschließen, welche in der Stadt durch die lange Besetzung eine größere Macht besaßen als die Rebellen. Es war die Angst vor Karaians Zorn, die sie zu diesen Taten trieb. Sie fürchteten nicht nur um ihr Hab und Gut, sondern auch um ihr Leben. Hinzu kam, dass die Einwohner hier in den engen Straßen nicht erkennen konnten, wie es um die Macht Karaians auf dem Schlachtfeld bestellt war. Vielleicht hätten sie sich dann anders verhalten und sich ihm nicht entgegengestellt.

Wütend und traurig schlug sich Martin weiter durch die Menge und versuchte dabei, den Menschen, die er niederstreckte, nicht direkt ins Gesicht zu sehen. Blut spritzte durch die Luft und tropfte von seinen schwarzen zerzausten Haaren. Seinen Helm hatte er während der Schlacht mittlerweile verloren. Er wusste nicht einmal, ob es das Blut seiner Feinde war oder sein eigenes, das seine Haut und seine Kleidung benetzte. Die Menschen vor ihm fielen wie die Fliegen. Der Anblick, der sich ihm bot, war ihm zuwider. Sein wahr gewordener schlimmster Albtraum. Am Boden lagen Tote und Sterbende. Doch er durfte den Gefühlen keinen Raum geben, denn sonst hätte er nicht die Kraft gefunden, weiter zu kämpfen. Eine seltsame Taubheit und Leere ergriff von ihm Besitz.

Hâl spürte, dass die Energie des Feuerprinzen auf ein gefährlich niedriges Maß geschrumpft war. Kurzentschlossen hatte er sich durch einen Orts-Wechsel-Zauber direkt vor die Tore des Palastes befördert und sich seinen Weg zu der Stelle gebahnt, an der er Elias' Präsenz deutlich ausgemacht hatte. Seine Gefährten hatten den Kampf vor der Stadt bereits unter Kontrolle gebracht. Nun stand er mitten in einem anderen Geschehen. Elias, Karaian und Sad'hyani befanden sich im Thronsaal der prunkvollen Königsresidenz. Die Hexe musste das Duell zwischen den beiden mächtigen Wesen mit einer heimtückischen List unterbrochen haben.

Hâl hatte schon einigen Erzählungen über diese gefährliche Elbin gelauscht. Ihr nun jedoch gegenüberzustehen, war etwas gänzlich anderes. Er war zwar erschrocken über ihre beinahe grenzenlos erscheinende Macht, aber zur gleichen Zeit fasziniert. Hâl gab sich einen Ruck. Er musste den Moment der Überraschung nutzen. Mit ein paar schnellen Schritten war er bei der Hexe angelangt, packte sie am Arm und schaffte es, sie durch einen weiteren *Vrûn-nel'Lyr*-Zauber von Elias fortzubringen. Da die Hexe nicht mit seinem Erscheinen gerechnet hatte, konnte sie keinen Gegenzauber mehr wirken. Der von ihm erhoffte Überraschungseffekt war geglückt. Er hatte in der Schnelle nur einen nahegelegenen Ort als Ziel wählen können, und so befand er sich im nächsten Augenblick mit Sad'hyani auf dem Hügel, auf dem er zuvor mit seinen Männern auf die Schlacht heruntergeblickt hatte. Diese Entfernung musste genügen, um Elias aus dem Wirkungsbereich von Sad'hyanis Magie zu bekommen. Die Hexe sah ihn verwirrt an.

»Was hast du getan? Wer bist du? Wie kannst du es wagen, meine Pläne zu durchkreuzen?«

Hâl freute sich, dass er mit seinem Eingreifen erreicht hatte, die Hexe völlig aus dem Konzept zu bringen. Nun wappnete er sich für den Kampf. Doch sie schien sich nicht auf ein Duell mit ihm einlassen zu wollen, denn Sad'hyani wartete nicht einmal Hâls Antwort auf ihre Fragen ab, sondern wob, ehe es der Graedaner verhindern konnte, einen Orts-Wechsel-Zauber und verschwand. Hâl hatte jedoch bereits bei der Ankunft auf dem Hügel dafür gesorgt, dass sie nicht den direkten Weg zurück zum Palast nehmen konnte. Der kleine Bann, den er gewirkt hatte, sollte verhindern, dass der von ihm eingeschlagene *Vrún-nel'Lyr*-Zauber ein zweites Mal in die entgegengesetzte Richtung gesprochen wurde. Warum hatte die Hexe die Flucht ergriffen? Oder war es nur ein Rückzug? Es war wohl zu befürchten, dass Letzteres der Fall war. Hâl würde sie eines Tages wiedersehen … Doch momentan schien sie sich nicht mit Mächten einlassen zu wollen, die sie nicht kannte. Der Magier stand allein auf dem Hügel und schüttelte den Kopf. Doch immerhin hatte Hâl erreicht, was er wollte. Nachdem er die Energiequellen in seiner Umgebung kontrolliert hatte, war er sich sicher: Die Hexe hatte sich zurückgezogen, ohne größeren Schaden anzurichten.

∾

Die Schwäne landeten in der Morgendämmerung auf den Zinnen des Palastes von Van'Valor. Da die Naturgeister für die allermeisten Menschen unsichtbar waren, hatte niemand ihr Kommen bemerkt, wofür Attka sehr dankbar war. Die Schlacht war immer noch im Gange, auch wenn sich das Glück eindeutig den Rebellen zugewandt hatte und ein Ende des Kampfes absehbar schien. Als wollte Aeretorn die

Augen vor dem Grauen verschließen, war der Himmel trotz der nahenden Morgenstunden noch dunkel und wolkenverhangen. Nur ein zarter Lichtstreifen leuchtete am Horizont. Attka sprang leichtfüßig von einem der Schwäne auf den steinernen Boden des grauen Turmes und nickte den stolzen Vögeln dankend zu. Ein kurzer Moment der Stille verstrich, dann erhoben sich die Schwäne in die Luft und das leise Rauschen ihrer Schwingen klang in Attkas Ohren trotz des allgegenwärtigen Lärms der Schlacht wie Musik.

»Hilf dem Drachen und rette deinen Vater.« Die auffordernden Worte durchdrangen Attkas Gedanken so plötzlich, dass er zusammenzuckte, doch im selben Moment verstand er, dass die Nachricht von den Schwänen stammte.

»Das hatte ich auch vor«, antwortete er mehr sich selbst, denn die Schwäne waren bereits zu weit entfernt und Attka konnte verfolgen, wie sie immer tiefer flogen und nahe des Rebellenlagers in den Wald eintauchten.

»Also gut. Ich habe zwar keine Ahnung, wie ich hier lebend wieder herauskommen soll, aber ich werde es wenigstens versuchen.«

Entschlossen nahm er eine brennende Fackel aus einer Halterung an der Wand und wandte sich der im Schatten liegenden Wendeltreppe zu, die durch den Turm nach unten führte. Er spürte deutlich, wohin er musste. Vielleicht lag das an seiner ehemaligen starken geistigen Verbindung zu Elias, vielleicht aber auch an der Verbindung, die durch die Blutsverwandtschaft mit seinem Vater bestand. Karaian.

Bartholomäus wachte so plötzlich auf, als hätte ihm jemand ins Ohr gebrüllt. Tatsächlich war es jedoch nur der kleine Asef, der ihn ungeduldig an den Schultern rüttelte. Der Junge war ihm bei der Versorgung der Verletzten eine große Hilfe gewesen, vor allem, nachdem Bartholomäus dem Kleinen geholfen hatte, dessen Gefährten Ben zu heilen. Dieser hatte während der Schlacht eine schlimme Platzwunde am Kopf davon getragen, die dringend vernäht und verbunden hatte werden müssen. Nun erholte sich der alte Mann in einem der Zelte und würde, nach Bartholomäus' Einschätzung, bald genesen.

»Wie lang habe ich wohl geschlafen?«, dachte sich der Mönch und rieb sich die Augen.

Er hatte die ganze Nacht Verwundete versorgt, bis seine Hände vor Müdigkeit so gezittert hatten, dass er sich eine Pause gegönnt hatte. Es hätte seinen Patienten schließlich nicht gefallen, wenn sie anstelle eines irreparablen Beines aus Versehen einen gesunden Arm amputiert bekommen hätten.

Bartholomäus seufzte. »Was ist denn los, mein Junge?«

»Sieh doch! Sieh doch!« Asef deutete auf das Zelt der roten Ordensbrüder, die hektisch und nervös hin und her liefen. »Die Schwäne sind zurückgekehrt! Sie sind gekommen, um Elias mitzunehmen.«

Bartholomäus hob fragend eine Augenbraue. »*Wer* will *was*?«, hakte er nach.

Asef verdrehte genervt die großen Kinderaugen. »Die Naturgeister bringen den menschlichen Körper des Drachen zu Elias. Verstehst du nicht? Die Zeit ist um.«

Bartholomäus verstand immer noch nicht so richtig, was der Junge ihm sagen wollte, doch jetzt sah er, dass die Trage, auf der der menschliche Körper des Drachen lag, wie von Geisterhand aus dem Zelt des roten Ordens langsam herausflog.

Die armen Mönche, die schließlich ihren Wächterposten offiziell von Martin übertragen bekommen hatten, liefen aufgeregt um die schwebende Trage herum. Da sie die Drunére nicht sahen, musste für sie wie für Bartholomäus die Welt gerade kopfstehen. Die Nackenhaare des alten Mönchs stellten sich auf und er griff reflexartig nach seinem silbernen Anhänger.

»Heiliger Pfad des Aeretorn! Zauberei!« Bartholomäus hatte zwar schon viel von Zauberei gehört, aber aus nächster Nähe hatte er noch keine gesehen.

Asef dagegen sah zu der Trage auf, die nun höher und höher schwebte, und lächelte. »Das ist Elias' zweite Chance, Karaian zu besiegen.«

Attka schlich durch die dunklen Gänge des Palastes und versuchte, auf jedes noch so kleine Geräusch zu achten, das ihm etwas über mögliche Bedrohungen verraten könnte, aber alles blieb still. Große Gemälde schmückten die Wände der langen Flure und Könige und Edelleute aus einer vergangenen Zeit schienen Attka mit wachsamen Blicken zu verfolgen.

»Gute Künstler. Wirklich sehr lebensecht«, dachte Attka, um seine angespannten Nerven zu beruhigen.

Er durfte jetzt nicht den Kopf verlieren. Seine Fackel war mittlerweile dramatisch geschrumpft und das helle Licht der Flammen wurde schwächer und schwächer. Zischend tropfte das Pech auf den Boden und brannte Löcher in seinen weiten Ärmel. Attka trat in eine riesige Halle und die Fackel erlosch. Vom anderen Ende des Saals konnte er leises Knurren und ein hämisches Lachen hören, das sich schaurig an den Wänden brach und scheinbar unendlich widerhallte.

»Das ist also mein Vater«, sagte Attka zu sich selbst und tastete sich langsam und unauffällig an der Wand entlang auf das Geschehen zu.

Von dem Zauber der Hexe nicht mehr gelähmt, griff Karaian wieder an. Diesmal hatte Elias keine Kraftreserven mehr, aus denen er hätte schöpfen können. Der geschleuderte Blitz traf ihn mit voller Wucht. Elias' Sinne schwanden, während die ersten zarten Strahlen der Morgenröte ihren Weg durch die großen Saalfenster fanden. Das Letzte, was er sah, war ein weiteres bekanntes Gesicht, das er hier nicht erwartet hatte und das nur kurz im noch jungen Tageslicht aufblitzte, um dann wieder im schwarzen Schatten zu verschwinden.

~

Attkas Herz pochte so heftig gegen seine Rippen, dass er glaubte, Karaian müsse ihn jeden Moment bemerken und sich zu ihm umdrehen, doch er tat es nicht. Stattdessen hob der Elb sein dunkel glänzendes Schwert über den Kopf und richtete die scharfe Spitze auf Elias' Hals. »Du hast verloren, elende Drachenbrut – jämmerlich verloren. Daran kann auch die Hexe nichts ändern! Sie und dein ach so edler Freund werden sich gegenseitig vernichten. Dann bin ich Sad'hyani und diesen Graedaner auch noch los.«

Attka sah das Schwert wie in Zeitlupe niederfahren und rannte los. Er rannte so schnell wie niemals zuvor. Im letzten Augenblick rammte er Karaian von der Seite und lenkte die tödliche Klinge knapp an Elias vorbei. Der Stahl schlug hart auf dem Steinboden auf, bohrte sich in den Stein und blieb vibrierend darin stecken. Karaian drehte sich hasserfüllt um und starrte Attka direkt ins Gesicht.

»Jetzt wären mir alle Blicke von Statuen und Bildern lieber«, dachte Attka, rührte sich jedoch nicht, sondern erwiderte Karaians Blick mit derselben Unerschütterlichkeit. Einzig der Hass, der ihm entgegenschlug, fehlte in seinem Gesichtsausdruck.

So standen sie da, Auge in Auge. Nichts geschah. Attka

meinte, kurz etwas in Karaians Mine aufblitzen zu sehen, doch dann verschwand es wieder.

»Wer bist du? Ich kenne dich«, durchbrach die tonlose Stimme des dunklen Herrschers schließlich die Stille. Attkas Hände verkrampften sich zu Fäusten und seine Fingernägel bohrten sich schmerzhaft in seine Handflächen. Am liebsten hätte er auf dem Absatz kehrt gemacht. »Nur nicht nachgeben. Nur nicht nachgeben«, echote es immer wieder in seinen Gedanken.

»Ich bin dein Sohn.« Attka war erstaunt darüber, wie sicher ihm die Worte über die Lippen glitten.

Simon hatte sich von den anderen Rebellen entfernt, um Mia und Martin an der Spitze der Front beizustehen, doch nun kam er weder vor noch zurück. Ein undurchdringlicher Kreis von grimmigen Südländern hatte sich um ihn geschlossen. Sein Pferd tänzelte, legte die Ohren an und verdrehte panisch die Augen. »Ist ja gut, mein Freund. Wir schaffen das schon«, murmelte Simon seinem treuen Ross zu, obwohl er wusste, dass diese Worte hohl und nicht besonders überzeugend klangen. Im nächsten Moment rammte einer der Südländer einen Speer in den Hals des Pferdes. Das Tier schwankte und fiel zu Boden. Simon stürzte, rollte sich ab und knurrte wütend.

»Wenn ich schon sterben muss, dann sollen wenigstens ein paar von euch mitkommen.« Mit diesen Worten warf er sich mit einem lauten Brüllen in die Menge und schickte mehrere Südländer in den Tod. Als ihm eine Axt den tödlichen Schlag versetzte, dachte er: »Ich sterbe mit dem Glauben, dass die Welt sich wandeln wird. Ein goldenes Reich wird aus der Erde sprießen und alle Schatten vertreiben.« Er konnte leuchtende Wiesen sehen, sanfte Täler unter einem blauen Himmel, von denen entferntes Kinderlachen ertönte. Simon lächelte. Blut rann aus seinen Mundwinkeln. Dann fiel er auf die Knie und wurde von der großen Gruppe feindlicher Krieger verschluckt.

Mia hatte sich bis zum Palast durchgekämpft und sah nun zu den mächtigen Türmen hinauf. Hier ging es etwas ruhiger zu. Nur vereinzelte Südländer kreuzten ihren Weg, und auch die Plünderer hielten sich von der Residenz fern. Plötzlich spürte sie einen Atem in ihrem Nacken. Bereit, einen Feind abzuwehren, schnellte sie herum, doch es war nur Martin.

»Mann, hast du mich erschreckt!«

Martin wirkte entkräftet und seine Augen glänzten, ob vor Müdigkeit oder Erschöpfung, vermochte Mia nicht zu sagen.

»Wir müssen da hinein«, sagte sie und wandte sich entschlossen dem Eingang zu.

»Was ist, wenn hinter den Toren Wachen stehen?«

Mia zuckte mit den Achseln. »Dann möchte ich nicht in ihrer Haut stecken.« Ohne zu zögern, ging sie die Stufen zum Tor hinauf. Martin blieb unten stehen. »Na, was ist? Kommst du jetzt oder nicht?!«

Mia wusste, dass sie unfreundlich klang, aber sie konnte nicht länger warten. Elias brauchte ihre Hilfe. Da war sie sich absolut sicher. Denn auch wenn er zum Teil ein Drache war, so war er doch auch ein Mensch. Er war verwundbar.

Elias spürte Schmerz. Das bedeutete, dass er immer noch lebte. Etwas hatte Karaian daran gehindert, ihn zu töten. Er versuchte, sich an das Gesicht zu erinnern, das er kurz gesehen hatte. Attka? Attka. Ja, es war Attka gewesen. Wo war er so schnell hergekommen? Wie hatte er es geschafft, Karaian aufzuhalten? Und was war mit Hâl und Sad'hyani geschehen? All diese Fragen pochten in Elias' Kopf. Der Schmerz breitete sich über seinen ganzen Körper aus und Elias fühlte sich seltsam klein. Er öffnete langsam die Augen. Über sich sah er einen blassblauen Morgenhimmel. Verwirrt zog er die Arme an und stützte sich auf die Ellbogen. Arme? Er sah an sich hinab. Er war wieder ein Mensch! Jedenfalls äußerlich. Widerwillig nahm seine Seele die Veränderung hin und er schaffte es, sich ganz aufzurichten. Es war ein merkwürdiges Gefühl, nach all der Zeit wieder auf den eigenen zwei Beinen zu stehen. Unsicher machte Elias ein paar Schritte, stützte sich an der Brüstung ab und sah sich um. Er befand sich auf einem Turm des Palastes. Zu seinen Füßen lag die Trage, von der er sich erhoben hatte, und eine weiße Schwanenfeder steckte in einem der Knoten, die das Holzgestell an den Ecken zusammenhielten. »Danke. Ich danke euch.«

Er wusste nicht, ob die Drunére ihn überhaupt hören konnten, aber es war ihm auch egal. Er wollte nur irgendjemandem dafür danken, dass er noch am Leben war. Wie von selbst griff seine Hand nach den Anhängern der Naturgeister, die immer noch um seinen Hals hingen. Sie hatten seinen menschlichen Körper die ganze Zeit beschützt und ihn mit ihren mächtigen Zaubern aufrechterhalten.

Apropos *beschützen* …

»Attka.« Elias schlug sich mit der flachen Hand an die Stirn. Sein Freund brauchte womöglich seine Hilfe! Außerdem, wenn Karaian noch da war, hatte Elias immer noch eine Chance, ihn zu besiegen. Er griff an seine Seite und erstarrte. Er hatte keine Waffe! Suchend blickte er sich um, doch die Schwäne schienen nicht daran gedacht zu haben, ihm sein Schwert mitzugeben. Elias' Blick blieb an einer

Metallstange hängen, an der früher einmal eine Fahne gehangen haben musste. Sie steckte aufrecht in einem passenden Loch. Als sich Elias' Hände um das Metall schlossen, ließ er vor Schreck sofort wieder los. Die Stange war kalt. Dann entspannte er sich wieder. Als Drache hatte er Kälte und Wärme kaum wahrgenommen. Nun als Mensch war er viel empfindlicher dafür. Wieder griffen seine Hände nach der provisorischen Waffe und dieses Mal ließen sie nicht los. Mit einem kräftigen Ruck löste sich das leicht gerostete Metall von dem Loch im Stein. Probeweise wirbelte Elias die lange Stange durch die Luft.

»Kein schlechter Ersatz.«

Dann lief er mit hastigen Schritten die Turmtreppe hinab. Es war keine Zeit zu verlieren.

∾

Karaian hatte mit Erstaunen das plötzliche Verschwinden von Elias registriert, während Attka ihn weiterhin ruhig und völlig gefasst beobachtete. Karaians Gesichtszüge unterschieden sich kaum von den typischen Merkmalen eines jeden anderen Elben, doch Attka meinte, einen Schatten zu erkennen, der fast unmerklich über seinen Augen lag. Die feinen Haare des dunklen Herrschers waren ordentlich mit Bändern zurückgeflochten und schimmerten im Morgenlicht wie goldene Seide. Die schwarze Kleidung, die mit ebenso goldenen Fäden durchwirkt war, schmiegte sich an seinen schlanken Körper, als wäre sie mit ihm verwachsen. Alles an Karaian strahlte eine Würde und Autorität aus, von der Attka nur träumen konnte. Und er sollte mit diesem Wesen verwandt sein? Unwillkürlich erinnerte sich Attka an die ärmlichen Verhältnisse, in denen er aufgewachsen war. Er hatte die meiste Zeit seines Lebens in einem schmutzigen kleinen Haus verbracht – zwischen harter Hausarbeit und den unbarmherzigen Schlägen seiner Großmutter. In seine Gedanken versunken merkte er erst nach ein paar Minuten, dass ihn Karaian seinerseits musterte.

»Ich spüre, dass deine Worte wahr sind. Aber bis jetzt wusste ich nichts von deiner Existenz.«

»Kein Wunder«, hätte Attka am liebsten gesagt, doch er behielt die spitze Bemerkung für sich. Dieser Mann hatte seine Mutter einfach benutzt und dann wie einen faulen Apfel weggeworfen. Nie hatte er sich richtig für sie interessiert.

»Am besten, du läufst weg und stellst dich mir nicht mehr in den Weg, sonst muss ich dich umbringen.«

Erstaunt über diese Worte und den inneren Kampf, den Karaian allem Anschein nach ausfocht, erwiderte Attka: »Also bedeute ich dir doch etwas? Hast du meine Mutter geliebt?«

Karaian bebte, wie unter enormer Anstrengung. Der Schatten, der über seinen Augen gelegen hatte, verschwand.

»Ja ich habe deine Mutter geliebt, doch das hätte nicht geschehen dürfen. Deshalb habe ich deine Mutter zu ihrem eigenen Schutz verlassen. Als ich von ihrem Tod erfuhr, schnitt es mir ins Herz.« In seine Augen trat Trauer, aber gleichzeitig ein Leuchten. »Dass es dich gibt, ist ein Zeichen der Hoffnung. Du bist die Frucht unserer wahren Liebe.«

Attka schluckte. »Sie hat dich geliebt?«

Karaian schwieg, was Antwort genug war.

Plötzlich schien sich alles um Attka zu drehen. Seine Mutter hatte Karaian geliebt? Wie konnte das sein? Und er, ihr Kind, war ein *Zeichen der Hoffnung*?

»Geh! Beeil dich! Verschwinde!«, Karaian schrie ihn an und Attka merkte, wie sich der Schatten erneut über die Augen seines Vaters legte. Großer Schmerz stand jetzt in Karaians Gesicht. Sein ganzer Körper wirkte steif und angespannt. Die ausgewogene, kontrollierte Haltung, die er zuvor innegehabt hatte, fiel in sich zusammen.

»Was beherrscht dich?«, fragte Attka und merkte, dass seine Stimme schrill klang. »Was macht dir solche Angst?« Er zögerte noch, das Wort auszusprechen, doch dann sagte er es mit aller Sicherheit, die er aufbringen konnte.

»… Vater!«

Doch Karaian gab keine Antwort.

Von seinen verkrampften Gliedmaßen stieg grauer Dampf auf und hüllte seine Gestalt in eine immer dichter werdende Wolke, bis darin nicht einmal mehr seine Silhouette erkennbar war. Auf einmal zuckte ein heller Blitz durch die Decke über Karaian, der direkt in die Wolke hinabfuhr. Als sich die Wolke wieder lichtete, war Karaian spurlos verschwunden. Attka stand da wie erstarrt.

~

Elias stürmte in den Saal und blieb abrupt stehen. Ein heller Schein hatte urplötzlich die Wände aufleuchten lassen. Dann sah Elias, dass Attka mit dem Rücken zu ihm bewegungslos verharrte. Von Karaian war keine Spur zu sehen. Besorgt ging Elias auf Attka zu, der sich jedoch nicht umdrehte. Auch nicht, als Elias nach ihm rief. Erst kurz bevor Elias ihn erreichte, warf Attka einen Blick über seine Schulter. Er zitterte.

»Was ist passiert?«

Attka zögerte. »Ich kann es dir jetzt nicht erzählen.« Nur ein leichtes Zucken des linken Augenlids machte deutlich, wie groß die Selbstbeherrschung war, die Attka allein für diesen Satz aufbringen musste.

18 Ein neuer Tag

Mia öffnete das Tor zum Palast einen Spalt breit und spähte hinein. »Also, ich sehe keine Wachen«, meinte sie und verschwand durch die Öffnung. Martin folgte ihr, doch das mulmige Gefühl, das ihn ergriffen hatte, wollte auch jetzt nicht weichen. Im Inneren des Palastes herrschte gespenstische Stille. Nur wenig Licht drang durch die schweren Brokatvorhänge vor den Fenstern in den hohen Flur, der sich zu einer ausladenden Eingangshalle öffnete.

»Mein Instinkt sagt mir, dass wir nicht weitergehen sollten«, murmelte Martin und schaute sich mit hochgezogenen Schultern nach allen Seiten um, blieb jedoch dicht hinter Mia, die ohne innezuhalten auf die Halle zulief.

Plötzlich tönte das Knacken eines verborgenen Mechanismus laut in ihren Ohren und schwarze Pfeile schossen aus den dunklen Spalten in den Seitenwänden waagerecht durch den Gang. Mia und Martin sprangen erschrocken zurück. Um ein Haar wären sie von den tödlichen Metallspitzen getroffen worden! Martin sah schon das Bild vor sich: Er und Mia blutend an einer der Wände festgenagelt.

»Karaian hat den Eingang zum Palast mit einem Zauber belegt, um Elias am Eindringen zu hindern«, vermutete er. »Ich hab doch gesagt, wir sollten das nicht tun!«

Mia drehte sich zu Martin um und warf ihm einen glühenden Blick zu. »Aber Elias ist hier irgendwo. Ich muss zu ihm und wissen, ob es ihm gut geht.«

Etwas langsamer und vorsichtiger als zuvor setzte Mia

ihren Weg fort und Martin sah sich gezwungen, ihr zu folgen. Seine Sorge, dass noch mehr geschehen könnte, blieb jedoch unbegründet. Ohne weitere Probleme gelangten sie ins Zentrum des Gebäudes.

»Und jetzt? Wo könnte Elias stecken?« Martin sah Mia fragend an, doch eine Antwort blieb ihr erspart, denn sie hörten gedämpft durch die Wände, wie jemand Attkas Namen rief.

»Das war Elias.« Mias Augen leuchteten. »Komm.«

Hastig folgten sie der Stimme und bald waren sie an einem weiteren Saal angelangt. In dessen Mitte standen zwei Gestalten. Martin hielt verwundert inne. Die eine Person war Elias, der auf wundersame Weise seine menschliche Gestalt zurückerhalten hatte, die andere Attka. Elias hatte ihr Kommen bemerkt und sich ihnen zugewandt, während Attka keine Notiz zu nehmen schien und mit hängenden Schultern ins Leere starrte. Mias und Elias' Blicke begegneten sich und Mia rannte auf ihn zu.

»Elias!«

Dann fielen sich die beiden nach so langer Zeit endlich wieder in die Arme.

Mia konnte ihre Freudentränen nicht zurückhalten und vergrub ihr Gesicht an Elias' Schulter. Seine blonden Haare kitzelten ihre Nase, doch das machte ihr nichts aus. Elias' Arme umschlangen sie zärtlich und Mia fühlte sich so geborgen, wie seit langem nicht mehr.

»Oh, Elias. Du kannst dir nicht vorstellen, wie sehr ich mir diesen Moment herbeigesehnt habe.«

Elias drückte sie noch fester an sich. »Doch, das kann ich!«

Und wie um den Zauber des Moments zu unterstreichen,

schien durch die Fenster das goldene Licht der Sonne, die endlich hinter den Bergen hervorkam.

»Was ist mit Karaian? Hast du ihn besiegt?«

Sanft löste Elias sich von ihr und schüttelte leicht den Kopf. »Nein, ich fürchte, das war nicht das letzte Mal, dass wir ihm begegnet sind.«

»Aber was ist passiert?«

»Das musst du ihn fragen.« Elias deutete auf Attka, der ein Stück hinter ihm stand und in Gedanken versunken zu den großen Fenstern hinausschaute. »Aber besser später...«

Erst jetzt nahm Mia den jungen Mann richtig in Augenschein. »Wie kommst du denn hierher?«

Elias hielt sie am Arm zurück, als sie an Attka herantreten wollte. »Lass ihn. Ich glaube, er braucht noch etwas Zeit, um über das, was geschehen ist, nachzudenken.«

Dann wandte sich Elias von ihr ab und begrüßte Martin mit einem kameradschaftlichen Schlag auf die Schulter, den dieser lächelnd erwiderte. Dieser Moment war so voller Freude: Es war überstanden! Mia erinnerte sich an die Prophezeiung und ließ sich die Bilder der Schlacht durch den Kopf gehen.

Und die Türme Van'Valors werden in Flammen stehen.

Die Stadt hatte in Flammen gestanden – auch die Türme.

Die Prophezeiung hatte sich endlich erfüllt.

Gemeinsam traten sie aus den Toren des Palastes und gingen an die Balustrade der großen Terrasse, die den Eingangsbereich zu einem Aussichtspunkt über der Stadt werden ließ. Die Schlacht war gewonnen und Karaians Verschwinden schien einen Bann über den Menschen gebrochen zu haben. Die restlichen Südländer ergaben sich ohne Widerstand und streckten die Waffen, während die Rebellen den Bewohnern bereits dabei halfen, die in der Stadt ausgebrochenen Feuer zu löschen. Auch die grauen Wolken des trüben Morgens konnten die erschöpfte Freude über den hart erkämpften Sieg nicht trüben. Tränenreiche Abschiede von toten Kampfgefährten wurden von Jubelrufen abgelöst, als die ersten Elias und seine Begleiter erblickten. Und die Botschaft über den Sieg breitete sich in der Stadt aus. Den vier Gefährten stand Erleichterung in den Gesichtern.

Doch urplötzlich erhob sich direkt über dem Zentrum Van'Valors wie aus dem Nichts ein gigantischer Wolkenberg und verdichtete sich in Windeseile zu einer finsteren Masse, die sich kreisförmig ausbreitete. Ein dunkles Grollen erscholl. Eben noch im zarten Licht der Morgenröte erleuchtet, lag die Stadt nun in finsterem Schatten. Ein Sturm kam auf! Und auch wenn Mia keine Ahnung von Magie hatte, wusste sie irgendwie, dass dieses Unwetter keinen natürlichen Ursprung haben konnte. Mia spürte, wie sich ihr Bauch verkrampfte. Hilfesuchend ergriff ihre Hand die ihres geliebten Elias. Ihre Blicke trafen sich.

Der Feuerprinz seufzte tief. »Es ist noch nicht vorbei …«

Danksagung

Es war einmal ein Kind, das es liebte, mit Wörtern Bilder in den Köpfen der Menschen zu erschaffen, und so wuchs es heran, um diesen Traum irgendwann zu verwirklichen. So fangen alle Märchen an … Doch dies hier ist die Wirklichkeit. Deshalb sei hier zu allererst dem Piper Verlag sowie Herrn Polzin und meiner wunderbaren Lektorin Lisa gedankt, dass sie diesen Kindheitstraum haben wahr werden lassen. Nun habe ich die Möglichkeit, auch andere Fantasy-Begeisterte in meine magische Welt zu entführen. *Maldea* wäre jedoch nicht die Welt, die sie heute ist, wenn ich nicht meine Familie an meiner Seite gehabt hätte, die mich stets darin bestärkt und ermutigt hat, weiter zu schreiben. Hier sei im Besonderen meine Schwester erwähnt, die schon seit den ersten Sätzen meiner Geschichte die Entstehung von *Maldea* verfolgt. Auch meine Eltern und Großeltern waren eifrige Testleser. Meine langjährige Freundin Sabrina war für mich durch unsere mehrmaligen Leserunden ebenfalls eine antreibende Kraft. Auf diese Art und Weise habe ich die manchmal nötige Motivation erhalten und die Bestätigung bekommen, dass ich es geschafft habe, den liebgewonnenen Charakteren aus meiner Fantasy-Welt gerecht zu werden. So komme ich nun auch zu einem vielleicht etwas ungewöhnlichen Dank: Ich will all meinen »fiktiven Gefährten« danken, die mich nun schon seit meinem 17. Lebensjahr auf dieser langen und spannenden Reise begleiten: Elias, Mia, Martin, Attka, Hâl und alle anderen – jeder einzelne dieser

Charaktere trägt auf gewisse Weise ein Stück von mir selbst in sich. Außerdem möchte ich hier den eigentlichen Drahtziehern von dem Ganzen danken: meinen Großeltern (Omi und Opi), ebenso wie Hans-Jürgen, Silvio und Manja. Sie gaben mir im richtigen Zeitpunkt den entscheidenden Schubs, den Roman (mein »Baby«) einem Verlag anzuvertrauen. Und schließlich danke ich euch allen, die ihr das Taschenbuch oder E-Book nun in Händen haltet, für euer Vertrauen in eine noch unbekannte Autorin, die gerade mit ihrem Debüt-Roman dabei ist, die ersten kleinen Schritte in eine »neue Welt« zu wagen. Vielen Dank!

Jasmin Rollmann

Glossar

Elbisch

a	in
ael’	des
Aelivé	Silberbogen
âjn	ihm, ihn
Allvèyn	Schnee
anner	kommen
Anî!	Komm!
annésû	gekommen
Avalas	Prinz
Avén	Licht
Avéndur	Lichtland
Bâ	Seite
bâja	alle
Dâren	Vergangenheit
Déjun	Wind
Dur	Land
dwer	zwischen
ê	und
échen	mögen
Edaín	Elb
Edaín al’Avén	Elben im Licht
Edril	Stadt
el’	der, die, das
El’Dwérin	die Zwischenwelt
en	zu, nach

ènen	uns(er)(e)
ènna	euch
éren	mich
éres	sei(e)n
Érin	Welt
és	ist
Etân	Finsternis/Dunkelheit
Fènar	Frieden
fér	strahl(e/t), leuchte(t)
Fér	Strahl
férel	strahlen, leuchten
Frún	Kraft
gwern	zurück
hyandre	flüstern
Hyani	Geflüster
î	ich
Í ém Nuyen.	Ich bin Nuyen.
íem	mir
Karrev	Stein
Karrevijèl	Geisterstein
Lut'Amnéras	Turm der Hoffnung
Lyr	Ort
mel	halb
Meledaín	Halbelb
Mièr!	Heile!
mière	heilen
Mijèl	(Natur-)Geister
Mirrdril	Stadt der Magie
Mirrwa	Magie
Mund	Sprecher
mundere	sprechen
na	über
Naérn!	Lebe!
naérne	leben

Nara	Zukunft
Naramund	Zukunftssprecher (Seher)
Nâ's éren!	Lass mich!
nâver	lassen
nel'	den, dem
ném	mit
nen	er, sie, es
nôr	unter
Nôrrindril	Stadt der Unterwelt
oèl	ein(e)(r)
rand	bringen
Sad'hyani	Sturmgeflüster
Sadûnai	Sturm
Sarr	Mensch
selvan	stehen
Sènnu	Glanz
Sjen	Feuer
Sjen'Avalas	Feuerprinz
Skanî	Angreifer, Feinde
Surr	Menschen
tíem	dir
Vael	Halle
Vael ael'Sjen	Halle des Feuers
Vénn	Goldpfeil
Ver en Ilién!	Geh zu Ilién!
Verlon	Wald
verné	gehen
vernésû	gegangen
vrún	wechseln

Menschen

Helwinn	König des Nordens
Elias	Sjen'Avalas; Feuerprinz

Ben	Elias' Adoptivvater
Mia	seit Kindertagen Elias' Freundin
Helen	Mias Mutter
Martin	Eliteschwertkämpfer; Rebell
Isaac	Rebell; Martins Freund
Samuel	Isaacs Bruder
Nathan	Isaacs Bruder
Ina	Isaacs Schwester
Josef	Nathans Freund
Peter	Sohn des Dorfschmieds in Alderun
Leutnant Mendral	rechte Hand Helwinns
Bartholomäus	Mönch aus Gwern
Worsek	General der Südländer
Asef	Waisenjunge
Rick	Attkas Freund
Sira	Attkas Halbschwester
Devinius Sem'Kar	Oberhaupt des roten Ordens
Velnir	Mönch des roten Ordens
Ribah	Mönch des roten Ordens
Simon	Anführer der Plünderer
Hâl	ein Magier des Wüstenvolkes (Graedaner)
Nimsajid	Lehrmeister von Hâl (Graedaner)
Edrik	Untergebener von Worsek
Caron	Wirt eines Gasthofes in Al'Arkas
Ilva	Anführer des Aufstands in Al'Arkas

Elben

Inébis	Naramund von Tymas
Léssal	Herrscher der Elben
Daijen	Herrscherin der Elben
Léfaîn	Daijens Sohn
Jéodin	Léfaîns bester Freund

Ilién	Jéodins Schwester
Sad'hyani	uralte Zauberin
Karaian	Herrscher des Südens
Suri	Alyas Gefährtin
Mohâg	Bewohner Nôrrindrils
Cèllinor	Bewohner Nôrrindrils

Meledaín

Aivlis	Anführer der Meledaín-Truppe
Semir	Aivlis' Bruder
Yelna	Aivlis' Frau
Bric	Bogenschütze
Eril	»Pferdeflüsterer«
Nuyen	Wächter von El'Dwérin und Yelnas Bruder
Lafearn	Oberster des Ältestenrates
Attka	Rebell in Al'Arkas

Naturgeister

Ylanî	Wasser
Anaj	Tochter des Wassers (Nixe)
Sjen	Feuer
Lyné	Kinder des Feuers (kleine Feen)
Brégon	Erde
Funaj	Kinder der Erde (Waldkobolde)
Déjun	Wind
Drunére	Töchter des Windes (vier Schwäne)

Andere Kreaturen

Vénn	von Elben aufgezogener Gepard
Allvèyn	weiße Botentaube der Elben

Charn	uraltes Wesen der Dunkelheit (keine feste Substanz)
Shînraji	wolfsähnliche Geschöpfe; Wahrer der Karish
Alya	silbernes Drachenweibchen
Sènnu	Elias' Pferd (schwarz)
Nâjna	Mias Pferd (weiß)

Wichtige Orte

Van'Valor	Hauptstadt des Nordens
Alderun	Heimatdorf von Elias und Mia
Déjun-Gebirge	nordöstliche Bergkette
Tymas	Hauptstadt der Elben
El'Dwérin	Stadt der Halbelben
Vendera	Handelsstadt des Nordens
Magron	einsamer Berg (westlich gelegen)
Al'Arkas	Hauptstadt des Südens
Azadur	südwestlich gelegene Wüste
Mirrdril	einst von Elben erbaute Ruinenstadt
Nôrrindril	unterirdische Stadt, Wohnort der weißen Zauberer